细绎唐宋词

阎凤梧 著

品赏三十三位
唐宋词人的浅吟低唱

山西出版传媒集团
山西人民出版社

图书在版编目（CIP）数据

细绎唐宋词：品赏三十三位唐宋词人的浅吟低唱 / 阎凤
梧著. —太原：山西人民出版社，2024.1
ISBN 978-7-203-13186-1

Ⅰ. ①细… Ⅱ. ①阎… Ⅲ. ①唐宋词—诗词研究
Ⅳ. ①I207.23

中国国家版本馆CIP数据核字（2023）第237240号

细绎唐宋词：品赏三十三位唐宋词人的浅吟低唱

著　　者：阎凤梧
责任编辑：魏　红
复　　审：刘小玲
终　　审：梁晋华
装帧设计：陈　婷

出 版 者：山西出版传媒集团·山西人民出版社
地　　址：太原市建设南路21号
邮　　编：030012
发行营销：0351-4922220　4955996　4956039　4922127（传真）
天猫官网：https://sxrmcbs.tmall.com　电话：0351-4922159
E - m a i l：sxskcb@163.com　发行部
　　　　　　sxskcb@126.com　总编室
网　　址：www.sxskcb.com

经 销 者：山西出版传媒集团·山西人民出版社
承 印 厂：山西人民印刷有限责任公司

开　　本：720mm×1020mm　1/16
印　　张：31.5
字　　数：400千字
版　　次：2024年1月　第1版
印　　次：2024年1月　第1次印刷
书　　号：ISBN 978-7-203-13186-1
定　　价：98.00元

如有印装质量问题请与本社联系调换

卷 首 语

　　《细绎唐宋词》的卷首语，本来应由书作者阎凤梧先生自己写的，遗憾的是，先生还没来得及动笔，就突发疾病去世。悲痛之余，山西诗词学会负责人李雁红先生和凤梧先生的老伴儿周惠莲老师托我来写。我才疏学浅，但于情于理都不可推辞，凤梧先生曾同我在山西诗词学会共事多年，相处融洽，对我帮助极大，光是我的诗词他就长论短评过数十篇，如今他走了，他的新著要付梓，我能无动于衷吗？更何况这是一次提前学习的好机会！

　　《细绎唐宋词》是《漫卷大唐诗》的姊妹篇。《漫卷大唐诗》的出版曾广受好评。网上连载时，我曾逐篇赋诗点赞，对凤梧先生的唐诗评论有所领悟；这本唐宋词评论集延续了唐诗评论的文学理念，是凤梧先生的又一部文学评论力作。

　　这部著作有三大优点。

一、有深度

　　凤梧先生认为，古今中外的人性都是相通的。为此，他致力于理解词人的心灵世界，把自己的生活阅历同写词人的创作体验联系起来，与词人同频共振。这种生命对接的"心解"，避免了肤浅地就事论事，突破了单纯的知识传授，而是深入到词人心底，从作品中寻求穿越时空的现代元素，达到启迪广大读者心灵、引起共鸣的效果。例如凤梧先生对李清照《声声慢》中"寻寻觅觅"的阐述："好像是寻找什么，又不知道寻找什么，心情茫然，双目也茫然。这是失落感经过长期积累沉淀之后的一种下意识动作。"接着，凤梧先生又举了他熟悉的一位多年独居老人的心绪："这里揣揣，那里摸摸，问她找什么，她先一愣，然后嘻嘻笑，说不找什么。"对孤独老人失落感的心理描绘，古今对照，将心比心，如出一辙。

二、有新意

宋词评论数量已很多，突破窠臼，评出新意，是十分重要的一环。凤梧先生在这方面下了很大功夫。纵观全书，多有创意，使人耳目一新。如在宋祁《木兰花》中，凤梧先生对"红杏枝头春意闹"的"闹"字就别出心裁，对"通感"现象做了详尽论述，把"闹"字讲活了。又如，对秦观《鹊桥仙》中"两情若是久长时，又岂在朝朝暮暮"的理解，一般人认为这是高雅的爱情观。凤梧先生则指出，这种脱离世俗、高度提纯的爱情观不可能持久，人世间根本不存在灵肉分离的爱情，而存在于油盐酱醋、生儿育女、与子偕老之中。这一新解，把爱情从柏拉图式的虚无缥缈中拉回到真情实意的现实内。

三、有文采

词是一种精美的文学作品，评论词虽属理论范畴，但在凤梧先生笔下却评得生动活泼，引人入胜，实属难能可贵。如在苏轼《念奴娇》中对"乱石穿空，惊涛拍岸，卷起千堆雪"的评论："乱石穿空"是一个纵向特写镜头，"穿"字的动感迅速有力，富有积极向上、奋发有为的精神。"惊涛拍岸"是横向特写镜头，既见波涛之形，又闻波涛之声，又感波涛之寒，从视觉、听觉、触觉三方面加强游人的感受。"卷起千堆雪"则是从近处向远处移动，波浪撞击江岸又反转回头，卷起巨大浪花，如同万千白色雪堆，浩大壮观，动人心魄。这种诠释，使读者如身临其境，内心受到极大冲击和激励。

评论中使用的语言也很凝练，如对张志和《渔父》的表述："这首词中景物层次分明，色彩明丽协调，环境清爽舒适，人物形象鲜明，抒情意趣浓厚"，连用五个排比句，将张志和词作了高度形象的概括。

《细绎唐宋词》共评论了唐宋三十三位词人的一百零五篇作品。辛弃疾的只评了一篇，还有陆游、姜夔、吴文英等人的作品，凤梧先生尚未完稿。这是一部遗作，难免有遗憾，凤梧先生已竭尽全力了。一位八十多岁的老人，双耳全聋，两眼半盲，夜以继日，伏案劳作，竟以惊人的毅力，呕心沥血又手写出了这四十万字的文稿，把毕生精力奉献给了他热爱的中国优秀文化遗产！

阎凤梧先生曾任山西大学古代文学研究所所长、中文系教授、硕士生导师、山西省古典文学学会会长、山西诗词学会副会长，长期从事唐宋文学教学研究和古籍整理工作。他的作品在国内多次获奖，他为山西诗词理论建设和人才培养做出了重大贡献，是一位诲人不倦、待人和蔼、受人尊重、让人怀念的资深学者。《细绎唐宋词》的出版，实现了凤梧先生的遗愿，也是我们对他老人家的最好纪念。可以预期，这本书也会在全国产生强烈反响，会对全省诗词的理论研究和创作起到巨大推动作用。

阎凤梧先生永远活在我们心中！他的著作是我们学习研究古典诗词的范本，他的成就将在山西诗词发展史中留下浓墨重彩的一笔。

武正国

2023 年 4 月 28 日

（作者系中华诗词学会原副会长，山西诗词学会原会长）

目　录

唐五代词

唐五代词

张志和（一首）

真隐士的真性情

西塞山前白鹭飞，桃花流水鳜鱼肥。

青箬笠，绿蓑衣，斜风细雨不须归。

——《渔歌子·西塞山前白鹭飞》

在介绍这首《渔父》之前，有必要先介绍一下张志和的生平：第一，他出身祁门（今安徽祁门县）仕宦世家，家境殷实，祖父张弘曾任浮梁（今江西浮梁县）州判，父亲张游朝历任监察御史、东宫侍讲；第二，他自幼聪慧，三岁能读书，六岁能作文，七岁被唐玄宗赏识，优养翰林院，十六岁游历太学，十九岁擢明经第；第三，他仕途畅达，在唐肃宗李亨朝先后任左金吾录事参军、朔方招讨使，二十六岁即任左金吾大将军（正三品），曾被肃宗赐名"志和"；第四，他深受肃宗赏识，因反对肃宗向回纥借兵被贬为南浦县（今重庆万州）尉后，不久即被赦无罪，赠奴、婢各一，其母死后追赠秦国贤德夫人，待其守丧三年期满后再被重用；第五，他有家学渊源，精通道学、《易》理，其父著有《南华象说》《冲虚白马非马证》，他本人著有《玄真子》十二卷、《大易》十五卷；第六，他在丧母、丧妻之后，隐居湖州（今浙江湖州市），四处遨游，浪迹江湖，自号"烟波钓徒"，与茶圣陆羽、诗僧皎然交游，躲避肃宗征召。

张志和出身仕宦之家，衣食无忧；追随肃宗平定安史之乱，具有王佐之才；官运亨通，虽有南浦之贬，仍受肃宗恩宠。他满可以更上一层楼,大展宏图,那他为什么还要隐居呢?我想可能有以下几个原因:一是他天赋聪明,幼年、少年、青年时期都在翰林院、太学、朝廷中活动,见多识广,能敏锐地观察到官场的丑恶现象;二是幼年时被玄宗赏识,青年时受肃宗重用,熟悉两个皇帝的品格、习性;三是因为反对肃宗向回纥借兵即被贬谪,深知伴君如伴虎的危险;四是被贬谪后又受肃宗眷顾,仍有受重用的机会,但从古今事例和个人经历看,难逃兔死狗烹的命运;五是他精通道学和《易》理,形成了"无为而治""虚即为实"的观念,在张志和观念中的自然界无比美好,万物都有灵性,碧空十分宁静,彩霞特别绚丽,宇宙渺茫无际,自然界的演化没有穷尽,人们对它的观察和喜爱也就不会停止。唐代的隐士有真有假,假隐士的特点是身在江湖,心存魏阙。一些文人科举、仕途的路子走不通,便会走"终南捷径",打着"隐居"的招牌进行自我炒作,试图博得虚名,一步踏入朝廷。张志和则不然,他在仕途上有大起大落之险,在家庭中有丧母丧妻之痛,又长期受道家思想的浸润,他的归隐是自然真诚的,他是一个真隐士。

张志和是诗人又是画家,我们就从绘画角度谈谈这首词。

"西塞山前白鹭飞,桃花流水鳜鱼肥。"这个西塞山到底是湖北黄石市的西塞山,还是浙江湖州市的西塞山,学界争论多年,尚无定论。《旧唐书·张志和传》说他是金华(今浙江金华市,祖籍)人,与湖州太守颜真卿相善,湖州西塞山之说比较可靠。西塞山是这幅"渔父图"的大背景,有苍翠之美,高大之美,稳重之美,永恒之美。它上接碧霄,下临绿水,屹立于天地之间,亘古不变,永远年轻。它历经沧桑,静观人世,无论世事发生多少变故,始终保持着沉静稳重的姿态。山不变,道亦不变,这正是张志和处世观念的形象体现。北宋阮阅说张志和"守真养气，卧雪不冷，入水不濡"，虽是夸赞之辞，却也说明张志和修炼到何等超然而坚强的程度。那阅尽人间春色、却不为风雨所动的西塞山，不正是张志和独立自主的精神状态的象征么？鹭鸟有朱鹭、白鹭、苍鹭、灰鹭，这里用了白鹭。鹭的白色和山的青色这两种冷色调相互映衬，色彩鲜明，令人神清目爽。山之静，鹭之动，动静相成，给西塞山增添了几分活力。白鹭全身羽毛洁白，腿长而细，翅膀宽大，飞翔起来颈部弯曲成 S 形，姿态优美，神闲气定，速度不快不慢。杜甫诗句"一行白鹭上青天"（《绝句》），这里是一行或几只白鹭从西塞山前飞过，飘飘悠悠，给人以安闲飘逸的美感。"鸢飞戾天，鱼跃于渊"（《诗·大雅·旱麓》），世界上行动最自由的是鸟和鱼，而鸟的飞翔更自由。在这里，白鹭的高洁与自由，正是张志和品性高洁和心灵自由的外化。作为造化物的诗人与白鹭的心灵是相知相通的。

"桃花流水鳜鱼肥"，镜头从高空回到地面。时值暮春，溪水上涨，两岸桃花开始飘落。花瓣落在清澈的溪水上，缓缓地向远处漂去，仍然像天上白鹭飞翔那样自由自在。这里没有"流水落花春去也，天上人间"的伤感，也没有"日出江花红胜火，春来江水绿如蓝"的热烈，而只有春来春去，听其自然的安闲。在张志和看来，"桃之夭夭，灼灼其华"有生机勃勃之美，"桃花流水"有悠然流动之美，世上万物，各有其美。置身于无所不美的大自然中，欣赏造化之美的无穷无尽，哪里还有时间和心情去追求污浊的功名利禄呢？鳜鱼生活在水质清洁、水草繁密的港湾，形体扁平，味道鲜美，在古代产量不高，是鱼中珍品。渔父以打鱼为生，一条肥美的鳜鱼，一杯自酿的小酒，自食其力，自得其乐，这比富贵人家的"钟鼓馔玉"干净得多、充实得多、高尚得多！隐士并不是不食人间烟火的神仙，他是在不妨碍他人、不伤害社会的前提下，自我满足，自我完善。

"青箬笠，绿蓑衣，斜风细雨不须归。"画面上出现了渔父的形象，他头戴青色的斗笠，身披绿色的蓑衣，在岸边持竿垂钓。他背后是苍翠的西塞山，身边是桃花盛开的原野，面前是碧绿的流水。清风吹来，鲜红的花瓣飘落在他身上；细雨洒下，肥美的鳜鱼跳出水面。我们虽然看不清渔父的面孔，却可从画面中体会到他的喜悦和满足。青山的静穆，飞鸟的飘逸，落花的闲适，流水的自然，游鱼的自在，清风细雨的清爽和朦胧，既是渔父的眼中景物，更是渔父的心中情愫。张志和经历坎坷，看破世俗，终于找到了这个不争不斗的世外桃源，找到了自己无忧无虑的心灵归宿。在如此美好的生活境界中，他的灵魂洁净了，精神升华了，价值观彻底改变了，与山水草木、花鸟鱼虫实现了心灵契合，达到了物我一体。在这里自然美与心灵美融汇无间，人成为与自然界不可分割的组成部分，所以坚定地说"不须归"，不必再回到世俗社会。这就是我最好的归宿，不回去了！

这首词中景物层次分明，色彩明丽协调，环境清爽舒适，人物形象鲜明，抒情意味浓厚。开头两个七字长句"西塞山前白鹭飞，桃花流水鳜鱼肥"，抒发了欣赏美景的喜悦情绪；中间改为两个三字短句"青箬笠，绿蓑衣"，以短促跳荡的节奏，表现出喜悦中的自我肯定；最后再用一个七字长句与开头两个长句相呼应，在彻底醒悟、自我满足的咏叹声中结束，堪称短小的文学精品。苏轼很欣赏这首《渔父》，连续写了两首仿作。一首是《浣溪沙》："西塞山前白鹭飞，散花洲外片帆微。桃花流水鳜鱼肥。　　自庇一身青箬笠，相随到处绿蓑衣。斜风细雨不须归。"另一首是《调笑令》："渔父，渔父，江上微风细雨。青蓑黄箬裳衣，红酒白鱼暮归。归暮，归暮，长笛一声何处。"

北宋黄庭坚也不甘寂寞，前来凑趣，先写了一首《浣溪沙》："新妇滩头眉黛愁，女儿浦口眼波秋。惊鱼错认月沉钩。 青箬笠前无限事，绿蓑衣底一时休。斜风吹雨转船头。"他自觉此词平平，又写了一首《鹧鸪天》："西塞山边白鹭飞，桃花流水鳜鱼肥。朝廷尚觅玄真子，何处如今更有诗？ 青箬笠，绿蓑衣，斜风细雨不须归。人间底是无波处，一日风波十二时。"大家对比一下就可看出，苏轼、黄庭坚的四首仿作，除了张志和《渔父》的原句之外，改作的句子完全是画蛇添足，毫无新意，是对原作《渔父》的破坏，尤其没有张志和超凡脱俗的生活情趣和天人合一的精神境界。诗出真情，诗贵创新，食人余唾，亦步亦趋，是没有出路的。诗歌史上的仿作、和作，很少有优秀作品。

韦应物（一首）

词曲的节奏痕迹

胡马，胡马，远放燕支山下。跑沙
跑雪独嘶，东望西望路迷。迷路，迷路。
边草无穷日暮。

——《调笑令·胡马胡马》

早在中唐时期，写词的人都懂音律，刘禹锡就曾在他写的《忆江南二首·其一》题下注明："和乐天春词，依《忆江南》曲拍为句。"大约到了南宋后期，懂音律的人越来越少了，南宋张炎说："今词人才说音律，便以为难。"（《词源·杂论》）南宋沈义父说："近世作词者不晓音律"（《乐府指迷》）。写词的人不懂音律，那该怎么写词呢？元代虞集在《叶宋英自度曲谱序》中说："近世士大夫号称能乐府者，皆依约旧谱，仿其平仄，缀缉成章。"词人面对旧时曲谱，似懂非懂，只能约莫着曲谱的旋律，根据字词的声调平仄去写词。后来连曲谱也失传了，那就只好仿照词牌的句式长短和平仄，依样画葫芦，即所谓"填词"了。

词的曲谱失传非常可惜！不过，词的句式长短、声调平仄，则给我们留下一些曲谱的痕迹。我们可以从这些痕迹中，隐隐约约地揣摩出曲谱的大概旋律，例如这首《调笑令》：

"胡马，胡马，远放燕支山下。"一开始便是"胡马，胡马"两个二字短句重叠出现，说明是一匹马，而不是一群马；句型短促有力，有鲜明的跳荡感，像是嘚嘚、嘚嘚的马蹄声，一匹骏马由远而近奔驰前来，节奏跳动快捷。次句"远放燕支山下"，配合奔马空间向远处延伸，句型拉长为六字句，节奏也放慢了，马蹄声越来越微弱了。"跑沙跑雪独嘶，东望西望路迷"，这是马的近景和特写。词人有意用六个二字短语组成这两个六字长句，节奏短促，连续不断，嘚嘚、嘚嘚、嘚嘚、嘚嘚、嘚嘚、嘚嘚……表现出马在沙漠上、雪原上长途奔驰，然后因为迷失了方向而放慢速度，东张西望，仰天长嘶，节奏也随之放慢拉长。有学者说："马是极具灵性的动物，善跑路亦善识路，不容易迷失方向，但作者却将此反常情事通过具体景象写得极为可信"（《唐诗鉴赏辞典》）。此说不妥。"老马识途"是相对而言的，并非在任何情况下都认识归路。在茫茫大草原上，目光可及之处一片空旷，没有任何参照物，很容易不辨东西，迷失方向。飞机雷达发明之前，船员在水天一色、一望无际的大海上航行，也时常因为四周没有参照物而暂时迷失方向。人且如此，何况是马。"迷路，迷路，边草无穷日暮。"末三句与首三句的句型相同，节奏相同，只是随着暮色渐浓，马的奔驰力渐弱，节奏也渐渐缓慢，最后消失。这首词的最大特点是，马蹄的嘚嘚声贯穿全词，词的句型和节奏与马的精神状态完全一致。前二句中马的精神饱满，奔驰速度很快，句型和节奏便短促有力；第三句中马向远方奔驰，由于距离越来越远，我们感觉马的奔驰速度越来越慢，马蹄声越来越低，句型便变为由状语（远）、谓语（放）和宾语（燕支山下）组成的六字长句，读起来节奏渐渐变慢，仍有一种奔跑起伏的感觉；中间两句节奏急促，动荡不定，表现了奔马迷失方向后的紧张情绪；最后两句的句型虽然与头两句相同，但因奔马日暮途穷，疲惫已极，节奏便明显地越来越缓慢微弱了。

刘禹锡（一首）

人格化的春天

春去也，多谢洛城人。弱柳从风疑
举袂，丛兰裛露似沾巾。独坐亦含嚬。

——《忆江南·春去也》

这首词的词牌下有一个小注："和乐天春词，依《忆江南》曲拍
为句。""乐天春词"指白居易的三首《忆江南》（江南好），说明
他和白居易的三首《忆江南》原来都是有音节和拍子，可以歌唱的，
可惜后来失传了。南宋词人姜夔留存有十七首词的工尺谱，后人只知
其章节，不知其拍子，仍不能歌唱。20 世纪 60 年代初，音乐刊物《歌
曲》将姜夔《扬州慢》工尺谱改编为简谱，可以歌唱，但已不是《扬
州慢》曲谱的原貌，因为不知道它是几分之几的拍子。我国古代的诗
歌本来就是音乐文学，诗是歌词，歌是乐曲，诗与歌是分不开的。早
在远古时代，诗、歌、舞就是三位一体的，《吕氏春秋·古乐篇》记载：
"昔葛天氏之乐，三人操牛尾，投足以歌八阕。""牛尾"是道具，"投
足"便是最简单的舞蹈。《礼记·乐记》解释说："诗言其志也，歌
咏其声也，舞动其容也，三者本于心，然后乐器从之。"说明了诗、歌、
舞各自的艺术功能。后来诗、乐、舞各自独立发展，但诗与乐、舞仍然
没有完全分离。《诗·毛诗正义》说："古者教以诗乐，诵之歌之，
弦之舞之。""诗乐"是一种专门用以配合诗、歌、舞的音乐，根据"诗乐"
旋律的要求，诗可以朗诵，可以歌唱，可以用乐器演奏，可以随乐起舞。

这个时期诗与音乐的关系是"诗为乐心，声为乐体"（《文心雕龙·乐府篇》），南宋朱熹明确指出："乐仍为诗而作"（《答陈体仁书》），先有诗，而后有乐。汉魏时期，诗歌、音乐有了长足发展，出现了多种体裁的诗歌和多种形式的乐曲。乐府人员把从民间收集起来的诗歌配上适当的乐曲，但诗歌的句型、篇幅长短不齐，这就必须修改诗歌的字句，或加上套语，即与诗歌内容不相干的句子，如汉乐府《白头吟》中的"今日相对乐，延年万岁期"，使诗歌适应音乐的要求，这便是"以诗从乐，先乐后诗"。唐代西域的燕乐大量传入中原，音乐形式空前增多，仅唐玄宗时期的《教坊记》就收录了324个曲谱。宋代的曲谱则多得不计其数，有"词山曲海"之称。《宋史·乐志》记载，北宋时"其急慢曲子几千数"。文人们按这些曲谱填入词句，加以歌唱，这便是"依声填词"。"依声填词"要求非常严格精细，据李清照说："盖诗文分平侧（仄），而歌词分五音，又分五声，又分六律，又分清浊轻重。"（《词论》）这个时期的词发展成为最严格的音乐文学，不懂乐谱便不会填词。词的乐谱宋元以后就失传了。文人只能根据一首词的总字数、每句的字数和每字的平仄来填词，即"依谱填词"，词的音乐性便基本丧失。词谱也是很多的，康熙二十六年（1687）万树《词律》收词调660个，康熙四十六年（1707）沈辰垣《历代诗余》收词调1540个，康熙五十四年（1715）王奕清《钦定词谱》从历代众多词谱中筛选出826个词调，至于各种词的变体就更多了。今人潘慎、秋枫《中华词律辞典》删去同体词调，共收有3773个词调。由此可见，词的音乐形式多么繁盛，但是我们现在的"依谱填词"与刘禹锡时代的"依声填词"已经大不相同了。

以上简单介绍了"依《忆江南》曲拍为句"的由来与发展，现在回过头来讲解这首惜春词。

　　"春去也，多谢洛城人。""春去也"，千万不要像我的村塾老师解释成为"春天走了"。这是一首把春天拟人化的词，是刘禹锡的一个写作创新。他把春天当作一位高雅的美女和圣洁的春神，向洛阳依依告别，用一种难舍难分的腔调说"我走了……"不用诗人的身份说"春天走了"，而用春天自己的身份说"我走了……"伤感的分量更重。譬如一对年轻夫妇分别，一种情景是女方已经走远，男方才说"我的爱人走了"；另一种情景是女方含情脉脉、眼泪汪汪地向男方告别说"我走了"。两种情景比较一下，还是女方那一声"我走了"更加动人。"流水落花春去也，天上人间"（李煜《浪淘沙令》）"更能消几番风雨，匆匆春又归去"（辛弃疾《摸鱼儿》）"春去也，更无消息"（元·萨都剌《满江红》），这些诗句与春天告别的双方缺乏感情交流，只是一方的感情表达；而在"执手相看泪眼，竟无语凝噎""留恋处，兰舟催发"（柳永《雨霖铃》）的情景下不愿走又不得不走，发出无可奈何的一声"我走了……"男女双方面对面地进行感情交流和心灵碰撞，其情其景就特别凄婉动人。

　　春天向洛阳告别的时候，为什么要"多谢洛城人"呢？因为洛阳人创造了春天！百花盛开、万紫千红是春天最繁华最动人的景象，而洛阳人最爱种花。这里有国色天香的牡丹花，"唯有牡丹真国色，花开时节动京城"（刘禹锡《赏牡丹》）；有洁白如雪的李花，"谁将平地万堆雪，剪刻作此连天花"（韩愈《李花》）；有令人沉醉的梅花，"玉楼金阙慵归去，且插梅花醉洛阳"（北宋·朱敦儒《鹧鸪天·西都作》），花的品种之多不计其数。洛阳的花很美，酒也很好喝，直到元代的关汉卿还说："我玩的是梁园月，饮的是东京酒，赏的是洛阳花"（《一枝花·不伏老》）。洛阳人爱种花，也爱赏花，白居易说："花开花落二十日，一城之人皆若狂"（《牡丹芳》）。洛阳人用多种花卉把洛阳城装扮得花团锦簇，美不胜收，得到历代诗人的高度赞扬。司马光写道："洛阳春日最繁华，红绿阴中十万家。谁道群花如锦绣，人将锦绣学群花"（《洛阳看花》）；南宋刘克庄写道："洛阳三月花如锦，多少功夫织得成"（《莺梭》）。诗人们赞美洛阳人的勤劳与智慧，也把洛阳当做梦寐以求的最佳归宿。唐代武元衡说他做梦也想念春天的洛阳："春风一夜吹乡梦，又逐春风到洛城"（《春兴》）；韦庄为他流落他乡、不得回归洛阳而深感惋惜："洛阳城里春光好，洛阳才子他乡老"（《菩萨蛮》）；欧阳修则表示："直须看尽洛城花，始共春风容易别"（《玉楼春》），要把洛阳的每一种花都看尽了，才向春风告别。洛阳人创造了如此美好的鲜花的海洋，春天的世界，历代诗人赞美，千万民众热爱，春天离去时，怎能不由衷地向养育她的洛阳人千恩万谢呢！

"弱柳从风疑举袂，丛兰裛露似沾巾。独坐亦含嚬。"正式推出拟人化的春的形象。柔弱的柳条随风摇曳，像是美女挥动长袖向洛阳告别。杨柳、松柏是两种不同意蕴的树木，古诗中时常出现。杨柳的女性特征很明显，"隔户杨柳弱袅袅，恰似十五女儿腰"（杜甫《绝句漫兴九首·其一》），"金谷园中柳，春来似舞腰"（唐·李益《洛桥》）。在诗人心目中，它是婀娜多姿、娉婷飘逸的美女形象："娉婷小苑中，婀娜曲池东。朝佩皆垂地，仙衣尽带风。"（李商隐《垂柳》）柳树的形体柔弱纤细："摇曳惹风吹，临堤软胜丝。态浓谁为识，力弱自难持。"（唐·方干《柳》）柳树的形体虽然柔弱，但却有顽强的自强自立精神。它能够创造春天，"只道梅花发，那知柳亦新。

枝枝总到地，叶叶自开春"（杜甫《柳边》）；它也可以带走春天，"两枝杨柳小楼中，袅袅多年伴醉翁。明日放归归去后，世间应不要春风"（白居易《病中诗十五首·别柳枝》），柳枝与春风是同在同去的。柳树最惹人怜爱的地方是它的多情，从"昔我往矣，杨柳依依"（《诗·小雅·采薇》）开始，它就成了依依惜别的最美象征。"折向离亭畔，春光满手生。群花岂无艳，柔质自多情"（南唐·李中《题柳》），"青青一树伤心色，曾入几人离恨中。为近都门多送别，长条尽折减春风"（白居易《青门柳》）。今天，这位美丽而圣洁的春神挥动着她的飘飘长袖向洛阳人告别，用一种凄婉的语调道一声"我走了——"如此情景，震荡人心。

在刘禹锡笔下，洛阳春神的美好形象是多元的，而在这首词中，他选择了柳枝和兰花。柳枝有飘动的美，兰花有幽静的美，一动一静，相映成趣。兰花的外形朴素无华，俗人熟视无睹，却有悠长深远的内在芳香，"幽植众宁知，芬芳只暗持"（唐·崔涂《幽兰》）。兰花品格高尚，或生于深谷，或独居一室，不图名利，与世无争，被历代雅士视为知己，所以清人郑板桥说"兰花不是花，是我眼中人"（《题兰》）。兰花并不是离世高蹈、不食人间烟火的隐逸之士，而是高才自恃、待价而沽的高雅君子。"兰色结春光，氛氲掩众芳"（唐·无可《兰》），她知道自己身价高贵，绝不作无聊的自我炒作，"春兰如美人，不采羞自献"（苏轼《题杨次公春兰》），她羞于自售自献，而是静待慧眼识珠的人前来采摘。文人喜欢兰花，有作为的帝王也喜欢兰花，唐太宗李世民写道："春晖开紫苑，淑景媚兰场。映庭含浅色，凝露泫浮光。日丽参差影，风传轻重香。会须君子折，佩里作芬芳。"（《芳兰》），康熙皇帝玄烨也写道："婀娜花姿碧叶长，风来难隐谷中香。

不因纫取堪为佩，纵使无人亦自芳。"（《咏幽兰》）由上述可见，兰花确实太高雅太脱俗了，一般俗人欣赏不了，帝王将相也很少去采摘，所以她有很强烈的时不我待的生存危机感。李白这位特别高傲的人深知此情，他写道："孤兰生幽园，众草共芜没。虽照阳春晖，复悲高秋月。"（《古风·其三十八》）今天，洛阳的春景已逝，群芳凋谢，兰花的生命到了尽头，她不禁悲从中来，泪流满面，正是"清风摇翠环，凉露滴苍玉"（唐·唐彦谦《兰二首·其一》），露水滴落在苍翠的兰叶上，滴在白玉般的兰花上，如同泪珠沾湿了兰花的衣襟，如泣如诉，楚楚动人。"弱柳从风疑举袂，丛兰裛露似沾巾"二句中"疑""似"二字用得很恰当，他是刘禹锡构思过程中形象变化的一种幻觉。弱柳、丛兰的原型基本不变，而在弱柳、丛兰的形体上幻化出"举袂""沾巾"的情形，从而在疑与不疑、似与不似之间，恍恍惚惚地完成了柳枝与兰花的拟人化。最后说说末句"独坐亦含嚬"该作何解。有学者说："如果说，前面四句都是从春的惜别一边着笔的话，那么这最后一句写到了惜春之人，即词中的抒情主人公。"（《唐宋词鉴赏辞典》）此说不妥。这首《忆江南》中抒情主人公明显的是"春"，"弱柳""丛兰"是"春"的化身。"春""弱柳""丛兰"都不能"独坐"，不能"含嚬"，能"独坐亦含嚬"的只能是女性化的兰花。兰花因惜春而泪下沾巾，哭泣之余仍无人相伴相慰，只好含愁独坐，眉宇之间蕴藏着无奈的悲伤。全词五句用两句写了兰花，可见"春"的化身柳枝是陪衬，兰花才是主体形象。

白居易（三首）

色彩鲜明的江南春景

江南好，风景旧曾谙。日出江花红
胜火，春来江水绿如蓝。能不忆江南？

——《忆江南·江南好》

白居易于唐穆宗长庆二年（822）任杭州刺史，唐敬宗宝历元年
（825）任苏州刺史。"上有天堂，下有苏杭"，山清水秀的江南风光
给他留下美好的印象。"江南好"，江南的春天很美好。这是泛写江
南风光。如何美好？白居易抓住江南最美好的两种景象"鲜花和江水"
加以渲染，写出了"日出江花红胜火，春来江水绿如蓝"的名句，脍
炙人口，千年流传。这两句之所以能得到人们的激赏，完全在于它的
色彩运用。黑格尔说："在绘画里气韵生动的最高峰只有通过颜色才
可以表现出来"，他认为这是画家"再现的想象力和创造力的一个基
本因素"（《美学》第三卷）。绘画如此，写景也是如此。"日出江
花红胜火"，用两种颜色最红的阳光照耀鲜花，鲜花的红色比熊熊燃
烧的火焰还红，放射出一种令人眩目的红光。江边的空气湿度较高，
湿润的红花经阳光一照，便格外水灵明净，光彩照人。这是阳光与红
花同色相映的效果。"春来江水绿如蓝"，也是同色相映，相辅相成。
春天的江水上涨，深度加大之后的水色变成深绿，与江边蓝草的深蓝
色相近。阳光照在蓝草上，又反射到江面上，江水便变成深蓝色了。
这种色彩的变化，绘画学上称之为"条件色"，正如达·芬奇所说：

"站在阳光和受光草地之间，则可见朝向草地一边的衣褶受反射线而沾染草地的颜色"（《芬奇论绘画》）。白居易和唐代诗人善于运用这种同色相映和"条件色"描绘景物，如"夕照红于烧，晴空碧胜蓝"（白居易《秋思》），"寺多红药烧人眼，地足青苔染马蹄"（唐·王建《江陵即事》），这是同色相映的佳句；"地足青苔染马蹄"以及"日落江湖白，潮来天地青"（王维《送邢桂州》），"苔痕上绿阶，草色入帘青"（刘禹锡《陋室铭》），这是"条件色"的佳句。在这首《忆江南》中，不仅有同色相映、相辅相成的效果，还有异色相映、相反相成的效果。江花之红与江水之蓝相互映射，由于对比的作用，增强了色彩的亮度，则江花更红、江水更蓝，两岸的景色特别清秀明媚。异色相映的佳句很多，如"江碧鸟逾白，山青花欲燃"（杜甫《绝句二首·其二》），"桃花细逐杨花落，黄鸟时兼白鸟飞"（杜甫《曲江对酒》）"乱点碎红山杏发，平铺新绿水苹生"（白居易《南湖早春》）"草色青青柳色黄，桃花历乱李花香"（唐·贾至《春思二首·其一》）等等。以上这些诗句和"日出江花红胜火，春来江水绿如蓝"一样，都是运用同色相映、异色相映和"条件色"，把所描绘的景物推向了"气韵生动"的成功之作。

《忆江南》不仅以景悦人，而且以情动人。全词从头到尾洋溢着饱满的激情，一开始就高呼"江南好"，江南真好呀！"好"字是很普遍、很高级的赞美词，人们对美好事物的赞扬无法穷尽其辞的时候，便用"好"字进行高度的赞美。在辞书中用"好"字组合的词语数量很多，"好"字虽然简单，但其蕴含丰富，激情高涨。"江南好"不只好在它的红花绿水，而是包含了以红花绿水为代表的许多美好景象，只是限于篇幅，不能展开描绘。次句"风景旧曾谙"，点明了"江南好"的原因所在。白居易从长庆二年（822）出任杭州刺史，到写作《忆江南》的唐文宗开成三年（838）他六十七岁时，已经过去整整十六年，他对江南美景仍然念念不忘，情不自禁地写下三首《忆江南》，一而再、再而三地加以赞美。可见他对江南的美好风光怀有多么深厚的感情。末尾再加一句"能不忆江南？"回应首句，扣紧词题，用质问的语气再次肯定他回忆江南是有充分的事实根据的。言外之意便是凡是去过江南的人，如果不欣赏、不回忆江南风光，他就是一个情感贫乏、感觉迟钝、审美能力十分低下的俗人。我历来认为，诗歌的艺术功能主要是抒情。写景诗如果缺乏充沛的感情，诗中景物的审美效应便会大为减弱。试想这首只有五个句子的《忆江南》全是写景，而没有"江南好，风景旧曾谙""能不忆江南"这样洋溢着赞美之情的词语，读者的审美情绪能调动起来吗？譬如南宋杨万里的《晓出净慈寺送林子方》："毕竟西湖六月中，风光不与四时同。接天莲叶无穷碧，映日荷花别样红。"一出口便是"到底是六月天的西湖啊！它与春夏秋冬的风光都不一样呀"！一句高声赞扬就把读者的审美注意力集中到西湖湖面上。读者紧接着看了下面两句，便会与诗人一同怀着激动的心情欣赏西湖独一无二的特殊美景，诗中景物涂上了浓浓的感情色彩——无穷无尽一直伸展到天边，与天空的蔚蓝色融为一体的碧绿的莲叶，多么壮观！在阳光照耀下，反射着异样光彩的千万朵荷花，多么辉煌！

闲适安逸，动静咸宜

> 江南忆，最忆是杭州。山寺月中寻
> 桂子，郡亭枕上看潮头。何日更重游？
>
> ——《忆江南·江南忆》

第一首《忆江南》泛写江南，这一首集中写杭州。杭州给白居易印象最深刻的一个是"月中寻桂子"，一个是"枕上看潮头"。桂树是南方特有的常绿乔木，树干挺拔，树叶翠绿，桂花色彩丰富，有金黄、橙红、黄白、纯白等色，观赏价值很高。桂皮、桂子可入药，有生津、暖胃、散寒、益肾等作用。桂子形态如橄榄，成熟后呈黑紫色，可供玩赏。捡拾落地的桂子本是寻常事，而白居易却是在"山寺"（杭州灵隐寺）这个特别幽静的地方、"月中"这个银光朦胧的环境中，俯下身子寻找桂子，他的游赏情趣就显得十分安闲自在了。与白居易游赏情趣相类似的是苏轼，他在《记承天寺夜游》中写道："元丰六年十月十二日夜，解衣欲睡，月色入户，欣然起行。念无与为乐者，遂至承天寺寻张怀民。怀民亦未寝，相与步于中庭。庭下如积水空明，水中藻荇交横，盖竹柏影也。何夜无月？何处无竹柏？但少闲人如吾两人者耳。"苏轼是二人玩赏庭中月光，白居易是一人寻捡月中桂子，并且蒙上了一层淡淡的神话意味。据北宋钱易《南部新书》记载："杭州灵隐寺山多桂树，僧曰月中桂也。至今中秋夜，往往子坠。"和尚总是喜欢把寺院中的事物与神话联系起来，以增强寺院的吸引力。灵隐寺和尚说他寺院里的桂树不是普通桂树，而是"月中桂"，这就把灵隐寺的桂树化为月宫中的桂树，灵隐寺也融入月宫中了。善于审美的诗人们很喜欢这种美妙的神话，如唐人宋之问写道："桂子月中落，天香云外飘"（《灵隐寺》）。在诗人的想象中，灵隐寺里的桂子似乎是从月宫中落下来的，而且散发着漫天的香气。夜深人静，万籁俱寂，白居易离开污浊喧闹的官场，在纤尘不染的月光中，在树影婆娑的树荫下，捡拾从月宫中落下来的桂子，月光清明，心境清澈，目光所及，一片洁白，一仰一俯，捡拾桂子，仿佛在月宫里漫游。这种游赏情趣，就不只是苏轼夜游承天寺那样安闲自在，而且心灵似乎与月中嫦娥发生无言的交流，恍恍惚惚有几分飘飘欲仙的意味了。他曾写道："在郡六百日，入山十二回。宿因月桂落，醉为海榴开。"（《留题天竺灵隐两寺》）白居易擅长修身养性。"山寺月中寻桂子"是净化精神、洗涤心灵的活动，难怪他不到两个月就要去一次灵隐寺，而且一去至少要留宿一夜。

"山寺月中寻桂子"是动中求静，在无欲无求、随意而为地捡拾桂子的活动中，身心融入山寺的静谧和月光的清明之中，得到一种安闲中有几分仙气的精神愉悦。"郡亭枕上看潮头"则是静中求动，依靠在观景亭的枕头上，居高临下地观赏钱塘江潮。钱塘江潮号称中国第一奇观，古今赞扬钱塘江潮的诗文和影视很多，大家可以自行检阅。我这里只列举几位唐代诗人关于钱塘江潮的佳句。李白《横江词》："海神来过恶风回，浪打天门石壁开。浙江八月何如此？涛似连山喷雪来。"刘禹锡《浪淘沙》："八月涛声吼地来，头高数丈触山回。须臾却入海门去，卷起沙堆似雪堆。"唐人徐凝《观浙江涛》："浙江悠悠海西绿，惊涛日夜两翻覆。钱塘郭里看潮人，直至白头看不足。"他们都如实地写出了钱塘江早潮晚汐的声势浩荡、壁立如山、力破山石、昼夜不息、惊心动魄的雄奇景观，可以帮助我们认识"郡亭枕上看潮头"那个"潮头"的具体情状，以及白居易为什么要观赏钱塘江潮的原因。在这里，我们应当特别注意白居易当时观潮的方式和心情。

孟浩然曾在《与颜钱塘登樟亭望潮作》中写道："百里闻雷震，鸣弦暂辍弹。府中连骑出，江上待潮观。照日秋云迥，浮天渤澥宽。惊涛来似雪，一坐凛生寒。"一听见百里外的潮水涌动声，孟浩然这位性格恬淡沉稳的人也坐不住了，立刻中断了弹琴，和杭州府的人员骑上马直奔钱塘江边，等待潮水到来，"府中连骑出，江上待潮观"，可见他观潮的心情多么急切。白居易则不然，他先把床铺安放在亭子里，再铺上被褥，摆好枕头，潮水涌来时，他依靠在枕头上消消停停地一人独享潮起潮落的景象。在惊天动地的浪潮面前，这种从容不迫的情态与"山寺月中寻桂子"的安闲自在是一致的。白居易在《看潮》中写道："早潮才落晚潮来，一月周流六十回。不独光阴朝复暮，杭州老去被潮催。"诗中没有大喜大悲的感情起伏，只有潮起潮落催人老去的客观提示。"天平山上白云泉，云自无心水自闲。何必奔冲山下去，更添波浪向人间"（《白云泉》）。他宁愿一个人从远处高处依枕观潮，而不愿成群结队地奔向江边凑热闹。白居易在赴杭州上任时就写道："置怀齐宠辱，委顺随行止。我自得此心，于兹十年矣"（《长庆二年七月自中书舍人出守杭州路次兰溪作》），又写道："宜怀齐远近，委顺随南北。归去诚可怜，天涯住亦得"（《委顺》），——顺天从命，无忧无虑，一切听其自然，是白居易后半生的处世态度。他写道："槿老花先尽，莲凋子始成。四时无了日，何用叹衰荣"（《八月三日夜作》）。在他看来，生死荣辱、远近高低、花开花落、春夏秋冬，没有本质区别，都是天地安排好的自然现象，非人力所能强求，亦非人力所能改变，不必枉费心机，孜孜以求。只要连形骸生命都顺从自然，心灵便会清空澄澈，才能容纳大自然，发现大自然各有其美，春华秋月很美，夏雨冬雪也美。从白居易人生观念出发，我们可以想见他"郡亭枕上看潮头"时的心情多么安闲，多么旷达。他从高处俯瞰潮起潮落，进一步领略到大自然变化多端而又循环往复这种内在于自然界的本质之美。眼前是巨浪拍岸的惊骇，而内心是阅尽春色的平静。这种平静不是麻木不仁，无动于衷，而是看清了人生，看清了自然，一切服从于天地的最充实的喜悦。"山寺月中寻桂子，郡亭枕上看潮头"既是耳目的享受，又是精神的升华。白居易在杭州多次出游，所获颇多，所以希望能旧地重游。"何日更重游？"语气很重，迫切之情冲口而出。白居易写《忆江南》时六十七岁，七年之后的七十四岁去世。"何时更重游"既表现了希望重游的迫切，又隐隐流露出重游无望的担忧。

《忆江南》共三首，其三是："江南忆，其次忆吴宫。吴酒一杯春竹叶，吴娃双舞醉芙蓉，早晚复相逢。"此词平淡无奇，而日本明治维新时期的汉学家近藤元粹却说："春竹叶，醉芙蓉，对法奇巧"（《白乐天诗集》卷五）。此评言之过甚，"竹叶"与"芙蓉"的词性、平仄对偶工整；而"春"是名词，"醉"是动词，对偶不工，何谈"奇巧"？古代大家的作品并非篇篇俱佳，不过，由此可知日本国民对白居易诗词喜爱到几乎偏激的程度。早在唐文宗开成三年（838），白居易文集便传到日本。嵯峨天皇曾抄录白诗，时常吟诵，习作唐代诗词，并设置白氏文集讲座，由文学大家传授给醍醐天皇、村上天皇。王公大臣也纷纷学习和仿作白诗。这种现象并非偶然。白居易诗以通俗明晓、妇孺皆知著称，所以很容易受到外族人的赞赏。

相思之情的物化表现

汴水流，泗水流，流到瓜洲古渡头。
吴山点点愁。　　思悠悠，恨悠悠，恨
到归时方始休。月明人倚楼。

——《长相思·汴水流》

　　在我的记忆中，把相思之情比作流水，最早大概是东汉末年的诗人徐干。他写道："自君之出矣，明镜暗不治。思君如流水，何有穷已时"（《室思·其三》）；后来李白也写道："阳台隔楚水，春草生黄河。相思无日夜，浩荡若流波"（《寄远十二首·其六》）；至于更晚一些的唐代才女鱼玄机的"思君心似西江水，日夜东流无歇时"（《江陵愁望寄子安》），则与徐干的"思君如流水，何有穷已时"完全相同。这三位诗人分别指出了相思之情的汹涌浩荡和长流不息，正如孔老夫子所感叹的"逝者如斯夫！不舍昼夜"（《论语·子罕》）。艺术意象的运用上，白居易则有新的创造。他先把思妇相思的感情物化为汴水、泗水，再把三个"流"字连接起来加以重叠，用民歌的调子吟诵出来，从而凸显出汴水、泗水的流动形态，这就把徐干的"思君如流水"、李白的"浩荡若流波"变得更加可闻可见了。再者，汴水由开封流向东南，与发源于山东的泗水汇合入淮河，至瓜洲（今江苏扬州市）入长江，距离遥远，流域广阔，水流浩荡，蕴含着思妇相思之情的悠长、深广、汹涌起伏和对远方亲人日夜不停的追随。汴水、泗水这样相思之情的洪流，在长江北岸的瓜洲渡口汇入长江向东流去；长江南岸的山脉阻挡住了汴水、泗水，也阻挡住了思妇追随亲人的思绪。山高路遥，远在吴山之南的亲人身影越来越渺茫，思妇陷入了"天长路远魂飞苦，梦魂不到关山难"（李白《长相思三首·其一》）的绝望境地。怎样表现这种绝望心情呢？白居易用了简短的五个字："吴山点点愁"，对此，明人沈际飞说："'点点'字俊"（《蓼园词选》引），清人陈廷焯说："'吴山点点愁'五字精警"（《放歌集》卷一），清人俞陛云说："第四句用一'愁'字，而前三句皆化愁痕"（《唐词选释》），意为第四句的"愁"字点明了前三句也是含有愁情的。以上三位词曲大家都看出了"吴山点点愁"很精警很俊美，却都语焉不详。我认为"吴山点点愁"和前三句"汴水流，泗水流，流到瓜洲古渡头"一样，都是相思之情的物化表现。前三句是动态（水流）的物化表现，后一句是静态（吴山）的物化表现，即把愁情浓缩、固化为点点吴山。吴山远在长江之南，表现在画面上可以是远山如眉、远山如黛，也可以用点染笔墨表现为"远山如点"，一座山峰一个黑点，许多黑点组成一条高低错落的山脉，成为愁情的物化表现。"遥岑远目，献愁供恨，玉簪螺髻"（辛弃疾《水龙吟·登建康赏心亭》），是愁情的拟人化，把愁情拟人化为装扮着"玉簪螺髻"的美女，向人们"献愁供恨"；" 吴山点点愁"则是把看不见摸不着的愁情，物化为可视可见的群山，横亘在长江南岸。思妇的相思之情只能停留在山前，凝聚在山上，无法再前进一步；即使能飞越关山，也追寻不到消失在远方的亲人的身影了。

　　"思悠悠，恨悠悠，恨到归时方始休，月明人倚楼。"下片与上片在词语组合上是重叠复沓，在愁情表达上是回环往复。上片是相思之情的暗喻，下片是相思之情的明示。表现形式不同，表现的相思之情则完全相同。并且通过回环往复的歌吟式的表达，相思之情变得更明朗更强烈了。我们可以把这首《长相思》看作是一部抒情短片。上片全是空镜头，只有两条河流缓缓流向千里之外，汇入长江，向东奔腾而去；长江南岸的远山点点停留在画面上，静止不动。下片镜头掉过来，沿着河流奔来的方向溯流而上。画面上出现了在月光笼罩的绣楼上，一位女子正倚靠在栏杆上向远方眺望。她的目光从远方的点点吴山收回到汴水泗水之上，月光悠悠、水光悠悠，与思妇的情思悠悠融为一条千里长河。蕴含在月光、水光之中的思妇的心情，正像李商隐所说："深知身在情长在，怅望江头江水声"（《暮秋独游曲江》），思妇的相思之情被远山阻隔，被流水激荡，被明月照亮，强度越来越大，由思念上升为怨恨，"最是不胜清怨明月中"（清·纳兰性德《虞美人·最是不胜清怨明月中》），发展到无法忍受的程度。"月明人倚楼"到底该怎样诠释？近代俞陛云说："结句盼归时之人月同圆，昔日愁眼中山色江光，皆入倚楼一笑矣"（《唐词选释》）。这个喜剧性的大团圆结局，是中国古代文学中常见的俗套。从《长相思》的整体结构看，上片是愁情的展示与绝望，下片是愁情的提升与增强，最后点出"月明人倚楼"，说明上下两片中的情景都是思妇的所见所感，顺理成章，合情合理。如按俞陛云所说，试想一个由思念而绝望而怨恨的思妇深陷于剧烈的痛苦之中，怎么会突然由悲而喜，想象到"人月同圆"的美好景象呢？

温庭筠（两首）

慵懒无聊的贵妇人

> 小山重叠金明灭，鬓云欲度香腮雪。
> 懒起画蛾眉，弄妆梳洗迟。　　照花前
> 后镜，花面交相映。新帖绣罗襦，双双
> 金鹧鸪。
>
> ——《菩萨蛮·小山重叠金明灭》

年轻时阅读俄罗斯大作家冈察洛夫的长篇小说《奥布洛莫夫》，见识了俄国没落贵族奥布莫洛夫的慵懒无聊。作者写他起床这一生活片段就费了许多笔墨：早就该起床了，他赖在床上不动，看着天花板胡思乱想；磨蹭了半天，起身坐在床沿上又不动了；呆坐很久，慢慢腾腾地下了地，光找鞋、穿鞋又磨蹭了很长时间。后来读到温庭筠的《菩萨蛮》第一首，惊喜地看到了唐代贵族妇女的慵懒无聊，而且和冈察洛夫一样集中描写了她晨起梳妆的生活片段。两个慵懒无聊的人物形象，一男一女，一中一外，无独有偶，令人称奇。

"小山重叠金明灭，鬓云欲度香腮雪"两句，"小山"不是室内屏风上的小山，而是女性脸上的"小山眉"。据说唐代女性的眉形有十八种之多，仅山形眉就有"远山眉""五岳眉""三峰眉"等，"小山眉"是其中常见的一种。"小山重叠"是说小山眉经过一夜在枕头上的摩擦，变形了，不整齐了；小山眉原来不大，不会画成重重叠叠的样子，在历史文献上也没有记载重重叠叠的小山眉。"金"字指额黄，即画在双眉之间的黄色花饰。"小山重叠金明灭"，是说这个贵妇折腾了一夜，很晚才醒来（富贵人家有夜生活，睡得晚，起得晚）。阳光照在她脸上，只见摩擦了一夜的小山眉变形了；随着头部轻轻摆动，额头黄花在阳光下忽明忽灭。贵妇的面部装饰，在温庭筠的其他词作中也有表现，如"蕊黄无限当山额，宿妆隐笑纱窗隔"（《菩萨蛮十五首·其三》）。额黄可大可小，所以说"蕊黄无限"。额黄面积越大，在阳光下闪烁明灭的强度越大。"粉心黄蕊花靥，黛眉山两点"（《归国谣二首·其二》），则是说画在脸上的黄花。黄花无论画在额头上，还是画在脸上，都会在阳光下闪烁明灭。"鬓云欲度香腮雪"，是说贵妇蓬松如云的头发正从她又香又白的脸上溜下来，溜的速度很慢，"欲度"而未度。这说明这位贵妇虽然醒来了，却懒得动作，连头部也懒得大幅度摆动，以致头发往下溜得很慢。"鬓乱钗垂，梳堕印山眉"（五代·和凝《江城子五首·其四》），是说梳头的时候头发溜到了眉毛上，"鬓云欲度香腮雪"，则是说躺在床上头部轻轻摆动，头发在脸上缓缓下溜。这两句把贵妇的慵懒情态描绘得非常细致，从人物的装饰和轻微的动作上表现出她的慵懒。温庭筠的笔墨人称"针线绵密"，"小山重叠金明灭，鬓云欲度香腮雪"，用密集的词语集中写贵妇的面部情状；上片四句，全是写贵妇的慵懒。近代俞陛云却把这两句分割开来，说"小山"是写"屏山之金碧光灵"，一开始就用一句多余的笔墨，摆设出一架与贵妇的慵懒情态毫不相干的屏风，于情于理都说不通。"懒起画蛾眉，弄妆梳洗迟"，点出"懒"字，承上启下，上片基本上都是写这个"懒"字。贵妇懒洋洋地睁开眼睛，仰起头颅，坐起身子，懒洋洋地挪动身子，坐在床沿上穿衣穿鞋，又懒洋洋地洗脸梳头，描眉画眼；化妆打扮非常仔细，左弄弄，右整整，动作非常迟缓。大概整一个早上，就是干这一件事。以上一系列迟缓动作，写尽了贵妇的慵懒和无所事事的无聊心情。

"照花前后镜，花面交相映"两句，继续写梳妆过程，而贵妇心情开始发生变化。贵妇虽然生活空虚，百无聊赖，仍然有美的追求和生活的欲望。她希望实现自己的生存价值，而在当时的历史条件下，女性的生存价值只能是以色事人，于是"女为悦己者容"便成为女性主要的生活内容，并且习以为常了。在这种生活习惯和潜藏意识的支配之下，贵妇用一个早上的时间精心地梳妆打扮之后，仍不放心。她拿着两面镜子，前后左右照来照去，唯恐有什么地方不够妥帖完美。当她从镜子里看到插在鬓边的红花与自己美艳的面容交相辉映的时候，原来担心"奴面不如花面好"（李清照《减字木兰花》），变成了"人面桃花相映红"（唐·崔护《题都城南庄》），甚至自我感觉到是"花面不如奴面好"而兴奋起来。花容月貌是实现生存价值的基本条件，这个条件越充分，生存价值的实现就越有希望。于是贵妇追求完美的热情更加高涨，头部装饰妥帖之后又准备华丽的服装。"新帖绣罗襦，双双金鹧鸪"，旧服装、旧图案都不要了，换上全新的服装、全新的图案——贴在上衣前胸、用金线绣成的一对鹧鸪鸟，象征着恩爱幸福，形影不离，正是这位贵妇的希望所在和精神寄托。容貌艳丽、服装华美的贵族女性自然会得到男性的赞赏，而一旦得到男性的赞赏，她的生存价值便实现了。

温庭筠《菩萨蛮》中的女性形象很注重形式美，几乎都是珠光宝气、脂粉浓厚的贵妇人。他用密集华美的词语和精雕细刻的手法极力描绘贵妇的容貌、妆饰和服装，例如这首《菩萨蛮》一共八句，六句写头部——小山、鬓云、香腮、蛾眉、梳洗、照镜、花面等，情景空间狭小，一连串的头部描写环环相扣，紧密相连，密不透风。这样虽然能非常细致地描绘出女性的外部特征，给我们留下许多华美的唐代女性写照，却掩盖了女性的心理活动，削弱了女性的抒情力度。读者只能从女性细小的外貌变化和少见的举止行动上，推测她的情感状态，窥探她的心灵世界。在这首《菩萨蛮》中，我们便是从贵妇鬓发欲度未度、欲动未动中看出她的慵懒情态，从"懒起画蛾眉，弄妆梳洗迟"中推测她的无聊心情，从下片反复照镜、更换新衣中发觉了她对美好生活的向往。

思妇的希望、失望与绝望

梳洗罢，独倚望江楼。过尽千帆皆
不是，斜晖脉脉水悠悠，肠断白蘋洲。

——《梦江南·梳洗罢》

　　《梦江南》篇幅短小，全首只有五句二十七个字。怎样用最少的文字表达出最多的情感内涵，是一个很大的难题。这首《梦江南》写妇人登楼望人，怎样开头，从什么地方切入？我们先看看柳永的《八声甘州》："对潇潇暮雨洒江天，一番洗清秋。渐霜风凄紧，关河冷落，残照当楼。是处红衰翠减，苒苒物华休。唯有长江水，无语东流。不忍登高临远，望故乡渺邈，归思难收。叹年来踪迹，何事苦淹留？想佳人妆楼颙望，误几回天际识归舟？争知我，倚栏杆处，正恁凝愁！"这是大肆铺陈的写法，先写季节环境的变化，再写对故乡的思念和欲归不得，再写佳人登楼眺望，最后归结到自己的满怀离愁。温庭筠则与此不同。他删繁就简，抓住"佳人妆楼颙望，误几回天际识归舟"这个最精彩的中心环节，掐头去尾，直接从"梳洗罢"切入。

　　"梳洗罢"三字一句，直截了当，读起来简短明快。这是一个"有包孕的片刻"，从这种语气中，我们仿佛能听到看到这位思妇梳洗完毕后，手脚利落地收拾起梳洗用具的动作和声音，而不是"懒起画蛾眉，弄妆梳洗迟"那样慵懒拖沓。这是一个精明勤快、行动敏捷的妇女。由于她是为迎候远人来归而梳洗，我们可以从"梳洗罢"推想她梳洗时的情景。昨晚一夜，她都因为远方亲人可能来归而兴奋不已。她早早就起床，精心地梳妆打扮，要以最美丽的容貌、最华美的服装、最热烈的情感，去迎接心爱的人。她的心情非常急切，梳洗一完毕，立刻奔向江边，"独倚望江楼"，向远方眺望，这个"独"字值得玩味。有学者认为作者是"用'独'字来突出她的孤寂之感"（《唐宋词鉴赏辞典》）。也许如此，但不尽然，思妇的心情无疑是孤寂的，但"独倚望江楼"与"独上高楼，望尽天涯路"（晏殊《蝶恋花》）的"独"字一样，是强调独自登楼，不是结伴同行，也不是表现登楼者的孤独。为什么强调独自登楼这一行动特征呢？大家知道爱情是绝对自私的，有关爱情的各种感受绝不能与他人分享。世间迎送最亲的人都是当事者一人行动，哪有拉上许多伙伴，成群结队前往的怪现象？思妇登楼前的兴奋、登楼眺望的期待、久望不见人的焦虑，以及可能出现的江边重逢的喜悦、执手相拥的幸福等等，都是属于思妇一人所有，一人承担，一人享受。"独"字强调了这些爱情感受的专有属性，从而为思妇下一步的失望、绝望情感的爆发作了充分的情感铺垫。

"过尽千帆皆不是，斜晖脉脉水悠悠。"从前面"梳洗罢，独倚望江楼"这种前后两句紧密相连的快速节奏中，可以知道思妇是梳洗完毕便急匆匆登上望江楼的。她满怀希望，急切地等待远方的亲人。江面远处只要露出白帆的尖顶，她便盯住不放，看着船帆会不会停泊在望江楼下，上了岸的是不是自己的亲人。从早晨到日暮，她眼巴巴地眺望了一天，等待了一天，但是船帆过了一只不是，又过了一只不是，过了许多船帆都不是。在眺望等待的过程中，希望与失望相互交替，每交替一次都是一次精神折磨。眼看日落西山，仍不见亲人归来，希望越来越渺茫，失望越来越沉重。一次比一次更沉重的打击，把她的身心推向了崩溃的边缘。怎样表现精神濒临崩溃的情状呢？这里首先要弄清"斜晖脉脉水悠悠"的"脉脉"一词当作何解。一般论者都把"斜晖脉脉"解释为拟人化的表现，说斜阳也和思妇一样含情脉脉（见《唐宋词鉴赏辞典》等）。我的理解是，"脉脉"一词是由"脉"字组成的，它的本意是脉搏，而脉搏是跳动的。"含情脉脉"，也是说饱含爱意的目光闪动；再从斜阳照射在水面上的景象看，"一道残阳铺水中，半江瑟瑟半江红"（白居易《暮江吟》），"瑟瑟"可以解为"瑟瑟作响"，如"枫叶荻花秋瑟瑟"（白居易《琵琶行》），也可以解为"瑟瑟发抖"。"半江瑟瑟"是说斜阳随着江水的动荡而轻微抖动。"瑟瑟"和"脉脉"都有抖动的义项，"斜晖脉脉"与"半江瑟瑟"一样，也是说夕阳在江面上闪烁抖动。"过尽千帆皆不是"，思妇受到连续的打击，她痛苦之极，心神不宁，精神恍惚，饱含热泪，浑身颤抖，呆呆地望着空荡荡的江面，闪烁的目光与抖动的斜阳交相映射，似乎斜阳也和她一同痛苦地颤抖；而且这种失望之极的痛苦，正像悠悠江水一样长流不息。这种情景高度融合的表现，比拟人化的写法更为深刻。正如明人沈际飞所说："痴迷、摇荡，惊悸、惑溺，尽此二十余字"（《草堂诗余别集》卷一）。

最后一句，"肠断白蘋洲"。近代李冰若说："此词末句，真为画蛇添足，大可重改也。"（《栩庄漫记》）朱光潜先生也说这一句多余，删掉它，仅留"斜晖脉脉水悠悠"，会有耐人寻味的余韵。在我看来，温庭筠写这一句，除了词调格式的要求之外，主要是为了表现思妇的绝望心情。从第一只船帆开始，到"过尽千帆皆不是"，一次比一次沉重的打击，迫使她由失望走向绝望的境地。绝望到什么程度呢？绝望到心灵破碎，肝肠寸断！"肠断白蘋洲"，全词到此，戛然而止，意为事已如此，无须多言。另外，白蘋洲也许是思妇与其亲人初次相识的地方，温庭筠的《江南曲》写道："妾家白蘋浦，日上芙蓉楫。轧轧摇桨声，移舟入菱叶。……岸傍骑马郎，乌帽紫游缰。含愁复含笑，回首问横塘。""肠断白蘋洲"可能是实指其地。在相识之地等待久别之人而不得，前后对比，尤增悲伤。蘋草是一种水生植物，开白花。白花花一片的江边小洲，更适合表现思妇绝望的凄惨心情。

以上《菩萨蛮》与《梦江南》，前者精于描绘人物外貌，文字绵密，而抒情意味淡薄；后者着重抒发人物内心情感，文字疏朗，于人物外貌不着一笔，而人物形象可以想见。作者同为一人，而风格迥异，可见大家之作是不拘一格的。

韦　庄（五首）

女性自我意识的觉醒

　　春日游,杏花吹满头。陌上谁家年少,
足风流!　　妾拟将身嫁与,一生休。
纵被无情弃,不能羞!

————《思帝乡·春日游》

　　"春日游,杏花吹满头。"春天是百花盛开的季节,也是少男少女们心花怒放的季节。在家中蛰居了一个冬天的村姑,按捺不住满腔激动的春情,冲出家门,奔向田野,在一片杏林里自由徜徉。"春日游"三字短句,开门见山,简洁有力,表现了村姑当机立断、毫不迟疑的游春心态和行动。作者把村姑安排在杏林里,也许有这样的创作意图:杏花农历二月就开放了,与迎春花几乎同时开放,这与村姑迫不及待的迎春心情相契合;杏花花朵繁盛,特别拥挤,色彩鲜红,形成"红杏枝头春意闹"的热烈气氛,与村姑春情似火的情绪相一致。人物与环境配合得十分和谐完美。杏花含苞时是纯红色,逐渐变为白里透红的粉红色。一阵春风吹来,花瓣纷纷飘落,犹如漫天花雨,落在"豆蔻梢头二月初"(杜牧《赠别二首·其一》)的青春年少的村姑头上、身上。女儿本来就是人类的花朵,满头满身花瓣的村姑更是花中精灵。"杏花吹满头",村姑像一位头戴花冠、身穿粉红色长裙的花神在花海中游动。在作者的提示下,读者眼前幻化出一个花即是人、人即是花、花人一体的绝美形象,外形像杏花一样娇艳,内心像杏花一样火热。

沐浴着明媚春光，享受着和煦春风，这位村姑有她的生活目标和美好追求，绝不会让大好时光从身边悄悄溜走。

"陌上谁家年少，足风流！"真是天遂人愿，想什么就来了什么。村姑抬头一看，一个年轻人正从田间小路上向她走来，不禁又惊又喜，从心里喊道：那是谁家的小伙子，真够风流呀！"足风流"，足够风流，十分风流，无以复加的风流，完美无缺的风流！有的选本上在"足风流"后加一问号，不妥。"谁家年少""足风流"都是表示惊喜，并非表示疑问。如果对小伙子的家庭出身有疑虑，就不会有下文立刻以身相许的决定了。"足风流"，既是一见钟情的表现，也是村姑求偶标准的体现。古今中外一切女性的生活追求，是嫁一个理想的伴侣白头偕老。这位村姑的求偶标准早已反复推敲了多次，依据求偶标准形成的男性形象也反复出现了多次，日益明晰可见。一旦遇到符合标准的男性，便会一见倾心；而且在求偶心切的主观情感的支配下，把男性看做审美偶像，越看越完美，越看越可爱。一见钟情是一种最纯真、最直接的爱情，与世俗爱情大为迥异。世俗爱情虽然不完全排除感情因素，但主要考虑家庭财富、社会关系和个人前途。一见钟情则排除这种杂念，而以容貌、体态、仪表、气质是否优美，尤其以感情是否投合为主要标准。这些内容一眼就能看清楚，用不着反复考查，即可作出是成婚的决定。

"妾拟将身嫁与，一生休。"村姑立刻表示，我打算把自己嫁给他一辈子就交代了。从这句斩钉截铁、类似誓言的表白中，可以看清这位村姑的最高理想就是嫁一个称心如意的郎君，相亲相爱，在二人世界里幸福美满地生活。如果这个目标达到了，愿望满足了，一生的追求便实现了，她就成为最幸福的人了。作者写到这里，一个为追求美满婚姻而勇往直前、大胆泼辣的村姑形象，大大方方地站立在读者面前。这位看似天真烂漫的村姑是不是一个头脑简单、行事轻率的傻姑娘呢？不是。她对世态人情有所认识，对婚姻的不确定性有所警惕，对婚后可能遇到的不幸早有准备。在婚姻生活中，古今中外的女性最担心的是被中途抛弃，因为这会给她们造成比离异的男性更多更大的实际困难。女性一般比男性更注重感情生活，一旦被抛弃，精神创伤比男性更加严重。在这里，村姑追求美满婚姻的强烈程度达到高潮，同时对婚姻的不确定性也高度警惕。在这两种心理活动的交叉点上，作者用有力的笔触猛然一转，亮明了村姑的态度——

"纵被无情弃，不能羞！"纵然被他无情地抛弃了，我也不害羞！我忠于爱情，恪守承诺，有什么可害羞的！我是一个被害者，应当得到人们的同情，有什么可害羞的！况且，我拥有过他，享用过他，吮吸过爱情的乳汁，品尝过爱情的甜蜜，这就够了，有什么可害羞的！从这个坚定有力的宣誓中，村姑形象的另一面——有远见、有勇气、敢担当、敢负责的精神面貌，更加鲜明地展现在读者面前。我由此隐隐约约地感觉到，村姑的言行表现了古代女性自我意识的觉醒。在父母之命、媒妁之言决定个人婚姻的封建社会中，这样敢为自己的婚姻采取行动，敢为自己可能的不幸完全负责，敢作敢当、独来独往的女性，实在是太少见、太可爱了。唐五代文人词中有众多女性形象，这个"杏花姑娘"是绝无仅有的一位。温庭筠《南歌子》中的女性"手里金鹦鹉，胸前绣凤凰。偷眼暗形相，不如从嫁与，作鸳鸯"，羞羞答答地不敢直说，缺乏自主能力；唐人牛峤《菩萨蛮》中的女性"柳阴轻漠漠，低鬓蝉钗落。须作一生拼，尽君今日欢"，为男性的一日之欢，竟然用自己的一生作代价，行动太轻率了；汉乐府《折杨柳枝歌》中的女性"门前一株枣，岁岁不知老。阿婆不嫁女，那得孙儿抱"，就有些粗俗了。相比之下，《望帝乡》中的这位村姑既热情洋溢，又冷静思考，既大胆果断地紧紧抓住眼前的幸福，又为今后可能发生的意外早作准备。这样的女性即使在千年之后的今天也是令人十分爱慕的。

清人陈廷焯评价韦庄的词"似直而纡，似达而郁"(《白雨斋词话》)。这首《望帝乡》的抒情方式，体现了"似直而纡"的特点。全词读起来似乎缺乏跌宕起伏的节奏，但仔细捉摸，村姑的情感状态是有曲折变化的。春日野游是她春情荡漾的自然表现，满头杏花是她热爱生活、自怜自爱的自我炫耀；夸赞陌上少年"足风流"，是她择偶标准突然出现的意外惊喜；"妾拟将身嫁与"是打算嫁给对方，能否成婚，还要看对方是否同意；"纵被无情弃，不能羞！"则是在作了最坏的准备之后，仍然坚定不移的选择。一首小词顺着春日游——足风流——一生休——不能羞这四个行动和情感节点，把村姑追求完美婚姻的思绪发展变化表现得如此曲折尽致，非高手岂能为之！

女方的离别回忆

四月十七，正是去年今日。别君时。
忍泪佯低面，含羞半敛眉。　　不知魂
已断，空有梦相随。除却天边月，没人知。
　　　　　　　——《女冠子·四月十七》

韦庄的《女冠子》共两首，第一首是女子对男子的梦中思念，第二首是男子与女子的梦中相遇，前后呼应，谓之联章体。

"四月十七，正是去年今日。别君时。"这个开头得到一些词学家的赞赏，说它"冲口而出，不假妆砌"（明·徐世俊《古今词统》），"起得洒脱"（清·陈廷焯《白雨斋词评》），却没有说明为什么会如此。有人把"四月十七"与杜甫的"皇帝二载秋，闰八月初吉"（《北征》）相提并论，认为用时间开头颇为别致。我认为"四月十七"并不是干巴巴的时间，而是词中少妇的深刻记忆。从去年"四月十七"与情郎分别后，她就掰着手指数日子，一直数了三百六十五天，到今年的"四月十七"，春去夏至，寒来暑往，仍不见情郎归来。三百六十五天是漫长的精神煎熬。去年"四月十七"的离别已经十分痛苦，那么到今年"四月十七"，久别的痛苦便累积为数十倍的痛苦了。这种日日叠加、不见尽头的久别之苦，迫使她冲口而出地说道：正是去年的"四月十七"我们分别的呀！言外之意是你可知这一年我是怎么熬过来的呀！表面上看，这个开头直截了当，毫不拖泥带水，确实"起得洒脱"，而少妇的情感状态却一点也不"洒脱",反倒是相当沉重,相当哀婉。"四月十七"是这位少妇不断念叨、不断重复的日子,持续了整整一年,情不自禁地脱口而出。这是久别之痛的自然表达。"四月十七"就是"四月十七",如同我的生日是三月初八,一个字也不能改动,一改动就失真了。"正是去年今日"的"正是"一词语气既十分肯定,又特别激动。肯定是因为记忆深刻,毫不含糊;激动是因为这个日子不同寻常,蕴含着去年分别时的种种情景。"别君时"承上启下,先写去年分别时的情状,分别后的思念,暂且按下不表。

"忍泪佯低面,含羞半敛眉。"分别的时候,心灵一阵颤抖,一阵酸楚,两眼溢满了泪水。少妇强忍着不让眼泪流下来,又假装低着头,不让情郎看出来。"相见时难别亦难",此时一别,不知何时才能相见,也许是生离死别,永远没有相见的机会了。少妇本想放声痛哭一场,本想多看几眼情郎,但为了不使情郎伤心,她都强忍住了。这对于一个阅世甚浅、自控能力不强的少妇来说,需要付出多么大的忍耐力呀!由此可知这位少妇对情郎特别关爱,特别体贴,她宁肯一人承受离别的痛苦,也不愿让情郎受到消极影响。"忍泪"是离情的一个层面,"含羞"则是离情的另一个层面。为什么"含羞"呢?我想这位少妇与情郎可能新婚不久,感情生活尚未经过长期磨砺,不像多年的夫妻那样无论何事都能坦然相对。在分别的时候,男女双方会有两情缠绵、倍加温存的肢体表示,男方也许大胆主动,女方则难免有几分羞怯被动,而且担忧别后再无相逢之日,所以"半敛眉"是半羞半忧、半推半就的表情和动作。如果是"全敛眉",眉头紧锁,那么就是恼怒的表情了。这两个对仗句把少妇离情的两个不同的层面——痛苦与羞怯,表现得层次清晰,惟妙惟肖,读者似乎就站在他们身边,能听到他们急促的呼吸。

"不知魂已断，空有梦相随。"下片转向别后相思。"魂断""断魂"，一般解为痛苦之极而神情迷茫，是说久别的痛苦把这位少妇折磨得魂魄飘散，精神恍惚，濒临死亡，用俗话说就是痛苦得要死。"不知"是说起初还能感觉到这种痛苦，后来痛苦的强度超出了感觉神经的承受能力，陷入麻木不仁的状态，再痛苦也感觉不到了。有学者认为"'不知'二字准确地写出了一个涉世未深的痴情少女的口吻，虚中寓实，蕴藉含蓄，比用'知'更深更悲"（《唐宋词鉴赏辞典》），我认为，少妇的"不知"（感觉麻木）是从"知"（感觉灵敏）发展而来的，痛苦到感觉不到的程度，可见其痛苦之深重。临别时，少妇为了不惹情郎伤心，已经"忍泪佯低面"了；久别后，少妇没有必要再假装说自己不觉得有多么痛苦。遥想远去的情郎，硬说自己不觉得痛苦，这种"蕴藉含蓄"既不合情理，又十分可笑。为久别之痛而"魂已断"，只能在梦境中才能解除这种痛苦，一个孤独的灵魂便飘向梦乡。为了满足日间不能满足的愿望，人们常常做梦。梦是从绝望走向希望的一条捷径，希望越强烈，做梦就越频繁。梦中的环境、人物和情感状态，往往和日间身边发生的事件有多种相同之处，所以弗洛伊德说"梦是一种愿望的满足"（《梦的解析》）。"故人入我梦，明我长相忆"（杜甫《梦李白》），这位少妇日有所思，夜有所梦，在梦境中与情郎相携相随，可以得到一时的满足。但是，梦境毕竟是短暂的，虚幻的，梦醒之后，失落感、空虚感比做梦前更加沉重。"空有梦相随"的"空"字，强调了梦境幻灭后的空虚感。少妇的久别之痛，在这一声叹息中达到了饱和程度。

"除却天边月，没人知。"梦前的思念、梦后的空虚不断重复，使少妇日益感到孤独无依，痛苦无告。情急之下，便把天上明月当做倾诉的对象。每当月亮从天边升起，她会以为这就是准时前来探望她的朋友。这样日久天长，敞开心扉，畅所欲言，少妇便当真把月亮作为唯一的知己与闺蜜了。情郎远在天边，音讯杳然；月亮近在眼前，相望相守。两相比较，少妇把月亮视为最可信赖的亲人，孤独的处境、空虚的心灵会得一时的安慰。但是，少妇以月为知己的主观感觉，如同"空有梦相随"的一样是虚幻的。"除却天边月，没人知"只是少妇的痴情语。"明月不知离恨苦，斜光到晓穿朱户"（晏殊《蝶恋花》），冷酷的现实是人不知，月更不知。在这里，少妇是用月之知反衬人之不知，更加凸现出她的孤苦无告，无可奈何。"除却天边月，没人知"纯属少妇口吻，看似简单直白，实则蕴含着对情郎的爱慕、思念、怨恨、伤感和无奈等复杂情感，余音袅袅，耐人寻味。我们仿佛看到了少妇对月怀人的孤独身影，听到了她如泣如诉的哽咽声。全词全是白话、白描，不夸张，不虚饰，少妇的一举一动、一思一念，都如实道来，却声色毕现，生动感人。这是韦庄注意学习民间歌谣的语言功夫。古老高雅的韶乐虽然音调铿锵，却不感人；而山野荒村的一声牛笛，则能把人感动得肝肠寸断，原因就在于它是真实、亲切、朴素的。所以，同样喜欢民歌的刘禹锡说"请君莫奏前朝曲，听唱新翻杨柳枝"（《杨柳枝词》）。

与男方梦中相遇

> 昨夜夜半，枕上分明梦见。语多时。
> 依旧桃花面，频低柳叶眉。　　半羞还
> 半喜，欲去又依依。觉来知是梦，不胜悲。
> ——《女冠子·昨夜夜半》

"昨夜夜半，枕上分明梦见。语多时。"一开始便与前首《女冠子》"四月十七，正是去年今日。别君时。"在时间上相呼应。"四月十七"是一个笼统的日期，"昨夜夜半"是一个准确的时间。"正是去年今日"与"别君时"前后紧接，重点是说明分别的日期。"枕上分明梦见"与"语多时"各自独立成句，前句说明男方在梦中见到女方，后句说明女方在梦中对男方的倾诉。前首《女冠子》说"空有梦相随"，这一首一开始便进入梦乡，两首前后相接，内容同中有异，异中有同。"四月十七，正是去年今日，别君时。"语调缓慢，情绪低沉。"昨夜夜半，枕上分明见。"语调快捷，情绪兴奋。梦境多数是迷离恍惚的，人物面貌多半闪烁不定，而这里却是"枕上分明见"，极为难得，也极为珍贵。"分明"一词既指男方看得清晰，又指天色晴朗，光线明亮，同时男方的心情也是明朗的。男方看见了什么呢？暂且不表，先写女方的倾诉。"语多时"，这种长篇倾诉也是很少见的。梦境中的人物对话一般是三言两语。这里的"语多时"，说明自从去年分别以后，少妇积累了整整一年的话无处倾诉，今夜好不容易与情郎相遇，便情不自禁地把憋了一肚子的话倾吐出来；同时也表现了女性性别的一般特征：话多、爱唠叨，说起来便没完没了。那么男方有没有耐心一直倾听女方的诉说呢？通常情况下，女子倾向于情感享受，男子、特别是年轻男子倾向于对女方容貌、体态的欣赏。

"依旧桃花面，频低柳叶眉。"看得真分明、真清楚呀，少妇的容貌还是像桃花一样美丽。"桃之夭夭，灼灼其华"（《诗经·桃夭》），桃花鲜红似火，象征青春像火焰般燃烧，后来凝聚为诗句"人面桃花相映红"（崔护《题都城南庄》），"人面桃花"便成为对女性容貌美的最高级形容。"依旧"一词，说明对女方的容貌美记忆深刻，这次见面又仔细端详、前后对比了一番，发现少妇的容貌没有变化，依旧美丽，因而甚感欣慰，特别兴奋。"依旧桃花面！"这语气就像是一件珍贵的宝贝失而复得时兴高采烈的呼喊。去年分别的时候，少妇是"忍泪佯低面"，她的容貌看不清楚，而且双方心情黯然伤感，也不是相互欣赏的时候。今夜相遇，少妇用不着为了不使情郎伤心而"佯低面"，而是把因相逢的欢乐而容光焕发的"桃花面"展现在情郎面前，不再遮遮掩掩了。但是，少妇天然的羞怯并没褪尽。她很想多看看久别后情郎的容貌，却不敢长久凝视，每看一眼便羞得低下头去；男方急于向她示爱，但每一次表示都会使她羞得低下头去。"频低柳叶眉"表现出少妇既兴奋又羞怯的微妙情态，笔墨分寸非常准确。由此可见作者对男女双方的性别特点、心理活动、情感状态都十分熟悉，写人如同写己。作者深知分别后的男女双方都在相互思念，思念得越长久，梦境的过程越长久，所以有"语多时"的长篇倾诉。思念得越深入，梦中人物的面貌越清晰，所以有"枕上分明见""依旧桃花面，频低柳叶眉"。思之真决定了梦之真，才会有如见其人、如闻其声、眉目如此清晰的生动画面，才会有使读者能够深入理解人物情感状态的艺术效果。

"半羞还半喜，欲去又依依。"下片首句"半羞还半喜"是对上句"频低柳叶眉"情态的诠释。上片"含羞半敛眉"是又羞又愁，"半羞还半喜"则是又羞又喜，眉头舒展，愁情完全消散了。分别的时候到了，少妇"欲去"而未去，在去留之间犹豫徘徊，不想分别又不得不分别，难舍难分，心情非常矛盾。词中的特定场景是男女相逢，依依不舍是双方的共同表现。这里只说女方"欲去又依依"，是因为有词牌字数的限制，无法兼顾，只要写了女方的表现，男方的表现就在其中了。

"觉来知是梦，不胜悲。"结句是一个陡然的转折，写梦醒后的悲哀。这位男子左盼右盼，终于盼来了与意中人相会的大喜的日子。他倾听着意中人的喁喁细语，说了很多如何想念他的贴心话、私房话；欣赏了意中人的桃花面、柳叶眉；品味了意中人"半羞还半喜"的表情变化；最后又与女方相拥相抱，依依不舍。这一切是多么幸福、多么温馨、多么令人陶醉啊！他以为有第一次相会，便会有第二次相会，依依难舍中包含着再次相会的希望。但是好景不长，突然从梦中醒来，眼前一片空虚，一切旖旎风光烟消云散。梦中、梦醒仿佛天壤之别。他深感被梦境所欺骗，这是一种悲哀；回顾当年与少妇的幸福也像做梦一样，到头来也是一场空，他深感被生活所欺骗。双重悲哀压得他实在承受不起，因而发出了"不胜悲"的哀叹。全词到此结束，简捷明了地说自己梦醒之后，深感悲哀。含蓄有含蓄的美，直白有直白的美，不必强求一律。写词或含蓄或直白，需视词中人物的个性而定。两首《女冠子》中的少妇都比较羞怯，"含羞半敛眉""半羞还半喜"，作者两次揭示了她羞怯的个性特点，所以她不直接说自己的久别之痛无人知晓，而是拉来月亮作陪，委婉地说"除却天边月，没人知"。男方的个性比较直爽，在梦中尽情欣赏女方的容貌、表情，毫不掩饰。最后说"觉来知是梦，不胜悲"，实在受不了这种悲哀，直截了当，毫不委婉。作者这样处理，完全符合人物的个性特点，不应当受到指责。

韦庄是自觉从民歌中汲取创作营养的词人，他说"花缘艳绝裁难好，山为看多咏不成"（《江山村居》），又说"羡尔无知野性真，乱搔蓬发笑看人"（《赠野童》）。他喜欢山村儿童蓬头乱发般的原始野性，因为他天真无邪；他不喜欢十分艳丽的花卉，因为它娇嫩难活，缺乏野草的顽强生命力。韦庄的这种审美观念，决定了他的词作必然具有民歌情深意切、形象鲜明、明白如话、有话直说、意尽即止的艺术特点。例如这首《女冠子》的感情滔滔汩汩，一气直下，无停顿，只在结尾处陡然一转，不遵守上片写景、下片抒情的固定模式，也是受了民歌体裁不拘一格的影响。再如唐五代词总集的《敦煌曲子词》中有许多联章体词作，有两首联章，有多首联章，用一组句法、格律相同的词作表现一件事物的方方面面，扩大了词的容量，提高了词的表现力。韦庄的这两首联章体《女冠子》，显然也是来自民间词。此后欧阳修的《渔家傲》按一年十二个月顺序一一写来，多达二十首，但词风的民歌风味比韦庄淡薄了。

琵琶声中劝早归

红楼别夜堪惆怅,香灯半卷流苏帐。
残月出门时,美人和泪辞。 琵琶金
翠羽,弦上黄莺语。劝我早还家,绿窗
人似花。

——《菩萨蛮·红楼别夜堪惆怅》

"红楼别夜堪惆怅,香灯半卷流苏帐。""红楼"一般注为红色的楼,
富贵人家女子或妓女的居所,亦可解为歌舞场所。寺院建筑都很庄严
朴素,会不会把"舞榭"涂成红色?我持怀疑态度。不过,"红楼"
毕竟是色彩华美的楼房,则是可以肯定的。从色彩感觉联想上看,"红
楼"又很容易让人想到"红颜女子"。这首词一开始便说"红楼别夜
堪惆怅","红楼"既指女子的居所,兼指女子的红颜美貌,以物代
人,一举两得,笔墨简练,发人想象。"别夜"特指分别的这一夜,"堪
惆怅",实在令人心情惆怅若失——难以承受的失落感、空虚感。"堪"
即不堪,因是七字句,省略"不"字。这位女性为什么深感惆怅、失落、
空虚呢?次句"香灯半卷流苏帐"作了回答:一盏散发着香味的灯光
映照着半卷半掩的流苏帐。这个回答初看与上句联系不紧,而且模糊
不清,但仔细想想,原来是一句相当暧昧的性暗示。"流苏"是挂在
帐子四角和帐子前帘的丝织穗子,富贵人家的帐子才有这种华美的装
饰品。帐子"半卷",说明刚刚起床,帐帘尚未全卷,被褥尚未叠起。

"香灯"并非灯光本身有香味,而是因为富贵人家的居室墙壁涂着香料,夜间人们的注意力集中在灯光上,会产生灯光散发香味的错觉。试想,居室内香气氤氲,灯光半明,一对男女在朦朦胧胧的帐子里会发生什么,是不言而喻的。正当他们在流苏帐里度春宵的时候,却不得不突然中断无限幸福的时光。作者用居室环境的温馨幸福,反衬出夜间分别的凄凉痛苦,有经验的读者自然会有具体而微的体会。韦庄词的语言虽然明白如话,但话里有话,耐人寻味。

"残月出门时,美人和泪辞。"男女双方无论多么情意缱绻,难舍难分,一直缠绵到后半夜,还是不得不分手。"残月"一词使人联想起柳永的名句"今宵酒醒何处?杨柳岸,晓风残月"(《雨霖铃·寒蝉凄切》)。女子把心上人送出门来,只见天边一钩残月,夜风凄凉,天色如水。环境凄凉,心情凄凉,天上一片空白,心中也一片空白。离别的痛楚涌上心头,化作双目饱含的泪水。这景象很像"执手相看泪眼,竟无语凝噎"(柳永《雨霖铃·寒蝉凄切》)。"无语凝噎"虽然无语,仍有凝噎抽泣之声。"美人和泪辞"则是为了不使男方伤心,强忍着不哭出声来。这是一种沉默的告别。表面越是沉默,内心的情感波澜便越是汹涌;而且泪光闪闪的形象,比起号啕痛哭更加令人怜爱。韦庄的《清平乐》也是写离别场面的,"莺啼残月,绣阁香灯灭。门外马嘶郎欲别,正是落花时节。"莺啼声宛如女郎的啼哭,马鸣声则冲击着女郎的心灵。有声的离别令人心情震动,无声的离别令人心情压抑,二者各有特色,应以当时具体情景而定,很难分出高低。

"琵琶金翠羽,弦上黄莺语。"上片写离别时的痛苦,下片反转回来写离别前美人弹奏琵琶对男方进行叮嘱。"金翠羽"一说是琵琶弦轴上的装饰,一说是琵琶弹拨上的装饰,未知孰是。我认为"金翠羽"

即翠鸟。此鸟背部呈翠蓝色，喙和腿为赤黄色。"金翠羽"与"黄莺语"相对，都是比喻琵琶声音之美妙动听。韦庄《归国谣》中的"金翠羽，为我南飞传我意"可以为证。琵琶有四弦，有五弦，音量高，共鸣度高，音色清脆明亮，是古代弹拨乐器中表现功能最好的乐器，也是最难弹奏的乐器。这位美人弹奏出来的琵琶声，如同翠鸟、黄莺啼叫那样婉转娇柔，"留连戏蝶时时舞，自在娇莺恰恰啼"（杜甫《江畔独步寻花》），十分悦耳动听。而表现"莺歌燕语"的琵琶便成为女性传情达意的最佳乐器，例如"弦弦掩抑声声思，似诉平生不得志。低眉信手续续弹，说尽心中无限事"（白居易《琵琶行》），"记得小蘋初见，两重心字罗衣，琵琶弦上说相思"（晏几道《临江仙》）。

"劝我早还家，绿窗人似花。"从琵琶弦上弹奏出的千百个音符汇成一句话，就是"劝我早归家"。这句话看似简单，实则蕴含着极丰富的感情。母亲送儿女远行，千言万语最要紧的是"你早点回来"；妻子送丈夫远行，也是"你早点回来"；小儿女送父亲远行，也是"爸爸，你早点回来"。这是因为他们是血肉相连的命运共同体，谁也离不开谁，分离是最大的痛苦，团聚是最大的幸福。当远行者听到"你早点回来"这样恳切、深情、柔和的叮嘱时，怎能不深受感动，温情的暖流涌上心头，流遍全身。远行者听到这句话时，就会觉得原本就很美的美人现在就更美了。"绿窗人似花"是远行者的感觉，也是对"劝我早归家"的回答。我们回过头来看看全词：香气氤氲的居室多么芬芳，半明半暗的灯光多么幽静，流苏帐里多么温馨，翠鸟、黄莺歌唱般的琵琶声多么动听，"美人和泪辞"多么令人心痛，"绿窗人似花"多么令人留恋。面对此情此景，远行者怎能不力争早回家呢。居室美，卧具美，琵琶美，乐声美，都是为了衬托情美、人美。"绿窗人似花"

是最后定格的特写镜头，绿色纱窗掩映着一位如花似玉的美人，值得永远欣赏，永远思念。顺便提一下，用桃花李花比喻美人，大概是从《诗经·召南》开始的，"何彼襛矣，华如桃李"。曹植《杂诗七首·其四》也说"南国有佳人，容华若桃李"。此后，用桃李比喻美人的诗句就更多了。世上美人千姿百态，不限桃李一种。那么，这首《菩萨蛮》中的美人是什么样的美人呢？韦庄《浣溪沙》写道："暗想玉容何所似，一支春雪冻梅花"。这首《菩萨蛮》中的美人送别时热泪盈眶，而不哭出声来；临别前用琵琶声曲折传情，而不用言语直说。这样多才多艺、高雅娴静、性格内敛、举止有度、不亢不卑的女性形象，不正像春雪中的梅花吗？

无可奈何的反话正说

人人尽说江南好，游人只合江南老。
春水碧于天，画船听雨眠。　　垆边人
似月，皓腕凝霜雪。未老莫还乡，还乡
须断肠。

——《菩萨蛮·人人尽说江南好》

韦庄是长安人，他的七世祖官至文昌右相，四世祖韦应物官至苏州刺史，至韦庄时父母双亡，家道衰微。唐广明元年（880）12月，黄巢农民军攻占长安，882年韦庄开始四处流浪。北至陕西、山西、河南、河北，南至江西、江苏、浙江、湖南、湖北，除了江南地区相对安定之外，其他地方均处于战乱之中。894年六十岁时始中进士，任校书郎，不久被两川宣谕和协史李询聘为判官，奉使入蜀。901年任西川节度王建掌书记。907年唐王朝大势已去，军阀混战，韦庄力劝王建称帝，成为五代十国中前蜀的开国元老，官至吏部侍郎兼平章事（宰相）。910年8月在成都去世。韦庄半生漂泊不定，后期虽然官居相位，仍怀有深沉的故国之思。他写道："春愁南陌，故国音书隔。细雨霏霏梨花白。燕拂画帘金额。尽日相望王孙，尘满衣上泪痕。谁向桥边吹笛，驻马西望销魂。"（《清平乐·春愁南陌》）西望何处？当然是西望他的故都和故乡，他的《浣溪沙·夜夜相思更漏残》末句"忆来惟把旧书看，几时携手入长安"便是明证。终其一生，尽管江南、蜀地美人如玉，风景如画，"何处游女，蜀国多云雨"（《清平乐·何处游女》），故国之思始终未减。因此，在他的词作中虽然不乏对江南美女、美景的描述，却时常流露出对故国的怀念。

"人人尽说江南好，游人只合江南老。"请注意，是"人人尽说"，不是少数人说，白居易也曾说："江南好，风景旧曾谙。日出江花红胜火，春来江水绿如蓝。能不忆江南？"（《忆江南》）。那么这个"人人"包括不包括韦庄自己呢？我认为既包括，又不包括。何以言之？从表层意义上说，"江南好"是所有人的共识，韦庄也不例外；从深层意义上说，韦庄的内心深处觉得家乡比江南更好。"露从今夜白，月是故乡明"（杜甫《月夜忆舍弟》），家乡的天，家乡的地，家乡的太阳，家乡的月亮，家乡的一草一木、一花一叶，就连老屋上的袅袅炊烟，都是那样熟悉，那样亲切。它们是自己生命的一部分，是生命的共同体，任何时候都不会淡忘；而且随着年龄的增长，阅历的丰富，特别是命运的坎坷，对家乡的怀念会刻骨铭心。韦庄与这里的"人人"是一种若即若离的关系，所以在赞美江南好的时候，他强调的是"人人尽说"，言外之意是"他人尽说"，不像一般写景诗那样突出自己的赞美之情。"游人只合江南老"中的"游人"既是他指，又是自指。一般游人会留恋江南风光，甘心终老于此；韦庄与此不同，他是因为战乱频仍，国势衰微，被迫流落于江南。江南不是久留之地，他的理想是在故乡长安的庙堂之上施展治国平天下的才能，挽救唐王朝的衰亡。他的最低愿望也是叶落归根，即使死于他乡，也要狐死首丘，心向故土。因此，当他听到"游人只合江南老"的时候，他的心情是哭笑不得、酸楚无奈的。终老于江南是别人的生活追求，而不是韦庄的生活理想。所以，本词一开始他就强调是"人人尽说江南好"，并没有说自己"此生只合江南老"。这两句读起来很潇洒豁达，实则对江南好持一定的保留态度，终老江南也是一种无可奈何的选择。在这里，又一次表现出韦词"似直而纡，似达而郁"的创作特点。

"春水碧于天，画船听雨眠。"江南好，首先好在它的自然环境上。绿色是天地山川、江河湖海、草木花卉的自然本色，是人类最喜欢的颜色。江南多水，河流湖泊纵横交错，春天的江水碧绿碧绿，白居易说"春来江水绿如蓝"，韦庄笔下的春水比蓝草还绿，绿得深沉，绿得宁静，绿得安详，绿得清爽。春水静静流淌，把人的心灵引向蓝色的大海，引向碧绿的田野，产生梦幻式的感觉。驾一只色彩华丽的小船，任其在绿波上飘荡，于是春水便有了人的灵魂、人的情怀，把游人拥抱在自己怀中。夜间，春雨随着春风轻轻飘来，滴落到船篷之上。雨势时急时缓，雨滴时大时小，雨声时高时低，敲打着用竹片编制的船篷上，宛如一首清脆而柔和的催眠曲，把游人引入沉沉的梦乡。这种"画船听雨眠"的恬静、温和、安闲、自在，非韦庄所独有，唐人元稹说"曾向西江船上宿，惯闻寒夜滴篷声"（《雨声》），南宋杨万里更是念念不忘，"归舟昔岁宿严陵，雨打疏篷听到明。昨夜茅檐疏雨作，梦中唤作打篷声"（《听雨》），可见雨打船篷的自然声响带给人的精神享受，是多么令人印象深刻，难以忘怀。

"垆边人似月，皓腕凝霜雪。"上片写江南风景美，下片写江南女性美。江南山清水秀，物产丰富，空气湿润，历来是盛产美女的地区。江南美女像月亮那样明媚，那样温柔，那样娴静，那样多情，那样善解人意。她是普照人间的一轮明镜，"海上生明月，天涯共此时"（唐·张九龄《望月怀远》）；她是人们孤独时的忠实伴侣，"花间一壶酒，独酌无相亲。举杯邀明月，对影成三人"（李白《月下独酌》）；

她是被遗弃者的心灵安慰，"阑干移倚遍，薄幸教人怨。明月却多情，处处随人行"（张先《菩萨蛮》）；她是永不分离的爱情象征，"恨君不似江楼月，南北东西，南北东西，只有相随无别离"（宋·吕本中《采桑子》）。古代诗词中多以月亮作美女的衬托，韦庄把美女直接比喻为月亮，是他的一个创造。这里用了汉代才子司马相如与才女卓文君"当垆沽酒"的故事。司马相如追求卓文君撰写并弹奏了一首琴曲《凤求凰》："有一美人兮，见之不忘。一日不见兮，思之如狂"。富家女卓文君不顾家庭反对，与司马相如私奔至临邛（今四川邛崃市），以沽酒为生。后来卓文君发现司马相如另有新欢，撰写并吟唱了一支歌曲《白头吟》，表示"愿得一人心，白头不相离"。词中用这个典故暗喻江南女子品格高尚，才高貌美，对爱情忠贞不渝。"皓腕凝霜雪"，古人描写女性皮肤洁白多在面容和手臂两处，而面容常有胭脂、黛眉，不是纯白，只有手臂是纯白的，所以常见的用词是皓腕、玉腕、素手等，如"纤纤擢素手，札札弄机杼"（汉代《古诗十九首·迢迢牵牛星》）"收红豆，树底纤纤抬素手"（五代·欧阳炯《南乡子》）"纤纤素手如霜雪，笑把秋花插"（苏轼《劝金船》）。"皓腕"之"皓"，不是一般的洁白，而是光洁度高，白得发亮，更引人注目。"凝霜雪"，霜雪是松散的，而凝结（不是凝固，更不是冻结）了的霜雪，如同"温泉水滑洗凝脂"（白居易《长恨歌》）中的"凝脂"一般富有弹性。"皓腕凝霜雪"正如"攘袖见素手，皓腕约金环"一般。江南女子用她们的肢体动作，再一次显示了她们光洁照人和蓬勃的生命力。"垆边人似月"是静态的美，"皓腕凝霜雪"则是动态的美。一动一静，把江南美女写活了。

"未老莫还乡，还乡须断肠。"江南风光很美，女子很美，趁年齿未老时尽情享受一番，本是合乎人情的事。然而如前文所述，韦庄的志向并不在此。江南风光、美女只是他短期的情感寄托，最后的精神归宿仍然是自己的故乡。战火连绵不息，唐王朝灭亡在即，故乡长安欲归不得。"莫还乡"似乎是劝说自己莫要回乡，实则是想回乡却回不去。"未老莫还乡"，似乎是老了即可回乡，实则是老了也不得回乡。心里想着早还乡，嘴上却说莫还乡；心里思念长安故乡，笔下却赞赏江南美景。这些反话正说、以乐景写哀景的手法，更加增大了乡愁的分量，增强了思乡的悲哀。末句"还乡须断肠"再推进一步，意为假设"未老即还乡"，现在就可以还乡，那也不能回去了，一回去非肝肠寸断不可。何以见得？且看韦庄《秦妇吟》中黄巢之乱后长安的破败凄惨景象："家家流血如泉沸，处处冤声声动地。舞伎歌姬尽暗捐，婴儿稚女皆生弃……"这就能理解韦庄劝说王建称帝之后，率领群臣跪向长安大哭一场，"还乡须断肠"并非夸张之辞，也能理解他在另一首《菩萨蛮·如今却忆江南乐》中说出"白头誓不归"这样看似决绝、实则十分痛苦的话。

李 珣（两首）

岭南女子的求爱方式

> 相见处，晚晴天，刺桐花下越台前。
>
> 暗里回眸深属意，遗双翠，骑象背人先
>
> 过水。
>
> ——《南乡子·相见处》

李珣是波斯（伊朗）人后裔，家居梓州（今四川三台县），其妹舜弦为五代十国前蜀末代皇帝王衍之妃。李珣通医售药，常在四川、南粤一带活动，熟悉岭南风土人情，词中有少见的岭南风光和人物。

"相见处，晚晴天，刺桐花下越台前。" "越台"即越王台，西汉初年南越国王赵佗之墓，在广州越秀山。广州气候炎热潮湿，最高气温在40℃左右，阴天气候更是闷热难耐。作者给这一对青年男女选择了一个相见的好天气——"晚晴天"。晴天的傍晚，天色晴朗，阳光柔和，气温凉爽，游人的心情自然爽快舒畅；又选择了一个相见的好地方——越王台前的刺桐花下。越秀山是广州著名游览区，山势不高，丘陵起伏，而树木茂密，葱茏苍翠，便于徒步游赏。山间有当地特产刺桐树，高度适中，树冠如扇，花色殷红炫目。绿色的树木与红色的花卉交相辉映，赏心悦目，游人的情绪也自然会兴奋起来。这几句是青年男女相会的自然背景，富有岭南地方特色。下面几句是本词的重心。

"暗里回眸深属意，遗双翠，骑象背人先过水。"在越秀山前的刺桐树下，女郎见到了她的意中人，该怎样表达自己的爱意呢？女郎在情郎面前难免有几分羞怯，不能以言传情，只能以目传情。这种传情方式由来已久，女郎不敢正面观察对方，而是悄悄地斜着眼看了对方几眼，表示了深深的爱意。"属意"是多义词，其中有二解：注意、倾心。此处二者兼有。女郎先是用审视的目光注意观察；看清了，看中了，便用脉脉含情的目光表示了爱慕之情。刘禹锡有"几度欲归去，回眸情更深"（《洛阳十咏·吏隐亭》）。"深"字在这里表示高度注意和深刻情谊。女性比男性事细心，反应敏捷，目光锐利，特别是在男女交往中能够快速看清对方的容貌仪态，甚至内心活动。由此可见，这位女郎是一个心明眼亮、处事果断的女子，与对方一见倾心，而并非轻率地仓促决定。那么，选中了意中人只是自己的决定，怎样才能知道对方的反应呢？她先试探一下，故意把一双翠玉簪子扔到路边，骑着大象，背朝对方先蹚水过河去了。这是一幅十分有趣、耐人寻味的画面。翠玉簪子是女性珍贵的首饰。这位女郎不惜把一双翠玉簪子扔在路边，暗示把珍贵的爱情交付对方，希望能成双成对。女郎扔下双翠之后，没有观察、等待对方的反应，径自骑象过水，这是因为她还有几分女性的羞怯、矜持，而更多的是女郎相信对方会接受自己的爱意。她"先过水"，意味着对方会"后过水"。由此可以推想，男方看见她把双翠扔到路边，先是一愣，不知所以，接着恍然大悟，大喜过望，立刻捡起双翠，追上前去。再看女郎骑在大象背上，随着大象步态一摇一摆，更显出女郎的苗条腰肢。我们还可以从女郎悠然自得的背影上，想象到她抿嘴含笑的神态和幸福即将到来的心灵激动。"暗里回眸深属意，遗双翠，骑象背人先过水"，短短三句便蕴含了如此之多的戏剧性情节，非词家高手岂能为之？

巴蜀男子的情思

去去，何处？迢迢巴楚，山水相连。
朝云暮雨，依旧十二峰前，猿声到客船。

愁肠岂异丁香结，因离别，故国音
书绝。想佳人花下，对明月春风，恨应同。

——《河传·去去》

这是一首表现巴蜀地区一位男子旅途中思念亲人的词，与一般写离情别意的词情调有所不同。

"去去，何处？"走、走！往哪里走？这是巴蜀汉子一句粗声粗气的话。"念去去，千里烟波，暮霭沉沉楚天阔"（柳永《雨霖铃·寒蝉凄切》）的"去去"是走呀走呀咏叹式的语调，这里的"去去"则是不想走却不得不走，无可奈何之下的烦躁气恼的语气。"何处？"表面上是问去什么地方，实则是说没有什么好去处，到处是穷山恶水，有什么可去的。"去去，何处？"四个字，就把巴蜀汉子粗犷直率的个性表现出来了。在诗词中透过人物的口语表现一个男性的情绪、个性和地域特色，这还是第一次，所以值得重视。

"迢迢巴楚，山水相连。"接着写旅途的艰险。巴楚地区包括四川东部、河南南部，重庆、湖北全部，地域广阔，山水交错，地势险峻。这些高大山川纵横交错，构成一个方圆数千里、地形复杂艰险的自然环境，没有一条康庄大道，人们外出只能在山水间艰难跋涉。古代的长江是一条主要水路，其艰险情状令人惊心动魄。诗人孟郊《巫山高》写道："目极魂断望不见，猿啼三声泪滴衣。"他们三人的共同体验是，由于长江水流险阻而泪下沾衣。至于"迢迢巴楚，山水相连"，广阔区域内崇山峻岭、大江大河，其交通之艰险、行路之艰难，便可想而知了。

"朝云暮雨，依旧十二峰前，猿声到客船。"巫山十二峰，主要有登龙峰、圣泉峰、朝云峰、神女峰。山峰高低不同，沟壑深浅各异，空气潮湿，环境闭塞，容易形成忽云忽雨、晴少阴多、常年云遮雾罩的小气候。孤舟远航的旅人身处此境，会觉得压抑、郁闷。唐人张子容《巫山》写道："朝云暮雨连天暗，神女知来第几峰。"杜甫《秋兴八首·其一》写道："玉露凋伤枫树林，巫山巫峡气萧森。江间波浪兼天涌，塞上风云接地阴。"天色阴暗，山风凄冷，群峰压顶，波浪汹涌，孤舟飘摇，旅人惊悚、孤苦，时时有覆舟之忧，实在是难以承受。夜深人静，旅人满腹愁情正要宣泄的时候，一声猿猴的长啸高亢而又凄凉，打破了夜空的沉寂，也打破了旅人的沉闷，增强了心情的凄凉；凄凉的心情与凄凉的猿声，发生了强烈的共振共鸣。这就是"猿声到客船"中的"客"的心理反应。作者没有展开，篇幅也不允许展开，但了解三峡景象的读者自然会联想到此时此地旅人的心情。"朝云暮雨"是男女情爱的专用名词，词中借用"朝云暮雨"这个现成词语，说明巫山十二峰自古以来依旧云雨弥漫，千年不变。另外，在这个典故的情爱本意中，是否暗含着巫山十二峰尚且有云雨之爱，而我却远离佳人、四处漂泊的感慨？

"愁肠岂异丁香结，因离别，故国音书绝。"下片直抒离情。丁香花细小繁盛，花蕾紧裹，久不开绽，如同人的愁肠紧缩难解。丁香花色多为白色、紫色，在濛濛细雨中透露出忧郁伤感的情调，所以李商隐说"芭蕉不展丁香结，同向春风各自愁"（《代赠二首·其一》），韦庄说"竹叶岂能消积恨，丁香空解结同心"（《悼亡姬·凤去鸾归不可寻》），李清照说"梅蕊重重何俗甚，丁香千结苦粗生"（《摊破浣溪沙·揉破黄金万点轻》），他们都着眼于丁香花的愁结与人心郁结的相通之处。词中的这位男子用反诘语气问道：难道我的愁肠与丁香花结有什么不同吗？强调了二者的共同特征，丁香花结解不开，我的愁肠也解不开。"因离别，故国音书绝"，紧接上句申明了愁肠难解的原因。古代交通不便，通讯方式只有书信一项，特别可贵。"玉关道路远，金陵信使疏。独下千行泪，开君万里书"（南朝·庾信《寄王琳》），万里虽然遥远，仍有书信寄来，而这位男子却是音书完全断绝，真是"书无鸿雁如何寄，肠断催归作么回"（宋·向子諲《鹧鸪天·浅浅妆成淡淡梅》）。我想这位在长江上孤舟航行的男子此时此地的心情，正像李璟所描写的"青鸟不传云外信，丁香空结雨中愁。回首绿波三楚暮，接天流"（《摊破浣溪沙·手卷真珠上玉钩》）。这样丰富的情感内涵，作者只用三句话加以说明。简洁直白的语言，正是巴蜀汉子有话直说、不加修饰的语言特色。

"想佳人花下，对明月春风，恨应同。"巴蜀汉子虽然说话直爽，却并非不懂男女情趣的粗汉。你看他在音书断绝的情况下，那颗拳拳之心飞到了佳人身边。他似乎看到心爱的佳人在对月怀人，在花前垂泪，在春风吹拂中春情激荡。春风、明月、鲜花是美好的，而由其触发的情怀则是伤感的。这种伤感集中到一点，就是离愁别恨。男子对佳人十分了解，十分体贴，他知道佳人和他一样随时随地都在思念着他，双方的离愁别恨是完全相同的。"恨应同"像一条情感纽带，把远隔千里的男女双方牢牢地拴到一起了。"恨应同"三字明快有力，直截了当，符合巴蜀汉子的口吻。这三句是一种"诗从对面来"的写法，不写自己如何思念对方，而写对方如何思念自己，从而把双方的相互思念融合在一起，加重了思念的分量，起到了双倍的效果。杜甫思念妻子是"香雾云鬟湿，清辉玉臂寒"（《月夜》），李商隐思念情人是"晓镜但愁云鬓改，夜吟应觉月光寒"（《无题·相见时难别亦难》），分别集中在"月夜"和"晓镜"两个时间点上，加以细致的描写；"想佳人花下，对明月春风，恨应同"，只点出"花下""明月""春风"，不展开描写佳人的具体感受，只用一个"恨"字加以提示，读者可以从"恨应同"这种简短有力的语气中，去想象、补充佳人的各种情态。语言明快，含义丰富，发人想象，这正是李珣创作艺术的一大特色。

据潘慎、秋枫的《中华词律辞典》统计，《河传》有 25 体，字句、韵脚、平仄各有不同。李珣的这首《河传》，上片"去去，何处？迢迢巴楚"一连三句的去、处、楚，押仄声韵，第四句"山水相连"的连字押平声韵，第五句"朝云暮雨"的雨字押仄声韵，第六、七句"依旧十二峰前，猿声到客船"的前、船字押平声韵。下片"愁肠岂异丁香结，因离别，故国音书绝"一连三句的结、别、绝，押仄声韵，第四句"想佳人花下"不押，第五、六句"对明月春风，恨应同"的风、同字押平声韵。韵脚七仄四平，仄声多而间以平声。平声舒展高扬，仄声低沉压抑，宜于表现感伤情绪。这首《河传》平仄错落有致，读起来在压抑中又有舒缓气息，如果曲谱尚存，唱起来就更美妙动听了。

黄甫松（一首）

安闲自在的梅雨梦

> 兰烬落，屏上暗红蕉。闲梦江南梅
> 熟日，夜船吹笛雨潇潇，人语驿边桥。
> ——《梦江南·兰烬落》

　　"兰烬落，屏上暗红蕉。""兰烬"，一般解为"烛灰"，即"蜡炬成灰泪始干"之"灰"（其实不是灰，而是蜡烛燃烧完留下的残油）；我认为"兰烬"应当是散发着兰花幽香的蜡烛残油。"烛明香暗画堂深"（李煜《虞美人·风回小院庭芜绿》），"烛"与"香"是两种东西，烛光明亮，香味幽暗；"麝烟销，兰烬灭"（清·纳兰性德《满宫花》），"麝"修饰"烟"，"兰"修饰"烬"，可以为证。"兰烬落"，散发着兰香的烛光熄灭了，"屏上暗红蕉"，屏风上的红色美人蕉暗淡了。这是入睡前的居室环境描写，但如此理解还不够深入。常识告诉我们，保障睡眠质量的三个必要条件是静、暗、熏。安静的环境、昏暗的灯光、散发着对人体无害的兰香，可以使人心绪平静，肌肉松弛，心情愉悦，处于安稳、安全状态，这正是引人入睡的最佳条件。一支蜡烛渐渐燃烧完了，室内光线渐渐暗淡下来，所有物体的形状、色彩都看不见了，避免了一些物体对大脑神经的干扰，他便很平静自然地进入了梦乡。

　　"闲梦江南梅熟日，夜船吹笛雨潇潇，人语驿边桥。""闲"字承上启下，入梦前的环境是安闲自在的，心情是安闲自在的，入梦过程是安闲自在的，入梦后的梦境更是安闲自在的。农历四五月间，江南梅雨连绵，气候温和，不冷不热，雨势缓慢，不急不暴，雨丝细微，若雨若雾，天地上下，一片迷茫，人间五色不眩于目，市场喧嚣不扰于耳，眼前只有细细的雨丝，耳边只有轻轻的雨声。宁静的雨景与宁静的心灵合二为一，雨景化入心灵，心灵融入雨景，创造出一个安闲自在的境界。夜晚，驾一只小船，点一盏渔灯，在水面上随风飘荡，自由徜徉，顺着缓慢的水势飘向远方。一阵笛声从小船中飘出，悠扬婉转，在平静水面上迷漫，在潇潇雨声中回响，给单调的雨声配上了优美的和声，让漆黑的夜色闪烁出幽幽的亮光。小船穿过圆形石拱桥，隐隐约约地听见桥上有人说话。吴侬软语，柔和轻细，是友人交谈？是游人问路？是情人絮语？为朦胧静谧的雨景平添了几分生气。船上的人是安闲自在的，桥上的人也是安闲自在的。全词的色调是迷茫朦胧的，而在朦胧的背景中蕴含着安闲自在的神情。古代诗词中的梅雨，往往和愁情相联系，例如"试问闲愁都几许，一川烟草，满城风絮，梅子黄时雨"（贺铸《青玉案·凌波不过横塘路》），"愁无语。黄昏庭院黄梅雨。黄梅雨。新愁一寸，旧愁千缕"（宋·陈垓《忆秦娥·愁无语》）。皇甫松用梅雨构建了一个安闲、自在、朦胧的江南梦境，则是他的首创。

欧阳炯（二首）

红豆树下岭南女

路入南中，桄榔叶暗蓼花红。两岸
人家微雨后，收红豆，树底纤纤抬素手。

——《南乡子·路入南中》

　　欧阳炯是四川成都人，是否去过岭南地区，不得而知，但他和李珣一样善于写岭南风光。他的《南乡子》八首写了岭南风光的方方面面，本词是其中之六。首句"路入南中"的"南中"一般指广东、广西和四川西南地区。

　　"路入南中，桄榔叶暗蓼花红。"一开始就说，沿着一条大路，进入岭南地区。"路入南中"四字简捷明快，语气中含有几分来到异地他乡的新鲜意味和兴奋情绪。"桄榔叶暗蓼花红"，进入岭南地区，无暇他顾，立刻被岭南的特有景观吸引住了。桄榔树高大密集，树干高达十余米，树叶生于树顶，长约六七米，呈羽毛状，树荫覆盖四周。强调了桄榔树叶形成的树阴之大之暗。桄榔树林密布两岸，空间幽深，浓荫蔽日，空气清爽；微雨过后，地面湿润，花草树木格外苍翠；桄榔树叶从树顶披散下来，随风轻轻飘摇；河边树底穗形的红蓼花盛开，在苍翠深幽的林木衬托下格外鲜艳夺目，给茂密的树林里增添了一丝亮光。这是一幅柔和舒适、水墨淋漓的岭南风景图，也是为岭南美女出场铺展开的自然背景。

　　"两岸人家微雨后，收红豆，树底纤纤抬素手。"一阵微雨，清爽了天，清爽了地，清爽了树木花草，也清爽了两岸人家。两岸人家的姑娘们一身轻松地走出家门，开始采摘红豆了。红豆产于台湾、广东、广西、云南等水乡湿地，树干灰绿，树冠庞大，绿叶白花，果实圆润，鲜红光亮，十分可爱。她们来到红豆树下，一手提篮，一手举起，攀摘红豆。"素手"，洁白、柔美、细长、精巧的手。岭南女子多穿蓝底白花和黑底白花服装，从衣袖中伸出的手臂愈显得白皙精美。素手与红豆相互映衬，则素手愈显其白，红豆愈显其红。作者把"树底纤纤抬素手"这个特写镜头置于词的最后，是一种有意突出女性美的安排。古今女子的肤色以洁白润泽为美，静坐时以"颜如玉"显示其美，活动时则以"素手""皓腕""玉臂"等显示其美。"纤纤擢素手，札扎弄机杼"（汉代《古诗十九首·迢迢牵牛星》），"娥娥粉红妆，纤纤出素手"（《青青河畔草》），"攘袖见素手，皓腕约金环"（曹植《美女篇》），"素手抽针冷，那堪把剪刀"（李白《子夜吴歌》），都是以"素手"代表女性的洁白无瑕。我们可以想象，背景是树荫浓郁，绿草如茵，红花盛开，小河流碧，前景是清秀的南国村姑举手仰面，摘取头顶上的颗颗红豆。画面上呈现出村姑们婀娜多姿的腰肢，洋溢着村姑们蓬勃的青春气息，仿佛可以听到村姑们银铃般的笑声。

这是一幅作者着意描绘的岭南村姑图，具有岭南画派构图层次分明，设色富丽协调，人物秀美活泼，画面苍润淋漓、生机盎然等特色。"红豆生南国，春来发几枝。愿君多采撷，此物最相思。"红豆鲜红圆润，晶莹可爱，是北方的稀缺物，把男女情爱寄寓在红豆上是北方人的意念。岭南地区盛产红豆，农民采摘红豆如同收获庄稼一般，并不觉得多么稀奇。

"春"字多而不烦

> 春来阶砌，春雨如丝细。春地满飘
> 红杏蒂，春燕舞随风势。　　　春幡细缕
> 春缯，春闺一点春灯。自是春心缭乱，
> 非干春梦无凭。

——《清平乐·春来阶砌》

这首词八句用了十个"春"字，虽非独创，却自有特色。

怀春人望美女（春人）而不见，只得眼巴巴地望着春光日新月异，为怀念意中人而结春愁，牢牢的春结无法解除。要想享受春天的乐趣，无奈意中人不在身边，只能再次痛苦地回忆。独自一人念叨着春花又凋落，如同去年的春花凋落而无可奈何。

八句中只有两句是一句中两个"春"字，句子中由"春"字组成词语"春心缭乱""春梦无境"只有两句，其他四句都用"春"字打头。从句式上看，一个四字句，一个五字句，五个六字句，一个七字句，句式变化较多，位置错落有致，读起来抑扬顿挫，与诗中春情起伏相吻合，这正是长短句的优势。首句"春来阶砌"的景象正如"苔痕上阶绿，草色入帘青"（刘禹锡《陋室铭》）一样令人耳目清爽，而四字句短促有力，把春来之快速表现出来了。"万树江边杏，新开一夜风"（唐·王涯《春游曲》），表现的正是这种景象。"春雨如丝细"，细如丝线的春雨轻轻飘来，湿润了大地，苏醒了万物。"随风潜入夜，

润物细无声"（杜甫《春夜喜雨》）。"细如丝"的春雨多么安静，多么温柔，静悄悄地催开了园中百花。"春地满飘红杏蒂，春燕舞随风势。"这里的"红杏蒂"是指红杏花，并非杏花的蒂（把儿），用"蒂"字是为了押韵。杏花的花期在农历二月下旬至三月上旬，开得早，落得也早，"不待春风遍，烟林独早开"（北宋·梅尧臣《初见杏花》）。杏花根蒂很细，凋谢时往往会整朵落下，"静落犹和蒂，繁开正蔽条"（唐·温宪《杏花》）。"春地满飘红杏蒂"，全词唯一的七字长句，啊！你看在春天的大地上落满了红色的杏花，表现出红杏纷纷扬扬随风飘荡的暮春景象，流露出些许眼见落红满地的惜春之情。不过这惜春之情并不浓烈，当它刚刚萌动的时候，便被另一种景象"春燕舞随风势"转移了。"春燕舞随风势"虽然没有明写燕子的某种飞翔姿态，却给读者提供了想象燕子"随风势"而飞翔的各种姿态，或高或低，或快或慢，或仰头攀升，或俯冲而下，或顶风奋进，或顺风滑行，或平身直飞，或侧身回旋。燕子与杏园的一动一静相映成趣，而灵动轻盈的燕子则为满地落红的杏园增添了几分生气。

下片"春幡细缕春缯，春闺一点春灯"，春天的女子出现了。古代立春日，妇女们用杂色丝织品剪成一缕一缕的条状装饰物，戴在头上以迎春辟邪祝福，希望一年好运，也是女孩子们展示美容美饰的好机会。"蛾儿雪柳黄金缕，笑语盈盈暗香去"（辛弃疾《青玉案·元夕》），蛾儿、雪柳、黄金缕就是春幡之类的妆饰。"春雨归来，看美人头上，袅袅春幡"（辛弃疾《汉宫春·立春日》），则把美人头戴春幡的风采展现了出来。词中的这位女郎用春天织成的崭新的丝织品，细心地设计，细心地剪裁，细心地缝制，给自己做一个美丽的春幡，把美好的憧憬融入春幡之中。女为悦己者容，女郎精心制作春幡忙碌了一天，却不见有人欣赏，心灵一片空虚，精神顿觉消沉。作者省略了这些心理活动，因为是篇幅有限，也是有阅读经验的读者可以想见的。词从女郎白天制作春幡的忙碌活动，跳跃到了夜晚独守空闺的孤苦伶仃。"春闺一点春灯"，女郎的闺房内点燃着一盏春灯。这是什么样的春灯呢？女郎面对这一点春灯在想什么呢？春闺之中的一点春灯氤氲着春天的温馨气息，照耀着女郎的满腹春情，春灯便是女郎的心灯。陆游有此体验，"拥被听春雨，残灯一点春"（《春雨》）。她越想心情越烦乱，以至于白天耳闻目睹的春景、春雨、春杏、春燕和她亲手制作的春幡，也都成了促使她心情更加烦乱的刺激物。女郎心情烦乱到了连一个好梦也做不成的程度。梦境迷离恍惚，意中人或远隔千里，身影缥缈，不可追寻；或刹那相见，又飘然远去；或相对无语，视同路人；或缠绵片刻，醒来一片空虚。为什么好梦难成呢？作者最后点明"自是春心缭乱，非干春梦无凭"，不是春梦不可靠，而是你的心情太烦乱了。言外之意是把心情放平静些，就会作一个美好春梦的。作者劝导的语气中含有幽默的同情。

全词由 10 个"春"字组成的 10 个词语都有实实在在的用场，没有一个是可有可无的。它比前面列举的萧绎和鲍泉的诗精炼又富有内蕴，尤其"春闺一点春灯"更是物象虽小而蕴含甚丰的空前的创造。欧阳炯词作求新求变，于此可见一斑。

王　衍（一首）

酒鬼色鬼的自画像

者边走，那边走，只是寻花柳。那
边走，者边走，莫厌金杯酒。

——《醉妆词·者边走》

　　唐朝灭亡后的五代十国是中国历史上的大分裂时期。北方的五代后梁、后唐、后晋、后汉、后周征战不休，最后统一于北宋王朝。南方的前蜀、后蜀、南吴、南唐、吴越也是相互杀戮，最后被北宋统一。从公元907年黄巢起义、唐朝灭亡之后五十余年间，南北各地军阀连年混战。它们的首领大都是旧时的藩镇（地方势力）以及土豪、盐贩、戏子、秀才等缺乏文化和政治素养的武装人员，没有政治目标、政治纲领，完全靠武力攻占地盘。这帮人迷信武力，把"枪杆子里面出政权"的信条发挥得淋漓尽致，谁的枪杆子硬，谁的地盘就大，统治时间就长。"你方唱罢我登场"，王朝轮替像走马灯。四川地区的两个小王朝前蜀（907—925）存在了十九年，后蜀（934—966）存在了三十三年。前蜀国祚短促，重要原因之一是后主王衍自幼嗜酒好色，荒淫无度，恣意游乐，不理朝政。在位时兴建宣华苑，内有重光殿、太清殿、延昌殿、会真殿、清和宫、迎仙宫等多种宫室，日夜与狎客、妓女酣饮作乐。这个小皇帝爱玩游戏，而且要玩出个怪样子。他爱戴又高又大的帽子，招摇过市；又爱把头巾包裹成锥形，后宫嫔妃头戴金莲花帽，身着道士装，面涂红色。大醉后抛帽披发，男女混杂游戏，叫做"醉妆"。这首《醉妆词》，便是"醉妆"游戏的一种表现。你看他出场了，头戴高帽，手持金杯，喝得醉醺醺的，摇摇晃晃地走过来了。他满身酒气，满脸通红，目光迷离，言语模糊不清，口中念念有词：我在这边走走看看，不为别的，只是想找一群花如容颜柳如腰的美女高兴高兴。我又去那边走走看看，把我的妻妾嫔妃叫在一起，陪着我痛饮美酒。喝吧，喝吧，放开肚皮喝吧，喝他个一醉方休！王衍就这样醉生梦死地活了二十八岁，被后唐庄宗杀了，连他的母亲和两个儿子也赔进去了。王衍的这种丑态，很容易让人联想起戏曲舞台上的衙内公子和纨绔子弟。这些由丑角三花脸扮演的人物走起路来，也是端起架子，大摇大摆地迈着八字步，两只肩膀左晃一下，右晃一下，一副得意扬扬的样子。这边走，那边走，就不仅得意，而且无耻了。看来古今富贵之家的败家子，都是一副站不直、行不正的倒霉模样。

王衍荒淫无度，却有一点小聪明。欧阳修《新五代史》说他"颇知学问，能为浮艳之辞"。可惜他的学问没有用在正经地方。在"能为浮艳之辞"方面，人们常以他与陈后主（陈叔宝）相比，二人不相上下，甚至有过之而无不及。我并不想为陈叔宝辩解，客观地说，陈叔宝虽是无道昏君，但还有几首表达平定天下雄心壮志的诗，如《饮马长城窟行》："月色含城暗，秋声杂塞长。何以酬天子，马革报疆场。"《幸玄武湖饯吴光太守任惠诗》："寒云轻重色，秋水去来波。待我戎衣定，然送大风歌。"陈叔宝被人诟病的《玉树后庭花》只是写了美女的容貌体态，并无淫词浪语；《三妇艳词十一首》也是写了妻妾的闺房之乐，并不过分；《独酌谣四首》是乐府旧题，历代有众多和者，陈叔宝只是其中之一。下列其一，以便与《醉妆词》对照。"独酌谣，独酌且独谣。一酌岂陶暑，二酌断风飙。三酌意不畅，四酌情无聊。五酌盂易覆，六酌欢欲调。七酌累心去，八酌高志超。九酌忘物我，十酌忽凌霄。凌霄异羽翼，任致得飘飘。宁学世人醉，扬波去我遥。尔非浮丘伯，安见王子乔。"全诗与《醉妆词》都是写醉酒，其最高境况也是通常的物我两忘，展翅飞翔，无一语出格。《醉妆词》三言两语就把一个嗜酒贪色、神魂颠倒、忘乎所以的酒鬼、色鬼，丑态毕露地活画了出来。由此可以看出王衍的丑恶品格远超于陈叔宝，而他的笔墨功夫却比陈叔宝简练生动。

孙光宪（二首）

小农生活的安宁与忙碌

> 茅舍槿篱溪曲，鸡犬自南自北。菰
> 叶长，水蘋开，门外春波涨绿。听织，
> 声促，轧轧鸣梭穿屋。
>
> ——《风流子·茅舍槿篱溪曲》

  五代词人中，孙光宪的词作最多，《唐五代词》（上海古籍出版社）收词 85 首。他的词不仅数量多，题材也比较广泛。这首《风流子》写农村景象，在一片男欢女爱的五代词中别具一格，令人耳目一新。

  "茅舍槿篱溪曲，鸡犬自南自北。"用茅草做屋顶，用槿花做篱笆的小小村庄，坐落在一条小溪拐弯的地方。茅草编成厚厚的席子，苫在屋顶，既防雨又隔热，冬暖夏凉，不费一文。槿花是落叶灌木，夏秋开红、白、紫三种颜色的花，朝开夕敛，与农民起居同步。槿花做篱笆仅可阻挡鸡犬侵扰，不影响四邻相互问答，视野开阔，站在院中举目四望，全村各家尽收眼底，不像高墙豪宅那样自我封闭，与世隔绝。农户散布在小溪湾处，便于汲水、垂钓、避风和洗涤。茅舍朴实耐用，槿篱护卫茅舍，槿花又点缀院落。农家小院的主要特色是朴素无华，院中的一切都很朴素，连红色、白色、紫色的槿花也是常见的朴素。农民很少在房前屋后种植牡丹、玫瑰之类的富贵花，而是栽种月季花、喇叭花、指甲花等等普通花。他们的性格很朴素，他们的审美情趣也很朴素。茅舍坐落在小溪湾处，不只是生活的需要，也是审美的需要，正如"旧时茅店社林边，路转溪桥忽见"（辛弃疾《西江月·明月别枝惊鹊》），无论村人或外人路经此地，都会产生"柳暗花明又一村"的新鲜感，如同途中忽遇老友的亲切感。茅草是天然的，槿花是天然的，小溪是天然的，用天然的材料构建的村落整体是大自然的赐予，成为大自然的组成部分。朴素无华的村庄没有一点奢侈浪费，没有一丝暴殄天物。它是农民劳动的成果，智慧的结晶，审美情趣的自然表现。再说"鸡犬自南自北"。为什么村里的鸡儿狗儿可以从南晃悠到北，又从北晃悠到南，全村鸡不乱叫，狗不乱跳，如此安闲自在？有种种原因。这个村庄的鸡犬能不受干扰地晃来晃去，主要是因为全体男性都出村耕种去了。"农院无闲人，倾家事南亩"（王维《新晴野望》），"乡村四月闲人少，才了蚕桑又插田"（南宋·翁卷《乡村四月》），正是写的这种情况。"鸡犬自南自北"既写出了村中环境的安静，又暗示了村外田野上的忙碌。鸡犬走动的形象朴素亲切，鸡可报晓或生蛋，犬能看家护院，是农民的助手，农家的伙伴。农村的鸡犬能认出自家的门户和主人，没人追逐它们，也不会去追逐，所以才能自由走动。鸡是弱者，不会去挑逗犬；犬是强者，却不去欺负鸡。鸡犬相安无事，暗示着村民们和谐相处。

"菰叶长，水蘋开，门外春波涨绿。"镜头从村内转向村边。作者兴奋地写道，春夏交替的季节里，农户门外的溪水上涨，哗哗流淌，碧绿清澈。小溪边的菰叶正在疯长，水蘋也张开了枝叶等待开花结果。蒲苇可用作粽叶。水蘋也是一种水草，茎叶修长，高达三米，夏秋开红、白两色花，花籽可入药。作者把菰叶、水蘋特意摆出来，宣告菰叶长大了，包粽子、吃粽子的时节快到了。门前上涨的溪水由缓慢的潺潺声提高为欢快的汩汩声，像清亮的琴声在村边振荡回响。绿色的菰叶、水藻蓬勃生长，绿色的溪水环绕着茅舍、槿篱欢快流淌，给这个村落涂上了一层春色，增添了勃勃生机。

"听织，声促，轧轧鸣梭穿屋。"镜头又从村边转向村内。村边是一片春夏之交的繁荣景象，花草茂盛，历历在目；村里则是一片妇女们织布的繁忙景象，织布机声轧轧可闻。家家都在织布，数十或上百部织布机汇成一股声响的洪流，穿过茅屋，穿过院落，传向全村。"听织，声促"两个二字短句，第一个短句表现了作者乍听到织布机声音的新奇感，第二个短句表现了织布机声音很急促，说明织布的动作很敏捷，很熟练。古代女性幼年时期就开始学习针线、缝纫、刺绣、纺织等女红。我幼时常见大姐大嫂织布，手足并用，全身协调，身体前合后仰与织布机声同步配合，身段柔韧有力，动作优美敏捷，头上的银簪或花枝颤颤袅袅，至今记忆犹新，令人难忘。作者表现村中妇女们赶织新布的忙碌景象，不见其人，只闻其声。这种由声及人的写法，比直接见其人更能诱发读者关于织布的种种想象；读者通过想象，能够运用自己的生活经验，更深入细致地"观察"到全村妇女织布的种种动人场景，体验到她们勤劳智慧的品德，欣赏到她们健壮优美的身姿。

这首词中的房舍朴素，院落敞亮，环境优美，男耕女织，自食其力，自给自足，人与动物、植物相互依存，人际关系安宁祥和，是典型的小农经济的理想生活图景。中华民族是一个多灾多难的民族，而承受灾难的主体是中国农民。有人说中国农民没有过过"一天好日子"，其实，在数千年之久的某些历史缝隙中，总会有那么几天好日子，这首词描绘的就是极其难得的好日子。

平静中蕴含着离情

蓼岸风多橘柚香，江边一望楚天长。
片帆烟际闪孤光。　　目送征鸿飞杳杳，
思随流水去茫茫。兰红波碧忆潇湘。

——《浣溪沙·蓼岸风多橘柚香》

这是一幅江南送别图，地点在江边，时节是深秋。南朝江淹曾说"黯然销魂者，唯别而已矣"（《别赋》）。古代的送别诗，伤感情绪大多比较强烈，孙光宪的这一首送别词抒发伤别情绪则很讲究分寸。

"蓼岸风多橘柚香，江边一望楚天长。"蓼花是水边草本植物，丛生茂密，茎高叶大，高达三米，通体绿色，秋季开花，花序如谷穗，白色或淡红色。古人时常把蓼花与秋风、秋恨、离恨等情绪联系在一起；同时当秋风萧瑟、万木零落之际，唯有在风中摇荡的深绿色的蓼花枝叶、红色的蓼花花穗，以及蓼花散发出的淡淡的清香，能给人一些安慰。橘子、柚子的形状、色调和美味更是十分诱人。所以苏轼高声赞扬道："一年好景君须记，正是橙黄橘绿时"（《赠刘景文》），秋风中摇荡的蓼花，不正是惜别情绪动荡不安的象征吗？橘柚即将成熟，清香开始飘散，亲友们正期待着围坐一周，谈笑风生，闻橘柚之馨香，尝橘柚之美味，享受亲情友情共生共存的乐趣。这是多么美好的季节，多么美好的时光啊！而你却在此时要远行了。诗句中不见一个"别"字，分别的惋惜之情是从画面中流露出来的，是读者从画面中联想出来的。

惜别之情不明写而暗示，抒情力度不大，起点较低，为以后惜别之情的逐步增强留有余地。"江边一望楚天长"，分别的时候终于到了，来到江边举目远眺，但见江水滔滔，楚天迢迢，为友人的远行担心，这种担心也是在遥望江水、楚天的神情中表现出来的。从别前的惋惜到别时的担心，惜别之情增长了一步，却并不十分伤感。"江边一望楚天长"和"念去去，千里烟波，暮霭沉沉楚天阔"（柳永《雨霖铃》）比较一下，同是江边送别，前者的担心情绪比较平稳，后者的担心情绪十分强烈，简直是在高声呼喊。

"片帆烟际闪孤光。"江边送别，时不我待，留恋中友人还是乘舟启程了。一开始，送行者清楚地看到友人的桅杆上挂起一面巨大的风帆向江中驶去；然后，全神贯注着乘船渐行渐远，注目多时，远处庞大的船体越变越小，桅杆越变越低；然后，先船体、后桅杆消失在水天连接的地平线之下；最后，极目所视，只见巨大的风帆也变成小小的一片，在薄雾掩映的江面深处，独自闪烁着一点微光。这就为下片最后一句"兰红波碧忆潇湘"的回忆潇湘美景、相约来年相会作了铺垫，留恋而不十分伤感，失望而不完全绝望。生活还有希望，还有盼头。"月黑见渔灯，孤光一点萤"（清·查慎行《舟夜书所见》），萤火虫一般微弱的渔灯照亮了漆黑的夜空，而"片帆烟际闪孤光"则沟通了送行者与远行者的心灵，缩短了两者的距离。

下片"目送征鸿飞杳杳，思随流水去茫茫。""征鸿"，远飞的大雁，在古诗词中一向被当作传送信息的"信使"和寄托亲情、友情、乡情的中介物，这首词里的"征鸿"当然是指乘船远行的人。送行的人在江边久久眺望，那一小片白帆也不见了，仍徘徊不忍离去，眼巴巴地望着远行者像一只远飞的大雁，飞向水天连接的远方，消失在云雾迷蒙之中，怅惘若失之情油然而生。他很难理解在友情往来中怎么会有江边送别的感伤，发出"如何暮滩上，千里逐征鸿"（温庭筠《江上别友人》），"归辔不可挽，思入孤征鸿"（南宋·范成大《送江朝宗归括苍》）的感叹。这种怅惘、感叹是一种内心的情感活动，蕴含在"目送征鸿飞杳杳"的画面之中，没有用文字直接表露出来。"思随流水去茫茫"是说我的思念之情如同眼前的流水一般，流向远方，流向茫茫大海，无休无止，昼夜不停。此句的思念之情和上句一样蕴含在画面之中，不同之处是思念之情只从"思随流水去茫茫"的"思"字上暴露出一点。

"兰红波碧忆潇湘。"结句是说等来年兰花开放出鲜红花朵，江水掀动着碧绿波浪的美好季节里，你可要记得咱们这个潇湘，回到咱们潇湘这个地方呀！全词步步酝酿的惜别、伤感、失望之情，到这里集中吐露为一句殷切的嘱托：明年你可要回来呀！孤立地看这一句，似乎不动声色，只是平平地说明来年兰红波碧时你要记着潇湘；而把全词一层一层累积起来的惜别之情加以体味，就会感到"兰红波碧忆潇湘"的嘱托多么殷勤，期待多么迫切，情感多么深厚。"兰红"是兰花的花朵，长而且宽，颜色鲜红，形如舌头，俗名"红颜知己"。潇湘地区山美、水美、花美、草美、鱼美、酒美，尤其是人美。这样美艳的地方游子怎会一去不归？"兰红波碧忆潇湘"一声召唤就归心似箭了。

全词的惜别之情在比较稳定的节奏中缓缓积累，最后达到饱和程度，仍以比较稳定的语气道出对远行者的期望，并不啼哭沾巾，却有深厚温情。

冯延巳（三首）

爱情失落的无限愁怨

　　梅落繁枝千万片，犹自多情，学雪随风转。昨夜笙歌容易散，酒醒添得愁无限。　　楼上春山寒四面，过尽征鸿，暮景烟深浅。一晌凭栏人不见，鲛绡掩泪思量遍。

　　　　——《鹊踏枝·梅落繁枝千万片》

　　这首《鹊踏枝》上片一开始就用十分惋惜的语气感叹道："梅落繁枝千万片"，冰清玉洁的梅花陨落了，不止一片两片陨落，而是千片万片陨落。千万朵梅花生前虽然十分繁华缤纷，而陨落时却在缤纷飘散中显示出生命消亡的一片凄凉。生命越是美好繁盛，它的衰落死亡就越是悲哀凄凉。"花开花落自有时，总赖东君主"（南宋·严蕊《卜算子》），梅花开也罢，落也罢，都不由自主；而生命不由自主，则更是无比巨大的悲哀。梅花是高傲的，不与凡花为伍，"玉骨那愁瘴雾，冰姿自有仙风。……高情已逐晓云空，不与梨花同梦"（苏轼《西江月》）；梅花也是孤独的，常遭凡花嫉妒，"无意苦争春，一任群芳妒。零落成泥碾作尘，只有香如故"（陆游《卜算子》）。但是梅花具有强烈的生命意识，对生存的眷恋十分执着。当落英千万，满地堆积，生命已经到了尽头的时候，她还要"犹自多情，学雪随风转"，无论别人理解不理解，耻笑不耻笑，她仍然要挣扎着生存，像漫天雪花那样随风飞舞。这一种生存形态消亡了，那就更换另一种生存形态。总之，无论是欢乐还是痛苦，是长期还是短暂，必须继续生存下去！

"昨夜笙歌容易散，酒醒添得愁无限。"这里从梅花的生命慨叹，转入人的生命慨叹。梅花的生命是美丽而短暂的，人的生命也是美好而短暂的。"笙歌归院落，灯火下楼台"（白居易《宴散》），富贵人家的夜生活都有散场的时候。昨天晚上的红灯绿酒、笙箫鼓乐那么热闹醉人，不知不觉间说散就散了。"笙歌放散人归去，独宿红楼"（冯延巳《采桑子·其七》），"笙歌散尽游人去，始觉春空"（欧阳修《采桑子》），人去楼空之后，孤独感、空虚感便更加强烈了。好花不常开，好景不常在，这种自然界和人类社会的生存规律非人力所能改变。当人们享受荣华富贵的时候，并不觉得时间的短暂，而当人们从沉醉状态中清醒过来的时候，才会体验到时光倏忽、人生短暂的无可奈何和无限痛苦。天地永恒，人生无常；贫贱永恒，富贵无常；冷清永恒，繁华无常。人们追求永恒，厌弃无常，其结果总是徒劳的奢望。穷其一生地追求生命永恒，得到的却是无穷的痛苦。

"楼上春山寒四面，过尽征鸿，暮景烟深浅。"正面推出一位思妇的形象。她独自登楼望远，身心已觉孤独凄凉，加之暮春季节，乍暖还寒，冷气袭人，群山四面环抱，阻挡了她的视线，这就更加使她感到孤独、凄凉和闭塞、压抑。冯延巳把孤独、凄凉、闭塞、压抑的心理感受，用身体对自然环境的生理感受表现出来，思妇的心理感受便可见可感，具体而深切了。思妇在楼上举头仰望，只见一队大雁从远方飞来，消失在或深或浅的暮霭之中。诗词中的"征鸿"，往往是寄托心思的媒介物。李清照说："扶头酒醒，别是闲滋味。征鸿过尽，万千心事难寄"（《念奴娇·春情》）。冯延巳并不说破"万千心事难寄"，而是暗示大雁对思妇的心事不理不睬，扬长飞去，消失在暮霭之中；而思妇孤苦无告的失望心情也像天边暮霭一般迷茫昏暗，那情景如同柳永的诗句："千里烟波，暮霭沉沉楚天阔"（《雨霖铃·寒蝉凄切》），把满腹心思化作层层暮霭，变得有形状、有色彩、有分量了。

最后"一晌凭栏人不见，鲛绡掩泪思量遍。"着重说明思妇长久地思念远人、反复地思念远人，始终不得相见而掩面哭泣。"一晌"是一个较长的时间概念，晋南人说"一晌"，至少是指一个半天，并非短时间的"一会儿"。"思量遍"是说反反复复地思考，多角度地思考，为什么远人久久不归来，不把家人放在心上。如果给我一个理由、一个答复，无论是吉是凶，总算有了一个明确的交代，苦也罢，乐也罢，一颗悬着的心终于有了着落。然而，无论怎样思考，结果却是百思不得其解。我们可以换位思考一下，思妇的前半生没有了结，她自然会想到自己的后半生如何安排？个人命运不能自主，连如何生存都茫然不知所以，思妇便会陷入无法解脱的深刻的痛苦之中。这种合乎情理的"思量"，再一次说明了思妇的自我意识和生命意识已经很明确很执着了。

无以名状的惆怅

谁道闲情抛掷久？每到春来，惆怅
还依旧。日日花前常病酒，敢辞镜里朱
颜瘦。　　河畔青芜堤上柳，为问新愁，
何事年年有？独立小桥风满袖，平林新
月人归后。

——《鹊踏枝·谁道闲情抛掷久》

"谁道闲情抛掷久？"先说什么是"闲情"。人的一生会遇到许
多由于失望、失意和失败而产生的不愉快，这些不愉快日积月累便会
形成一种说不清道不明、无可名状的情感状态，就像用多种草药熬制
成的汤药，只觉其苦，难以下咽，却不知这种苦味是来自哪一种草药。
"闲情"之"闲"，一是因为这种情感往往在闲来无事的时候发生，
忙乱繁杂的时候不会发生；二是因为这种情感得不到人们理解，例如
对月伤心、见花落泪、悲愁伤春等等情感表现，在外人看来莫名其妙，
简直是闲得无聊，就连自己也不知其所以然。"剪不断，理还乱，是
离愁？别是一般滋味在心头"（李煜《相见欢·无言独上西楼》），
正是这种情感状态。一般的喜怒哀乐，都有它的可以指明的具体内容，
"闲情"则只是一种情感状态，很难分析出它从何而来。在通常情况
下，人们的喜怒哀乐只要发泄一通，便会逐渐淡化消失，而"闲情"
却有很强的沉淀性和黏附力。岁月越长，沉淀越深，黏附越强，想摆

脱也摆脱不了。"闲情"的本质是苦恼,"闲情"每发生一次,苦恼便会增加一层。那些遭遇失望、失意和失败、情感丰富、感觉敏锐的人,便会陷入这种循环往复的苦恼怪圈而不可自拔。因此,这首《鹊踏枝》一开始,我们便听到一声急切的质问:谁说把闲情抛弃很久了?表面上好像是质问别人,实则是质问自己,责怪自己没有能力抛弃这种恼人的闲情。这位多情的女性曾经长期地作过多次努力,想摆脱闲情的纠缠,但无论怎样努力都摆脱不了,而且纠缠得越来越紧,压迫得喘不过气来。压迫得久了,便爆发出一声实在难以忍受的急迫烦躁的呼喊:"谁道闲抛掷久?"宣告了多次努力和长期挣扎的失败。

"每到春来,惆怅还依旧。"说出了"闲情"无法抛弃的感受、"闲情"存在的顽固程度,以及"闲情"的主要特征:惆怅。"闲情"平时就存在,而到春天便大发作一番;不是一个两个春天,而是每一个春天都要大发作。春天万物苏醒,春情骚动,凝聚了一个冬天的"闲情"在春风春景的触动下集中爆发出来,它的顽固性并没有随着岁月的流逝而有所削弱,反倒顽固如初。"惆怅还依旧",点明了"闲情"的主要特征是"惆怅"。"惆怅"的内涵很多,如纠结、迷茫、失意、失落、无奈、无助、不知所措等等。这里的"惆怅"主要是人们常说的"惆怅若失"——一种强烈的失落感,为一切美好事物的不可挽回而伤感。

"日日花前常病酒,不辞镜里朱颜瘦。"便是这种惆怅情绪感受的形象表现。人们大多有这样的生活体验:当美好事物常在身边的时候,会司空见惯,不觉其多么珍贵;当失去它以后,便觉得它特别珍贵,而且这种珍贵的感觉会与日俱增,长盛不衰。人们对尚未得到的美好事物有追求的欲望,而对失去的美好事物追寻欲望则更为强烈持久。

因此，当美好的春天来到时，这位女性会每天面对春花大量饮酒，向春花倾诉自己追寻美好事物而不得的苦恼，希望春花常在，成为自己的精神伴侣，以减轻长期郁结在胸中的惆怅和失落。但是花开未有百日红，春花不会常在，她深感在惆怅失落之上又叠加了一层孤独无依，不得不借酒消愁，用酩酊大醉麻醉自己，并且希望春花能与自己共饮共醉。他明知春花不会久留，却要极力挽留，以至于折磨得自己形销骨立，面色憔悴，揽镜自照，不胜惊悚。然而，即使如此，她也无怨无悔，决不放弃，仍然竭尽全力追寻逝去的美好岁月，付出生命和青春的代价也在所不惜！

"河畔青芜堤上柳，为问新愁，何事年年有？"全文已经写尽了惆怅失落、孤独无依、追寻美好岁月而不可得的苦恼，在这里又与"谁道闲情抛掷久，每到春来，惆怅还依旧"呼应一下，继续写这种无法摆脱的苦恼。"河畔青芜堤上柳"把"每到春来"的季节特征用图画展示出来，格外赏心悦目。正是满川青草、一堤绿柳这些春意盎然、生机勃勃的春景，激起了这位女性追求美好生活的希望，也正是这些短暂的春景，留给她更多的失望，"愁望春归，春到更无绪"（清·文廷式《祝英台近·剪鲛绡》）。为迎接春花开放，她饮酒；为对春花倾诉衷肠，她饮酒；为请求春花帮她追寻逝去的美好岁月，她饮酒；为春花无力相助，她饮酒，一直饮到"病酒"的程度，结果是"酒力不能久，愁恨无可医"（唐·杜荀鹤《途中春》）。希望一年一年减少，失望一年一年增多，旧愁之上不断地累积新愁。"开眼新愁无问处"（冯延巳《鹊踏枝·其七》），惆怅失望、孤独无依的痛苦日益沉重，压得她痛不欲生，于是发出"为问新愁，何事年年有"的呼喊。第一声呼喊"谁道闲情抛掷久"，是质问自己为何摆脱不了恼人的闲愁；第二声呼喊"为问新愁，何事年年有"，则是抱怨春花春景不仅解除不了旧愁，还要年年给我增添新愁？我的命运为什么如此不幸，岁月为什么把我逼到走投无路的绝境？前后两声呼喊，把这位女性痛苦的心情作了有力的倾诉。然而，两次呼喊都得不到令人慰藉的反响，她的生活处境更加孤苦凄凉。

"独立小桥风满袖，平林新月人归后。"冯延巳用比第一幅画面"日日花前常病酒，不辞镜里朱颜瘦"更加清晰的人物形象表现了她的孤苦与凄凉。夜深人静，月上树梢，一个人站在野外的小桥之上。桥下寒水流淌，桥上寒风劲吹，灌满了她的衣袖。她呆呆地注视着树梢上的一弯新月，新月却对她漠然无视。这是多么孤苦多么凄凉啊！而她却麻木了，仍然久久地站在小桥之上一动不动。说到这里，我们会联想到李商隐的诗句："昨夜星辰昨夜风，画楼西畔桂堂东"（《无题·昨夜星辰昨夜风》），清人黄景仁的诗句："似此星辰非昨夜，为谁风露立中宵"（《绮怀诗二首·其一》），"悄立小桥人不识，一星如月看多时"（《癸巳除夕偶成》）。李商隐是因为昨夜偶见情人而兴奋不已，昨夜的星辰多么灿烂呀，昨夜的风儿多么温暖呀！黄景仁是因为今夜星辰已非昨夜星辰，仍然独立中宵，思念昨夜的情人。在另一处，他把对情人的思念寄托在星辰之上，满天星斗中只有一颗星星他越看越亮，越看越大，大得亮得像一轮满月。冯延巳的"平林新月"，却是这样高高在上，银光凄凉，冷漠无情！词写到最后，我们这位多情女性的身影便定格在"独立小桥风满袖、平林新月人归后"的画面之中，成为有所思、有所求，却一无所得、无可奈何的孤苦凄凉的永恒象征。统观全词，从这位多情女性为迎春送春而日日病酒，不辞红颜消退，从希望、失望、再希望、再失望的螺旋式的矛盾纠结中，从甘冒风寒、独立中宵的背影上，我们可以想象到她始终没有放弃对美好岁月的追求，甚至在一定程度上把这种痛苦当作继续追求的精神支持，正如柳永所说："衣带渐宽终不悔，为伊消得人憔悴"（《蝶恋花·伫倚危楼风细细》）。

这首《鹊踏枝》完全看不出抒情主人公是男性还是女性，为了行文方便，我们姑且把它定为女性。至于它所抒发的惆怅失落、孤苦无依、愁绪无尽的情感，究竟所为何来，也完全看不清楚。我们只是感觉到抒情主人公满肚子的危苦烦乱、愁苦哀伤，纷乱无绪，无可名状，纠结盘桓，无法尽情吐露。它适合表现各种失落、失意、失败，并不限于爱情的失败。这是一种抽象的情感状态，例如苦恼、烦躁、哀伤、愁闷、抑郁等。冯延巳着重表现抒情主人公的内心纠葛，而不是着重揭示其具体内容。这样便会获得一切具有危苦烦乱、愁苦哀伤者的普遍共鸣。你可以用以表达你特定内容的愁苦，他也可以用以表达他特定内容的愁苦；可以用来隐喻情场失意，也可用来隐喻官场失意；可以表现个人生活的危机，也可以表现国家命运的危机等等，此即所谓"义兼比兴"。这样危苦烦乱、愁苦哀伤、惆怅若失、孤苦无依等情感状态，便有了可供多人抒发情感的价值。压抑沉闷，精神恍惚，这既是一种情感状态，也是一种抒情方式。我们读冯延巳的作品，总是觉得抒情主人公的心情郁结盘桓，如同一团乱麻撕不开，理不顺，说不清，语义恍惚，欲言又止，不能淋漓尽致地直抒胸臆。这种情感状态很难表现，而冯延巳却能按照这种情感的原始状态原汁原味委曲婉转地表现出来，他不愧是词界的一位抒情能手。

春情荡漾如春水

> 风乍起，吹皱一池春水。闲引鸳鸯
> 香径里，手挼红杏蕊。　　斗鸭阑干独
> 倚，碧玉搔头斜坠。终日望君君不至，
> 举头闻鹊喜。

——《谒金门·风乍起》

"风乍起，吹皱一池春水。"历来被人激赏，誉为"警策"。《南唐书·党与传》记载："延巳有'风乍起，吹皱一池春水'之句，皆为警策。元宗（李璟）尝戏延巳曰：'吹皱一池春水'，干卿何事？延巳曰：未如陛下'小楼吹彻玉笙寒'。元宗悦。"冯延巳和李璟都是著名词作家，而李璟又是南唐皇帝，他为什么以帝王之尊，对"风乍起，吹皱一池春水"如此欣赏？我想，这主要是因为冯延巳描写春风具有空前的独创性。古人写春风的诗词多不胜数，例如"忽如一夜春风来，千树万树梨花开"（岑参《白雪歌送武判官归京》），"东风随春归，发我枝上花"（李白《落日忆山中》），"随风潜入夜，润物细无声"（杜甫《春夜喜雨》），"春风朝夕起，吹绿日日深"（孟郊《连州吟》）等等，或写春风的迅猛，或写春风的顺从，或写春风的静默，或写春风的朝夕不定，从不同角度写了春风的各种动态和效果。冯延巳的"风乍起"，则是写了春风刚刚吹起，初次吹起，所出现的场景——"吹皱一池春水"。这种写法是前无古人的。"风起于青萍之末"

（宋玉《风赋》）是指大风而言，并非春风。春风吹动的特点：由小而大，由慢而快，由弱而强，逐渐上升。刚刚吹起的春风总是徐缓柔和的，吹在树林上，树枝轻轻摇摆；吹在草地上，小草轻轻颤动；吹在水面上，水面泛起微微细浪。"皱"字十分准确地写出了微波细浪如同丝制品上的皱纹，正如宋祁所写"东城渐觉风光好，縠皱波纹迎客棹"（《玉楼春·春景》）的"縠皱波纹"，美观而又有轻柔的动感。"吹"字则把春风人格化了，赋予她主观能动作用，似乎有意打破初春的平静，吹醒了大地，吹绿了草木，吹皱了池水。春情的发生和春风的吹动一样，也有一个由量变到质变、由弱而强的发展过程。"忽见陌头杨柳色，悔教夫婿觅封侯"（王昌龄《闺怨》），这种爆发式的春情，也是日渐积累而成的。春风与春情关系紧密，和煦的春风往往是春情的媒介。春风乍起与春情萌动、春水微波与春情荡漾，冯延巳把它们的相似之处连接起来，把春情融入春风，融情入景而不露痕迹，是十分高明的。

"闲引鸳鸯香径里，手挼红杏蕊。"从全词看，这位女性绝非深闺怨妇，很像是与丈夫短暂离别的新婚少妇。她的春情只是萌动，尚未泛滥，心头浮动着轻微的寂寞感。一人独居，闲暇无事，领着一对鸳鸯在花园的小径上散步。她不养别的宠物，只养了一对鸳鸯，作为一种精神寄托。她希望拥有鸳鸯那样相亲相爱、相依相偎、不离不弃、陪伴终生的美好婚姻。但是，希望仅仅是希望，能否成为现实，仍是一个令人担心的问题。"闲引鸳鸯"的"闲"字，既指闲暇无事，又指心情安闲。但当她想到自己的婚姻前景还不够明朗时，安闲便变成不安了，"手挼红杏蕊"便是心情不安的表现。一般女性游春赏花，无非是观花、嗅花、摘花、簪花，而她却是摘下花来，握在手中揉搓。从悠闲地在两旁长满鲜花的小路上赏花，到两手揉搓鲜花，可见她为

85

担心婚姻前景而无心赏花了。一个小小的动作，透露了内心的波动。不过这个波动的幅度并不大，如同一池春水上皱纹般的涟漪。从全词来看，这位女性游园的主要目的是要在昔日夫妻斗鸭的池塘边等待丈夫归来，因而"手挼红杏蕊"除了对婚姻前景的担心之外，还有盼望丈夫早日归来的急切情绪。冯延巳描写人物情绪的变化，以人物的特定身份、生活处境为依据，是很注意掌握分寸的。

"斗鸭阑干独倚，碧玉搔头斜坠。"继续写这位女性在花园里的活动。花园很大，可供观赏的景物很多，她只选择了斗鸭池，肯定是因为斗鸭池是他们夫妇往日常来玩耍的地方。一对结婚不久的年轻夫妇还没有脱尽孩子气，在池塘边上戏水斗鸭，鸭子们嘎嘎叫，夫妻俩哈哈笑，那场景是多么欢快、多么有趣、多么幸福啊！这位女性靠在斗鸭池的栏杆上，回忆着往日的美好时光，回味着往日与丈夫戏水斗鸭的乐趣。然而，当她从回忆中回过神来的时候，她发现不是与丈夫携手同游，而是独自一人靠在栏杆上发呆。同是一个春天，同是一座花园，同时一个池塘，而今天的生活境况却与往日完全不同，抚今思昔，顿感孤独。"斗鸭阑干独倚"的"独"字，说明这位女性是独自一人游园，也表达了她内心的孤独感受。这位女性原来是在斗鸭池边一面重温旧梦，一面等待丈夫归来，结果却是四顾无人，独倚栏杆。她失望了，但没有绝望，继续靠在栏杆上等待。由于等待已久，身心疲惫，头部渐渐低垂下来，"碧玉搔头斜坠"，插在头上的碧玉簪子也跟着低垂下来。不说头部低垂，而说簪子低垂，这种"以物代人"的写法，可以增强女性的装饰美，提高读者的欣赏兴趣。同时，一支碧玉簪斜垂下来，静止不动，读者由此可以想见这位女性体态柔弱、情绪低沉、低头沉思，这种以小见大、由表及里的艺术手法也是很高明的。

　　"终日望君君不至，举头闻鹊喜。"点明了这位女性从早到晚一整天都在花园里盼望、等待她夫君归来，付出了多大的辛苦。在终日望君的过程中，"闲引鸳鸯香径里"是向往美满爱情的隐喻，"手挼红杏蕊"是对婚姻前景的不安和盼望夫君速归的急切心情的表现。"斗鸭阑干独倚"是对往日欢乐生活的回忆，"碧玉搔头斜坠"是终日盼归不得而身心疲惫。经过一整天情绪的起伏动荡而终归失望，这位女性自然会抱怨她的夫君：我一整天都在盼望你，你却不见归来！全词用第三人称进行叙写，到这里突然改为第一人称，"终日望君君不至"一声含有怨气的叹息，吐露了这位女性的心声，打破了"碧玉搔头斜坠"的沉闷气氛。正当这位女性由失望趋向绝望的时候，忽然听到树上的喜鹊喳喳啼叫，"喜鹊叫，亲人到"，她急忙抬起头来，向树上的喜鹊望去。"举头闻鹊喜"，喜鹊给她带来了喜讯，心情由失望变为可能实现的希望，一股喜悦的暖流涌上心头。

　　全词共八句，除了"终日望君君不至"一句情语之外，其余七句全是景语——通过景色、环境和人物的动作、表情，表现人物的内心活动。这种写法，与前面冯延巳的两首《鹊踏枝》近乎纯抒情的写法有所不同。冯延巳和温庭筠的创作风格各有侧重又众体兼备，他们都是唐五代时期的杰出词家。最后提一个问题：这首《谒金门》中的女性们闻鹊而喜，能否成为现实？不得而知，作者没有交代，也不必交代，留下一个问题，更耐人捉摸。古代诗词中常见"终日望君君不至"的哀怨，罕见"今日望君君即至"的欢乐。究其原因，一是古代交通不便，音讯难通，一出远门，经年累月不得归来；二是战乱频仍，男性多有死亡；三是女性没有人身自由，而中上层男性却多有外遇，不以家中妻子为念；四是"欢愉之辞难工，而穷苦之言易好"（韩愈《荆潭唱和诗序》），写欢乐愉悦难度大，写穷苦哀愁难度小。从心理感受上说，欢乐愉悦是短暂的，一过性的，容易淡忘；穷苦哀愁是永久的，心灵上的创伤深刻难忘，容易激发创作热情，写出的作品便容易动人。请看一首敦煌曲子词中的《鹊踏枝》："叵耐灵鹊多谩语，送喜何曾有凭据？几度飞来活捉取，锁上金笼休共语。　　比拟好心来送喜，谁知锁我在金笼里。欲他征夫早归来，腾身却放我向青云里。"《谒金门》中的女性闻鹊而喜，《鹊踏枝》中的女性则对灵鹊报喜没有凭据，一次又一次上当受骗，白喜欢一场，表示恼怒。这在当时是普遍存在的社会生活现象，那位闻鹊而喜的女性也可能会白喜欢一场。现实虽然如此令人失望，但灵鹊报喜毕竟能给人一点安慰，"无凭谙鹊语，犹得暂心宽"（唐·韩偓《幽窗》），借着灵鹊的叫声暂时给自己解解闷，宽宽心，实在是无可奈何的自我宽慰啊！

李　璟（二首）

丁香般的愁情

> 手卷真珠上玉钩，依前春恨锁重楼。
> 风里落花谁是主，思悠悠。　　青鸟不
> 传云外信，丁香空结雨中愁。回首绿波
> 三楚暮，接天流。
> ——《摊破浣溪沙·手卷真珠上玉钩》

　　"手卷真珠上玉钩，依前春恨锁重楼。""真珠"即珍珠，珍珠帘的简称，也就是通常所说的"珠帘"，"散入珠帘湿罗幕，狐裘不暖锦衾薄"（岑参《白雪歌送武判官归京》）。帘子有用竹条做的称竹帘，有用布料做的称布帘，有用丝织品做的称丝帘，有用水晶石等假珍珠串连起来的称珠帘，用货真价实的珍珠做的门帘或窗帘等掩蔽物，则极为珍贵，极为罕见。李璟在这里不用竹帘、布帘，因为太俗，又不合平仄；也没有用丝帘，因为此名不常用；秦观用过"宝帘"，"宝帘闲挂小银钩"（《浣溪沙·漠漠轻寒上小楼》），何为"宝"？太笼统。珠帘使用的历史很长，如王勃的"珠帘暮卷西山雨"（《滕王阁诗》），李白的"美人卷珠帘"（《怨情》）杜牧的"卷上珠帘总不如"（《赠别·其一》）等，因为太普遍太常见了，李璟也不用。他直接用"真珠"作为门帘的代称，用词新颖，省去"帘"字，突出了珍珠的圆润光滑、晶莹剔透。我们仿佛看到一位美人双手捧着密集的一片珍珠，缓缓卷起，挂在门帘的挂钩之上。门帘的挂钩有金钩、银钩、玉钩等称谓，李璟不用金钩，因为金光闪闪，太俗气；不用银钩，因为亮度过强，太耀眼。它选用了"玉钩"，突出了玉石的洁白柔和，光泽湿润。珍珠帘、白玉石钩，珍贵而又美观，显示出美人居室的华美优雅，同时隐喻着美人的形象美、心灵美和情感美。在李璟同时和之后，有五代花蕊夫人的"帘卷珍珠十二间"（《宫词》），范仲淹的"真珠帘卷玉楼空"（《御街行·秋日怀旧》），从字面看，卷起的行为主动者似乎是帘子自身。李璟的"手卷真珠上玉钩"，行为的主动者则是美人的双手。美人的手洁白柔润，与珍珠、玉钩同一色调，相映成趣；卷帘、挂帘富有动感，引人注目，印象深刻。美人为何卷帘？从下句"依前春恨锁重楼"看，她住在重楼之上，孤独沉闷，百无聊赖，想卷起帘子透透气，结果发现满腹郁闷还是无处排遣，而且每逢春季便涌动的怨恨之情依旧存在，年复一年，重重叠叠，像厚重的帷幕封锁着她居住的重楼，也封锁着她的身心，压迫得她喘不过气来。古人常用"锁"字形容重重封闭、密不透风的情景，如李白的"积雪明远峰，寒城锁春色"《酬坊册王司马与阎正字对雪见赠》），刘禹锡的"新妆宜面下朱楼，深锁春光一院愁"，李煜的"寂寞梧桐深院锁清秋"（《相见欢·无言独上西楼》），给人的印象是城墙、院墙锁住了春色、春愁和清秋，而"依前春恨锁重楼"，则是"春恨"锁住了重楼，可见"春恨"之厚重无比。那么"春恨"的具体内容是什么呢？

"风里落花谁是主，思悠悠。"春风劲吹、百花盛开时，无人欣赏；东风无力、百花凋残时，无人怜惜。岁岁年年任其自开自落，自生自灭，岁月无情，人亦无情。"谁是主"可作二解，一为"风里落花"是谁主宰的，表现对时序变迁和花开无常的埋怨；一为谁是我的命运主人呀。此处二者兼有。"谁是主"一声质问道出了无法掌握个人命运的痛苦。"士为知己者死，女为悦己者容"是古代的人生价值，女性如果没有悦己者，没有可以委托终身、可以给自己做主的人，便失去了生存的价值。这是古代女性十分可怜可悲的生活处境，所以《红楼梦》中的林黛玉悲哀地吟唱道："花谢花飞飞满天，红消香断有谁怜"（《葬花吟》），"春恨秋悲皆自惹，花容月貌为谁妍"（《薄命司》）。为什么年年春恨只增不减，为什么一片忠贞无人理解，为什么身居重楼如被囚禁不得解脱，为什么命运如此不公，如此悲惨……这位美人陷入了深长的沉思之中。"思悠悠"的"悠悠"，有深长义，也有悠荡、晃悠义，此处二者兼有，表现了美人由沉思良久的痛苦而精神恍惚、无法自持的情态。一般认为"思悠悠"只是思绪之悠长，而忽略了神情之恍惚飘荡，是只知其一，不知其二，缺乏对美人心情的深入体察。

"青鸟不传云外信，丁香空结雨中愁。"当这位美人从"思悠悠"中清醒过来之后，她发现自己的生活处境是如此冷漠：本来是传递爱情、殷勤探看的青鸟，如今杳然不知去向，再不传送远方亲人的信息了。她所思念的亲人，也隐没在千里云雾之外不见踪影。年年岁岁累积起来的春恨如同蒙蒙细雨中的丁香花结，始终摆不脱，解不开。丁香花以黄色居多，在伤心人的心目中，黄色代表衰败凋残，"满地黄花堆积，憔悴损，而今有谁堪摘"（李清照《声声慢·寻寻觅觅》），"帘卷西风，人比黄花瘦"（李清照《醉花阴·薄雾浓云愁永昼》）。丁香花瓣白色洁净，紫色优雅。黄色、白色、紫色丁香花的共同特点是单纯、朴素、雅致，而其人文内涵则有高尚、孤独、忧郁等因素。丁香花形细小娇柔，不经风雨侵袭，杜甫说："丁香体柔弱，乱结枝犹垫"（《江头四咏·丁香》），李清照说："揉破黄金万点轻，剪成碧玉叶层层"（《摊破浣溪沙·揉破黄金万点轻》），也是形容丁香花开时像是揉破的黄金碎屑，体形细小。丁香最大的特点是花骨朵只有米粒大小，密集成串，不像牡丹、芍药那样花冠硕大，大开大放；绽放时也是呈现出收敛低调的状态，像是满腹愁结，难解难开。以上种种，决定了丁香结成为一切愁情郁结难解的艺术意象而广为采用，例如"芭蕉不展丁香结，同向春风各自愁"（李商隐《代赠二首·其一》），"霜树尽空枝，肠断丁香结"（冯延巳《醉花间四首·其一》），"梅蕊重重何俗甚，丁香千结苦粗生"（李清照《摊破浣溪沙·揉破黄金万点轻》），"殷勤为解丁香结，放出枝间自在春"（王安石《出定力院作》），"小轩愁入丁香结，幽径春生豆蔻梢"（陆游《小园春思》）等等。李璟的"丁香空结雨中愁"，则用简短凝练的句子，集中地表现了丁香花的愁情。他把丁香花的愁情弥漫在蒙蒙细雨中，迷茫暗淡，无边无际。"空结"二字，非常遗憾地说明丁香花蕾无论怎样凝结愁情，也是徒劳无益，无人理会。亲人远在千里云雾之外，青鸟不会再来送信，丁香花即便有天大的愁情也无处倾诉，只能独自忍受，昼夜煎熬，陷入孤立无援、自生自灭的悲苦境地。

"回首绿波三楚暮，接天流。"词是在金陵写的，到这里宕开一笔，换一个视角，从金陵向西方望去，但见三楚绿波从天而降，浩浩荡荡，奔腾而来。这样就把愁情从室内转移到室外，从近处扩展到远方，愁情如同长江流水横贯东西，长流不息。苍茫暮色从西方跟着长江延伸而来，笼罩了长江两岸的江南大地。愁情何在？在浩荡不息的江水中，在苍茫无际的暮色里。王国维说："词至李后主而眼界始大，感慨遂深"（《人间词话》），乃父李中主也有这种迹象。

人与时光共憔悴

菡萏香销翠叶残,西风愁起绿波间。
还与韶光共憔悴,不堪看。　　细雨梦
回鸡塞远,小楼吹彻玉笙寒。多少泪珠
何限恨,倚栏干。

——《摊破浣溪沙·菡萏香消翠叶残》

　　王国维在《人间词话》中说:"南唐中主'菡萏香消翠叶残,西
风愁起绿波间',大有众芳芜秽,美人迟暮之感。乃古今独赏其'细
雨梦回鸡塞远,小楼吹彻玉笙寒',故知解人正不易得。"王国维一
面对无人欣赏"菡萏香消翠叶残,西风愁起绿波间"表示遗憾,一面
指出这两句词的内涵是"众芳芜秽,美人迟暮",此说甚确切。李璟
这首《摊破浣溪沙》又名《山花子》,词题为"秋思",全词正是写
秋天荷花凋零的萧瑟景象和一位女性"与韶光共憔悴"的青春易逝、
岁月迟暮的感慨。

　　"菡萏香销翠叶残,西风愁起绿波间。还与韶光共憔悴,不堪看。"
词以"菡萏香销翠叶残"开始,"菡萏",荷花的雅称。不用俗名荷花,
而用雅称菡萏,是为了修辞的雅化,表示对荷花的珍爱。李清照说:"独
江南李氏君臣尚文雅"(《苕溪渔隐丛话后集》),此即一例。荷花
向来受人喜爱,北宋周敦颐曾称誉它为"花之君子",赞扬它品格高
尚:"出淤泥而不染,濯清涟而不妖,中通外直,不蔓不枝,香远益清,

亭亭净植，可远观而不可亵玩焉。"历代诗人多有吟咏，兹举数例：北宋杜衍对周敦颐的《爱莲说》表示赞同："池塘一夜风雨，开起万朵红玉。怜君自来高格，爱莲谁若敦颐"（《咏莲》）。周敦颐写了《爱莲说》意犹未尽，又写了一首《忆莲》："江南风景秀，最忆在碧莲。娥娜似仙子，清风送香远。"再次夸赞了荷花的清香。早在此前，李白写道："竹色溪下绿，荷花镜里香"（《别储邕之剡中》），映照在水面上的荷花影子也能散发出诱人的清香，爱莲爱到了痴迷的程度。李商隐特别欣赏荷花舒卷自如、天然纯真、不同凡花："世间花叶不相伦，花入金盆叶作尘。唯有绿荷红菡萏，卷舒开合任天真"（《赠荷花》）。初生的荷花清洁鲜嫩，一尘不染："嫩竹犹含粉，初荷未聚尘"（南朝·徐陵《侍宴》），惹人喜爱，就连蜻蜓也抢先一步，夺得头筹："小荷才露尖尖角，早有蜻蜓立上头"（南宋·杨万里《小池》）。盛开的荷花更是无比辉煌："接天莲叶无穷碧，映日荷花别样红"（杨万里《晓出净慈寺送林子方》），绿得爽目，红得耀眼。雨后的荷叶风干之后一个接一个抬起头来，显示出一种生命的自由意味和灵动气韵，饶有兴味："叶上初阳干宿雨，水面清圆，一一风荷举"（周邦彦《苏幕遮》）。荷花不仅仅有观赏价值，而且有食用价值："泽陂有微草，能花复能实。碧叶喜翻风，红英宜照日"（南朝·江洪《咏荷诗》）。荷花不像牡丹那样炫耀，不像梅花那么冷艳，不像菊花那么高傲。它的性格随和，与人的关系特别亲近："荷叶罗裙一色裁，芙蓉向脸两边开。乱入池中看不见，闻歌始觉有人来"（王昌龄《采莲曲·其二》），花人同色同体，相互映照，花美人亦美。诗人笔下的荷花，其美无比，美不胜数。荷花的美表现在它的品格、性格、体态、容貌、色彩等方面，是一种多元综合的美，因而成为君子、美人的象征。

然而世上的美好事物大多不坚牢不长久，荷花这样美好，一经秋风吹过，便会出现"萧瑟秋风百花亡，枯枝落叶随波荡"（李商隐《残莲》）的衰败凄凉景象，引发人们的深度感慨。"菡萏香消翠叶残，西风愁起绿波间"，这是李璟用一位美人的眼光观察荷花的凋谢，发出无可奈何的慨叹。荷花的清香消失了，荷花的翠叶凋残了，西风吹起了绿水波澜，我的愁情啊也和绿水一样动荡不安。清人王闿运说："选声配色，恰是词语"（《湘绮楼词选》），指出这两句词的特点，一是平仄选得好。仄仄平平仄仄平，平平仄仄仄平平，音调和谐，对偶工整，用工稳庄重的对仗句郑重地展示荷花凋零的残破景象，引人高度注意；二是韵脚选得好。"残""间"二字属平声寒韵，"菡萏香消翠叶残，西风愁起绿波间"，读起来确有寒冷的感觉；三是色彩选得好。荷花鲜红，荷叶翠绿，红、绿两色是包括荷花的百花千草的生命特征。它的消失正是生命的消亡，而生命的消亡则是最大的损失，最大的悲伤。长满荷花的池水是绿色的，而绿色是一切色彩中最冷的色调，西风吹过，波光粼粼，闪烁着点点寒光，为荷花的凋零渲染出凄凉的环境氛围。"愁"字涵盖了这两句，也涵盖了全词，因为全词就是写"众芳芜秽，美人迟暮"的哀愁，哀愁是这首词的基本情调。"还与韶光共憔悴，不堪看。"这是词中美人的口吻。"还与韶光共憔悴"的意思可分两层：荷花经过初夏的蓓蕾、盛夏的开放、深秋的凋零，和美好的时光一同憔悴了。时光本无所谓憔悴不憔悴，但当"是处红衰翠减，苒苒物华休"（柳永《八声甘州·对潇潇暮雨洒江天》）的深秋季节，人们便会感觉到空间萧瑟了，时间也憔悴了，这是一层意思。词中的那位美人与荷花共同经历了由盛而衰的过程，荷花憔悴了，美人也憔悴了，这又是一层意思。"还与"二字强调了荷花不仅自己憔悴，连带时光、美人也一同憔悴，整个世界都憔悴了。这种凄凉衰败景象对人的刺激太大，所以说"不堪看"，用一个三字短句，简捷有力地强调了"不堪看"到惨不忍睹的程度，语调沉重哀婉。

"细雨梦回鸡塞远，小楼吹彻玉笙寒。"写美人梦醒后的情景感受。这两句历来被诗家激赏不已。前面提到过，李璟赞赏冯延巳的"风乍起，吹皱一池春水"，冯延巳说不如陛下的"细雨梦回鸡塞远，小楼吹彻玉笙寒"，并非阿谀之辞。王安石问黄庭坚，李煜的词哪首最好，黄庭坚说"一江春水向东流"，王安石说不如李璟的"细雨梦回鸡塞远，小楼吹彻玉笙寒"（《苕溪渔隐丛话前集》）。明人王世贞说是"律诗俊语"（《弇州山人词评》），明人沈际飞说是"字字秋矣"（《草堂诗余正集》），清人贺裳说"细看词意，含蓄尚多"（《南唐二主词汇笺》），清人张祖望说"'小楼吹彻'艳语也"（同前）。综上所述，这两句词的特点是：一、对偶工整。"细雨"对"小楼"、"梦回"对"吹彻"、"鸡塞"对"玉笙"、"远"对"寒"，名词对名词，动词对动词，形容词对形容词，用词俊秀，平仄也基本相对，把律句引入词中，使之具有诗的韵味；二、词境艳美。艳指美女，美人在连绵细雨中入梦、梦醒，梦醒之后更觉无聊，于是吹起玉笙；小楼是女性居所，玉笙是女性乐器，笙以"玉"修饰，愈见其美；笙声凄凉，天气凄凉，一座小楼，遍布凄凉，这都是女性的生活环境、生活用具和生活行为。三、词意含蓄。从全词看，"细雨梦回鸡塞远，小楼吹彻玉笙寒"是美人在怀念远方亲人，但不说透，而是把念远之情蕴含在环境气候和人物动作之中，具有含蓄蕴藉的美感。与此相反，秦观的"无端银烛殉秋风，灵犀得暗通"（《阮郎归四首·其二》），"相见有似梦初回，只恐又抛人去、几时来"（《南歌子三首·其二》），词中女性有话直说的明快，与李璟笔下女性借吹笙以抒情的含蓄，是两种不同性格的女性。"江南李氏君臣尚文雅"，而含蓄则是文雅的主要风格，尤其是上层女性抒发念远之情必须含而不露。在这里，我要特别说明一下"细雨梦回鸡塞远，小楼吹彻玉笙寒"的音响效果。"鸡塞"原名鸡鹿塞，在今内蒙古磴口西北哈隆格乃峡谷口，诗词中常用以泛指边塞。但在这两句中，"鸡塞"之"鸡"字与"玉笙"之"玉"字，一俗一雅，互不协调，这对"尚文雅"的李璟是应当避免的。笙并非玉制，用"玉"字修饰竹管做的笙，是为了表明笙的珍贵，而用"鸡"字修饰塞，又是为了什么呢？不选用边塞、关塞、荒塞、秦塞等词语，偏偏选了一个"鸡塞"，其用意何在？从艺术联想的角度来看，不管李璟有意无意，我们可以由"鸡塞"联想到鸡鸣，由鸡鸣再联想到鸡鸣破晓，进而联想到因鸡鸣而梦回。词中的美人在淅淅沥沥的秋雨中进入梦乡，梦魂飘向遥远的边塞与亲人相会，而拂晓的鸡鸣声却把她从梦中唤醒。在恍恍惚惚、尚未完全清醒的时候，鸡鸣声仍然保留在听觉记忆中，隐隐约约地似乎从遥远的边塞传到她的耳旁。周邦彦的"楼上阑干横斗柄，露寒人远鸡相应"（《蝶恋花·早行》），与此类似。这是一种瞬间的错觉，当她神志完全清醒、重新面对孤寂凄凉的现实处境时，她的失落感便会比睡梦前更加沉重，于是吹起"玉笙"，排遣满腹哀怨。玉石是属于冷色调的白色，笙以玉修饰，既显笙体之珍贵，更增笙声之凄凉。笙声似乎是从白玉制成的冷藏箱中吹出来的，致使凄凉之风充满了一座小楼，也充满了美人的心灵。这两句一夜一昼，一梦一醒，前后紧密相连，顺理成章，用鸡声、笙声传达出美人郁结心中、无法释怀的孤寂凄凉。清人许昂霄说"'细雨'二句，合看乃愈见其妙"（《词综偶评》）。他看出了两句是一个整体，前后连贯，不可分割，但妙在何处，却语焉不详。我想，这两句所表现的音响效果，至少是它的妙处之一。

"多少泪珠何限恨，倚栏干。"在全词即将结束时，从含蓄郁结的情感状态中挣脱出来，直白地道出"多少泪珠何限恨"，以美人的口吻呼喊：我流了多少眼泪呀，我有说不尽道不完的怨恨呀！直抒其情，不再掩饰。这无穷无尽的怨恨，揭开了遮盖在"菡萏香销翠叶残，西风愁起绿波间""细雨梦回鸡塞远，小楼吹彻玉笙寒"这些景象之上的面纱，露出了一位满腹哀愁、满脸泪珠的美人形象。"泪"以"珠"形容，可见眼泪之珍贵；眼泪之珍贵，可见美人之珍贵，又可见美人情思之珍贵，此又是"尚文雅"的一种表现。眼泪无穷，怨恨无限，怎么办？作者直截了当地回答说"倚栏干"。清人黄蓼园说："结末'倚栏干'三字，亦有说不尽之意"（《蓼园词选》）。说不尽也有可说之处，"倚栏干"是对上片结语"不堪看"的回应，也是全词的总结。满腹怨恨无法排除，只好又回到池塘岸边，倚靠在栏杆上，去凭吊凋残的荷花，经受秋风的侵袭，与荷花一同衰败，与时光一同憔悴。夜间有梦回的失落，白昼有笙声的凄寒，不堪看也得看，不堪梦也得梦，不堪听也得听。如此循环往复，在年复一年的怨恨折磨中终了一生。"倚栏干"三字看似不动声色，实则包含着无可奈何的沉痛。

鹿虔扆（一首）

泣血吞声亡国恨

金锁重门荒苑静，绮窗愁对秋空。翠华一去寂无踪。玉楼歌吹，声断已随风。　烟月不知人事改，夜阑还照深宫。藕花相向野塘中。暗伤亡国，清露泣香红。

——《临江仙·金锁重门荒苑静》

鹿虔扆，生卒、籍贯不详。五代后蜀时官至太尉、太保，与欧阳炯、韩琮、阎选、毛文锡以小词供奉孟昶，史称"五鬼"。后蜀灭亡前后，未见有何劣迹鬼蜮，仅因词作甚佳受孟昶青睐，称之为"五鬼"，亦诬之太甚也。鹿虔扆后蜀亡后隐居不仕，元人倪瓒称赞他"鹿公高节，偶尔寄情倚声，而曲折尽变，有无限感慨"（清·张宗橚《词林纪事》引）。不过，话说回来，古人称其为"五鬼"之一，也许有一定根据，我们从这首《临江仙》中会隐隐感觉到一丝阴森的"鬼气"。

"金锁重门荒苑静，绮窗愁对秋空。"这里的"金锁"是一种夸饰之词。门上的锁子是用铜铁等金属制作的，从未见过用纯金做的锁子。宫苑里大大小小、里里外外的门都锁住了，"一千户外开金锁，十二里中然玉莲"（宋·王洋《上元二首·其一》），"金锁朱门次第开，万签黄册绝尘埃"（宋·顾逢友《御览所同顾君际检书》），都用了"金锁"，显示宫廷器物的贵重，但一开一锁，景象截然相反。千门万户都上了锁，环境闭塞压抑。锁子的闪闪金光与宫门的黑色或红色相互映照，把宫苑的荒凉寂静衬托得更鲜明了。"荒苑静"是说荒凉的宫苑里显得特别寂静，突出了宫苑荒凉景象的最大特色是寂静。我曾经游览过一座废弃多年的城隍庙，四进大院，旁有小院，灰尘满地，无人居住，无人看守，令人感受最深的是静得可怕，静得瘆人，连自己的呼吸声都能听见，一有点响动便吓得心惊肉跳。次句"绮窗愁对秋空"从"金锁重门"转向窗户。宫苑很大，窗户也很多。当年宫苑繁盛时期，千百面窗棂都雕饰得十分华美。华美的窗户里是美好的人物、美好的生活，如今，宫苑繁华已去，那么多华美的窗户一个个满怀愁情，瞪着空洞茫然的眼睛，仰望秋天空荡荡的天空。在这里，作者把自己的感情融入绮窗之中，使绮窗化作人的形象，像被遗弃在荒凉宫苑中的宫女无可奈何地"愁对秋空"，而且是千百只眼睛在"愁对秋空"。那眼神那么哀伤，那么凄凉，忽而幻化为绮窗，忽而幻化为泪眼，不停地在荒苑里、秋空中闪动，像千百位宫女的亡灵在无声地哭泣，在无声地呼喊。这是作者在极度悲伤、神情恍惚时产生的幻觉状态。在空旷、荒凉、寂静的宫苑里一个游人，精神本来就相当紧张，眼前出现这种影影绰绰的幻象，神秘感中便增添了一丝惊悸。"感时花溅泪，恨别鸟惊心"（杜甫《春望》），人的"感时"与花的"溅泪"、人的"恨别"与鸟的"惊心"，有联系又有区别。"羌笛何须怨杨柳，春风不度玉门关"（王之涣《凉州词》），是作者站在一旁劝谕羌笛，虽然都是拟人化的写法，但作者与他笔下的物象并未合二为一。"绮窗愁对秋空"则把作者与绮窗融为同体同构的关系，难分何为作者，何为绮窗。无知无觉的绮窗之所以能"愁对秋空"，是因为绮窗的"灵魂"是作者感情的幻化。

"翠华一去寂无踪。玉楼歌吹，声断已随风。"首句挑明了宫苑荒凉的原因是当年"建翠华之旗，树灵鼍之鼓"（司马相如《上林赋》）的皇家威仪不见了，王朝灭亡得干干净净，无影无踪，一点恢复的希望也不存在了。"寂无踪"再一次强调了宫苑废弃之后的主要景象：寂静。上片最后再增补两句"玉楼歌吹，声断已随风"，这是为了进一步增强对寂静的感受，先抬出当年的"玉楼歌吹"，再猛地一转，"玉楼歌吹"已随风而去，造成起伏跌宕的节奏，表现出国运急转直下、不可挽回的无奈。歌舞鼓吹是宫廷生活的一个重要内容，如同饮食男女，不可一日无之，而且越玩花样越多，宫廷歌舞的热烈喧闹场景作者记忆犹新。今天旧地重游，"玉楼歌吹"之声，又隐隐约约浮响在耳边。一阵秋风吹过，刹那间"玉楼歌吹"又随风远去，宫苑重归寂静。这又是一个节奏的起伏跌宕，在今昔对比中把作者心灵的失落感、寂寞感表现得更加深入动人。

"烟月不知人事改，夜阑还照深宫。"上片写白天的荒凉寂静，下片写夜晚的荒凉寂静，在荒凉寂静中有强烈的灵魂躁动。作者说烟雾笼罩的月亮不知道这里的人物、故事已经改变了，夜深时还来照耀这深沉的宫苑。这两句话乍听起来不动声色，只是交代了一个客观事实，实则包含着亡国的悲哀。李白诗"旧苑荒台杨柳新，菱歌清唱不胜春。只今惟有西江月，曾照吴王宫里人"（《苏台览古》），刘禹锡诗"山围故国周遭在，潮打空城寂寞回。淮水东边旧时月，夜深还过女墙来"（《石头城》），杜牧诗"烟笼寒水月笼沙，夜泊秦淮近酒家。商女不知亡国恨，隔江犹唱后庭花"（《泊秦淮》）。"烟月不知人事改，夜阑还照深宫"显然是化解融合这四首诗而成。"烟月"这个意象从"烟笼寒水月笼沙"变化而来，给深宫蒙上了一层半明半暗的色调。月光半暗，衬托出深宫的深沉幽静；月光半明，才能照见深宫的建筑轮廓，照见作者故国之思的心境。李白、刘禹锡和本词作者都把月亮这个无知无识的无情物，当作有情有义的有情人。国破家亡、人去楼空、宫苑荒废的时候，月亮趁夜深人静前来照耀深宫，凭吊深宫。当年高呼万岁、万岁、万万岁的忠臣孝子们哪里去了？除了月亮每夜来照看之外，再没有人怀念这个当初众臣跪拜、嫔妃歌舞的深宫。这种被遗弃、被漠视的亡国的悲哀，是多么深重啊！亡国的悲哀没有写在纸上，而是包含在迷茫的月光和幽静的深宫中。月光是作者抒情的媒介，心灵的影像。

"藕花相向野塘中。暗伤亡国，清露泣香红。"镜头引导月光从深宫缓缓转向宫中的池塘。"野塘"不是野外的池塘，而是无人打理的池塘。本词集中写荒苑，没有必要把笔锋转向宫外遥远的地方。这句是说满塘荷花默默相对，不知该说什么。荷花最惹人爱，"当轩对尊酒，四面芙蓉开"（《临湖亭》），王维把荷花视为知己，相对饮酒；"荷花娇欲语，愁杀荡舟人"（《渌水曲》），李白与娇美的荷花对话，爱得简直要死；"小荷才露尖尖角，早有蜻蜓立上头"（南宋·杨万里《小池》），刚刚露出头角的荷花多么娇小可爱；"红莲相倚浑如醉，白鸟无言定自愁"（辛弃疾《鹧鸪天·鹅湖归病起作》），朵朵红莲相依相偎，像一群醉酒的美女。但是，眼前野塘中的荷花却完全失去了当年的风采，扶植它们的人不见了，保护它们的人不见了，欣赏它们的人不见了，它们像被抛弃的孤儿般无依无靠，面面相觑，不知说什么、做什么才好，因为无论说什么、做什么都无济于事，无法挽救自生自灭的悲惨命运。"多少绿荷相倚恨，一时回首背西风"（杜牧《齐安郡中偶作》），相互依偎是相互保护的动作，面面相觑则是绝望寞落的神情。在这里，作者继"绮窗愁对秋空"之后，再一次用尚存一息的野塘藕花这种拟人化手法，衬托出宫苑的荒无人迹、死气沉沉。最后两句"暗伤亡国，清露泣香红"，写荷花在相对无言的同时又相对哭泣。"香红"指荷花，荷花散发清香，颜色红润。作者把荷花上的露水比作荷花的泪珠，晶莹透亮，通体鲜红，而且散发着淡淡的清香。这红色的泪珠既艳丽可爱，又饱含悲哀，它使人联想到"泪尽泣血"痛不欲生的可悲形象。唐人有"野花似泣红妆泪"（刘沧《秋日望西阳》），五代有"几多红泪泣姑苏"（薛昭蕴《浣溪沙》），宋人有"远弹双泪惜香红"（晏几道《虞美人》），清人有"无言暗将红泪弹"（纳兰信德《河传》）等名句，他们都把"泣香红"挑明为"红泪"，虽然形象鲜明，突出了"泪尽泣血"，但不如"泣香红"引人联想，发人深思。"清露泣香红"，由"清露"想到荷花眼泪的形状，由"香红"想到荷花眼泪的气味与颜色，由"红"字想到"红泪"，进而想到"泪尽泣血"。这一连串的联想正是一个完整的欣赏过程，比一语道尽耐人寻味。至于"远弹双泪惜香红"之"泣（惜）香红"显然来自本词，而"红泪"与"泣（惜）香红"又有重复之嫌。现在回到"暗伤亡国"，"暗"字应予注意。"暗"即暗暗地、悄悄地，"暗伤亡国"就是悄悄地表示亡国的悲哀，不敢放声痛哭，只能低声啜泣。抗日战争中，生活在沦陷区的中国人都是亡国奴，没有话语权，甚至没有哭泣权。失声痛哭，惊动密探，往往会被查问为什么哭？如与抗日有关，大祸必将临头。没有亡国经历的人，对这个"暗伤亡国"不会有深刻领会。全词最后归结到连哭都不能哭出来，只能躲在野塘的角落里悄悄地饮恨吞声，亡国的悲哀、压抑、伤痛，较前引数诗倍增而至于极致。

李 煜（十二首）

宫女的歌唱与调情

　　晓妆初过，沉檀轻注些儿个。向人
微露丁香颗，一曲清歌，暂引樱桃破。
　　罗袖裛残殷色可，杯深旋被香醪
涴。绣床斜凭娇无那，烂嚼红茸，笑向
檀郎唾。

　　　　　　　　——《一斛珠·晓妆初过》

　　李煜的词作分为前后两期，前期写宫廷生活，后期写囚徒生活，不论前期后期，其共同特点是"纯真"。王国维说："词人者，不失其赤子之心者也。故生于深宫之中，长于妇人之手，是后主为人君之短处，亦即为词人所长处"（《人间词话》）。李煜从南唐天子到北宋囚徒，终其一生都"不失其赤子之心"，始终像一个长不大的孩子，不顾利害，心里怎么想，笔下就怎么写，表现出少见的天然纯真的风格，从而获得了古今读者的普遍共鸣。下面就先简单介绍一下他前期的几首词作。

　　"晓妆初过，沉檀轻注些儿个。"这首《一斛珠》写宫廷歌女的歌唱、醉酒、撒娇、调笑情状。有学者说是只写歌女（《唐宋词鉴赏辞典》）未必确切。李煜久居深宫，未见有出宫游冶情事，它不会写市场上的一般歌女。词中的"檀郎"，很可能是李煜自指。他与歌女的调笑到了肆无忌惮的程度，可见其与歌女相处已经日久天长，而这是宫廷外偶遇的歌女做不到的。"晓妆初过，沉檀轻注些儿个。"歌女睡了一夜，精神焕发，起床后经过一番精心的梳洗打扮，涂脂抹粉，描眉画眼，最后在嘴唇上轻轻地涂上一层紫红色，完成了出场前的化妆程序。"沉檀"即老紫檀，比较深的紫红色。唐代的唇膏不限于红色，还有用黑色做唇膏的，"乌膏注唇唇似泥，双眉画作八字低"（白居易《时世妆》）。"轻注"即轻轻地涂抹。唐代女性唇饰有"梅花妆"，上下两唇各涂两片梅花瓣，合拢起来便成为四瓣梅花妆。嘴唇面积小，梅花瓣面积更小，涂抹时动作要轻，注意力要集中。"些儿个"，民间方言，即"一点点""一点儿"，唇妆形状不大，唇膏用不了多少。我们要注意的是"沉檀轻注些儿个"，词语生活化、口语化，语调又很亲切——轻轻地涂点儿沉檀，唇膏不要用多了，要不浓不淡；唇妆不要涂歪了，要不大不小，恰到好处。一件涂唇膏的小事，叮咛如此亲切，语气如此柔和，一方面可以想见歌女化妆时如何精心细致，另一方面更可以想见李煜对歌女塑造形象美的高度关注，而惜香怜玉之情也由此可见。

"向人微露丁香颗，一曲清歌，暂引樱桃破。"梳妆完毕，歌女登场演唱，在演唱之前伸出舌头尖儿润润嘴唇。丁香花蕾细长有尖，"颗"字有微小义，此指舌尖。这位歌女习惯了舞台生涯，一点也不怯场，一上台便大大方方地面向观众。她的舞台动作很讲究分寸，舌尖只是"微露"，绝不大张口，很注意自己的形象美。"一曲清歌，暂引樱桃破。"张开她的樱桃小口，唱了一支清亮悦耳的曲子。樱桃小而红，用以形容歌女的嘴。俗语"樱桃小口一点点"，美女的嘴要小，是中国人的审美标准之一，由来已久，白居易曾诗："樱桃樊素口，杨柳小蛮腰"（唐代孟棨《本事诗》）。"引"字有牵引、拉动义，唱歌时脸部肌肉拉动，嘴便随着张开了，"破"即张开，"樱桃破"

就是樱桃小口张开了。这里不仅写了歌女口型的变化，同时写了她脸部肌肉的活动，细致而又美观。北宋毛滂有"浅笑樱桃破"（《清平乐·春兰》），北宋吕渭老有"微绽樱桃一颗红"（《浣溪沙·微绽樱桃一颗红》），辛弃疾有"歌唇一点红"（《菩萨蛮·席上分赋得樱桃》），都是把开口唱歌比作樱桃破裂；不写歌声如何美，而写歌唇如何美，读者可以由歌唇之美联想到歌声之美，一笔两得，引人入胜。我们应当注意"暂引"一词。在演唱一支曲子的过程中有若干短暂的间歇，一间歇，双唇就赶紧闭住，恢复了樱桃的样子。这说明歌女尽量多闭嘴少张嘴，始终保持口型的完整。古代女性歌曲调子都比较低，用不着扯开嗓门、张开大嘴引吭高歌；而且张着大嘴说话、唱歌，既不雅观，也不礼貌，那是一种粗野的表现。

"罗袖裛残殷色可，杯深旋被香醪涴。"演唱结束，宴会开始，镜头继续对准歌女动作，写她如何饮酒。最初的几杯酒，歌女还比较矜持，不敢开怀畅饮。在与看客们推让的过程中，杯中残酒洇湿了深红色的罗袖，留下模模糊糊的印痕。"可"即"可可"，模糊不清的样子，元稹《春》："九霄浑可可，万姓尚忡忡"。有学者认为"殷色"是红色的酒（《唐宋词鉴赏辞典》），我认为不确切，应该是红色的罗袖，因为词中并未指明或暗示酒是红色的。看客们不断地劝酒，歌女也逐渐不拘礼仪，不顾体面，放开酒量，举起大杯，开怀痛饮，以致衣裙被美酒污染，全身散发出酒的香味。看客们对歌女的演唱很满意，对能与歌女举杯共饮很满意，歌女对自己的表演也很满意，不知不觉便喝醉了。

"绣床斜凭娇无那，烂嚼红茸，笑向檀郎唾。"便是歌女的醉态表现。镜头从宴会转向闺房，只见那歌女斜靠在床头上，慵懒、娇柔，全身无力，娇滴滴的样子难以形容，娇得实在不能再娇了。"无那"即"无奈"，俗语"娇得无可奈何了"，"娇得没有办法了"。此时的歌女已经没有了晨起梳妆的庄重，没有了唱歌时不便大张其口的矜持，完全进入了放浪形骸、毫无忌惮的状态，于是做了一个大胆浪漫的举动："烂嚼红茸，笑向檀郎唾"，嚼烂了一团红绒线，嘻嘻哈哈地向她的情郎唾了过去。一个活泼调皮、不拘小节、任性而为的年轻歌女形象便跃然纸上，如见其人，如闻其声。明人沈际飞指出这两句"描画精细，似一篇小题绝好文字"（《草堂诗余别集》），的确如此。全词把歌女晨起梳妆、登上舞台、准备演唱、开始演唱、演唱效果、参加宴会、先浅酌而后痛饮、醉酒失态等一系列表现，写得十分精确细致。根据词中的提示，还可以想象到更多的细节，因为有许多细节可供铺展，如改写成一篇不受格律局限的短文，肯定是特别生动的。

在当时的历史条件下，李煜以帝王之尊，能够在一定程度上摆脱封建伦理道德的束缚，"不问妍媸"只重情趣，把人的天赋本能不加掩饰地裸露在读者面前，正说明他是一个不失其赤子之心的人，一个天性纯真的人。

宫廷歌舞中的两种情趣

晚妆初了明肌雪，春殿嫔娥鱼贯列。

笙箫吹断水云闲，重按霓裳歌遍彻。

临风谁更飘香屑，醉拍阑干情味切。

归时休放烛花红，待踏马蹄清夜月。

——《玉楼春·晚妆初了明肌雪》

　　前面讲过的《一斛珠》写一位歌女独自演唱，这首《玉楼春》则是写一群宫女的群体歌舞。二者的共同特点是不遮不掩，直赋其形，直绘其声，直抒其情。

　　"晚妆初了明肌雪，春殿嫔娥鱼贯列。"为了参加晚会演出，宫女们特意梳妆打扮了一番，可以想象这些百里挑一的美女个个千娇百媚，一言难尽其美。李煜选择并突出了宫女们百美之中的一美——"明肌雪"，皮肤美，她们的皮肤像白雪一样明亮光洁。皮肤白净是诸美之首。俗话说"一白遮百丑"，白净的皮肤上涂脂抹粉是锦上添花，即使有某种美中不足之处，也会掩饰过去；与此相反，皮肤黑灰粗糙，无论怎样浓施粉黛，结果会越抹越丑。演员化妆首先要打粉底，粉底打好了才能描眉画眼，涂胭脂，抹口红。古人早就把皮肤白净作为审美的第一标准，一直延续至今，例如"手如柔荑，肤如凝脂"（《诗经·卫风·硕人》），"转眄流精，光润玉颜"（曹植《洛神赋》），"香雾云鬟湿，清辉玉臂寒"（杜甫《月夜》），因此，李煜便一眼盯住"明肌雪"——多么洁白的皮肤呀！把皮肤光洁润泽作为女性美的第一特征而加以赞赏。"明肌雪"的宫女不止一两个，而是一大群，她们在宫殿的大厅里井然有序地排成队列，等候演出。演出的场所是宫殿，为演出场面增添了豪华气氛。演出的季节是春天，为宫女们的歌声舞姿增添了青春的气息。演出的队伍是"鱼贯列"，像串连在一起的鱼，而鱼的肤色丰腴雪白又一丝不挂，这是不是一种性暗示呢？

"笙箫吹断水云闲，重按霓裳歌遍彻。"歌舞演出正式登场。笙和箫都是形体不大的管乐器，笙色清脆，箫声清幽，适合演奏音量不大、声调柔和的轻音乐。笙箫能够表现的内容很多，但大致是仙境、梦境、爱情等轻松、悠扬、和谐、绵长的情景。笙箫细吹细打、节奏缓慢，抒情功能很强，一开始演奏便能把听众的注意力集中起来，逐渐进入悠远深沉的境界之中，忘记了自我的存在。当笙箫演奏完一个乐章，满场听众如醉如痴，如梦如幻，天上的浮云、地上的流水也似乎停了下来，静静地谛听着袅袅余音，正如金人元好问所写："一片笙箫，声过彩云低"（《江城子·绿阴庭院燕莺啼》）。"闲"即闲静、安闲，形容凝神谛听的神态。一本作"间"，只表现笙箫声远播云水相连的广阔空间，不如"闲"字更传神写照，表现出笙箫的演奏效果和听众的情绪反应。以笙箫为主导的轻音乐演奏完了，稍事休息，又演奏起音调高、音量大、急管繁弦的《霓裳羽衣曲》。"遍"及大遍，又称大曲，唐代的大型歌舞曲，《霓裳羽衣曲》便是大曲的一种。一套大曲有排遍、正遍、遍、延遍等乐曲，分别归入散序、中序、破三大部分。"彻"是大曲最后的一支乐曲，王国维说："彻者，入破之末一遍也"（《宋元戏曲史》）。综上所述，《霓裳羽衣曲》这种歌舞演出场所豪华，演出队伍庞大，使用乐器众多，舞蹈动作多变，乐谱容量丰富，乐曲节拍快捷，接近尾声时，节拍越快，声调越大，最后的声调十分高亢，像仙鹤一声长鸣，颇有"鹤鸣于九皋，声闻于天"（《诗·小雅·鹤鸣》）的气势。本词中的《霓裳羽衣曲》便在这部华彩乐章达到顶峰时结束。

"临风谁更飘香屑，醉拍阑干情味切。"当歌舞演出趋向高潮的时候，不知是谁在演出场所撒下香料粉末，轻轻吹过，弥漫全场，香气扑鼻，给演出平添了一份浓郁的温馨气息。这是事先没有安排的临时动议，出乎人们的意料，所以李煜深感惊喜，不禁发出那是谁在撒香料呀？是谁又想出了这么有趣的活动呀？"谁更"二字，语调兴奋，赞赏之情，溢于言表。"临风"句承上启下，结束了歌舞演出，过渡到写个人感受："醉拍阑干情味切"。在整个演出过程中，李煜目之所见是肌肤明净、衣着华美、袒胸露臂、千娇百媚的嫔娥群体；耳之所闻先是笙箫互动、细吹细打的轻松乐曲，接着是繁弦急节、音调高亢、长达十二遍的《霓裳羽衣曲》；鼻之所嗅则是全场飘动、浓郁四溢的香气。我们还可以由此想象到环绕身边、殷勤侍奉的美女，摆满餐桌、随用随取的醇酒佳肴。视觉、听觉、嗅觉、味觉全方位的连续不断的强烈刺激，促使李煜沉醉、亢奋，情不自禁地拍打着阑干，又唱又跳，完全忘记了当朝天子的身份，可见李煜已经到了沉醉忘我、近乎癫狂的程度，不禁感叹歌舞的情趣多么深切动情呀！大型歌舞演出闹了半夜终于散场了，而李煜的余兴未尽，他要从灯红酒绿、乐声喧闹的场景中超脱出来，去享受一份万籁俱寂、月色朦胧的宁静。他起身回后宫的时候，就事先交代身边侍从们说："归时休放烛花红"——不要点燃红色的蜡烛。侍从队伍浩浩荡荡，再点起蜡烛，既浩荡又辉煌；烛光是暖色调，月光是冷色调，这些都与单一的月色、宁静的月夜很不协调。交代完"归时休放烛花红"之后，接着又说："待踏马蹄清夜月"——等我骑着马踏着清明的月光，在石板路上发出嘚嘚、嘚嘚的马蹄声。马蹄的声响与月夜的寂静相反相成，取得了"鸟鸣山更幽"的效果；而且清脆的马蹄声使得月夜空间寂静而不死寂，响动而不喧闹，形成一种十分和谐圆融、宁静清澈的境界。我们可以想象，远处月色朦胧，近处月光清明，微光闪烁的石板路上，一匹白马载着一位全身素服的天子徐徐前行。嘚嘚有序的马蹄声虽然单调，却与人的心脏跳动节奏完全一致，它使人心灵宁静，环境也宁静。这里没有众乐轰鸣的喧闹，唯有蹄声独响的安静；没有醉酒呼号的癫狂，唯有静听蹄声的安闲；没有灯红酒绿的目眩神摇，唯有月下独步的自足自在；置身于此情此景之中，摆脱了一切凡俗事物，身心获得了彻底解放，这是宫廷歌舞无法相比的高级精神享受。"待踏马蹄清夜月"，仿佛马蹄踏在"一片琼田"之上，发出金玉般的清脆声响，给静谧的月夜增添了令人身心清爽的音乐美感，这是李煜独一无二的艺术创造。艺术境界的两端：闹与静，他都能深入欣赏。"醉拍阑干情味切"是对闹景的深入欣赏，"待踏马蹄清夜月"是对静景的深入欣赏。李煜不愧是生活情趣全面精致、善于享受生活的"风流天子"。

用寻常语写宫廷歌舞

红日已高三丈透，金炉次第添香兽。
红锦地衣随步皱。　　佳人舞点金钗溜，
酒恶时拈花蕊嗅。别殿遥闻箫鼓奏。
——《浣溪沙·红日已高三丈透》

　　前面讲过的《一斛珠》写一位歌女的独唱，时间在上午；《玉楼春》写宫女们的群体歌舞，时间在前半夜；这首《浣溪沙》则写宫廷通宵达旦的歌舞。

　　"红日已高三丈透，金炉次第添香兽。红锦地衣随步皱。""红日"一作"帘日"，句意为太阳已经三丈高，照进帘子里来了。"透"字做穿透、穿过解。这里是"红日"，不是"帘日"；"透"字如作穿过、穿透解，便没有着落，因为没有穿过、穿透的对象。"透"字有"极限""足够"意，"红日已高三丈透"是说红色的太阳已经足足三丈高了，或者说已经三丈多高了，宫中歌舞还没有结束，不仅没有结束，而且"金炉次第添香兽"，在一排华美的香炉里挨着个儿地添加兽形的香料，歌舞还要继续进行下去。香炉是黄金镀的，香料不是一般的粉末状，而是制成各种兽形的，可见宫中陈设多么豪华。香料的气味浓郁好闻，又能提神，添加香料使宫女们重新振作精神，继续表演歌舞。一炉香料的燃烧时间不会很短，一炉接着一炉添加香料，日高三丈了还在添加，可见这场歌舞已经进行整整一夜了。从昨夜到今晨，在乐声喧闹、灯红酒绿、男女混杂、气氛暧昧、通宵达旦的歌舞场上，不知唱过多少歌，跳过多少舞，发生过多少风流韵事、旖旎风景甚至露骨的行为，但李煜只字未提，一开始就从"红日已高三丈透"切入，从昨夜跳到今晨，从通宵跳到达旦，把昨夜和通宵中发生的一切情形留给读者去想象。读者从歌舞时间的长夜不休，从歌舞兴致的不断高涨，可以想象到昨夜发生的一切。这种写法既节省了大量笔墨，又给读者提供了由此及彼、由少及多丰富的想象空间。歌唱了一夜，舞跳了一夜，日高三丈了，歌舞还在持续演出。李煜对一夜歌舞的大场面未着一字，只是推出一个眼前的特写镜头——"红锦地衣随步皱"，突出了舞女在地毯上踩出的皱褶，也就是脚印。地毯是用红色的丝织品做成的，踩上去一步一个脚印，可见地毯的华美珍贵和柔软丰厚。唐代宫廷使用的地毯质地优秀，工艺精细，色彩鲜艳，长宽十丈见方，丝绒柔软舒适，花纹蓬松美丽，价格十分昂贵，一丈毯竟会用去千两丝。在这样的地毯上跳舞，便会出现"罗袜绣鞋随步没"的景象，也就是"江锦地衣随步皱"，踩下去脚腕没入地毯上的丝绒，抬起脚出现一个深深的脚印。我们可以想象，舞女众多，舞步频繁，地毯上不断出现舞女的脚印，宛如连续开放的花朵。宫室美，地毯美，衬托出舞姿美，舞女更美。这一切又都是通过轻盈快捷的舞步的特写镜头间接地表现出来，让读者进行合理想象的。在这里，李煜又一次表现出以简驭繁、以少胜多的艺术才能。

"佳人舞点金钗溜，酒恶时拈花蕊嗅。别殿遥闻箫鼓奏。"上片推出的是宫女舞步的特写，这里首先推出的是宫女头部的特写。歌舞演出了一整夜，仍然没有结束的迹象，反倒音乐节拍越来越急促，气氛越来越热烈，舞步按着节拍越来越快捷，舞姿越来越变化多端，以致宫女的头发散乱了，头上的金钗也溜下来了。这样虽然蓬头散发，却有花容不整的美感。北宋张耒对此有具体的描绘："回纤腰，出素手，髻堕鬓倾钗欲溜，为君歌舞君饮酒"（《白纻词·其二》）。宫女们为了博得君王的宠爱，通宵达旦地展示优美的舞姿，而君王对"髻堕鬓倾钗欲溜"的宫女们精疲力尽、娇喘吁吁、披头散发的慵态、娇态则会倍加怜惜。宫女们一边歌舞，一边饮酒，借以消除疲劳，振奋精神，作长夜之舞；酒喝多了，未免醉意恍惚，失去常态，便不时拈起鲜花对嗅闻。这里的"酒恶时拈花蕊嗅"，一是为了掩饰自己的醉态，避免在君王面前过分失礼；二是为了醒酒提神，以利再舞。"拈"是拇指与食指捏住，动作轻巧优美，使人联想起戏曲舞台上常见的两指相捏、三指翘起的"兰花指"。宫女的醉颜掩映在鲜花之后，花容月貌，相映成趣；宫女们从鲜花的缝隙里向外偷窥，又显得娇羞妩媚。一句"酒恶时拈花蕊嗅"，把宫女的醉态、娇态、媚态和盘托出。最后"别殿遥闻箫鼓奏"，调转笔锋，由眼前的歌舞转向远处的别殿，由目之所视转向耳之所闻。别殿箫鼓鸣奏，说明昨夜的歌舞演出不限于一宫一殿，而是整个宫室都在进行，规模庞大，人数众多；参加演出的不止一支乐队，一支舞队，而是许多乐队舞队轮番上演，否则坚持不了那么长的时间。另外，正殿里的歌舞演出和别殿里箫鼓鸣奏持续了一个通宵，会不会马不停蹄再持续一个白天呢？这就难说了。

北宋赵德麟说："金陵人谓中酒曰酒恶，则知李后主诗云'酒恶时拈花蕊嗅'，用乡人语也"（《侯鲭录》）。其实不止"酒恶"句是乡人语，全篇都是日常用语。南宋陈蓍说这首《浣溪沙》"尽是寻常说富贵语，非万乘天子体"（《扪虱新话》）。清人沈雄称赞此词"固是绝唱"（《古今词话·词辩》）。为什么是"绝唱"呢？他没有说明。

在我看来，绝就绝在放下"万乘天子体"，用寻常心态、寻常语言写宫廷歌舞，不做作，不掩饰，不拿架子，不经意间叙出一段故事。通宵达旦的大型宫廷歌舞，在李煜笔下就像叙说一次家庭聚会，毫无暴发户的炫耀张狂，没有刘姥姥进大观园的惊奇寒酸。这种不以富贵为富贵的精神状态，正是富有文化艺术素养的"万乘天字体"。他过惯了富贵生活，享受富贵就像普通人吃家常便饭，司空见惯，不以为奇。富贵意识已经渗透了他的身心内外，达到了自在自足的无意识境界。

皇帝的幽会

花明月暗笼轻雾，今宵好向郎边去。
划袜步香阶，手提金缕鞋。　　画堂南
畔见，一向偎人颤。奴为出来难，教君
恣意怜。

——《菩萨蛮·花明月暗笼轻雾》

李煜的第一任皇后大周后生病期间，其妹小周后即与李煜私通。大周后死后，小周后正式继任皇后。这首《菩萨蛮》，就是写他们的幽会故事的。通常情况下，男女幽会是不可为他人道的生活隐私，但李煜并不隐讳，而且形成文字，公之于众。在册封小周后的宴会上，大臣徐铉讽刺说："四海未知春色至，今宵先入九重城"（《纳后夕侍宴》），李煜也不怪罪。你说李煜的这种行为是厚颜无耻呢，还是开放自由呢？各有各的看法，不必强求一致。我们对李煜的爱情观不作价值判断，那不是一两首词就能说清楚的。仅就这首《菩萨蛮》的写作态度来看，他是坦率真诚的。

"花明月暗笼轻雾，今宵好向郎边去。"这是一个绝好的幽会的时间和地点。为什么说"花明月暗"呢？"花明"与"月暗"是相对而言的。庭院里的花丛在近处，月光照耀下，花红叶绿看得比较清楚，所以说"花明"；就大环境说，月光下能见度低，加之有轻雾笼罩，能见度更低了，所以说"月暗"。轻雾笼罩，月色朦胧，能见度低，幽会不容易被别人发现；因为有月光照明，男女很容易找到幽会的地方。夜深人静，月色微茫，花香芬芳，花影重重，在浓浓的花荫下，正是谈情说爱的好去处。"今宵好向郎边去"——今天晚上正好去情郎身边亲热一番，再没有比今宵的"花明月暗笼轻雾"更好的时机、更好的环境了！"今宵好向郎边去"，你听这语气多么兴奋、多么果断，这位女郎毫不迟疑、毫不羞涩地开始行动了。明人徐士俊《古今词统》对"花明月暗笼轻雾"评价很高，说它是"珠声玉价"，没有展开诠释。其意可能是说，这两句的平仄节奏好听，平平仄仄仄平平，平平仄仄平平仄；语言通俗，具有女性特征，环境和人物心态描写都生动逼真。

"划袜步香阶，手提金缕鞋。"可以解为只穿着袜子，也不妨解为脱掉袜子。光着脚板走路，听不到脚步声，更不易被人发现。"划袜步香阶，手提金缕鞋。""香阶"是两边长满鲜花的台阶，可见庭院里鲜花繁盛，是宫廷景象；"金缕鞋"是用金线编制的鞋，可知这是一位宫中女郎，也可能就是小周后。这两句写女郎脱掉鞋子，提在手中，只穿着袜子（如前所说也可能连袜子也不穿），蹑手蹑脚地向幽会地点走去。我们可以由此想见朦胧的月光下，一位女郎一手提鞋，一手扬起，踮着脚，猫着腰，以阶前花丛作掩护，警觉而又轻快地向前行走着，甚至能想象到她兴奋紧张的神情。从这位女郎幽会前知道要脱掉鞋子，行走要以花丛作掩护，可知幽会已经进行过多次了。史载小周后"警敏有才思"，其"警敏"之状于此可见。篇首两个七字长句，描绘美好的幽会环境，节奏舒缓从容。从"划袜"句开始变为五字短句，节奏加快，与人物幽会时忐忑不安的心情相配合。

"画堂南畔见，一向偎人颤。"上片四句写前往幽会，下片四句写幽会成功，越写越逼真，越写越生动。女郎终于提心吊胆地来到幽会地点画堂南面，见到了他的情郎。"画堂南面"无人解释，但不可放过。建筑物的北面是背阴处，光线较暗，南面是向阳处，光线较亮。月光照耀下的画堂南面能见度较高，所以要在那里幽会。女郎见了情郎，立刻投入情郎的怀抱，浑身颤抖了好一阵子。为什么会如此？在悄悄地前往幽会地点的过程中，女郎的心情难免有几分恐惧，但因一心想着赶紧到达幽会地点，高度紧张，神经紧绷，唯恐被人发现，她感觉不到这种恐惧。一见情郎，目的达到了，有人保护了，神经一松弛，回想起来时的恐惧，便会浑身颤抖起来。加之见了情郎，依偎在情郎怀中的特别幸福的感觉，恐惧与幸福两种截然不同的感觉叠加交织于胸中，心里的极端激动超越了生理的承受能力，心理与生理活动极不平衡，大脑控制不了肢体动作，于是浑身颤抖便会持续相当长的时间。这种颤抖是身心两方面的振动，恐惧中有幸福，幸福中有恐惧，先是恐惧，后是幸福。幽会就是偷情，而偷情中的恐惧与幸福叠加的冲击力非常强烈，它能使人的心理和生理机能充分活跃起来，得到精神生活和生理愉快的最美满的享受。

"奴为出来难，教君恣意怜。"最后两句最为精彩。女郎浑身颤抖逐渐平息之后，作者会用女郎的语气说，我出来这一趟太难了，郎呀，你就尽情地怜爱我吧。为什么"出来难"呢？大家知道古代女子没有行动自由，对待字闺中的女子管束更加严格，即使小周后这种身份的女子也没有充分的行动自由，何况是幽会偷情。为了这次幽会，女郎要等到一个有月亮的夜晚，以便能看清前往幽会地点的道路，这是一难；月光还不能太亮，需有轻雾笼罩，以免被人发现，这是二难；要等到夜深人静，宫中男女均已入睡，这是三难；为避免万一被人发现，要脱掉鞋子，光着脚走路，这是四难；不仅如此，还要猫着腰、踮起脚，借着花丛的掩护，悄悄地走来，这是五难。闯过众多难关，好不容易投入情郎怀抱，真是难得呀！情郎呀，你就抓紧这个难得的机会，放开手脚，尽情尽意地爱怜我吧！想怎么爱，就怎么爱！"恣意怜"的内容很丰富、很生动、很温馨，为读者提供了很大的想象空间。"教君恣意怜"，不只是对情郎的要求，也是女郎对自己要求，你恣意，我也恣意；你尽情，我也尽情。此时此刻，世界只是我们两个人的，我们拥有绝对的自由，一切礼教束缚都解脱了，爱情的释放与享受达到了极致。词中的女郎尽管在幽会过程中也有畏惧，但她终于克服了各种困难，战胜了畏惧，获得了幸福，她确是一个大胆、机警、行动敏捷的女子。

"奴为出来难，教君恣意怜。"得到不少文人的激赏，如明人潘游龙说："结语极俚极真"（《南唐二主词汇笺》）。俚俗的往往是真实生动的，因为它不掩饰，不做作，怎么想就怎么说、怎么做，袒露出人性的真实要求、人性的本来面目。李煜词的可贵之处，就在于他身为帝王而不避俗，不拿帝王架子，敢于并且善于做俗事，说俗话，因而能得到我们这些俗人以及不装作高雅的文人们的赏识。

雨打芭蕉的音响美感

> 云一緺，玉一梭，澹澹衫儿薄薄罗，
> 轻颦双黛螺。　秋风多，雨相和，帘
> 外芭蕉三两窠，夜长人奈何！
>
> ——《长相思·云一緺》

女性之美以头面为要，头面之中以头发为首。一头秀发，可以给美丽的面容增色，也可掩饰、冲淡容貌的不足。所以，古今女性都非常重视打理自己的头发，早上第一件事便是梳头。试想世上女子都没有头发，岂不成了寺院里的尼姑、满街跑的光头男子？世界成何体统！

"云一緺，玉一梭。"上片一开始先描写女子的发型。"緺"与"涡"通，漩涡。女子发束像水流盘旋曲折，梳理成如同重重叠叠的云朵，高耸蓬松。乌云一般的头发上插着一支玉石簪子。黑色的头发与白色的簪子一大一小、一暗一明，相映成趣。这里用"云一緺"形容女子的发型，没有指明头发的颜色，因为古代男女头发都是黑色，不像如今时尚男女的头发五颜六色，所以没有必要指明，而且一个三字短句写了头发的形状，就无法再写头发的颜色，只需把发式写好，从女子头像的侧面或背面即可推知她是一个美丽的女子。"云一緺"也就是所谓"堆鸦髻"，像乌鸦聚集，重重叠叠，如同一堆乌云；"玉一梭"，也就是玉石簪子，有一股两股之分，两股的名为"八字牙梳"。簪子也可当梳子用，古代立夏后女子换用玉簪、牙簪，下句"澹澹衫儿薄薄罗"正是夏季服装。唐代女子发型形式多样，名目众多，仅常见的描写女性发型的词语，便有"云髻峨峨""云鬟半偏""云鬟雾鬓""玉簪螺髻"等等。在我看来，都不如"云一绮，玉一梭"形象鲜明，通俗易懂。"云一绮，玉一梭"两个三字短句，句型对称，节奏跳荡，用咏叹式的调子赞美了女子的发型和发饰，女子的容貌之美、形体之美便可想而知了。古代有哪一位诗人能用两句六个字，如此简练生动而又饱含赞美之情地把女子的美貌表现出来呢？

"澹澹衫儿薄薄罗，轻颦双黛螺。"笔锋由头部下移到上身，写女子的服装。"澹澹"二字《唐宋词鉴赏辞典》作"淡淡"，指"衣裳色调的轻淡"，女子的衣裳是用"罗"——轻薄透明、如同细纱布的丝织品做成的，身体轻轻一动，便会飘动起来，衣裳上的纹理就像水波轻轻荡漾。"澹澹衫儿薄薄罗"不仅表现了女子衣裳的轻薄，而且表现了衣裳的动态。衣动表明身动，身动表明心动，这位女子不是麻木僵硬地坐着，她是有情感活动的。"澹澹衫儿"与"薄薄罗"两相重叠，"衫儿"的儿化读音，吟诵起来摇曳生姿，语调亲切，又显示出作者对女子衣装之美的赞赏之情。"轻颦双黛螺"，笔锋又上移到女子的面部，向读者正面亮相。这一句说女子双眉轻蹙，表明他心中有一种愁情，但不浓厚强烈；即使愁情浓烈，也不愿尽情表露。这是一个性格内向的女子，能够收敛自己的情感活动，不像前面《菩萨蛮》中约会的女子那样大胆活泼，敢于恣意相爱。"黛螺"是女子描眉的青黑色颜料，名为"螺子黛"，据唐人颜师古《隋遗录》记载，"螺子黛出波斯国，每颗值十金"，是用以画长眉的，可见其眉毛长而且黑，是一个容貌姣好的富贵人家的女子。

下片"秋风多，雨相和"，从夏季跳跃到秋季，从白昼跳跃到夜晚，说明女子闺房孤守、寒窗独坐时间之久，愁情之长。女子愁眉不展，从春熬到夏，从夏熬到秋，秋风萧瑟，秋雨连绵，季节、环境的凄凉更增强了女子内心的凄凉。秋风不断，秋雨不停，秋风秋雨一唱一和，融合为一个整体的声响，连续不断地敲击着女子的心灵，可以想象这个独守寒窗的女子在秋风秋雨的侵袭中如何艰难度日。这还不够，还有另一种刺激人的声响——

"帘外芭蕉三两窠。"此句主要写秋雨的声响。秋风轻拂，秋雨连绵，雨声低微，落地无声，不容易听得清楚。如果雨滴落在有反响的梧桐、芭蕉、栀子、荷花等叶子上，那就容易听清楚了。芭蕉的叶子很大，承接雨滴的面积大；秋天的芭蕉叶开始干枯，雨滴落下的反响也很大。雨打芭蕉的声音嘀嗒、嘀嗒、嘀嗒、嘀嗒……单调乏味，持续不断。这在独守空房、长夜枯坐的女子听来，越发觉得居室的空虚凄凉，生活的孤苦无聊。李煜的"帘外芭蕉三两窠"，字面上没有"雨"字，但因前一句是"秋风多，雨相和"，自然就包含雨了。李煜又把芭蕉置于"帘外"，靠近女子的居室，雨打芭蕉的声音就听得更清楚了。

末句"夜长人奈何！"点明下片所写全是夜间发生的情景，一声无可奈何的叹息结束全词。一首小词不可能展开描述，点到为止。读者从下片情景发展的因果关系上看，自然会知道女子这一声无可奈何的深长叹息，是由漫漫长夜的风声、雨声、雨打芭蕉声逐步逼迫出来的。李煜在这里有意发挥了风声、雨声、雨打芭蕉声的声响作用，揭示出女子的生理感受和心理活动。声音敲响了女子的感觉功能，敲凉了女子的居处环境，敲深了女子的离愁别恨。全词八句，每句韵脚都用平声"歌"韵，朗读起来更显出词的声响在表情达意上的美感。

长夜砧声人不寐

深院静，小庭空，断续寒砧断续风。

无奈夜长人不寐，数声和月到帘栊。

——《捣练子令·深院静》

李煜是诗人、画家、书法家，也是精通音律的音乐家。唐代著名舞曲《霓裳羽衣曲》失传后，至南唐时仅存断章残篇，就是李煜和他的大周后共同修补而成的。音乐家的听觉都很灵敏，微小的、远处的声音一般人听不见，他们却能敏锐地捕捉到，李煜便是这样的音乐家。

这首《捣练子令》中的捣练（丝织品）或捣衣的砧声，是从远处寒风中传过来的。其特点是不洪亮、不清晰，尤其是不连贯，有一声，无一声，因而听不清楚。但是李煜听清楚了，并且表现在这首词中。他是怎样听清楚的呢？

"深院静，小庭空，断续寒砧断续风。"断断续续、时有时无的砧声怎样才能听清呢？李煜首先提供了一个听这种砧声的具体环境——很幽静的深院，空荡荡的小庭。有学者引证明人汤显祖《牡丹亭》中的句子"人立小庭深院"，说"深院"和"小庭"是同义词（《唐宋词鉴赏辞典》，下同），非是。"深院"是面积深长的大院子，"小庭"是院中人的居室，不可混为一谈。富贵人家的院子院墙高，空间大，纵深长，风吹进去回环往复，能增大风声的强度和停留的时间，不像贫家小院风一吹而过。这种情况类似回音壁的声响反射，起到扩音的作用。院子、居室幽静空虚，没有人声干扰，风声砧声在院子里回荡，自然会听清楚。"断续寒砧断续风"，句中两个"断续"的重叠，强调说明了风声砧声的特点是阵发式的，响一阵，停一阵，紧一阵，松一阵；又用两个"断续"把秋风和砧声连结起来，说明了二者的关系是秋风吹来了砧声。砧声乍停又起，循环不已，对人的心灵刺激更难承受。"寒砧"的"寒"字既修饰砧，又修饰风，说明这是寒冷的秋风。砧声并无寒热之分，是诉之于触觉的寒风影响到诉之于听觉的砧声，所以听起来砧声也是寒冷的了。这是常用的"由物及人"的方法。

　　"无奈夜长人不寐，数声和月到帘栊。"点出风声砧声发生在夜间，又紧接上句"断续寒砧断续风"的效果是使人长夜难眠。时断时续、乍停又起的砧声，就像用针扎人一样，扎一下，停一下，停一下，扎一下，反反复复，使人疼痛不止，烦躁不安，而又无力抗拒。通宵达旦地辗转反侧，也无法避免风声砧声的侵袭，只好发出无可奈何的叹息。这是一个过渡句，承上启下，进一步描写风声砧声的具体情状——"数声和月到帘栊。""帘栊"回应"深院静，小庭空"，说明听砧者在某座深院小庭的窗下，"数声"回应"断续寒砧"，说明砧声很小，时断时续，时有时无，时紧时慢，时高时低，音响飘忽不定，富有变化，砧声、风声得到了综合的表现。"和月"之"和"，与前面《长相思》中的"秋风多，雨相和"的"和"，都是李煜的创造。古代写月亮的诗多不胜举，其中直接写月与人的关系的诗最为动人，如"晨兴理荒秽，带月荷锄归"（陶渊明《归园田居·其三》）"深林人不知，明月来相照"（王维《竹里馆》）"野旷天低树，江清月近人"（孟浩然《宿建德江》）"我歌月徘徊，我舞影零乱"（李白《月下独酌》），但写月光与风声、砧声关系的诗则很少见。刘禹锡的"湖光秋月两相和，潭面无风镜未磨"（《望洞庭》），把湖光、秋月两种光线融为一体，表现了湖光和月光上下澄明，而李煜则既能把风声与雨声融为一体，增强了风声与雨声的强度，在这里又能把砧声与月光融为一体。砧声似乎是从月宫中传出的，音色清亮凄凉；更为奇妙的是，我们似乎能从月光中感觉到砧声的振动频率，体表也觉得寒冷起来，从而把本来诉之于听觉的砧声，同时在一定程度上诉之于触觉。这样就把视觉（月光）、听觉（风声、砧声）和触觉（体表感觉）完全打通了。由此可见，李煜对外界事物的综合感受和综合表现的能力是很高超的。短短的五句二十七个字，就把漫漫长夜中的风声、砧声、月光的形态、音响、色调，及其在女子心灵上的反应，简练而完美地表现出来了。

无可名状的愁情

> 无言独上西楼，月如钩。寂寞梧桐
> 深院、锁清秋。　　剪不断，理还乱，
> 是离愁？别是一番滋味、在心头。
> ——《乌夜啼·无言独上西楼》

这几首是李煜后期的词。李煜前期是皇帝，后期是囚徒，政治地位反差很大，词的内容反差当然也就很大了。

"无言独上西楼，月如钩。"李煜投降宋王朝后，被封为"违命侯"，囚禁在一所院子里，丧失人身自由，用他的话说是"每日以泪洗面"，可见其愁苦之深重。大概是亡国之愁苦折腾得他整天昏昏沉沉，到夜深人静时开始清醒了，便登上西楼，排遣一下满腹愁情。他是怎样登上西楼的呢？一是"无言"，二是"独上"。"无言"不是无话可说，而是千言万语满肚子的话不知从何说起。退后一步讲，即便能敞开诉说一番，也没有人听他诉说。当初跟随他投降宋王朝的大臣们自身难保，谁敢和他接近？徐铉看望过他，那是受当局之命前来探测他老实不老实。张泊来得次数多些，那是搜刮他的钱财的，最后连他唯一值钱的银洗脸盆也拿走了。当年堂上一呼、堂下百诺的威风，变成了千呼万唤无人应的冷清。没法说，无人听，久而久之，便会丧失语言能力，先是被沉重的精神负担压得不想说话，严重时就连说话也很困难了。在以往的政治运动中，被长期囚禁的人不会说话的情况并非个别现象。

我想以上几点可供我们思考造成"无言"的原因。如此看来，"独上"就很清楚了。李煜是一个身份为皇帝的特殊囚徒，执政者严密监视，防止他阴谋复国，绝不允许他与外界往来，所以要把他单独囚禁起来。今夜他要上西楼解闷，只能是"独上"，不会是当年的前呼后拥了。历史上的大人物被关押和临终时，都不是孤独一人么？"独上西楼"之后看到什么呢？"月如钩"，只看到像钩子一般的一弯残月。这个残月的意象很值得玩味。"一道残阳铺水中，半江瑟瑟半江红。可怜九月初三夜，露似真珠月似弓"（白居易《暮江吟》）。白居易看到的是九月初三傍晚时的上弦月，刚从东方升起，光线清亮，两角朝上，显得精神焕发，明媚俏皮。李煜看到的是深夜天边正在向西下沉的下弦月，光线暗淡，两角朝下，显得精神萎靡，阴郁颓丧。如钩的下弦月是李煜孤独郁闷心情的外化。当他登上西楼看到如钩之月的刹那间，似乎遇见了一个知己，但又不知是否真是知己，只能继续保持"无言"的沉默状态，保持无言以对的孤苦处境。

"寂寞梧桐深院、锁清秋。"登楼所见只有广阔阴沉的天幕上的一钩残月，得不到一丝安慰，反而在残月的映衬下觉得自身更加孤独。低头俯视，但见囚禁他的深院高墙环绕，秋风凄凉，梧桐树叶飒飒作响，环境萧瑟，处境孤苦，心情寂寞。这一切——梧桐、秋风以及囚徒，被闭锁在幽深的院子里，没有丝毫自由。风吹梧桐的声响扰人耳鼓，秋风劲吹刺人肌肤，单调而又不断重复的梧桐响、秋风吹，把人挤压到深院囚室的一角，日久天长，最大、最难以忍受的痛苦便是寂寞孤独。人类是群居动物，在人际交往中可以得到许多快乐，体现生存价值，感觉自我存在。一旦把人单独囚禁起来，断绝与外界交往，便会丧失一切生活乐趣和生存价值。起初寂寞难耐，日久会感觉不到自我存在而变疯变傻。囚徒在还有自我感觉的时候，寂寞是最可怕的。"少年不识愁滋味，爱上层楼。爱上层楼，为赋新词强说愁。　而今识尽愁滋味，欲说还休。欲说还休，却道天凉好个秋"（辛弃疾《丑奴儿·书博山道中壁》）。从这个角度看，"寂寞梧桐深院锁清秋"的"寂寞"，既是深远环境的寂寞，李煜心情的寂寞，也可以理解为李煜的一声呼喊——辛弃疾喊出"天凉好个秋"，长出了一口闷气，因为他还有人身自由；李煜则因为完全没有人身自由，只能从郁闷的胸中喊出一声"寂寞呀，寂寞！""寂寞梧桐深院锁清秋"这个句子把"寂寞"一词置于句首，除了平仄格律规定之外，是用以修饰梧桐、深院、清秋，说明这些都是寂寞的，处于这种环境中的人物心情是寂寞的。此外，还有一个作者未必然、读者未必不然的"溢出效应"：我们朗读起来，便是"寂寞——梧桐深院锁清秋"，把"寂寞"的调子拖长，便是一声深长的叹息：寂寞呀，寂寞……

　　"剪不断，理还乱，是离愁？"上片的沉默、孤苦、寂寞、郁闷、凄凉、阴沉等消极情绪错综交织，形成一种沉重的精神负担，压得李煜喘不过气来。他很想摆脱这些情绪的重压，首先要弄清楚这些情绪的来龙去脉和因果关系，理出一个清晰的头绪。但是这些情绪纠结成一团，如同异常坚韧的特殊丝线理不顺，而且越理越乱。气恼之下，索性把它剪断，却怎么剪也剪不断。"剪不断，理还乱"这个比喻是李煜的一个创造。李白的"抽刀断水水更流，举杯消愁愁更愁"（《宣州谢朓楼饯别校书叔云》），把愁情比作截不断的流水，表现了愁情汹涌浩荡不可阻挡的冲击力；李煜以后的晏殊"无情不似多情苦，一寸还成千万缕"（《玉楼春·春恨》），南宋姜夔"算空有并刀，难剪离愁千缕"（《长亭怨慢·渐吹尽》），都把愁情比作数不尽的

128

千万条思绪，表现愁情之多。李煜把愁情比作"剪不断，理还乱"一团纠结在一起的乱丝，表现愁情郁结胸中，无论怎样努力都难以排解的精神痛苦，这在中国诗歌史上还是第一次出现。李煜的愁情内容极其复杂，既然"剪不断，理还乱"，那就把它概括一下，说明它是什么性质的愁绪。他首先问自己：这是离愁吗？接着又加以否定：不、不、不只是离愁，而是——

"别是一番滋味、在心头。"古代写离情和各种愁情的诗很多，但像李煜这种说不清、道不明、解不开、五味杂陈、难以辨别的愁情却很难一见。复杂的人生经历，酿成了复杂的愁情内容。李煜多才多艺，年轻时为了解除其兄李弘冀的猜忌，逃避杀身之祸，自名"钟峰隐者"，如临深渊，如履薄冰。即位之后，力求励精图治，无奈难以挽回南唐王朝的衰落颓势。多年向宋王朝称臣进贡，以求苟延残喘，却遭到宋王朝的步步紧逼。投降宋王朝后，又受到被封为"违命侯"的羞辱，最后被赵光义下毒致死。从皇帝到囚徒，李煜经历的种种磨难一言难尽，尝到的酸甜苦辣滋味莫可名状。这种不同一般的别样滋味虽然难以条分缕析，但概而言之就是"故国不堪回首"之愁，即所谓"离愁"，这是愁情的主要内容，在他的作品中多有表现；其次是"以泪洗面"的囚徒之愁，以及随时可能被杀的死亡之愁。明人徐世俊说："七情所至，浅尝者说破，深尝者说不破"（《草堂诗余续集》）。"说不破"就是说不清、不能说。"别是一般滋味在心头"妙就妙在说不清、不能说，而说不清、不能说的愁情正是一种十分复杂、深刻的情感特点。李煜的文学贡献，就在于揭示出了别人未曾揭示的"别是一般滋味"这种人类的感情状态。

人类长恨的担当者

> 林花谢了春红，太匆匆！无奈朝来
> 寒雨、晚来风。　　胭脂泪，留人醉，
> 几时重？自是人生长恨、水长东。
>
> ——《相见欢·林花谢了春红》

清人刘鹗在《老残游记·序》里写道："灵性生感情，感情生哭泣……《离骚》为屈大夫之哭泣，《庄子》为蒙叟之哭泣，《史记》为太史公之哭泣，《草堂诗集》为杜工部之哭泣；李后主以词哭，八大山人以画哭；王实甫寄哭泣于《西厢》，曹雪芹寄哭泣于《红楼梦》。"下面我们就通过这首《相见欢》，看看李煜是怎样"以词哭"的。

"林花谢了春红，太匆匆！"如果把首句诠释为树林里春天的红花凋谢了，就太平淡乏味，毫无哭泣的意思。先说这个"林"字，多木为林。"林花"不是树林里的花，而是大片的花朵。鲜花很美丽，一朵鲜花凋零令人伤感，何况是大片的鲜花枯萎飘零？春天百花盛开，色彩缤纷，争奇斗艳，那是生命的勃发，比起夏秋两季的花朵更令人精神振奋；而红色的花朵异常鲜艳夺目，那是青春的火焰，象征着人类最美好的时光，然而这一切随着季节的更迭都消失了。这一句可以分为四个层次：鲜花——大片的鲜花——春天的鲜花——红色的鲜花。层层递进，把伤春之情推向极端：鲜花凋谢了可悲，大片的鲜花凋谢了更可悲，春天的鲜花凋谢了十分可悲，红色的鲜花凋谢了尤其可悲！

李煜用"红"字作首句韵脚，不论有意无意，都凸显了红色春花的生命特征和青春易逝的悲痛。悲痛之情在胸中重重叠加，反复激荡，眼看着春花凋谢，眼看着春光暗淡，眼看着生命消亡，怎能不悲从中来，热泪盈眶？如果春花能慢慢地、悄悄地消失，也许能减轻伤春的痛苦，而春花却不肯久留，来去匆匆；不是一般的匆匆，而是"太匆匆"，"太"字坚定有力，"太匆匆"一声不可遏制的呼喊，表明惜春、留春而不可得的悲痛达到了饱和的程度。"林花谢了春红，太匆匆！"顺着悲情层次的不断累计和悲情力度的不断增强，我们在朗读这句词时，会很自然地发出一种哭泣的声腔：林花（呀）——谢了——春红，（你）太匆匆！辛弃疾的"更能消、几番风雨，匆匆春又归去"（《摸鱼儿·更能消》），惜春之情是盘旋曲折之后喷发出来的，情感基调是哀婉的；"林花谢了春红，太匆匆！"是直截了当哭喊出来的，情感基调是悲痛。哭喊之后，接着来了一声无可奈何的叹息——

"无奈朝来寒雨、晚来风。"这一句仍然是哭泣的声调，但比"林花谢了春红，太匆匆"调子低沉了，表现面对风雨侵袭的无能为力。"朝来寒雨晚来风"与"秦时明月汉时关"同为互文见义，意为春花从早到晚遭受着风雨的摧残。李煜把"朝来寒雨"和"晚来风"分开又重叠一下，造成春花既遭雨打又受风吹双重摧残的效果，从而增加了风雨侵袭的次数，加强了风雨侵袭的力度。春花是在和缓温暖的风雨中开放的，如今却陷入朝夕不停的寒雨冷风之中，她怎能不匆匆凋谢呢！这是季节使然，命运使然。在大自然面前，人类是如此渺小，只能束手无策，徒呼奈何！

"胭脂泪，留人醉，几时重？"下片改换一个角度，把春花拟人化为一位美女，使她与惜别的人对饮对话。"胭脂"本指红色的鲜花，这里比喻擦着胭脂的美女。李煜有意不用"比如"等喻词，不明确本体（美女）和喻体（鲜花）的界限，直接推出"胭脂泪"这个特写镜头，突出擦着胭脂的美女白里透红的脸庞上流着眼泪，显得哀婉香艳，楚楚可怜。乍一看"胭脂泪"三字，"胭脂"和"泪"相互混合，敏感的人眼前会浮现出"泣血横流"的幻象，心头为之一震，美女的悲痛之情愈发强烈，这是一层；"留人醉"的"人"是虚拟的留在原地的惜别之人，也许是一位男性。一男一女满腹离情无法倾诉，只能一杯一杯复一杯地喝着闷酒，而喝闷酒最容易醉，醉得沉重，短时间难以清醒，例如从"执手相看泪眼，竟无语凝噎"到"今宵酒醒何处，杨柳岸，晓风残月"（柳永《雨霖铃·寒蝉凄切》），后半夜才清醒过来，可见相对无言饮闷酒的精神痛苦多么强烈，这又是一层；"相见时难别亦难"，然而再难也有分别的时候。有一句话叫"生离不如死别"，因为死别的绝望会使悲痛逐渐消失；生离则心存期待，而期待的煎熬过程比死别更加痛苦。在这种情况下，男女双方的千言万语汇成一声在全词中最高亢、最强烈的哭喊"几时重？"——什么时候才能再见面呀！这是第三层。通过上片四层（林花谢了春红，太匆匆！无奈朝来寒雨、晚来风）、下面三层的层层推进，李煜一面倾诉，一面思索，从花开花落映照出自己的生存状态，又进而看清了生命无法重复，衰落无法挽回，于是发出一声低沉而又深长的哭泣。

"自是人生长恨、水长东。"水流万年，一直向东；人生一世，永存遗恨！世界本来就是（自是）这样呀！这一句可以这样朗诵：自是（重音）——人生长恨——水长东（呀）！这是一个极具哲理性的认识，又是一声充满人文关怀的哭喊。人生和流水一样是无法逆转，无法弥补。人活一世，留下了许多遗憾永远存在，无法克服，无法从头再活一回；

即使能再活一回，旧的遗憾弥补了，新的遗憾又会发生，遗憾、残缺是人生的本质特征。人类从来没有毫发无损、十分完美的人生，一部人类发展史是一个有无数遗憾、残缺构成的循环往复的过程，是人类与生俱来、伴随终生的宿命。李煜对这个困扰人类的人生问题有深刻的感悟和明确的认识，所以能把人生的永久痛苦提升到哲理的高度，揭示出人类的痛苦经历是一个不可逆转、不可改变的过程。尤其可贵的是，"自是人生长恨、水长东"并非个人的自怜自哀，而是面向全体人类、全部历史的沉痛哭喊。苏轼说"人有悲欢离合，月有阴晴圆缺，此事古难全。但愿人长久，千里共婵娟"（《水调歌头·明月几时有》），他也许在某个时间段里能超脱人生不完美的痛苦，彻底超脱是不可能的。至于所谓"但愿人长久"，不过是一种良好的愿望，一句安慰兄弟的话，事实上并不存在长久的人生。李煜则与此不同，他不企图超脱，不为自己宽解，也不去安慰他人，而是面对现实，承认现实，不仅能担当起自己的痛苦，而且能把一己之不幸扩展为全体人类的不幸，与人类一同承担无穷无尽的人生遗憾和巨大无比的精神痛苦。王国维对此有很高的评价，兹引述于此："词至李后主而眼界始大，感慨遂深"，又说"尼采谓'一切文学，余爱以血书者。'后主之词真所谓以血书者也，宋道君（徽宗）皇帝《燕山亭》词亦略似之。然道君不过自道身世之戚，后主则俨然有释迦、基督担荷人类罪恶之意，其大小固不同矣"（《人间词话》）。人类的遗憾代代相传，层层积累，永无止境。李煜这首词的文学价值，就在于深刻地揭示了这种普遍存在的人生痛苦，并与芸芸众生同歌同哭。

繁华落尽悔恨多

多少恨，昨夜梦魂中。还似旧时游
上苑，车如流水马如龙，花月正春风。
——《望江南·多少恨》

　　"多少恨，昨夜梦魂中。"这个"恨"是什么样的恨，未见有人解释。李煜有多少恨、什么恨，无法细说，我觉得他的恨至少有三个层面：悔恨、怨恨、愤恨。他长期沉湎于诗词歌赋、琴棋书画、饮宴游赏的享乐生活中，治国无能，苟且偷生，以致成为亡国之君，怎能不悔恨？他向宋王朝屈膝称臣，岁岁纳贡，时时请安，以求苟延残喘而不可得，怎能不怨恨？他投降宋王朝后，戴着一顶"违命侯"的帽子，经受被囚禁、监视、羞辱，随时会人头落地，怎能不愤恨？"多少恨"的恨是综合性的恨，内容复杂，分量沉重，所以词一开始，他便呼喊出"多么恨（哪）"！这种恨多得数不清，压得人喘不过气。"昨夜梦魂中"，说明这个"多少恨"是因为梦中所见发生的。李煜对他的金陵故国昼思夜想，念念不忘，例如"四十年来家国，三千里地山河"（《破阵子·四十年来家国》），"想得玉楼瑶殿影，空照秦淮"（《浪淘沙·往事只堪哀》），"故国梦重归，觉来双泪垂"（《子夜歌·人生愁恨何能免》），"小楼昨夜又东风，故国不堪回首月明中"（《虞美人·春花秋月何时了》），"无限江山，别时容易见时难"（《浪淘沙·帘外雨潺潺》）等等。这次他又梦游故国，他梦见了什么呢？

"还似旧时游上苑，车如流水马如龙。"李煜在梦中又一次巡游了上苑，随从的车队像流水一般浩浩荡荡，不见首尾；坐骑个个高大剽悍，像游龙一般无比威猛。上苑是皇帝园林的统称。南唐上苑的规模不详，唐代的上林苑面积四百平方公里，以长安为中心，东至骊山、乐游园，西至昆明池，南至终南山，是供皇帝游赏射猎的场所。帝王仪仗队伍的豪华、威武和浩荡气势，最能表现帝王的凛然不可侵犯和至高无上的权威，也是帝王感到最得意、最自豪的行为。李煜享受过的荣华富贵举不胜举，他只梦见了曾经的出游场面，写在词中，既可以收到"以少胜多"的艺术效果，又说明这个场面是他印象中最为深刻的生活记忆。这还不够，最后再加一句"花月正春风"。这次巡游上苑正是最好的季节呀！你看，百花盛开，月光明媚，春风和煦，多么美好的景象呀！全词至此，戛然而止。有学者对这个结尾作了这样的评析："这五个字，点明了游赏的时间以及观赏对象，渲染出热闹繁华的气氛；还具有某种象征意味，象征着在他生活中最美好、最无忧无虑、春风得意的时刻"，又说"正是由于这个结尾，留下了大段空白，这才引导读者去品味思索那些意兴淋漓的描写背后所隐藏着的无限悲怆"（《唐宋词鉴赏辞典》）。这些话都不错，通常就是这样解析的。我觉得这首词戛然而止的结尾还有另一种艺术效果。唐圭璋先生说："此首忆旧词，一片神行，如骏马驰坂，无处可停"（《唐宋词简释》）。我们诵读几遍就能体验出此词节奏很快，一气呵成，中间无法停顿。但是李煜兴高采烈地写到"花月正春风"的高潮之处，却突然停止，如同"曲终收拨当心画，四弦一声如裂帛"（白居易《琵琶行》），又是从何而来呢？我们开车在高速公路上奔驰，突然急刹车，总是因为前面发生了什么意外。人们常有这样的经历：一个十分

135

温馨的美梦刚刚进入高潮便突然醒了，深感怅惘失落。李煜也一样，他的梦游刚进入"花月正春风"的时候便突然醒了，醒过来之后，把梦里梦外、过去现在的生活情况加以对比回味，顿感天壤之别的巨大落差，悔恨、怨恨、愤恨之情像潮水一般涌上心头，便不可遏制地喊出了"多少恨（呀），昨夜梦魂中！"往日的豪华威武丝毫减轻不了他的囚徒之苦，反而变成了更加沉重的精神负担，压得他更加痛不欲生了。这首词"多少恨"与"花月正春风"首尾呼应，篇幅虽短而结构完整。全词首句"多少恨"是梦醒后的慨叹，末句"花月正春风"是梦中繁华景象的总结。前后两种情景的今昔差别如此巨大，苦乐如此迥异，冷热如此不同，也正是李煜生活经历的完整表现。一首小词五句二十七字，竟能表现或蕴含这样丰富的生活经历和感情世界，在词的创作上实属罕见。

绝望的悲哀

> 帘外雨潺潺，春意阑珊，罗衾不耐
> 五更寒。梦里不知身是客，一晌贪欢。
> 独自莫凭栏，无限江山，别时容易
> 见时难。流水落花春去也，天上人间。
> ——《浪淘沙·帘外雨潺潺》

前面讲过的《望江南》是李煜梦游故国之后产生了悔恨、怨恨、愤恨等情绪波动，这首《浪淘沙》也是梦游故国，且看他梦游之后有什么人生感悟。

"帘外雨潺潺，春意阑珊，罗衾不耐五更寒。"北方春季的早晨气温很低，俗语夸张地说"早穿皮袄午穿纱，抱着火炉吃西瓜"。李煜睡了一夜，被黎明时的寒冷冻醒了。他先听见帘外院子里雨声潺潺。潺潺是山间溪水的流动声。春雨如同溪水那样不大不小、不紧不慢、淅淅沥沥、不休不止地下着。耳听雨声，李煜会有什么感受呢？他不像孟浩然"夜来风雨声，花落知多少"（《春晓》）那样平静恬淡，不像杜甫"晓看红湿处，花重锦官城"（《春夜喜雨》）那样喜悦，也不像李清照"知否知否，应是绿肥红瘦"（《如梦令·昨夜雨疏风骤》）那样抱怨，而是敏感地意识到美好的春天过去了！"春意阑珊"的慨叹，对于生命朝不保夕的囚徒李煜来说，流露出潜意识中的生存危机。黎明气温寒冷，而当潜在的生存危机感开始浮动的时候，他感到天气更加寒冷，以至于罗衾也挡不住春寒的侵袭而坐卧不安。这几句是由梦而醒的过程，写得层次清晰，衔接紧密。按人的感觉常规讲，这三句不是并列关系，而是递进关系。"帘外雨潺潺"之前是"五更寒"促使他开始清醒，是触觉感受；"帘外雨潺潺"是听觉感受，完全清醒了；"春意阑珊"是意识活动，彻底清醒了；"罗衾不耐五更寒"则是从感觉到意识、从内心到体表，感受到难以忍耐的寒冷而更加清醒了。"五更寒"贯穿三句首尾，突出春寒的侵袭。我们朗读这几句："帘外雨潺潺"，刚清醒过来，调子较低，节奏缓慢；"春意阑珊"，有意识活动了，完全清醒了，是调子较高的叹息；"罗衾不耐五更寒"，"不耐"用重音，"寒"字用颤音。"罗衾不耐五更寒"，多读几遍会有冷飕飕的感觉。

"梦里不知身是客，一晌贪欢。""一晌"即片刻，短暂的一会儿工夫。梦境所见都是短暂的片段，无人做过像电视连续剧那样完整的梦。这两句古代不少词评家从不同角度大加赞赏，如清人郭麐说："李后主之'梦里不知身是客，一晌贪欢'，所以独绝也"（《灵芳楼词话》）。"独绝"就是空前绝后，独此一家。李煜被春雨春寒冻醒之后，回顾昨夜梦中短暂的故国之游，甚感心酸失笑——睡梦中不知道江山已经易主，自己由原来的主人变成客人了，还在那里贪求一时的欢乐，这是我的解释；另一解是睡梦中不知道自己已经是宋王朝的囚徒，还在贪求一时的欢乐。二说可以并存，总之是饱含辛酸嘲笑自己不知道自己的身份、地位和处境已经完全改变，仍然以主人、皇帝的身份巡游故国。"一晌贪欢"的梦境是虚幻缥缈的，"一晌贪欢"的回顾则是可悲、可怜、可笑的。"梦里不知身是客，一晌贪欢"是笑声里带着哭声的叹息，其中蕴含着梦与醒、今与昔、苦与乐对比之后所产生的酸楚和悲哀。元人张翥有"客里不知身是梦，只在吴山"（《浪淘沙·醉胆望秋寒》），显然是从"梦里不知身是客，一晌贪欢"脱胎而来。"只在吴山"只是简单的时空变换，与"一晌贪欢"中的复杂情感不能相比。"梦里不知身是客，一晌贪欢"不只是李煜缺乏身份自觉的情感表现，一切曾经缺乏身份自觉的人都会从这里得到情感共鸣。当年，我十五岁赴朝参战，因工作积极立功受奖，由战士提升为干部。朝鲜停战回国又全力投入文化普及工作，受到表扬。后来看到不少年轻干部、战士陆续被派往苏联留学，我由此看到了自己的"光明前程"，买了俄语课本，拼命背俄语单词，自信满满地准备上级遴选。左等右等，杳无音信，不免开始焦急。此时有人告诉我说："你别做梦了，留苏的人都是干部子弟，你老子是旧官吏，哪里能轮得上你？"闻听此言，恍然大悟，原来自己是在做梦。我曾经在大会上批评某些党员的不良表现，有人对我说："你这个人缺乏身份自觉，你不是党员，怎么敢批评党员呢？"上大学后读到"梦里不知身是客，一晌贪欢"，不禁拍案叫绝，这不就是说的我吗？大有相见恨晚的遗憾。

"独自莫凭栏，无限江山，别时容易见时难。"下片首三句承接上文，由梦境转入现实，由反面的自我嘲讽，转为正面的自我告诫。李煜梦醒之后，经过一番思索，头脑越来越清醒，对自己当前的囚徒身份和未来的生存前景看得越来越清楚了。他用肯定的语气告诫自己说，不要再去凭栏远眺了，无限美好的"三千里地山河"再也看不着了！他曾想从醉后梦中得到一丝安慰，"醉乡路稳宜频到"（《乌夜啼·昨夜风兼雨》），如今领悟到昨夜梦中故国之游的所见所闻只是缥缈的幻影，于事无补，徒增烦恼。李煜对这种心情曾有很生动的描述："人生愁恨何能免，销魂独我情何限。故国梦重归，觉来双泪垂。高楼谁与上，长记秋晴望。往事已成空，还如一梦中"（《子夜歌·人生愁恨何能免》）。李煜后期词中常见"独"字，如"无言独上西楼"（见前）"凭阑半日独无言"（《虞美人·风回小院庭芜绿》），以及这里的"独自莫凭栏"。这说明他的处境很孤独，无人陪伴，无人交流，无人分担他的痛苦；同时，他也像温庭筠笔下的"梳洗罢，独倚望江楼"（《梦江南·梳罢》）那位思妇一样，愿意一人回味以往的帝王生涯。但当无数次独自登楼远眺、无数次想象回忆、无数次梦游故国，都一一破灭之后，他终于彻底清醒，面对严酷的现实，告诫自己说"独自莫凭栏"，不要再白费力气了，不要再自作多情了，昨夜的"一晌贪欢"是一场梦，就连以前数十年的荣华富贵也都是"还如一梦中"，他彻底清醒了，也彻底绝望了。在这里，再说一下"别时容易见时难"。公元 975 年 10 月宋军攻陷金陵，李煜投降北上。他事后写道："最是仓皇辞庙日，教坊犹奏别离歌"（《破阵子·四十年来家国》），他走得很匆忙，宋军大将曹彬提醒他多带些银两，以作生活之需，他都没有来得及准备，"别时容易"确是实情。正是因为离开金陵太容易、太匆忙了，没有多看一眼那"无限江山"，事后想起便特别悔恨。其实离别也并不容易，南朝江淹说"黯然销魂者，唯别而已矣"（《别赋》）。李煜说"别时容易"，是与"见时难"相对而言的。离别越匆忙，想见而不可得的悔恨就越强烈。

"流水落花春去也，天上人间。"结尾回应上片"帘外雨潺潺，春意阑珊"。"春去也"，许多版本作"归去也"，有的版本作"何处也"。明人徐士俊据此指责"春去也"犯了"春意阑珊"，即词意重复（《古今词统》）。一般来说，诗词创作应当避免词意重复，但这里并不重复。"春意阑珊"是春天即将过去了，"春去也"是春天已经过去了，春天的离去有一个从开始到结束的过程。"帘外雨潺潺"，雨下久了大了，百花落地，河水上涨，才会有"流水落花"，而"流水落花"正是"春去也"的形象表现。黄庭坚的"若有人知春去处，唤取归来同住"（《清平乐·春归何处》），语调坚定，相信春天会被唤回；辛弃疾的"春且住！见说道天涯芳草无归路"（《摸鱼儿·更能消几番风雨》），语调急切，春天挽留不住了；"帘外雨潺潺，春意阑珊"，语调伤感，预感到春天就要过去了；"流水落花春去也"，语调低沉，眼看着"春去也"而无可奈何。"春去也"是一个时间概念，并不追究春天去往何处。如果把"春去也"改为"归去也"，那么"归"字如何落实？下文紧接"天上人间"，似乎是一个动宾结构，容易被人误解为春天回归到天上人间，这就不通了。"天上人间"是李煜前期与后期生活状况的比喻，即天壤之别。这两句是说，流水东去不复回，落花满地化为泥，春天远去了，我的青春岁月也随着春天远去了。回顾一生，以往是天上仙境，如今是人间地狱。"流水落花春去也，天上人间"这一声慨叹很无力，很无奈，李煜完全绝望了。全词从头到尾，调子都很低沉，像是病中的呻吟，已经没有呼号挣扎的力量了。宋人蔡绦《西清诗话》："南唐李后主归朝后，每怀江国，且念嫔妾散落，郁郁不自聊，尝作长短句云'帘外雨潺潺……'含思凄惋，未几下世。"这条记载，从词意和情理上看是可信的。有学者说："'天上人间'，是说相隔遥远，不知其处。这是指春，也兼指人。词人长叹水流花落，春去人逝。"（《唐宋词鉴赏词典》）谁和谁相隔遥远？学者似乎认为是人与春相隔遥远如天上人间。此说不妥。全词是借惜春哀叹昔日天堂般的帝王生活一去不返，留给他的则是地狱般的囚徒生涯。

王国维特别赞赏李煜的这一类词，他说："'流水落花春去也，天上人间。'《金荃》《浣花》能有此气象耶？"（《人间词话》）"气象"类似气概、气魄。气魄宏大的诗句不一定都是金戈铁马、高山大川，个人的人生感慨也可以写得很有气魄。李煜能把自己的生活遭遇和人生感慨扩展到春江浩荡、流水落花、天上人间等广阔的宇宙空间，岂是花间词人温庭筠、韦庄的小窗小院、小鼻子小眼所能相比。这就是"词至李后主而眼界始大，感慨遂深"。

痛不欲生的呼号

春花秋月何时了，往事知多少！小
楼昨夜又东风，故国不堪回首月明中。
雕栏玉砌应犹在，只是朱颜改。问君
能有几多愁？恰似一江春水向东流。
——《虞美人·春花秋月何时了》

"春花秋月何时了，往事知多少！"春秋两季是一年最好的季节。
春花鲜艳，令人精神振奋；秋月明亮，令人耳目清爽。"日出江花红胜火，
春来江水绿如蓝"（白居易《忆江南·江南好》），春花多么辉煌；"草
树知春不久归，百般红紫斗芳菲"（韩愈《晚春》），春色多么绚丽；
"绿杨烟外晓寒轻，红杏枝头春意闹"（宋祁《玉楼春·东城渐觉风
光好》），意象多么热烈。"可怜九月初三夜，露似真珠月似弓"（白
居易《暮江吟》），月形如此玲珑；"湖光秋月两相和，潭面无风镜
未磨"（刘禹锡《望洞庭》），月光如此澄澈；"秋景今宵半，天高
月倍明"（北宋·汪殊《中秋》），月光如此明亮。杜甫曾说"老吟
秋月下，病起暮江滨"（《寄李十二白二十韵》），令人神清气爽的
秋月竟然治好了他的老病。早年李煜的惜春之情也很热烈，"寻春须
是先春早，看花莫待花枝老"（《子夜歌·寻春须是先春早》），春
天尚未来到，他就迫不及待地寻春去了。但是，当李煜由帝王之尊沦
为阶下囚之后，地位发生了颠覆性变化。在他心目中，一切美好的事

物都变成了对他的刺激，越美好的景象刺激力越强。他曾热烈追寻的春花秋月，变成了他十分厌恶的东西。他面对春花秋月高声呼喊道：春花秋月呀，你们何时才能了结呀，你们快了结吧！不要再折磨我了！这是对囚徒境况的诅咒，这是痛不欲生的呐喊。从这种诅咒、呐喊中，仿佛能听到他内心的独白：我不想活了，实在活不下去了。"往事知多少！"回答了他痛不欲生的原因。李煜词中屡屡提到往事，"往事已成空，还如一梦中"（《子夜歌·人生愁恨何能免》）"往事只堪哀，对景难排"（《浪淘沙·往事只堪哀》）。"往事"当然是指他公元961年继位到公元975年被俘，前后十四年的帝王生活。十四个春花秋月中，他享受过的人间最高级的荣华富贵究竟有多少？太多太多了，多得说不清楚。李煜身为囚徒，生活没有希望，生命没有保障，常常借回忆往事以求精神慰藉。然而往事与现实反差极大，每回忆一次往事，痛苦便会加重一层。层层加重、不断累积的精神痛苦成为他沉重的历史包袱，压得他再也无法忍受，喊出了"春花秋月何时了，往事知多少！"在李煜的感觉中，"春花秋月"是恼人的，"往事"是美好的。这一对今昔矛盾进行了一次碰撞，溅起了痛不欲生的哀愁，为全词定下了情感基调。

"小楼昨夜又东风，故国不堪回首月明中。"不论往事有多少，其核心内容是他的故国，他的江山，他的朝廷。从公元976年正月被俘北上开封，到公元978年七月去世，李煜经过了两个春天。"又东风"说明这首词是在第二个春天写的。有一年秋天，他曾写了一首《浪淘沙》："往事只堪哀，对景难排。秋风庭院藓侵阶。一任珠帘闲不卷，终日谁来！金锁已沉埋，壮气蒿莱。晚凉天净月华开。想得玉楼瑶殿影，空照秦淮。"回顾往事虽然悲哀，而想象中的"玉楼瑶殿"在月光照耀下还历历在目。但当第一个春天来到的时候，情况便发生了变化。李煜的故国之思是日积月累，不断加重的；而失望乃至绝望也是不断加深的。经过两年来的回顾、思索，他越来越清楚不仅归国无望，而且命在旦夕。起初对"玉楼瑶殿"的想象还能在痛苦中得到一丝抚慰，后来在生命危机日益迫近的情况下，对往事的回顾、对"玉楼瑶殿"的想象便成为精神折磨了。"往事知多少"，回顾往事不知多少次，经受的精神折磨也不知道多少次。我们可以想见，当第一个春天来到的时候，春风从东南金陵故都方向吹了过来，他的精神痛苦必然受到触动而大爆发。现在是第二个春天，东风又一次吹进了囚禁他的小楼，积累了两年之久的精神痛苦自然会更加强烈地爆发。"故国不堪回首月明中"，我实在承受不了回首故国的痛苦了，不要再折磨我了！为什么是月明中不堪回首呢？月亮照得他长夜难眠，想象中月光照耀下的故国景物很清晰，这都会加重他的精神痛苦。他的潜意识恨不得日月陨落，世界漆黑一团，钻到一角落里，闭目塞听，眼不见，心不烦。在这里，近在身边的东风不断吹拂，远在东南的故国又不堪回首，远近矛盾进行了一次碰撞，在第一次今昔矛盾碰撞出的痛不欲生之上增添了烦躁不安的情绪。

"雕栏玉砌应犹在，只是朱颜改。"在烦躁之余，李煜不停地思索着。他与故国原是一个整体，如今被迫分开了，只能分别加以思索。他从以往想到目前，从故国想到自身，反复思索的结果是"雕栏玉砌"这些华美的建筑仍然存在，在可预见的将来也不会毁灭。而自己却是朱颜褪色，日渐衰老。如果能与"雕栏玉砌"一同毁灭，倒也罢了；现实却是故国犹在，自身衰老，而且随时会被杀害。"雕栏玉砌"当然美好，自身生命尤为可贵。思来想去，故国与生命都不愿舍弃；然而"雕栏玉砌"是一个相对永久的存在，自身的生命却是朝不保夕。在这里，存在与毁灭构成的生死矛盾进行了一次碰撞，在痛不欲生、烦躁不安之上又增添了死亡迫近的恐惧。

"问君能有几多愁？恰似一江春水向东流。"由以上痛不欲生、烦躁不安、死亡迫近等情感活动，归纳起来就是亡国的悲愁。这种悲愁不断汇聚、激荡，如同急剧上涨、汹涌的春水，以不可阻挡之势冲破堤坝，向东奔腾而去。他的身世之悲、亡国之愁像一江春水一样深沉，像一江春水一样浩荡，像一江春水一样奔流不息。

仓皇挥泪辞宗庙

四十年来家国，三千里地山河。凤阁龙楼连霄汉，玉树琼枝作烟萝。几曾识干戈？ 一旦归为臣虏，沈腰潘鬓消磨。最是仓皇辞庙日，教坊犹奏别离歌。垂泪对宫娥。

——《破阵子·四十年来家国》

"四十年来家国，三千里地山河。"南唐王朝公元937年建国至975年灭亡，前后三十八年。李煜公元937年出生，至975年投降北宋，也是三十八年。这里的"四十年"是取一个整数，一般认为是指南唐王朝的历史。我认为是指李煜的个人历史，因为下文有"几曾识干戈"，说他自己从来不懂得战争。"识"即认识，懂得，不能解为"经过"。为了说明问题，先简单介绍一下南朝的战争情况。南唐前后有李昪、李璟、李煜三个国王。李昪建国后实行"息兵安民"政策，对外敦睦邻国，与北方契丹友好通商，对内轻徭薄赋，设太学，建书院，新科举，局势和平稳定，没有发生过战争。李璟在位期间，先灭亡了福建的闽国，后又与吴越国争夺闽国地盘。公元955年至958年，北方后周三次入侵，南唐失去了长江以北的土地。李璟执政期间，李煜，从六岁至二十四岁，"生于深宫之中，长于妇人之手"，根本不懂得战争。公元961年至975年，李煜在位十四年中，一直屈服于北宋的压力，俯首称臣，岁

147

岁纳贡，不敢以战争对抗。当北宋大军进逼金陵时，匆忙命令朱令赟率水军十五万抵抗，一战而全军覆没。尤其可笑的是，宋军兵临城下时，他竟然令和尚诵读《救苦观音菩萨经》以解围（《十国春秋》）。事实证明，李煜这个"德轻志懦，又酷信释氏，非人主才"（《资治通鉴》卷二百九十四）的人，绝不会发动战争，也不懂得战争知识和战争指挥艺术。所以，"几曾识干戈"，是指他从出生到亡国的四十五年间从不懂得战争，并不包括曾经多次经过并指挥过战争的李昪、李璟。李昪建立的南唐王朝境域广阔，国土面积七十六万余平方公里，是五代十国中最大的国家。词一开始用两个数字对仗句"四十年来家国，三千里地山河"，如同双峰对峙，兀立目前，以夸张的语调赞颂了南唐王朝的历史岁月和广阔国土。读者通过"四十年""三千里"数字，立刻计算出历史的长度和国土的广度，形成具体鲜明的印象。"四十年"虽然不算很长，"三千里"虽然不算很大，但在五代十国时期也是相当长、相当大了。陆游一个著名的数字对仗句"三万里河东入海，五千仞岳上摩天"（《秋夜将晓出篱门迎凉有感》），相比"四十年来家国，三千里地山河"，气势之博大雄伟，不可同日而语。陆游放眼大一统的全中国，李煜只看到偏安一隅的南唐王朝。眼界胸怀大小不一，诗歌气势便大不相同了。

"凤阁龙楼连霄汉，玉树琼枝作烟萝。几曾识干戈？"上两句概括赞扬南唐的历史和国土，这两句掉转笔锋描绘南唐宫殿之巍峨、庭院之华美。"凤阁龙楼连霄汉"一般解释为高大的楼阁直冲云霄，过于笼统。有人对"凤阁"究竟是什么用许多文字进行考证，也没有说清楚。其实，"凤阁"就是阁楼的房檐四角高高翘起，如同凤凰展翅，有拔地而起的飞动之势。这种建筑形式在南方比较普遍，如今民居的屋檐也还是如此。"龙楼"是指楼阁屋脊上装饰的琉璃制作的龙。古代宫殿屋脊上装饰有龙、凤、狮子、天马、海马、狻猊、押鱼、獬豸等动物，而以龙凤最为尊贵，是和平吉祥的象征。"连霄汉"的"霄"是多义词，这里应解为"摩天赤气"（《后汉书·仲长统传》），即红色云雾。"汉"即天河，白色的银河。霄是霄，汉是汉，不能把"霄汉"笼统地解释为天空。"凤阁龙楼连霄汉"把静止的楼阁写活了，似乎楼阁随着凤凰、游龙飞向彩色云雾，直达银光闪闪的天河。这是多么雄奇、飞动的气势啊！接着从天上回到地面，写庭院各种贵重的树木。"庭院深深深几许，杨柳堆烟，帘幕无重数"（欧阳修《蝶恋花·庭院深深深几许》），这是一般富贵人家的庭院，杨柳等树木尚且如此茂密；皇家庭院的树木和花草不仅茂密，而且十分贵重，每一种都可以与价值昂贵的琼玉相比。"玉树琼枝"为什么会"作烟萝"？树木花草茂密的皇家庭院里，湿度较高，温度较低，潮湿的空气容易形成薄薄的雾气，环境显得朦胧幽静。"萝"是绿色的蔓生植物，攀爬在树木、墙壁、篱笆上，增强了庭院的绿色浓度，优雅有趣，清新爽目。宫殿是帝王权威的象征，雄伟高大；庭院是帝王休闲的场所，幽静雅致。李煜在这个无比安详自在的环境里生活了近 40 年，沉湎于诗词歌赋、歌舞升平之中，哪里会知道什么是战争呢。上片前四句为六、六、七、七长句，用怀念的语调赞扬了南唐的历史、国土、楼阁、庭院，最后用一个五字短句"几曾识干戈"猛然刹住，简短有力。李煜不正面说"不曾识干戈"，而用反诘句"几曾识干戈"，更加肯定了他压根儿不懂得战争的残酷，不知道战争会毁灭了他的南唐王朝，不承想会从帝王宝座上跌落下来沦为屈辱的囚徒。

"一旦归为臣虏，沈腰潘鬓消磨。"下片转为自身不幸遭遇的哀诉。"一旦归为臣虏"的"一旦"有突然、猛然、意想不到的意思。在五代十国时期，相互征战不休主要在北方地区，李煜对北宋王朝采取俯首称臣、妥协退让政策，以为可以趁北宋王朝无暇南征的机会，苟延残喘一个相当长的时期，不至于很快亡国。公元 975 年初，北宋大军进攻南唐，他还以为有十五万水军可以抵挡。不料水军一战即溃，金陵沦陷，李煜被俘投降。这一个天崩地裂的巨大变故是他始料不及的；同时由皇帝沦为俘虏的痛苦之剧烈，也是他深感突然而无法承受的。客观形势的变化是突然发生的，主观感受的痛苦也是突然发生的。突如其来的双重打击使他的身心受到严重摧残，以至于身体消瘦，乌发变白。"归"字可以理解为归顺、归宿，我觉得解为归宿比较合适。李煜的生命归宿不是终老于南唐王朝，而是作为臣子、俘虏囚死于北宋王朝。这种生命结局是非常可悲的。"沈腰潘鬓消磨"用了两个典故：沈约是南朝梁武帝萧衍的宰相、文学家、史学家，曾经荣极一时。后与萧衍对某些人的看法不合，因忧惧加重而日渐消瘦。他曾给友人徐勉写信说他手腕每月瘦一圈，腰围缩小，过几十天腰带上就要多打一个窟窿眼。潘岳是西晋时期著名诗人、美男子，体态清秀，风度优雅，文才风流。他走在洛阳街上，"妇人遇者，莫不连手共萦之"（《世说新语·容止》），大家手拉手把他圈起来，不放他走。其粉丝之多之痴，古今罕见。然而好景不长，这位帅哥三十二岁头发便花白了。李煜以沈约、潘岳自比，意在表明他也是一个多才多艺的美男子，被不幸命运折磨得形销骨立，两鬓斑白。这两个典故不是随手拈来，确有以古喻今、以人喻己的用意。"消磨"是一个缓慢的过程。李煜预料到他的囚徒生活将是旷日持久的，带着"违命侯"的纸帽子经受监视、凌辱的折磨，不知何时才能了结。

"最是仓皇辞庙日，教坊犹奏别离歌。垂泪对宫娥。"囚徒生活是缓慢持久的痛苦，而当初告别宗庙、被俘北上的时候，则是撕心裂肺、无法忍受的痛苦；何况是在北宋大军威逼之下，匆匆忙忙告别宗庙，连从容祭奠祖先也不允许。"国之大事，在祀与戎"（《左传·成公十三年》）。古代祭祀天地、祖宗是非常隆重盛大的典礼。李煜最后一次祭奠祖宗，却只能匆匆从事，草草收场，丢尽了李家的脸面，愧对列祖列宗，这是他最耻辱、最伤心的事情。如果"仓皇辞庙"是在无人观看的情况下悄悄进行的，倒也可以减轻一点羞愧心情；无奈这次"仓皇辞庙"则是满朝文武列队观礼，皇家乐队高奏离歌，众目睽睽，无处躲藏。场面越大，声势越大，耻辱感越强。这种痛彻肺腑的感受，非有相同经历者难以体会。"教坊犹奏别离歌"的"犹奏"一词，表现了李煜对别离歌的烦恼与无奈。国破家亡，江山易主，李煜愧对祖宗，愧对群臣，只能面对多年服侍他的一群宫娥挥泪而别。李煜一生最亲近的是日夜不离的宫娥，并非黄泉之下的祖宗。告别宗社时向簇拥在身边的宫娥挥泪，是不可遏制的深情表达。如果把"垂泪对宫娥"改为"垂泪对宗社"，那就太矫情，太乏味了。

敦煌曲子词

无名氏（四首）

妓女的愤恨与哀怨

莫攀我，攀我太心偏！我是曲江临
池柳，者人折了那人攀，恩爱一时间。
——《望江南·莫攀我》

有学者说："在一二句中，女主人公直截了当地劝那位男子不必多情，不要死缠她。所谓'心偏'，即'偏心'，相当于现代北方话中的'死心眼'"，又说："女主人公对那男子真诚相爱的表示是感激的；唯其感激，才投桃报李，坦率相劝。"（《唐宋词鉴赏辞典》）此说大谬不然。

这是唐宋词中唯一一首妓女骂嫖客的词，十分珍贵。妓女对嫖客不是"劝说"，而是叱责；妓女对嫖客的所谓"真诚相爱"不是"感激"，而是揭露。这首词语言明白如话，场面也清晰如画。我们可以由此设想，一个嫖客拉拉扯扯地撩逗一位妓女，企图得到一点柔情蜜意。他一伸手便遭到妓女的拒绝和叱责：别拉扯我！你拉拉扯扯、嬉皮笑脸的样子好像很喜欢我，其实是心术不正，没安好心。我是曲江边上的一棵柳树，这个人过来折一枝，那个人过来折一枝，所谓恩爱只是一时之间。一顿愤怒的叱责，把嫖客赶走了。

从这位妓女的一番话中可以看出，她是一个阅人很多的人，对嫖客的心灵世界看得很清楚，所谓"恩爱"不过是比"性欲""做爱"好听一些而已。爱情与性欲有时很难区分，但从一般情况下说，建立在真诚相爱基础上的性欲是美好长久的，单纯出于性欲需求的"恩爱"是虚伪的短暂的。嫖客与妓女是赤裸裸的肉体交易，哪有什么"恩爱"可言？嫖客对妓女表现出的那么一点"恩爱"，完全是强烈的性欲刺激使然，交易做完，"恩爱"也就消失了，与其说是"恩爱"，不如说是玩弄。妓女对这种虚伪的"恩爱"看得很透，感到既可笑又恶心，所以嫖客一动手，她就愤怒地拒绝了。妓女对嫖客的要求不麻木、不顺从，而且毫不客气地予以叱责，说明她还是有人格尊严的。我幼时的居住地有两家妓院，妓女们有时会来我家和邻居家串门。我虽然从未发现有妓女心甘情愿地从事这种皮肉生意，却看到她们的大多数处于麻木不仁状态，缺乏自觉意识。《望江南》中的这位妓女则与之不同。她明知拒绝嫖客的要求会砸掉自己的饭碗，但还是采取了反抗行动。反抗就是觉醒——自我意识的觉醒，人格尊严的觉醒。但是，在当时的历史条件下，这种觉醒不仅改变不了妓女的社会地位，反而会增强妓女被侮辱被损害的精神痛苦。这首词一开始调子就很高，力度也很强，"莫攀我，攀我太心偏！"愤怒地拒绝了嫖客的挑逗，揭露了嫖客的丑恶嘴脸。"我是曲江临池柳，者人折了那人攀，恩爱一时间。"语气骤然缓和下来，由强烈的愤怒转为深沉的哀怨。这说明妓女对自己卑贱的社会地位有明确的认识，却对改变这种社会地位不抱希望。她知道自己像无主的临池柳任人折攀，无法主宰个人命运，不会拥有人间真情，而只有嫖客的冷漠、虚伪、粗鄙与欺骗，这是多么深沉的悲哀呀！有自我意识，有人格尊严，却无法维护；知道自己处于社会的最底层，却无可奈何。这位妓女只能在自我意识觉醒与命运无法改变的矛盾冲突中，在愤怒——哀怨——再愤怒——再哀怨的恶性循环中，在身体不断遭受摧残、精神不断遭受折磨中，极端痛苦地终其一生！

月光下的爱与恨

天上月，遥望似一团银。夜久更阑
风渐紧，为奴吹散月边云，照见负心人！
——《望江南·天上月》

　　这首词一看就懂，是一首望月怀人的词。古今望明月而怀远人的
诗词很多，无论男女之间还是朋友之间的互相思念，为什么都以月亮
为中介呢？我想可能因为月亮是童年的美好记忆："小时不识月，呼
作白玉盘。又疑瑶台镜，飞在青云端"（李白《古朗月行》）；是男
女幽会的见证："去年元夜时，花市灯如昼。月上柳梢头，人约黄昏后"
（欧阳修《生查子·元夕》）；是游子离乡的留恋："峨眉山月半轮秋，
影入平羌江水流。夜发清溪向三峡，思君不见下渝州"（李白《峨眉
山月歌》）；是传送友情的使者："杨花落尽子规啼，闻道龙标过五
溪。我寄愁心与明月，随风直到夜郎西"（李白《闻王昌龄左迁龙标
遥有此寄》）；是友情纯洁的鉴照："丹阳城南秋海阴，丹阳城北楚
云深。高楼送客不能醉，寂寂寒江明月心"（王昌龄《芙蓉楼送辛渐
二首·之二》）；是寂寞孤独时唯一的朋友："花间一壶酒，独酌无
相亲。举杯邀明月，对影成三人"（李白《月下独酌四首·之一》）；
是天涯漂泊中永恒的伴侣："江汉思归客，乾坤一腐儒。片云天共远，
永夜月同孤"（杜甫《江汉》）；是古今人类生存缺憾的精神安慰："人
有悲欢离合，月有阴晴圆缺，此事古难全。但愿人长久，千里共婵娟"（苏

轼《水调歌头·明月几时有》）；是超越时空的永恒存在："今人不见古时月，今月曾经照古人。古人今人若流水，共看明月皆如此"（李白《把酒问月》），如此等等，都是人们喜欢用月亮作为传情媒介的缘由。然而在我看来，最大的缘由是月亮特别皎洁。皎洁到什么程度？皎洁到像"白玉盘"，像"一团银"。

"天上月，遥望似一团银。"蔚蓝天宇上的一轮明月，纤尘不染，透明如镜，银光如水。她照耀一切，洞悉一切，始终面露柔和的微笑，从不发雷霆之怒。她忠实地传递人间的友情、亲情、爱情，从不泄露一点人们的个人隐私。她不分美丑妍媸、富贵贫贱，以众生平等的态度无偿地为人类服务。人们都把她当作最忠诚的朋友，与她亲近，向她倾诉。《望江南》中的这位女子仰望天上一轮明月，回忆着，寻觅着，思索着。月亮像一面超级大镜子，既照亮了她以往的美好生活，也照见了她当前的不幸遭遇。当她回忆到往年与情人花前月下、海誓山盟、携手并肩，相互偎依温存的旖旎风光时，她的心情像月亮一样明媚温柔。"三五二八时，千里与君同"（南朝·鲍照《玩月城西门廨中》），"明月照高楼，含君千里光"（南朝·汤惠休《怨诗行》），每月的十五、十六月圆时候，她都会这样望月怀人，切望弃她不顾、远走他方的情人，能念及旧情，幡然悔悟，回到她的身边。然而不幸的是，这位女子的殷切希望每次都落空了，她的心情便由失望、伤心而黯淡起来。奇妙的是，月亮也因浮云遮蔽，蒙上了一层阴影。月亮是这个女子的闺蜜知己，与女子的心情同明同暗，同喜同悲。虽然如此，这位痴情的女子并没有完全绝望，"夜久更阑风渐紧，为奴吹散月边云，照见负心人！"当浮云遮月、女子心情黯淡时，冥冥之中似有神助，夜风越刮越紧，于是这位女子重新振作起来，怀着爱恨交加的心情呼喊道: 夜风, 你刮得更紧一些吧! 替我吹散月边浮云, 照见那个负心人! 请月亮照见负心人的用意, 一是为了再看他一眼, 有没有一点悔悟之意, 为重归于好做一次最后的努力; 二是为了万一负心人决心负心到底, 也让世人看看这个绝情绝义者的丑恶嘴脸。夜风吹过, 纤云不染, 月光更加明亮, 遍照大地, 那个负心人便无法逃遁、无处隐藏了。

这位女子对月怀人不是一次两次, 而是月月如此。诗人是把一个漫长、反复的望月怀人过程压缩到了一个晚上, 用最少的文字蕴含了最多的情感变化。这首《望江南》的最大艺术特点是, 女子的心理空间与月亮的物理空间完全一致。女子心情愉快的时候, 月光是明媚柔和的; 女子心情黯淡的时候, 月光是朦胧迷离的; 女子振作起来向负心人挑战的时候, 风扫浮云之后的月光便更加明亮起来。在短短的一首小令里, 诗人把女子的心情与月光的变化融为一体, 一明俱明, 一阴俱阴, 自然契合, 不露痕迹, 这种写法是相当高超的。

与天地共存亡的坚贞爱情

枕前发尽千般愿，要休且待青山烂。
水面上秤锤浮，直待黄河彻底枯。

白日参辰现，北斗回南面。休即未
能休，且待三更见日头。

——《菩萨蛮·枕前发尽千般愿》

枕前，这是最隐蔽、最安全、最温馨的地方。夫妻二人同枕共被，赤裸着身体，也赤裸着心灵，无事不可为，无话不可谈。女子的一席话是"枕前"这个二人世界里讲出来的，所以特别直率，毫无顾忌，不必掩饰。特定的场合才会发生特定的情景，所以词一开始便摆出的"枕前"二字不可忽视。

这是一对年轻的或者新婚的夫妇，他们在枕前缠绵温存之余，互相开起了玩笑。男子也许假意威胁女子："乖乖地听话，不听话我就休了你！"女子闻言大惊。"人生莫作妇人身，百年苦乐由他人"（白居易《太行路》），女子深明此理。在封建社会中，女性没有婚姻自由，甚至人身自由也缺乏保障，只能依靠无权选择的丈夫而生存。丈夫是妻子生活的依托，生存的主宰；离开了丈夫，妻子便觉得天塌地陷了。所以，旧时代农村丈夫死了，妻子便会双手拍着大腿哭喊着"我的天呀，我的天呀，你走了，我可怎么活呀……"那时妻子的最高理想，只能是有一个不抛弃她的丈夫，让她平平安安地尽到做妻子的义务。《菩萨蛮》中的这位女子对她的新婚丈夫并不熟悉，婚后生活的前景很难预料，虽然新婚宴尔，其乐融融，但内心深处潜伏着婚姻危机，唯恐发生什么意外。当她一听丈夫说"你不听话，我就休了你"时，感到婚姻危机随时可能发生，便急急忙忙向丈夫"发尽千般愿"。发愿的内容非常丰富，不必详加罗列，概括起来主要是两项：对丈夫绝对顺从和绝对忠诚。她希望用自己对丈夫的绝对顺从和绝对忠诚，换来丈夫对自己的绝对不抛弃。于是，她用以下六个绝对不会发生的事情表示了自己的强烈愿望："要休且待青山烂"——山塌了，不是一座山塌，而是世上所有的山都塌了；"水面上秤锤浮"——地心没有吸引力了，世上一切活动的东西都失去了重力，漂浮起来了："直待黄河彻底枯"——冰山消失，黄河干枯，世上的水源都枯竭了；"白日参辰现"——白天参星出现，昼夜颠倒，地球倒转了；"北斗回南面"——北斗星的斗柄朝向了南面，乾坤颠倒了；"且待三更见日头"——三更半夜太阳出山，时空错乱了。女子向丈夫表示，只有在这六种不可想象的、绝对不会发生的情况下，你才能休我。女子的一席话既是要求丈夫对婚姻绝对忠诚，坚定不移；同时也表示自己对婚姻绝对忠诚，坚定不移；女子对婚姻的态度、她的天真可爱令人感动，殊不知上述六种情况只要发生一种，地球便崩溃了，社会便解体了，也就不存在休与不休的问题了。这里的一连串六个比喻即所谓"博喻"，是作者把不可能发生的自然现象与不愿意发生的婚姻变故联系起来，多次类比，反复强调了婚姻关系的牢不可破，一层又一层地夯实了婚姻基础，从而一次又一次地增强了作品的抒情力度，提高了女子不被抛弃的可信度。

这首《菩萨蛮》是一首民歌体的词，其特点是情感热烈、语言通俗、表达直率。"不知歌谣妙，声势出口心"（唐·陆龟蒙《大子夜歌》），心里怎么想，嘴上就怎么说，没有什么顾忌；情感有多么强烈，就表达多么强烈，一点也不收敛。从"枕前发尽千般愿"开始，如同山间洪水倾泻而下，一路奔腾不歇；又用三个副词"且待"如何如何，"直待"如何如何，再一个"且待"如何如何，情感洪流分三个梯度，一步一步强烈有力，不可阻挡。字里行间、语气情态中迸发出来的激情，像熊熊火焰一般热烈，情感薄弱的人简直无法承受。"休即未能休"——你要休我吗？就是不能休！这使我想起太原女孩子拒绝某种要求时常见的语气：就不，就不，就不！这样一句话，使我们不难想象出这位年轻女子在枕前床上的特定场景中，在丈夫怀抱中喋喋不休、撒娇赌咒的情态。她死缠烂打，非要得到丈夫的应允不可。由此可见，通过人物的日常口语表现人物的心理状态、情感状态和表情状态，是中国文学的优势，与外国文学作品中冗长的心理、场景描写相比，不知节省了作者、读者的多少精力和笔墨文字。

有趣的行舟错觉

五里滩头风欲平，张帆举棹觉船行。
柔橹不施停却棹，是船行。　　满眼风
波多闪灼，看山恰似走来迎。子细看山
山不动，是船行。

——《摊破浣溪沙·五里滩头风欲平》

　　五里滩是停泊船只的一个港湾。"五里滩头"有作"五两竿头"，那就是用五两鸡毛做的风向标，挂在竹竿上测试风向风力。不论是"五里滩头"还是"五两竿头"，首句的重点是说明风力逐渐平稳了，该是起航的时候了。"风欲平"的"平"不是风就要停下来，而是"平稳""平顺"的意思；如是风完全停下来，就不会有下句"张帆"的举动了。风和日丽，波澜不惊，船夫拉起帆篷，挥动船桨，顺风顺水，不用多大气力，船就轻轻地航行起来，船夫的心情也十分轻松愉快。船行越来越平稳，船夫索性停止划船，划船的桨不用了，掌控航向的橹也不摇了，一时间觉得船好像也不动了。当船夫从短暂的错觉中清醒过来后，才发现原来是脚下的船不声不响平静而轻快地航行，于是一股又惊又喜的情绪便涌上心头。

　　下片继续写船行。航行途中风力逐渐加大，船行越来越快，目光不可能只停留在某一景物上；加之在风的作用下，阳光、水光相互映射，令人眼花缭乱，便觉两岸风光闪烁不定。在这种情景下，最容易产生错觉。船夫全神贯注地观看两岸青山，完全忘记脚下的船在航行，于是船夫又产生了第二个错觉，似乎不是船在向前航行，而是山在迎面而来。静止的山与活动的船，在这里完全颠倒了。当船夫从这种山与船颠倒的错觉中清醒过来后，仔细观看两岸青山，原来山并没有动，而是船在动。于是一种恍然大悟的快感使船夫更加欢乐起来。下片没有出现"风"字，而风却在"看山恰似走来迎"的错觉中表现出来了。因为只有风力较大、船行较快、船体平稳的时候，才能产生"两岸青山迎面来"的错觉。这首《摊破浣溪沙》的新颖之处，便是写出了两次船行错觉，并通过这两次错觉表现了风力由小到大、船行由慢到快的变化，以及船夫在两次错觉中产生的顺风行舟的愉快心情。

一般的《浣溪沙》每首六句，每片三句，这首《摊破浣溪沙》却在上下两片的末尾各加了一个三字短句"是船行"。这种结构格式很像民间小唱"三句半"，前三句诉说事由，第四句用一个短句表示结果，例如："身背一个红包袱，扭扭捏捏向前走，请问那是谁家人？——我媳妇。"这首《摊破浣溪沙》两次用"是船行"，语气简短、肯定，又有一些幽默俏皮，表现了船夫两次从错觉中醒悟过来的愉快心情，形象鲜明活泼，富有生活气息。

最后请大家看看北宋陈与义的《襄阳道中》："飞花两岸照船红，百里榆堤半日风。卧看满天云不动，不知云与我俱东。"这首诗与《浣溪沙》都是写顺水行舟，但感觉不同。船夫站在航行中的船头观望，把作为参照物的两岸青山误认为是迎面而来；陈与义则是躺在船上仰望天上云层，风吹云动，与船行是一个方向，船与云没有动静对比，所以"不知云与我俱东"，这也是一种错觉。古代陆路交通不便，人们多走水路，而船夫则以行船为生，他们对乘船、行舟的情景多有观

163

察体验。一词一诗比较起来，船夫由于行船的经验很丰富，所以有两种错觉，两种体验；陈与义因为是文人，不会行船，只会坐船，所以只有一种错觉，一种体验。

北宋词

晏　殊（五首）

太平宰相的心态平衡术

> 一曲新词酒一杯，去年天气旧亭台。
> 夕阳西下几时回？　　无可奈何花落去，
> 似曾相识燕归来。小园香径独徘徊。
> 　　　　——《浣溪沙·一曲新词酒一杯》

　　晏殊自幼聪慧好学，四岁即有"神童"之名。他十四岁入朝应试，毫无惧色，沉着应对，在数千名应试者中卓尔不群。晏殊一生经历了宋太祖、真宗、仁宗三朝，国运兴盛，经济发达，边防安宁，处于百年无事、天下太平的时期。他的仕途基本畅达，多次升迁，官至宰相，位极人臣，地位显赫；加之宋王朝对文人特别优待，生活十分富裕安闲，人称"太平宰相""富贵闲人"。《宋史·本传》说他的诗词"闲雅有情思"。诗要写得安闲、优雅，有丰富的情感，有理性的思考，必须具有充裕的生活条件和善于掌握情感的平衡状态。一旦失去平衡，便会走向偏激，也就谈不到安闲优雅了。现在就让我们看看这首《浣溪沙》中晏殊的生活状态，以及他是怎样掌控情绪平衡的。

　　"一曲新词酒一杯，去年天气旧亭台。夕阳西下几时回？"闲来无事，缓步庭院，一边听着歌伎们唱新编的曲儿，一边品尝着新酿的美酒。新词是精神享受，美酒是物质享受，精神的、物质的东西都享受到了。晏殊这位"富贵闲人"，年年岁岁就是在听歌饮酒、吟诗作赋中度过的，多么安闲自在，多么情趣优雅呀！虽然如此，日子一长，也会觉得单调乏味，环境没有变化，生活不起波澜，时间好像凝固了，停滞了。看看天气不冷不热，还是去年那样的天气；看看亭台不新不旧，还是往日那样的亭台。天气、亭台是稳定的，词人的心态也是稳定的。但是这种稳定状态不会持久，因为世上的一切事物都在变化中存在，在变化中发展，也在变化中消亡。晏殊是一个有理性思考能力的人，他仔细想想今年的天气不会和去年的天气一模一样，亭台经过风雨侵蚀，至少油漆的颜色会变得陈旧一些，而变化最大的是时间，"夕阳西下几时回？"从今天的朝日东升到夕阳西下变化很大，从今天的夕阳西下到次日的朝日东升变化也很大，眼看着"夕阳无限好，只是近黄昏"（李商隐《登乐游原》），他感到了时光易逝、时不我待的失落，甚至由此而想到富贵不常在的隐忧。于是，安全情绪被干扰了，心态平衡被破坏了。然而，晏殊是一位"太平宰相""富贵闲人"，他在内心深处相信朝廷社稷、家庭个人的前景是美好的，有希望的，夕阳西下之后还会有朝日东升。"几时回"的发问，表明他相信有明天，太阳会回来。经过这一番思索，心态重归平衡，而且更稳定了。

"无可奈何花落去，似曾相识燕归来。小园香径独徘徊。"下片接着上片继续作更深入的思索。晏殊从日落日升想到一昼夜的时光变化，进一步想到花开花落的季节变化。他清楚地看到百花凋谢的萧条冷落，为此而深感惋惜，心绪不定；他又清醒地知道花开花落、四季更迭是自然现象，非人力所能奈何。"无可奈何花落去"既是感性的察觉，也是理性的认知，晏殊则兼而有之。他知道人力既然无法改变，那就听天由命，顺其自然，何必强求改变而自讨苦吃。这样想来，惜春之情便会被冲淡，刚刚掀起的情感微澜又复归平静。古代诗人写惜春、赏春的作品很多，而以写惜春者居首。这与作者所处的时代和个人遭遇密切相关，如"一片花飞减却春，风飘万点正愁人"（杜甫《曲江》），"春去也，飞红万点愁如海"（秦观《千秋岁·水边沙外》），辛弃疾呼喊着要挽留春天却无济于事，"春且住！见说到、天涯芳草无归路"（《摸鱼儿·更能消几番风雨》），曹雪芹替多病多愁的林黛玉哭诉着"花谢花飞飞满天，红消香断有谁怜"（《葬花吟》）！而在"无可奈何花落去"里，只有淡淡的遗憾，找不到很强烈的伤春情绪。在这里，我们要强调的是世间的得失兴衰是相对的，可以相互转换，相互补偿。"似曾相识燕归来"，百花零落了，燕子却归来了。燕子是灵巧、秀美的鸟儿，何况又是"旧时相识"的老朋友，久别相见，分外亲近。燕子给人间带来了美丽的春天，"春色遍芳菲，闲檐双燕归"（唐·武元衡《归燕》），自然环境也呈现出绿水青山的优美面貌，"燕子来时，绿水人家绕"（苏轼《蝶恋花·春景》），农家开始男耕女织，一片繁忙景象，"东飞伯劳西飞燕，黄姑织女时相见"（南朝·萧衍《东飞伯劳歌》），燕子通人性，能与人进行心灵对话，和谐相处，来去自由，"燕子家家入，杨花处处飞"（孟浩然《赋得盈盈楼上女》），"逢人能语语，随意入家家"（南宋·刘辰翁《春景》），燕子出双入对，相亲相爱，"双燕复双燕，双飞令人羡"（李白《双燕离》），燕子体型虽小，而志向高远，"羽翼势虽微，云霄亦可期"（唐·李建勋《归燕词》），燕子的飞翔姿态轻捷优美，"细语鱼儿出，微风燕子斜"（杜甫《水槛遣心》），"莺嘴啄花红溜，燕尾点波绿皱"（秦观《如梦令·莺嘴啄花红溜》）。浏览这些诗句，可以知道晏殊为什么那样喜欢燕子，因为那是失（花落）而复得（燕归）后的欣慰，情绪波动后的平静，是新生活的希望。末句"小园香径独徘徊"，晏殊心态再次平衡后，没有停止思索。他思索着昨天的经历，思索着今天的遭遇，思索着明天的可能，思索着人间万物的盛衰兴亡、新陈代谢，思想层次上升到新的高度。于是，我们看见了这位"太平宰相"心平气和，不急不躁，在自家花园铺满落花的小路上，缓步行走、徘徊沉思的身影。有学者说这一句是"上文的余波"（《唐宋词鉴赏辞典》），我认为不是"余波"，而是更深沉的思索、更稳定的心态平衡。

　　全词一韵到底，句式整齐，三句一片显示出情绪节奏基本平衡中又有些许不平衡，这与抒情主人公的心理状态完全吻合。"无可奈何花落去，似曾相识燕归来"是晏殊的得意之作，在诗词中反复使用。学者们一直认为这个对仗句句式复叠错综，语调轻快流利，是自然天成的佳句。这种说法都不错，但晏殊不是为写佳句而写佳句。它是对新旧事物相互替代的理性认知，是对未来美好生活的精神追求，是寓之于目、得之于心的自然流露，是对文学语言的熟练运用。

不如怜取眼前人

一向年光有限身，等闲离别易销魂。
酒筵歌席莫辞频。　满目山河空念远，
落花风雨更伤春。不如怜取眼前人。
——《浣溪沙·一向年光有限身》

　　"一向年光有限身，等闲离别易销魂。酒筵歌席莫辞频。""一向"
即"一晌"，一个上午或下午的时间。"一向年光"说明时光短促，
一会儿就过去了。年轻人以为来日方长，不觉得时光短促；中老年人
则日益感到年光倏忽，时不我待。尤其是古代交通不便，通讯缓慢，
亲友聚少离多，"相见时难别亦难"，就越发感受到年光短暂，生命
有限，不知不觉时间就溜走了，不知不觉生命就结束了。这种叹时光
之易逝、惜春青春之不再的伤感是普遍现象，但有深浅强弱之分。情
感脆弱的人容易伤心欲绝，不能自持，"莫道不销魂，帘卷西风，人
比黄花瘦"（李清照《醉花阴·薄雾浓云愁永昼》）。性格豁达的人
能比较冷静地对待这个人生的客观事实，而不至于过分悲哀。晏殊便
是后一种人。他一开始就说年光是短暂的，生命是有限的，是一种感
叹的口气，但情绪并不强烈，说明他认识清醒，善于控制自己的情感
活动。次句"等闲离别易销魂"紧接上句，申说既然是"一向年光有
限身"，那么一次普通的离别也容易让人伤心。这个"销魂"是一般
的悲伤、感伤，而不是痛不欲生到灵魂出窍。这种一般的离情没有达

到"含情两相向，欲语气先咽"（孟郊《古怨别》）极端压抑的程度，更没有达到"今夜扁舟来诀汝，生死从此各西东"（王安石《别鄞女》）的极端悲恸。然而，即使是一次普通常见的离别也要尽量避免。离别是对美好时光的侵害，离别是对宝贵年华的破坏，切莫把离别不当一回事。人的一生很短暂，应当努力争取幸福，远离痛苦，要把痛苦缩减得很小很小，把幸福扩展得很大很大。为了不辜负时光的恩赐，不辜负宝贵的生命，为了亲情的温暖，为了爱情的幸福，"酒宴歌席莫辞频"，去酒宴上与你的情人一同饮酒吧，去歌席上与你的情人一同歌唱吧，不要因为这些娱乐活动太频繁而推辞不去，去吧，去吧，每次都去！这是不是醉生梦死、不求进取？不是。晏殊劝酒劝歌的目的是鼓励人们去和自己亲爱的人多接近、多交流，在短暂的时光中寻求爱情的永恒，在宝贵的生命中享受更加宝贵的爱情。他不是诱惑人们"今朝有酒今朝醉，明日愁来明日愁"（唐·罗隐《自遣》），在酒色中麻木不仁，得过且过，而是用十分明朗积极的态度劝导人们在酒宴歌席这样欢乐的生活中，不断丰富、加深男女双方的美好情愫。曹操的"对酒当歌，人生几何"（《短歌行》），李白的"人生得意须尽欢，莫使金樽空对月"（《将进酒》），都是借着酒劲鼓励自己面对人生，战胜困难，毫无消极颓废的意味。今天看来，"酒宴歌席莫辞频"好像与歌厅、酒吧的场景相似，而在古代则是文人士大夫再普通不过的娱乐生活，完全不必大惊小怪，想入非非。

"满目山河空念远，落花风雨更伤春。不如怜取眼前人。"下片转换角度，以更加开阔的视界和爽朗的语调告诫人们说，你去登高望远吧，能看到的是只有满眼千山万水；你所思念的人还在千山万水之外，看也是白看，想也是空想。"刘郎已隔蓬山远，更隔蓬山一万重"（李商隐《无题》），"离恨恰如春草，更行更远还生"（李煜《清平乐·别来春半》），远望的结果一无所获，只会使精神上的失落感更加沉重，得不到远方那人的一丝安慰，反倒落得一个一厢情愿的单相思。"空念远"之"空"，是远望之空、思念之空、结果之空、心灵之空。念远的收获是一片空虚，失魂落魄，这不是自找苦吃吗？我们联想末句"不如怜取眼前人"，可以领会"满目山河空念远"具有更广更深的生活哲理，那就是不要好高骛远，不要作不切实际的幻想。"多情自古空余恨，好梦由来最易醒"（清·魏秀仁《花月痕》中诗），幻梦是痛苦的根源，幻想中会有自我陶醉，幻想后会加倍痛苦。单就爱情、婚姻来说，人们最容易犯的毛病是得陇望蜀，不知满足，用俗语说就是"吃着碗里的，看着锅里的"。不珍爱身边的亲人，却奢望远在天边、遥不可及的帅哥靓女，妄想某一天走了桃花运，占尽天下春色。"满目山河空念远"是一种自讨苦吃，晏殊说得文雅含蓄，我说得通俗直白。

"落花风雨更伤春"则是另一种自讨苦吃。心事重重、精神郁闷的人时常见花落泪，对月伤怀，春风秋雨，四季更迭，对他都是无法忍受的强烈刺激，"林花谢了春红，太匆匆！无奈朝来寒雨、晚来风"（李煜《相见欢·林花谢了春红》），"连理枝头花正开，妒花风雨便相催"（南宋·朱淑真《落花》），落花风雨简直是故意摧残自己，致使他痛不欲生，呼喊哭泣。落花风雨本来与人的命运毫不相干，而不少文人却硬要把它和自己的生命等同起来，"试看春残花渐落，便是红颜老死时"（曹雪芹《葬花吟》）。在痛苦无告的时候，又会去问风雨中的落花，结果却是"泪眼问花花不语，乱红飞过秋千去"（欧阳修《蝶恋花·庭院深深深几许》），自作多情，自讨无趣。在强烈的伤春情绪支配下，对客观世界的认识便会发生异乎寻常的变化，"相见时难别亦难，东风无力百花残"（李商隐《无题》），百花凋残，东风萎靡，世界都变样了；"石榴花发尚伤春，草色带斜曛。芙蓉面瘦，蕙兰心病，柳叶眉颦"（宋·无名氏《眼儿媚》），美丽的花草也都变得病恹恹的，不成样子了。由此可见，伤春便是伤心、伤体、伤神，对人的身心健康破坏力极大。所以，晏殊最后总结说"不如怜取眼前人"。这是动人的点睛之笔。一经点出，全词豁然开朗。原来晏殊是一步一步、循循善诱地劝导人们，对爱情、婚姻要从实际出发，切勿胡思乱想，自我折磨。最重要的是怜爱自己眼前的亲人——年轻人的情人，中年人的爱人，老年人的老伴。一辈子与身边的亲人踏踏实实地生活，便会有扎扎实实的幸福。

晏殊此词的意蕴不只是指如何对待爱情，而是涵盖了如何对待生活。我们从中领悟到的是，抓住现在，活在当下。在生活的每一天、每一刻，去发掘、享受令人愉快的内容，而不要盲目幻想，自寻烦恼。

平静外表下一颗炽热的心

> 青梅煮酒斗时新，天气欲残春。东城南陌花下，逢著意中人。　回绣袂，展香茵，叙情亲。此情拚作，千尺游丝，惹住朝云。
>
> ——《诉衷情·青梅煮酒斗时新》

"青梅煮酒斗时新，天气欲残春。"青梅叶绿、花白，或淡黄、淡红，古代男孩子常用以戏弄女孩子，"郎骑竹马来，绕床弄青梅"（李白《长干行》）；青梅花香，少女们喜欢嗅它的芳香，并增添自身的体香，"见客入来，袜刬金钗溜。和羞走，倚门回首，却把青梅嗅"（李清照《点绛唇·蹴罢秋千》）。三国时的"青梅煮酒"的原文是"盘置青梅，一樽煮酒"（《三国演义》二十一回），青梅是佐酒果品。南朝宋时，青梅和酒是两种食品，鲍照《代挽歌》："忆昔好饮酒，素盘进青梅。"至于煮酒，由来已久，《北史·王慧龙传》记载，当时温酒和烧烤，用的石炭、木炭、竹子、野草作燃料，温出来的酒和烤出来的肉气味各不相同。我幼时，人们只喝热酒，不喝冷酒，认为冷酒伤胃。用青梅、青杏煮酒始于何时，不得而知，最晚宋代就很普遍了，诗词中常有表现，如"青杏园林煮酒香，佳人初试薄罗裳"（晏殊《浣溪沙·青杏园林煮酒香》），"不趁青梅尝煮酒，要看细雨熟黄梅"（苏轼《赠岭上梅》），"谩摘青梅尝煮酒，旋煎白雪试新茶"（北宋·谢逸《望江南·临川好》），"数尽落红飞絮，摘青梅、煮酒初尝"（南宋·何梦桂《满庭芳·燕子芹干》），"煮酒青梅入坐新，姚家池馆宋家邻"（金·元好问《鹧鸪天》）。青梅味酸，用青梅煮出的酒芳香、甘洌。古代的青梅酒度数不高，现在酿造的青梅酒仅有十七度，男女老少皆可开怀畅饮。综上所述可知，春末夏初时节，百花散发出最后的浓浓芳香，四野草木更加茂密葱茏，春天用最饱满的热情奏响了告别曲。人们紧随着春天的脚步，或成群结队，或三三两两，赶往郊外去欣赏春夏交替、新陈代谢的美好图景。春景浩荡，春情激荡，几杯青梅酒下肚，春情更加洋溢高昂。青梅煮酒是一个很时尚的时节，是激发春情的兴奋剂。家家煮酒饮酒，告别残春，迎接初夏，在酒气氤氲中蕴藏着对新生活的强烈追求。有学者认为"首二句闲笔入题"，"两句泛写，点出天时"（《唐宋词鉴赏辞典》）。细品这开头两句"青梅煮酒斗时新，天气欲残春"，绝非可有可无的"闲笔"，也不仅是点出一个时节。"青梅煮酒斗时新"，一个"斗"字，就把家家煮酒、人人饮酒，争先恐后地追赶时尚、急急忙忙地去郊外游春的热闹景象和人们的兴奋情绪表现出来了。

"东城南陌花下，逢著意中人。""东城南陌"是指城东郊野、城南田间，到处是游春人，如"输他郊郭外，多少踏青人"（唐·李中《客中寒食》），"南园春半踏青时，风和闻马嘶。青梅如豆柳如眉，日长蝴蝶飞"（冯延巳《阮郎归·南园春半踏青时》），游人众多，人欢马叫，并不仅指"游赏之地"（《唐宋词鉴赏辞典》）。正是在游人络绎不绝、花木飘摇掩映、美人衣带忽隐忽现之际，忽然遇见了久别的意中人，该是多么惊讶、惊喜呀！"从别后，忆相逢，几回魂梦与君同。今宵剩把银釭照，犹恐相逢是梦中"（晏几道《鹧鸪天·彩袖殷勤捧玉钟》），是梦中相逢的空虚和梦后相逢的疑虑；"相逢一醉是前缘，风雨散、飘然何处"（苏轼《鹊桥仙·七夕送陈令举》），是短暂相逢后的失落；"众里寻他千百度，蓦然回首，那人却在灯火阑珊处"（辛弃疾《青玉案·元夕》），既是意料之外，又是意料之中的相逢。"东城南陌花下，逢著意中人"则是不期而遇、完全出乎意料的相逢，它对男女双方情感的冲击力和心灵的震撼力是非常强烈的。人有追求美好事物的欲望，但一旦追求到手，便会逐渐淡淡；意外的巨大收获，则会把人的满足感推向极致，人们会因而手舞足蹈，欣喜若狂。

"回绣袂，展香茵，叙情亲。"下片一开始，晏殊没有依照常套描写男女双方如何欣喜若狂，而是别开生面地描绘了男女互诉衷肠的场景。这位意中人看来不像待字闺中的少女，而是活泼开朗的成年女子，面对男性毫不羞怯、拘谨。她举起宽大的绣花衣袖来回招展，招呼男方向她走近；又在绿茸茸的草地上铺开芳香扑鼻的毯子，请男方坐下，面对面地相互审视，倾诉久别的深沉思念。有学者认为此次聚会的女子是不讲男女之别的歌妓（《唐宋词鉴赏辞典》），大谬不然。宋代男女交往是相当开放的。陆游与前妻唐婉在沈园相逢，唐婉亲手捧起一杯黄滕酒请陆游饮下，而唐婉的丈夫赵士程并不在意。这怎么能说只有歌妓才能"毫不拘忌，落落大方"？又有什么证据能说明与晏殊相遇的这位是歌妓呢？还是这位学者说他读这首《诉衷情》，就想到《诗经》里的《溱洧》篇，认为一诗一词都写了"共同的欢乐以及长期厮守的愿望"。读过《溱洧》篇的都知道，那是因为年轻女郎缠着她的情郎去溱河洧河岸上游春，人物活泼调皮，情感亲昵缠绵；《诉衷情》中男女邂逅相逢之时的惊喜、狂欢，晏殊并未描绘，只是我的合理推测，占据主要篇幅的是意外相逢和互诉衷肠，二者情景迥异，不可相提并论。

不过，《溱洧》的作者用朴素的家常话描绘出农村男女青年春日郊游、无拘无束、男方诚实、女方活泼的画面；晏殊用不华丽、不轻佻的文学语言描绘出意中人意外相逢之后，在草地上铺开毯子，相对而坐、互诉离情的画面。这都是难得一见、有创新意义的宝贵图景。

"此情拚作，千尺游丝，惹住朝云。"最后三句是从"叙情亲"延伸而来的。常言"新婚不如久别"。经过久别，思念之情沉淀、浓缩，一旦叙说开来，便会无穷无尽，忘记了时间的流逝。晏殊和他的意中人久别重逢，有说不完、道不尽的情，越说越热烈，越说越亲切，不知不觉天色已晚，这才意识不得不分别了。然而，"相见时难别亦难"，很想终身厮守，却不能终身厮守；不愿分别，又不得不分别。千难万难，不知如何是好。当被无情的现实逼上绝路的时候，他突发奇想：豁出我这一条命，吐出千尺游丝，把美丽的朝云紧紧缠住，再不放手！"春蚕到死丝方尽，蜡炬成灰泪始干"（李商隐《无题》），蚕吐丝成茧，一般需一个月，而晏殊却能拼尽全身之力，一口气吐出千尺游丝！其情感力之充沛、吞吐量之强大，前无古人，后亦应无来者。"游丝"是蜘蛛等昆虫吐出来的白色腺体，随处漂游。春夏之交，昆虫大量繁殖，吐出的游丝笼罩树木花草。"朝云"既指巫山云雨故事中的神女，又指绚丽辉煌的朝霞。在晏殊心目中，他的意中人如同朝霞一般光彩照人，青春焕发。"朝云"象征着生命永存，爱情永驻，最值得豁出性命来，与之终身厮守。古人写游丝的诗词很多，心情好的时候，"游丝映空转，高杨拂地垂"（南朝·沈约《三月三日率尔成篇》）；心情不好时，"珍禽在罗网，微命若游丝"（李白《赋得鹤送史司马赴崔相公幕》）。诗人往往把游丝比作人的繁乱情绪，"万丈游丝是妾心，惹蝶萦花乱相续"（唐·皎然《效古诗》），又常把游丝当作留恋自己的中介物，"当路游丝萦醉客,隔花啼鸟唤行人"(欧阳修《浣溪沙·湖上朱桥响画轮》)。晏殊在心情平静时写过游丝,"翠叶藏莺,朱帘隔燕,炉香静逐游丝转"(《踏莎行·小径红稀》),袅袅香烟悄悄地追逐着缕缕游丝,表现了室内的安静,衬托出心情的安逸。"此情拚作,千尺游丝,惹住朝云"如此强烈的情感爆发力,在他的词作中是极少见的。这首《诉衷情》全词也就是这一句情感比较强烈。晏殊作为"太平宰相""富贵闲人",他的诗词作品大多写得娴雅自在,从容不迫,愤怒时不声色俱厉,哀伤时不哭哭啼啼,抒情节奏力求平稳,即使写艳情,也不腻腻歪歪,而是爽朗大方。这是具有高度文化素养、高雅气质和宽广胸怀的表现。但是在平静的外表下有一颗炽热的心,当情感熔岩不可扼制时,也会强而有力地喷发出来,这首《诉衷情》的末尾便是如此。

一封寄不出去的情书

> 槛菊愁烟兰泣露，罗幕轻寒，燕子
> 双飞去。明月不谙离恨苦，斜光到晓穿
> 朱户。　　昨夜西风凋碧树，独上高楼，
> 望尽天涯路。欲寄彩笺兼尺素，山长水
> 阔知何处！
>
> ——《蝶恋花·槛菊愁烟兰泣露》

"槛菊愁烟兰泣露，罗幕轻寒，燕子双飞去。"首句的本意是说花圃栏杆中的菊花被薄雾笼罩着，好像菊花的愁绪。兰花上的露水，好像兰花哭泣的泪珠。晏殊把本体（菊、兰）与喻体（烟、露）之间的连接词（好像）省去，把本体和喻体直接联系起来，造成一种错觉——菊花散发着薄雾般的愁绪，兰花流下了露珠般的眼泪。这就把菊花、兰花写活了，具有了人的感情活动。这种拟人化的写法与"弱柳从风疑举袂，春兰浥露似沾巾"（刘禹锡《忆江南·春去也》）相同，但刘词疏朗，两句两物（弱柳、春兰），晏词密集，一句两物（菊、兰），与晏词一贯的舒朗作风不同。这可能是晏殊想把菊花的愁绪与兰花的眼泪簇拥起来，营造出一种浓重的感伤氛围，这是一种理解。另一解是古人将梅、兰、竹、菊称为"花中四君子"，兰花虽然能四季生长，看见自己的伙伴菊花即将凋谢，不禁为之落泪惜别。兰花尚且如此动情，人又作何感想！"兰有秀兮菊有芳，怀佳人兮不能忘"（汉武帝刘彻《秋

179

风辞》），自古至今人们都把菊花、兰花当作美好事物的象征，美女佳人的代称。而今，秋深了，"雨荒深院菊，霜倒半池莲"（杜甫《宿赞公房》），"西北秋风凋蕙兰，洞庭波上碧云寒"（刘禹锡《重送鸿举师赴江陵谒马逢侍御》），菊花怎么能不愁容满面，兰花怎么能啼哭不止！写菊写兰实为写人，以兰菊之高洁不染暗喻佳人之忠贞不贰，以兰菊之愁苦沉重暗喻佳人之愁情满怀。这里没有直接描绘佳人如何愁情满怀的具体情状，只用"槛菊愁烟兰泣露"作比喻，其形象更生动鲜明，其情感更深刻动人。"罗幕轻寒，燕子双飞去"，接着点出季节和气温。罗幕是室内陈设，也是保暖设施。罗幕内本来很温暖，如今却弥漫着轻轻的寒气。秋深了，天凉了，连燕子也耐不住深秋的清冷，成双成对地飞走了。这两句似乎不动声色，客观叙述，实则暗含着佳人孤守空房，处境凄凉，痛苦无告。这正是晏殊的一贯写法，用季节气温的变化和燕子毫不留恋地离去，透露人物的内心活动。况且，四季转换，秋风萧瑟，百花凋零，不以人的意志为转移。他的《浣溪沙》中"无可奈何花落去"，还有"似曾相识燕归来"作为补充，现在却是似曾相识的燕子都飞走了，只剩下百花零落的无可奈何，心灵的空虚无法填补。

　　"明月不谙离恨苦，斜光到晓穿朱户。"时间从白天推移到夜晚，转换一个时空角度，进一步抒发闺中佳人孤守空房、强忍离别的痛苦。明月本是无知无觉无感情的自然物，晏殊却把它当有知觉、通人情的有情物，视为可以倾诉、可以埋怨的闺中知己。然而异乎寻常的是不知何故，明月变得不理解闺中知己的离别之苦，从初夜到拂晓一整夜不消停地穿过门户的缝隙，照进佳人的闺房。月光照亮了闺房，显得更空寂无人；也照亮了佳人的心灵，显得更空虚无依。这是明月对佳人的一种精神刺激。如果夜空是黑暗的，闺房是黑暗的，也许能掩盖、压制离恨之苦于一时，而一旦被月光照亮，无从遮掩，离别之苦便会苦上加苦。人们痛苦的时候往往会躲到一个幽暗的角落里，就是为了把内心痛苦隐藏起来，让自己的感觉麻木起来，避开光线的刺激。光线的刺激会让人感觉系统活跃起来，对痛苦的反应更加敏感。如今这明月从初夜到拂晓一直照射着闺房，佳人的痛苦岂不加倍增长而长夜难眠。"明月何皎皎，照我罗床帏"（东汉《古诗十九首》），"夜长不得眠，明月何灼灼"（东晋《子夜歌》），人在烦恼的时候，明月便成为被厌弃的生活干扰。晏殊把无情无义的明月当作有义有情的知己，又埋怨它此时此地变得无情无义，不照顾佳人的处境，整夜照射闺房。这样一正一反地表现明月的反复无常，闺中佳人的离恨之苦便层层加码而倍感痛苦无告。古代写月亮的诗很多，与这首《蝶恋花》相似者有"淮水东边旧时月，夜深还过女墙来"（刘禹锡《石头城》），月亮为何越过石头城墙，没有说破；"夜深月过女墙来，伤心东望淮水"（周邦彦《西河·金陵怀古》），则点破了月亮越过石头城墙，是为了探望历代发生在秦淮河边王朝灭亡的伤心事。与《蝶恋花》情景几乎相同的是"绣帘开，一点明月窥人，人未寝，欹枕钗横鬓乱"（苏轼《洞仙歌·冰肌玉骨》），环境、人物都很形象鲜明，但不如"明月不谙离恨苦，斜光到晓穿朱户"情韵含蓄哀婉，令人有吟咏咀嚼的余地。

"昨夜西风凋碧树，独上高楼，望尽天涯路。"上片从白天写到夜晚，下片接着从夜晚写到白天。佳人一夜不眠，耳边一直响着强劲的西风，次晨一看，万木萧疏，碧绿的树叶都吹落了，碧绿的树枝都吹黄了。"凋"字很有力量，把以绿色为主色调的山之青、水之绿，毫不留情地一扫而光。"故苑多愁夕，西风木叶黄"（唐·郑巢《楚城秋夕》）"积雨晴时近，西风叶满泉"（唐·释无可《京口别崔固》），"清池拥出红蕖坠，西风吹上碧梧枝"（南宋·何梦桂《最高楼·南山老》），"一雨濯旱秋滴滴，西风吹破苍苔色"（南宋·白玉蟾《赠陶琴师》），"夜月照西风，露冷梧桐落"（元·释善住《卜算子·夜月照西风》），这些诗句缺乏开拓力度，表现不出"昨夜西风凋碧树"那种一夜秋风而万木凋零、天地变色的气势。"渐霜风凄紧，关河冷落，残照当楼。是处红衰翠减，冉冉物华休"（柳永《八声甘州·对潇潇暮雨洒江天》），秋天的萧瑟冷落、物华衰败是渐渐、冉冉发生的，有一个变化的过程。"昨夜西风凋碧树"则是一夜之间突然发生的，时空变化的冲击力很大，给佳人的情感刺激也很强。有几句诗，"一叶飞何处，天地起西风"（白玉蟾《水调歌头·丙子中元后风雨有感》），"梧叶落满地，西风洗九天"（白玉蟾《泊舟顺济庙前》），"天地起西风""西风洗九天"的"起"字、"洗"字，开拓力度近似"昨夜西风凋碧树"的"凋"字。"洗"字又似乎从"对潇潇暮雨洒江天，一番洗清秋"（柳永《八声甘州》）脱胎而来。西风过后，万木凋零，天地空廓，视野广阔。佳人冲出闺房，独上高楼，极目远眺，目光所及直达天涯海角的尽头。她不愿与侍女、闺蜜结伴同行，而要独自一人登上高楼，独自一人抒发离恨之苦，独自一人寻求远去的亲人，可见她追求自我解脱的自觉性、主动性多么强烈。"昨夜西风凋碧树，独上高楼，望尽天涯路"不仅开辟出一个广阔的视觉空间，而且给佳人开辟出一个广阔的精神空间。从佳人独上高楼、极目远眺、望尽天涯一步紧跟一步的系列动作中，可以看出她已经不甘于幽居闺房一隅，自怜自哀，自生自灭。她要去广阔的天地里寻求新的生活希望，哪怕走到天涯海角也不放弃。

"欲寄彩笺兼尺素，山长水阔知何处！""彩笺"，有花纹的彩色信笺，用于题诗作画；"尺素"，作书信材料用的白色绢帛，二者都是书信的通称。晏殊为了给女性佳人的书信增添一点艺术情趣，所以用了"彩笺"；同时为了使书信具有色彩美，通过"红"与"素"的对比而更加鲜明。"红笺"与"尺素"本来是一种东西，晏殊把二者分别为两个名词，又用"兼"字把它们联系起来，说明佳人有一肚子的话要说，又是"红笺"又是"尺素"，书信一封接一封地写出来，打算寄给远方的亲人。"红笺兼尺素"绝非单纯修辞的闲笔，我们可以由此想象到佳人思念亲人的急切心情和书写书信的专注神态。"欲寄"，想要寄出去，是佳人书写书信之前和之后的心理活动，但效果却完全不同。佳人怀着与亲人互通问讯的强烈愿望，埋头写信，全神贯注，处于忘我状态，而当她完成书信、正要寄出去的时候，才发现没有收信人的地址。高山是那样巍峨，江河是那样浩荡，我怎么知道亲人在哪里呀！"书信茫茫何处问，持竿尽日碧江空"（唐·鱼玄机《情书》），寄信人心境茫茫，收信人当然也心境茫茫。佳人在书写书信过程中的那份期盼、那份期盼中的幸福感消失了，落空了。空虚感、失落感的双重痛苦，压迫得她喊出了"山长水阔知何处！"古代交通不便，人们互通信息只能靠书信往来。"寄书长不达，况乃未休兵"（杜甫《月夜忆舍弟》），和平年代寄出去的书信时常送不到，战争期间就不必提了。"裁什情何厚，飞书信不专"（元稹《酬乐天江楼夜吟稹诗因成三十韵》），寄托着深厚情谊的书信往往送错了地方。陆游说得更清楚，"东望山阴何处是？往来一万三千里，写得家书空满纸。流清泪，书回已是明年事"（《渔家傲·寄仲高》），一封家书往来，竟然要用一年的时间。因此，无论寄信人还是收信人，都把书信看得非常宝贵。"秋鸿过尽无书信，病戴纱巾强出门"（白居易《寄上大兄》），收不到书信，急得带病出门去等候；"开拆远书何事喜，数行家信抵千金"（唐·李绅《端州江亭得家书》），收到家书便欢喜雀跃，视为价值千金的宝贝。收不到信件固然令人焦急，但可以继续等待，因为寄信人的地址通常是确定的。陆游的家书往来虽然走了一年，毕竟是寄到了，也收到了。《蝶恋花》中的这位佳人手持一摞精心书写的信件，却不知往何处寄送，该是多么彷徨无奈啊！古人收不到和寄不出书信时，往往把南北往来、自由飞翔的大雁作为精神寄托，例如"乡书何处达？归雁洛阳边"（唐·王湾《次北固山下》），"玉珰缄札何由达，万里云罗一雁飞"（李商隐《春雨》）。晏殊代替佳人呼喊了一声"山长水阔知何处"便戛然而止，连大雁之类的精神寄托也不存在，佳人形象定格在翘首远望、目光茫然的镜头上。这是事情的一个方面，事情的另一个方面是佳人的抒情空间与以往大有不同。不知道收信人在何处，意味着继续寻找收信人的地址。王国维说"词至李后主而眼界始大，感慨遂深"（《人间词话》），应当说"词至晏元献而眼界更大"。晏殊把他的佳人美女从小庭小院里解脱出来，登上高楼，面对山河湖海、天涯海角，在浩无边际的天地之间抒发离恨，寻求希望，追寻目标，这是不是古代女性一次小小的精神解放呢？蜷缩在一个角落里低声抽泣，与站在高楼上大声呼喊，格调不同，境界不同，精神状态不同，人物性格也隐隐然由弱而强。"梳洗罢，独倚望江楼"是无力地靠在栏杆上，"无言独上西楼，月如钩"情绪沉闷压抑，"独上高楼，望尽天涯路"精神较前昂扬有力，具有一定程度的锲而不舍的追求精神动力，这是不是女性生存状态的一个小小的进步？

闲适安逸中的敏锐感觉

金风细细，叶叶梧桐坠。绿酒初尝
人易醉，一枕小窗浓睡。　　紫薇朱槿
花残，斜阳却照阑干。双燕欲归时节，
银屏昨夜微寒。

——《清平乐·金风细细》

词是典型的音乐文学，词与音乐（曲谱）二位一体，密不可分。
唐宋词人都懂曲谱，否则无法填词，晏殊尤其精通此道。他擅长选择
适当的曲谱表现所写的内容。宋末元初曲谱失传，只留下我们通常所
说的词谱。词谱只显示句数、句型、平仄、韵脚、分片，作为人类情
感直接表达的音乐部分却失传了，或者虽有曲谱残篇，人们却不认识了。
不过，由于词谱的存在，我们可以从词作的平仄、韵脚的变化和句型
的长短错落这些音乐的痕迹，多多少少揣测出一首词作的音乐情调和
节奏特点。

"金风细细，叶叶梧桐坠。"西方属金，"金风"即西风。不说
西风，而说"金风"，是为了与下文"绿酒""紫薇""朱槿""银屏"
等相互映照，构成一种浓厚的色彩美，"金风玉露一相逢"（秦观《鹊
桥仙·纤云弄巧》）中的"金风"与"玉露"的搭配与此相同。用"金"
字修饰风，使无色的风闪烁起微弱的光斑，散发出丝丝凉气。"细细"
二字连用，强调初期的西风风力很细微。时当初秋，风力微弱，梧桐

树叶是一片一片凋落的，不是"昨夜西风凋碧树"，更不是"无边落木萧萧下"。"叶叶坠"的"叶叶"二字重叠，显示树叶凋落缓慢，叶与叶先后凋落的时间有一定距离。初秋时节，风力的强弱、气温的高低、树叶飘落的快慢和多少这些细微的变化，一般人感觉不到，而晏殊感觉到了，说明他的感觉系统特别敏锐，这正是诗人必须具备的能力。反复吟咏"金风细细，叶叶梧桐坠"，可以感觉到晏殊对季节的变化除了稍感凉意之外，并没有特别的情感反应，只是平实地加以叙述。从中可以想象到，他的情感状态与季节变化之前没有较大的差异，没有动荡不安，只有安闲自在。

"绿酒初尝人易醉，一枕小窗浓睡。""绿酒"是唐宋时期文人们常用的酒品，颜色泛出绿色泡沫，度数不高，饮多易醉。"绿蚁新醅酒，红泥小火炉"（白居易《问刘十九》），"春日宴，绿酒一杯歌一遍"（冯延巳《长命女·春日宴》），"令节想君携绿酒，故情怜我踏黄尘"（王安石《欲往净因寄泾州韩持国》）都是说的这种酒品。当代汉族、畲族都会酿造绿酒。如云南崇明县的"杨林肥酒"、浙江景宁县的畲族绿曲酒、山西汾阳市的"竹叶青"等，其共同特点是酒味醇厚绵长，饮之柔和舒畅，愈饮愈香，极易沉醉。时入初秋，溽暑消尽，天气微凉，身心清爽，当"霁分星斗风雷静，凉入轩窗枕簟闲"（王安石《雨过偶书》）的时候，饮几杯美酒是非常惬意的。晏殊饮的是刚酿出来的绿酒，冒着白色的泡沫色美，味美，香醇可口不免多饮了几杯，不知不觉便进入醉乡，卧倒在窗下的小床上。"琴堂窗户清无暑，宫妆争捧黄金注。劝我醉秋风，难辞两脸红"（北宋·曹勋《菩萨蛮·和贺子忱》），这种饮酒虽有宫女伺候，热闹中却有几分庸俗和不自在。晏殊则是在自家卧室里自酌自饮，自饮自醉，自醉自睡，不须美女侍奉，不求梦中寻胜。他像日常生活那样，天气凉了，就喝几杯美酒；喝醉了，就睡它一觉。他对生活没有奢望，对"一叶知秋"没有伤感。初秋已至，稍感凉意，趁时饮酒，醉卧窗下，这一切发生得都很自然，也很惬意。上片四句，句句押韵，发音轻巧、细微而又清亮，像不像一段发自内心的琴声？词中天气的微凉、西风的微响、叶落的轻声、作者敏锐的感觉，以及他安闲自在的心情，是否在琴声中得到一些反映？读者自可想象。至于首句四字，次句五字，三句七字，层层递进，逐渐达到情绪高潮后，用一个六字句收束，表现出饮酒的由来、饮酒的兴奋、饮酒的结束这个过程中的情绪发展，句型节奏与情绪节奏相配合。

"紫薇朱槿花残，斜阳却照阑干。"紫薇花并非纯紫色，而是红色或紫红色，花枝青翠，花朵密集，每年农历六至九月份为盛开季节，"谁道花无红十日，紫薇长放半年花"（南宋·杨万里《凝露堂前紫薇花两株每自五月盛开》），"紫薇开最久，烂漫十旬期。夏日逾秋序，新花续故枝"（明·薛蕙《紫薇》），"晓迎秋露一枝新，不占园中最上春"（杜牧《紫薇花》）。文人们特别喜欢紫薇花不与桃李争春、坚持长久开放的品格。朱槿花色彩多样，而以红色最佳，故称朱瑾。花型如喇叭状，似牵牛花却大而不艳，而在适当的温度下全年陆续开花。紫薇、朱槿艳而不俗，美而不妖，清雅而不骄傲。"赫日迎光飞蝶去，紫薇擎艳出林来"（唐·孙鲂《甘露寺紫薇花》），紫薇花用阳光一样的炫丽照亮了山林，"朱槿碧芦相间栽，蓬棚车水过塍来。茸茸秋色浓如染，已有陂塘似镜开"（南宋·杨冠卿《自携李至毗陵道中》），红色的朱槿与绿色的芦苇点缀着江南水乡。紫薇、朱槿无论野生还是家养，都是古代文人闲适生活的观赏对象和精神伴侣。晏殊很喜欢这两种花，在诗词中多次写道，如"紫薇朱槿繁开后""紫薇枝上露华浓""紫菊初生朱槿坠"（以上见《木兰花》《望仙门》《蝶恋花》）等。现在回过头来看"紫薇朱槿花残，斜阳却照阑干。"晏殊一觉醒来，望见窗外陪伴了自己大半年的紫薇、朱槿开始凋残，不免有好景不长的伤感；又看见一道照着楼上阑干的黯淡夕阳，不免有岁月迟暮之感。但这种比较消沉的感觉只是在心头轻轻流过，并未形成精神负担。紫薇花期较长，木槿全年开花，而且是落一朵、开一朵，只是秋冬季节不如春夏时那么繁盛，难免呈现出一点衰败的迹象。这两种花凋残的过程缓慢，对人的精神刺激也就和缓。人们对猝死和老死的感觉是大不相同的。晏殊心情平静，处事泰然，视季节变化为自然现象，不会为紫薇、木槿的衰残迹象产生哀伤情绪而动荡不安。

"双燕欲归时节，银屏昨夜微寒。"看过庭院中的紫薇、木槿，回头又看见室内的燕子。秋天到了，燕子正打算回到温暖的南方去。在欲归而未归的时候，燕子想离开而又似乎不忍心猝然离开。燕子的情态变化被晏殊敏锐地观察到了，燕子不忍离开老窝，主人也从燕子欲归未归的彷徨状态中产生了依依惜别的情绪，同时又明确地认识到燕子即将离去，秋天毕竟来到了。晏殊对燕子的观察如此细微，对气温的变化也十分敏感、细微。全词至此都是写白天观察到、感觉到的初秋景象，末句"银屏昨夜微寒"，说明晏殊在昨天晚上就从室内银屏上感觉到微微的凉意了。他是怎样感觉到的呢？银屏是用银箔制作的镶嵌在屏风上的装饰品。富贵人家常在厅堂居室内摆放银屏。银箔有一定的导温功能，天气变冷时，手摸银屏会感觉到微微的寒冷。在光线比较幽暗的居室内，银屏上的山水泛射出相当明亮的光芒，人们会由此联想到皑皑冰雪，进而感觉到一片凉意。"露湿玉阑秋，香伴银屏冷"（南宋·魏子敬《生查子·愁盈镜里山》）正是与"银屏昨夜微寒"相似的气温感受。晏殊是用哪一种方式感觉到"银屏昨夜微寒"的？不得而知。我想用后一种方式可能性较大，因为他不会着意去触摸银屏，而用银屏的光芒间接感受初秋的寒意，正是晏殊感觉能力的高超之处。下片四句全是六字句，只在第三句上用仄声字尾加以调节，其余三句均为一韵，与上片的韵脚和句型加以比较，读起来平稳、舒缓。这种韵味和节奏，与晏殊在观察、体验了初秋季节变化之后，趋向平和、安闲的心态相适应。

全词写出了西风声响的细微，梧桐叶落的稀疏，花卉开始凋残的迹象，夕阳晚照的苍茫，燕子欲归未归的彷徨，银屏闪烁出的凉意等等，这些日常见惯、不经意的细小变化，都被晏殊感觉到了。环境优雅，节奏平稳，心态平和，完全符合作者的性格特点、文化素养和社会地位，符合当时当地的时空特征；笔墨分寸精准到位，不凉不热，恰到好处。不过，人的心态是时常变化的，笔墨情调并不绝对稳定。"紫菊初生朱槿坠，月好风清，渐有中秋意。更漏乍长天似水，银屏展尽遥山翠"（晏殊《蝶恋花·紫菊初生朱槿坠》），情景与这首《清平乐》相似，但欠缺韵味；至于"紫薇朱槿繁开后，枕簟微凉生玉漏。玳筵初启日穿帘，檀板欲开香满袖"（晏殊《玉楼春·紫薇朱槿繁开后》），就显得平淡无味，且有些俗气了。

柳 永（四首）

状难状之景，达难达之情

寒蝉凄切，对长亭晚，骤雨初歇。都门帐饮无绪，留恋处，兰舟催发。执手相看泪眼，竟无语凝噎。念去去、千里烟波，暮霭沉沉楚天阔。　　多情自古伤离别，更那堪、冷落清秋节。今宵酒醒何处？杨柳岸、晓风残月。此去经年，应是良辰，好景虚设。便纵有、千种风情，更与何人说！

——《雨霖铃·寒蝉凄切》

柳永是中国第一位专业词人，而且是"钦定专业词人"。他因屡试不第，愤而作《鹤冲天》有句云"才子词人，自是白衣卿相""忍把浮名，换了浅斟低唱"。宋仁宗斥责他"且去浅斟低唱，何要浮名""且去填词"，柳永因而自命为"奉旨填词柳三变"（南宋·吴曾《能改斋漫录》、胡仔《苕溪渔隐丛话》所记不一，大意均同）。

柳永创造了新型长调词（慢词），普及全国，"柳三变作新乐府，天下咏之"（北宋·陈师道《后山词话》），具有开拓创新意义。

柳永的词作影响很大，传诵到了西北地区。北宋叶梦得《避暑录话》记载："尝见一西夏归朝官云：'凡有井水处，即能歌柳词。'"

柳永是歌妓舞女的祖师爷。他四十九岁（1034）时才中举，只做过几任如屯田员外郎之类的七品小官，终生在歌馆酒楼中以为歌女填词谋生。南宋祝穆《方舆胜览》云："死之日，家无余财，群妓合金葬之于（襄阳）南门外。每春月上冢，谓之'吊柳七'"。

大致了解一下柳永生平的简要情况，对理解他的词作是必要的。

清末民初词学家冯熙评价柳永的词能"状难状之景，达难达之情，而出之以自然"（《宋六十一家词选》）。下面就让我们先看看他的这首《雨霖铃》。

"寒蝉凄切，对长亭晚，骤雨初歇。"全词写离别之苦，上片写临别时难舍难分的情状。起首三句点明了分别时的季节、时间、地点和环境。暮秋时节，刚下过一场骤雨，天气更加清冷。夕阳映照在长亭之上，光线渐趋黯淡，"对"字作为领字简短有力地强调了远行者和送别者共同面对的无奈场景：暮色苍茫，前途渺茫，心头蒙上了一层阴影。"何处是归程，长亭更短亭"（李白《菩萨蛮·平林漠漠烟如织》），长亭送别早已成为古人的思维定式，一见长亭便会联想到路途遥远和归来无期；长亭晚照加之"骤雨初歇"，预示着最痛苦的分手时刻即将到来。这些都在酝酿着难舍难分的满腹愁情。在这里，要特别注意首句"寒蝉凄切"的音响效果。《礼记·月令》："孟秋之月，寒蝉鸣。"一进入秋天，感到秋寒的蝉就鸣叫得更紧迫了。寒蝉的鸣叫声凄凉急切，给人的感觉是垂死挣扎的无奈，求生不得的悲哀。夏天的蝉声高亢响亮，传播遥远，洋溢着充沛的生命力，给炎热的夏季增添了一片热烈，"徂夏暑未晏，蝉鸣景已瞳。一听知何处，高树但侵云"（韦应物《始闻夏蝉》），"高蝉多远韵，茂树有余音"（南宋·朱熹《南安道中》），夏蝉占据高枝，鸣声远播。秋蝉则与此相反。"鸟之将死，其鸣也哀"（《论语·泰伯》），当生命逐渐枯竭的时候，

191

蝉的鸣声便日趋悲哀，处境不善的人很容易与之发生心灵共振。"日夕凉风至，闻蝉但益悲"（孟浩然《秦中寄远上人》），"清吟晓露叶，愁噪夕阳枝"（刘禹锡《酬令狐相公新蝉见寄》），"秋来吟更苦，半咽半随风"（唐·姚合《闻蝉寄贾岛》），这些诗句是思念老友时对蝉声的情感反应；"红树蝉声满夕阳，白头相送倍相伤"（元稹《送卢戡》），"先秋蝉一悲，长是客行时"（唐·张乔《蝉》），"落日早蝉急，客心闻更愁"（唐·陆畅《闻早蝉》），这些诗句是作客他乡或离别时与蝉声的情感共鸣。《雨霖铃》把"寒蝉凄切"置于首句，可知凄凉急切的蝉声是贯穿于整个离别场景中的。柳永用蝉声，增强了离人的烦躁情绪；同时用蝉声与离人沉闷无言相互照应，从而使离人的抑郁心情更加沉重。

"都门帐饮无绪，留恋处，兰舟催发。"开始写离别的正面场景。在城门外搭起帐篷，设置送别酒筵，可知人员很多，场面很大。众宾客举杯劝酒，二离人兀坐无语，这是一层；送别者打起精神，好言劝慰，远去者满面愁容，沉默不语，这是一层；二离人饮不甘美，食不下咽，一桌酒席，形同虚设，这是一层。"都门帐饮无绪"中的情感差异至少有这三个层次，也就是三层矛盾，而其主要特征则是"无绪"，离别的痛苦正在无绪无语中步步推进。紧接着一方是离人恋恋不舍分手，一方是船夫连连催促动身，一方离情无限，一方冷漠无情，船夫的每一次呼喊，对离人都是一次强烈的情感刺激和心灵震颤。这样就形成了主观意愿与客观形势之间的尖锐矛盾。正是这些矛盾相互交织碰撞，把难舍难分之情推向高潮。

"执手相看泪眼，竟无语凝噎。"这是离情达到高潮时最形象最动人的写照。古代男女在众人面前是不会握手的。这里一反常态，紧握着对方的手，谁也不舍得谁，可见双方痛苦到忘我的境地，不顾及男女授受不亲了。人在最痛苦的时候，神经暂时处于麻木状态，会发生泪腺分泌失控而热泪盈眶或泪流满面现象，会失去语言能力和放声痛哭的能力，只能默然无语，哽咽啜泣。想说，说不出来；想哭，又哭不出来，这是怎样的极端痛苦呀！于是，千言万语都凝聚在紧紧相握的两双手上，饱含在泪水汪汪的两对眼眸中了。静止的形象中包含着强烈的激动，无语的场面中振响着激荡的心声。歧路分手而大声哭喊者，离情的痛苦未必深刻；相看泪眼而无语哽咽者，才能收到"此时无声胜有声、于无声处听惊雷"的效果。这正是"状难状之景，达难达之情"的高超之处。

"念去去、千里烟波，暮霭沉沉楚天阔。"从"寒蝉凄切"到"无语凝咽"，由层层矛盾形成的离情呈现出盘旋曲折、郁结难解的沉闷状态，到这里才长叹一声，由郁结而散发，由沉闷而明朗。一个"念"字提振全词，使男女双方从压抑中振作起来，尽情吐露满腹心事。首先是送别者道出了最惦念、最不放心的是：你这一去呀，烟波浩渺，路途遥远；暮霭浓重，天色昏暗；水天相接，广阔无垠；处处有惊涛骇浪，这怎么能让人不提心吊胆呀！送别者在高声喊出远行者前景难料的同时，他的黯淡心情给天光水色涂上了一层阴晦冷落的色彩，满腹愁情一直扩散到千里烟波和辽阔南天之上。这样，难舍难分的离情便突破了告别筵席和水边行舟的狭小局限，在广阔的时空中充分展开，似乎天地为之变色，山水与之共鸣。景物随着离情的发展而变换，离情随着景物的变换而加深，这就是景中有情、情中有景、情景交融。他没有刻意摹山范水，没有用心凿章琢句，一路用口语道来，简洁明快，自然天成，朴素无华，而情感内涵却如此丰富，抒情力度却如此强烈，你能不佩服柳永的语言能力吗？

　　"多情自古伤离别，更那堪、冷落清秋节。"下片写离别后的苦苦思念之情。上片一路铺陈离别的场面，抒发难舍难分的情状，下片一开始改换一个角度，由抒情转为说理。自从南朝江淹说出"黯然销魂者，唯别而已矣"（《别赋》）之后，离别的痛苦便被认可为普遍存在的情感现象。柳永把它提到人类情感发展史的高度，认定它是古往今来、永恒不变的历史现象，是人类情感发展的必然产物。这样就加重了离别之痛的分量，是人类无法摆脱的"历史包袱"，从而提高了"多情自古伤离别"的历史地位，大大增强了它的可信度。这还不够，柳永又叠加一层，"更那堪冷落清秋节"！离别已经够痛苦了，更令人无法忍受的是在秋天的离别。宋玉对"清秋"的冷落景象作过这样的描绘："悲哉，秋之为气也！萧瑟兮，草木摇落而变衰。（《九辩》）。他把秋天草木凋零、天地清旷与远行者的情感动荡、心灵颤抖融合到一起，加以固化，在中国人的心理活动中形成了"自古逢秋悲寂寥"（刘禹锡《秋词》）的思维定式。一到秋季，人们的情绪便会低落，境遇不幸的人则会更加悲伤，这也成为人们共同的心理活动。如果说上片是离别之事牵动了离别之情，下片开头的这两句便是离别之情推及离别之理。柳永把这个"理"——离别之痛的历史现象和秋季离别的加倍痛苦，用通俗平易的话加以概括，先把"多情自古伤离别"作为前提，紧接着结合当时当地的季节特征推进一层，得出一个肯定的结论："更那堪冷落清秋节"！古今同感，又有个性特色，说服力、感染力极强。

　　"今宵酒醒何处？杨柳岸、晓风残月。"上片虽然"帐饮无绪"，毕竟喝了一席闷酒；闷酒易醉，昏昏沉沉地乘舟远行，直到后半夜才清醒过来。沉醉可使神经麻木，减轻痛苦的感觉；酒醒则使人的感觉功能敏锐起来，承受一种综合性痛苦。有醉酒经历的人都知道，酒醒后头脑沉重，四肢疲软，浑身无力，情绪低落，想振作又难以振作，似乎生了一场大病；何况举目环视，但见残月如钩，天色灰暗，河岸杨柳，阴影幢幢，晨风习习，环境凄凉。面对这种惨淡景象，回顾"执手相看泪眼"时的相爱相慰，再看如今孤舟一人的寂寞冷落，痛定思痛，感慨万端，被生活抛弃了的感觉从心头升起，似乎来到一个沉寂凄凉、广漠无际、无法生存的荒原之上，使人深感孤苦无依而精神沮丧，心灵战栗。绘画有"点染"之说，清人刘熙载在《艺概》中指出"多情"二句是"点"，"今宵"二句是"染"。这幅画面把旅途中的煎熬、疲惫、孤寂、凄凉等不可名状的生理和心理感受，融汇于精致的风景之中，其细微、复杂、纠结之处难以文字表达。我认为所谓"点"即理性提示，所谓"染"即画面渲染。这样，上片的抒情写景和"自古"二句的理性提示，与"今宵"二句的画面渲染相互映辉，达到了情、景、理的高度统一。"多情自古伤离别，更那堪、冷落清秋节。今宵酒醒何处？杨柳岸、晓风残月"是千古名句，也是千古"明理""名画"。这不是一般常见的景中有情、情中有景，而是情景中有"理"。理直则气壮，这四句诵读起来一气呵成，又起伏顿挫，铿锵有力。"今宵酒醒何处"问得令人心跳；"杨柳岸、晓风残月"答得情景如画。千百年来年来百读不厌，就是因为它情真、景美、理足。孟浩然《送杜十四之江南》："日暮征帆何处泊，天涯一望断人肠。"五代毛文锡《应天长·平江波暖鸳鸯语》："渔灯明远渚，兰棹今宵何处？罗袂从风轻举，愁杀采莲女！"柳、孟、毛三者比较，孟诗抒情节奏平缓，毛词缺乏真情深意，都不如柳词说理透彻，画面优美，抒情有力，直抵人心。

　　"此去经年，应是良辰，好景虚设。"从词的结构看，"自古"

品赏33位唐宋词人的浅吟低唱

195

二句承上启下，从离别的难舍难分转入别后的思念之苦，是一个大转折、大推进；"今宵"二句再推进一层，用画面展示了旅途的寂寞孤独；到此处又推进一层，开始设想今后漫长岁月中的孤苦处境。这一去经过一年又一年，一切良辰好景如同毫无意义的摆设。"经年"，年复一年，没有尽头，相思之苦也没有尽头；"应是"，语气肯定，说明相思之苦的现状无法改变，以后没有好日子过了。如果离别是短期的，还能在企盼中减轻相思之苦；而今却是岁岁年年无尽期，相思之苦无尽头，世间的良辰好景对男女双方便毫无意义了。这就像被判了无期徒刑的囚徒一般，只能在长期的煎熬中苟延残喘，看不到时间隧道的尽头，看不到生活的希望，哪有心思去欣赏良辰好景呢？良辰好景是对幸福的人而言的，对久别的男女双方而言，时间则是相思的不断累积、折磨人的沉重锁链。"别来半岁音书绝，一寸离肠千万结"（韦庄《应天长·别来半岁音书绝》），离别半年便"一寸离肠千万结"，无限期的离别之苦该是多么难以承受啊！柳永写到这里还嫌不足，收尾时再加一句——

"便纵有、千种风情，更与何人说！"这又是一个转折，从无心欣赏良辰好景转到无法倾诉男女风情。"风情"解释很多，此处专指男女爱情生活的方方面面，"听说世上男贪女爱，谓之风情"（明·凌濛初《二刻拍案惊奇》）。男女风情极其丰富，花前月下、相爱相慰、出入相随、闺房嬉戏、执手偕老、白头相对，等等，有可示人者，有不可示人者，而唯有男女双方可以毫不隐讳、肆无忌惮地尽情吐露，以至于无话不可说，无事不可为。伤心时相拥而泣，快乐时相对欢笑，患难与共，休戚相关，名为二人，实为一体，这是人类最美妙、最持久、能使人身心通泰的最高精神享受。但是，当一人独处时，千种风情不仅丧失了倾诉的对象，而且转化为万般痛苦。于是一股无奈、悲凉、略带愤慨的情绪涌上心头，喷发出了即便有千种风情，又该向谁倾诉的质问。末句用反诘语气道出，拗折有力，发人深思，我们似乎听到了痛苦心弦在铮铮作响。说到这里，有人问词中的抒情主人公是男是女？我觉得不必强分男女，这是男女双方的共同经历，共同感受。全词至此，该说的话都说了，该抒的情都抒了。话要说透，情要抒尽，不遮遮掩掩，不吞吞吐吐，滔滔汩汩，痛快淋漓，而又缠绵悱恻，欲罢不能。这就是柳永词的基本风格，也是他受到市民阶层广泛好评的主要原因。千载之后可以想象，当十七八岁女子拍着红牙板，在歌馆酒楼中演唱柳词时，该是多么轰动（见南宋俞文豹《吹剑录》）。总之，柳永擅长用平民的话写平民的事，抒平民的情，受平民的欢迎，他是一位卓越的"平民词人"。

这首《雨霖铃》的评论很多，我只简略地提示几点，讲解中谈到的不再重复。一是善于铺叙，但非平铺直叙，而是有重点，有节奏，有起伏的。我们通过吟诵，从多次大小转折和领字、虚词的使用上，会有明显的感觉。清人周济在《宋四家词选》中说："或发端，或结尾，或换头，以一二语勾勒提掇有千钧之力。"细分起来，转折用力之处不限于发端、结尾、换头，其实一两句话也有转折，如"留恋处，（但是）兰舟催发"，就是一个转折；"便纵有千种风情，（可是）更与何人说"，也是一个转折；领字如"念去去、千里烟波"的"念"字，虚词"更那堪冷落清秋节"的"更那"等语调沉重有力，都是一种内容与语调的转折，都能起到"提掇"即提振的作用。二是层次分明，完全按照事件发展的顺序和情感活动的脉络层层叙写。季节、时间、地点、环境、人物活动、情绪变化等，安排得井然有序，时空不颠倒，不交错，符合普通平民的欣赏习惯。三是前后照应。"寒蝉"写鸟,暗示深秋;"长亭"写地,暗寓离别;"晚"字点明时间,为下面"催发"铺垫;"骤雨"是留恋之由,"初歇"为"催发"之因;"酒醒"遥接上片"帐饮",虽"无绪"却也借酒浇愁,还是醉酒远行;从"千里烟波"到"千种风情",从"无语凝噎"到"更与何人说"处处照应扣合,形成严密的整体结构。四是全词韵脚用各种韵部的入声字。南宋陈元靓说"入声直而促"(《事林广记》),明人释真空说"入声短促急收藏"(《篇韵贯珠集》),即读音短促,一发即收,不像平声、去声字音调可以拉长。我们通过反复吟诵,能够感觉到这个入声字韵脚,具有"无语凝噎"的韵味。如果曲调尚存,演唱的哽咽之声一定是很动人的。

寥廓的抒情空间

> 对潇潇暮雨洒江天，一番洗清秋。渐霜风凄紧，关河冷落，残照当楼。是处红衰翠减，苒苒物华休。惟有长江水，无语东流。　　不忍登高临远，望故乡渺邈，归思难收。叹年来踪迹，何事苦淹留？想佳人、妆楼颙望，误几回、天际识归舟。争知我、倚阑干处，正恁凝愁！
>
> ——《八声甘州·对潇潇暮雨洒江天》

"潇潇"一般词典解为雨势很大，作形容词，其实"潇潇"与"萧萧"同样可作为象声词，"风雨潇潇，鸡鸣胶胶"（《诗经·风雨》），"潇潇"与"胶胶"对举，"潇潇"指风雨声，"胶胶"指鸡鸣声。"泉响竹潇潇，潜公居处遥"（唐·卢纶《题念济寺晕上人院》）写风吹竹林声，"西风叶潇潇。蟋蟀依墙壁"（北宋·苏辙《次韵张禹直开元寺观画壁兼简李德素》）写风吹树叶声。雨势与雨声不能分割，雨势大小与雨声大小是一致的。

"对潇潇暮雨洒江天，一番洗清秋。"开篇没有导语，没有铺垫，一上来就说面对着声势浩大的雨，它把天空、地面、水上都洗了一遍，洗出了一个"清秋"——凉飕飕、水淋淋的秋天！"潇潇"描写雨势浩大，雨声强劲，天地间只能听到这一种声音，看到这一种气势："暮雨"点明下雨时间，为下文"残照当楼"铺垫；"洒"字写出雨的动态，居高临下，飘飘洒洒，笼盖四野；"江天"表现下雨的规模广阔，雨势弥漫着天上地下；"一番"读重音，表现雨势迅猛有力；"对"字领起，贯穿下文又提振精神，使人注意到雨的气势、声响、动态、规模，特别是雨的效果——"一番洗清秋"，表现作者观察雨景的起点很高，视野开阔，境界开拓有力。这两句一个八字句，一个五字句，诵读起来的语调声情与雨声雨势一样强劲有力，它暗含着一种深沉的人生感慨：自然界的力量无比强大，一场暮雨就能洗涮天地，改变季节，而人的力量却是渺小的。同时暗含着人在大自然面前，无力改变个人的命运的思索。

　　"渐霜风凄紧，关河冷落，残照当楼。"用"渐"字领起，点明以上景物的变化是渐进式的。霜雪般寒冷的秋风越刮越凄凉越迅猛。三个四字短句，环环相扣，用较快的速度层层推进，由于霜风凄紧，关河更加冷落；由于秋风劲吹，吹散了暮云，露出了残阳映照的楼头。开头"对潇潇暮雨"，我们看到的是作者的侧面或背影，"残照当楼"则推出了作者独立楼头，面带愁容、举目远眺的正面形象。景物的变化发展使秋景越来越浓重，愁情越来越强烈。苏轼很欣赏这几句，说"此语于诗句不减唐人高处"（北宋·赵令畤《侯鲭录》），意为境界壮阔雄浑，寓有历史感慨，似乎可与李白的"西风残照，汉家陵阙"（《忆秦娥·箫声咽》）相媲美。我认为仅仅指出"不减唐人高处"，仍是一种表面现象。这三句与上两句关系十分紧密，正是一场大雨使景色发生了巨大的变化。大自然能使四时运转、风雨肆虐、山川萧条、日光黯淡，表现了不可抗拒的破坏性。因此，境界越是壮阔雄浑，其中蕴藏着的个人弱小无力的生存感慨便越发深重。

"是处红衰翠减，苒苒物华休。惟有长江水，无语东流。"上文三句写了霜风、关河、残照、楼头，从大范围内创造了渐趋衰败的秋景，"是处"二句集中在地面的自然景物上。红花衰落了，绿叶、绿草褪色了，一切美好的自然景色的生命都慢慢地停止了，到处如此，无一幸免。柳永把"是处"置于句首，"到处"如何如何，诵读起来遒劲有力，进一步表现了大自然的破坏性。一场秋雨，一阵秋风，把大地洗涮、清扫了一遍，落了个"白茫茫大地一片真干净"！物华失去色彩，生命失去动力，生活失去希望。天地上下如此空旷、寂寥、苍白，一切自然景物的生命都走到了尽头，不可挽回地面临死亡。"树犹如此，人何以堪"！柳永反观自身的处境，不也正像这个"清秋"一般凄凉、空虚、暗淡无光，了无生意么？他想把由此产生的对大自然破坏力的惊惧、对个人命运不能自控的无奈、对生存状态日趋衰亡的悲哀，找一个可以倾诉、询问的对象，但面前的一切生物都受到秋风秋雨的摧残。它们生命衰竭，自身难保，哪能倾听他的诉说，回答他的询问。他把目光转向楼下还在流动、生命仍在的长江，向它询问，长江却掉头不顾，径直向东流去。"惟有"一词强调了眼前空虚无物，"无语"说明了他曾开口向长江询问，却没有得到长江的回答。这个景象类似"泪眼问花花不语，乱红飞过秋千去"（欧阳修《蝶恋花·庭院深深深几许》），但"泪眼"句格局较小，情调哀婉；"惟有"句格局阔大，情调悲壮。在这里，有语的作者与无语的长江构成一对矛盾。我们可以想象，长江是永恒的，良辰好景却是暂时的；长江是漠然的，离人却是悲伤的；长江是伟大的，离人却是渺小的；长江川流不息，目标不变，归宿有定，离人却是漂泊无常，踪迹难寻，不知何处是归程。上片至此，离人的情感状态与动荡不安的自然景象融合无间，句句写景，句句抒情。弥漫于广阔空间中的故乡之思，在离人与景物的反复撞击中达到了饱和的程度。

"不忍登高临远，望故乡渺邈，归思难收。"下片直抒离情之苦。上片的离情之苦是暗流涌动，下片的离情之苦则是喷薄而出，直抒中又有曲折。为什么一开始就说"不忍登高临远"呢？因为故乡非常迷茫遥远，思乡之情沿着回归故乡的道路，千里跋涉，向前不断延伸，却不见故乡的踪影，思乡的愁绪像断了线的风筝收不回来了。乡愁滞留在千山万水的旅途中，欲进不得，欲罢不能，比未尝登高临远更加痛苦，"人言落日是天涯，望极天涯不见家。已恨碧山相阻隔，碧山还被暮云遮"（北宋·李觏《乡思》），这正是眺望、思念故乡而不得见的痛苦情怀。乡愁在一般情况下是一种伤感中含有温馨的精神享受，一旦超过限度，便成为折磨人的精神负担，"故乡今夜思千里，霜鬓明天又一年"（高适《除夕作》），沉重的乡愁会使人憔悴，催人衰老。嘴上说"不忍登高临远"，行动上还是忍受着"故乡渺邈，归思难收"的折磨，去登高临远了。在忍与不忍的矛盾冲突中，显示了柳永思乡之情的急迫难耐，无论遇到什么障碍，都阻挡不住对故乡的深切思念。

"叹年来踪迹，何事苦淹留？"在经受了欲归而不得的折磨之后，检点自己多年来的行踪，四处漂泊，有家难归，苦苦地滞留在异地他乡，柳永发出了一声长长的叹息：唉，这到底是为什么呀？"叹"字领起，表明以下各种情况都是在无可奈何的叹息声中表述的。"何事苦淹留？"问而不答，因为柳永有难言之隐。这一声质问，既表现了柳永对亲人的愧疚，又表现了柳永不便明说的无奈。柳永自称是"奉旨填词"，是没有官职的"白衣卿相"，整天在歌馆酒楼里与歌女们厮混，似乎日子过得很潇洒自在，其实是很痛苦的。古代文人都有一个"卿相情结"，在庙堂之上为皇家出谋划策，是他们的最高理想，柳永也不例外。然而不幸的是他晚年只做过一任屯田员外郎这样的小官，卿相之梦终成泡影。他的一生是左右为难的一生，抛弃奉旨填词的专业词人角色，一心去走仕途，有违逆圣旨的危险；索性像关汉卿那样公开打出"浪子班头"的旗号，又担心有污"名节"，而不甘心如此又如何是好？他一面在歌馆酒楼给歌妓们作词谱曲，"妓者多以金物资给之"（南宋·罗烨《醉翁谈录》），借以谋生；一面对仕途仍抱有希望，"富贵岂由人，时会高志须酬"（《如鱼水·帝里疏散》），在都市生活中结交人缘，寻找仕途出路，而这又是很折磨人的，"念利名，憔悴长萦绊"（《戚氏》）。柳永一生没有摆脱名利欲念的纠缠，始终在出仕与退隐的矛盾冲突中挣扎，这正是他"叹年来踪迹，何事苦淹留"的根本原因。

"想佳人、妆楼颙望，误几回、天际识归舟。"在倾诉了自己的悲苦无奈之后，柳永的心灵飞过云遮雾绕的万水千山，回到了故乡，回到了妻子身边。为什么称妻子为"佳人"呢？在柳永的心目中，那些烟花女子不论多么热情温存，毕竟是逢场作戏，过眼烟云，只有自己的糟糠之妻才是可以生死相依的忠实伴侣。常言"情人眼里出西施"，有情有爱，无论何时何地，左看右看，妻子都是美丽的。柳永称自己的妻子为"佳人"，也就是美人、美女，洋溢着饱满的亲爱之情。柳永用十分关切的语气说道，我想我那家中的妻子每天站在梳妆楼上，眺望从天边归来的船只，过一只认错了，不是；过一只又认错了，还不是；过一只不是，又过一只不是……不知道错认了多少回呀！柳永深知从希望到失望的反复打击，妻子经受的精神折磨有多么痛苦。这是极端失望、极端伤心的神情。

　　"争知我、倚阑干处，正恁凝愁！"怀念了千里之外的妻子之后，又返回到自己目前的尴尬处境。回家吧，没有一官半职，怎么去见妻子家人、邻里乡亲？以做官为最高生存价值的旧式文人，如果不戴一顶乌纱帽是无颜见江东父老的；不回去吧，又怕妻子抱怨、猜疑，担心他在"偎红倚翠"的生活中乐而忘返。在男尊女卑的社会中，妻子或被长期搁置在家，或被一纸休书永远抛弃，是常有的事。古代山川阻隔，交通不便，夫妻长期两地分居造成的种种误会，很难及时解除。柳永知道妻子会对自己有所误解，有所埋怨，觉得十分委屈，无法自控，便情不自禁地用辩解的口吻说，你怎么知道我也像你一样靠在阑干上，想念你的愁情日积月累，凝固不散呀！这种诘问的语调表现了他迫切希望妻子理解他，原谅他。下片从"不忍登高临远"到结句"正恁凝愁"，是一个时空大回环。在这个回环中，我们看到远隔千里的两座高楼，高楼上的一男一女隔空进行情感对流。女方默默地忍受着"误几回天际识归舟"的长期折磨，男方一面关切女方的孤独处境，一面为自己多年滞留他乡进行辩解，通过抑扬顿挫节奏感很强的口语化表述，如见其人，如闻其声。全词境界寥廓，为驰骋想象、情感对流提供了广阔的空间。境愈大而情愈阔，相思之情弥漫了千里关河；境愈大而人愈小，孤单的一男一女承受着无边无际相思之情的巨大压力。诗词的艺术境界是由经过选择的自然景物和人的情感化合而成的产物，是为抒情服务的，二者必须融汇无间，才能充分发挥艺术境界的抒情功能。作者应当在景与情的融汇上下工夫，不能为境界而境界。

"以文为词" 的先声

冻云黯淡天气，扁舟一叶，乘兴离江渚。渡万壑千岩，越溪深处。怒涛渐息，樵风乍起，更闻商旅相呼。片帆高举，泛画鹢、翩翩过南浦。　望中酒旆闪闪，一簇烟村，数行霜树。残日下、渔人鸣榔归去。败荷零落，衰杨掩映，岸边两两三三，浣花游女。避行客，含羞笑相语。

到此因念，绣阁轻抛，浪萍难驻。叹后约、丁宁竟何据！惨离怀，空恨岁晚归期阻。凝泪眼、杳杳神京路。断鸿声远长天暮。

——《夜半乐·冻云黯淡天气》

韩愈"以文为诗"，辛弃疾"以文为词"。在我看来，开"以文为词"之先声者则是柳永。柳永写景叙事善于铺陈，需要有宏大的体式为文字铺陈提供空间；铺陈并非平铺直叙，需要有多变的角度展示自然景物和人物情感的多种形态。体式宏大、角度多变势必要求篇幅较长、文字较多，而趋向于散文化的表述形式。我们看看这首《夜半乐》像不像一篇散文《越溪游记》？

"冻云黯淡天气，扁舟一叶，乘兴离江渚。""冻云"，像冻住一般凝结不动的云层，与第二片中的"败荷""衰柳"相对照，点明是秋天；天色黯淡，天气清凉，没有阳光暴晒，正是出游的好季节；"扁舟一叶"，小船轻巧，便于航行；加之游兴正浓，便乘船离岸，划向中流。开头三句交代了出游的季节、天气、人物情绪、交通工具、出发地点，完全具备一般散文游记开篇的基本要点。

"渡万壑千岩，越溪深处。"写游记不能见什么写什么，要有选择，有重点。开头三句除了游人的兴奋情绪之外，主要内容都很平实。但在一首字数有限的词里，不能继续平实地叙写旅途见闻，而必须有一个新的场景令读者惊喜，掀起情感波澜，文章便有了跌宕起伏，避免沉闷乏味。柳永有意用五、四两个短句，加快节奏，有一种舟行飞快、迅即抵达越溪幽深之处的感觉。这是散文"移步换形"的写法，游人的情绪也由起航时的兴奋转为穿越"万壑千岩"的紧张。这里的"渡万壑千岩"和下文的"怒涛"并非实景，很可能是柳永把他看到的沟壑、山岩加以夸张放大，以增强文章的节奏感。否则，已经用平实的笔调写了乘舟起航，接着仍用平实的笔调写沿途并不惊心动魄、也不欣赏悦目的见闻，文章便缺乏生气了。

"怒涛渐息，樵风乍起，更闻商旅相呼。片帆高举，泛画鹢、翩翩过南浦。"以上写了第一阶段的航行过程，然后缓一口气，由此开始写第二阶段的航行，主要描绘到达"越溪深处"后的所见所闻。文武之道一张一弛，写文章也是如此。上两句水势湍急，心情紧张，这一节换了一个平静的场景，进入柳永所要着重展示的中心画面。越过"万壑千岩"的急流险滩，水势渐平，水面渐宽，波涛渐息，水面上刚刚刮起顺风。上片开头"冻云黯淡天气"的"冻云"表明天空阴沉无风，到这里忽然起风了，正是扬帆起航的好时机。长途贩运的商人们高兴地呼喊起来，风来了，风来了！开船啦，开船啦！众船夫七手八脚急忙把船帆高高升起，顺水顺风，船行加快，船头上画着水鸟的船队像飞鸟一般轻快自如地向南漂流而去。这一节是随物赋形、情随景移的写法。越溪水道由窄而宽，水势由急而缓，波浪由大而小；行人的心情也由紧张而缓和，进而因"樵风乍起"而兴奋，因"片帆高举"而欢快。当船队"翩翩过南浦"时，行人的心情便更加轻快飞扬起来了。这一节的场景写得很热闹，有涛声、风声、吆喝声；场面很活跃，有白帆升起，鹋鸟飞动，船队翩翩航行。从文章结构上看，这种欢快的场景是准备与下一节平静安闲的场景做对比。环境的转换是逐渐发生的，"渐息""乍起""更闻"，层层递进，分寸准确，这是散文写作所要求的。诗词写景用词可以模糊一些，场景可以不相连贯，而让读者去意会、补充，散文写作则必须用词准确，场景有序。

"望中酒旆闪闪，一簇烟村，数行霜树。残日下、渔人鸣榔归去。"从这里开始进入柳永最欣赏的越溪中心区域。先写远景。站在船头向远处眺望，看见岸上的酒店门前悬挂的酒旗轻轻飘动，表明有微风吹拂，而有酒店的地方则表明是一个小港口。再远一点是簇拥在一起相当密集的村庄，显示此处人口众多、生活比较富裕。"烟村"的"烟"既指傍晚水面上升起的薄雾，又指村中各家房顶上升起的袅袅炊烟。光线模糊，烟村朦胧，"暧暧远人村，依依墟里烟"（陶渊明《归田居》），引人遐想，令人神往。烟村外围点缀着稀稀拉拉的几行打了霜的树，表明是秋天，与首句"冻云黯淡天齐"遥相呼应。夕阳晚照下，忽听得水面上的渔人们敲着船帮，呼喊着："收网啦——回家啰——"这一节写景层次分明，酒旗、烟村、霜树，随着视线的远近而变化，同时出现了人物和声响，为下文作引子。在这幅画面中，正酝酿着浓浓的情思。

"败荷零落,衰杨掩映,岸边两两三三,浣花游女。避行客,含羞笑相语。"接着上一节转写近景。何为"浣花游女"?"浣花游女"一作"浣纱游女",本文选用"浣花游女"。古时成都习俗,每年四月十九日,宴游于浣花溪畔,称"浣花日"。浣花是一种野生植物,多生长于水边,绿叶小白花,据说可供妇女洗澡用;又有民间传说,一农家女子在溪边洗衣,一遍体疥疮的僧人脱袈裟要求她清洗。女子清洗时,水面上浮起朵朵莲花,此女子即所谓"浣花夫人"。柳永采用这个通俗的民间故事,改"浣花夫人"为"浣花游女",暗示这些村姑的善良、勤劳和美丽。"浣花日"是生典,"浣花夫人"是熟典,避生就熟,便于读者理解,也是文艺散文的写作要求。简单地说,"浣花游女"就是在荷花池边游玩的越女。越溪传说是西施的故乡,历来盛产美女。"若到越溪逢越女,红莲池里白莲开"(唐·武元衡《赠道者》),"远笑越溪女,闻芳不可识"(唐·钱起《蓝田杂咏》)"年年越溪女,相忆采芙蓉"(唐·杜荀鹤《春宫怨》),这些诗句说明越溪女美丽、清洁,芳香四溢,以采莲为生,与红莲、白莲相互辉映,人胜于花,"芙蓉花发满江红,尽道芙蓉胜妾容。昨日妾从堤上过,如何人不看芙蓉"(宋代托名浣花女《潭畔芙蓉》)。柳永来到荷花池边,时值深秋,虽然荷花、荷叶、杨柳已经衰败零落,而在柔和的暮色中走来一群村姑。"败荷""衰柳"点明是深秋季节,莲子采了,莲藕挖了,农闲无事,村姑们三三两两地结伴游赏。这是一道靓丽的风景线,柳永眼前为之一亮,精神为之一振;而游女们突然遇见柳永这个生人,出于少女的羞怯,急忙躲开生人的目光,凑到一起指指点点,边说边笑,羞怯而又活泼、调皮。上一节写渔夫鸣榔呼归,是男性的声音;这一节写游女笑语，是女性的声音。银铃般的笑声听来清脆，熟悉而又亲切。男女游人前后呼应，画面充满了生活气息，这对于常年漂泊在外的柳永来说，是求之不得的理想生活。柳永一路写来，展示了沿途景象，更着力描绘了越溪和平、安宁、富有生气，人们自食其力、和谐相处的田园风光。全词至此，叙事跌宕起伏，写景如在目前，一路酝酿的情思也达到了极致。

"到此因念，绣阁轻抛，浪萍难驻。"第三片集中抒情。"到此因念"紧接上文，指出情思由上文场景而生，转换自然，行文紧凑。情思的要点有二：一是轻易地抛弃了绣阁中佳人。当年匆匆一别，不觉得是"轻抛"，日久天长之后，越发感到"轻抛"的懊悔与内疚，深愧于绣阁佳人。二是自己的行踪不定，命运不由自主，不知漂流到何处才会停止。这三句是过渡句，下节分别抒写。

"叹后约、丁宁竟何据！惨离怀，空恨岁晚归期阻。""叹"字领起，说明以下内容都是在无可奈何的叹息声中抒写的。一叹自己违背了后会有期的承诺，有期实为无期；二叹自己当初向女方反复叮嘱的甜言蜜语，一句也没有落实，全是空话，女方陷入失望的痛苦，这是回应"绣阁轻抛"的自我谴责；三叹自己离别的情怀特凄惨，每次都说年末一定回去，却每个年末都因为归期受阻回不去，不知出路何在，只能空自悔恨，这是回应"萍踪难驻"，希望女方理解自己的难处。这两句近似对仗句式，分别写男女双方的感受，主要人物的情感活动都写到了，写足了。

"凝泪眼、杳杳神京路。断鸿声远长天暮。"轻离别的悔恨，失约后的歉疚，岁暮不得归的凄惨，一同涌上心头。回顾乡关，烟水茫茫；瞻望前程，神京杳杳。满含眼泪凝视着通往神京的道路，思念着远在神京的佳人，一种无所归宿、无所立足的失落感仿佛无形的巨手把他从大地上托起，抛向广漠的天空。一只离群的大雁哀鸣着飞向遥远的天边，他的心也随着大雁消失在暮色苍茫中。文末的这只大雁是作者孤独心情的鲜明意象，用七字长句结尾，语调摇曳，境界深远，兴味悠长。

柳永创造了长调，扩大了词的篇幅，提高了词的表现力，叙事、写景、抒情都能比较充分地展开，已经接近了散文的写法。这首《夜半乐》分叙事、写景、抒情三大片，以时间为序按部就班地写来，又多有曲折变化，兼有词、文两种特点。后来的辛弃疾完成了"以文为词"，柳永则先行尝试，无愧是"以文为词"的先行者。

市井女子向往的夫妻生活

> 自春来，惨绿愁红，芳心是事可可。
> 日上花梢，莺穿柳带，犹压香衾卧。暖
> 酥消、腻云亸，终日厌厌倦梳裹。无那！
> 恨薄情一去，音书无个。　　早知恁么，
> 悔当初、不把雕鞍锁。向鸡窗，只与蛮
> 笺象管，拘束教吟课。镇相随，莫抛躲，
> 针线闲拈伴伊坐。和我，免使年少、光
> 阴虚过。
>
> ——《定风波·自春来》

柳永的词类似民间的俗文学，其特点是以俗人的身份，用俗语写俗事。这首《定风波》便是从一个市井小文人的视角，用极通俗的语言倾诉了市井女子孤身独居的烦闷和对世俗婚姻的向往。词的内容全是俗人、俗语、俗事，格调不高，却很真实；语言不雅，却很亲切。

"自春来，惨绿愁红，芳心是事可可。"柳永长期生活在市井下层，对普通女子的生活状态和心理活动十分熟悉。词一开头，他就用同情、关切的口吻写道，这位女子自春天以来，也就是整个春天，心情极坏。在她心目中，绿叶惨淡凄凉，红花满腹愁情。她的愁苦弥漫于天地之间，一切美好的景象都显得暗淡无光，对她都毫无意义。那一颗芬芳美丽的心灵无处安放，孤寂空虚的生活处境激发不起心灵的浪花，对

一切事物都漫不经心，丧失了生活的乐趣。"可可"一解为不经心，前蜀薛昭蕴《浣溪沙·红蓼渡头秋正雨》："瞥地见时犹可可，却来闲处暗思量。"当时匆匆一瞥，没有在意。一解为模糊貌，唐人元稹《春六十韵》："九霄浑可可，万姓尚忡忡"。天空浑然一体，模糊不清。这里可以二解并用，女子心情恍惚黯淡，对什么事情都没有兴趣。"可可"是唐宋俗语重叠词，与"是事"都是同音反复，读起来一连四个仄声，声调压抑短促，仿佛女子情绪低沉、无精打采的口吻，当时人听起来会感到特别通俗亲切。作者用了"芳心"一词，可见他不仅欣赏女子的芳容，而且欣赏女子的心灵——心中无他物，唯有一片纯真的痴情。

"日上花梢，莺穿柳带，犹压香衾卧。"写过女子的心理活动之后，接着写她的动作情态。室外阳光照射在花枝上，明艳闪烁，富有生气；黄莺在碧绿的柳林中飞来飞去，体态轻盈，啼声清脆。春天如此生机勃勃，而室中的女子却连起床的精神也振作不起来，还抱着被子不动身。"压"字一般解为"覆盖"，我认为不如解作抱着、把被子压在身下，更为精妙。这个拥衾而卧的姿态耐人寻味。她一夜似睡未睡，抱着被子似乎抱住了什么，闻着淡淡的香味，朦胧中感受到温馨充实，清醒时又深感冷清空虚。思绪在温馨与冷清、充实与空虚不断交替之中徘徊，弄得精神疲惫，四肢无力，懒洋洋地起不了床。室外的鸟语花香、草长莺飞，丝毫引不起她的生活情趣，反倒会在情与景的强烈对比之中，惹得她更加烦躁不安，无法正常的生活。

"暖酥消、腻云亸，终日厌厌倦梳裹。"推出女子的正面形象。温暖、润滑、洁白的皮肤消瘦了，光滑、浓密、蓬松的头发散乱了。"温泉水滑洗凝脂"（白居易《长恨歌》）是说杨贵妃的皮肤像凝固的油脂一样洁白、光滑，而"暖酥"一词则把女子的不凉不热、恰到好处的体温也点出来了。"腻云"之"腻",除了上述特点之外,应当还有"油腻"的意思在内。古今女子都用头油梳头,增加头发的光滑度。古代的头油质量较差,浓度较高,即使五十年前常用的"生发油"抹在头发上,也多少有些油腻。女为悦己者容,古代女子又依附男子为生,把投靠一个爱护自己的男子作为一生最大的幸福。如今却是孑然一身,孤守空房,失去了生活的情趣,生存的意义也大为削弱。这就使她一天到晚病恹恹的,像打了霜的叶子,精神萎靡不振,无心也无力去打扮自己。温庭筠笔下的女子"懒起画蛾眉,弄妆梳洗迟"(《菩萨蛮·小山重叠金明灭》),李清照自己是"风住尘香花已尽,日晚倦梳头"(《武陵春·风住尘香花已尽》),无论多么"懒起"、多么"日晚",还是勉强梳头打扮了。柳永笔下的这位女子则是从早到晚蓬头乱发,丝毫没有兴趣梳妆打扮,可见她的精神压力多么沉重!

"无那!恨薄情一去,音书无个。"无可奈何,没办法呀!可恨那薄情郎一走,连一封书信、一个口信也没有。书信中的话有真有假,真假难辨,但即便是说假话的一封书信,也会使女子得到一时的安慰和期待。然而现实却是音书全无,深切的思念、殷勤的期盼得不到一点反响,从而把女子逼上了极端痛苦绝望的境地,从心灵底层发出了饱含怨恨的呼声"无那!"这首词,从"芳心是事可可"到"犹压香衾卧",再到"终日厌厌倦梳裹",情感发展由隐而显,由弱而强,由内而外,层层递进,最后爆发出一声强烈的呼喊。词的上片是从代言人的角度描写女子的心理活动、生活状态和容貌形象,极言其美、其倦、其慵、其愁,到最后凝结为一个"恨"字,有力地呼喊"无那!恨薄情一去,音书无个。"在这里,由代言人的笔调变成了当事人的口吻。因为当女子的怨恨情绪发展到一定程度的时候,仍由代言人代为写出便隔了一层，不如让她站出来直抒其情，会产生声情毕肖、形象鲜明的效果。

"早知恁么，悔当初、不把雕鞍锁。向鸡窗，只与蛮笺象管，拘束教吟课。"上片末尾完成了抒情角色的转换，下片顺势完全用女子的口吻进行陈述。当她心情逐渐平静下来之后，她没有一味地怨恨男方，怨恨男方薄情只是一时的情绪激动。她深爱着男方，能为男方着想，没有音信也许有多种缘故，未必就是薄情。因此，她抛开对男方的怨恨，回过头来反思之所以造成目前这种痛苦处境的自己的过错。错在哪里？错在自己没有预料到放丈夫离家远行的严重后果。在认识到错误的基础上，她又进一步反思，总结经验教训：要是早知道后果这样痛苦，就该把丈夫的坐骑锁住，不放他走（"雕鞍"是坐骑的代称，并非确指华贵的马鞍；下文"蛮笺象管"也是纸笔的代称，不能因为用词华丽就认为是富贵人家。小康之家也可以用此类词语）。然而，可以锁住却没有锁住，真是悔恨莫及呀！这样就把对丈夫的怨恨转化为自己的悔恨，把责任全部揽了过来，表现出女子的自责精神，而在自责中包含了对丈夫的谅解与深爱。为什么"不把雕鞍锁"呢？词中没有交代，我想很可能与那位"悔教夫婿觅封侯"（王昌龄《闺怨》）的女子相似，也是希望丈夫外出寻求一个富贵显达的前程，这正是她自责、悔恨的重要因素。锁住雕鞍、阻止远行是第一步，第二步便是安排好笔墨纸砚，把丈夫拘束到书房里，教他去做功课，拴住他，给他个正经活儿干，他就不会乱跑了。女子敢于、也能够把丈夫"拘束"起来，表明她的干练、果敢。这在以男性为绝对权威的封建家庭中极为少见，而在封建礼制比较松弛的市民家庭中则不足为奇。"吟课"的"吟"是吟诵古文古诗时发出的近似歌唱的读书声，本来就是很好听的，而在妻子听来就更加悦耳动听了。这位女子也许不通文墨，但当她看到丈夫摇头晃脑的读书姿态，听到丈夫抑扬顿挫的读书声音，会感到格外安全、幸福。丈夫读书只求增长知识，不求升官发财；妻子听丈夫读书，是为了获得一种精神享受。夫妻之间在美妙的读书声中进行情感交流，增强心灵共鸣，夫妻关系由此达到十分和谐、美满、温馨的境界。

"镇相随，莫抛躲，针线闲拈伴伊坐。和我，免使年少、光阴虚过。"女子进一步申诉说自己的生活愿望。她面向丈夫，直言相告：希望这种相依相偎、夫唱妇随的夫妻生活是长期的、永恒的，整天、整月、整年地时时相随，紧紧相跟，一刻也不离开，成为形影不离、血肉相连的命运共同体。平日里，你读你的书，我做我的针线活儿，陪伴着你，伺候着你，不受外界干扰，多么安闲自在。你在读书间闲暇时，欣赏我抽针引线的优美姿势。你心目中有我，我心中有你，夫妻对视，含情脉脉，共同度过无限美好的青春岁月。这是多么幸福的生活画面呀！"免使年少、光阴虚过"是劝诫的语气，比正面说更为恳切有力。年轻人往往不珍惜青春，而只有经受过"薄情一去，音书无个"的情感挫折，才会知道"镇相随，莫抛躲"的难能可贵。这句从生活体验中总结出来的话，是对夫妻双方的告诫，也是对所有青年男女的告诫。男女青春年少时，花前月下，海誓山盟，固然是爱情的表达，但在漫长的岁月里，夫妻情深则是蕴藏在日出而作、日入而息、男耕女织、生儿育女、油盐酱醋、米面柴炭等等这些琐碎平淡的家庭生活之中。柳永勾勒出的这幅男吟课、女针线、终日厮守、相依相伴的日常生活画面，如此朴素真实，又如此和谐幸福，看似平平淡淡，实则情意浓浓。这是市井大众十分熟悉、乐在其中的日常夫妻生活，具有普遍意义。普通男女能有这样美满的夫妻生活，夫复何求！在男权社会中，男性的社交空间比女性大得多，他们追求感官刺激，或移情别恋，或逢场作戏；女性只能局限在家庭这个狭小的范围内，与丈夫相依为命，白头偕老，因而更加珍惜夫妻关系，一生都在小心翼翼地营造平静、祥和、温馨的家庭氛围。我们可以从柳永笔下的这幅画面中探知女性的这种心理活动和精神追求。

晏殊有一次问柳永："贤俊作曲子么？"柳永回答说："只如相公亦作曲子。"晏殊不屑地说："殊虽作曲子，不曾道'彩线慵拈伴伊坐'"（北宋·张舜民《画墁录》）。晏殊写词崇尚高雅，看不起柳永用俗语写俗事，这是他的宰相身份、富贵生活所决定的。晏相公也不想想你的雅词只能在文人小圈子里品赏把玩，而柳永的俗词却远播西夏，"凡有井水处皆能歌柳词"，唱遍了广大城乡，其故安在？我的回答是：柳永的服务对象是市井大众。柳永的杰出贡献就在于不怕文人雅士的轻视，满怀热情地用市井大众的俗语写了当时的俗人俗事。在宋代，除了少数几篇宋人话本叙述了市井人物的生活故事之外，能用词的形式绘声绘色地描写市井女性的心理状态、情感活动和生活场景的，就只有柳永了。顺便说一句，词的雅俗之别，在相当大的程度上表现在语言词汇的不同，它所反映的生活内容并没有截然不同的实质性区别，这在男女情爱、夫妻生活上区别尤其微小。雅词"空床卧听南窗雨，谁复挑灯夜补衣"（贺铸《半死桐·重过阊门万事非》），与俗词"针线闲拈伴伊坐"有什么本质不同吗？在市井大众看来，"针线闲拈伴伊坐"比"谁复挑灯夜补衣"更真实亲切，因为这就是他们的生活，他们的语言。

范仲淹（一首）

鲜血与眼泪铸成的官兵关系

塞下秋来风景异，衡阳雁去无留意。四面边声连角起。千嶂里，长烟落日孤城闭。　　浊酒一杯家万里，燕然未勒归无计。羌管悠悠霜满地。人不寐，将军白发征夫泪。

——《渔家傲·塞下秋来风景异》

范仲淹出身贫寒，深知民生疾苦。在担任陕西经略安慰副使镇守延州（今延安市）期间，多次击退西夏进攻，巩固了西北边防。我曾想，一个写过《岳阳楼记》的文人为何能率兵打仗，而且能屡次取胜，除了他的文韬武略之外，很可能与他能体恤士卒、与士卒同呼吸共命运有关。这种情况史书上未见记载，但从这首《渔家傲》中可以窥见一斑。

"塞下秋来风景异，衡阳雁去无留意。"这个"塞下"是指范仲淹战斗过的以延安为中心的广大西北地区，一到秋天风景就异常了。"异"在哪里？首先是与自身相比的异常，春夏两季还多少有些生气，秋季便分外荒凉了。其次是与他从政的中原开封和他生长的江南苏州相比的异常。风景的变化是气候变化结果。秋季延安的最低气温十七度，开封十六度，苏州二十六度，差别很大，风景也就大为不同了。延安冬季的景象就更加冷酷，司马光写道："暮烟凝塞土，堠火落天涯。坐久笔生冻，夜阑灯作花"（《游延安宿马太傅东馆》）。延安

217

当时是战火纷飞的战场，景况更是惨不忍睹。1976年春季我去延安时，延河仍是一条干河，宝塔山上仍是树木稀疏，绿色淡薄。人类与自然界是一个共同体，自然界的一切变化都会在人类身上发生反应。塞外深秋的寒冷、萧条，加之随时爆发的战争的威胁和战场的血腥，对久驻边塞的将士们是一种非常痛苦的刺激，促使他们相对平静的心情发生异乎寻常的剧烈动荡。这种动荡集中到一点，便是立刻离开这个可怕的地方，一刻也不停留，一刻也不留恋！不说将士们"无留意"，而说衡阳雁群"无留意"，意为惯于在旷野生活的大雁都不能忍受边塞外的寒冷、荒凉和恐怖，何况是人；再者，大雁有避寒趋暖的自由，而人却只能死守边境，人的生命价值和生存状态远不如雁，这是何等可悲呀！

"四面边声连角起。千嶂里，长烟落日孤城闭。"什么是"边声"？除了"胡笳互动，牧马悲鸣"（西汉·李陵《答苏武书》），还有"边声四起，羽檄交驰"（明·张居正《寄陈松谷相公》）的军事警报声。胡笳声、马鸣声、递送情报的快马奔驰声、风吹草木的窸窣声等等声响，构成了战场的紧张氛围，预示敌军会突然袭来，战斗会随时爆发。久居边塞的战士在多次战斗中普遍形成了生死一瞬间的危机意识，他们听到这些边声时，会有惊恐、诡异的感觉。边声中的号角声高亢响亮，或发生战斗警报，或吹响进攻号令，是最为震撼人心的。"四面边声连角起"，边声来自四面八方，相互交织，又以号角声作为引领，形成了区域广阔、声势浩大的边塞特有的声响，在战士们的心灵上引起强烈的反应。因此，对边声不应作简单理解，认为只是"形成了浓厚的悲凉气氛，为下片的抒情蓄势"（《唐宋词鉴赏辞典》）。边塞地区特有的边声写过之后，接着写战士们驻地的地理形势是在千座山峰中一座紧闭的孤城。"嶂"的字面意义是高峻陡峭形似屏风的山峰。去过陕北高原的人都知道那里并没有多少高山，而是一望无际、支离破碎、深而且高的千沟万壑。"嶂"是指这些高深的沟壑。"孤城"的"城"并不是通常所说的城池、城市，而是指军事堡垒，俗称"土围子"。北方地区的古代军事要塞和交通要道常有这种"土围子"，我家就住在一座不知兴建于何时的"土围子"里。"黄河远上白云间，一片孤城万仞山"（王之涣《凉州词》）中的"孤城"和这里的"孤城"，都是指这种军事堡垒东一座西一座，孤立无依，容易受到敌军袭击，处境危险。"土围子"规模很小，住在里面的少量士兵长年累月面面相觑，生活艰苦单调，深感寂寞孤独。身居海洋般的千沟万壑之中，不知归路何在；死守日夜紧闭的孤城，如同羁押囹圄；傍晚时，山沟里弥漫起青灰色的烟雾，落日余晖在烟雾的衬托下血红血红，这是一种多么凄凉、暗淡、令人绝望的情景呀！千嶂、长烟、落日、孤城构成的画面，既是边塞外境，更是战士们心境的外现。有学者认为景象和王维的"大漠孤烟直，长河落日圆"（《使至塞上》）一样"写出了塞外的壮丽风光"（《唐宋词鉴赏辞典》），完全是未去塞外、未经战斗、安居书斋的臆想之词。

"浊酒一杯家万里，燕然未勒归无计。"下片顺势抒情，首先发出一声浩叹：饮一杯浑浊的酒，想念万里之外的家乡！"浊酒"是未经过滤的劣质酒，说明军中生活艰苦。军中断粮缺水是常有的事，这里用"浊酒"加以概括。"酒一杯"与"家万里"相对，表明酒之少和家之远，二者构成一对不可解除的矛盾：一杯酒远远冲淡不了对万里之外家乡的思念。因思乡而借酒浇愁，试图在麻醉中减轻思乡之苦；酒醒之后，意识清醒，思乡之苦便更加剧烈。如此循环往复，思乡之苦层层叠加而日趋沉重，像一块巨石压在战士们的心头，逼着他们发出如此哀怨无奈的叹息。战士们就这样日复一日、年复一年地过着没有尽头的战地生活，经受着日益沉重的乡愁煎熬。为什么会是这样？次句回答说西夏的侵扰尚未平定，不能像汉代窦宪驱逐匈奴于北漠，刻石立功，班师凯旋。当兵打过仗的人都知道，战士对战争的态度是矛盾的，一面盼望战事早日结束，平安回家；一面又希望杀敌立功，绝不愿战败而归。这种相互矛盾的心态，也是一种纠结难解的精神痛苦。

"羌管悠悠霜满地。人不寐，将军白发征夫泪。"抒发了"燕然未勒归无计"的无可奈何的叹息之后意犹未尽，接着用羌笛和霜雪构成的画面，更加深入地表现战士们的悲苦心情。音乐能使人产生对色彩的联想，听贝多芬的《命运交响曲》，似乎看到了音符上跳动着热烈火红的光彩；听他的《月光曲》，似乎看到了旋律中闪烁着月光的皎洁。这里的悠长、缓慢、如泣如诉的羌笛声会引发出一种凄凉感，而心情的凄凉与冷气森森的白色光芒又会产生心理通感。这样，"羌管悠悠"与"霜满地"两种冷色调相互映射，形成天上地下一片雪白的冷色。色彩学上说，冰冷的白色在一定情景下象征空虚、寂静、衰败和死亡。由此可以想到唐人李益《夜上受降城闻笛》："回乐峰前沙似雪，受降城外月如霜。不知何处吹芦管，一夜征人尽望乡。"四句诗就用两句突出月光照耀下沙漠上如同霜雪的一片冷色，再用远处传来芦笛声增强了冷气森森的感觉。李益和范仲淹都是通过音响与色彩的共同特质，深度映照出边塞战士困守荒漠积淀而成的无可奈何的艰难和走投无路的悲哀。由于作品体裁不同，李益能把音响与色彩加以铺展，范仲淹只能用一句"羌管悠悠霜满地"加以概括，更多的内涵须由读者去思索想象。顺便再说几句，羌笛简单易制，常被戍边战士当作抒情工具出现在古代诗词中。戍边战士的处境艰险，羌笛吹奏出来的曲调便以悲哀和乡愁为主。人的处境不同，曲调哀乐不同，感受也就不同。

现在回头再看本词最后两句"人不寐，将军白发征夫泪"，归结到全体将士心情烦乱，长夜难眠，一年四季睡不成一个安稳觉。大家知道睡眠是最好的休息，前线将士最需要的是睡眠。我在军队服役时，战友们最盼望的是"大脱大睡"。战局的紧张、军训的疲劳、思乡的痛苦、死亡的威胁等等，只有睡眠才能得到暂时解除。然而，在极度痛苦、极度烦闷的时候，反倒不能安然入睡，而彻夜辗转反侧。"人不寐"是巨大精神创伤造成的生理疾病。在昼不能息、夜不能寐、生死难料、归家无期的漫长岁月里，将军的头发熬白了，战士的眼泪流尽了。将军的忧虑与战士的悲哀是同一种心情，将军与战士的眼泪流到一处，痛苦汇到一处，战时的鲜血也流到一处，构成一个同生死共患难的命运共同体。由这种官兵关系凝聚而成的军队是不可战胜的。范仲淹能与战士们同命运共呼吸，成就了他的军事功勋，也成就了这篇著名的词。

张　先（一首）

低级小吏的精神郁闷

> 《水调》数声持酒听，午醉醒来愁
> 未醒。送春春去几时回？临晚镜，伤流
> 景。往事后期空记省。　　沙上并禽池
> 上暝，云破月来花弄影。重重帘幕密遮
> 灯。风不定，人初静，明日落红应满径。
> ——《天仙子·〈水调〉数声持酒听》

　　这首词的词牌下原有一注："时为嘉禾小倅，以病眠，不赴府会。"沈祖棻先生认为张先任嘉禾（今浙江嘉兴市）判官（嘉兴长官的副职），约在康定三年（1041）时。孔子说："四十五十而无闻焉，斯亦不畏也已。"（《论语·子罕》）一个人活到四十岁、五十岁了，在社会上还没有什么名望，也就不会有什么出息了。张先五十二岁了，才当了一个嘉兴长官的七品副职，心情肯定是郁闷的。府里举行歌舞宴会，他称病不去参加，可以想象一个五十二岁的半老头子站在长官身边，随时听候差使，在众目睽睽之下，这是多么尴尬和屈辱呀！所以，他请了病假，独自躲在家里喝闷酒，睡大觉。"《水调》数声持酒听"的"数声"，不是演员唱了几声就不唱了，而是张先对宴会上的歌舞没有兴趣，听一声不听一声，断断续续地听了那么几声，加之手持酒杯，不停地饮酒，以致精神恍惚，便更加听不清了。这种情况一直持续到中午时分，完全醉酒沉睡，摆脱了精神苦闷。然而午睡是短暂的，睡醒之后酒醒了，愁情并未清醒。生理上的痛苦解除了，心理上的痛苦没有解除，反倒因为头脑清醒，对自己的尴尬和屈辱处境看得更清楚，体会更深刻，苦闷更加沉重。

"送春春去几时回？临晚镜，伤流景。往事后期空记省。"午睡过后，抬头看看窗外，美好的春景已经衰败了，只好无可奈何地送春归去，正是"过春时，只合安排愁绪送春归"（清·张惠言《相见欢·年年负却花期》），想挽留也挽留不住。"欲系青春，少住春还去"（南宋·朱淑真《蝶恋花·送春》），春天一刻也不会"少住"，还是扬长而去了。今年的春天远去了，明年春天还会再来吗？"送春春去几时回"寓意婉转：往日的春天在陪伴我度过青春年华的同时，也消磨了我的青春岁月；以后的春天能不能多陪伴我一些时日，延缓我的衰老？所以用急切的语调问道"春去几时回"，希望春天早早归来。怀着这种期望和疑问一直挨到夜间，对着镜子一照，哎呀！不照还好，一照吓一跳！镜子里的张先华发满头，满脸皱纹，竟然衰老得连自己都几乎不认识了。北方乡间有夜间不照镜子的习俗，怕照出不吉祥的东西。宋时没有这个习俗，但因古代灯光比较昏暗，镜中的人物形象不够清晰，便显得越发衰老。审视自己的衰容，深感时光流逝之快如同江水东流入海，一去不复返了。伤感之余，情绪渐渐平静下来，开始思索平生的过去和未来。五十岁是由盛年进入老年的生命转折点。"往事后期空记省"，人在这个转折过程中，时常回忆往事，展望未来，而其结果则往往是一场空。以往的喜怒哀乐、酸甜苦辣已成过眼烟云，印象渐渐模糊，除了刻骨铭心的爱恨情仇之外，即使发生过的许多事情，当时也未必记得很清楚，这是人的记忆常态。"此情可待成追忆，只是当时已惘然"（李商隐《锦瑟》），这就是所谓"空记省"。张先四十岁中进士后，于明道元年（1032）、康定元年（1040）先后任吴江（今苏州市）、宿州（今安徽宿州市）地方官的属吏，地位低下，仰人鼻息，实在没有可以自我安慰的经历，履历表上是一片空白；再往前看，青春已逝，岁月渐老，在人生归途中没有什么可以书写的了，也是一片空白。回顾来路，展望前景，两头都是空白，这就是"往事后期空记省"的"空"。

"沙上并禽池上暝，云破月来花弄影。"上片由晨及暮，下片由暮及夜，在时间流程中展示情感变化。一整天独坐斗室喝闷酒，睡大觉，甚觉空虚孤独，傍晚游走园林，试图消散愁绪。在阴云弥漫的暮色中，池塘边的沙堆上一对鸟儿正并肩而卧。"沙上并禽池上暝"看似不动声色的客观描写，实则由物及己，见景生情，在内心深处加重了他的孤独感。在园林里徘徊良久，正当天上阴云、胸中郁闷难以消散时，突然出现了意想不到的景象——云层破裂了，月亮出来了，花枝好像有意地摇曳着它的身影。"云破月来花弄影"句中没有"风"字，却都是刮风的效果。没有"风"字既是词律句型所限，更是艺术创作的绝妙之处。如果说风吹云破，风吹月来，风吹花弄影，云、月、花的表现都是被动的、无意识的自然现象，也就丧失了云、月、花的灵动神韵。没有"风"字的云破、月来、花弄影是三个主谓结构句式，给读者的感觉是云的破、月的来、花的弄影，都是云、月、花的主动行为。这样就把云、月、花写活了，成了有生命、有意识、有灵魂的美好形象，创造出一个意象精妙、清空灵动的艺术境界。风清、月白，花枝摇曳着她的肢体，似乎向人们展示婀娜的舞姿。面对一尘不染、清空灵动的此景此情，张先的郁闷得到了暂时的消解。"云破月来花弄影"是张先的得意之作。清人沈雄《古今词话》记载，有人说张先是"张三中"，因为他的词大多表现人的心中事、眼中泪、意中人。张先说为什么不称呼我"张三影"？我有"云破月来花弄影""娇柔懒起，帘幕卷花影""柳径无人，堕絮飞无影"。其实张先不止有此三影，我的统计是连同此影共有二十一影（见后）。

"重重帘幕密遮灯。风不定，人初静，明日落红应满径。"当夜深人静、酒宴散席、歌舞停歇之后，本可以在万籁俱寂、只有清风徐徐的园林里，继续在明月映照之下与精灵一般的花影作伴，消解心中郁闷，不料情况发生了变化。风越刮越大，月光时明时暗，云朵乱飞，花影乱摇，打破了园林的平静，也打破了心情的平静；急忙退回室内，躲进帘幕中避风，无奈风势越来越大，即使有严密的重重帘幕遮挡，也挡不住风的侵袭，灯光被风吹得飘忽不定，几欲熄灭。风不定，心更不定，那盏飘忽不定的风中灯光会使人产生一种生存的危机感。这种危机感的现实表现就是对"明日落红应满径"的预料和担忧。上片"送青春去几时回"的提问，在这里得到形象的回答：红花飘零，满地狼藉，春天无可挽回地远去了。至于春天何时归来，本是一个不言而喻的问题，春天自然会按照季节更迭的规律按时归来；但对于一个老年人来说，能不能等到春天回归却是一个值得担心的现实问题。于是从"春去几时回"提问中隐隐透露出的生存危机感，在夜风劲吹、气温骤降、灯光飘忽、落红满地这些意象中，便由模糊的潜意识上升为明白的显意识了。"明日落红应满径"的"应"字语气十分肯定，可见张先对他后半生的前景已经不抱多大希望了。

欧阳修（四首）

平和深长的离情

> 候馆梅残，溪桥柳细，草薰风暖摇
> 征辔。离愁渐远渐无穷，迢迢不断如春
> 水。　　　寸寸柔肠，盈盈粉泪，楼高莫
> 近危阑倚。平芜尽处是春山，行人更在
> 春山外。
>
> ——《踏莎行·候馆梅残》

这首词写的男女离情的特点是于平和中见深长，与一般离情词作有所不同。

"候馆梅残，溪桥柳细，草薰风暖摇征辔。"开篇两句"候馆梅残，溪桥柳细"，在严整的对称中表现出一种稳定的美感，读起来沉稳舒缓，不急不躁。这种抒情格调，适宜于表现平和深长的情感特色。它不仅点明了时间是在二三月的仲春，更重要的是为全词抒情旋律节奏定下了基调。这个写作特点，很多人没有察觉。不少学者认为这两句写春景，起到触春景而生离情的作用，旅人的离情是从春景中发生的。其实不然。细审"候馆梅残，溪桥柳细"，是春景的客观描绘，没有鲜明的感情色彩。我认为，作者把旅人动身之处放在中途的旅馆，其用意在于显示旅人的离情从离家出行的那一天就开始了；只是随着旅途的延长、旅途的寂寞，离情便逐渐加重了。旅人从家中启程之时，春景尚未明鲜，及至旅行一段较长的时日，从旅馆动身继续行程时，发现春梅凋残了，

柳条发芽了，离家已经很远了，离情也跟着浓重了。因此，"候馆梅残，溪桥柳细"的作用除了在这幅旅人远行图中作为景色点缀之外，主要是显示时间流逝，并不是触春景而生离情。梅花开得早落得早，柳条开始发芽还很纤细，春意并不饱满，怎么能触动旅人离情勃发呢？话说回来，梅花凋残预示着百花即将盛开，柳条纤细预示着柳树即将成荫。在这里，残梅、细柳不是离情勃发的媒介，而是随着即将出现柳暗花明的春意渐浓，离情也渐趋饱和的隐喻和象征。

"草薰风暖摇征辔。离愁渐远渐无穷，迢迢不断如春水。"旅人离开旅馆，策马继续行程，跨过溪桥，穿过柳林，向远方走去。日复一日，越走越远，不知不觉已经进入盛春了。田野上风和日暖，绿草如茵，草香扑鼻。浓厚的春意、美好的春景从视觉、触觉、嗅觉上，全方位地把早已孕育的离情触发起来了。于是发出一声长长的叹息："离愁渐远渐无穷，迢迢不断如春水。"两个七字长句，把胸中的离愁吐露无遗。听听这个语气，与"问君能有几多愁，恰似一江春水向东流"（李煜《虞美人·春花秋月何时了》）相互比较，可以体味出李煜的情感是沉重中有愤懑，欧阳修的情感则是平和中寓深沉。作者的性格、遭遇不同，写作现场不同，情感特色便会有鲜明差异。从"候馆梅残"到"草薰风暖"，有一个春意渐浓的时间流程，也是离情渐浓的发展过程，二者并不是前后直接联结的。"离愁渐远渐无穷，迢迢不断如春水"印证了我前面说的离情是从离家远行时就开始孕育了，并且随着春水的迢迢不断而无限延长，不知何处是尽头。仲春的溪水开始洋溢，但水势平缓，这与旅人离情的平和深沉状态又是完全协调的。这里"摇征辔"的"摇"字，很值得玩味。有学者说由"摇"字可以想象行人骑着马儿顾盼徐行的情景（《唐宋词鉴赏辞典》），骑马"徐行"是对的，长途跋涉的速度不会很快，离情的牵制也不会策马疾驰；"顾盼"的想象则缺乏根据。在这幅画面上，大背景是田野、溪流，旅人骑着马沿着溪流向远方走去。他是背向画外读者，读者只能看到他在马背上摇摇晃晃的背影。我们可以这样想象：旅人离开旅馆时，情绪是低沉的，骑在马上低头俯身，晃晃悠悠地走着，"摇"字便显示出了这种情绪状态。

"寸寸柔肠，盈盈粉泪，楼高莫近危阑倚。"下片掉转头来，写对家中佳人的怀念。上片结句说旅人的离愁无穷无尽，愁的中心内容是对佳人无穷无尽的怀念。在旅人心目中的佳人，是一位内秀外美的美人。"柔肠"既指心灵的柔和，也指性格的温柔、外形的柔弱。这样美好善良的女子情感丰富，感觉敏锐，经不起外界刺激，如今却为别离而柔肠寸断。肠断一次便疼痛难忍，何况是一寸又一寸地断裂，那痛苦就难以想象、难以描述了。"寸寸柔肠"这样极端的措辞，表现了佳人的极端痛苦和旅人的极端怀念。旅人对佳人的痛苦感同身受，与佳人共同经受着难以忍受的切肤之痛。"盈盈"有美好、充盈、清澈等义，"盈盈粉泪"，水灵灵的眼珠像珍珠般晶莹清澈，从洁白的脸颊上一颗一颗地滚落下来，多么楚楚可怜。"寸寸""盈盈"发音细微亲切，从语气上也能感觉到旅人对佳人的爱怜、爱惜。旅人对佳人的生活状况和情感活动十分了解，知道他走后佳人一定会寝食难安，思念心切，每天一定会登楼远眺，想象他的行程，盼望他早日归来，所以用非常关切的语气劝诫她"楼高莫近危阑倚"！楼未必很"高"，阑也未必很"危"，但因旅人对佳人关怀备至，十分体贴，唯恐她一时不慎，有个闪失，便特别强调楼之高、阑之危。爱之深，故劝之切也。这里的"楼高"也为下文"平芜"二句作了铺垫；路途遥远，楼再高你也看不见我了。回去吧，回去吧，不要再劳神费力了。

"平芜尽处是春山，行人更在春山外。"旅人又进一步向佳人说明"楼高莫近危阑倚"的原因。"平芜"与前面的"草薰"、本句的"春山"联系起来看，是长满春草春树的广阔旷远的原野。在这里，春草随着旅人的行程，日复一日地长满了原野，长满了原野尽头的山陵，离情也同时铺展到千里原野和山陵之上，"离恨恰如春草，更行更远还生"（李煜《清平乐·别来春半》）正是这种情景。这层意思欧阳修没有明说，而是隐含在"平芜尽处是春山"之中。这两句分三层强调距离的遥远：广阔旷远的原野已经很远了；"平芜尽处"的春山更远了；春山外的行人就更加遥不可及了。千里之外，山川阻隔，无论登上多么高的楼也望不见了。这又是两个七字长句，吟诵起来声调慢长，情深意切，对佳人关怀备至而又无可奈何。全词层层递进，把离情推向高潮，字里行间的叹息之声袅袅不绝。北宋石延年有句"水尽天不尽，人在天尽头"，诗意与欧阳修词相同，但石延年诗感情色彩不浓，欧阳修词在吟诵之间似乎能看到旅人与佳人面对面地表达关爱，倾诉衷肠。这种发人想象的艺术效果，取决于情感的深度。情深则思切，思切则形真，如见其人，如闻其声，千里之遥也隔不断彼此的情感交流，心灵相应。情感的深度与情感的强度并不完全一致，呼天抢地的哭喊，情感未必很深，无声的啜泣低吟，情感可能更为深沉。这首《踏莎行》的抒情基调平稳舒缓，只在七字句中调子稍高一些。与这种抒情基调相一致的是上下两片的句式都是二、二，二、二，二、二、三，二、二、三，二、二、三，节奏平稳匀称，起伏变化不大。整首词的情感状态如春山之稳重，如春水之深长。

深宅大院中女子的痛苦呻吟

　　　庭院深深深几许？杨柳堆烟，帘幕
　　无重数。玉勒雕鞍游冶处，楼高不见章
　　台路。　　雨横风狂三月暮，门掩黄昏，
　　无计留春住。泪眼问花花不语，乱红飞
　　过秋千去。

　　　　　　　　　——《蝶恋花·庭院深深深几许》

　　"庭院深深深几许？杨柳堆烟，帘幕无重数。"词一开始就听见一位女子的呻吟："庭院深呀，深呀，多么深呀——"这是一位丧失婚姻自由和人身自由的女子独居深院，精神苦闷无法解脱的痛苦呻吟。庭院究竟有多么深呢？作者循声进入庭院，但见满院杨柳浓荫密布，浓厚的晨雾笼罩杨柳，像堆放在树上一样，这是外景；走进居室，满屋子数不清的绣帘、帷幕一层又一层，这是内景。有人说帘幕是比喻杨柳的，此说不妥，帘幕与杨柳并无共同之处。"杨柳堆烟"给人以沉重感、压抑感，"帘幕无重数"给人以闭塞感、郁闷感。堆堆烟雾，重重帘幕，既是富贵人家庭院和居室的特定场景，更是在这座深邃、闭塞、幽暗的庭院里呻吟着"庭院深深深几许"那位女子精神状态的外化。

　　"玉勒雕鞍游冶处，楼高不见章台路。"前三句写女子的呻吟和庭院的幽深，这两句引出女子的身影，揭示她痛苦呻吟的原因。"玉勒雕鞍"用华贵的坐骑借指富家公子。这种人饱食终日，无所用心，只知寻花问柳，玩弄女性，泡在"游冶处"醉生梦死，完全不顾结发妻子长期幽闭深院、孤守空闺的痛苦。"玉勒雕鞍游冶处"不只是指出富家公子的游乐之处，而且包含着对富家公子的怨恨之情。"游冶处"即俗语所谓"风月场所"，寓有贬意。不难理解，当这位女子想到自己的丈夫在"游冶处"与众多妓女厮混的时候，该是多么酸楚、怨恨呀。如果把"玉勒雕鞍游冶处"仅仅解作富家公子的游乐之地，下一句女子登楼远望便缺乏感情基础了。话说回来，封建时代的女子无论贫富都没有婚姻自由，甚至没有生存自由，女性在经济上一无所有，在法律上毫无保障，丈夫便是她们的生存依托和精神依托。因此，丈夫即便是鸡是狗，也不能放弃，一放弃便等于放弃了自己的生命。在这种心理的支配下，词中的这位女子便打起精神走出深闺，迈着沉重的步子登上高楼，眺望章台路上的游冶处。然而，高楼百丈也望不见那条章台路！嘴上说的是不见章台路，心里想的则是不见那个负心郎。这种含蓄的说法，完全符合富贵人家有文化素养的女子的身份和口吻。词的篇幅规定只能写一句"楼高不见章台路"，实则天天登楼眺望，天天失望而归，如此反复折磨，失望的重压叠加，把这位女子推到了绝望的境地，从而为下片更深刻的抒情作了有力的铺垫。我们应当着重开掘欧阳修词的深度情韵，写作技巧还是其次。有位学者说："原来这位女子正独处高楼，她的目光正透过重重帘幕，堆堆柳烟，向丈夫经常游冶的地方凝神远望。"（《唐宋词鉴赏辞典》）词中女子是原来就住在高楼上，还是从闺房中登上高楼的，可以见仁见智，各执一说；但女子既然在高楼之上，居高临下，举目远望，其视线如何又要透过院中杨柳？难道杨柳比高楼还高么？一重帘幕视线都无法透过，又如何能透过重重帘幕？此说殊不可解。

"雨横风狂三月暮，门掩黄昏，无计留春住。"封建时代女性的生存乐趣、生存价值只有一种：在婚姻美满的家庭里相夫教子。劳动阶层的女性如果被丈夫抛弃，还可以用双手维持生计。富贵人家的女性无生存能力，一旦被丈夫抛弃，便既无生活出路，又无生存意义了。词中的这位富家女子处于被丈夫半抛弃的状态，虽然暂时衣食无忧，但精神空虚，内心痛苦，在深宅大院里过着囚徒一般的日子，这对她是极大的生命摧残，是不可抗拒的命运暴力。"雨横风狂三月暮"，三个主谓词组顿挫有力，来势凶猛，犹如沉重的三大锤连续敲打在心头。横暴疯狂的风雨摧毁了美好的春天，也摧毁了女子的美好青春。横、狂、暮三个动词（"暮"字可作使动用法），突出了雨之横、风之狂、春之暮，表现了这位女子生存环境的极端恶劣和青春年华的迅速流逝。元人马致远的"枯藤老树昏鸦，小桥流水人家"（《天净沙》）六个名词并列，展示一幅静态的山村画面，"雨横风狂三月暮"则是富有动感的三个动词，表现了恶劣天气的强大力量，以及对女子心灵的强烈震撼。春天过去了，青春消失了，但这位女子仍不甘心，还要作最后的挣扎。她在楼上眺望了一天，不觉天黑下来了，残留的春光完全被暮色掩盖。她下楼去关住大门，试图把春光关在院子里；不料回头一看，关住的不是春光，而是满院子黯淡凄清的黄昏。"门掩黄昏"的本意是"黄昏掩门"——黄昏时关门，这里把词序颠倒一下，给人一种意外的感觉——把黄昏关在院子里了。这与李煜的"寂寞梧桐深院锁清秋"（《相见欢·无言独上西楼》）是一种写作手法，但李煜是厌烦秋光像锁在院子里不肯散去，这位女子则是想把春光关在院子里却"无计留春住"。春光是绝对留不住的，凡人留不住，神仙也留不住。关门留春是一个傻得不能再傻的行为，而正是这种"傻气"，表现了女子对青春的无限留恋；只有青春永驻，至少是青春暂驻，才有可能把章台路上的丈夫吸引回自己身边。

"泪眼问花花不语，乱红飞过秋千去。"本词的上片写女子登楼久望人不归的失望，下片写青春易逝的伤感，从早晨写到黄昏。这里把镜头切换到一个白天，写女子含泪问花而花不语之后的更深刻的伤感，更痛心的失望。清人毛先舒对这两句词赞赏备至，他说："此可谓层深而浑成。何也？因花而有泪，此一层意也；因泪而问花，此一层意也；花竟不语，此一层意也；不但不语，且又乱落，飞过秋千，此一层意也。人愈伤心，花愈恼人，语愈浅而意愈入，又绝无刻画费力之迹，谓非层深而浑成耶？"（《古今词话》）毛先舒的这段话被学界视为最深入的解说，但仍有可以补充之处。"含泪"，指两眼泪汪汪的形象，表现了女子的满怀痛苦却无处倾诉；"问花"，指女子只好把花当作知己，向花询问我的命运何以如此不幸？表现了女子久居深院、孤苦无告、神色恍惚的情感状态；"花不语"，指女子满以为暮春三月败落的残花与自己命运相同，会对自己做一番安慰，讲一些体己的话，不料残花竟一言不发，女子深感失望；"乱红"——女子失望之余，仍想继续询问，残花却纷纷扬扬随风而起，女子担心残花离她而去；"飞过秋千去"——女子的担心变成了现实，残花果然飞过秋千，飞过院墙，不可挽留地远走高飞了。经过这一番折磨，女子的心情由希望而失望，而绝望，而恼怒。丈夫不体贴不关怀我，世人不同情不理解我，连残花也对我冷眼相向，扬长而去，天地万物为什么这样冷酷无情啊！毛先舒所说的"人愈伤心，花愈恼人"，实际上是人与物的移情现象。移情有对立与统一的区别，"相看两不厌，只有敬亭山"（李白《独坐敬亭山》），"感时花溅泪，恨别鸟惊心"（杜甫《春望》），是人与物的统一关系，物我合一；这里的人与花是对立的关系，是物我对立。人有情，花无情，人欲留，花欲去，人有声，花无语，在尖锐的矛盾对立中把女子一步一步推向天地无情、痛苦无告的深渊。毛先舒所说的"浑成"，我觉得不只适用于对"泪眼问花花不语，乱红飞过秋千去"的评价，而且适用于评价全词结构的完美统一。这首《蝶恋花》从头到尾都用女子的口吻抒情，有痛苦的呻吟，有殷切的期待，有深沉的抱怨，有悲哀的哭泣，有绝望的恼怒，种种情感的发生和变化都环环相扣，自然贴切，构成了一个完整绵密的情感链条。女子的举止行动也清晰可见：从室内望院中杨柳，登楼远眺章台路，到黄昏下楼，掩门留春，泪眼问花，先后有序的举止行动与情感的发生发展融合无间，从而表现出了女子的完美形象。

此恨不关风与月

尊前拟把归期说，欲语春容先惨咽。

人生自是有情痴，此恨不关风与月。

离歌且莫翻新阕，一曲能教肠寸结。

直须看尽洛城花，始共春风容易别。

——《玉楼春·尊前拟把归期说》

"尊前拟把归期说，欲语春容先惨咽。"词一开始就写男女在酒宴上对酒话别的情景。这里的"拟把""欲语"两个副词，很值得捉摸。男女双方先喝着闷酒，默然相对。为了打破这个沉闷场面，安慰女方，男方正打算把归期告诉女方，让她放心。为什么在宴席上告知女方归期呢？其实在这之前，女方早就知道男方要出远门了，已经多次问过男方何时才能归来？然而"君问归期未有期"（李商隐《夜雨寄北》），男方只好含糊其词，迟迟不作明确答复。眼看离别的时刻就要到了，在告别宴席上面对女方，实在不能拖了，打算说一句假话，告知女方何时归来。当这句善意的谎言刚到嘴边，尚未出口时，女方已经猜出他会说什么了。封建时代的文人为了求得一官半职，四处漂泊，行踪不定，归期无日，女方对此是清楚的，但总是希望男方有一个大致的归期。如果男方明确告她归期无日，固然很伤心，而当她猜到男方明知归期无日，却打算谎称归期有日，那就更伤心了。当女方看到男方吞吞吐吐、欲言又止的为难样子，知道男方对她十分留恋、爱护，唯恐因归期无日伤了她的心，便会对男方的这份关爱越发珍惜，对眼前的这位朝夕相处的情郎越发不忍舍弃。归期有日是谎话，不愿听取；归期无日是实情，不忍听取，于是出现了男女双方都无言以对的沉闷场面。女方"欲语"而未语的话很多，我想主要是"你什么也别说了，我什么都清楚，该走你就走吧"。此话说出口来，又会惹得双方伤心；憋在肚里，强闭双唇，则又是精神上的沉重负担，像一块石头压在心头。满腹的伤心无法宣泄，致使女方精神颓丧，容颜凄惨，失去了昔日的明艳春光。伤心至极，放声痛哭吧，在宴席上很不体面；忍住不哭吧，人实在憋不住，只能双手掩面，低声呜咽，这比"忍泪佯低面，含羞半敛眉"（韦庄《女冠子二首·其一》），其痛苦而又压抑的程度强烈多了。男方面对女方这种伤心难耐、容颜凄惨、低声呜咽的情景时，怎能不倍加爱怜。由上述可知，男女双方是情人，也是知己，彼此心心相印，互怜互爱，这种爱情是极为难得的。

"人生自是有情痴，此恨不关风与月。"前两句围绕归期问题，男女双方的心情都很矛盾，并在矛盾中表现出爱情的无比深厚。那么，这种深厚的爱情源于何处呢？欧阳修回答说，这种傻傻的不顾后果的痴情是男女本身就有的，与外界的风花雪月没有多大关系。风花雪月是外在于人的本体的自然物象，可以作为爱情的媒介，而不是爱情本身。爱情本身自在于人的本体之中，是人的本性，即人性的本质特征。有风花雪月作媒介，会给男女爱情增添几分色彩，没有风花雪月的爱情丝毫也不逊色。山林荒野中的爱情与花前月下的爱情，难道有什么本质区别么？另外，"风月"也指女性卖弄风骚，"我的乖乖，人前休把风月卖"（明·冯梦龙《挂枝儿·叮嘱》）；又指男女性爱，"俞太尉是七十岁的老人家，风月之事，已是没分"（冯梦龙辑《醒世恒言·卖油郎独占花魁》）。"此恨不关风与月"，态度鲜明地表明词中男女离恨与风月无关，少年时能爱，老年时也能爱；有性能爱，无性也能爱。他们拥有的是彼此相亲相爱、相知相怜、血肉一体的爱情，是超越了世俗声色和生理需求的纯真、永恒的爱情。欧阳修对爱情的这种理性认识超越前人，具有深刻的哲理意义和崭新的道德高度。他把爱情的理性认识和情感作用融为一体，从而提高了爱情的厚度和深度。你看"欲语春容先惨咽"这个形象，她所蕴含的情感内容是多么丰富啊，这样的女性谁能不疼不爱！

"离歌且莫翻新阕，一曲能教肠寸结。"告别宴会进行中，离歌演奏了一支又一支，乐队正想借此机会表现自己的演奏技巧，博取听众的欢迎。哀伤的离歌对与离别无关的听众是一种艺术享受，而对离别的当事人则是一种精神刺激。听惯了的旧离歌，刺激性较弱；初次听的新离歌，往往增强了乐声的哀伤情绪，处于离别伤痛中的离人就难以承受了。于是男方赶紧制止乐队：停下吧，停下吧，不要演奏离歌了，一曲旧离歌已经把我们的肠子打成数不尽的结子了。人若患了肠梗阻，会腹部剧痛，甚至死亡。人的肠子有七八米长，每一寸都打一个结子，那该是多么痛不欲生呀！当然，这是情急之下极而言之的表达。"离歌且莫翻新阕，一曲能教肠寸结"，语调急迫，态度坚决，男方试图制止乐队演奏离歌以减轻女方的极端痛苦，对女方显示出高度的疼爱。离歌为什么会有这么大的刺激性呢？"五脏相音，可以意识"（《黄帝内经·素问》），音乐是从人的五脏六腑中发生，是心灵的产物。俄国大音乐家柴可夫斯基说："只有艺术家受灵魂所激发的精神深处流露出来的音乐才能感动、震动和触动人"（《给梅克夫人的信》）。因此，美好的音乐是人的感情的直接表达，人的喜怒哀乐等复杂细微的情感的音乐表达，比任何艺术表达都更直接，更逼真，更能尽兴。音乐能触动蕴藏在人们心中的各种情感，当我们听到《义勇军进行曲》时，一种庄严肃穆的情感便油然而生；音乐能与人的情感同步共振，当我们聆听《月光曲》时，仿佛与月亮一同徘徊；音乐能提高人的情感强度，当我心怀悲痛参加亲人的追悼会时，激越的哀乐声会撞击着我们的心灵，情不自禁地放声痛哭。词中的这位女子已经是愁容惨淡、哭声幽咽了，怎么能听进去悲切缠绵、幽咽压抑的离歌呢！欧阳修正是用女方对离歌的情感反应，进一步表现出女方愁肠寸结、实难解除的精神痛苦。为了在宴席上不失体面，不使男方过分伤心，女方强忍剧痛，压制自己不哭出声来，可见这是一位心灵美、形象美、仪态美、气质美、文化素质相当高的美女。

"直须看尽洛城花，始共春风容易别。"全词至此，已经把男女双方难舍难分的情状写尽了，该如何收场呢？欧阳修说应该、必须把洛阳的鲜花看尽了，才能和春风告别。这话说得很坚决，却很突兀，令人一时难解。王国维在《人间词话》中指出这两句是"于豪放之中，有沉着之致，所以尤高。"这是从抒情风格上说的，为什么是豪放而又沉着呢？王国维没有说明。有学者阐释说："其实'豪放中有沉着之致'，不仅道中了《玉楼春》这一首词这几句的好处，而且也恰好说明了欧词风格中的一点主要的特色，那就是欧阳修在其赏爱之深情与沉重之悲慨两种情绪相摩荡之中，所产生出来的要想以遣玩之意兴挣脱沉痛之悲慨的一种既豪宕又沉着的力量。"（《唐宋词鉴赏词典》）这种阐释主要还是谈抒情风格，而其中"想以遣玩之意兴挣脱沉痛之悲慨"则说到了这两句词的用意所在：以看花挣脱苦闷。我们再追问一句：为什么看了花就能挣脱苦闷？有学者解释说："他（欧阳修）

认为既然人的感情是丰富的，又是那样经受不起挫折和损害，怎么办呢？那就应该让感情充分地抒发，充分地加以满足，只有这样，人生才能觉得没有遗憾"（《唐宋词鉴赏辞典》）。这话有一定道理，但无条件的"充分地抒发""充分地满足"，极易导致情感泛滥，行为放荡。欧阳修的创作意图完全不是这样。他一生特别喜爱赏花种花，诗词中涉及鲜花的竟有七十八首之多，把鲜花视为美好的生活象征加以高度的赞赏，如"清明上巳西湖好，满目繁华。争道谁家，绿柳朱轮走钿车。游人日暮相将去，醒醉喧哗。路转堤斜，直到城头总是花"（《采桑子·清明上巳西湖好》）。这是欧阳修出任颍州（今安徽阜阳市）太守时写的，十分热爱当地的鲜花，并且表示要终老于此，与鲜花同生共死，可见他有一种解不开的爱花情结。这里的"洛城花"，即著名的洛阳牡丹，欧阳修的养花专著《洛阳牡丹记》指出"至牡丹则不名，直曰花"，同时详细介绍了各种牡丹花的培植工艺。南宋杨万里说过"此花可令转化钧，一风一雨万物春"（《题益公丞相天香堂》），牡丹花是天地造化的产物，又会改善天地山川,给宇宙万物带来美好的春天。杨万里有这种认识，欧阳修当然也会把洛阳牡丹视为天造地设的人间精灵，她把洛阳大地打扮得万紫千红、绚丽多彩，把一片最无私最纯真的爱心洒向人间。当人们享受过春天的温馨、和煦和生机勃勃之后，她又会随着春风飘然远去；第二年又会随着春风飘然而至，给人间送来更美好的春天。由此可见这首《玉楼春》中先后出现过女子的"春容"、洛阳的"春风"，那么牡丹就应是"春花"了。"春容""春风""春花"联结起来，便产生了词中女子与洛阳牡丹融为一体的艺术效应。因为女子的美丽、纯真、柔情、爱心，与牡丹的性格是一致的，二者可以共存共生。女子是个体美，牡丹是群体美，个体融入群体是很自然的事。

女子的不足之处，是没有牡丹妆点江山的豪情，没有创造春天的勇气，没有乐观开朗的精神。欧阳修有意把这位女子拉进牡丹园里，让牡丹张开双臂拥抱她，用自己的豪情、勇气和乐观精神去感染她，从而解除她个人的离愁别恨。"只须看尽洛城花，始共春风容易别"，语调坚定、豪迈、不容置疑，可以想见欧阳修拉着这位愁眉不展的女子一同赏遍千姿百态、群芳争艳的洛阳牡丹，然后愉快地暂时分手，相信春天还会再来，希望依然存在；相比之下，女子会自惭形秽，破涕为笑，决心像牡丹一样在四季更迭、造化轮回中，焕发出永不熄灭的青春光辉。欧阳修对此十分自信，坚信这是一条阳光灿烂、春风浩荡的生活道路，愿与这位美丽、深情的女子携手并进。由乐观而豪迈，由自信而沉着。我想这大概是王国维所说的"豪放中有沉着之致"的原因所在吧？

雅俗共赏的男女幽会

> 去年元夜时，花市灯如昼。月上柳梢头，人约黄昏后。　　今年元夜时，月与灯依旧。不见去年人，泪满春衫袖。
>
> ——《生查子·去年元夜时》

这首《生查子》大家都很熟悉，不必从头到尾串讲了。古今学者一致认为这首词的最大特点是结构巧妙，上下两片采用民歌重叠复沓的方式，通过去年和今年元夜情景的对比，表现了去年幽会时温馨甜蜜和今年故地重游时物是人非的悲哀失落。语言朴素，笔调明快。这是一看就懂的，不必多加阐释。

《生查子》全词的归结点是"泪满春衫袖"，主要写物是人非的悲哀。这里的"春衫"一词不可轻轻放过，它和前此《玉楼春》中的"春容""春风"一样都是有蕴含的。女孩子都爱美，很注意装饰自己，而一件华美的衣服则是最重要的妆饰品。美丽的装饰不仅是"照花前后镜，花面交相映"（温庭筠《菩萨蛮·小山重叠金明灭》），为了自我欣赏，主要目的是"女为悦己者容"，为了让追慕者欣赏。我们可以这样设想《生查子》中的这位女子去年元夜与情郎幽会之后，怀着甜蜜的回忆，从夏盼到秋，从秋盼到冬，眼巴巴地盼着到第二年的元夜再次幽会，重温旧梦。为了这一天，她精心选择衣料，精心设计款式，精心剪裁，精心缝制，终于做好了自己很满意的春衫。她希望穿着这件春

241

衫前去与情人幽会，给他一个惊喜，使他更热爱自己。然而，天不作美，事与愿违，在原来的时间、原来的地点、等待原来的情人，左等右等，等来的却是一场空。于是，满腔热情化为一掬冷泪，污秽了精心妆饰的春容，打湿了精心制作的春衫！女子深感悲哀的是，情人一去不返，顿觉春光惨淡，自己的青春岁月又虚度了一年。"人无根蒂时不驻，朱颜白日相隳颓"（白居易《短歌行》），专制时代的女性如果没有相亲相爱的男性作依托，就像无根的游丝飞蓬，艰难的独居生活会把她摧残得很快就衰老以至于死亡。我想这就是"泪满春衫袖"蕴含的情思。古代诗词中华丽的辞藻未必有丰富的蕴含，而平易的词语却往往能引发读者的想象空间，而这正是欧阳修词的最大语言特色。

从唐代开始至今，正月十五闹元宵就是中国人最大的狂欢节。灯火辉煌的景象，唐代有"火树银花合，星桥铁锁开"（苏味道《正月十五夜》）的描绘，火树、银花、星桥都是指各色灯光而言。北宋时的元宵节更加热闹，据北宋孟元老《东京梦华录》记载，在开封宣德楼下"奇术异能，歌舞百戏，鳞鳞相切，乐声嘈杂十余里，击丸蹴鞠，踏索上竿"等等游戏。"击丸"类似打冰球，蹴鞠类似踢足球，"踏索"类似走钢丝，这是杂耍类游戏；"灯山上彩，金碧相射，锦绣交辉""华灯宝炬，月色花光，霏雾融融，动烛远近""山楼上下，灯烛数十万盏"，这是灯光的辉煌景象。形形色色的灯笼各展风采，数不胜数。南宋虽然偏安于杭州，元宵盛况有增无减。南宋词人周密《武林旧事》记载，杭州有所谓"鳌山"，"山灯凡数千百种，极其新巧，怪怪奇奇，无所不有"，地方长官出游时，"诸舞队次第簇拥前后，连亘十余里，锦绣填委，箫鼓振作，耳目不暇给"。这种极其繁华的元宵之夜，难怪辛弃疾能写下元夕名句："东风夜放花千树，更吹落，星如雨。宝马雕车香满路,凤箫声动,玉壶光转,一夜鱼龙舞"(《青玉案·元夕》)。欧阳修的这首《生查子》两次提到"元夜",并未展开描绘,只是点到为止,"花市灯如昼""月与灯依旧"。有学者似乎觉得这是一种不足,便引经据典,介绍北宋元夕的盛况加以补充(《唐宋词鉴赏辞典》)。我看这是多此一举。《生查子》抒写的中心是由"月上柳梢头,人约黄昏后"的幸福跌落到"不见去年人,泪满春衫袖",并不是写元夕盛况;花、月、灯、柳只是故事发生的自然背景,男女幽会的美好陪衬,不必多费笔墨加以铺陈,而且篇幅短小,也没有铺陈的空间。

"月上柳梢头,人约黄昏后"是历来激赏的名句,说它具有诗意的美感。美在何处?我认为主要是情美,其次是景美。元宵节是中国人民的盛大节日,更是古代男女约会的最佳时机。《生查子》中的这位少女盼这一天盼了整整一年,元宵节终于盼到了,其期待之急切可以想见。此前,她通过多种方式与男方约定元宵相会,其唯恐男方失约之焦虑神态亦可想见。元宵节当天,少女一早就精心梳妆打扮,坐卧不安,好不容易挨到傍晚,急匆匆前往与情人约会。二人相见当然是紧紧相拥相偎。在拥抱的过程中会是什么感觉呢?"柔情似水,佳期如梦"(秦观《鹊桥仙·纤云弄巧》),如痴如醉,如梦如幻,这是真的吗?连她自己也恍惚起来。羞怯、紧张、甜蜜是男女幽会时的普遍感受,而如梦如幻则是初涉情场的青涩少女们的独特体验。黄昏时刻,光线微弱柔和,与似水柔情融为一体,无论是主观感受还是客观环境都笼罩在迷迷茫茫的薄雾之中,从而增强了男女幽会的梦幻感。当他们从梦幻中清醒过来,抬头一看,一轮明月升上树梢,向他们微笑着,似乎是为他们相会而欣慰。月光照亮了幽会场所,双方看清了对方的眉目表情,证实了这不是虚无的梦幻,而是真实的幸福,放心之余激起了更加强烈的爱意。这次幽会有一个由紧张到放心、由朦胧到清晰的过程，最终酿成了浓浓的柔情蜜意。我想这就是"月上柳梢头，人约黄昏后"的诗意吧？

　　　　　　　见羞容敛翠，嫩脸匀红，素腰袅娜。红药阑边，恼不教伊过。半掩娇羞，语声低颤，问道有人知么？强整罗裙，偷回波眼，伴行伴坐。　　更问假如，事还成后，乱了云鬟，被娘猜破。我且归家，你而今休呵。更为娘行，有些针线，诮未曾收啰。却待更阑，庭花影下，重来则个。

　　　　　　　　　　——《醉蓬莱·见羞容敛翠》

　　《生查子》用雅词写雅人雅事，《醉蓬莱》则用俗语写俗人俗事；前者格调清雅，后者格调俚俗。二者孰优孰劣，在文人圈子里历来就有争议。我们不忙于下结论，先简单地了解一下这首《醉蓬莱》。

　　"见羞容敛翠，嫩脸匀红，素腰袅娜。"这位女子前往与情人幽会，一出场就见她满脸含羞，双眉紧皱，这是心情激动、精神紧张的表现，与"含羞半敛眉"（韦庄《女冠子·四月十七》）有所不同。"含羞半敛眉"是年轻夫妇离别时的愁情，女子身边有丈夫陪伴，不必紧张；"羞容敛翠"则是只身去幽会，无人陪伴，又是第一次，所以特别害羞，特别害怕；"嫩脸"表现她是一个年轻的少女，细皮嫩肉，未经风霜；"匀红"既可视为少女出门前用胭脂匀了一下脸，亦可视为因羞怯而满脸通红；"素腰袅娜"描绘出少女腰身苗条，比例适当，步态飘摇。三句词从容貌、体态和神情方面，描绘出一个心情忐忑、美丽动人的少女形象。

"红药阑边，恼不教伊过。半掩娇羞，语声低颤，问道有人知么？强整罗裙，偷回波眼，佯行佯坐。"大概是小伙子多次催她出来相会，她只好放下手里的活儿出来接应。来到红色的芍药花圃篱笆一边便停下脚步，篱笆那边的小伙子早就等不及了，心急火燎地要跨过篱笆与她亲热。少女装出一副恼怒的样子，坚决不叫他过来，可见这是一个有自控能力的少女，不到适当时机不会贸然行事，更不准对方轻举妄动。少女虽然处事冷静，但毕竟是见了情人，自然会娇羞满面；又因为是首次幽会，所以遮住半个脸。由于紧张激动，害怕别人听见，少女用颤抖的声音悄悄问情人：有人知道咱们见面么？怕被人碰见引起流言蜚语，是少女最担心的事。小伙子回答说没人知道，她才稍稍放下心来，注意观察情人的反应。小伙子自然不肯匆匆一见，就此离去；她不忍心断然拒绝，掉头而去。在想亲热又不敢亲热、不敢亲热又很想亲热的矛盾心情的支配下，少女手足无措，下意识地整理着她的罗裙，水灵灵的眼睛偷看对方，一会儿假装要走，一会儿又假装坐下。这一系列动作描写，惟妙惟肖地展示了少女的激动复杂心态。

"更问假如，事还成后，乱了云鬟，被娘猜破。我且归家，你而今休呵。"上片少女的一番话，阻止不了对方的迫切要求，仍在纠缠不休。在初步镇静下来之后，少女进一步劝导对方说，假如咱们的好事完成后，弄乱了我的头发，被我娘猜破，那怎么得了！我这就先回家去准备一下，你现在就别闹呵。前面说怕人知道，这里又说怕被娘猜破，用双重担心劝阻对方，理由更充分，话说得更恳切了。"呵"同"啊"，语气词，这里是恳求的语气。有人把"呵"字解为"呵斥"，男方不得如愿便大声呵斥女方；把上片"恼不教伊过"的"恼"字解为因女方不叫他跨过篱笆而大为恼火（见网络）。此说大谬不然。一个聪慧美丽的少女，怎么会爱上这么粗暴无礼的男子？一见面就不由分说，动手动脚；稍不如意就怒火中烧，责骂女方。这种只知发泄私欲、不知体谅对方处境的莽汉，有什么可爱之处！把"恼"字、"呵"字解为恼怒、呵斥，于情于理都说不通。从写法上看，全词没有一笔正面写男方，男方的心理、表情和举动，读者可以从女方的陈述中间接地想象出来，这正是欧阳修的高妙之处。

"更为娘行，有些针线，诮未曾收啰。"少女又进一步劝阻男方，除了怕娘猜破外，还有一件事是因为来得及，一堆针线活儿扔在床上还没有收拾。我娘发现了，又会骂我的。言外之意是我挨骂，你就不心疼吗？由此可见这是一个心灵手巧、擅长女红、家教甚严的良家少女。

"却待更阑，庭花影下，重来则个。"最后少女给对方留下一颗定心丸，劝慰对方说你别着急，找一个地方耐心等着，到夜深人静时，你再前来，我们在院子里花丛阴影下重新聚会，尽情欢乐。小伙子一听这话，觉得女方情意真切，不虚此行，便会安下心来，耐心等待了。后事如何？自然是在词外的想象之中。

我们把《生查子》讲给不识字的人听，他们一定会领悟"月上柳梢头，人约黄昏后"的诗意美；文人们看完这首《醉蓬莱》，如果思维正常，不带偏见，也一定会欣赏这种民间男女幽会的原汁原味。因此，我把《生查子》《醉蓬莱》这两首内容基本相同，而格调雅俗有别的词，视为雅俗共赏的男女幽会是不会错的。但是，古今学者的看法不尽相同。有人嫌《醉蓬莱》太俚俗了，不该入选欧阳修词集。殊不知俚俗的民歌正是高雅文学的祖宗。

宋　祁〔一首〕

红杏为何会"闹"

　　东城渐觉风光好，　縠皱波纹迎客
棹。绿杨烟外晓寒轻，红杏枝头春意闹。
　　浮生长恨欢娱少，肯爱千金轻一笑。
为君持酒劝斜阳，且向花间留晚照。
　　　　　　——《玉楼春·东城渐觉风光好》

　　这首《玉楼春》是宋祁于北宋嘉祐五年（1060）六十二岁任工部
尚书时写的。词中名句"红杏枝头春意闹"被时人和后人所激赏，故
有"红杏尚书"之称。全词上片写初春景色，下片写人生易老，特色
不够明显。我们专就红杏何以会"闹"，作一具体探讨。

　　明人锺惺《夜》中有句云："戏拈生灭后，静阅寂喧音。"意为
人们在精神高度集中、心境极端沉静的情况下，可以"看"（阅）到
某种实际上听不到（寂）的声音，而且这种声音在人的主观感觉中还
会呈现出一种清晰、喧闹的状态。本来是诉诸听觉器官的声音，却能
被视觉器官所感知，这种视听互通、"眼里闻声"（南宋释晓莹《罗
湖野录》）的心理活动的"通感"现象，在文学创作和文学鉴赏活动
中是普遍存在的，只是人们不很自觉而已。"天河夜转漂回星，银浦
流云学水声"（李贺《天上遥》），银河岸边飘动的云朵不会有什么
声音，而李贺却通过他的视觉感知到神奇的银河流水声；"隔竹拥珠帘，
几个明星切切如私语"（清·黄景仁《醉花阴·夏夜》），星星是不

会说话的，而黄景仁却能通过他的视觉感知到它们在窃窃私语；无独有偶，意大利巴斯古立在《夜里的素馨花》中写道："碧空里一簇星星喷喷喳喳像小鸡似的走动"，而圣·马丁也说他自己能"听见发声的花朵，看见发光的音调"（英·恩德希尔《实用神秘主义》）。

长期以来，由于一些论者对这种"通感"现象的心理活动规律缺乏认识，所以难免发生许多聚讼不休的问题。例如这首《木兰花》的上片："东城渐觉风光好，縠皱波纹迎客棹。绿杨烟外晓寒轻，红杏枝头春意闹。"这个"闹"字炼得，使宋祁的名声震动京城。此后直到明清时期，词论家们大多交口称赞，以为这是"风流闲雅，超出意表""卓绝千古"的名句，词坛上着实热闹了一番。然而，"红杏枝头春意闹"为什么是"超出意表"的，它究竟"卓越"在何处？词论家们又大都不肯多置一词。王国维虽然在《人间词话》中说"着一'闹'字，而境界全出"，却又语而不论其详。于是读者千百年来对这一名句的认识一直处于知其然而不知其所以然、可以意会而不可以言传的似懂非懂的朦胧状态中。一种艺术现象只要尚未经过理性批判而取得科学的正确认识的时候，自然会产生不同的观点，争论也就不可避免了。现在看来，对"红杏枝头春意闹"提出异议、挑起一场争论的人，首先是清代大批评家李渔。他在《窥词管见》中说："琢句炼字，虽贵新奇，亦须新而妥，奇而确。妥与确总不越一'理'字，欲望句之惊人，先求理之服众。……若红杏之在枝头，忽然加一'闹'字，此语殊难着解。争斗有声之谓'闹'，桃李争春则有之，红杏'闹'春，予实未之见也。'闹'字可用，则'吵'字、'斗'字、'打'字皆可用矣。……予谓'闹'字极粗极俗，且听不入耳，非但不可加于此句，并不当见之诗词。近日词中争尚此字者，皆子京一人之流毒也。"

李渔把宋祁视为流毒千古的罪人，认为"闹"字极不合理，不可理解，非要把它从诗词中革除出去不可。后来方中通在《续陪》中反驳了李渔："试举'寺多红叶烧人眼，地足青苔染马蹄'之句，谓'烧'字粗俗，红叶非火，不能烧人，可也。然而句中有眼，非一'烧'字，不能形容其红之多，犹非一'闹'字，不能形容其杏之红耳。诗词中有理外之理，岂同时文之理、讲书之理乎？"他认为对诗词意境的理解，是不能与一般文理相提并论的。

方中通驳得有理，却很有限。何谓"理中之理"？惜乎语焉不详。我认为，就目前人们的艺术认识水平所能达到的高度来看，这个"闹"字的炼得，全在于"通感"的作用。王国维所谓"着一'闹'字，而境界全出"的"境界"，至少包括了红杏的色彩、形状和动态，而最奇妙的是那种听不到却能"看"得见的声音——满树红杏竞相开放、争奇斗艳、你拥我挤、互不相让的"喧闹声"。这种"通感"现象并不奇怪，也不是李渔所说的"忽然"发生的，而是词的规定情景所决定的。"东城渐觉风光好"，点明诗人对春意的感受有一个渐进的过程，他的全部感官功能是在这个过程中逐步活跃起来的。"縠皱波纹迎客棹"，泛舟水面，微风荡漾，诗人的身心甚觉清爽，感官功能自然会跟着特别敏锐起来。"绿杨烟外晓寒轻"，抬头望岸边，只见在绿杨翠柳、薄雾轻云、晨风习习的背景衬托之下——"红杏枝头春意闹"——独立郊野的一树红杏分外耀眼，使人精神格外振奋。诗人全神贯注地观赏那些满树红杏鲜艳夺目的色彩，繁盛拥挤的花朵，争先恐后的神态，蓓蕾怒放的情状，达到了心凝形释、物我两忘的境界。他似乎也加入了熙熙攘攘、重重叠叠的杏花行列之中，听到了它们"吵吵嚷嚷""嘻嘻哈哈"的喧闹声。这种视觉和听觉相互沟通的现象，是因为红杏的浓艳色彩和拥挤形态，集中而强烈地刺激着诗人的视觉神经系统，使之处于高度兴奋状态，并进而波及听觉神经系统，使听觉功能也跟着活跃起来。于是，由视觉感受诱发起对于声音的回忆与联想，红杏的外观与诗人不由自觉的内省活动贯通一致，红杏的色彩、形状、动态与储存在诗人记忆中的与之相应的声音表象联系起来，耳边便仿佛响起了红杏的"喧闹声"。一个生气勃勃、充满竞争力量和奋发精神的春天，就这样被诗人创造出来，凝聚在"红杏枝头春意闹"中了。按常理说，红杏本无谓喧闹声，即使在它生长和开放过程中有一点极细微的摩擦声，人的听觉也是无法感受的。诗人之所以能够产生喧闹的感觉，主要是视觉影响、诱发的结果。从这个意义上可以说，喧闹声是"看"到的，而不是听到的。文学史上能够"看"到声音的诗人并不罕见，苏轼遥望苍穹深处细碎密集的星团明灭闪烁，耳边响起了沸水翻滚的声音："大星光相射，小星闹若沸"（《夜行观星》）；北宋黄庭坚静观台阶下苍翠的苔藓，仿佛听到它们争吵着要抢先爬上台阶上来："寒窗穿碧疏，润础闹苍藓"（《奉和世弼寄上七兄先生》）；北宋陈与义在夜阑人静的时候注视着一群萤火虫上下飞舞，似乎听到了它们相互追逐打闹的声音："三更萤火闹，万里天河横"（《泊州华容县夜赋》）。这一切视听互通的现象，都是"通感"的作用。

从十七世纪开始，生理和心理学陆续发现有点耳聋的人，在光亮下比在黑暗中听得好一些；用灯光照射头部，可以提高某种耳病患者的听觉；在没有光亮和声音刺激的条件下，打击头部却能发生目眩耳鸣；眼球受到压迫时，可以看到某种带色的光；在照明条件下，可以提高四肢的触觉感受等等。这些现象证明了一条生理和心理的规律："刺激物对感受器官的作用是一个复杂的过程，其中包含着一系列彼此相互作用的反射活动"（王树茂《关于感觉的几个问题》）。红杏的"喧闹声"，正是视觉器官与听觉器官相互作用的综合表现。另外，根据诗人歌德的体验与研究的结果，色彩可以划分为积极的色彩（黄、红黄、黄红、铅丹、朱红）和消极的色彩（蓝、红蓝、蓝红），积极的色彩能够产生一种"积极的、有生命力的和努力进取的态度，而消极的色彩则适合表现那种不安的、温柔的和向往的情绪"（转引自鲁道夫·阿恩海姆《艺术与视觉》）。西方的一些足球教练员要求把队员休息室涂上蓝色，以便为队员们在中场休息时创造一种柔和放松的气氛；在向队员们作临战前的鼓动讲话时，则把队员们领进涂着红色的接待室，以便创造一种振奋人心的环境。诗人宋祁也正是受了红杏浓艳色彩的强烈刺激，充分发挥了人类最活跃、最敏锐的视觉器官的扩散功能，进而诱发起听觉表象的活跃，既看到了红杏的繁茂，又"听"见了红杏的"喧闹"。李渔当然不懂得这个道理，所以只会体验人所常见的"桃李争春"，却不会体验独具匠心的"红杏闹春"；只晓得通常的听声音，却不晓得异常的"看"声音。"予实未之见也"，不过是少见多怪而已。方中通虽然提出了很有见地的"理外之理"，却说不清楚这个"理"到底是什么。这就难怪他在品评"红杏枝头春意闹"的"闹"字、"寺多红叶烧人眼"的"烧"字时，只会着眼于红杏和红叶的浓艳色彩，而对红杏所引起的"喧闹声"和红叶所引起的烧烤炽热的感觉，亦即视觉感受诱发的触觉感受，也仍然体验不透彻，自然更不会作出科学的解释。由于文艺创作的心理和生理活动的规律还有很多未知领域，我们对"红杏枝头春意闹"的认识，也许还有继续探讨的余地。但由李渔挑起的这场现在看来已经是属于低水平的争论，就可以告一段落了。

晏几道（六首）

狂歌醉舞的欢乐与梦后重逢的狂喜

彩袖殷勤捧玉钟，当年拼却醉颜红。

舞低杨柳楼心月，歌尽桃花扇底风。

从别后，忆相逢，几回魂梦与君同。

今宵剩把银釭照，犹恐相逢是梦中。

——《鹧鸪天·彩袖殷勤捧玉钟》

人的一生总要有所追求，工人想出好产品，农民想多打粮食，文人想著书立说。那么，北宋宰相晏殊的小儿子晏几道，想做什么呢？老晏死后，家道中落，但其门生故旧多居高位，只要小晏放下架子，登门求助，他的仕途还是会畅达的。小晏却偏偏不肯低头，不愿求人。才华无法施展，精神无处寄托，只能在秦楼楚馆、家养歌妓中寻求安慰。他不是鄙俗的嫖客，而是高雅的贵公子，乐意把自己的一腔热情、一颗爱心奉献给红颜知己，在她们那里追寻真性情、真感情。他敢于表现自己的真面貌，敢于表达自己的真感情。我想他的前身应该是五代南唐的李煜，他的后身应该是《红楼梦》中的贾宝玉。

"彩袖殷勤捧玉钟，当年拼却醉颜红。"词一开始，小晏就情不自禁地推出当年的欢乐场面，一位穿着华丽服装的美女，双手捧着玉石酒杯盛着的美酒，热情周到地劝我饮酒，温柔体贴地伺候我饮酒。"彩袖"指人美；"玉钟"指酒美；"殷勤""捧"指情美；还有字面上无法兼顾的宴席的音乐美。面对此人、此酒、此乐、此情，小晏幸福极了，快乐极了，沉浸在美的环境里、爱的怀抱里，觉得世上没有什么比这更美好更幸福了。他表示要"拚却"——拼掉，也就是连同富贵功名甚至个人生命都豁出去了，一杯一杯复一杯地痛饮美酒，喝他一个酩酊大醉，满脸通红，才不辜负美女的殷勤款待。女方是"殷勤"，小晏是"拚却"，写出了双方的柔情蜜意和热烈执着。醇酒、美女、深情，这是小晏的精神寄托，解除苦闷的途径，生存的价值所在。一个厌恶功名富贵而又不知稼穑之艰难的落拓公子，其生活内容也只能如此。在当时历史条件下，只要不是醉生梦死的行尸走肉，不是玩弄女性的流氓浪子，这种生活方式就是可以理解的。

"舞低杨柳楼心月，歌尽桃花扇底风。"小晏在酒宴上被美女灌醉了。醉眼蒙眬、精神恍惚中的歌舞会是什么状况呢？有学者解释这两句说："歌女们在杨柳围绕的高楼中翩翩起舞，在摇动绘有桃花的团扇时缓缓而歌，直到月落风定"（《唐宋词鉴赏辞典》）。歌舞到"月落"是不错的，歌舞到"风定"就不通了，难道歌舞是在风中进行的么？又有学者解释"歌尽桃花扇底风"是"他们在桃花盛开的日子，她拿着扇子，清歌数曲，让桃花洒满了一地"（《唐宋词鉴赏辞典》）。按照此说，酒宴不是在室内，而且在"桃花盛开"的花园里举行的；桃花不是画在扇子上，而是开在树上的；歌女用的扇子大得出奇，扇出的风大得惊人，能把满园的桃花都扇落了一地！我的解释是，"舞"字名词作主语；"低"字，形容词作谓语，作用于"杨柳""楼心"和"月"。"舞低杨柳楼心月"朗读时把重音放在"低"字上，有一种力量冲击着"杨柳""楼心"和"月"，因而既可以像通常那样，理解为跳舞跳到月亮从杨柳围绕着的高楼背后低落下去，直到月亮西沉，表明舞的时间很长；也可以理解为在醉意蒙眬、精神恍惚中，只觉得天旋地转，人与杨柳、高楼、月亮一同旋转，就像电影的旋转镜头，收到"天地为之久低昂"（杜甫《观公孙大娘弟子舞剑器行》）的诗中所无、理中所有的效果。这是中国汉语言文学的奇妙之处，巧妙的词语组合会使人获得意外的感受。"歌尽桃花扇底风"也一样。"尽"字，形容词作谓语，读起来更有力量。"风"字不是自然风，也不是扇子扇出来的风，而是指歌女唱歌时呼出的气流。歌女用扇子遮住半个脸，气流是从扇子底下呼出来的。此句的表层意思是歌女尽情地歌唱，直唱到无力再唱时为止。由于歌女歌唱时摇动着作为道具的桃花扇，醉意蒙眬的人会产生一种幻觉，好像扇子上的桃花随着歌女的歌声飘飘扬扬，歌曲唱完了，桃花也飘完了。歌女美得像桃花，歌声也美得像桃花。在这场歌舞酒宴上，小晏享尽了人美、酒美、情美、舞美、歌美，简直欢乐到疯狂的程度。舞蹈不断旋转的错觉，歌声如桃花飞扬的幻觉，正是他如醉如痴狂态心理的印象。古代诗词中"狂歌""醉舞"字句很多，如"醉舞两回迎劝酒，狂歌一曲会娱身"（唐·郑据《七老会诗》），但狂歌醉舞会有什么具体形象的感受，会出现什么错觉、幻觉，大概只有"舞低杨柳楼心月，歌尽桃花扇底风"写尽了，写绝了。

"从别后，忆相逢，几回魂梦与君同。"这三句是由当年欢乐转换为今日相逢的过渡句。这个过渡过程漫长而又十分痛苦，从分别的那一天起，就开始想着盼着何日再相逢了。如何"忆相逢"？各种痛苦一言难尽，用两个短句"从别后，忆相逢"加以概括，而把"忆相逢"的结果——"几回魂梦与君同"加以突出。小晏对当年给他带来无比欣慰、无比欢乐的女子印象十分深刻，爱得十分深沉，别后不知道梦见过多少次。他与那位女子彼此相亲相爱，心心相印，所以双方都有同感、同梦，在多次的梦中互诉衷情。有学者认为"与君同"是

"与她在一起"。这个"与君同"的"同"字含义丰富，不是简单的"在一起"，而是"凄凉别后两应同"（清·纳兰性德《虞美人·曲阑深处重相见》）的同感同梦。忆之深长，梦必频繁。梦境中会有短暂的欢乐，随之而来的则是梦醒后的空虚失落，正如他自己所说"睡里消魂无说处，觉来惆怅消魂误"（《蝶恋花·梦入江南烟水路》）。在漫长的离别岁月中，如此反复折磨，双方经受的痛苦便会日益沉重。"从别后，忆相逢，几回梦魂与君同"，三、三、七句式，读起来长短相间，跌宕有致，表现了心潮起伏不定、动荡不安的情感状态，明白如话，却耐人寻味。

"今宵剩把银釭照，犹恐相逢是梦中。"天天盼，夜夜盼，终于在今晚真的相逢了！常言新婚不如久别，难得的相逢本应把积蓄已久的爱的激情喷发出来，热烈地相亲相偎，但因小晏经受了多次梦后空虚失落，形成一种对梦境既向往又恐惧的心理，今晚的相逢是梦是真，一时难以确定。他举着银灯，对着女子，左看右看，前看后看，看了一遍又一遍，仍然处于梦幻之中，仍然担心是梦中相逢。"犹恐相逢是梦中"的"恐"字，说尽了小晏多次做梦、多次失望之后形成的担心，说尽了小晏对梦境与现实失去了判断力，也说尽了小晏对今晚终于相逢的惊喜与疑虑。当小晏举着银灯反复审视之后，紧接着便是释疑为真、豁然开朗的狂喜："今夕何夕，见此良人？子兮子兮，如此良人何"（《诗·唐风·绸缪》）！真是你呀，真是你呀！我该把你怎么亲怎么爱才是呀！这个场面词中没有表现，但完全可以合理推想。"今宵剩把银釭照，犹恐相逢是梦中"是全词最动人之处，成为千古名句。唐代写久别重逢的诗句有戴叔伦的"还作江南会，翻疑梦里逢"（《江乡故人偶集客舍》），司空曙的"乍见翻疑梦，相悲各问年"（《云阳馆与韩绅宿别》），都着眼于"疑"字，不如"恐"字更深挚、更动心，因为"恐"中包含着"疑"，先疑惑而后恐惧。如果只是疑惑，没有恐惧，那就无从表现对多次在梦境中与女方得而复失的担心了。

不少学者指出"今宵剩把银釭照，犹恐相逢是梦中"来源于杜甫的"夜阑更秉烛，相对如梦寐"（《羌村三首·其一》），固然不错，但老杜诗仍然着重表现战乱久别后如梦如幻的疑虑，小晏词则是唯恐是梦，并且多次秉烛照看，动作和表情逼真，情感抒发不留余地，这正是小晏公子的性格特色。

全词层次分明，结构严密。当年欢乐一层，别后相思一层，相逢疑惧一层。三层铺垫，蕴含着疑惧消失之后的极大欢乐。在各个层次之间，将当年欢乐与别后相思对比，别后相思与相逢疑惧对比，以及当年的狂欢与疑惧消失之后的狂喜前后照应，组成一个完美的艺术结构。在层次递进、对比照应中，男女双方的爱情经受了岁月的考验，得到了更高的升华。

梦魂的自由追寻

小令尊前见玉箫，银灯一曲太妖娆。

歌中醉倒谁能恨？唱罢归来酒未消。

春悄悄，夜迢迢，碧云天共楚宫遥。

梦魂惯得无拘检，又踏杨花过谢桥。

——《鹧鸪天·小令尊前见玉箫》

"小令尊前见玉箫，银灯一曲太妖娆。"在一次夜宴上，晏几道听见有歌女在唱小曲，很好听。他定睛一看，那歌女长得很美，有人告他她叫玉箫。玉箫，玉石做的箫，名字也很美。在小晏看来，灯光照耀下唱歌的玉箫太妖娆了，妖娆是容貌娇艳、表情妩媚、仪态婀娜、妆饰华丽等等女性美的综合，体现出来的不只是外形美，更是一种精神气质的美。"看红装素裹，分外妖娆"（毛泽东《沁园春·咏雪》），无论浓妆淡抹都是很美的。玉箫的美貌在灯光照耀下朦朦胧胧，而朦胧美正如水中月、镜中花很容易引起遐想，把本来就很美的玉箫想象得更加完美动人。"灯月之下看佳人，比白日更胜十倍"（《封神演义》二十六回），"仿佛兮若轻云之蔽月，飘摇兮若流风之回雪"（曹植《洛神赋》）。《鹧鸪天》中"今宵剩把银釭照"是把灯光凑到脸边仔细关照，这里的"银灯一曲太妖娆"是玉箫与灯光保持一定的距离，灯光如果太近，照得毫发毕现，那就没有想象的余地了。自然美、人物美能够使人通过想象，进行美的补充完善，完成美的再创造才是最美的，玉箫便是如此。小晏为什么会这样激动地赞美玉箫说"太妖娆"了，原因就在这里。另外，这里的"妖娆"一词还有性感意味，"花想仪容柳想腰，融融曳曳一团娇，绮罗丛里最妖娆"（南宋·向子諲《浣溪沙·花想仪容柳想腰》），"玉楼初见念奴娇，无处不妖娆。眼传蜜意，樽前烛外，怎不魂消"（北宋·赵长卿《眼儿媚·玉楼初见念奴娇》）。由审美而诱发性感是正常现象，并不唐突小晏。

"歌中醉倒谁能恨？唱罢归来酒未消。"小晏一面听玉箫唱小曲，一面饮美酒，越听越想听，越喝越想喝。美妙的歌声、美丽的容颜融入醇厚的酒香中，一杯一杯复一杯，刺激着小晏的听觉、视觉和味觉，使他心醉神迷，失去自控能力，以致酩酊大醉，东倒西歪。醉倒在众人面前是一种失态行为，然而小晏并不在意，反而用诘问语气说"谁能恨？"坚定地表示他决不会因为在众人面前出丑而有所悔恨。言外之意是为了对玉箫的爱，他甘愿付出一切，即使牺牲自己的生命也在所不惜！这种用生命去追求爱情的决心，在下片的文字中会看得更清楚。宴会散了，歌声停了，玉箫走了，小晏对玉箫的热爱就像香味醇厚的美酒一般久久不能消散，他决定要去追寻玉箫了。

"春悄悄，夜迢迢，碧云天共楚宫遥。"先说这个"楚宫"。楚王宫一说在湖北江陵，一说在四川巫山，总之是春秋时楚国的宫殿，原是美女云集的地方，"忆昔楚王宫，玉楼妆粉红。纤腰弄明月，长袖舞春风"（唐·刘希夷《春女行》）。这里用了"楚宫"一词，可以据此推测玉箫显然是被某个权贵人家收买走了，这就更加激起了小晏的追寻欲望。春夜悄悄，无人干扰；长夜漫漫，正好远行。青天广阔无际，楚宫远在天边，千里万里也阻挡不住小晏追寻玉箫的步伐。"往事已成空，梦魂飞不到、楚王宫"（南宋·陈亮《小重山·碧幕霞绡一缕红》），而小晏对玉箫的爱则是实实在在的。楚宫无论多么遥远，戒备无论多么森严，小晏都会义无反顾地去追寻。白天不便追寻，那就夜里追寻；醒时不能追寻，那就梦里追寻；生前追寻不到，死后也要追寻。小晏对玉箫的追寻就是这样痴迷，这样执着，这样锲而不舍。他的执着精神不是常说的死而后已，而是死而不已。于是便出现了这样一幅梦幻式的画面——"梦魂惯得无拘检，又踏杨花过谢桥"。这是历来被人激赏的名句。它好在哪里？一是精神的高度自由。世上万事万物的自由度都会受到主观和客观两方面的限制，即使是人类的精神生活、心灵活动也不会是绝对自由。唐代诗人顾况虽然说过"梦魂无重阻，离忧罔古今"（《游子吟》），但因专制政治和道德规范的压制，以及交通和通信不便的限制，人们普遍感到连精神生活也不得自由，"天长路远魂飞苦，梦魂不到关山难"（李白《长相思》），"想美人兮云一端，梦魂悠悠关山难"（唐·韩偓《寄远·在岐日作》），"梦魂割断幽明路，死别生离欲见难"（明·于谦《悼内十一首·其九》），说的就是这种情况。小晏的可贵之处，在于他的灵魂不受"拘检"，而且是一贯地不受"拘检"。他要冲破政治的、社会的、伦理的、自然的一切束缚，实现灵魂的自由飞翔、精神生活的高度自由！在追求爱情的道路上，没有任何力量能阻挡他的前进步伐。二是梦境的诡异氛围。先说"谢桥"，意为经过一座小桥，通往谢秋娘的住宅，借指玉箫的居所。谢秋娘原是唐代宰相李德裕的家妓，这种风尘女子和玉箫一样大多是权贵人家的玩物，不可能得到真正爱情的抚慰。唐人笔下的谢秋娘多是孤苦悲哀的形象，"孤灯照壁背窗纱，小楼高阁谢娘家"（韦庄《浣溪沙·惆怅梦余山月斜》），"谢娘惆怅倚兰桡，泪流玉箸千条"（温庭筠《河渎神·孤灯对寒潮》），再说"杨花"，杨花即柳絮。农历二三月杨花飘落，漫天飞舞，"新年鸟声千种啭，二月杨花满路飞"（北朝·庾信《春赋》），"行人莫上长堤望，风起杨花愁杀人"（唐·李益《汴河曲》）。杨花颜色纯白，象征品格纯洁，"全似秋空白云，不应日堕红尘"（北宋·李鹰《杨花词》），"一丝不染湖光白，万点能回山色青"（南宋·华岳《杨花》）等等，总之杨花是纯洁、自由、美好的象征。唐人张泌有一首《寄人》写梦中访问谢秋娘："别梦依依到谢家，小廊回合曲阑斜。多情只有春庭月，犹为离人照落花。"访问的结果是不见谢娘，满怀惆怅。小晏梦寻秋娘则与此大不相同，他是"又踏杨花过谢桥"，"又"字表现出他去过很多次了。谢娘不论在不在家，无论是死是活，他都会一次又一次地前往追寻。这种执着不懈的追求精神，是极为罕见的。不仅如此，"又踏杨花过谢桥"的引人遐想之处，在于梦境氛围的不同寻常。我们可以闭住眼睛这样设想：夜间天色昏暗，在幽深的空间背景上隐约可见杨花如同小小幽灵在飘飘洒洒。近处杨花飘落满地，一片雪白。四周寂静，悄无声息。忽然一个身穿白色或黑色宽袖长袍的背影（宋代人服装为白色或黑色）飘入画面，踏着铺满杨花的小路，急匆匆地走向河边小桥，又脚不停步，跨过小桥，隐没在杨花飘洒的夜色中。这个梦境的氛围相当诡异，甚至有几分恐怖色彩。在小晏的潜意识中，爱情没有生死之别，生前能追寻，死后也能追寻。暮春时节，百花凋零，只有杨花漫天飘洒。小晏头上杨花飞舞，脚下杨花满地，洁白的杨花陪伴他纯真的灵魂，去追寻被禁锢在楚宫里的玉箫——他心中的爱神。

明月曾照彩云归

梦后楼台高锁，酒醒帘幕低垂。去
年春恨却来时。落花人独立，微雨燕双
飞。　记得小蘋初见，两重心字罗衣。
琵琶弦上说相思。当时明月在，曾照彩
云归。

——《临江仙·梦后楼台高锁》

晏几道有一位情人叫小蘋。这首词就是写小晏与小蘋初次相见时
相知相亲的愉悦心情和分别之后杳无音信的惆怅情绪。

"梦后楼台高锁，酒醒帘幕低垂。去年春恨却来时。"小晏与小
蘋分别之后，时常或梦中相遇，或借酒浇愁，然而每一次梦后，每一
次酒醒，面对的却都是"楼台高锁"，繁华落空；帘幕低垂，寂无一人。
不少学者引用康有为对这两句的评价说"纯是华严境界"（转引自梁
令娴《艺蘅馆词选》）。何谓"华严境界"？简单地说就是"空虚清静"。
佛家的"空虚清静"既指客观世界，也指主观世界，离开人的主观感觉，
便无所"空虚清静"。从表面上看，这两句写人去楼空，小蘋当年居
住的环境确实"空虚清静"，但小晏的内心世界却一点也不"空虚清
净"。"去年春恨却来时"，每年春天，小晏或回忆当年，或故地重
游，都会因为不见小蘋，心头涌起深深的遗憾。往年如此，今年还是
如此，年年都是如此，一年比一年遗憾更加深重，可谓境空而心不空，

境静而心不静。小晏说过他经历过的"悲欢离合之事，如幻如电，如昨梦前尘，但能掩卷怃然，感光阴之易逝，叹境缘之无实"（《小山词·自序》），也多次写过"两鬓可怜青，只为相思老"（《生查子·关山魂梦长》），"衣上酒痕诗里字，点点行行、总是凄凉意"（《蝶恋花·醉别西楼醒不记》）之类的诗词，可见他并没有因为"光阴之易逝""境缘之无实"而释然于怀，进入"华严境界"，反倒更加怀念曾经的美好岁月和温馨情缘。小晏虽然生平坎坷冷落，深知世态炎凉，却并未看破红尘。他不像现在的弘一法师李叔同那样冷酷无情地把长跪不起的结发妻子拒之门外，而是对自己的所爱，即使如萍水相逢的小蘋之类的烟花女子也一见钟情，终生不忘，其情其爱，历久弥新。

"落花人独立，微雨燕双飞。"这两句有学者解为"花前独立的人，微雨双飞的燕，仿佛都已融入时空，把各自的惆怅与欢乐化为永恒，永远留在人间，没有尽时"（《宋词鉴赏辞典》）。此解甚玄，不明其意。另有学者解为"象征着芳春过尽，美好的事物即将消逝，有着至情至性的词人，怎能不黯然神伤？燕子双飞，反衬愁人独立，因而引起了绵长的春恨"（《唐宋词鉴赏辞典》）。此解甚是，但仍有可补充者。此二句承接上文"春恨"而来，由直抒胸臆的抒情方式，转换为用两幅画面表现"春恨"的内容。"落花人独立"除了"春欲暮，满地落花红带雨"（韦庄《归国谣·春欲暮》）这种"美好的事物即将消逝"的感叹之外，主要是表现人去楼空的伤感，即所谓"满地落花春寂寂，断肠芳草碧"（韦庄《谒金门·空相忆》），"忆高阳，人散后，落花流水仍依旧"（北宋·王雱《倦寻芳慢·露晞向晓》）的物是人非之慨。"独立"二字值得寻味，当下独立，往年与小蘋携手花下时并不独立，所以"落花人独立"既是自感孤独，更是怀念小蘋。"微雨燕双飞"虽然是"反衬愁人独立",即所谓"双燕复双燕,双飞令人羡。……双燕难再得,伤我寸心中"(李白《双燕离》),但在双燕轻快优美的飞行姿态中,寓有对当年与小蘋形影不离的美好回忆。总之"落花人独立,微雨燕双飞"与其父晏殊的名作《浣溪沙》有相似之处,既有"无可奈何花落去"的伤感,又有"似曾相识燕归来"的回忆,这样就很自然地引出下片小蘋翩然而来。

"记得小蘋初见,两重心字罗衣。琵琶弦上说相思。"小晏的朋友沈廉叔、陈君宠家有歌女名莲、鸿、蘋、云等人,她们对小晏的才情风流应当早有耳闻;小晏对她们的才貌风韵也应当早有所知,但只是相知,并未相识。当小晏第一次见到小蘋时,印象十分深刻,心情十分兴奋,以至事后多年仍然记忆犹新。这就是所谓"第一印象",而美好的第一印象必然会产生"一见钟情"的效果。何以如此?因为通过传说耳闻,小晏对小蘋的美好想象日积月累,不断完善,在头脑中形成了一个完美的形象。一旦相见,眼前的小蘋与心中的小蘋便立刻契合无间,并且更加完美,因而怦然心动。我们吟诵"记得小蘋初见",自然会在平稳沉着的语气中,体味到一种兴奋与甜蜜。小晏笔下的小蘋是非常美丽动人的,"小蘋若解愁春暮,一笑留春春也住"(《木兰花·小蘋若解愁春暮》小蘋,一作小颦),"小蘋微笑尽妖娆,浅注轻匀长淡净"(《玉楼春·琼酥酒面风吹醒》)。这些词语是小晏与小蘋相见之后写的,可见小蘋与一般风尘女子不同,而是一个天真活泼、性格爽朗、时常笑声朗朗的女子,又是一个喜欢明净淡妆、不事浓妆艳抹的女子。这种女子的文化修养、精神气质,必然是纯正高雅的。因此,小晏没有描绘小蘋的外貌美,而只突出了她的气质美。你看,小蘋出场了。她不用语言表达爱意,而是用宋代时行的衣饰"两重心字"表示，表面上似乎不是专对小晏，实则是对小晏情有专注。这种表达爱意的方式显示出小蘋超凡脱俗的高雅气质，既符合她的少女身份，又含而不露，落落大方，这样的女子怎能不令人一见钟情，终生难忘。小蘋展示了"两重心字"之后，又恐小晏未能领会，便又操起琵琶，通过乐声进一步向小晏表达早已存在的相思之情。为什么要用琵琶呢？"含情欲语独无处，传与琵琶心自知"（王安石《明妃曲二首·其二》），女性腼腆，羞于用语言表达；"情知言语难传恨，不似琵琶道得真"（陆游《鹧鸪天·薛公肃家席上作》），语言有时辞不达意，难以表达幽微深曲的情感状态，而音乐则是人类情感最直接、最形象、最深入、最动人的表达。"转轴拨弦三两声，未见曲调先有情"（白居易《琵琶行》），优美乐曲的第一组音符就能抓住人心，譬如马思聪演奏《思乡曲》，第一弓子下去就能使听众的心头涌上浓浓的乡愁。"琵琶弦上说相思"的"说"字值得玩味。"低眉信手续续弹，说尽心中无限事"，琵琶旋律像人在诉说一般，尽情吐露不便直说的真情蜜意。琵琶声就像男女青年说私房话，亲密柔和，令人沉醉。综上所述，小蘋具有如此含蓄蕴藉的精神气质，如此纯洁无瑕的真情实意，又有如此高超娴熟的琵琶技艺，小晏与她首次相处时，怎能不如醉如痴、如梦如幻？然而，梦醒之后又是一种什么情景呢？

"当时明月在，曾照彩云归。"小晏与小蘋在琵琶弦上完成了相见、相识、相知、相爱的过程，月升高空时只得告辞了。在醉意朦胧、神情恍惚中，小晏似乎看见小蘋化作一朵五色彩云，趁着月光飘然远去。这里的"明月""彩云"两个意象，是一种内涵丰富的美好象征。"海上生明月，天涯共此时"（唐·张九龄《望月怀远》），一轮明月照耀着大地，照耀着小晏和小蘋的心灵，光明磊落，皎洁如月。"离人无语月无声，明月有光人有情"（唐·李冶《明月夜留别》），当时的明月见证了小晏和小蘋相见的过程，对他们的爱情由衷赞赏，对他们的分别心怀同情。它的出现会使天地山川、日月星辰更加光辉灿烂，繁花似锦；它又是非常脆弱的，应当倍加爱惜。"彩云"意象集众美于一身，是一切美好事物的象征。小晏以彩云比小蘋，把她美化了，神化了。"当时明月在，曾照彩云归"，归向何处？彩云回归蓝天白云，回归仙乡月宫，与日月同在，与天地共存。在这里，小晏虽有彩云一去不复返的遗憾，却没有"秋风吹彩云，梦断惊难续"（南宋·周紫芝《生查子·清歌忆去年》）的震惊，更多的是对小蘋永恒存在的欣慰。真正的爱情是纯洁的、美好的，应当得到欣赏、抚慰和呵护，而不仅仅是占有。我们吟诵"当时明月在，曾照彩云归"，在沉吟徘徊的语调中只会对远去的彩云寄予向往和祝福，绝对没有"彩云一去无消息，潘岳多情欲白头"（唐·鱼玄机《和新及第悼亡诗》）的哀伤。全词写梦醒后对小蘋的追忆，结局虽然是彩云远去，而与小蘋相见、相识、相知、相爱的过程则是温馨美好、刻骨铭心的。它给我们的启示是，人生旅途中的爱情生活重在过程，而不是结局。我爱过了，也被爱了，这就够了。

马鸣萧萧认旧踪

秋千院落重帘暮，彩笔闲来题绣户。墙头丹杏雨余花，门外绿杨风后絮。　　朝云信断知何处？应作襄王春梦去。紫骝认得旧游踪，嘶过画桥东畔路。

——《木兰花·秋千院落重帘暮》

"秋千院落重帘暮，彩笔闲来题绣户。"秋千这种民间游戏，始于上古，见于春秋，盛于唐宋。玩秋千游戏以女性最多，它能表现女性的勇敢、矫健、灵动和飘逸。幼时观赏村姑打秋千，上下翻飞，高度竟能与秋千横杆取齐，惊心动魄；脑后长辫末梢上的红色丝穗随风飘扬，煞是好看。苏轼曾经路过一座院子，窥视院内女子打秋千，被发现遭到耻笑，写下了著名的《蝶恋花·春景》："墙里秋千墙外道，墙外行人，墙里佳人笑。笑渐不闻声渐悄，多情却被无情恼。"小晏更进一步，他时常在庭院中就近观赏美丽的女子打秋千，眼见女子站在秋千下思念远方的丈夫，"柳下笙歌庭院，花间姊妹秋千"（《破阵子·柳下笙歌庭院》），"无处说相思，背面秋千下"（《生查子·金鞭美少年》）。小晏对秋千庭院的欢乐时光记忆深刻，多年后故地重游，首先写道"秋千庭院重帘暮"，空荡荡的院子只剩下一架秋千，当年打秋千的人都不见了，厚厚的门帘低垂，室内空无一人，暮色昏暗，心情也黯淡空虚。当年我曾在这间华美的居室里，精神悠闲自在，给佳人写下许多优美温情的诗句，如今也荡然无存，室内室外没有留下一点痕迹，怎能不使人黯然神伤！有学者认为"彩笔闲来题绣户"是佳人当年题诗（《唐宋词鉴赏辞典》），恐与词意不符。古代诗文中"彩笔"常用以表现男性的写作才华，用于女性者极少。小晏在秋千院落徘徊，忽然想到佳人在绣户内题诗的镜头，于情于理都太突兀。全词八句，七句明写对朝云的回忆，朝云并不露面，突然插进一句"朝云绣户题诗句"，破坏了词意的连贯性，殊不可解。文人习惯于为佳人题诗，如李商隐的"我是梦中传彩笔，欲书花叶寄朝云"（《牡丹》），北宋李龙高的"翩翩彩笔赋梅花，只忆朝云不忆家"（《苏词·翩翩彩笔赋梅花》），而佳人为文人题诗则十分少见。小晏曾多次给"莲、鸿、蘋、云"等人题诗，如他的一首《破阵子》下片写道："柳下笙歌庭院，花间姊妹秋千。记得春楼当日事，写向红窗夜月前。凭谁寄小莲？"据此可以印证"彩笔闲来题绣户"是小晏回忆当年曾为朝云题诗，而不是相反。小晏词中写到"莲、鸿、蘋、云"等人时，也没有提到她们有诗赋才情。

"墙头丹杏雨余花，门外绿杨风后絮。"清人黄蓼园指出这首《木兰花》的"首二句别后想其院宇深沉，门阑紧闭。接言墙内之人，如雨余之花；门外行踪，如风后之絮"（《蓼园词选》）。这些话等于白说，因为凡有阅读能力的人都会知道全词的大意。再者，首句"秋千院落重帘暮"就点明了小晏是在院中、室内重游故地，怎么会是"门外行踪"呢？小晏词的结构跳跃性不大，这首词的结构顺序是小晏先在院中和室内重游，然后走出门外，但见红杏、绿杨被风雨吹打得只剩下稀稀落落的一些残片败絮。杏花鲜艳娇嫩，红白相间，色彩淡雅，比桃李开放较早，在百花尚未盛开的时节，它似乎急于向人们显示它的秀丽俊俏，从而得到人们的普遍喜爱，"独照影时临水畔，最含情处出墙头"（唐·吴融《杏花》），"春色满园关不住，一支红杏出墙来"（南宋·叶绍翁《游园不值》），表现了杏花的逗人情韵。多风多雨的暮春天气，杏花纷纷飘落，也是洋溢着灵动飘逸之美的美好景象。柳絮则是春天另一种美景，"满眼游丝兼落絮，红杏开时，一霎清明雨"（冯延巳《鹊踏枝·清明》），"梨花淡白柳深青，柳絮飞时花满城"（苏轼《东栏梨花》），漫天飞絮、满城红花，构成了动态与静态共存、色彩对比鲜明的盛春景象。小晏对此曾有描绘："白纻春衫杨柳鞭，碧蹄骄马杏花鞯，落英飞絮冶游天"（《浣溪沙·白纻春衫杨柳鞭》）。杨柳吐丝、红杏开放是美丽的，落英缤纷、飞絮飘扬，也是美丽的。春天如此美好，然而时光短暂，好景不长，小晏如今面对的却是"花褪雨，絮沾泥……人归春也归"（南宋·马子严《阮郎归·西湖春暮》），红杏凋残了，柳絮成泥了，朝云不见了，曾经与朝云相处的欢乐时光如同明媚的春天消失了。春天能给人间带来温暖和煦和勃勃生机，使人类的生存状态充满娱悦和希望。小晏把朝云比作春天，而春天的消失会给他造成精神上的强烈冲击。

"朝云信断知何处？应作襄王春梦去。"下片紧接上片，一开始就急切地呼唤：朝云呀，多日听不到你的消息，你在哪里呀！这一声发自肺腑的呼唤表现了小晏对朝云的深深怀念和急于相见的渴望。朝云没有回答，仍然杳无信息。小晏想来想去，朝云该是陪着楚襄王作春梦去了。据小晏的《小山词·自序》称，其友沈廉叔下世、陈君宠卧病之后，"莲、鸿、蘋、云"等人"俱流传于人间"，不知去向。这几位歌女身为下贱，只能流到各地的富贵人家。楚襄王即指权势之家。

小晏对这些以歌舞美色供人玩乐的风尘女子毫不轻视，反而打听她们的去处，关怀她们的命运，这是令人特别感动的。一个文人的道德品质是否高尚，心灵世界是否纯洁，要看他对社会最下层的歌妓舞女的生存状态是否同情、关怀，以至于对她们产生爱慕之情。文人们对这些命运多舛、心地善良、容貌姣好的女子，多半无力拯救她们于风尘之中，却可以把她们的美好深藏于心灵底层。历代优秀诗人无不对美好的女子表示高度的爱慕与尊重，为她们写下了千古流传的诗篇。

"紫骝认得旧游踪，嘶过画桥东畔路。"正当小晏在朝云门前徘徊踟蹰、不忍离去时，忽然出现了一个意想不到的场面。他的那匹深红色的马长鸣一声，鬃毛张扬，四蹄腾空，向画桥东面奔驰而去。在惊奇的瞬间，小晏立刻明白了那是当年他和朝云携手游览的地方。学者们对这个场面的理解仅限于"马儿有情，何况人乎"（《唐宋词鉴赏辞典》），是远远不够的。我认为这匹马黑尾黑鬃、全身深红、体形健美、精力充沛、情感丰富，是小晏年轻时的化身。红马那一声高亢清亮的嘶鸣声，与"朝云信断知何处"的呼唤声前后呼应，同声共振，显示出小晏对朝云的强烈思念。红马的一声长鸣唱出了小晏的心声，其情绪之振奋、情感之强烈，令人身心震撼。

人间的一切自然美景都是天造地设，一切美女娇娃都是天生丽质，属于天地万物所共有的宝贵财富。红马的长鸣宣告了美女朝云不只属于小晏一人，一切有生命的动物植物都会为她的存在而欢乐，为她的消失而忧愁。美女是天地间最美的存在，她的出现会使百花盛开，她的消失会使万木凋零，"墙头丹杏雨余花，门外绿杨风后絮"是如此，"紫骝认得旧游踪，嘶过画桥东畔路"更是如此。

百折不回的爱情追求

> 梦入江南烟水路，行尽江南，不与
> 离人遇。睡里销魂无说处，觉来惆怅消
> 魂误。　　欲尽此情书尺素，浮雁沉鱼，
> 终了无凭据。却倚缓弦歌别绪，断肠移
> 破秦筝柱。
>
> ——《蝶恋花·梦入江南烟水路》

北宋黄庭坚评价晏几道的词"清壮顿挫，能动摇人心"（《小山集序》），清人周济说"小晏精力尤胜"（《宋四家词选目录序论》）。什么是"清壮"呢？我的理解是，"清"指语言清新明晰，不事雕琢，即清人冯煦所谓小晏词"淡语皆有味，浅语皆有致"（《宋六十一家词选·例言》），语言看似平淡浅显，却耐人寻味，符合思维逻辑。"壮"指情感丰富，精力充沛，即所"小晏精力尤胜"，抒情力度特别强烈。"顿挫"指情感活动的起伏跌宕，抒情节奏转折有力。这种对小晏词风的概括，与小晏词作的实际情况大体相符。下面看看他的这首《蝶恋花》。

"梦入江南烟水路，行尽江南，不与离人遇。"这是思念离人的第一阶段——梦中追寻。首句看似轻轻提起，情绪平稳，实则包含着烟水路的艰难行程。古代的江南水路并不好走，风浪险阻，行舟迟缓，在平常日子里乘舟远行于千里烟水之上，也会感到迷茫孤独，尤其是离人不知在何处，却又千里行舟、苦苦追寻的情况下，茫茫烟水会给

行人的眼前、心头蒙上一层浓重的迷雾，使人感到不知离人何在、前路何往的迷茫与焦虑。当初登舟启程时心存希望，而舟行愈远，希望却愈加渺茫。这一句就隐含着情绪的起伏变化，即所谓顿挫，也就是情感节奏的转折。但是，即使如此，仍然要继续前行，继续追寻，"行尽江南"也在所不辞，语气坚定不移。从"梦入江南烟水路"到"行尽江南"是一个大的顿挫，明显地表现了追寻离人的坚定决心。在"行尽江南"中也有情绪的起伏变化，因为江南水路数千里，行人在追寻的漫长旅途中，有一个希望不断减弱、决心却不断加强、不达目的绝不停止的心理活动过程。心理活动的每一次变化、情绪状态的每一次起伏，都是一次转折，一次顿挫。然而，决心是决心，现实是现实，最后的结果是"不与离人遇"，找遍了江南水乡，仍然不见人影。这是事实上的大转折，也是情绪状态的大转折，表现在抒情节奏上则是巨大的失望所形成的大顿挫，心情颓丧，语气沉重。

"睡里消魂无说处，觉来惆怅销魂误。"这是思念离人的第二阶段——醒后回味。梦醒之后回忆在梦中冒着千里风波，千方百计地寻找离人而不可得，当时就伤心至极，以至于失魂落魄，濒临死亡的边缘，也就是俗话说的"伤心得要死"。小晏对离人视同自己的生命，与离人是血肉相连、心心相印的生命共同体。他的生存价值就在于拥有与自己终年相依为命的知心人，否则便失去了生存的意义，可见小晏对这个心上人爱得多么深沉。一个人伤了身体是痛苦的，伤了心比伤了身更痛苦。伤心话有个倾诉的对象，抒发一下，痛苦可以得到缓解；无处诉说，闷在肚里，纠结翻腾，自然会十分痛苦。"睡里销魂无说处"是"行尽江南，不与离人遇"的感情后果，在抒情进程中是一次顿挫。再具体分析一下，因为追寻离人不得而伤心销魂是一层，满腹伤心话又"无说处"又是一层。两层递进，两次转折，便是两次顿挫。"觉来惆怅销魂误"，梦境是朦胧的，梦中的痛苦因在人的睡眠状态也是朦胧的。梦醒之后，人的全部感觉功能、思维功能完全活跃起来，对在梦中的销魂之痛的感觉会更加敏锐、深刻。朗朗乾坤之下，回想梦中的千里追寻是徒劳的，追寻的结果是空虚的，于是一股怅惘若失的情绪涌上心头。"销魂误"的"销魂"，是指梦醒之后对梦中因追寻离人而不得的"销魂"之痛的咀嚼回味而愈加痛苦。两个"销魂"的痛苦程度不同，前者朦胧，后者清晰，前者较浅，后者深刻。"销魂误"的"误"又指何言？许多学者含糊其词。我认为由于离人远去，追寻不得，至少误了他们花前月下的温馨、比翼双飞的欢乐，总之是为了他们青春年少的美好时光。这两句中从"睡里"至"觉来"是一层，回忆梦中情景而深感"惆怅"是一层，回味梦中的"销魂"而更加痛苦是一层，反复回忆的结果是误了大好时光又是一层。四个层次，四次转折，四个顿挫。

"欲尽此情书尺素，浮雁沉鱼，终了无凭据。"下片转换时空，写梦醒后的行动。梦醒后思索了一阵，仍不甘心。小晏领悟到梦中舟行千里，行遍江南，找不到离人，是正常现象，因为那毕竟是虚幻的梦。现实的办法是修书一封，寄往离人的所在地。但当他满怀希望、急急忙忙写完信之后，却发现书信无法邮寄。古代的邮差是官府公差，不为个人服务。个人书信都是托商人、行人、游客代为送达的，如杜甫说"去凭游客寄，来为附家书"（《得家书》），来往家信都是托游客捎带的；唐人张籍说"洛阳城里见秋风，欲作家书意万重。复恐匆匆说不尽，行人临发又开封"（《秋思》），也是托行人捎信。古代山水阻隔，交通不便，书信往来颇费时日，陆游曾感叹说"写得家书空满纸，流清泪，书回已是明年事"（《渔家傲·寄仲高》）。"浮雁沉鱼"比喻捎信的行人、游客像是飘浮在空中的大雁、深水中的游鱼，来去无准时，很不可靠。他们或因疏忽大意，或因风雨侵袭，或因意外的旅途事故，书信送不到收信人手中，千里投书往往没有结果，"终了无凭据"。清人纳兰性德曾为这种情况伤感地说"笺书直恁无凭据，休说相思"（《落花时·夕阳谁唤下楼梯》）！小晏从"行尽江南，不与离人遇"的失望中挣扎起来给离人修书是一层，书成之后却发现无法邮寄是一层，最后想到书信能寄得出去也未必落到离人手里这又是一层，从而造成了三次转折，三次顿挫。在我看来，"浮雁沉鱼"是小晏的一句托词，事实是他根本没有投递书信的地址。晏殊曾说"欲寄彩笺兼尺素，山长水阔知何处"（《蝶恋花·槛菊愁烟兰泣露》），小晏和他老子的处境是一致的。小晏热爱的"莲、鸿、蘋、云"等歌女先后流落远方，不知去向，如同空中的鸟随风飞翔，随地栖身；如同水中的鱼顺水浮游，不知何处归宿。从这个角度设想，"浮雁沉鱼"不妨理解为那些四处漂游、不由自主的歌女。她们不容易找到，即使找到也难免香消玉殒的悲苦命运，最好的下场也不过是"老大嫁作商人妇"（白居易《琵琶行》）了。

"却倚缓弦歌别绪，断肠移破秦筝柱。"全词描绘追寻离人过程中经受的种种痛苦感受已如前述，就其大略而言，主要是以下三层：梦中追寻离人不得很痛苦，醒后回味梦中的痛苦又加一层痛苦，修书却无法邮寄是第三层痛苦。在痛苦层层累积却无处诉说的情况下，小晏并没有被痛苦所压倒而精神萎靡，沉默不语。他操起秦筝，用音乐宣泄满腔哀伤。我对秦筝这种弹拨乐器所知甚少，仅据古人诗句得知它的音色是很悲伤的，如东晋潘岳："晋野悚而投琴，况齐瑟与秦筝"

（《笙赋》），南朝萧纲："张高弦易断，心伤曲不遒"（《弹筝》），唐人李峤："莫听西秦奏，筝筝有剩哀"（《筝》），岑参："汝不闻秦筝声最苦，五色缠弦十三柱"（《秦筝歌送外甥萧正归京》）。小晏弹奏秦筝的起始阶段，筝弦较松，声音低沉，节奏缓慢，不足表达激越动荡的心声。他把筝弦拧紧，声音提高了仍不尽兴，于是不断地拧紧筝弦，调高音阶。声音高得不能再高了，还要再高，以至把弦柱拧断了，筝弦崩断了，才不得不停止。从小晏弹奏秦筝这个近乎失去理智的动作中，可以推想他的相思之苦多么深刻，心灵的呼唤声多么激昂。他疯狂地弹奏着，高声地呼喊着，全身剧烈地颤抖着，最后筝柱断裂了，肝肠也断裂了。他用全部生命追求爱情，生为爱情而生，死为爱情而死。爱情的波涛汹涌澎湃，在胸中翻滚腾突，动荡不止。这样的情感状态，如同一江春水川流不息，波浪起伏，层层推进，表现在抒情节奏上则是大浪大顿挫，小浪小顿挫。每一次顿挫都会把爱情的波涛推进一步，直至推向高潮。最后筝柱的断裂，如同爱情的堤坝崩溃，滔滔汩汩，不可收拾。我们顺着这首《蝶恋花》的感情流程，细细品味它的情绪起伏、声调高低、节奏强弱，以及一气贯注的抒情气势，可以明显地感觉到小晏身上洋溢着充沛的生命力，为获得爱情而百折不回的追求精神。经历了人生坎坷、世态炎凉之后，小晏认为官场忙碌无聊，世情轻如柳絮，虚名本无凭，爱情实可求，切莫为追求富贵功名销蚀了宝贵的青春年华。现实生活中的红颜知己不可多得，也不能久留，而在醉乡和梦境中为追求爱情承受痛苦也是一种幸福，用一句流行语说："痛且幸福着"。

歌妓舞女的悲苦人生

日日双眉斗画长，行云飞絮共轻狂。
不将心嫁冶游郎！　　溅酒滴残歌扇字，
弄花熏得舞衣香。一春弹泪说凄凉。

——《浣溪沙·日日双眉斗画长》

在解说这首《浣溪沙》之前，先让我们重温一下唐五代民间词《望江南》："莫攀我，攀我太心偏！我是曲江临池柳，者人折了那人攀，恩爱一时间。"用一位妓女的口吻控诉了对嫖客的愤怒与厌恶，对风月生涯的痛苦与无奈，文字简短有力。小晏的《浣溪沙》则以更加简短有力的语调，揭示了歌妓舞女们表面欢乐而内心痛苦的极为矛盾的精神状态，其中蕴含的生活内容和精神活动更为丰富。

"日日双眉斗画长，行云飞絮共轻狂。不将心嫁冶游郎。"歌妓舞女们的生活非常单调，每天起床后的第一件事便是涂脂抹粉，描眉画眼，精心打扮。她们唯一的谋生手段是轻歌曼舞，唯一的生存价值是以颜色事人。眉毛的形状如何是美女的重要标准，唐代女性的眉型即有四十余种之多。宋代以细长的远山眉为美，"人道长眉似远山，山不似长眉好"（北宋·赵长卿《卜算子·春景》）。风月场上的斗争很激烈，为了招揽狎客、取悦老鸨，巩固自己的优势地位，难免与别人争风吃醋，"楚腰知便宠，宫眉正斗强"（李商隐《效徐陵体赠更衣》），必须鼓起争芳斗艳的精神，在容貌、歌喉、舞姿等方面压倒群芳，拔得头筹，才能暂时避免被冷落、抛弃，勉强生活下去。"女为悦己者容"，在一定意义上正是女性价值的自我肯定，是正常夫妻生活和男女情爱的一个重要表现，"妆罢低声问夫婿，画眉深浅入时无"（唐·朱庆余《闺意上张水部》），便是这种生活场景的生动写照。但是，对于以卖笑追欢的歌妓舞女来说，"女为悦己者容"已经异化为"女为辱己者容"了。一个被侮辱被损害的人得不到同情与真爱，还要为对方精心打扮，供其玩弄，这种双重痛苦是难以忍受的。然而，歌妓舞女们没有丝毫自主权利，面对丑恶的现实，仍须强打精神，强装笑脸，去和"行云飞絮共轻狂"。"行云飞絮"是指代男方，还是指代女方？学者们多主张指代女方"像天上的行云那样轻浮，像纷飞的柳絮那样狂荡"（《唐宋词鉴赏辞典》），比喻妓女行为放荡轻浮，可备一说。此类比喻常见，不烦列举。"行云飞絮"并非女性专用词语，用以比喻男性者也不少，如"几日行云何处去，忘却归来，不道春将暮"（冯延巳《鹊踏枝·几日行云何处去》），"便行云都不归来，也合寄将音信"（南宋·陆叡《瑞鹤仙·梅》）。小晏《小山词》写女子思念远人有"流水便随春远，行云终与谁同"（《临江仙·斗草阶前初见》），"浅情终似，行云无定"（《少年游·离多最是》），未见有以"飞絮"喻男性者，唯"飞絮莫无情，闲花应笑人"（《菩萨蛮》）近似。由此可知，这里的"行云飞絮"可以理解为比喻那些行为放荡不羁的狎客。这种人拈花惹草，随用随弃，完全不可信赖，却又必须和他们"共轻狂"——一同轻薄，一同疯狂，你玩弄我，我也玩弄你。全词只写女性，如果把"行云飞絮"仅限于比喻女性，这个"共"字便没有着落、没有对象了。正当酒筵上男女混杂高歌狂舞出现高潮的时候，突然蹦出一个高强度的音符——"不将心嫁冶游郎！"呼喊出了歌妓舞女们的共同心声。我们迫于生计不得不和你们这些浪荡公子花天酒地，醉生梦死，我们的头脑仍然保持清醒；我们的行为轻浮狂荡，我们对人生的思考仍然严肃庄重；我们的身体被玷污了，我们的心灵仍然纯洁高尚；公子少爷们能买到我们的殷勤奉承，却买不到属于我们的心灵。你们享受不到心心相印的真情实意，只配得到同床异梦的虚情假意。这是歌妓舞女们对狎客们的极端蔑视和强烈的精神抗拒。李商隐写过一个年轻女子"见我佯羞频照影，不知身属冶游郎"（《蝶三首·其三》），涉世未深，不辨美丑，糊里糊涂把自己交给了浪荡公子。小晏笔下的歌妓舞女则看透了人间丑恶，声称"不将心嫁冶游郎"，语气强烈，态度坚定。上片三句，到第三句陡然一转，形成一个巨大的顿挫，像一记重拳捶向狎客，在一定程度上显示出底层女性的自主意识和独立人格。

"溅酒滴残歌扇字，弄花熏得舞衣香。一春弹泪说凄凉。"下片承接上片展示"行云飞絮共轻狂"的具体情景，边歌舞，边饮酒，边戏耍，边调情。酒醉之后，步履趔趄，神魂颠倒，手持酒杯，摇摇晃晃，溅起的酒水把扇子上的题字都洇模糊了。"歌尽桃花扇底风"是写狂歌，"溅酒滴残歌扇字"是写狂饮。歌扇是一种歌舞道具，圆形如月，扇面绘画题诗，歌时用以遮唇，笑时用以遮脸，"镂月成歌扇，裁云作舞衣"（唐·李义府《堂堂辞二首·其一》），"犹将歌扇向人遮，水晶山枕象牙床"（李清照《失调名》）。歌扇本是很美丽雅致的器物，歌妓舞女们或以此为歌舞增添风采，或以此显示自己的娇羞妩媚。在这里却被糟蹋得酒水淋漓，字迹漶漫，可见这些男男女女狂歌狂饮到天昏地暗、仪态全失、不成体统、不分你我的地步了。一旦不成体统、不分你我，那就什么丑事也能做得出来。"弄花熏得舞衣香"写闲暇时的游乐。春天百花盛开，万紫千红，歌妓舞女们结队游园，摘下最喜欢的花朵插在发髻上，把自己衬托得更加娇艳迷人。赏花、折花、插花是古代女性习以为常的游戏，"闲引鸳鸯香径里，手挼红杏蕊"（冯延巳《谒金门·风乍起》）。小晏也写过美女折花，"手挼梅蕊寻香径，正是佳期期未定"（《玉楼春·琼酥酒面风吹醒》），"折得疏梅香满袖，暗喜春红依旧"（《清平乐·波纹碧皱》）。这种游戏既是欣赏鲜花，也是欣赏自己。在美女与鲜花的对比中，显示美女比鲜花更胜一筹，肯定自己的生存价值。李清照对女性这种争强好胜的心态十分清楚，她写道："卖花担上，买得一枝春欲放。泪染轻匀，犹带彤霞晓露痕。　　怕郎猜道，奴面不如花面好。云鬓斜簪，徒要教郎比并看"（《减字木兰花·卖花担上》）。花好还是我好？回答肯定是你比花好，这样他们的爱情便会再叠加一层而更加浓烈。歌妓舞女折花、插花固然有自我欣赏的成分，而其实质是便于出售颜值的商品包装。她们借助醉酒狂歌、折花插花的活动，在麻醉迷狂中获得一时的兴奋和安慰，但当"笙歌归院落，灯火下楼台"（白居易《宴散》）之后，忽然发现自己不过是弃置不用的玩乐工具，便备感处境的孤独凄凉。整个春天没有真正的快乐，满腹伤痛只能在同伴之间相互倾诉，泪眼相向。下片也是三句，第三句也是陡然一转，"一春弹泪说凄凉"！形成又一个巨大的顿挫，由繁华热闹跌落到孤独凄凉，心理落差极大，突出了歌妓舞女们的强烈伤痛。她们的处境正如白居易所写"永丰西角荒园里，尽日无人属阿谁"（《杨柳枝词》），钻在一个无人的角落里，独自垂泪，自言自语。在整整一个春天里，她们能得到什么呢？"光景旋消惆怅在，一生赢得是凄凉"（唐·韩偓《五更》），"一生赢得是凄凉，追前事、暗心伤"（柳永《少年游十首·其八》），无论是追忆往事，还是设想未来，她们得到的只会是孤独而又孤独，凄凉而又凄凉。"独自凄凉还自遣，自制离愁"（龚自珍《浪淘沙·写梦》），闺中思妇还可以"自制离愁"，歌妓舞女连离愁都没有，只能在无尽的凄凉中空耗生命！

宋代词人中，柳永和晏几道最理解、同情风尘女子，而小晏对她们的内心矛盾、精神痛苦能够由表及里地挖掘得更加深刻，感同身受，同歌同哭。柳永被后世的妓女们奉为"祖师爷"，每年清明都要举行"吊柳七"的祭祀活动，而小晏身后却无人问津，这是很不公平的！

苏　轼（八首）

苏轼下乡不忘初心

簌簌衣巾落枣花，村南村北响缲车。
牛衣古柳卖黄瓜。　　酒困路长惟欲睡，
日高人渴漫思茶。敲门试问野人家。
——《浣溪沙·簌簌衣巾落枣花》

"簌簌衣巾落枣花，村南村北响缲车。牛衣古柳卖黄瓜。"元丰元年（1078）徐州地区春旱严重，作为徐州长官（知州）的苏轼率众赴石潭乞雨；得雨后又赴石潭向神灵谢雨即还愿，心情自然是很愉快的。归来途中经过一片枣园，正值五六月份枣花凋谢开始结果的时节，满园枣花像雪花一般纷纷飘落在头巾上、衣领上，发出簌簌的声响。"簌簌"是一种低微的声音，一般情况下是听不见的；只有枣园巨大，枣树茂密，环境安静，枣花飘落的声音聚小为大，才能听到一些。由此可知雨后的枣林长势旺盛，丰收在望，其中蕴含着苏轼的喜悦心情。枣花形状细小、颜色淡黄、香味不浓，观赏价值不高，历代只有少数诗人写到枣花，而且多写他们想象中的"枣香"，从未写到人对"枣花"的其他感受。苏轼写枣花，首先突出"簌簌"二字，我认为他在写枣花飘落声音的同时，会想到枣花落在身上的另一种感觉——触觉感受。我家在著名的枣乡，每当枣花飘落的时候，穿行在枣林中，枣花落在头上、脸上、脖子上，皮肤受到轻微刺激，痒痒得很是舒服。枣花的香味也是聚小为多，淡淡的清香使人提神醒脑，与浓香型花种使人陶醉大异其趣。"簌簌"既是听觉感受，又是触觉感受。有学者说枣花飘落"使之衣巾皆满，飒飒如闻其响"（《唐宋词鉴赏辞典》），这是只知其一，不知其二。苏轼谢雨归来没有直回州府，而是沿途深入田野村庄，考察农业生产情况，加之他出身农村，对农村有特殊感情，特地去枣园走一走，才能对枣花有如此细致的观察和体验。果实尚未成熟的枣园很安静，进得村来便热闹了。村南村北一片缫车的吱喳声，妇女们缫丝抽茧十分繁忙，意味着今年衣食无忧了。"欲落枣花蚕断茧，半黄梅子稻移苗"（北宋·王之道《和孙延寿喜雨述怀韵》），在丰收在望喜悦心情的支配下，那平稳单调的缫车声，也显得十分动听，忙着缫丝的妇女想来也十分美丽，否则为什么会把鸣声清亮的虫子称作"络丝娘"呢？苏轼在村中缓步巡视，不经意间发现古老的柳树下，蹲着一位身披蓑衣的农民，面前摆着一堆黄瓜，见苏轼走来，便高声叫卖："卖黄瓜嘞——水灵灵脆生生的黄瓜！"在节奏平稳、声音单调的缫车声中，突然爆出一响高调的卖黄瓜的声音，使人为之精神一振。我不知道苏轼买不买黄瓜，但从画面上看，他没有摆出长官出行前呼后拥的威风，而是以普通行人出现，所以卖瓜人敢在他面前叫卖黄瓜。苏轼则特意关注到这位农民大晴天身披蓑衣，虽然有望丰收，但眼下还是很贫困的。有学者说苏轼"为欲追凉，先寻老柳——却见绿荫覆地，早有著牛衣之卖瓜人占尽清凉福地矣"（《唐宋词鉴赏辞典》），这是一种不懂农村生活、不知民间疾苦、不了解苏轼心情的臆想之辞。

"酒困路长惟欲睡，日高人渴漫思茶。敲门试问野人家。"上片侧重写村野景象，下片侧重写个人感受。谢雨地石潭在徐州城东二十里，往返四十里。北宋官员出行只有宰相级别的能骑"官马"，一般官员不配"官马"，需要骑马的可以出私钱租赁马匹。苏轼的官职无权乘"官马",从同时写的第五首《浣溪沙》中"轻沙走马"一词,可知他曾租用马匹,但在村中行走则是徒步。我想这可能是为了表示对农民的尊重。徒步行走四十里对于四十二岁的苏轼是相当劳顿的。在石潭向神灵谢雨时心情大悦,自然多喝了几杯酒,因而神情恍惚;饮酒过多,路途漫长,使他疲惫不堪,只想好好地睡一大觉。时值中午,红日当空,阳光炽热,因酒困而口干舌燥,干渴难耐,很想痛痛快快地喝几碗茶。"漫思茶"的"漫"字有"放纵"义,"澶漫为乐"(《庄子·马蹄篇》),不少学者忽略了"漫"字的解释。宋代饮茶方式十分讲究,最简便的也有将茶叶研成细末、加少量沸水、调匀茶末、再注入沸水、用茶筹子过滤茶渣等工序。苏轼口渴之极,顾不得这些讲究,有大碗茶喝就很满足了。村野无茶馆,只得向农民求助。苏轼走向一户农家,轻轻地敲了敲柴门,试探性地问:老乡,我是过路人,口渴得很,能不能给一碗茶喝?"试问"有二义,一为请问,表示客气,如"试问壁间题字客,几人不为看花来"(苏轼《又和刘景文韵》);一为试探性地问,表示不敢肯定,如"(张)左甚异之,试问所从来,叟但笑而不答"(唐·牛僧孺《玄怪录·张左》),此处兼有二义。敲敲农户的门为什么如此小心翼翼、谦逊礼貌?一是担心打扰农家的生活安宁,二是担心农家不给茶喝,而最根本的是苏轼没有官架子,他来自农村,对农民有自然的尊重和礼貌。我曾在某国见过一个低级军官吃派饭的情形:战争年代,农民食不果腹,衣不蔽体,那军官身着笔挺的黄呢军装,脚蹬锃亮的黑色皮靴,趾高气扬地进了院子,向女主人咕噜了两句。女主人连连点头,赶忙生火做饭。军官端坐在炕上,面前摆着一张小饭桌。女主人把做好的一碗米饭、一碟酸菜,用托盘举着放在饭桌上。军官吃完,一抹嘴,扬长而去,没有一句道谢的话。

这种军队被打得几乎全军覆没，不是偶然的。

> 麻叶层层苘叶光。谁家煮茧一村香！
> 隔篱娇语络丝娘。　　垂白杖藜抬醉眼，
> 捋青捣䴬软饥肠。问言豆叶几时黄？
>
> ——《浣溪沙·麻叶层层苘叶光》

苏轼走进另一个村庄，但见路旁和荒地上的麻叶层层叠叠，十分茂密；苘麻的叶子经过一场大雨之后更加润湿光泽，长势旺盛。麻的种类很多，主要有苎麻、亚麻、黄麻、红麻、剑麻、蕉麻、苘麻等，不择水土，随地而生，容易种植。它们的共同特点是纤维坚韧细长，可以制成麻布作衣料、麻鞋用，或编织成麻袋、麻绳、渔网等生活器具，有些麻籽还能治病。这些麻类植物只有实用价值，观赏价值不大，一般游人是不会注意的。苏轼关心农业生产和农民生活，旅途中首先关注这些与农民生活有关的野生植物的生长情况。这是村庄的外景。内景如何？一进村便闻到浓烈的香味弥漫全村，甚感惊奇，脱口而出地问道这是谁家在煮蚕茧呢！其实不止一家，而是家家都煮蚕茧。"谁家煮茧一村香！"是惊喜兴奋的语气，并非疑问句。这里要"揭露"苏轼一个小小的秘密。蚕茧一经水煮，由蛋白质组成的蚕茧腺体会散发出一种难闻的怪味，丝毫也不芳香。苏轼把煮茧的怪味写成香味这种"感觉倒错"，我认为不是生理性的，而是心理性的。一对热恋中的青年男女，即使对方有异常的体味，不仅闻不到，甚至会发生"以臭为香"的错觉。大旱之后的大雨促使庄稼生长兴旺，妇女煮茧繁忙，衣食无忧的美好前景即将到来。苏轼对此深感欣慰，非常开心，一时产生嗅觉倒错是不奇怪的；也许他是故意"以臭为香"，美化煮茧劳动，表现自己的喜悦心情和诙谐情趣，亦未可知。"隔篱娇语络丝娘"，

由嗅觉美转为听觉美。闻香之余又听到女子娇柔悦耳的声音，定睛一看，原来是抽拉蚕丝的妇女们，隔着篱笆相互对答煮茧抽丝的情况。隔篱相呼是邻里关系和谐相处、如同家人的表现，"肯与邻翁相对饮，隔篱呼取尽余杯"（杜甫《客至》）。北方人时常隔着低矮的院墙互相问答，递送物品。她们相互关怀，相互交流，相互鼓励，共同争取蚕丝的丰收。煮茧抽丝本是一种繁重的劳动，"辛勤得茧不盈筐，灯下缫丝恨更长。著处不知来处苦，但贪衣上绣鸳鸯"（唐·蒋贻恭《咏蚕》）。苏轼把煮蚕茧的"香味"和缫丝声、妇女对答声相互映衬，在读者感觉上浑然一体，营造出一种祥和、安宁的生活氛围，忙碌中有希望，辛勤中有欢乐，表现了生活真实的一个方面。生活是幸福与痛苦的混合体，至于以何者为主，则因时因地因人而异，不能强求一律。《浣溪沙》中的美好农村生产和生活场景，是大旱之时盼来大雨、大雨之后迎来丰收希望的必然景象。

"垂白杖藜抬醉眼，捋青捣䴵软饥肠。问言豆叶几时黄？"村行中又遇见一位老农拄着一根藜杖，满头白发披散，发觉有人走来，缓缓抬起头来，目光浑浊不清。藜科植物的茎干可作拐杖，质轻而坚，田野间随处可见，是普通农民常用的助行工具，富人是不会用的。白居易被罢官后写道："薜衣换簪组，藜杖代车马"（《兰若寓居》）。目光浑浊、视力模糊是老年人身体机能衰退、眼球玻璃体老化所致，而在农村则多为生活贫困、营养不良、卫生条件不佳造成的眼病。苏轼熟悉农民的生活情况，一见老人先注意他的目光，由此判断他的生活和健康状态。从"捋青捣䴵软饥肠"这句陈述性的话，可知苏轼关切地询问老人粮食够不够吃，能不能接上小麦收割？老人很可能回答说前年大水，今年大旱，颗粒无收，只能把还发青不成熟的麦穗捋下一些，捣碎炒熟，哄一哄饥肠辘辘的肚子。"软饥肠"的"软"字与"餪"相通，"餪"为馈赠，表示对受赠者的关怀、安抚，此处引申为善意的哄骗。老人实言相告，在粮食青黄不接的时候只能这样勉强充饥。"捋青充饥"势必毁坏大片麦穗，造成大量减产，但这是无可奈何的办法。苏轼没有责怪老人这种只顾眼前、不顾将来的短期行为，因为没有眼前哪有将来？他担心田里的麦子吃完以后，又该吃什么呢？便急切地问道："问言豆苗几时黄？"这里的豆子什么时候成熟？麦子吃完了，豆子能不能接上？北方的冬小麦成熟期比豆类作物早两三个月。麦子吃完了，豆子又接不上，这两三个月的空档该怎么过？这是苏轼最焦虑的问题。在这里，苏轼提出了问题，却没有解决问题的措施。我们不能怪他，因为天灾并非人力所能为，只要不饿死人就很幸运了。我想，当苏轼听清楚豆子收获的月份后，他掐算着时间，怀着像他祈雨、谢雨的殷切虔诚的心情，祈祷神灵怜悯徐州百姓，催促秋粮丰收，帮助他们度过灾荒。

> 软草平莎过雨新，轻沙走马路无尘。
> 何时收拾耦耕身？　　日暖桑麻光似泼，
> 风来蒿艾气如薰。使君元是此中人。
>
> ——《浣溪沙·软草平莎过雨新》

"软草平莎过雨新，轻沙走马路无尘。何时收拾耦耕身？"这首《浣溪沙》是五首《浣溪沙》的最后一首，应该是写结束考察后的心情表现。苏轼从石潭谢雨归来，顺路考察了几个村庄的生产和生活情况，结果是一则以喜，一则以忧。喜的是丰收在望，忧的是仍有饥饿现象。今年丰收是肯定的，这是苏轼去石潭祈雨、谢雨，不辞辛苦，往返两趟八十里的成就，他的心情当然是愉快的。饥饿现象尚未彻底消失，他

对此无能为力，只好把它暂时忘却。如何忘却？用他自己的话说就是
"安则物之感我者轻，和则我之应物者顺"（《问养生》）。暂时解
决不了的问题要安下心来，面对现状，等待时机，"穷年忧黎元，叹
息肠内热"（杜甫《自京赴奉先咏怀五百字》），非但无济于事，反
会受无谓的自我折磨；心态平和地对待万事万物，彼此和谐相处，不
要加剧矛盾，积以时日，自然会找到缓和矛盾、消除矛盾的办法。苏
轼能如此理智地对待万事万物，始终保持旷达乐观的生活态度。他在
徐州任上一年多的时间，办了两件大事，一为抗洪救灾，一为抗旱救灾。
这对一个管辖六七个县的州官来说，已经是很大的政绩了，自然会受
到当地民众的爱戴。元丰二年（1079）当他调往湖州时，徐州父老拦
住马头，向他敬酒，给他戴花，"父老何自来？花枝袅长红。洗盏拜
马前，请寿使君公"（苏轼《罢徐州往南京马上走笔寄子由五首·其二》），
记述了欢送他的盛况。由此可知，苏轼这次结束考察、离开村庄的时候，
心情是释然的、轻松的。心情轻松，脚步就轻快了。"软草平莎过雨
新"，新雨过后，路面上快速长起来的青草特别柔软，平铺在路边的
莎草像是厚厚的地毯，走在上面十分舒适惬意。莎草是多年生草本植物，
叶子茂密，铺地平滑，层层叠叠如同房顶上的覆瓦；莎草又名香附子，
有特殊的香味，可治多种疾病。苏轼把这些不起眼的野草写到诗里，
不是随意信手拈来，而是情有所钟，表现了他对一草一木的熟悉和热爱。
"轻沙走马路无尘"，"走马"即跑马，"胡儿走马疾飞鸟，联翩射
落云中声"（唐·贯休《边上作三首·其一》）。大雨过后，尘埃落定，
路面上露出一层薄沙，不泥不滑，田野一片青翠，空气清新湿润，正
好大步行走。但苏轼不满足于此，他还要发一番"少年狂"，像现在
的年轻人一样飙一回车，在平坦的道路上策马奔驰一场。他的兴致如

此之高，不是为了走马章台去寻花问柳，也不是为了走马兰台去官府报到，而是为了抒发热爱田野、热爱农村、热爱自由的豪情逸致。农村是一个广阔的天地，这里没有官场的束缚，没有政敌的排挤，生活朴素安定，人情单纯真诚。他忽而奔驰，忽而徐行，心潮起伏，思考着自己的人生归宿，在官场与田野之间反复选择，最后选定了回归田野，发出了"何时收拾耦耕身"的呼声。他很想和春秋时代的隐士长沮、桀溺那样结伴耕田，隐居不出，然而现实的生活处境却不允许他回归田野，出仕与退隐的矛盾难以解决。他曾说"我本山中人，寒苦盗寸廪"（《监试呈诸试官》），为了吃一口皇粮，从贫寒的山林里走出来，时间长了，还能再回去吗？"何时"者，不知何时也，茫茫无期也。"收拾"意为整治、整顿，苏轼想把被异化的农夫身份整顿一番，收拾起来，恢复他的本来面目，重新回到田野中去。"何时收拾耦耕身"语调急切而又无奈，反映了他的思想矛盾和现实矛盾。

"日暖桑麻光似泼，风来蒿艾气如薰。使君元是此中人。"行走途中苏轼的目光又转向了田野。桑树和麻类植物的叶子阔大，雨水滋润，水分充足，像用水泼洒过一样，在暖洋洋的阳光照耀下，水气粼粼，生机勃勃。有农村生活经验的人也许见过这个场景：大面积的桑田、麻田经雨一淋，再经正午的阳光照射，蒸气上升，叶子上光斑闪烁，笼罩着一层轻轻飘动的雾气，白中泛青，闪闪烁烁，洋溢着一种浓重的生命气息。"风来蒿艾气如薰"，田野上除了视觉享受，还有嗅觉享受，一阵风吹过，蒿艾的香味像薰草的香味那样浓烈。薰草即薰衣草，气味清香，有舒缓情绪和催眠作用。"薰"与"熏"可通用，"熏"有烧烤义。"熏"，《说文》作"醺"，酒醉也。蒿草香味清淡，艾草香味较浓，蒿艾都能驱邪避瘟，治疗多种常见疾病，常言有"菖蒲驱恶迎喜庆，艾叶辟邪保平安"。蒿艾可作禽畜的肥美饲料，白蒿又可供人食用，清香爽口。农历三四月份是大面积蒿艾生长旺期，香味随风飘散，扑鼻而来，令人陶醉。有学者认为"'光似泼'是实笔，'气如薰'是虚写，一'光'、一'气'，虚实相间"（《唐宋词鉴赏辞典》）。从农村出来的一看就知道这两句全是田野实景实物和作者的真实感受，哪是什么"虚实相间"？苏轼不善饮酒，他说"我本畏酒人，临觞未尝诉"（《叔弼云履常不饮故不作诗劝履常饮》），又说"饮酒终日，不过五合"（《书东皋子传后》），五合也就是现在的三百毫升，而且是宋代的低度酒；"我虽不解饮，把盏欢意足"（《与临安令宗人同年剧饮》），在宴会上拿着酒杯，也只是凑个热闹。苏轼闻见蒿艾的香味竟然产生醉意，固然是蒿艾香味浓厚所致，但与他的心理作用有直接关系。他深爱这片土地，深爱农村父老，深爱土地上生长的与民生问题相关的植物。桑麻、蒿艾曾经是和他同生同长的伴侣，他给桑麻、蒿艾浇水施肥，桑麻、蒿艾给他提供衣食药物。他与农村父老和桑麻、蒿艾形成了生命共同体，能够进行情感交流和心灵对话，因此他最后说"使君元是此中人"——别看我是什么"使君"，什么徐州知州，我原本就是农民兄弟中间的一个人，桑麻、蒿艾中间的一分子呀！原本是，现在不是了，他为自己由农民异化为官员，不能与农民兄弟相处，不能与桑麻、蒿艾为伍，而甚感遗憾。"何时收拾耦耕身"与"使君元是此中人"前后呼应，同义相叠而又加深一层，进一步表白我不是官，大家不要把我当官看。我虽然听凭命运摆布，身不由己，但我一直心系农村，心系农民，心系田野。我爱看桑麻的兴旺，爱闻蒿艾的浓香；我喜欢隔篱相呼的络丝娘，更心疼饥肠辘辘的垂白老翁；农村的一男一女、一老一少、一事一物、一草一木，永远存留在我的心底，永不相忘……我想，像苏轼这样热爱田园、不忘初心的官员，还会去贪污受贿、鱼肉百姓吗？

至情至爱的最高境界

十年生死两茫茫，不思量，自难忘。
千里孤坟，无处话凄凉。纵使相逢应不
识，尘满面，鬓如霜。　　夜来幽梦忽
还乡，小轩窗，正梳妆。相顾无言，惟
有泪千行。　　料得年年肠断处，明月
夜，短松冈。

——《江城子·十年生死两茫茫》

　　"十年生死两茫茫，不思量，自难忘。千里孤坟，无处话凄凉。"
这首词的题下有小序"乙卯正月二十日夜记梦"，标明了写作时间是
熙宁四年（1075）正月二十日。据此得知首句"十年"是指当时距离
妻子王弗去世已经十年了，这当然不错。我觉得时间虽是十年，而情
感内涵却不止十年。何以见得？此需从头说起。王弗是四川青神县乡
贡进士王方的女儿，聪慧美丽，才情丰赡，至和元年（1054）十六岁
嫁于二十岁的苏轼。婚后夫唱妇随，琴瑟和鸣，恩爱异常。王弗性格
"敏而静"，苏轼读书，王弗终日陪伴，但不以言语干扰；偶有所忘，
她能帮助回忆，对其他典籍也能知其大略，是一个最佳伴读。苏轼能
以优异成绩考取进士，名动京师，离不开王弗在生活上体贴温柔、学
习上关怀帮助。苏轼出任凤翔（今陕西凤翔县）通判期间，涉世未深，
缺乏官场经验，每次外出公干，王弗都劝他谨慎从事；有客来访，王

弗"立屏间听之",事后分析来客言论,帮助苏轼明辨是非,识别忠奸,是苏轼最好的工作助手。苏轼性情直爽,胸无城府,王弗唯恐他言行不慎,招致灾祸,临终时仍反复叮咛,苏轼赞扬她"类有识者"——像一个很有见识的人。王弗恪守妇道,爱护丈夫,孝敬公婆,深受好评,苏轼父亲苏洵曾告诫苏轼:"妇从汝于艰难,不可忘也!"从至和元年(1054)与王弗成婚到治平二年(1065)王弗去世,这十年是苏轼一生中最美好的十年。王弗的突然去世,对苏轼是一个沉重的打击,他沉痛地写道:"呜呼哀哉,余永无所依怙"(以上据苏轼《亡妻王氏墓志铭》)!失去了最恩爱的妻子、最优秀的伴侣、最有力的助手,生活、读书和工作上的依靠都没有了,这是多么大的损失呀!此后十年,苏轼先后为父服丧三年,任职史馆二年,因上书神宗反对变法,被王安石贬为杭州通判,又被调任贫困地区山东密州(今山东诸城市)知州,水旱频仍,公务沉重,这十年是苏轼妻亡父丧、仕途坎坷、颠沛流离的十年。前十年婚姻幸福、科举顺利与后十年父丧妻亡、仕途坎坷的巨大反差,造成了他心灵上的巨大痛苦。十年的种种不幸沉淀在他的心底,一经触动便会爆发出来。正月二十日当苏轼在梦中与王弗相逢时,他的痛苦便一发不可收,首先喊出了"十年啦!我们分别十年啦!"这使我想起《智取威虎山》中常猎户受尽八年磨难,见了少剑波的第一句话便是震撼人心的"八年啦!"苏轼的"十年啦",喊出了在漫长岁月里遭受的各种痛苦和对王弗的强烈思念。这一句应当这样朗读:"十年啦,十年生死两茫茫呀!"把这个"十年"强调出来。十年来最大的痛苦是什么呢?"生死两茫茫"。"茫茫"者,渺茫难测也,"明日隔山岳,世事两茫茫"(杜甫《赠卫八处士》)。苏轼深知人的命运不由自主,活着的我会怎样活下去,难以预测;死者的你在冥冥之中的处境如何，渺茫难知。在茫茫宇宙、茫茫人海之中，你我都是被命运之风随意抛掷的一叶飘蓬。生者和死者彼此都茫然无知，便很自然地引出"不思量，自难忘"。有人把这两句解为"不是不想念你，我对你是难以忘怀的呀"，似乎王弗埋怨苏轼不想念她，苏轼加以辩解。我们知道少男少女的恋爱往往热烈而浅薄，会把"我爱你"挂在嘴上；老夫老妻的爱情冷静而深沉，会把"我爱你"深藏心底。苏轼与王弗是恩爱夫妻，他们的爱情经过十年之久的考验和沉淀已经牢不可破，储存在意识的底层。这种爱情看似不动声色，实则是燃烧着的地火，不定何时便会喷发出来。"不思量"——我没有时时刻刻想念你——这是一句老实话，是知心夫妻之间交心的话，没有丝毫虚假。"自难忘"——我对你自然是很难忘记的——这也是一句老实话，难以忘怀是一种自然状态，没有丝毫矫情。王弗的美好形象早已铭刻在苏轼心头，自然不会忘记。"千里孤坟，无处话凄凉"——只是因为你的坟墓远在千里之外，没有办法向你诉说我的满怀凄凉——这更是一句十分伤心而又无奈的话。王弗对苏轼最理解，苏轼对王弗最信任，积累了十年的满肚子的话很想一吐为快，却没有倾吐的地方，郁结在心中的凄凉、孤独之感是多么压抑啊！现今山东密州距四川眉山近两千多公里，宋代山川阻隔，车马难行，公务繁忙，再加上三个儿子（苏迈、苏迨、苏过）的拖累，去王弗坟墓上凭吊一次是很难实现的。自从治平三年（1066）苏轼把苏洵和王弗的灵柩运回故乡安葬之后，再没有回去过。苏轼死后也是由苏辙葬于河南郏县，未得归葬故乡，"千里孤坟，无处话凄凉"说的确是实情。"孤坟"，孤独的坟墓。孤独是人的感觉，坟墓本身不存在孤独不孤独，但在苏轼的心目中，王弗不是埋葬在坟墓里，而是生活在坟墓中，和苏轼一样有凄凉孤独之感，希望和苏轼互诉衷肠。去世十年之久的王弗仍然活在苏轼的心中，虽然是可以倾诉的唯一对象，却因千里迢迢无法相见，这又是多么悲哀啊！时间隔得很久，空间隔得很远，连对话也不可能，"纵使相逢应不识，尘满面，鬓如霜"——即便是有幸相逢，你也不认识我了，看看你的苏郎吧，满脸尘土，满头白发，他还是当年英俊的苏郎吗？这是带着哭声的陈述与描摹。青春是最宝贵的，而命运却把青春消磨得如此苍老。命运改变了苏轼的生活轨迹，也改变了苏轼的形体容貌。词的上片由"十年生死两茫茫"一转而为"不思量，自难忘"，再转而为"千里孤坟，无处话凄凉"，三转而为"纵使相逢应不识，尘满面，鬓如霜"，句句哀吟，层层推进，把对爱妻王弗的思念之情推向顶点，内涵之丰富、悲情之深沉无以复加。

"夜来幽梦忽还乡，小轩窗，正梳妆。相顾无言，惟有泪千行。"上片写醒时实情，下片写梦中虚景，而虚景中蕴含着纯真的夫妻之情。"夜来"即昨夜，如"夜来风雨声，花落知多少""幽梦"，迷离恍惚、隐隐约约的梦境。梦中环境都是如此，从未有艳阳高照、乾坤朗朗的梦境。"忽还乡"的"忽"字有二义：一为忽然发生，作梦虽然是潜意识活动，即所谓"心有所想，夜有所梦"，但不能随心所欲，想梦什么就梦什么，必须有心灵的某种契机和外界的触动，才能在不经意间突然发生；二为梦魂即做梦的主体行为飘忽不定，除了在噩梦中手足不能活动之外，梦魂总是忽东忽西，没有一定的行动路线和方向。熙宁八年（1075）是王弗去世十周年，这对苏轼是一个很大的触动，有了做梦的条件，"上天知我忆其人，使向人间梦中见"（唐·张孜《纪梦句》），而正月二十日这一天做梦则是忽然发生的。一般人的梦境光线灰暗，形象模糊，苏轼梦见王弗"小轩窗，正梳妆"这个特写镜头却十分清晰突出，人物的头像和梳妆动作都很鲜明生动。这是为什么呢？王弗每天起床之后都会对镜梳妆，"宝髻松松挽就，铅华淡淡妆成"（司马光《西江月·宝髻松松挽就》）。这在苏轼看来形象美好，动作优雅，久而久之便会刻印在心中，永不磨灭，历久弥新，十年之后梦中相见，仍然栩栩如生，如在目前。"小轩窗，正梳妆"节奏短促跳荡，表现出忽然相逢的惊喜之情。这个极为普通常见的梳妆镜头，别人不值一顾，引不起丝毫情感波澜，只有苏轼自己才能从中发现美的价值，因为这种美是属于苏轼个人独有的。"小轩窗，正梳妆"是王弗的侧面身影，接着"相顾无言，惟有泪千行"是王弗的正面形象。十年久别，乍一相见，心灵受到强烈撞击，神经系统暂时紊乱，以致说不出话，哭不出声，只会四目相对，泪流满面。十年的孤苦凄凉不知如何宣泄，十年的千言万语不知从何说起。此时此刻，苏轼对王弗十年恩爱未能报答的歉疚，王弗对死后十年未见苏轼前来抚慰的委屈，以及二人共有的惊讶、欢喜，像汹涌的潮水化作止不住的泪水。"十年身事各如萍，白首相逢泪满缨"（韦庄《与东吴生相遇》）"执手相看泪眼，竟无语凝噎"（柳永《雨霖铃·寒蝉凄切》）"相逢不语，一朵芙蓉著秋雨"（清·纳兰性德《减字木兰花·相逢不语》），相见无语情景写得都很生动形象，"一朵芙蓉著秋雨"的形象还很美丽，但都不如"相顾无言，惟有泪千行"文字朴素无华，语调简短有力，情感内涵丰富。"惟有泪千行"更是夸张而不失真，"有声当彻天，有泪当彻泉"（北宋·陈师道《妾薄命》），惟其如此，才能把喜怒哀乐情感的极致表现出来。"相顾无言，惟有泪千行"是一个特别动人的镜头，也是一个发人想象的富有包孕的片刻。然而当我们想象到下一个场景很可能是苏轼夫妇擦干眼泪、紧紧拥抱时，镜头突然转换为另一种场景——

　　"料得年年肠断处，明月夜，短松冈。"美梦是都是短暂的，苏轼夫妇还没有冷静下来，互诉十年伤痛、十年相思的时候便突然醒来，王弗的身影倏尔消失了。梦醒时不得相见，梦中相逢又如此短暂，从空虚跌落到了更深的空虚。梦的唯一结果是加深了对王弗的思念。苏轼思前想后，往后王弗每年的忌日想到她的墓地定会痛断肝肠。王弗墓地是苏轼亲自安排的，在苏轼母亲程氏坟墓西北八步。苏轼安葬了王弗之后再没有回去过，而当他想起天上月光清朗，墓地松林阴暗，爱妻一人独处此地，会倍感哀伤。"明月夜，短松冈"是一个明暗对比鲜明的空镜头，突现出王弗墓地的孤独凄凉和苏轼心情的孤独凄凉，蕴藏着苏轼夫妇的共同感受。从"千里孤坟，无处话凄凉"到"明月夜，短松冈"，是一个从凄凉陷入更深沉的凄凉的过程。"明月夜，短松冈"语调缓慢沉闷，似乎听到了苏轼无可奈何的叹息声。清代词作家陈廷焯说："东坡之词纯以情胜，情之至者词亦至"（《白雨斋词话》）。情之至者可以使人死而复生，生者不仅记得死者生前的音容笑貌，而且可以根据死者生前与生者共同的生活经验、死者生前的生活习惯和情感发展规律，推知和想象出他死后的"生活情况"。这首《江城子》既写出了王弗生前的形象"小轩窗，正梳妆"，又想象到王弗死后与苏轼梦中相逢的表现"相顾无言，惟有泪千行"，以及王弗在坟墓中孤独凄凉的处境"明月夜，短松冈"。西晋潘岳《悼亡诗》中说"荏苒冬春谢，寒暑忽流易。之子归穷泉，重壤永幽隔。"死者埋葬于穷泉重壤之下，永远不得相见，而苏轼心中的王弗则是虽死犹生，死而不觉其死，可以凄凉同诉，泪水共流，进行心灵对话，这正是至情至爱的最高境界。

苏轼的将军形象

老夫聊发少年狂，左牵黄，右擎苍。锦帽貂裘，千骑卷平冈。为报倾城随太守，亲射虎，看孙郎。 酒酣胸胆尚开张，鬓微霜，又何妨。 持节云中，何日遣冯唐？会挽雕弓如满月，西北望，射天狼。

——《江城子·密州出猎》

"老夫聊发少年狂，左牵黄，右擎苍。锦帽貂裘，千骑卷平冈。"先说说首句中的这个"狂"字。唐宋两代有两位自称为"狂人""狂直"的诗人，一是李白，一是苏轼。李白说"我本楚狂人，凤歌笑孔丘"（《庐山谣寄卢侍御虚舟》），他这个人狂起来，连孔子都不放在眼里，是一种缺乏理性的狂，毫无节制的狂，而且无所不狂。他说"大雅久不作，吾衰竟谁陈"（《古风五十九首·其一》），以恢复文学风雅传统为己任，除了他谁也不行；"兴酣落笔摇五岳，诗成笑傲凌沧洲"（《江上吟》），他的诗歌成就震动了五岳九州，无人能出其右；"天生我材必有用，千金散尽还复来"（《将进酒》），他是天赋奇才，无人可比；"奋其智能，愿为辅弼，使寰区大定，海县清一"（《代寿山答孟少府移文书》），他有平定天下的本领和当宰相的才能；"但用东山谢安石，为君谈笑净湖沙"（《永王东巡歌十一首·其二》），他自比东晋大将谢安，谈笑之间就能平定安史之乱；"大鹏一日同风起，扶摇直上九万里。假令风歇时下来，犹能簸却沧溟水"（《上李邕》），他像遮天蔽日的鲲鹏能把海水簸尽，搅得天翻地覆；"揄扬九重万乘主，谑浪赤墀青琐贤"（《玉壶吟》），他敢在朝廷上当面评议皇帝，开大臣们的玩笑；"李白一斗诗百篇，长安市上酒家眠。天子呼来不上船，自称臣是酒中仙"（杜甫《饮中八仙歌》），发起酒疯来，连皇帝的召唤也不理睬；至于"贵妃捧砚，力士脱靴"，更是狂到了极点。李白的这种"狂"太不实际，太不靠谱，存在相当大的虚假成分。杜甫因此很遗憾地说"不见李生久，佯狂真可哀"，劝他"匡山读书处，头白好归来"（《不见》），头发都白了，不要再装疯卖傻了，赶快回匡山去安心读书吧。杜甫对李白的"佯狂"表示悲哀，其实在李白的"佯狂"中就饱含着一生怀才不遇的巨大悲哀。苏轼也说过"嗟我本狂直，早为世所捐"（《怀西湖寄晁美叔同年》），"狂直"即疏狂率直，说话不检点，做事不循规蹈矩，率意而为，表现出一种狂放之气。苏轼的这种狂放与李白的"佯狂"不同，而是真性情的表现，在诗词创作中往往呈现出挥洒自如、风流潇洒、风趣幽默的特点。这首《江城子》作于熙宁八年（1075）苏轼四十岁任密州（今山东诸城市）知州时，题为"密州出猎"。"老夫聊发少年狂"，四十岁便自称"老夫"，发的又是"少年狂"，年轻人不知深浅的狂，颇有诙谐自嘲的意味；而且宣告是"聊发"，姑且发一下，不像李白那样时常发狂。我这个老头子姑且发一次年轻人的狂气，这种语气表明了这个"狂"是一次游戏，一个玩笑。苏轼在《与鲜于子骏书》中说："近却颇作小词，虽无柳七郎（柳永）风味，亦自是一家，呵呵！数日前猎于郊外，所获颇多，作得一阕，令东州壮士抵掌顿足而歌之，吹笛击鼓以为节，颇壮观也。写呈取笑。"由此可见这次打猎是一次消遣游戏，"聊发少年狂"也是一次消遣游戏，不过，游戏也要游出个样子来。你看他"左牵黄，右擎苍"，左手牵着猎犬，右臂举着猎鹰；不见文字也能由此想象出他"乘骏马，腰挂剑，肩挎弓"，猎具齐备，全副武装。牵猎犬的左手下垂，举猎鹰的右臂上扬，这个架势显示出了苏轼立马军前、挺拔威武的将军形象。"锦帽貂裘，千骑卷平冈"，镜头向前推进，出现了一个将军的全身特写——头戴锦绣帽子，身穿貂皮大衣。这是将军的静态形象，接着"千骑卷平冈"则是将军的动态形象。有学者说"随从武士个个也是'锦帽貂裘'"（《唐宋词鉴赏辞典》），似有不妥。全词句句写苏轼，刚刚出现了"左牵黄，右擎苍"的将军，立刻又调转镜头对准"锦帽貂裘"的武士队伍，打断了将军形象的进一步塑造，不符合形象塑造应当集中连贯的要求。从"老夫聊发少年狂"到"千骑卷平冈"，一气呵成，节奏跳荡，气势豪迈，显然是将军率领大队骑兵奔驰在平坦的高冈展示出一幅人马众多、喊声震天、场面浩荡、如狂风劲吹席卷猎场的狩猎图景，同时又从静态和动态两方面使将军形象更加丰满完美。

"为报倾城随太守，亲射虎，看孙郎。"狩猎渐趋高潮，将军的兴致愈益高涨，率领众多人马席卷平冈仍不尽兴，还要对他的侍从高声喊道：替我通知全城的人都出来，跟随我一同去打猎！看看我亲自射杀老虎的身手像不像当年的孙权！将军这一声充满豪情的呼喊，使读者看到了一马当先的将军在马背上弯弓射虎的壮观场面，听到了骏马的马蹄声，战士的喊杀声，观众的欢呼声。这支狩猎队伍有英明将军的率领，有万众齐心的支持，如果投入国防前线的实战中，必将所向披靡，无往不胜。有学者把"为报倾城随太守"解为为了报答满城的人都跟着太守来看打猎。

"酒酣胸胆尚开张，鬓微霜，又何妨。持节云中，何日遣冯唐？"上片表现武艺高强，塑造了将军的外部形象；下片直抒胸臆，展示将军的内心世界，仍以将军的口吻表白：别看我老了，酒喝畅快的时候，我的胸胆还能大大地张开。军人普遍爱喝、能喝酒，而且是大块吃肉，大碗喝酒，喝得酣畅淋漓，不醉不倒。军人的体格强壮，能够承受大量酒精；军人性格豪爽，饮酒之后更加豪爽，常以赌酒为乐，以劝酒增进友情。饮酒之后，胸怀开阔，胆量增强，能排除个人生计、男女恩怨于不顾，置生死于度外，以无私无畏的精神驰骋战场，英勇杀敌。有了这种坚强的体魄和强大的精神力量，双鬓稍有白发，对我的事业又有什么妨碍呢！人到中年万事休，苏轼活了六十四岁，四十岁已经过了大半，还会有什么作为呢？常人看他已经是半老头子了，但苏轼绝不服老，还要振作精神有所作为。他从杭州调任密州知州，据苏辙《超然台赋·序》说，苏轼"受命之岁，承大旱之余孽，驱除蟊蝗，逐捕盗贼，廪恤饥馑，日不遑给，几年而后少安"。在徐州任上，率领军民筑堤抗洪，接着祈雨抗旱，亲力亲为。事实证明，苏轼确有决心有能力办大事、办实事的，所以才能说出"鬓微霜，又何妨"这样自信满满的话。"持节云中，何日遣冯唐？"哪一天我才能像冯唐那样拿着朝廷符节到云中去呢？西汉云中（大同、内蒙古一带）太守魏尚治军严明，练兵有素，又与士卒同甘共苦，镇守边防，屡立战功，只因少量战果数字不实，被撤职查办。后来汉文帝接受郎中署长冯唐的建议，派冯唐去云中恢复了魏尚的职务，令其继续守边御敌。苏轼借用这个典故名为希望朝廷派遣冯唐去云中，实为暗示自己也能像魏尚那样领兵杀敌，守边立功。"何日遣冯唐？"期待紧迫，语调急切，何以如此？北宋时期国防虚弱，边患不断，北方有辽国的威胁，西北有西夏的侵扰。在苏轼写这首《江城子》之前，就有与西夏的三川口之战、好水川之战、定川寨之战、大顺城之战等四次大战役，均以宋王朝失败告终。当国运日衰之际，苏轼急于在国防军事上一展身手。他在写《江城子》同时，还有一首《祭常山回小猎》诗："青盖前头点皂旗，黄茅冈下出长围。弄风骄马跑空立，趁兔苍鹰掠地飞。回望白云生翠巘，归来红叶满征衣。圣明若用西凉簿，白羽犹能效一挥。"场面、气势、胆略、壮志，可与《江城子》媲美。《乌台诗案》记载，苏轼对此诗末二句作了解释，"意取（东晋）西凉州主簿谢艾事。艾本书生也，善能用兵，故以此自比。若用轼为将，亦不减谢艾也。"这就明确宣称自己具有军事才能，一出手便能取胜。

　　"会挽雕弓如满月，西北望，射天狼。"古代打猎往往是军事演习。苏轼在这次密州出猎过程中，通过塑造一位威武雄壮的将军形象，充分表现了自己卓越的指挥才能、高超的战斗武艺，胆略过人，体魄强壮，豪情洋溢。最后自然而然地喊出了我能把雕弓拉得像满月一般，朝着西北天空，把破坏和平的天狼星射下来，消灭敌人，安定国防。全词在狩猎行动中一路呼号，有声有色，动感极强。末句定格在一个特写镜头：天幕上一轮巨大的满月，前景是一位将军一腿下蹲，一腿跨出，把雕弓拉得圆圆的如同满月，箭头朝着西北天空，"引而不发，跃如也"（《孟子·尽心上》），瞬间即可射向天狼。这个镜头静中有动，充满了强大的战斗力，再一次显示出将军威武雄壮的形象和战则必胜的信心。然而非常不幸，他的将军梦未能实现。苏轼只在五十八岁出任定州（今河北定州市）知州时训练部队，整顿军备，不满一年，又被贬到英州（今广东英德）去了。

对人生问题的思索与省悟

> 明月几时有？把酒问青天。不知天上宫阙，今夕是何年。我欲乘风归去，又恐琼楼玉宇，高处不胜寒。起舞弄清影，何似在人间！　转朱阁，低绮户，照无眠。不应有恨，何事长向别时圆？人有悲欢离合，月有阴晴圆缺，此事古难全。但愿人长久，千里共婵娟。
>
> ——《水调歌头·明月几时有》

此词题下有一小序"丙辰中秋，欢饮达旦，大醉，作此篇，兼怀子由。"据此可知这首词作于熙宁九年（1076）中秋节。"大醉"二字值得注意，说明本词所写有一个由酒醉到酒醒的过程，有对自己和人类生存问题由疑惑到思考、醒悟的过程，由梦幻到现实的过程。

"明月几时有？把酒问青天。不知天上宫阙，今夕是何年。"古人写问月的诗数不胜数，但问法各有不同。苏轼的问月表露了他对人间万事万物的一片真情。中秋之夜的月亮又大又圆又亮，苏轼的"明月几时有"是一声问讯，一声赞美，而不是迷茫的疑问。大醉之中的苏轼思绪飘飘，大有羽化登仙的梦幻感，自以为本是月中仙人，只因离开月宫太久，所以有"不知天上宫阙，今夕是何年"的提问。这同样是对月亮的一声问讯，意在表明不知道自己离开月宫有多少年了，

301

以向往、思念之情再次表示了对月亮的赞美。

"我欲乘风归去，又恐琼楼玉宇，高处不胜寒。起舞弄清影，何似在人间！"清人李桂说苏轼"此老不特兴会高骞，直觉有仙气缥缈于毫端"（《左庵词话》），苏轼自己也希望"挟飞仙以遨游，抱明月而长终"（《赤壁赋》）。在酒劲的助力下，他很想像飞仙那样展翅乘风回到月宫中去，旧地重游一番。此时的大醉发展到了顶点。但顷刻之间又想到月宫太高太冷，自己离开月宫太久了，恐怕经受不起那种高度的寒冷。此时酒醉开始清醒，有了比较理性的思考；思考的结果是：天高气爽，月明风清，在月光照耀下翩翩起舞，炫弄着自己的身影，正如李白那样"我舞影零乱，我歌月徘徊"（《月下独酌》），潇洒飘逸，自由自在。这样既能避免月宫的寒冷，又能享受月光的柔和清明，还能欣赏自己朴素的身影，享受人间的自由。两相比较，月宫哪里能比得上人间美好啊！此时大醉完全清醒，有了理性的思考与对比，从梦幻中回到了现实。苏轼当时四十一岁，经历了婚姻的幸福、丧妻的痛苦；父母健在的欢乐，高堂双亡的悲哀；科举高中的得意，仕途不顺的落寞；外放杭州富庶之地，饱览湖光山色；北调密州贫瘠之区，屡遭水旱蝗灾。凡此种种，使他看清了世态炎凉、官场腐败和福祸无常，因而能从年轻时代不切实际的美好幻想中清醒过来，冷静地面对现实，与其遭受幻想破灭后的无限痛苦，不如在有限的条件下享受眼下的欢乐。丢掉幻想，面对现实，这是苏轼的生活体验，也是阅历丰富、思想成熟的人们的共识。

"转朱阁，低绮户，照无眠。不应有恨，何事长向别时圆？"苏轼打消了飞回月宫的幻想、脚踏实地之后，以普通人的身份继续向月亮进行询问和思索：月亮呀，你先是把你的光芒转向高楼，又慢慢地降下高度射进我的窗户，照在我的脸上，弄得我长夜难眠。你不该对我有什么怨恨呀，可是为什么总是在人们离别的时候变得又大又圆？苏轼从大醉中彻底清醒之后，不再提"明月几时有……不知天上宫阙，今夕是何年"虚无缥缈的傻问题，而是提出了一个人间普遍存在的现实问题。他把非常神往的月亮当作一个质疑的对象，表明他彻底摆脱了"挟飞仙以遨游，抱明月而长终"的超现实幻想，要踏踏实实地过人间生活了。这就必须先解决人与自然的矛盾，理想与现实的矛盾。人们的理想生活是每逢中秋佳节，阖家团聚，一轮又大又圆的月亮为天地照明，为家家助兴。但是往往天不遂人所愿，中秋之夜月亮被阴云遮盖。这虽然是一种缺憾，而只要阖家团聚，享受天伦之乐，也就差强人意了。令人无法忍受的是，独居千里之外，佳节倍加思亲的人，心情沉闷暗淡，需要一个特别幽静的环境，以避免外界的刺激；然而，偏偏在此时又大又亮又圆的月亮高挂天空，把人们的亲情、友情、爱情刺激得更加强烈。在月圆人不圆、月胜于人、人不如月的矛盾冲突中，人会甚感无奈和悲伤，因而对月亮产生抱怨情绪：月亮啊，我从未得罪过你，你为什么非要和我作对，偏偏在我伤心的时候用你的光芒刺激我呀？这是质问月亮，也是质问社会，为什么自然现象和社会生活总是不能完美无缺，事遂人意？

"人有悲欢离合，月有阴晴圆缺，此事古难全。但愿人长久，千里共婵娟。"经过向往月宫仙境、回归人间凡尘、诸事多不如人愿、抱怨月亮不会善解人意等等一系列反复深入思索之后，苏轼明白了一个普遍的真理：月亮的阴晴圆缺是亘古不变的自然规律，人间的悲欢离合是亘古不变的社会常态，月亮的阴晴圆缺不以人的意志为转移，人间的悲欢离合正如人的生老病死一样谁也无法避免。"开樽醑酒问婵娟,来照人间是几年?从古到今今复古,才圆又缺缺还圆"(南宋·杨公远的《次宋省斋问月》)是自然界的常态,"花不常好,月不常圆,世间万物有盛衰,人生安得常少年"(明·于谦《昔有〈莫恼翁〉曲,予因效之,改为〈翁莫恼〉,聊以调笑云耳》)是社会生活的常态。"一切皆流,无物常住"(古希腊哲学家赫拉克利特语),大自然和人类社会的一切都在不停地变化,因而无论是日月星辰还是人类生活,都不可能永远完美无缺。苏轼在《赤壁赋》中说过"盖将自其变者而观之,则天地曾不能以一瞬;自其不变者而观之,则物与我皆无尽也",承认事物有变化的一面。这种哲理性的思维,使他在这首《水调歌头》中对自然界和社会生活的思考达到了规律性的认识。一旦认识了自然和人生的规律,心胸便会豁然开朗,对人生的一切因为不圆满而产生的苦恼便烟消云散了。心头阴霾一驱散,天空依旧晴朗,月光依旧明媚,人间依旧美好。"但愿人长久,千里共婵娟",人间美好,好在有亲人在,有亲情在,所以说不再幻想神仙生活,不再追求功名利禄,只希望亲人们健康长寿,今天晚上共同欣赏这明媚的月光吧。"但愿人长久"的"人"指苏轼的兄弟苏辙(字子由),照应小序中的"兼怀子由",而其思想的溢出效应则扩展到了全体人类。"泛爱众而亲仁"(《论语·学而》),苏轼的泛爱意识很强。南宋贾似道在《悦生随抄》中说"苏子瞻泛爱天下士,无贤不肖,欢如也。尝自言'上可以陪玉皇大帝,下可以陪卑田院乞儿。'子由晦默,少许可,长戒子瞻择交。子瞻曰'吾眼见天下无一个不好人。'"苏轼自幼受"孝悌忠信"儒家伦理道德的教育,与苏辙的情谊很深。《宋史·苏辙传》说"辙与兄进退出处,无不相同,患难之中,友爱弥笃,无少怨尤,近古罕见。"兄弟二人同中进士,同因与王安石政见不合而被排挤外放。苏轼任杭州通判时，因想念苏辙，主动要求调往密州，以便与在洛阳任河南府留守推官的苏辙就近常见。"但愿人长久，千里共婵娟"，正是"泛爱"与"孝悌"双重观念结合的高度表现。

苏轼的英雄情结

大江东去，浪淘尽、千古风流人物。故垒西边，人道是、三国周郎赤壁。乱石穿空，惊涛拍岸，卷起千堆雪。江山如画，一时多少豪杰！　遥想公瑾当年，小乔初嫁了，雄姿英发。羽扇纶巾，谈笑间、樯橹灰飞烟灭。故国神游，多情应笑我、早生华发。人生如梦，一尊还酹江月。

————《念奴娇·赤壁怀古》

熙宁四年（1071）十一月，苏轼因与宋神宗支持的王安石政见不和，出任杭州通判。此后历任密州、徐州知州。元丰二年（1079）调任湖州知州，三月到任，七月即遭弹劾，八月被捕下狱，十二月出狱，被贬为黄州（今湖北黄冈市）团练副使。说来有趣，历史往往有古今相同之处，苏轼被捕原来是一桩政治性的文字狱。苏轼在外地工作期间，广泛接触民众，深知民间疾苦在很大程度上是王安石新政造成的。他写了一些抨击新政弊端的诗歌，因而遭到当权者的忌恨，多方搜集苏轼反对朝廷的罪证，必欲置之死地。苏轼有一首《王复秀才所居双桧二首》："凛然相对敢相欺，直干凌空未要奇。根到九泉幽曲处，世间惟有蛰龙知。"表示自己虽不被重用，但刚直不阿，绝不向政敌屈服。到任福州后写的《湖州谢上表》中有"陛下知其（自指）愚不适时，难以追陪新进（指政敌）；察其（自指）老不生事，或能牧养小民"的话，表示长期出任地方官是新得势的政敌排斥的结果，并且委婉地讽刺宋神宗不辨贤愚，用人不当。政敌抓住以上诗文中的话上表神宗，指控苏轼"愚弄朝廷，妄自尊大"，要求处以死刑。幸有众多正直之士（包括赋闲在家的王安石）大力营救，免死出狱，被贬为黄州团练副使，本州安置。宋代的团练副使是地方分管军事的团练使的副手，从八品，有职无权，没有签署公文的资格，实为安置在黄州、接受当地长官监管的罪人。许多学者认为苏轼死里逃生，是他一生遭受的最大打击，因而意志趋向消沉，不再写干预政治的作品了。我觉得此后苏轼为了避免再次被置于死地，不再写直接针砭时弊的作品确是事实，但他的斗争意志并未消沉，至少在当时仍然保持着坚定的生活信念。他在狱中写的《狱中寄子由二首·其二》中表示虽然"梦绕云山心似鹿，魂飞汤火命如鸡"，命悬一线，死在旦夕，却相信"与君世世为兄弟，更结来生未了因"（同上，其一），对来生的兄弟情谊抱有强烈的希望；出狱后连续写了《出狱次前韵二首·其二》："平生文字为吾累，此去声名不厌低。塞上纵归他日马，城东不斗少年鸡"，声明自己只是被文字所累，并没有什么过错，受了诬陷反而使自己声名大振；自比塞上战马，终有回归的一天，不屑于与斗鸡走狗取悦皇上的街头小痞子们为伍。《浣溪沙》："谁道人生无再少，门前流水尚能西"，不服老，不服输，坚信自己还会焕发青春，扭转颓势，改变命运，有所作为。团练副使的俸禄甚微，难以维持生计，他率领全家在黄州东坡开荒种地，自力更生，自给自足。黄州人不吃猪肉，他第一次带头吃猪肉，并且自行研成了至今仍称美食的"东坡肉"。凡此种种，都说明了苏轼在屈辱的打击、饥饿的折磨、死亡的威胁之下，并没有向命运屈服，仍然保持着昂扬奋发的精神。《念奴娇·赤壁怀古》就是在这种精神状态下写成的。

"大江东去，浪淘尽、千古风流人物。"苏轼站在黄州高峻陡峭的赤壁山上，俯瞰长江浩浩荡荡地向东流去，呼出了一声"大江东去"这一句赞叹声，呼出了一条东西数千里、奔腾不息的浩浩大江，声情高昂，境界壮阔，为全词奠定下坚实而又动荡的基调。"浪淘尽、千古风流人物"，长江波浪声势浩大，水流湍急，把千百年来的风流人物都冲刷干净了。在这里，作者把时间和空间高度融合，把千古风流人物形象叠印在千里长江之上。读者眼前似乎幻化出历史上的一个个英雄人物、一幕幕英雄故事，在波涛汹涌中时隐时现，漂流东去，消失在江流尽头。"浪淘尽、千古风流人物"与"黄河之水天上来，奔流到海不复回"气声相同，表现出时间不可阻止，历史不会停滞，它具有既能产生一切，也能使一切消失的无比强大的力量。这是不是消极的历史虚无主义呢？不是，绝对不是！为什么？我们先看一下明人杨慎的一首《临江仙》："滚滚长江东逝水，浪花淘尽英雄。是非成败转头空。青山依旧在，几度夕阳红。"杨慎以渔父樵夫隐士的身份置身事外，认为历史上的一切英雄人物、是非成败都是空虚的，都是后人茶余饭后的笑谈，这才是历史虚无主义。苏轼只是指出了一个历史现象：风流人物的个体生命随着时间的流逝而消失了，但他们的英雄形象、英雄事迹，仍然保存在历史的记载中、后人的记忆中。因此，我们朗读"浪淘尽、千古风流人物"时，像是听到了宏大的历史回声，唤起了对英雄人物的怀念和向往，毫无沮丧消沉之感。这和李白的"君不见黄河之水天上来，奔流到海不复回，君不见高堂明镜悲白发，朝如青丝暮成雪"（《将进酒》）一样具有强大的精神力量。

"故垒西边，人道是、三国周郎赤壁。乱石穿空，惊涛拍岸，卷起千堆雪。江山如画，一时多少豪杰！"湖北有多处赤壁，历来有汉川赤壁、汉阳赤壁、武当赤壁、钟祥赤壁、蒲圻赤壁、嘉鱼赤壁、黄州赤壁七处。三国时火烧赤壁的赤壁究竟是哪个赤壁，至今众说纷纭，没有定论，但肯定不是黄州赤壁，苏轼在《记赤壁》一文中就说过"竟不知孰是"。这里的"三国周郎赤壁"只是借用，并非实地，苏轼顺手拈来，用于写词。但他不愿负历史知识责任，只好说"人道是、三国周郎赤壁"，别人说的如何如何，把责任推给无名无姓的人，这正是苏轼诙谐狡黠之处。周郎赤壁确定之后，苏轼以极大的热情描绘赤壁的壮丽景象：赤壁山矗立江边，峰峦高峻，直插天空。曹操有"水何澹澹，山岛竦峙"（《观沧海》），是说海面上的小岛高高耸起；这里的赤壁峰峦，竟然高入云天，是一种高度夸张的写法，是游人的主观感觉，如同我们游览云南石林，初次站在石林底部，仰视石林顶上，确有"乱石穿空"的感觉。"乱石穿空"是一个纵向特写镜头，"穿"字的动感迅速有力，富有积极向上、奋发有为的精神。"赤壁之山上摩空，三江之波号无穷。峭壁穷峙江流东，当年鏖战乘天风"（明·朱桢《赤壁石刻》），用赤壁山的巍峨高大作为火烧赤壁之战的宏大背景。"惊涛拍岸"是横向特写镜头，"惊涛"，使人惊心动魄，"惊涛来似雪，一座凛生寒"（孟浩然《与颜钱塘登障亭望潮作》）。长江波涛如千军万马汹涌奔腾而来，以雷霆万钧之力撞击着江岸，发出震天动地的巨响，使人胆战心寒。这种声响效果，把江水的动荡和游人心灵的动荡融合起来，如身临其境，既见波涛之形，又闻波涛之声，又感波涛之寒，从视觉、听觉、触觉三方面加强了游人的感受。"惊涛拍岸"的镜头从远处向近处移动,接着"卷起千堆雪"则是从近处(岸边)向远处(江面)移动。波浪撞击江岸又反转回头,卷起巨大的浪花,如同千万个白色的雪堆。古人写浪花的诗很多,我觉得不如"卷起千堆雪"更有力,更壮观,苏轼把平堆在长江沙滩上的沙堆,变化为在江面上卷起来的雪堆,是一个空前的创造。以上三句用三个特写镜头呈现出赤壁和长江的全景,雄伟壮阔,有声有色,两个四字句,一个五字句,节奏短促,顿挫有力,如同急管繁弦,紧锣密鼓,迎接英雄人物登场亮相。苏轼行文至此,情不自禁地喊出了"(啊——)江山如画(呀),一时(涌现出)多少豪杰(哪——)!"赤壁之高峻、波涛之汹涌、浪花之巨大都写到了,仍觉得未尽其美,则用"江山如画"加以概括提升。天下山水没有尽善尽美的风光,只有绘画艺术能按照人的审美需求,把山水之美画到极致,"江山如画"便是赞叹赤壁风光如同绘画那样美得不能再美了。"一时"指赤壁之战的时间段。当时参加赤壁之战的主要人物周瑜、孙权、刘备、曹操、诸葛亮,都是彪炳史册的英雄人物;其他如关羽、张飞、赵云等等,都是善战名将和智慧之士。三国时期是英雄辈出的时代,赤壁之战又是英雄集中出场,各显神通,这种历史奇观,前所未有,怎能不令人发出由衷的赞叹。

"遥想公瑾当年,小乔初嫁了,雄姿英发。羽扇纶巾,谈笑间、樯橹灰飞烟灭。"英雄人物是天地之精华,人间之精英。苏轼在赞扬了赤壁之战的英雄群体之后,又着重推出了当时的主要英雄人物、英雄中的英雄周瑜。苏轼想象在赤壁之中的周瑜,头戴丝制软帽,手摇羽毛圆扇,胸有良策,从容不迫,谈笑之间就把曹操的十万大军和沿江战船一把火烧得净光。一阵烈焰烧过之后,江面上只剩下飘扬的漫天白灰。这个战争场面是中国战争史上最辉煌的一页,而其主帅就是周瑜。周瑜指挥赤壁之战豪情满怀、从容淡定的风度，在苏轼笔下得到了前无古人的生动表现。周瑜身材高大，相貌俊美，才略出众，二十四岁被孙权任命为指挥军队的中郎将，同时娶了国色天香的小乔，三十三岁指挥赤壁之战。苏轼把小乔拉到战场上来，与周瑜作伴，英雄在美人的映衬下，更显得"雄姿英发"——形象雄伟，精神焕发，光彩照人。周瑜是一位文武双全的著名儒将，艺术造诣很高，特别精通音律，苏轼说"鸳鸯翡翠两争新。但得周郎一顾、胜珠珍"（《南歌子·琥珀装腰佩》），两只小鸟比赛唱歌，看谁的歌声更新颖，只要请周瑜点拨点拨，歌声就比珍珠还圆润清脆；辛弃疾说"曲中特地误，要试周郎顾。醉里客魂销，春风大小乔"（《菩萨蛮·赠周国辅侍人》），弹奏乐曲的女孩子为了让周瑜看她一眼，故意把曲子弹错，可见周瑜的音乐修养和风流潇洒，吸引了多少才女美人。周瑜担任中郎将之后，多次战胜敌军，扩大了东吴的统治区域。赤壁之战不久前，在官渡之战中打败袁绍、统一了北方的曹操实力强大，攻占荆州，企图沿江东下消灭东吴，孙权在主战和主和之间犹豫不定。周瑜分析了曹军远来疲惫、不习水战、兵力分散、粮草匮乏等劣势，采纳了黄盖的火攻建议，以少数兵力一举夺得了赤壁之战的胜利，奠定了魏、蜀、吴三分天下的局面，唐人胡曾对此作了评价："烈火西焚魏帝旗，周郎开国虎争时。交兵不假挥长剑，已挫英雄百万师。"（《咏史》）这里顺便说两个问题：一是"羽扇纶巾"究竟指谁？有著名学者认为是指诸葛亮，"写诸葛亮则以'羽扇纶巾'显示其气象雍容"（《唐五代两宋词简析》），此说不妥。苏轼这首《念奴娇》集中、突出地表现周瑜的英雄形象，身边有美女小乔作伴，诸葛亮在杂其间不仅破坏了周瑜英明独断的主帅形象，而且干扰了周瑜和小乔夫妻恩爱的生活氛围，场面尴尬，索然无味。

"故国神游，多情应笑我、早生华发。"苏轼对周瑜在赤壁之战中的杰出表现全神贯注地进行想象，仿佛进入梦境，与英雄周瑜进行精神对话（神游即神交），周瑜以饱经世事的过来人身份，笑着对他说：苏轼呀，别那么多情嘛，你看你早早地就长出白头发了。当他从梦境中清醒过来，想到自己的现实处境，也不禁哑然失笑，觉得自己确实太多情了。"应笑我"的"笑"，不是苏轼一人的笑，而是周瑜与苏轼双重的笑。前者是周瑜对苏轼的关爱，后者是苏轼对自我处境的感慨。郭沫若曾说"多情"指小乔，是小乔嘲笑苏轼早生华发。此说完全不合情理。"多情"是笑话苏轼的理由，不是小乔的代称，她怎么会无缘无故地嘲笑苏轼呢？而且大将夫人当面嘲笑别人，也太不成体统。"多情"的内涵是苏轼的英雄情结和爱国情怀，这在他年轻时写的许多"策论"和我们前已讲过的《江城子·密州出猎》《祭常山回小猎》中表现得特别突出。他自比西汉云中太守魏尚能领兵打仗，平定西北边患；又以前凉主簿邓艾自比，能以一介儒生打败后赵石虎，"若用轼为将，亦不减邓艾也"。后人也说"裕陵（宋神宗）果用轼为将，黄河倒卷湔西戎"（金·李纯甫《赤壁风月笛图》）。苏轼壮志未酬，反被诬陷为囚徒，只能把他的英雄情结和爱国情怀投射到周瑜身上。周瑜年轻有为，文武兼备，风流儒雅，指挥若定，屡战屡胜，功勋卓著，是一位空前的全能名将。苏轼不仅把周瑜作为楷模，而且在他的潜意识深处已经成为周瑜的化身，他的思想意识、风度气质已经和周瑜融合为一体了。这就是苏轼为什么如此高度赞颂周瑜的根本原因。

"人生如梦，一尊还酹江月。"当苏轼从梦境般的朦胧中完全清醒后，那千古英雄人物不见了，周瑜、小乔不见了，火烧战船的熊熊烈焰不见了，恍恍惚惚像作了一场梦；同时回顾自己四十七年的人生经历，也像作了一场梦；进而思考着古人今人、成败得失，一旦逝去成为历史之后，不都像一场梦吗？周瑜只活了三十六岁，带不走美丽的小乔，带不走辉煌的战绩，赤壁之战的宏大场面只能留存在历史的长河里；我苏轼一介书生不过是滚滚长江中的一粒沙子，四十七年的生命在无限长的时间链条中比不过一瞬，至于因"乌台诗案"入狱的一百零三天更是少得无法计算。所以苏轼说"世事一场大梦，人生几度秋凉"（《西京月·世事一场大梦》），"回首向来萧瑟处，归去，也无风雨也无晴"（《定风波·莫听穿林打叶声》），何必那么多情，那么执着。想通了，看开了，不禁发出爽朗的笑声：哈哈哈哈……人生如梦呀。这里的"人生如梦"道出了人生问题的两个侧面，就个人的一生而言是短暂而渺小的。就英雄人物创造的伟大业绩而言则是永恒不灭的，它永远存留在于人类历史的记忆中。谁是历史的见证？是川流不息的滚滚长江，是映照在江水中的一轮明月。感慨之余，苏轼举起一杯美酒洒到江面上，表示了对英雄人物的怀念，对历史记忆的尊重。"人生如梦"是对人生问题和历史现象的深入思考，是"赤壁怀古"的有机组成部分。它是爽朗的笑声，不是低沉的哀吟。它启发我们不要过分看重个人得失，而要把创造英雄业绩作为永久的奋斗目标。长期以来，许多学者把"人生如梦"视为与全词极不协调的消极哀吟，认为一句话降低了全词的积极意义。这种非常肤浅的认识，完全是对苏轼的严重曲解。苏辙是最了解其兄苏轼的。元丰六年（1083）苏轼被贬黄州三年之后，建立了一座快哉亭。苏轼写了可与"明月几时有"相媲美的《水调歌头·黄州快哉亭赠张偓佺》："落日绣帘卷，亭下水连空。……一千顷，都镜净，倒碧峰。忽然浪起，掀舞一叶白头翁。……一点浩然气，千里快哉风。"看看这些诗文所表现的超然神情和广阔胸怀，有一丝一毫的消极悲观情绪吗？再看看宋代人对《念奴娇·赤壁怀古》的感受："乌林赤壁事已陈，黄州赤壁天下闻。东坡居士妙言语，赋到此翁无古人。江流浩浩日东注，老石轮困饱烟雨。雪堂尚在人不来，黄鹄而今定何许。此赋可歌仍可弦，此画可与俱流传。沙埋折戟洞庭岸，访古壮怀宽黯然。"（南宋·王炎《题徐参议画轴三首·赤壁图》）王炎对这幅赤壁图大为赞赏，联想到苏轼《赤壁怀古》的语言之妙前无古人，可以歌唱，可以弹奏，可与浩浩江流万古长存；读了《赤壁怀古》词，看了《赤壁怀古》画，能够使人壮怀激烈，一扫黯淡消沉情绪。古人尚且能有如此积极乐观的看法，而当代的学者们却抓住一句"人生如梦"加以曲解，硬要给这首传诵千古的词抹上一层黑灰，戴上一顶虚无主义的帽子，岂非咄咄怪事！

希望破灭前的悲哀与挣扎

似花还似非花，也无人惜从教坠。
抛家傍路，思量却是，无情有思。萦损
柔肠，困酣娇眼，欲开还闭。梦随风万里，
寻郎去处，又还被、莺呼起。　　不恨
此花飞尽，恨西园、落红难缀。晓来雨过，
遗踪何在，一池萍碎。春色三分，二分
尘土，一分流水。细看来，不是杨花，
点点是离人泪。

——《水龙吟·次韵章质夫杨花词》

在《东坡志林》和笔记小说中，苏轼给人的印象是大胡子、大嗓门、
爱开玩笑、爱说笑话、爱哈哈大笑，有点儿漫不经心、不拘小节、大
大咧咧的样子。其实并非如此，他是很细心很敏感的，观察事物细致
入微。这首咏杨花的《水龙吟》便是如此。杨花和柳花形态相似而各
不相同，柳花结出的种子有白色的茸毛包裹，故名柳絮。古人杨柳不分，
所谓杨花即柳絮。我浏览过的咏花诗词有一二百首，咏柳絮的也有一些，
但能由表及里、由景入情、情景融合，从整体上描绘杨花的形态、遭遇、
情感的诗词，只有苏轼《水龙吟》这一首。它是众多咏花诗词中独一
无二的杰作。

"似花还似非花，也无人惜从教坠。"杨花初看起来像是一朵花，

它和别的花一样生长在枝头，圆形，白色；仔细看看又不像是花，因为它只是小小的一团很蓬松的茸毛，没有层叠的花瓣，没有艳丽的色彩，没有绿叶的映衬，没有丝毫的芳香。若问什么是杨花的特征？像花又不像花即所谓似与不似之间，就是它的特征。在花谱中有它的名称，而在群芳争艳的百花园中却没有它的地位，处境十分落寞，十分尴尬。苏轼的创作意图是借杨花写弃妇的痛苦，杨花与弃妇很难分别评析。杨花这种有花之名却无花之实，与弃妇有婚姻之名却无婚姻之实完全相同。"似花还似非花"奠定了全词的基调，隐喻着弃妇的命运。杨花任其默默地自开自落，无人栽培，无人关注，更无人爱惜。

每当牡丹盛开时，洛阳便会倾城出动，前往买花，不计代价，爱护备至；当春花凋落时，辛弃疾高声喊道："惜春长恨花开早，何况落红无数。春且住！见说道、天涯芳草无归路"（《摸鱼儿·更能消几番风雨》），林黛玉低声哀吟："花谢花飞花满天，红消香断有谁怜？……侬今葬花人笑痴，他年葬侬知是谁"（《葬花吟》），视春花如同自己的生命。但是有谁为杨花的凋谢表示过惋惜呢！弃妇与杨花的命运相同，丈夫的一纸休书就能把她扫地出门，无家可归；丈夫远游不归，另有所爱，她就只能孤守空房，终老无依，任其自生自灭。"也无人惜从教坠"既是为杨花抱不平，也是为弃妇诉怨曲。"惜"字包含着作者对杨花（弃妇）的深切同情，弦外之音是别人不惋惜，我可是很惋惜的呀！

"抛家傍路，思量却是，无情有思。"接着上句"坠"字写杨花落地后的情况。杨花被自己的家（树枝）抛开，紧贴着路边，灰白衰弱、有气无力的样子，好像生命枯萎了，没有情思活动了；可是仔细看看，仔细想想，她还是有情思的。我们知道，人类对父母、兄弟、亲友、情侣的思念，毋庸讳言，对情侣的思念是最强烈、最深刻、最长久的。"看朱成碧思纷纷，憔悴支离为忆君"（武则天《如意娘》），"相恨不如潮有信，相思始觉海非深"（白居易《浪淘沙·相恨不如潮有信》）"春蚕到死丝方尽，蜡炬成灰泪始干"（李商隐《无题》），"两鬓可怜青，只为相思老"（晏几道《生查子·关山魂梦长》）等等，相思之情的博大深广、刻骨铭心是说不完道不尽的，以至于手握生杀予夺大权、性格刚烈果敢的武则天，也会为相思而"看朱成碧"，神魂颠倒。生命不息，相思不止，杨花如此，弃妇也是如此。古代女性生活不能自立，婚姻也不能自主，一旦不幸成为弃妇、寡妇，便失去了生存的支柱，不仅无依无靠，而且受人冷落，遭人歧视。身心两方面的双重折磨，往往使她们昔日的容光明媚变为面色灰白，婀娜体态变为形销骨立，这不正如被抛弃到路旁无人理睬的杨花么？杨花奄奄一息，仍然会挣扎着活下去，因为生命的火苗没有熄灭，生存的欲望没有消失。"无情有思"，看似无情、实则有思的情感状态虽然微弱，却在竭尽全力继续活动着。

"萦损柔肠，困酣娇眼，欲开还闭。梦随风万里，寻郎去处，又还被、莺呼起。"再仔细看看路边的杨花，哎呀，她被折磨得太凄惨了！那胡乱萦绕成一团的茸毛，是她被绞断的寸寸柔肠呀；那一双娇美的眼睛因为被相思之苦折磨得十分困倦，想睁开却无力睁开，勉强睁开一点又很快闭合。如前所说，这里的杨花即柳絮。柳絮是柳花的种子，中心有一黑点像眼珠，四周茸毛轻轻张合很像困乏之极的眼睛无力大开大闭。这几句对杨花的观察与描绘特别细致传神，可谓空前绝后。这以前，杨花的意象中隐喻着弃妇的形象；在这里，杨花的形态和心态已经与弃妇合二为一，形成了人花共体的意象，不分彼此了，说杨花就是说弃妇。有学者说："苏轼的主观色彩未免过分强烈了些，颇有离开物象，凭空捏造的嫌疑。到底柳絮如何'萦损柔肠'，又如何'困酣娇眼'，实在是不大好领会的。"（《宋词鉴赏辞典》）"萦损柔肠，困酣娇眼，欲开还闭"，苏轼对柳絮这个物象的形态和神情的描绘十分准确生动，不仅没有离开物象，而且是对物象的深入表现，怎么就"不可领会"了？我们接着说杨花，困极了的杨花进入梦乡，跟着万里长风，越过千山万水，寻找她丈夫的去向。当杨花挣扎着继续在梦中寻夫的时候，一只黄莺贴地飞过，扇起路旁的杨花，把她从梦中惊醒，打破了她的寻夫之梦。梦境是心灵的自由天地，做梦是追求幸福的幻象。人们在现实生活中丧失的幸福，往往通过做梦得到一时的满足。杨花正在梦境中苦苦追寻丈夫的中途却被打断，强行拉回到现实，连一个美好而虚幻的梦也做不成。梦前相思的痛苦与梦后失落的悲哀相互叠加，由此激发起来的深层痛苦便愈发强烈了。

"恨此花飞尽，恨西园、落红难缀。"从下片起，苏轼承接上文直接抒发对杨花的怜惜之情。这几句该怎么讲？有学者说："杨花非花，所以不必怨花飞尽；但是此花飞尽，却说明春光已逝，西园里的繁花从此纷纷飘零了，那却是很可惜的"（《宋词鉴赏辞典》），此说殊不可解。全词每句都是对杨花不幸遭遇的怜惜，怎么能说只怨繁花飘零，不怨杨花飞尽的？回头看看这位学者开始的一段话："'也无人惜从教坠。抛家旁路'——先用事实证明它那'非花'的一面：没有人会对它的'坠落'产生怜惜心情，任由它离开本家，在大路上随风漂泊"（《宋词鉴赏辞典》）。原来这位学者认定杨花不是花，根本不值得怜惜，完全误解了这首词，那就不必再说什么了。又有学者说"'不恨'者，乃是承上片'飞花'、'无人惜'而言。其实正如'无人惜'

实即'有人惜'一样,说'不恨'者,实即'有恨',是所谓曲笔传情。"(《唐宋词鉴赏辞典》)此话说得曲曲折折,近似绕口令。我觉得苏轼并未用曲笔传情,而是用他一贯的笔法直抒其情。这里的"不恨"和"恨"是一种递进式的转折关系,意即我不只是抱怨杨花飞尽,我更加抱怨的是西园里的百花全部凋零,再也回不到树上去了!暮春时节,杨花飞尽,百花凋谢,春风吹开了万紫千红,也催生了枝头杨花,赋予它与人同样的生命。杨花虽然形小色淡,全无芳香,不能与艳丽的百花媲美,但它同样有生存的欲望和对爱情的追求。如今落红满地,不可收拾;孕育杨花的春天一去不复返,它的生命枯萎了,而一阵风就把它吹得无影无踪。因此,情急之下便会抱怨杨花不再挣扎一番,实现寻夫之梦,同时更加抱怨断送了杨花生命的春天的无情。这种看似无端的双重抱怨,更加深了对春天的留恋、对杨花的怜惜。

"晓来雨过,遗踪何在,一池萍碎。春色三分,二分尘土,一分流水。"早上一阵雨下过,才发现杨花落在池塘水面上,化作满池塘破碎的浮萍。原来完整的杨花破碎了,变形了,"遗踪何在"又表明杨花的生命结束了,只剩下供人凭吊的一点踪迹。浮萍是杨花生命的余烬,池塘是杨花的坟墓,风雨过后,就连那一点破碎的影子也消失了。这是杨花的命运,也是弃妇的命运,她像无根的浮萍随风飘荡,任人摆布,直到生命的终结。杨花形体很小,色彩很淡,分量很轻,是百花群体中的弱者,无人把它看在眼里,放在心上,而苏轼却把这个弱者看得很重。"梨花淡白柳深青,柳絮飞时花满城"(苏轼《东栏梨花》),杨花和百花共同创造了春天,它们都是春天的象征。苏轼因为特别怜惜无人关怀的杨花,把它推崇为春天的代表,具有春天的全部价值,如果把春天分为三份,杨花便全部占有。"春色三分"的"三"字有完整、完美、全体的意思，"春色三分"亦即杨花代表了整个春天。然而非常不幸，杨花的二分埋没于尘土，一分飘落于池塘，结局是很悲惨的。

"细看来，不是杨花，点点是离人泪。"杨花既然已经变成浮萍般的零星碎片，生命终结的悲哀已经到达顶点，无以复加了，但苏轼仍然执意要在这些生命碎片中挖出更加深刻的悲哀。他恋恋不舍地在池塘边上徘徊，注视着水上的浮萍。在水光的映照下，细碎的浮萍闪闪烁烁，像泪光闪闪。噢，杨花的躯体分解了，杨花的灵魂不死，你看她还在池塘中哭泣。杨花与弃妇在苏轼眼前的幻象中再次融为一体，杨花的灵魂不死，弃妇的精神不死。她们的眼泪流在一处，长流不息，满塘池水如同满塘泪水，诉说着杨花、弃妇这些弱势群体的深沉无穷的悲哀。全词写了一群杨花和一个弃妇的悲苦命运与挣扎，反映了一切弱势群体的共同命运。

秦 观（七首）

高度提纯的爱情观

纤云弄巧，飞星传恨，银汉迢迢暗度。

金风玉露一相逢，便胜却人间无数。

柔情似水，佳期如梦，忍顾鹊桥归路。

两情若是久长时，又岂在朝朝暮暮。

——《鹊桥仙·纤云弄巧》

秦观的这首《鹊桥仙》是写牛郎织女七夕相会的绝唱，古今学者已经反复作过诠释，似乎没有多少话可说了。不过好诗不厌多讲，用心者可以常讲常新。

"纤云弄巧，飞星传恨，银汉迢迢暗度。"秋天，夜空晴朗而寂静。纤细柔和的云彩在蔚蓝的天幕上，不断地变幻着美丽的花样，这是什么？忽然，一颗流星飞速地划过夜空，消失在远方，好像有什么急事？噢，明白了，今天是七月七日，是牛郎织女相会的日子。"纤云弄巧"是织女显示她制作华美云锦的精妙技巧。织女心灵手巧，是人间天上无与伦比的纺织高手。她本来与牛郎是一对幸福美满的夫妻，却被无情的天帝分隔在天河两岸，只准一年有一次短暂的相会。那颗无名流星是他们的忠实伙伴，在用最快的速度传递他们常年不得相聚的怨恨之情。朝思暮想，终于盼到了七月七日相会的这一天，织女高兴地表演她的织锦技巧，牛郎兴奋地翘首以待，流星也更加热情地传送相思的信息，整个天空都活跃起来了，静静地为他们祝福。于是，牛郎织女趁着夜色，悄悄地渡过天河去相会了。秦观在这里用简短的三句话，为读者营造出一个梦幻般的境界，发人想象。我们虽看不到织女、牛郎及其伙伴的面孔，却能凭借想象感觉到他们身影的存在，心灵的跳动。文字清丽，笔调灵动，内涵丰富，一开始便引人入胜，耐人寻味，这正是秦观的高明之处。亿万年来，无限广阔的天宇给人们提供了无限广阔的想象空间，人们从自己的情感需要出发，想象出各种神奇美丽的人物。人们在虚幻缥缈的想象过程中，根据个人不同的审美特点不断探求、塑造、完善着自己喜爱的人物，因而一千个人便有一千个嫦娥，一千个织女。如果把嫦娥、织女毛发毕现地描绘出来，定格，那还有什么审美韵味呢？美在人的心灵中，美在人的想象中，美在人的审美创造中。秦观以他的艺术实践，证明了这个美学原理。再补充几点：这里的"飞星"指什么？有学者说指织女星，"每年七月初七夜，织女渡过天河和牛郎相会，故称飞星……'传恨'，即表明离愁别恨的意思。"（《唐宋诗词赏析》）这就是说只有织女传送离恨，不见牛郎有什么反应，好像织女患单相思，单方面追求牛郎。此说毫无道理。有学者说"飞星"指牵牛星，"夏末秋初，它的光彩看起来特别明亮，与织女星距离也似乎最接近，故有渡河相会之说。'飞'字正是极写他奔赴约会的急切情景。"（《宋词鉴赏辞典》）这又是牛郎在急忙赴会，好像织女在静静等待。此说有两误：一是没有交代是谁在"传恨"，二是所谓牛郎与织女距离很接近，与下文"银汉迢迢"相矛盾。距离接近才会渡河相会，岂不是说距离"迢迢"很遥远就不能相会了？不合情理。牛郎织女的爱情千百年来受到人们的普遍同情，这种共同的潜意识反映在秦观笔下，便是天上的星星也乐意玉成其事，忙忙碌碌地代为传送相思之情，促使他们尽快相会。"暗度"是怎样的神态？

有学者说"'暗度'二字既点'七夕'题意，同时紧扣一个'恨'字，他们千里迢迢来相会，那深情挚意真像长河秋水源远流长啊"（《唐宋词鉴赏辞典》）；又有学者说"'暗度'，形容他们的踽踽宵行，景象微茫，境况幽独。他们没有仪仗，没有随从，沿路没有张灯结彩，也没有敲锣打鼓"（《宋词鉴赏辞典》）。这些诠释都脱离了人物的特定心态和所处的特定环境。牛郎织女没有婚姻自由，也没夫妇常年共同生活的自由，一切听从天帝的意志，心情一直处于忐忑不安的状态中。七夕佳期越来越近，他们的心情便越来越紧张，惟恐发生意外，破坏了一年一度的难得相会。所以"银汉迢迢暗度"是悄悄地渡过宽广的天河，提心吊胆，蹑手蹑脚，担心惊动了天帝，发生变故。再者，"踽踽宵行"也不是"暗度"的表现。"踽踽"者，单独行走、慢步行走也。这与"暗度"都毫无关系，而且牛郎织女都迫不及待地相会，怎么会消消停停地慢步行走呢？

"金风玉露一相逢，便胜却人间无数。""金风"即秋风，五行中属金，故名"金风"。"玉露"即白露。诗人们常以"金""玉"修饰风、露，表明秋风、白露这两种物象是很美好的。初秋时节，云淡风轻，天高气爽，山清水秀，草木苍绿，月光明媚，冷暖适度，是一年四季的最佳季节。李商隐认为，这是天上仙人特意安排牛郎织女在此时相会。在如此美好的时节他们一相逢，那种无可名状的幸福感比人间的夫妻相会、恋人相逢不知道强过多少倍。"金风玉露一相逢"，平平仄仄仄平平，读起来节奏顿挫有力，充分发挥了"一"字的力度感（一举捣毁）和速度感（一日千里）。由"一相逢"可以想象牛郎织女的行走速度越来越快，双方距离越来越近的时候便飞奔起来，猛扑过去，紧紧地拥抱在一起等等动人场景；加之"金风玉露"的天气不冷不热，会使人的生理和心理感觉更加敏锐，"一相逢"的幸福感也就更加强烈了。牛郎织女相逢为什么会"便胜却人间无数"呢？因为他们相逢一年只有一次，太珍贵了。一年 365 天，他们盼了 364 天才盼来一次相会，付出的精神代价太多太重了。人间夫妻朝夕相处，他们的恩爱是随时随地、一点一滴慢慢释放的，是渐进式的幸福；牛郎织女的恩爱日积月累到极限，猛地爆发出来，是"聚变"式的幸福，其能量十分强大。婚姻幸福的浓淡强弱是相比较而言的。常言新婚不如久别，新婚的幸福是狂热的、短期的，懵懵懂懂的，急于满足生理需求，无暇深入爱情的佳处；久别之后，有时间对不久前经历过的爱情生活细细品味，反复想象，酝酿成一坛美酒。酒味醇厚、绵长、后劲浓烈，一旦重逢，品尝起来，较之新婚之酒自然会有浓淡强弱之别。

"金风玉露一相逢，便胜却人间无数"蕴含丰富，耐人寻味。南宋张炎说秦观的词"咀嚼无滓，久而知味"（《词源》），正是如此。再者，牛郎织女生活在天界，除了相思之苦，没有人间的种种烦恼，而且相思之苦每年都会得到一次一定程度的释放。他们只为个人的爱情活着，不承担任何家庭和社会责任。这是多么自由、轻松、幸福的生活啊！人间是永远无法得到的。苏轼最了解自己的学生秦观，在对"便胜却人间无数"的认识上比秦观说得更透彻："相逢虽草草，长共天难老。终不羡人间，人间日似年"（《菩萨蛮·七夕》）。牛郎织女的相思之苦一年就是一年，人间的种种苦恼一天等于一年；相逢虽然短暂匆忙，而爱情却地久天长。人间没有什么可羡慕的，还是留在天上吧。

"柔情似水，佳期如梦，忍顾鹊桥归路。"牛郎织女一旦相逢，便很快进入高潮。他们相互拥抱着、依偎着、温存着、亲吻着、含情脉脉地相互注视着。这种风光旖旎的柔情蜜意是一种什么状态，什么感觉呢？秦观说"柔情似水"，是呀！天上人间再没有比银河的水更柔和、更纯净、更能包容一切了。上善若水，何况是银河的水亿万年来总是那样清澈，那样平静，从未掀起过惊涛骇浪，一直默默地滋润着数不尽的列宿辰星。此时此刻，牛郎织女像沐浴在银河水中，身心舒畅。河水缓缓流淌，爱抚着他们的躯体，冲刷着他们的心灵，化解了相思一年的精神郁结，心动神摇，恍恍惚惚，如同进入迷幻的梦境。古人写梦的诗很多，"夜阑更秉烛，相对如梦寐"（杜甫《羌村三首·其一》），"乍见翻疑梦，相悲各问年"（唐·司空曙《云阳馆与韩绅宿别》），"今宵剩把银釭照，犹恐相逢是梦中"（晏几道《鹧鸪天·彩袖殷勤捧玉钟》）。这些诗句都是对久别重逢真实性的怀疑，"佳期如梦"则不然。"佳期"，美好的日子。牛郎织女沉浸在幸福的河水中，飘飘荡荡，如醉如痴，会发出这样的赞叹：这样美好的日子，这样幸福的时光，是我们一年四季多次的梦想，今天终于实现了！我们知道男女相爱之梦是非常甜美的，又是非常短暂的，梦醒之后的失落感也是相当沉重的。牛郎织女是对以往多次梦境中的甜美滋味的回味，没有失落的怅惘，只有获得的满足；不是梦幻的迷茫，而是清醒的享受。秦观的"佳期如梦"不是一般的梦一闪即过，而是旧梦的甜美与相逢的幸福的重叠与融合。"佳期如梦"这种陶醉般的幸福和欢乐，在简短的诗词中很难展开描绘。

"两情若是久长时，又岂在朝朝暮暮。"他劝导牛郎织女说，假若你们的爱情是长久的，难道还在乎朝夕相处的夫妻生活么？请注意"假若……难道……"这个句式，语气中有劝慰也有启发，言外之意就是如果过分重视朝夕相处，你们的爱情能否长久就值得怀疑了。牛郎织女听到这话，一定会深入思索自己能否经得起长期分居的时间考验，保持爱情的忠贞永恒，从而减轻离别的痛苦，坚持爱情的天长地久。
在这里，秦观把爱情中的肉欲成分过滤出来，提炼出一种剔除生理欲望、
只需心灵抚慰、纯而又纯的柏拉图式的爱情。秦观的话对相爱而很难
相见的恋人、长期两地分居的夫妻，是一种很温情体贴的精神安慰；
对不食人间烟火、只有彼此相爱的牛郎织女，更是一种高尚的心灵慰藉。
这种纯洁高尚的爱情是人类精神生活的宝贵财富，具有永恒的价值。
然而，秦观这种脱离世俗、高度提纯的爱情观的安慰作用不可能持久，
只是暂时有效的精神安慰而已。人世间除了柏拉图这种不恋不婚的人
可能有纯粹的爱情之外，根本不存在灵肉分离的爱情。普世大众的爱
情存在于朝夕相处、形影不离、执子之手、与子偕老之中，存在于油
盐酱醋、米面柴炭、生儿育女、传宗接代之中。这种生活看似琐碎平淡，
而夫妻恩爱却贯穿始终。我们还是告别牛郎织女，从天上回到地面上来，
用朴素、真诚的态度面对爱情和婚姻吧。

前景迷蒙的沉痛抱怨

雾失楼台，月迷津渡。桃源望断无寻处。可堪孤馆闭春寒，杜鹃声里斜阳暮。　　驿寄梅花，鱼传尺素。砌成此恨无重数。郴江幸自绕郴山，为谁流下潇湘去！

——《踏莎行·雾失楼台》

"雾失楼台，月迷津渡。桃源望断无寻处。"傍晚时分，秦观登高远望，以图排遣内心苦闷。天色渐渐昏暗，地面上升起的烟雾把郴州城中的楼阁亭台都掩盖得看不见了；郊外的河流渡口在朦胧的月光笼罩下，显得迷迷茫茫，似有似无；再往远处眺望，千里之遥的武陵桃花源更是不知去何处寻找。这是郴州地理环境和傍晚景色的描绘，也是秦观生活状况和心理活动的具象化。"雾失楼台"，天色越来越黯淡，前途越来越黑暗；"月迷津渡"，渡口越来越迷茫，出路越来越不通；"桃源望断无觅处"，理想的世界再看也看不到了，再找也找不到了。桃花源里山清水秀，花木葱茏，男耕女织，自给自足，邻里和谐，即使陌生人来访也热情接待，不设心理防线。这与官场中的争权夺利、尔虞我诈、贤良遭嫉、邪恶当道，甚至血雨腥风、相互厮杀形成鲜明对照，判若天壤之别。秦观受尽了官场连续不止的迫害，自然非常向往桃花源；而桃花源却是陶渊明的艺术虚构，现实中并不存在如此美好的世界。这样就使秦观陷入了走投无路的绝境。"桃源望断无寻处"的生活内涵很丰富，很难一一列举，而对官场险恶的畏惧与厌弃则是秦观感受很深的核心内容。有学者认为这三句"不过是诗人内心中的极悲极苦所化成的一片幻景的象喻"（《灵溪词说·论秦词》）。我觉得"雾失楼台，月迷津渡，桃源望断无觅处"的"象喻"，并非秦观内心中的凭空想象，而是以郴州的地理环境为依据的。郴州地处南岭山脉中段与罗霄山脉南段的交汇地带，东部为罗霄山脉，南部为南岭山脉，西部为郴道盆地，北部为醴攸盆地、茶永盆地，一般海拔二百至四百米，最低海拔仅七十米，是一个四面环山的大盆地。郴州高山环绕，地势低下，环境闭塞；登高望远时又逢暮色苍茫，云遮雾绕，不能骋目抒怀，这样本来就存在的压抑感、郁闷感便会因外界的干扰而更加沉重。郴州境内有赣江、湘江、北江、长江，大小河流五百余条，渡口当然很多，但因月色迷茫，看不清何处是供我逃脱此地的渡口；至于理想的桃花源距离郴州近五百公里，更是既不可望，又不可及。这样看来，"雾失楼台，月迷津渡，桃源望断无觅处"因为具有现实生活依据，画面中的情感内涵便会更真实更丰富；了解郴州地理形势和秦观当时的生活处境和情感活动的读者，也就会从这幅画面中得到更真实、深入的体会。王维有句："寂寞掩柴扉，苍茫对落晖"（《山中即事》），这只是独居山中，傍晚时深感寂寞，远不如秦观词的情感之复杂、纠结、不可解除。

"可堪孤馆闭春寒，杜鹃声里斜阳暮。"前三句的情感状态主要是沉闷、压抑、心情黯淡，随着时间的推移，暮色逐渐浓重，心理承受能力达到极限，便不可抑制地爆发出了一声凄厉的呼喊："我实在受不了啦！"你看，我被禁闭在一处孤零零的旅馆里，没有行动自由，也无人与我做伴。这旅馆像铁筒一般，不只禁闭着我，不准放行，它还禁闭着春寒，不准散发。春寒料峭，冷气袭人，搅得人坐立不安，简直像关在冰窖里一样。"蝶寒方敛翅，花冷不开心"（北宋·梅尧臣《春寒》），花鸟尚且不耐春寒，身冷心冷的人怎么能受得了呀！杜鹃鸟本是传说中古代蜀帝的化身，因为权臣骗取了他的帝位，霸占了他的妻女，而年年啼血不止。"杜宇冤亡积有时，年年啼血动人悲"（唐·顾况《子规》），"暮春滴血一声声，花落年年不忍听"（唐·李中《子规》），"一叫一回肠一断，三春三月忆三巴"（李白《宣城见杜鹃花》）。杜鹃的啼声悲伤凄厉，类似"不如归去，不如归去"，极易引发思乡之情。秦观与杜鹃的遭遇同样不幸，心情同样悲伤，双方很容易发生情感共鸣。暮春季节，夕阳西下，夜色苍茫，月光迷离，最容易触动游子的思乡之情，而游子也最需要得到旁人的安慰。然而，不知是有意还是无意，杜鹃却高声啼叫着"不如归去，不如归去……"把秦观搅扰得更加烦躁不安，无法忍受。杜鹃因不得归去而啼血不止，秦观也为不得归去而心头滴血。"言归汝亦无归处，何用多言伤我情"（北宋·洪炎《山中闻杜鹃》），杜鹃，你不要劝我回家了，你也是无家可归呀！杜鹃仍然不停地啼叫着，似乎催促秦观及早归去，秦观会为自己辩解："声声只道不如归，天涯岂是无归意？争奈归期未可期"（晏几道《鹧鸪天·十里楼台倚翠微》），杜鹃呀，你也许有归期，而我的处境如同囚徒，不知何日才能回家呀！杜鹃啼血在古代诗词中已经成为永远解不开的情感死结，"曾为深冤无处雪，长年江上哭青春。平林雨歇残阳后，愁杀天涯去国人"（北宋·寇准《闻杜宇》），有冤无处诉、有家不得归的双重悲哀压在心头，迫使秦观发出了杜鹃啼血般凄厉的呼声，这是从心底发出的求生不得、悲痛欲绝的哀鸣！

王国维在《人间词话》中说："少游词境最凄婉，至'可堪孤馆闭春寒，杜鹃声里斜阳暮'，则变而为凄厉矣。""雾失楼台，月迷津渡。桃源望断无寻处"声情凄凉委婉，"可堪孤馆闭春寒，杜鹃声里斜阳暮"声情凄厉欲绝，动人心魄。这是秦观屈辱、孤独、苦闷、抑郁、无奈等等复杂悲情，由不断叠加、纠结到忍无可忍的爆发过程。再者，"杜鹃声里斜阳暮"的词序形式，表明了杜鹃哀鸣声声不断，一直啼叫到夕阳西下，暮色昏暗，与"雾失楼台，月迷津渡。桃源望断无寻处"遥相呼应，营造出一个杜鹃啼声越来越凄厉、自然环境越来越黑暗的发展过程，成为秦观心境的真实映象。读者能够由此可闻可见可触秦观处境之凄凉、心情之悲哀、呼声之凄厉，这才是情与景的完美融合，是秦观个性的生动写照。秦观对环境的感觉，对心情的体察，达到了幽微烛照、无比深入细腻的高度。

"驿寄梅花，鱼传尺素。砌成此恨无重数。"北魏陆凯《赠范晔诗》："折梅逢驿使，寄与陇头人。江南无所有，聊赠一枝春。"汉乐府《饮马长城窟行》："客从远方来，遗我双鲤鱼。呼儿烹鲤鱼，中有尺素书。"下片一开始就把这两个传递友情和爱情的典故摆在首位，似乎客观陈述，不动声色，但紧接着第三句"砌成此恨无重数"，语调突然提高，情感色彩极浓，这是为什么呢？书信往来的主体到底是谁呢？有学者说"作者写到远方朋友的同情，只能增添自己的愁恨……对方的劝慰，反而使自己更为愁苦难受……这是人的生理、心理的必然现象"（《唐宋诗词赏析》）。"少游是贬谪之人，北归无望，亲友们的来书和馈赠，实际上并不能带来一丝安慰，而只能徒然增加他的别恨离愁而已。因此，书信和馈赠越多，离恨也积得越多"（《唐宋词鉴赏辞典》）。照这些说法，书信馈赠的主体是众多亲友，书信馈赠的结果是"砌成此恨无重数"，此说大谬不然。常识告诉我们。除了心理变态的精神病患者，人在最困难最痛苦的时候，最需要亲友的帮助和安慰。李白身陷牢狱，命在旦夕，写下"应念覆盆下，雪泣拜天光"（《狱中上崔相涣》）这种悲惨的句子，向崔涣求助；杜甫被安史叛军押解到长安，生死难料，写下"烽火连三月，家书抵万金"（《春望》），急盼家中来信；苏轼被捕入狱，性命难保，苏辙全力救助，苏轼为表感谢，写下"与君世世为兄弟，更结来生未了因"（《狱中寄子由》）。李白、杜甫、苏轼这些大诗人都需要亲友的帮助，秦观并未精神失常，怎么会拒绝亲友的书信馈赠呢？当时的实际情况是，以秦观比较脆弱敏感的性格而言，他是非常需要亲友的书信安慰的，然而严酷的事实却是一封信件也收不到。"天涯旧恨，独自凄凉人不问。欲见回肠，断尽金炉小篆香"（《减字木兰花·天涯旧恨》），"乡梦断，旅魂孤。峥嵘岁又除。衡阳犹有雁传书，郴阳和雁无"（《阮郎归·湘天风雨破寒初》），"苦恨东流水，桃源路、欲回双桨。仗何人细与、丁宁问呵，我如今怎向"（《鼓笛慢·乱花丛里曾携手》），"西窗下，风摇翠竹，疑是故人来"（《满庭芳·碧水惊秋》）。这些郴州时期的词作，说明秦观以戴罪之身的处境十分孤独，无人敢问讯，没有书信往来。所以，"驿寄梅花，鱼传尺素"这两个字面上毫无情感温度的句子，暗寓着冷酷无情的现实，秦观如同囚徒一般与外界失去了联系。他深受政敌的迫害，随时会受到更严厉的惩罚，外界的同情者又不敢向他伸出援手，他的孤苦无告的怨恨之情日积月累，像用砖石砌墙一样，它的厚度、重量和牢固度就不能以数字计算了。古人以高山、大海、江湖比喻离愁别恨的不乏其例，而以砌墙比喻愁恨的则只有秦观一人。"砌成此恨无重数"一句话，就写出了情感的厚重感，愁情如碉堡坚不可摧，而且写出了愁情日积月累的过程和愁情日益加重的感觉。

"郴江幸自绕郴山，为谁流下潇湘去！"上片经过一番环境的摧残和精神的折磨之后，发出了"可堪孤馆闭春寒，杜鹃声里斜阳暮"这种忍无可忍的呼喊；下片又经过亲友断交、孤苦无援、形同囚徒的体验，凝固在胸的怨恨之情像坚固的堡垒无法消解，无法宣泄，情急之下向身边的郴江发出诘问：郴江呀，你本来是围绕着郴山流淌，平平静静，千古不变，可是又是谁强制你改变方向，背井离乡，流到潇水湘水里去呢！这个语气已经由上片的哀婉凄厉转化为极度怨愤了。学者们对这两句作过许多诠释，都有道理。我要补充的是，这两句看似无理的诘问，实在是秦观迁怒于山水的表现。数十年险恶的官场经历使他思索自己的人生轨迹，到底哪一步走错了？思来想去，许多问题想不清楚。当初我为什么离开飘散着浓郁书香的家庭，卷入污浊的党争漩涡？我一个循规蹈矩、清清白白的人，为什么要遭受没完没了的政治迫害？为什么从开封贬到杭州，从杭州贬到处州，紧接着又贬到郴州，而且还会继续贬下去，贬到穷山恶水之中，非把我置于死地不可？难道是"山水岂有极，天地终无情"（南宋·汪元量《北征》）吗？难道真的是"天地不仁，以万物为刍狗；圣人不仁，以百姓为刍狗"（老子《道德经》）吗？秦观深深感到有一只无形的魔掌把自己甩来甩去，何去何从，不由自主；"烟水茫茫，千里斜阳暮。山无数，乱红如雨。不记来时路"（《点绛唇·桃源》），生活的方向何在？生存的意义何在？他越想越混乱，既找不到事情的原因，也找不到摆脱困境的办法。由此产生的悔恨、怨愤又不知该向谁发泄，只好迁怒于郴山郴水，迁怒于掌握他命运、决定他生死的那个"谁"。郴江是自指，是对自己不幸而又无力自救的抱怨。"为谁"的"谁"泛指冥冥之中不断迫害他的邪恶势力，无法确指某人。人在无力自主自救的时候，往往会把怨愤之情发泄到不相干的别人身上，这是弱者的心理特点。"郴江幸自绕郴山，为谁流下潇湘去"是秦观离世前不久悲愤之极、痛不欲生的生命呼喊。苏轼与秦观这一对师生同为新旧党争的牺牲品，秦观的遭遇更为悲惨。他不如苏轼豁达开朗，难以承受生命之重、受害之烈，写下这首《踏莎行》后，第三年便去世了。苏轼闻讯，悲叹曰："少游已矣，虽万人何赎！"（北宋·惠洪《冷斋夜话》）次年，苏轼也去世了。王国维很赞赏"可堪孤馆闭春寒，杜鹃声里斜阳暮"，却对苏轼特别赞赏"郴江幸自绕郴山，为谁流下潇湘去"斥之为"皮相"之见，是因为王先生没有深入了解秦观死前不久的复杂之极、痛苦之极的思想活动和情感状态。

敏锐的感觉和淡淡的愁绪

漠漠轻寒上小楼，晓阴无赖似穷秋。
淡烟流水画屏幽。　　自在飞花轻似梦，
无边丝雨细如愁。宝帘闲挂小银钩。

——《浣溪沙·漠漠轻寒上小楼》

古今论者都认为秦观的艺术感觉特别敏锐，确实如此。一般人感觉不到的他能感觉到，一般作者写不出来的他能写得可见可闻可触。这种艺术感觉和表现功力，中国诗词史上秦观一人而已。

"漠漠轻寒上小楼，晓阴无赖似穷秋。""漠漠"的词义很多，与本词相关的一义为"迷蒙"，如"漠漠水田飞白鹭，阴阴夏木啭黄鹂"（王维《积雨辋川庄作》）；一义为"广阔"，如"漠漠看无际，萧萧别有声"（唐·罗隐《省试秋风生桂枝》）；一义为"寂静"，如"漠漠门长掩，迟迟日又西"（唐·齐己《残春连雨中偶作怀故人》）；一义为"稀薄"，如"平林漠漠烟如织，寒山一带伤心碧"（李白《菩萨蛮·平林漠漠烟如织》）。"漠漠"形容远方树林上的烟雾像织成的纱布很稀薄，才能看清更远处的一带"寒山"。春末天气的寒冷程度很轻微，人们的肌肤能够感觉到它的轻微，但也只此而已，再说不出如何轻微了。秦观对此作了进一步具体形象的回答：它是迷迷蒙蒙、模模糊糊的；它是广阔天际、无所不在的；它是寂静无声、悄然而至的；它是疏而不密、朦朦胧胧的。这样，就把只能诉诸肌肤触觉的"轻寒"，具象化为可以被视觉感受的迷蒙、广阔、稀薄和被听觉感受到的寂静等形象特征，从而使人们对"轻寒"有了更全面、深入、细致的感受。秦观把触觉和视觉沟通起来，化触觉为视觉和听觉，使人们能够"看见"和"听到"寒冷的诸多特征，多角度、多层次、全方位地感觉"轻寒"的种种内涵，这是他的奇妙之处，绝招！"轻寒"因为寒冷度很轻微，人们并不在意，本可以忽略不计，而对一个独居小楼、百无聊赖的女子来说，对寒冷的感觉就比常人敏锐多了。"上小楼"的字面意思是寒气由下而上进入了小楼，其实是说寒气上了小楼，进而上了女子的全身，这完全符合人的生理感觉过程。人的腿脚距离心脏最远，血液流程最长，热量供应不足，而脚底脚面脂肪又较薄，御寒能力较差，所以对寒冷的感觉总是先从腿脚开始的。"轻寒"进入小楼之后，再从女子脚底扩展到全身。这个缓慢的过程，能够逐步加深女子对"轻寒"的体验。时间一长，"轻寒"会变成"重寒"。"晓阴无赖似穷秋"，从上句的"轻寒"到此句的"穷秋"是春寒逐步加剧的过程，二句并非各自独立的并列关系。早晨的气温较低，阴天早晨的气温更低，低到了像是深秋的天气。暮春天气变化无常，乍暖还寒，令人坐卧不安，而常见的"倒春寒"更是冷上加冷。"晓阴"久久不散，天气越来越冷，不知何时才能天晴日暖。这种无法脱离困境的感觉，就像被一个蛮横无理的市井无赖纠缠着，推不开、撵不走、摆不脱，而又无奈何，令人厌恶、气恼。古人用"无赖"形容各种事物的诗句很多，如"韦曲花无赖，家家恼杀人"（杜甫《奉陪郑驸马韦曲二首·其一》），"日苦树无赖，天空云自如"（王安石《还自舅家书所感》），"白发殊无赖，黄花似有情"（元·王冕《漫兴十九首·其十七》）等等。这些"无赖"的内涵都比较简单，不如"晓阴无赖似穷秋"能够深入表达女子对被阴冷天气纠缠不休的复杂的身心感受。

"淡烟流水画屏幽。"有学者说"'画屏',在诗词中往往伴衬着女主人公的睡梦……'淡烟流水',便烘托出一座幽闺,闺中人的睡态以及她那渺茫的、流动的梦"(《宋词鉴赏辞典》)。画屏上的"淡烟流水"怎么会是做梦呢?而且全词毫无做梦的缘起和线索,楼上的女子又处于深秋般的寒冷中,怎么会安然入睡,做起"淡烟流水"般的悠然美梦呢?此说纯属臆想,不近情理。这一句是对上片的收束,视线从楼外回到楼内,看见用银箔镶嵌在画屏上的"淡烟流水"。"淡烟流水"都是冷色调;"画屏"一般用深色木材制作,也是冷色调;天气阴沉,楼内的光线幽暗,画屏上隐隐泛射出的光斑,也是冷色调。这样多重冷色的叠加,楼内气温便显得十分寒冷。女子独居一楼,陪伴她的只有一座冷冰冰、暗幽幽的屏风,她的身心感受就更加凄凉寂寞了。这位女子的居室内外,寒冷不断加重,她很清醒,没有做梦,也不会做梦。

"自在飞花轻似梦,无边丝雨细如愁。"这两句是秦观的名句,被梁启超赞之为"奇语"(梁令娴《艺蘅馆词选》)。奇在何处?有学者说"于是花的飘忽不定,梦的渺茫难寻,人的爽然若失,全统一在一个"轻"字里头了;雨的连绵不断,愁的千丝万缕,人的无名惆怅,全统一在一个"细"字里头了"(《宋词鉴赏辞典》),怎么统一的?未见详解。有学者说"'飞花'和'梦','丝雨'和'愁',本来不相类似,无从类比。但词人却发现了它们之间有'轻'和'细'这两个共同点,就将四样原来毫不相干的东西联成两组,构成了既恰当又新奇的比喻",又说"一般的比喻,都是以具体的事物去形容抽象的事物,或者说,以容易捉摸的事物去比譬难以捉摸的事物。但词人在这里却反其道而行之。他不说梦似飞花，愁如丝雨，而说飞花似梦，丝雨如愁，也同样很新奇"（《宋词赏析》），说得有一定道理，却仍是语焉未详。"自在飞花"究竟为什么"轻如梦"呢？做梦是精神的自由释放，潜意识的自由表达，如同飞花的自由自在，不受任何拘束，即所谓"梦魂惯得无拘检"；梦境中的图像都是飘忽不定的，忽东忽西，忽南忽北，如同落花飞扬；梦境里的场景都是碎片的、杂乱的，缺乏现实生活的连贯性和完整性，如同零碎的花瓣；梦境的光线是灰暗、朦胧的，如同词中"漠漠""晓阴"的天气；梦境很寂静，惊涛拍岸也听不见声响，如同飞花在院子里静悄悄地飘扬；特别是梦境中人的脚步很轻快，毫无艰难跋涉的感觉（噩梦除外），有时甚至会伸出双臂飞翔起来，如同飞花轻轻飘荡。梦境的这一切特点，与飞花的环境、形态和内在精神完全相符，秦观又把自己对梦境的主观体验融入飞花之中。这样，是飞花如梦，还是梦如飞花，如同庄周梦蝴蝶，还是蝴蝶梦庄周，已经很难区分了。我们把梦境的特点和飞花的特点都吃透了，按照"自在飞花轻似梦"的词序加以理解即"飞花似梦"，不必非要"反其道而行之"，非要说"梦似飞花"不可。"无边丝雨细如愁"也是如此。在解说"丝雨"如何"如愁"之前，我们先看看愁情的其他形态。"白发三千丈，缘愁似个长"（李白《秋浦歌十七首·其十五》），写愁情之漫长；"剪不断，理还乱，是离愁"（李煜《相见欢·无言独上西楼》），写愁情之纠结；"春去也，飞红万点愁如海"（秦观《千秋岁·水边沙外》），写愁情之广大；"只恐双溪舴艋舟，载不动许多愁"（李清照《武陵春·风住尘香花已尽》），写愁情之沉重；而把"愁情"比作"丝雨"之"细"的则是秦观的首创。后来有周邦彦的"桐花半亩，静锁一庭愁雨"（《琐窗寒·寒食》）、南宋史达祖的"尽日冥迷，愁里欲飞还住"（《绮罗香·咏春雨》）、南宋蒋捷的"丝丝杨柳丝丝雨，春在溟蒙处，楼儿忒小不藏愁"（《虞美人·梳楼》），这些词作把愁和雨联系起来，虽然可能受过秦观词的启发，却提供了愁情的第一种特征："冥迷""冥濛"，即心情黯淡，模糊不清。"相送情无限，沾襟比散丝"（韦应物《赋得暮雨送李胄》）"柔如万顷连天草，乱似千寻匝地丝"（北宋·石象之《咏愁》），"寂寞深闺，柔肠一寸愁千缕"（李清照《点绛唇·闺思》），这些词作提供了愁情的第二种特征：千头万绪，纷繁缭乱。"好梦自抛桃叶后，闲愁过似柳条长"（元·张昱《次林叔大都市韵》），"风淅淅，雨纤纤。难怪春愁细细添"（清·纳兰性德《赤枣子·风淅淅》），提供了愁情的第三种特征：细长连绵。"望极春愁，黯黯生天际"（柳永《蝶恋花·伫倚危楼风细细》），"楚天千里清秋，水随天去秋无际。遥岑远目，献愁供恨，玉簪螺髻"，（辛弃疾《水龙吟·登建康赏心亭》），提供了愁情的第四种特征：广阔无际。

愁情的以上种种特征是诗人们经过长期观察体验的结果，并且将之加以物化，使读者能够"看"见本来看不见、摸不着的愁情的各种形态。秦观把它们综合起来，集中在一句词里，既精炼警策，又耐人寻味。这就要求读者要像诗人一样运用艺术想象，深入体验愁情的各种特征，对"自在飞花轻似梦，无边丝雨细如愁"就容易理解了。

"宝帘闲挂小银钩。"末句回到楼内，落在"小银钩"上。许多学者对此句多有误解，一种认为是放下帘子，眼不见心不烦（《宋词赏析》）；一种认为是卷起帘子，看见了"自在飞花"和"无边丝雨"（《宋词鉴赏辞典》）；另一种与此解相同，只是加了几句"'挂'字系被动词，就是说宝帘已被银钩高高挂起，然着一'闲'字、'小'字，便融情入景，韵味悠然"（《唐宋词鉴赏词典》）。这些都是皮相之见，隔靴搔痒。如是放下卷子，"闲挂"的"挂"字如何落实？帘子只能往上挂，也就是卷，不能往下挂呀。如是卷起帘子，"闲挂"的"闲"字如何解释？楼中女子经受了漠漠轻寒的侵袭、阴云不散的压抑、难以捉摸的梦境，心头蒙着一片无边丝雨般的愁情，怎么会悠闲自得地把帘子放下来，或者把帘子卷起来呢？我认为，"宝帘闲挂小银钩"就是宝帘上悬挂着一只小银钩。楼上的女子经历了对楼外气温、天色的感受和梦境、愁情的体验，没有得到精神安慰，反倒觉得空虚无聊，于是盯着帘子上的银钩出神发呆。在这里，"闲"字的作用除了修饰"挂"字之外，其深层意义乃是"闲情"。"闲情"是无可名状的，它是由多种内涵消极的情感经过长期酝酿、沉淀，深藏于潜意识中的复杂微妙的情感。"九天高处风月冷，神仙肚里无闲愁"（南宋·白玉蟾《大道歌》），除了神仙，闲愁人人都有，只是轻重不同。闲愁在季节变换时最容易被触动，"春来春去何时尽，闲恨闲愁触处生"（北宋·王禹偁《清明日独酌》），"闲愁最苦。休去倚危栏，斜阳正在、烟柳断肠处"（辛弃疾《摸鱼儿·更能消几番风雨》），内涵极丰富的，闲愁是最痛苦的。《浣溪沙》中的这位女子的闲愁并不十分沉重，虽然只是如同"丝雨"一般的淡薄，也会使处于轻寒袭扰、阴云压抑、飞花如梦、丝雨如愁中的女子，深感孤独寂寞，会一时失去精神自主能力和情感判断能力，茫然不知身在何处，不知将欲何为，神情木然地呆呆地盯着帘子上的小银钩。这是常见的失神现象，抑郁愁闷的女子多有发生，诗人们不注意，学者们对"宝帘闲挂小银钩"作出错误的诠释，而秦观却注意到了。《浣溪沙》全词每句都流露着无以名状的淡淡的闲愁，而女子呆望小银钩正是这种闲愁的集中表现。全词笼罩在朦朦胧胧的氛围之中，女子的精神状态也是一片朦胧，她意识不到自己的心灵上为什么会愁雾飘动，也意识不到自己为什么呆望着那只小银钩。女子呆望银钩的时间不会很长，但这个短暂静止的镜头置于全词的末尾，会使读者回顾此前的情感活动，并且沿着女子的情感线索探求她此后的精神世界。清人陈廷焯说："《浣溪沙》结句，贵情于言外，含蓄不尽。如吴梦窗之'东风临夜冷于秋'，贺方回之'行云可是渡江难'，皆耐人玩味"（《白雨斋词话》）。我的以上诠释，可否为"情余言外，含蓄不尽""耐人玩味"提供一些具体内容？

含蓄蕴藉的人生感慨

落红铺径水平池，弄晴小雨霏霏。
杏园憔悴杜鹃啼，无奈春归。　　柳外
画楼独上，凭栏手捻花枝。放花无语对
斜晖，此恨谁知。

——《画堂春·落红铺径水平池》

　　"落红铺径水平池，弄晴小雨霏霏。"首句不像通常写落花那样"落红满地"，而是"落红铺径"。"径"字点出是在花园的小路上，"铺"字表明落花平铺在小路上，像一条地毯任人践踏，这已经隐含着惜春情绪。"落红铺径"虽然可供游人践踏，但全词却不见游人的影子，可见园中女子心情不快，无意赏春，就连凭吊落花的精神也打不起来。铺满小径的落花时间一长，会贴紧地面，化作泥土，再也飞不起来了，象征春天已经无可挽回地远去了；而红色又突出了花色的鲜艳美丽，它的凋落使人倍加惋惜。"水平池"，春水上涨，与池岸取平了，不能再涨了，再涨就溢出来了；小花园里池水泛滥，会把地面上的落花也冲走的，更深一层地流露出稍觉焦虑的惜春之情。春水满塘是春意饱和、由盛而衰的象征。春意饱和、落花飞扬的时候，有人兴高采烈，"梨花淡白柳深青，柳絮飞时花满城"（苏轼《东栏梨花》），"绿水满池塘……风送荷花几阵香"（北宋·李之仪《南乡子·夏日作》），有人深感悲伤，"落花满地无人管，一半和香作燕泥"（南宋·何应龙《落花》），"落花满径东风恶，芳草连天野客悲"（元·叶颙《清明有感》）。这些词句无论是喜是悲都能明白道出，秦观的"落红满径水平池"则是平平叙来，不动声色，而惜春之情却隐含其中，这正是秦观词的抒情特点。"弄晴小雨菲菲"，"弄晴"有二义，一为天色初晴时群鸟乱鸣，气氛欢快，如"柳外飞来双羽玉，弄晴相对浴"（韦庄《谒金门》）；一为天晴，如"细草孤云斜日，一向弄晴天色"（北宋·陈克《谒金门·愁脉脉》）。我认为春末夏初季节的天气变化无常，时阴时晴，乍雨又歇，天气像一个很不安分的顽皮孩子，不停地在玩弄阴晴变化，"弄晴"就把天气人格化了。"霏霏"有密集、盛大、飞扬、纷乱等义，这里应解为飞扬、纷乱，天气阴晴不定，春风风力不强，小雨在轻风吹拂下纷纷扬扬，正是暮春天气特色，也正是词中女子惜春之情骚动不安的象征。

"杏园憔悴杜鹃啼，无奈春归。""杏园"本是长安游览名胜，这里借指花园；"憔悴"多形容人的面貌，如"颜色憔悴，形容枯槁"（屈原《渔父》），这里形容花木凋零。秦观用"杏园"不用"小园"，除了避免与"小雨"之"小"字重复外，似乎也有用长安杏园的盛衰表达惜春的感慨。杏园当年如此繁华热闹，如今却像美人年老色衰，面黄肌瘦，憔悴不堪了，令人伤感。杜鹃鸟虽然昼夜啼叫着"不归，不归"尽力挽留春天，但春天还是无可挽回地离去了，不禁发出无可奈何的叹息。"无奈春归"，正面写人的情感反应，抒情方式由隐而显，为下片人物出场作铺垫。

"柳外画楼独上，凭栏手捻花枝。"上片在静态的暮春景色中隐含着惜春之情，下片园中女子正式露面，开始活动，在活动中表露"无奈春归"的心情。"画楼"是女子的居所，"柳外"是画楼外面的景物，

"独上"如同"梳洗罢，独望江楼"（温庭筠《忆江南·梳洗罢》），"无言独上西楼，月如钩"（李煜《相见欢·无言独上西楼》），表明女子单身独处和心情的孤独无告，只好登楼排遣。碧绿的柳树、华丽的楼房衬托着女子的美丽多情，而暮春时节的柳树又日渐衰老，其中隐喻着不便明说的离情别意，正是"青青一树伤心色，曾入几人离恨中"（白居易《青门柳》）"一丝杨柳千丝恨，三分春色二分休"（元·薛昂夫《最高楼·暮春》）。词中女子的惜春伤别之情会不会如诗中这样强烈，不得而知；即使很强烈，她也隐忍不露，她是一个素养较高、性格内敛的女子。这位性格内敛的女子不会采用这个十分外露的抒情方式，而是用微小含蓄、不引人注意的肢体动作"凭栏手撚花枝"，表现内心的骚动不安。惜春伤别情感的表现方式很多，仅举数例：有攀着花枝不放，"蕊焦蜂自散，蒂折蝶还移。攀著殷勤别，明年更有期"（唐·于鹄《惜花》）；有举着火把看花，"惆怅阶前红牡丹，晚来唯有两枝残。明朝风起应吹尽，夜惜衰红把火看"（白居易《惜牡丹花》）；有围着花丛绕行不忍离去，"长恐花残漫欲狂，千回百匝绕花傍。高张翠幄朱阑护，山雨溪风未易防"（元·陈思济《惜花》）；有捡拾落花不忍抛弃，"日日亭前检落花，一腔心事惜年华。燕子不知人有恨，又衔红蕊落窗纱"（明·方蕖《惜花》）。心理学告诉我们，女性心神不安时会有搓手、揉衣角等小动作，"柳色披衫金缕凤，纤手轻撚红豆弄"（唐人和凝《天仙子·柳色披衫金缕凤》），"手撚荼蘼缘酒恶，十二栏干凭一角"（南宋·白玉蟾《偶书》），便是如此。性格内敛女性的肢体语言总是细小谨慎，含而不露，但情感形态有所不同，如"闲引鸳鸯香径里，手挼红杏蕊"（冯延巳《谒金门·风乍起》）是揉搓红花，表现出内心焦躁不安；"凭栏手撚花枝"是手指捏着花枝轻轻转动，暮春残花也不忍抛掷，表现留恋不舍的惜花之情。

"放花无语对斜晖，此恨谁知？"手捻花枝，靠在栏杆上左看右看，一直到日落西山时仍不愿离去。然而斜晖晚照，暮色苍茫，时不待人，最后只得把残花一片一片地放飞，任其随风飘荡，"参差连曲陌，迢递送斜晖"（李商隐《落花》），消失在无边无际的悠悠斜晖之中。女子不是把整枝残花抛到楼下，而是一片一片地慢慢放飞，可见其忍痛割爱般的惜花之情多么深切。"放花无语"既是女子无语，也是花片无语。千言万语不知从何说起，人与花彼此的情意心照不宣，默默无言地分手了。最后诘问了一句："此恨谁知？"唐人刘长卿"西城黯黯斜晖落，众鸟纷纷皆有托"（《小鸟篇》），北宋左纬"一年春又尽，倚杖对斜晖"（《春晚》），南宋白玉蟾"凭高望远深相思，手挥丝桐送斜晖"（《枫叶辞》），这些诗句或对斜晖自叹孤独，或对斜晖感慨春尽，或对斜晖寄托相思，而秦观"放花无语对斜晖"所蕴含的"恨"则十分丰富，很难一一缕析。如果不经过以上的讲解和"无奈春归"的点破，"恨"中之一的惜春之情也是隐隐约约不甚清晰的。全词抒情节奏，平稳缓慢，没有大起大落，几乎是喜怒不形于色，末了感叹了一声"此恨谁知"，也没有点出"恨"的具体内容，着实幽微要眇，令人很费捉摸。不过，"斜晖"这个意象多少透露出一点信息。"斜晖"表明一天过得很快，不知不觉天就黑下来了，也表明春天过得很快，不知不觉就到暮春了。由此联想到在楼上眺望、放花的女子的心情会随着天色黯淡而黯然神伤，为自身青春易逝、花容褪色的生存状态而深感无奈与遗憾。这是发自灵魂深处的叹息，是对个人命运无法自由控制的叹息，比一般的惜春之情更为厚重深沉。"此恨谁知"反诘中存在抱怨，因为人们对生存状况的缺失不大自觉，刻板地日出而作、日落而息，糊里糊涂过日子，满足于形而下的饮食男女，对形而上的生存问题不加思索，当然理解不了秦观的"恨"，理解不了秦观对人类生存状况和情感状态的精微观察和深入思考。秦观由于缺乏思想共识和情感共鸣而深感孤独遗憾，就是理所当然的了。

旅途一夜未眠的痛苦感受

> 遥夜沉沉如水，风紧驿亭深闭。梦
> 破鼠窥灯，霜送晓寒侵被。无寐，无寐，
> 门外马嘶人起。
> ——《如梦令·遥夜沉沉如水》

古代交通不便，道路坎坷，旅途艰险，因而写羁旅行役艰难环境的诗词数不胜数。李白的"欲渡黄河冰塞川，将登太行雪满山"（《行路难》），贾岛的"空巢霜叶落，疏牖水萤穿。留得林僧宿，中宵坐默然"（《旅游》），夜宿僧寺，见霜叶落，水萤飞；杜牧的"旅馆无良伴，凝情自悄然。寒灯思旧事，断雁警愁眠"（《旅宿》），对寒灯而思念往事，闻雁声而不得安眠。他们只写了夜宿旅舍的片段情景，而能写出夜宿旅舍全过程和多种体验的，则是秦观这首《如梦令》。

"遥夜沉沉如水，风紧驿亭深闭。""沉沉"是多义词，兹举三种：一为水势深沉，"波沉沉而东注，日滔滔而西属"（南朝·鲍照《观漏赋》），一为时间漫长，"漏点沉沉响铜壶，好难把长庚度"（明·陈铎《醉罗歌·闺怨》）；一为环境寂静，"三十六宫秋夜深，昭阳歌断信沉沉"（杜牧《月》）。这里的"沉沉"兼有以上三义。古代驿亭（驿站、旅社）建于乡间大路旁，没有城市的嘈杂，夜间特别寂静，外出旅行者身处荒郊野外寂无声息的驿亭，自然会感到孤独。旅行者都期盼尽快到达目的地，漫漫长途与思归心切构成强烈的心理反差，即使乘坐

汽车、火车、飞机也是如此，何况古代普通文人无权骑马，只能坐牛车、骑毛驴，旅途的寂寞凄凉由此可见，夜间更是孤独难耐。"沉沉如水"，夜色深沉如水，深不见底。"沉沉深黑若大屋，野老构火青如磷"（苏辙《三游洞》），写的是漆黑的旷野像一间大房子那样黑暗，秦观这一间小旅舍里黑暗程度便可想而知了。黑色是一种神秘的色彩，人们总觉得黑色的背后暗藏着神秘的力量，随时控制人的行动，甚至毁灭人的生命；加之黑色又是最冷的色调，长时间处于黑暗中的人会感到十分恐怖和特别的寒冷。初次潜入深水的人会觉得黑得可怕，冷得可怕，静得可怕，压力沉重。综上所述，秦观夜宿旅舍如同掉进深水中一般，甚感时间之漫长，黑暗之深沉，压抑之沉重，环境之凄冷，心情之孤独，在漫漫长夜中蜷缩一角勉强支撑。"风紧驿亭深闭"，上句写了旅舍室内的黑暗、寒冷、孤独、寂寞和长夜漫漫的压抑感，此句转向室外寒风劲吹，一阵紧似一阵，即使院门紧闭也无法阻挡。古代旅舍建筑简陋，茅屋短墙，挡不住寒风紧吹。室内气温本来很冷，经风一吹就更冷了。唐代除了城市旅馆比较豪华之外，乡间旅舍大多非常简陋，1000 多年后也没有多大改变。20 世纪 50 年代中期，山西侯马旅店的房顶还有露天的；70 年代初期，辽宁海城旅舍房间里只有一个时明时灭的小火炉，冻得我一夜未睡；安徽宿县政府招待所大通铺上铺一层稻草，没有褥子，没有火炉，只能盖一条被子和衣而睡。推今及古，可知奔走了一整天的秦观这一夜是很难入睡了。

"梦破鼠窥灯，霜送晓寒侵被。"旅途劳顿之极，秦观还是入睡了，但因天气太冷，睡不安稳，老鼠出窝的轻微响动便把他惊醒了。人冷，老鼠也冷得出窝觅食了。老鼠生性贪婪，胆子很小，它的两只绿幽幽的小眼，盯着桌面上的油灯想偷油吃，却又不敢贸然上前，躲在黑暗的角落里窥视油灯，等待时机。在昏暗的灯光下，老鼠两只眼睛闪烁着幽幽的绿光格外刺眼，而从幽幽绿光中透射出来的狡猾、诡秘，随时会一跃而起偷袭油灯的神情，会使独居一室的人感到一阵惊悚。秦观在旅途中写过一首《题郴州道中一古寺壁》："哀歌巫女隔祠丛，饥鼠相追坏壁中。北客念家浑不睡，荒山一夜两吹风。"可见他对老鼠的活动和气温的变化特别敏感。老鼠在破墙窝里缠斗，搅得他一夜未睡，这个感受就不多见。秦观抓住"鼠窥灯"这个小小的镜头，用老鼠幽灵般的绿色目光，再一次表现出旅舍的寒冷、黑暗、孤独、寂寞，尤其是黑暗寂静中隐藏的不安与威胁。这个镜头的内涵比"鼠翻窗网""鼯鼠夜喧"更加丰富，更耐人寻味。"梦破"是指睡眠被破坏了，并非好梦被惊醒了。有学者说"在这样的夜晚，他也许会做上一个还乡之梦吧，尽管第三句只写'梦'而没有说明梦的具体内容"（《唐宋词鉴赏辞典》），秦观所宿旅舍室内室外都很寒冷，老鼠的轻微活动也能把他惊醒，一夜未睡安稳，词的最后又连声喊道"无寐，无寐"，怎么会沉沉入睡，作美妙的"还乡之梦"呢？"霜送晓寒侵被"，"霜"即霜风，指寒风；"侵"字有强行进入的意思。秦观拥被而卧，霜风不断输送寒气侵入被窝，一直到天亮，冻得一夜未睡。这一句补足了以上三句包含的内容，点明了全词的主旨是旅舍内外以及被褥的极度寒冷。我曾有这样的经历：20世纪70年代初冬，在一家小旅店过夜。那被子多年不拆洗，被里被外脏成灰黑色，被面油光如同铁片。脱衣盖被就像钻入冰窖，体温散发之后更加冷不可耐，不是被子暖身体，而是身体暖被子；寒气不断加重，越睡越冷，翻来覆去，不能入眠，只好穿衣起床，坐等天亮。在寒冷、黑暗、孤独、寂寞、惊恐中煎熬了一夜的秦观，忍不住喊出了——

"无寐，无寐，门外马嘶人起。"哎哟，一夜未睡，一夜未睡呀！全词在旅舍中反复折腾的种种个人感受，都包含在各种景象之中，到最后才喊出一夜未睡的痛苦。旅途劳顿的最大愿望是睡眠，我们长途行军后最大的享受不是大米馒头，而是"大脱大睡"。秦观一介书生，天生敏感，体质单薄，心怀愁绪，怎么能忍受通宵不眠的痛苦？"无寐，无寐"，既是痛苦的呼喊，又有终于解脱的兴奋情绪。"门外马嘶人起"，是天亮后旅舍的常见场景。马不怕冷，休息了一夜，精神振奋，高声鸣叫，这与十分疲惫、无精打采的秦观形成鲜明的对照。旅客们纷纷起床，收拾行装，准备启程。秦观看到这热闹场面，精神也会渐渐振作起来，踏上新的旅程。下一站会投宿哪个旅舍？那里会不会一样寒冷？还会遇到什么风霜雨雪？"何处是归程？长亭更短亭"！

美妙神奇的自由梦想曲

> 春路雨添花，花动一山春色。行到
> 小溪深处，有黄鹂千百。　　飞云当面
> 化龙蛇，夭矫转空碧。醉卧古藤阴下，
> 了不知南北。
>
> ——《好事近·春路雨添花》

　　幽微凄婉是秦观的主要情感形态，然而物极必反，幽微凄婉会用明朗快乐来补充，以使精神活动处于平衡，否则一味悲苦下去，岂能久存于人世。南宋著名女词人朱淑真一生悲苦不幸，偶然也有"携手藕花湖上路，一霎黄梅细雨。娇痴不怕人猜，和衣睡倒人怀"（《清平乐·恼烟撩露》）这样放浪情怀的诗句。秦观的这首《好事近》，便是他另一种情怀的作品。词题是"梦中作"，梦中场景大多是飘忽不定的片断，梦醒之后对这些片断的回忆也不完全，诚如清人龚自珍所说"好梦最难留，吹过仙洲。寻思依样到心头。去也无踪寻也惯，一桁红楼"（《浪淘沙·写梦》）。梦中的片断场景必须经过一番寻思、补充、加工，才能组织完整。因此，所谓"梦中作"乃是梦醒之后，经过寻思、加工才完成了这一首《好事近》。这说明《好事近》不是简单被动的梦境记录，而是积极主动的艺术创作，是秦观另一种情感追求。

　　"春路雨添花，花动一山春色。"春风柔和，春雨细微，滋润着山间小路，字面未见行人，而行人神清气爽、步履轻快的神态已在其中。山间春花经春风吹拂、春雨飘洒，竞相开放，给山野增添了浓郁的春色。一阵春风吹过，满山遍野的鲜花放射出绚丽的色彩，摆动着婀娜的腰肢，花草活跃起来了，田野活跃起来了，就连亿万年一动不动的山岭也似乎活跃起来了！天地山川一片春色，洋溢着饱满的生命力。春风吹动春雨，春雨滋润山路，又滋润春花，而春花又催动了满山春色，环环相扣，步步推进，一种原始的动力催开了繁花似锦的新天地。"花动一山春色"这个主（花）谓（动）宾（一山春色）句子结构，赋予鲜花以灵魂、生命和力量，是鲜花在春风春雨的辅助下美化了世界，给人间带来了美好的春天。秦观很喜欢春花，连不起眼的菜花也得到他的赞扬，"小园几许，收尽春光。有桃花红，李花白，菜花黄"（《行香子·树绕村庄》）。他不独享春花之美，希望普通人家也能分享，"柳下桃蹊，乱分春色到人家"（《望海潮·梅英疏淡》），表现出与人同喜同乐的高尚情怀。"花动一山春色"是花动，也是秦观的心动；"一山春色"是眼前春景，也是秦观心中的美好世界。"春路雨添花，花动一山春色"，两个春字前后呼应，使春色连成一片；两个花字形成紧密相连的顶针句，突出了花的地位；"春路雨添花"五字句，"花动一山春色"六字句，节奏起伏幅度较大，诵读起来有一种精神振奋的感觉，表现出对春花、春色的由衷赞美。古人写春雨春色的诗词比比皆是，但大多格局较小，局限在庭院、楼外、溪边，写山林春色的较少，如"春雨足，染就一溪新绿"（韦庄《谒金门·春雨足》），"雨霁风光，春分天气，千花百卉争明媚"（欧阳修《踏莎行·雨霁风光》），"小雨纤纤风细细，万家杨柳青烟里"（北宋·朱服《渔家傲·小雨纤纤风细细》），"微雨洒芳尘，酝造可人春色"（南宋·石孝友《好事近·微雨洒芳尘》），"春雨细如尘，楼外柳丝黄湿"（北宋·朱敦儒《好事近·春雨细如尘》），"小楼一夜听春雨，深巷明朝卖杏花"（陆游《临安春雨初霁》）等等。"春路雨添花，花动一山春色"两句十一个字，就把春风、春雨、春花的灵魂、生命，及其创造美好春景、撼动满山春色的强大生命力集中表现出来，这是秦观艺术创作的一朵奇葩。

"行到小溪深处，有黄鹂千百。"一路走来，饱览满山遍野万紫千红的春花；雨过天晴，花木湿润，空气清新，溪水淙淙，享受深山幽谷寂静的美，安闲自在，恬然自得。一直走到小溪的尽头，忽然发现千百只黄鹂在争相啼叫，彼此唱和，声音圆润清脆，低昂有致，韵律和谐，形成一支优美悦耳的黄鹂交响曲。黄鹂体形修长，通体明黄色，杂以黑色、浅黄色、橄榄色，色彩斑斓，跳动灵活，千百黄鹂跳跃起来，又是一个千姿百态、上下翻飞的黄鹂群舞。它们歌唱着，跳跃着，迎接春天的到来，又似乎在欢迎秦观这位描绘了春天的诗人。"映阶碧草自春色，隔叶黄鹂空好音"（杜甫《蜀相》）有点孤独，"独怜幽草涧边生，上有黄鹂深树鸣"（韦应物《滁州西涧》）有点寂寞，"绿阴不减来时路，添得黄鹂四五声"（北宋·曾几《三衢道中》）稍增行人乐趣，"碧纱窗外黄鹂语，声声似愁春晚"（北宋·方千里《齐天乐·碧纱窗外黄鹂语》）令人徒生伤感。"行到小溪深处，有黄鹂千百"创造了黄鹂群歌群舞的群体形象，这又是秦观艺术创作的一朵奇葩。王维"行到水穷处，坐看白云起"（《终南别业》），虽有悠然自得之美，却有色空虚无之嫌。"行到小溪深处，有黄鹂千百"，则洋溢着春山、春雨、春风、春花、春鸟的生命活力。从本词末句"了不知南北"看，秦观已经迷醉于繁荣的春色，并且全身心地融入其中了。

"飞云当面化龙蛇，夭矫转空碧。"欣赏了黄鹂演奏的交响曲之后，秦观的梦魂瞬间飞上了天空。一场春雨飘洒，碧空如洗，万里无云；天色像碧玉般，清澈透明，静谧无声，引人遐想，人的心胸也变得特别清明恬静。这是古今文人十分向往的，如"晴空一鹤排云上，便引诗情到碧宵"（刘禹锡《秋词》），"遥知竹林夜，共赏碧云空"（朱熹《八月十七夜月》）等等。然而"碧天无路信难通，惆怅旧房栊"（韦庄《荷叶杯·绝代佳人难得》），就连秦观自己有时也为碧空可望而不可即，彻夜难眠，"碧天如水月如眉，城头银漏迟"（《醉桃源·碧天如水月如眉》），今天终于飞上了无边无际的蓝色天空，那是多么神奇的感受呀！忽然，一片白云从远方飞来，停在秦观面前，幻化成巨大的飞龙灵蛇，上下翻腾，盘旋屈伸，在蓝天上自由翱翔。"飞龙在天，利见大人"（《周易·乾卦》），能与神龙灵蛇为友，观赏它们伟力无边、神威无比的表演，似乎象征着秦观的生存状态进入了人神合一的自由境界，这种感受就更加神奇了！古人常把龙蛇比喻为盘曲的古藤，飞动的草书，少数比喻为不得志的英雄。龙蛇多处于泥土、沼泽之中，"龙蛇纵在没泥涂，长衢却为驽骀设"（唐·李涉《岳阳别张祜》）龙蛇长期受压抑，而秦观今天终于在梦境中和蓝天白云中的龙蛇一同飞舞。这是秦观生活理想的一个奇迹，也是秦观艺术创作的又一朵奇葩。

"醉卧古藤阴下，了不知南北。"最后点出这都是大醉之后的梦中见闻。梦醒之后仍然沉醉在春风春雨之中，与满山春花一同摇荡，与千百黄鹂一同歌唱；在蓝天白云之上，与神龙灵蛇一同舞动。秦观醒了，但不愿回到污浊险恶的现实中去，索性躺在古藤的阴凉下，回味着这一切神奇而美好的梦境，忘记了东西南北，忘记了身在何处。

冥冥之中,秦观的心灵似乎像一颗星球自由飘荡,进入自由的最高境界。自由是人类一直向往的最美好的生存境界,而现实世界中并不存在,只好在梦中寻找。秦观曾叹息"桃源望断无寻处"(《踏莎行·雾失楼台》),"山无数,乱红如雨,不记来时路"(《点绛唇·醉漾轻舟》),今天终于找到了梦中的桃源和自由往来的道路。他在和煦滋润的春风春雨中享受了自由,在黄鹂的歌声中享受了欢乐,在无限广阔的蓝天白云中享受了舒畅。这种自由的精神状态是一种神奇的感受,也是秦观艺术创作的又一朵奇葩。李贺活了二十六岁,秦观活了五十一岁,他们都是壮志未酬,郁郁早逝。他们满腹才华,不甘沉沦,因而具有挣脱束缚、追求精神自由的强烈愿望。

难舍难分的痛苦纠结

山抹微云，天粘衰草，画角声断谯门。
暂停征棹，聊共引离尊。多少蓬莱旧事，
空回首、烟霭纷纷。斜阳外，寒鸦万点，
流水绕孤村。　　销魂！当此际，香囊
暗解，罗带轻分。谩赢得、青楼薄幸名
存。此去何时见也？襟袖上、空惹啼痕。
伤情处，高城望断，灯火已黄昏。

——《满庭芳·山抹微云》

"山抹微云，天粘衰草，画角声断谯门。"头两句中的"抹"字"粘"字，历来受人激赏，一片叫好声。有人说二字"通画理"，但如何通话理？画面中蕴含着什么情绪？它在全词中具有什么艺术效果？需要认真分析。"山抹微云"之"抹"，是一种绘画技巧。高明的画家用清水淡墨在山体上轻轻抹擦，便会产生远山一脉、淡云缥缈的效果，正是"画家之妙，全在烟云变灭中"（明·董其昌《画诀》）。秦观下笔也很随意，轻轻一抹便抹出了一幅令人神往的远山画面。这既符合绘画技巧，又符合远望山岭的视觉效果。云遮雾罩的山岭，看不清山岭的本相；完全裸露的山岭，又缺乏欣赏意趣，而且由于距离遥遥，又在迷迷蒙蒙的暮色之中，无法看清山岭是否完全裸露。只有淡云缥缈的山岭才符合远望的视觉效果，并且能给读者留下山前、山中和山后的想象空间。

355

一个"抹"字具有如此丰富的艺术含量，难怪当时人们称道秦观是"山抹微云君"，他的女婿蔡温也自称"山抹微云女婿"，受到歌女们的欢迎（北宋·蔡绦《铁围山丛谈》）。"天粘衰草"的"粘"字，据说宋刻本为"连"，后人改为 "粘"。"粘""连"二字究竟哪个字更为贴切，学界一直有不同看法。有学者认为："'粘'字之病在于：太雕琢，也就是显得太穿凿；太用力，也就显得太吃力"，"陷入尖新、小巧一路，专门在一二字眼上做扭捏的功夫"，主张用"连"字最好（《唐宋词鉴赏辞典》）。诗词鉴赏，见仁见智，不必强求一律，但指责"粘"字为尖新、小巧，则大可不必。

唐人贾岛有"湿苔粘树瘿，瀑布溅房庵"（《寄魏少府》），唐人姚合有"嫩苔粘野色，香絮扑人衣"（《酬田就》），唐人李洞有"墙外峰粘汉，冰中日晃原"（《题咸阳楼》），北宋惠洪有"九江浪粘天，气势必东下"（《谒狄梁公庙》），北宋刘一止有"缥缈青溪畔，山翠欲粘天"（《水调歌头·缥缈青溪畔》），难道这都是"尖新、小巧"而不可取么？我觉得"天粘衰草"比"天连衰草"更形象，更与实际景色相符。深秋的草已经衰败，不能直立，厚厚一层倒伏下去，像粘贴在地面一般，这是其一。其二，秋天的衰草是深绿色的，与蓝色天空为一色，两色相连像黏合在一起，二者界限便混同了，因而用"粘"字形容草天一色最为贴切。上引数句中的苔藓、山峰、波浪，都是因为与树木、田野、天空（汉）同为绿或蓝色，所以用"粘"字加以连结，如用"连"字，就一般化了，表现不出二者颜色同一和混合特点。"粘"字的使用，完全符合绘画色彩的要求。"山抹微云，天粘衰草"是秦观登楼眺望所见，在广阔的空间里展现出前程的遥远，在微云缥缈、草色黯淡中，透露出不知前路何在的迷茫心情。正在此时，"画角声断谯门"，城头角楼上响起了一阵号角声。角声呜咽悲凉，吹出了秦观的心声；角声报道时届傍晚，催人启程，而苍茫暮色又使离情别意更加浓重。一阵角声吹过便停止了，城中归于沉寂，家家各自安息，而城外行人甚感孤独无依，心情一片空白。"画角声断谯门"字面上看似没有浓厚的情感色彩，而角声的起落引起的心灵振荡则是强烈的。

"暂停征棹，聊共引离尊。多少蓬莱旧事，空回首、烟霭纷纷。"天快黑了，该动身了，但为了向恋人告别，只得停下行船，举起告别的酒杯。"聊"，聊且、姑且，无可奈何。离别的酒是一杯苦酒，不想喝也得喝。这杯苦酒是怀着无可奈何的痛苦心情勉强喝下去的。柳永曾说"都门帐饮无绪"，是没有饮酒的好情绪；秦观进了一步，说"聊共引离尊"，把男女双方不得不喝下这杯苦酒的无奈心情都表现出来了。"多少蓬莱旧事"所指何事？学者们有的未作解释，有的说"是指京城开封皇家图书馆，因为秦观曾任秘书省正字，而东汉时多以蓬莱称洛阳皇家图书馆——东观"（《宋词赏析》）。此说不妥。秦观在京城担任的秘书省正字、校书郎，是一个校勘典籍的九品芝麻官，工作枯燥乏味，完全不值得怀念。蓬莱、方丈、瀛洲本是海上仙山，诗人们常以蓬莱指美女的居所，如"绿径穿花，红楼压水，寻芳误到蓬莱地"（晏几道《踏莎行·绿径穿花》），"小小蓬莱香一掬，愁不到、朱娇翠靓"（南宋·吴文英《尉迟怀·垂杨径》）。本词下片又有"谩赢得、青楼薄幸名存"句，可知"多少蓬莱旧事"是指往日的许多恋情，以及恋情中的许多旖旎风光。在与恋人举杯告别时，自然会回忆起往日的恩爱深情。然而再回忆也是白回忆、空回忆，因为往日的种种温情，此一离别便烟消云散了，而重温旧情也成了空想。不仅如此，由于旧情已逝，又不可重归，双重的情感冲击使秦观的精神世界处于云烟般的迷茫状态。秦观则将这种往事不堪回首的心情，与谯楼上角声的凄凉、河边升起的烟雾、逐渐加重的苍茫暮色融为一体，用"空回首、烟霭纷纷"加以具象化，表现为河边烟雾弥漫，迷迷茫茫，纷纷乱乱，理不清，驱不散，如同昏暗的暮色笼罩心头，呈现出压抑、沉重、失落、黯淡、迷茫和无所适从的精神状态。这样，就把主观世界和客观世界合二为一，心情如此，环境也是如此，使人如同关进昏暗的牢笼之中而无法解脱。

"斜阳外，寒鸦万点，流水绕孤村。"酒筵终于散了，展望前程，正是此种景象。这三句脱胎于隋炀帝杨广《野望》："寒鸦飞数点，流水绕孤村。斜阳欲落处，一望黯消魂。"秦观把"寒鸦飞数点"改为"寒鸦万点"，扩大了鸦群散发的寒气，增强了日暮归巢的急切心情。"流水绕孤村"与李白"青山横北郭，白水绕东城"（《送友人》）类似，风光优美恬静，村孤而人不孤。鸦有归巢，而人却四处漂泊，居无定所，正是"日暮乡关何处是？烟波江上使人愁"（唐·崔颢《黄鹤楼》）！秦观有意省去"一望黯销魂"的字句，而把"黯然销魂者，唯别而已矣"（南朝·江淹《别赋》）的情感蕴藏于看似不动声色的画面之外，更加令人怅惘伤感。元人马致远的《天净沙》："枯藤老树昏鸦，小桥流水人家，古道西风瘦马，夕阳西下，断肠人在天涯！"与"斜阳外，寒鸦万点，流水绕孤村"相较，秦观词含蓄蕴藉，马致远曲畅所欲言，各擅其美，各臻其妙。

"销魂！当此际，香囊暗解，罗带轻分。谩赢得、青楼薄幸名存。"当别情到达饱和程度的时候，秦观情不自禁地喊了"销魂！当此际"伤心啊！在这个不愿离别又不得不离别的时候。为什么如此激动，失去了一贯的含蓄？因为恋人背过身去，轻轻地分开裙带，悄悄地解下香囊，作为纪念物送给秦观。轻分衣带，暗解香囊，是因为女性的羞怯，更因为恋人怕刺痛秦观的心，不愿意当着秦观的面如此做。这是一个心地善良、温柔体贴、难忘旧情的女性。香囊不是寻常物，它凝聚着深沉的爱意，浸透着女性的体香，把当年秦观赠给自己的香囊物归原主是很痛苦的，总之，无论解送香囊的女方，还是接受香囊的秦观，此时此刻都是非常痛苦的。女方赠给秦观香囊，是希望他牢记旧情，切莫另寻新欢，变成负心人、薄情郎；秦观接过香囊，感慨万端，哭笑不得。他自知此去很可能一去不返，不会旧地重游，旧情重叙，必然会受到恋人的怨恨诅咒，很轻易地赢得一个无情无义薄幸郎的臭名声。秦观一生身如飞蓬，随风飘荡，命运不得自主，未能在官场上大展宏图、功成名就，却在情场上落下一个薄幸名。"谩赢得、青楼薄幸名存"这一声沉重的叹息，是一种无可奈何的自我否定，自我嘲笑。

"此去何时见也？襟袖上、空惹啼痕。"离别的情节发展到这里，分手已成定局，无法改变了，而何年何月才能再见便成为男女双方共同关心的问题，"此去何时见也"应该是男女双方共同提出的询问和祈望。然而，此一问不仅无法回答，反倒加重了离别的伤痛，因为双方都清楚此日一别，很难有重逢之日了。"执手相看泪眼，竟无语凝噎"（柳永《雨霖铃·寒蝉凄切》），这里则无法自控地哭出声来，泪洒衣襟。古代文人交往的青楼女子多才多艺，有文化素养，一般不会在大庭广众之下痛哭流涕，而这位女子因太痛苦而不顾仪表，可见她对秦观的热爱多么刻骨铭心，对这次生离如同死别多么悲痛欲绝了。女方反应如此，秦观反应如何？词中没有明说。从"空惹啼痕"中透露出的信息是女方对有朝一日得见旧好，也许抱有一线希望，而秦观则明知这是空想，哭也是白哭，多少眼泪也换不来旧好重逢。希望与绝望的矛盾冲突，使秦观甚感内疚，泪水洒在恋人胸前，扎在秦观心上，负疚感永世难忘。

　　"伤情处，高城望断，灯火已黄昏。"首句总括一下，以上难舍难分的种种情节的每一个环节，都加重了离别的伤痛；站在河边渡口这个即将分手之处，就更加令人伤痛。秦观深感与恋人一别，身心便无处寄托。然而"十里搭长棚，没有不散的筵席"（《红楼梦》），他以极大的毅力忍痛割爱，乘舟离去，仍然不断地回头眺望着这座自己曾度过温馨岁月的城市。舟行越来越远，高高的城墙越来越模糊不清，以致最后从视线中消失。城中的万家灯火反射到天空，原来是很辉煌的，随着舟行渐远，万家灯火渐渐消失在昏暗的暮色之中了。在秦观心目中，高城是令人陶醉的温柔之乡，灯光是照亮心头的希望之光。这一切，在暮霭沉沉、烟水迷茫之中都消失得无影无踪了。暮色笼罩着大地天空，也笼罩着秦观的内心世界，他的心情像暮色一样沉重，他的前程像暮色一样黯淡。"今宵酒醒何处？杨柳岸、晓风残月"（柳永《雨霖铃·寒蝉凄切》），是酒醒之后的凄凉孤独；秦观一直保持清醒，他对孤舟漂泊中凄凉孤独的感受就更加深刻了。

贺　铸（七首）

复合式的闲情

> 凌波不过横塘路，但目送、芳尘去。
> 锦瑟华年谁与度？月桥花院，琐窗朱户，
> 只有春知处。　　碧云冉冉蘅皋暮，彩
> 笔新题断肠句。若问闲愁都几许？一川
> 烟草，满城风絮，梅子黄时雨。
>
> ——《青玉案·凌波不过横塘路》

"凌波不过横塘路，但目送、芳尘去。"一上来就长叹一声：唉，凌波仙子再也不从横塘路上经过了！我只能眼巴巴地看着她向远处走去，身后扬起散发着芳香的尘土。叹息声中饱含着对凌波仙子的深爱与留恋。凌波仙子本是曹植《洛神赋》中的仙女洛神，此处借指贺铸的恋人。贺铸把恋人比作凌波仙子，美得无以复加，以至于恋人走过，身后扬起的尘土也散发着醉人的芳香。贺铸富有才华，胸怀壮志，在这里暗中以曹植自比；而他的恋人凌波仙子则是洛神的投影，隐含着一种"仙气"。由此看来，贺铸不仅热爱恋人的美貌，而且尊重恋人的品格。横塘在江苏吴县，是著名的江南水乡，风景优美，贺铸曾住此地，"南浦春来绿一川，石桥朱塔两依然。年年送客横塘路，细雨垂杨系画船"（南宋·范成大《横塘》）。横塘又是一个爱情多产地，那里的女子秀美大方，敢于主动追求爱情，"君家何处住？妾住在横塘。停船暂借问，或恐是同乡"（唐·崔颢《长干行》）。贺铸在横塘相

爱的一位女子,后来离他而去。"凌波不过横塘路,但目送、芳尘去"这一声深长的叹息,表现了对恋人的爱慕、思念和惋惜之情。

"锦瑟华年谁与度?月桥花院,琐窗朱户,只有春知处。"贺铸不仅爱慕、思念恋人,对恋人的离去深表惋惜,可贵的是他对恋人如何度过未来的岁月表示高度关注。封建时代的妇女命运不能自主,白居易说"人生莫作妇人身,百年苦乐由他人"(《太行路》),普通女性尚且如此,何况是沉沦社会底层的青楼女子。"锦瑟无端五十弦,一弦一柱思华年"(李商隐《锦瑟》),锦瑟五十弦并非无端而有,青春年华则是人人所有。不幸的是有人享受青春年华,有人却虚度岁月,甚至在艰难岁月中苦苦煎熬。贫穷人家因饥饿难耐而苦恼,富贵人家因精神空虚而苦闷。从词中看,贺铸的恋人投身的显然是富贵人家,但作为供人玩赏的青楼女子,她的青春年华能否幸福美满,则是颇为难以预料,而且大半是很不幸的,年老色衰时往往"老大嫁作商人妇"(白居易《琵琶行》)就算是相当幸运了。因此,贺铸以十分关切的语气探问恋人"锦瑟华年谁与度"?你进了那扇红漆大门,住进那间有雕刻华丽窗户的房间,生活幸福不幸福?大院里开满了鲜艳的花朵,淙淙溪流上架起月亮般的小桥,有谁陪你在花园里悠闲散步,欣赏鲜花么?有谁同你携手站在小桥上观赏明月么?我不知道。年年岁岁你是怎样度过的,我不知道。每当春暖花开时节,你是兴致勃勃地赏春,还是心情黯然地伤春?只有春神知道。"只有春知处"一语,表明了他的恋人处境孤独,无人理解,无人抚慰。居所虽然华丽宽敞,生活虽然富而且贵,精神却是寂寞苦闷的。华年虚度,美人迟暮,很可能是恋人的不幸结局。于是,从"锦瑟华年谁与度"到"只有春知处",便由关切之情发展为焦虑不安了。

"碧云冉冉蘅皋暮，彩笔新题断肠句。""蘅皋"，长满香草的河边。曹植在蘅皋歇脚时遇见洛神，贺铸借以在蘅皋目送恋人。贺铸暗中自比曹植，曹植爱慕洛神而不得，贺铸留恋恋人而未能，两位才情横溢的诗人都遭遇了爱情的不幸。这样就扩大了不幸爱情的时空范围，古今才子的爱情追求往往不能如愿以偿，更加令人同情。贺铸在河边徘徊了很久，思索了很久，直到河面上的云雾由白而青，由青而碧（深青），日落西山、暮色苍茫时，才恋恋不舍地郁郁而归。思绪烦乱，夜不能寐，用最真挚的感情、最美好的文字，写下为思念恋人而肝肠寸断的诗句。"碧云冉冉蘅皋暮"的情感内涵正是"日暮碧云合，佳人殊未来"（南朝·江淹《休上人怨别》），随着暮云黯淡，心情也越发黯淡伤感了。"彩笔"用了南朝江淹夜梦郭璞索回五彩笔的故事，表示自己有文学才能；同时表明给美丽的恋人写诗，需用美丽的辞藻，表达对恋人的无限热爱。贺铸有许多声情哀婉的诗词作品，这首《青玉案》便是一首辞藻华美的断肠句，所以黄庭坚特地给他写了一首《寄贺方回》："少游醉卧古藤下，谁与愁眉唱一杯？解作江南断肠句，只今唯有贺方回。"

"若问闲愁都几许？一川烟草，满城风絮，梅子黄时雨。""闲愁"，因思念恋人日久，渐渐酝酿而成的复杂深刻、难以名状的愁情。"若问闲愁都几许？"先提问一句，把全词抒情力度振作起来，同时把读者的注意力调动起来，然后分三层加以回答：闲愁就像一条河川烟雾笼罩的青草那样迷迷茫茫，无边无际；就像满城飞扬的柳絮那样纷纷乱乱，毫无头绪；就像江南黄梅雨那样淅淅沥沥，连绵无尽。南宋罗大经认为贺铸的这三句词比以上诗句，更能"比愁之多""尤为新奇"（《鹤林玉露》）。贺铸词的新奇之处，是他运用博喻的表现手法，以三种物体比喻闲愁，把看不见、摸不着的情感变为可以耳闻目睹的具体形态，从而获得对闲情更全面、更深入、更细致的观察。它不仅能表现"愁之多"，而且能引发读者更多的联想、更深的感受。它不只是闲情数量的增多，更是文学比喻艺术质量的空前提高。我们不妨用类似的诗句加以对比。唐太宗李世民的"芳菲夕雾起，暮色满房栊"（《秋日即目》），唐人苏味道的"氤氲起洞壑，遥裔匝平畴"（《咏雾》），不如"一川烟草"规模之大，迷茫之广；张先的"离愁正引千丝乱，更东陌、飞絮蒙蒙"（《一丛花令·伤高怀远几时穷》），陆游的"满路旋丝飞絮，韶光将暮"（《一落索·满路旋丝飞絮》），不如"满城飞絮"格局大，寓意深，引人遐想。至于"梅子黄时雨"，则更能联想起梅雨造成的许多烦恼。梅雨发生在每年农历五六月或六七月梅子成熟时，天气极热，温度极高，雨期持续二十至四十天。人们的汗水排不干净，呼吸又不畅通，到处湿漉漉、黏糊糊的。天色阴沉，雨声淅沥，昼夜不断，人们如同囚禁在阴暗潮湿的牢房里，心情烦躁，坐卧不安。北宋梅尧臣就曾抱怨说"梅天下梅雨，绥绥如乱丝。梅生独抱愁，四顾无与期"（《五月十日雨中饮》），苦日子简直没有尽头；南宋薛师石说"梅雨润兼旬，暑月不知夏。……鱼虾失凭依，跳跃至床下"（《梅雨》），居室竟成了鱼塘；梅雨又称"霉雨"，长期潮湿会使生活用品生霉而腐朽，甚至像明人屠桥所写"古壁腥延蜗角上，空阶青引石衣来"（《五月梅雨》），蜗牛爬上了墙壁，苔藓长满了台阶。贺铸用梅雨给人们造成的种种烦恼，比喻闲情的无穷无尽，再用三句比喻组成"复合意象"，表现出闲情之多、之深、之细和不可言传，必须仔细思索、联想，才能曲尽其妙，这是贺铸的杰出创造。清人先著说这三句是"工妙之至，无迹可寻"（《词洁》），意为"一川烟草，满城风絮，梅子黄时雨"文字工整，设喻奇妙，情景融合，浑然天成，不可分割，是一个完美无缺的艺术整体。正是贺铸词的不可重复的独创性，使他拥有了"贺梅子"的雅号。

老年丧妻的无限悲苦

重过阊门万事非，同来何事不同归！
梧桐半死清霜后，头白鸳鸯失伴飞。
原上草，露初晞。旧栖新垅两依依。空
床卧听南窗雨，谁复挑灯夜补衣！
——《半死桐·重过阊门万事非》

这首悼亡词一般认为是悼念贺铸的正室赵夫人，赵氏是宋王朝宗室济良恪公赵克彰之女。南宋吴曾《能改斋漫录》根据贺铸在苏州曾与一青楼女子相爱，推测"悼亡诗词，不知即为此姬作否？"近人则断定不是悼念赵夫人，因为"赵氏出身于显赫的宗室之人，'挑灯夜补衣'的事，她是不会干的。补衣者应是贺铸的侍妾"（《宋词鉴赏辞典》）。此说不能成立。宗室女子就不肯给丈夫缝补衣服吗？贺铸有一首长诗《问内》写赵氏在大伏天给他补缀冬衣的情况："庚伏压蒸暑，细君弄咸缕。乌绨百结裘，茹茧加弥补……"贺铸问赵氏为何这么早就缝缀冬衣，赵氏回答说要穿的时候再缝缀就来不及了。由此可见，赵氏是一位勤俭朴素、善于女红、关爱丈夫的女子，并不是四体不勤、等人伺候的贵公主。贺铸曾与赵氏居住苏州，赵氏死后葬于此地。大观二年（1108）贺铸五十七岁时重来苏州，为悼念赵氏作此词（清·叶廷琯《吹网录》）。

"重过阊门万事非，同来何事不同归！"词一开始劈头就是一声哀叹：重来苏州，万事万物都变样了！为什么是"万事非"呢？"物是人非事事休，欲语泪先流"（李清照《武陵春·风住尘香花已尽》），苏州的风物并没有变化，而是与爱妻有关的往日情事不存在了。往日的旧居里不见爱妻的身影，美丽的苏州河上不见爱妻的游踪，执子之手、与子偕游的旖旎风光一去不返了，相濡以沫、体贴温存的夫妻生活不会再现了。一切都烟消云散，不复存在了。"往事已成空，还如一梦中"（李煜《子夜歌·人生愁恨何能免》），这还是我和爱妻共同生活过的苏州吗？我熟悉的苏州哪里去了？在贺铸的感觉中，仿佛来到一个完全空白无物的荒漠世界，客观世界的空虚反映出心灵世界的空虚。"万事非"的另一层意思是，因为心灵的痛苦造成的视觉变异。这些美好的自然风光和舒畅的生活方式，在贺铸的心目中已经黯然失色了。人在最痛苦的时候，春花不再鲜艳，秋月不再明媚，甚至会像李煜那样诅咒"春花秋月何时了"！心理学早已证实，心情的痛苦会引起视觉变异，世界会失去原有的光彩，看见的一切物体都是灰色的。总之，心灵的空虚，视觉的变异，这大概就是"万事非"的主要含义吧。贺铸对爱妻的突然亡故不能理解，对爱情生活的突然中断不能理解，对个人遭遇巨大的不幸不能理解，于是十分痛苦地喊出了"同来何事不同归？"为什么咱们一同来到苏州游历，却不能一同回到咱家去呢？两个"同"字，强调了他们夫妻应该同来同归。在贺铸的心目中，夫妻应该是一个生同床死同穴的生命共同体，应该携手并肩走完生命的全过程。可是万万没有料到，风光优美的苏州城变成了埋葬爱妻的伤心地。这是为什么呀？这种看似无理的诘问，实则是对爱妻亡故痛惜之极的表现。生老病死本是人生常规，也是一个漫长的过程，但当生活的车轮脱离轨道、发生倾覆的时候，会使人暂时丧失理智。这种出乎意料的变故，巨大的痛苦使贺铸失去对死亡问题的理性判断，从而发出"同来何事不同归"这种"无理"却有情的诘问。据《贺铸年谱》记载，贺铸重来苏州大约是在赵氏亡故一年后。一年之久，仍然呼喊着"重过阊门万事非，同来何事不同归！"可见他对亡妻的痛惜怀念之情多么深刻长久。

"梧桐半死清霜后，头白鸳鸯失伴飞。"从怀念亡妻回到自身的痛苦处境。死者长已矣，存者且偷生，苟且偷生的生存状态比死者更为痛苦。梧桐树是雌雄同株共生共荣的树，树干挺拔，枝叶交错，象征生命旺盛，爱情甜美，所以《孔雀东南飞》中写道："东西植松柏，左右种梧桐。枝枝相覆盖，叶叶相交通。"梧桐、鸳鸯的共同命运是"梧桐相待老，鸳鸯会双死"（唐·孟郊《烈女操》）。贺铸甚感不幸的是，我的另一半亡故了，剩下的我这一半，半死不活，苟延残喘，像被秋霜打了一般，枯枝败叶，气息奄奄，已经没有多少生存的希望和生存的意义了。鸳鸯鸟本来是双飞双栖，形影不离，白头偕老的，死也要一同死去，不分先后，而今我却像一只满头白发的老年鸳鸯单飞独宿，双翅无力，步履蹒跚，无依无靠，茕茕孑立，这是何等的凄凉孤独啊！诚如白居易所说"半死梧桐老病身，重泉一念一伤神"（《为薛台悼亡》）。常言少年丧母、中年丧妻、老年丧子，是人生的三大不幸。其实，老年丧妻才是人生的最大不幸。人生一世，能陪伴自己走完一生的是老妻，能侍奉自己饮食起居的是老妻，行走困难能搀扶自己的是老妻，卧床不起能坚守在身边的是老妻，心情烦躁能忍受自己无理呵斥的是老妻，最了解自己喜怒哀乐变化的是老妻，最体贴自己冷暖饥渴需求的是老妻。总之，人老了，最可靠的是老妻。贺铸写《半死桐》时已经是五十六岁的老人了，一生位居下僚，郁郁寡欢，唯一能给他生活关照和精神抚慰的只有爱妻赵氏；赵氏一旦亡故，他的精神就崩溃了。北宋祖无择在《鸳鸯》诗中写道："水宿云飞无定期，雄雌两两镇相随。到头不会天何意，却使人生有别离。"人生别离是不幸的，而厮守一生的老夫老妻的生死别离，则是令人痛不欲生的。由此想来，"重过阊门万事非，同来何事不同归"是贺铸对爱妻亡故不可理解的诘问，"梧桐半死清霜后，头白鸳鸯失伴飞"则是贺铸对自身不幸无可奈何的哭泣。声情哀婉，催人泪下。

"原上草，露初晞。旧栖新垅两依依。"汉乐府《薤露歌》："薤上露，何易晞。露晞明朝更复落，人死一去何时归！"野蒜上的露水为什么容易晾干，露水干了落了明天还会再生，人死了何时才能回来！贺铸把这首四句挽歌压缩为两句，一则表明爱妻去世不远，他走上荒原去凭吊爱妻的坟墓；一则表明野草上的露水刚刚晾干，他一早就急急忙忙去凭吊了。他在旧居和新坟之间往来凭吊，无论何处都使他依依难舍。旧居虽在，空无一人，徘徊良久，仿佛有爱妻的身影时隐时现，仿佛有爱妻的体香轻轻飘散，仿佛爱妻向他投来久别重逢的欣喜目光，仿佛听到爱妻在厨房给他做饭的响动。如此等等的幻听幻觉虽然是短暂的瞬间闪现，却能使他陷入对往日美好岁月和缱绻缠绵夫妻生活的深沉思念之中，因而久久不忍离去。在墓园里，面对爱妻的一座孤坟，他仿佛听到了黄土下爱妻的呼吸声，仿佛看到爱妻坐在灯下给他缝补衣裳，猛然间爱妻抬头向他微笑，向他招手。噢，爱妻没有死，爱妻还活着，只是换了个住处。他像回到了爱妻的身边，更加久久不忍离去。生前的妻子是美丽温柔的，死后的妻子也是美丽温柔的，无论生前死后，爱妻都是他生命的一半，生存的依赖，怎么能不依依难舍呢？

"空床卧听南窗雨，谁复挑灯夜补衣！"在旧栖、新垅之间往返多次，终于从似梦非梦的朦胧中清醒过来，回到了旧居，清醒地意识到一个严酷的现实，"所痛泉路人，一去无还期"（唐·戎昱《汉阴吊崔员外坟》）！思维活动虽然复归理性，明知爱妻死而不可复生，情感活动仍然离不开对爱妻生前死后生活情景的回忆与感伤。昔日同床共枕、交颈厮磨的恩爱不见了，而今唯有空床兀坐、昏灯飘摇的孤独；昔日的窗外细雨伴随着爱情的甜蜜滋润心田，而今却是"梧桐叶上三更雨，叶叶声声是别离"（南宋·周紫芝《鹧鸪天·一点残红欲尽时》），"悲欢离合总无情，一任阶前、点滴到天明"，（南宋·蒋捷《虞美人·少年听雨歌楼上》），搅得人心烦乱，彻夜难眠。在纷乱的思绪中，贺铸最怀念的是依靠在床头的被褥上，观赏爱妻在灯下给他缝补衣裳的情景。爱妻的动作一上一下，那么娴熟优雅；一针一线那么专心致志，偶尔瞟过来的目光，那么温柔多情；灯暗了，又把灯芯挑亮继续缝补，直到针线妥帖才心满意足，能使贺铸衣着整洁温暖是她最大的愉快。一面夜听窗外连绵细雨，一面观赏妻子"挑灯夜补衣"则是男性向往的夫妻生活。普通夫妻并没有爱得你死我活的轰轰烈烈的爱情，有也是很短暂的；而且轰轰烈烈之后，往往像烈酒醒后甚感精疲力竭。平平淡淡、踏踏实实的日常夫妻生活，时时处处相互关照体贴，彼此依赖，不能分离，像醇酒一样深厚绵长的爱情，才是最为难得、最为宝贵的。一生奔波、年近六旬的贺铸，深知老妻在老年生活中无比重要的作用，深知老妻对自己的恩爱无比深厚。正当他年已老，非常需要老妻的生活扶助和精神抚慰的时候，老妻却离他而去了，他怎么能不痛心疾首地哀叹"谁复挑灯夜补衣"！没有人会给自己连夜缝补衣裳了。原配夫人经历了几十年的风风雨雨、磕磕碰碰，相互知根知底，心灵的默契，精神的交流，会把家庭生活安排得妥妥帖帖，平平安安地度过晚年时光，实现生同床死同穴的完满结局。然而，这个不算奢望的生活却被无情的命运打断了。他无力掌握命运，只能指责命运，"同来何事不同归"与"谁复挑灯夜补衣"前后呼应，贯通一气，都是贺铸在不知何故、不能理解、孤苦无助的情况下，对命运的强烈质问、怨恨和一定程度的诅咒。天地不仁，上天为什么要把这个悲苦的命运降临到我的头上！

愤怒的捣衣声

斜月下，北风前。万杵千砧捣欲穿。

不为捣衣勤不睡，破除今夜夜如年！

——《古捣练子·夜如年》

这首《夜如年》原是贺铸六首《古捣练子》中的一首，内容为妇女捣衣思夫，但写法与历代捣衣诗迥然不同。

"斜月下，北风前。万杵千砧捣欲穿。"开头两句点出捣衣的时间、季节和气候，简捷明快，笔力刚健。月亮斜挂天边，已到后半夜了；北风劲吹，天气更加寒冷，没有说人而人在其中。妇女们就是冒着寒风彻夜捣衣，笔墨之间没有表露她们是什么心情，更没有描绘她们是什么表情。紧接着第三句"万杵千砧捣欲穿"，奇峰突起，只听得千万户人家在捣衣，千万个石砧发出了声势浩大的响声，乘着强劲的北风传向四面八方，震荡着天边斜月，震荡着秋夜碧空。千万个女性一齐捣衣，一杵紧接一杵，越捣越有力，像是要把衣服捣烂，把石砧捣穿。在以前的捣衣诗中我们听到的是凄凉哀怨和对征夫的思念，在这里我们听到是无比愤怒与怨恨。古代普通女性看似柔弱，实则刚强；看似沉默，实则隐忍；一旦无法隐忍，便会像火山一般爆发出来。我见过农村妇女捣衣，是很吃力的活儿。时间长了，手背红肿，手指僵硬，两臂酸痛，多日消解不了。词中女性借着奋力捣衣发泄她们郁结心中的对命运不公的愤怒，对生活不幸的怨恨，这说明内心痛苦的强烈程度远远超过身体的痛苦。千家万户都在捣衣，表明了这是普天之下妇女们的集体痛苦。顶着秋夜寒风，通宵捣衣，那种韧劲、狠劲，好像不把石砧捣破捣穿誓不罢休，这又表明了妇女们坚毅刚强的性格和永不衰竭的内在精神力量。这是一种原始的生存力量，是爱意的强烈涌动。她们敢爱敢恨，敢于支撑起人类社会的半边天，敢于创造美好的家庭、美好的婚姻、美好的生活，也敢于捣碎黑暗的牢笼，寻求光明世界。不信，请看下文：

"不为捣衣勤不睡，破除今夜夜如年！"彻夜的砧声传遍乡野，人们难以理解砧声为什么如此浩大，如此长久，又如此有力？捣衣妇们为什么长夜不眠，为什么如此勤奋？这种砧声为什么如此异常？此时，捣衣妇们站出来向全社会声明：我们不是因为捣衣特别勤奋不去睡觉，而是要捣破如同一年的漫漫长夜！这个声明中的潜意识是一个漫漫长夜要捣下去，十个、百个漫漫长夜也要捣下去，把黑暗捣破，把光明迎来；把战争捣破，把和平迎来；当"雄鸡一唱天下白"的时候，迎回久别的丈夫，永不分离。然而，在长夜如磐的时代，千万捣衣妇从自身的生活经历认识到，她们的美好愿望是无法实现的；而越是无法实现，愤恨情绪便越是强烈，挥杵捣衣更加有力，石砧声响更加浩大。古代写长夜不寐的诗很多，诗中主人公无论男女都对个人的不幸命运缺乏改变的力量，"'愁多梦不成'的思妇，也试图以不停地捣衣来减轻自己心灵上无法承受的负担，来熬过这令人难以忍受的孤寂的漫漫长夜"（《唐宋词鉴赏辞典》），此处没有看出捣衣妇的强烈愤怒。贺铸把怨恨提升为愤怒，是对女性心态的一大发现，诗词创作的一大成就。千万个女性同时并举，奋力捣衣，借以宣泄愤怒，决心要捣破漫漫长夜的黑暗，这表明捣衣妇们的潜意识中存在一个朗朗乾坤。由于历史的局限，她们还意识不到团结起来、组织起来的巨大威力，因而乾坤朗朗、阳光普照的希望，无论怎样愤怒、怎样用力，终究是无法实现的。这就使我们在受到"破除今夜夜如年"的感奋之后，进一步体会到捣衣妇们内心深处愤怒之中的无限悲哀，对她们产生更多的同情。在这首词里，捣衣妇们的愤怒与悲哀留在时光的长河中永不消逝，成为愤怒的丰碑供人永久凭吊；铿锵有力、震天动地的捣衣声，会永远在我们耳边回响。

男女相逢、相爱、定情、合欢、
久别相思的全过程

> 淡妆多态，更的的、频回眄睐。便认得琴心先许，与缩合欢双带。记画堂风月逢迎，轻颦浅笑娇无奈。向睡鸭炉边，翔鸾屏里，羞把香罗偷解。　　自过了烧灯后，都不见踏青挑菜。几回凭双燕，丁宁深意，往来却恨重帘碍。约何时再？正春浓酒困，人闲昼永无聊赖。厌厌睡起，犹有花梢日在。
>
> ——《薄幸·淡妆多态》

这首《薄幸》以女子为主人公，表现了一对青年男女相逢、相爱、定情、合欢、久别相思的全过程。如此完整的叙述，在唐宋词中实不多见。

"淡妆多态，更的的、频回眄睐。便认得琴心先许，与缩合欢双带。"词一开始便推出女子的正面形象，以简练的笔法描绘她的容貌情态。"淡妆"和"浓抹"是女性化妆的两种基本型范。一般说来，品味高雅的人喜欢淡妆，品味低俗的人喜欢浓抹。舞台上的女性丑角，往往浓妆艳抹，穿着大红大绿，头上花枝招展，或以丑为美，或掩饰她们的丑陋；天生丽质、素养高雅的女性大多喜欢淡妆，自然而然的美，是美的本质特征，美的最高境界。这种美像荷花那样清纯，像水晶那样晶莹，是心灵美与形体美的自然融合。贺铸笔下这位女性淡施脂粉，素面朝天，展示出她的自然天真、清纯无瑕，以及对自身美的充分自信。

"多姿"的内涵很丰富，至少是体态婀娜多姿，目光顾盼多姿，以及由此能够想象到的一举一动、一颦一笑所表现出的难以言传、只可意会的多种多样的美。由此看来，这位女子绝非谨守《女诫》、懦弱畏缩的一般女性，而是性格开朗、举止大胆、敢于展露自身美丽、敢于追求自身幸福的浪漫女性。果然不出所料，你看她那一双眼睛特别诱人，明亮的目光，像是星星闪烁，流光溢彩，真是"的的连星出，亭亭向月新"（南朝·江总《三善殿夜望山灯诗》）；又见她回过头来斜眼（眄睐）看人，眉目传情，而且是频频回顾，不停地向那位男子投送爱意。此时无声胜有声，不必多费一词，仅凭这摄人心魄的目光，就表露出了深深的爱意。男子立刻明白了女子已经决定以身相许，急不可待地要用自己的腰带缩成和欢带，作为定情物佩带在身上，表示身有所许，心有所归，一生将从一而终。女子的这个举动说明她虽然性格开朗大胆，却不是风月场上的浪荡女子。她对男方一见钟情，当机立断，可见她排除了世俗的繁华富贵，追求纯真的爱情。"琴心"即爱心，出自《史记·司马相如列传》。汉代女子司马相如与新寡的卓文君都爱音乐，彼此爱慕，司马相如便"以琴心挑之"，用古琴演奏，以琴声互通爱意。这里用"琴心"一词，说明女子一见男子便怦然心动，像铮铮琴声从心头流过，激动而又舒畅。

"记画堂风月逢迎，轻颦浅笑娇无奈。向睡鸭炉边，翔鸾屏里，羞把香罗偷解。"定情之后，便开始了男女双方的合欢生活。"风月"有二解，一指男女情爱，"一生风月供惆怅，到处烟花恨别离"（韦庄《多情》），"风月有情时，总是相思处"（晏几道《生查子·红尘陌上游》）；一指清风明月，环境幽美，"惟江上之清风与山间之明月，耳得之而为声，目遇之而成色"（苏轼《赤壁赋》）。此处可以二义兼取。"记画堂风月逢迎"，用"记"字领起，说明以上及以下内容都是男子的回忆。男子永记不忘的是，当初在清风吹拂、明月照耀下，我们在华美的厅堂相逢，满腔柔情蜜意，相互迎上前来。女子轻轻地皱起眉头，似怒非怒，初次相爱，难免稍觉紧张，多少有些难为情；脸上一抹微笑，掩饰着内心的喜悦和激动。这位女子即使在二人世界里，也举止有度，绝不放纵失态，可见是一个修养有素、善于自处的文化女性。她那女性的娇柔美所显露出的无限风情，娇美得无法形容。"今夕何夕，见此良人？子兮子兮，如此良人何？"（《诗·唐风·绸缪》）女子的内在美与外在美处处令人沉迷陶醉，不知道该怎样爱她才能尽意。女子的居室优雅清净，几扇屏风遮着一张绣床，桌上摆着睡鸭形的熏香炉。熏香点燃，满屋清香。在这幽静、温馨、隐蔽的地方，他们从绾结合欢带跃升为"羞把香罗暗解"，女子羞答答地背着男子把衣服解开了。至此，男女双方实现了灵与肉的亲密结合，进入了爱情的最高境界。

"自过了烧灯后，都不见踏青挑菜。几回凭双燕，丁宁深意，往来却恨重帘碍。"下片直接跨入别后相思，改换为女方口吻。有学者认为"通篇都是男子，下篇也是写男子对女子的思念"（《宋词鉴赏辞典》）。此说不合情理。词题为"薄幸"，指男子薄情，从未以之指女子，"十年一觉扬州梦，赢得青楼薄幸名"（杜牧《遣怀》）；而且词中有句"往来却恨重帘碍"，男子怎么会住在帘幕重重的闺房之内呢？原来男女双方合欢之后，男子随即外出。原定次年春季归来，但当第二年元宵灯节已过，仍不见男子归来。宋代以农历二月初二为挑菜节，"岁岁春草生，踏青二三月"（孟浩然《大堤行》），踏青与挑菜同时进行。二三月份是一年最美好的季节，城乡青年男女成群结队去野外踏青，"三月三日天气新，长安水边多丽人"（杜甫《丽人行》），"城南踏青处，村落逐原斜"（刘禹锡《同乐天和微之深春二十首·其十一》）。人们一面漫步踏青，尽情游乐，一面挑野菜，以备尝新。在这个春光明媚、春情荡漾的季节里，多么需要一个如意郎君的陪伴，一同欣赏大好春光，一同释放青春活力，一同憧憬美好未来！然而时节已过，仍不见郎君归来。往日的合欢相爱与如今的独守空闺形成强烈对比，使女子陷入深沉的失望与孤寂之中。一人独处的女子无处诉说衷肠，只能仰视房梁上的燕子喃喃自语。她再三托付燕子捎去对郎君的深沉思念，但因深闺之中帘幕重重，阻挡了燕子的自由往来，可恨信息无法送达。居室的重重帘幕挡住了燕子，也挡住了女子的脚步，她无心外出踏青挑菜，把自己封闭在帘幕重重的角落里自哀自叹，因为她实在经受不起明媚春光的刺激。别人成双成对地踏青游乐，提篮挑菜，自己孤身一人，茕茕孑立，相形之下，情何以堪。尽管如此，这位痴情的女子对生活并未绝望，对未来仍在企盼。她继续托燕子捎信，与郎君约定何时再能相逢？

"约何时再？正春浓酒困，人闲昼永无聊赖。厌厌睡起，犹有花梢日在。""约何时再？"什么时候才能重逢呀？是一声急切的询问，一个殷勤的期待。燕子无知，不会替人传递信息，而女子却相信燕子能理解她的心情，同情她的处境，替她与不知在何处游荡的郎君，约定一个重逢的准确日期。这种非理性的举动，表现了女子的痴情和心灵无所依托的孤苦处境，以及病急乱投医的无可奈何。正是春意浓浓、春情勃勃的盛春季节，百花齐放，百鸟争鸣，如此美好的景象，更增强了女子情感的激荡，加重了孤苦寂寞的感觉。她整天无所事事，精神空虚，无法排遣相思愁情，只能借酒浇愁，自我麻醉，以至于神志不清，从早到晚迷迷糊糊地躺在床上，似睡非睡。酒醉是痛苦的，酒醒因为有了知觉，痛苦感更加强烈。女子睡了一整天，直到傍晚才病恹恹地勉强起来，看见窗外树梢上还有一抹黯淡的阳光。这黯淡的阳光在她心灵上引起的反应，是生命微弱无力的象征？还是对未来仍存一线希望？还是预示着又要熬过一个漫漫长夜？心灵的微妙感受很难猜定，读者可以根据自己的情感体验作出选择。这大概就是言有尽而意无穷、内涵丰富、见仁见智的艺术妙用吧？

"剩女"的深刻悲哀

> 杨柳回塘，鸳鸯别浦，绿萍涨断莲
> 舟路。断无蜂蝶慕幽香，红衣脱尽芳心
> 苦。　　返照迎潮，行云带雨，依依似
> 与骚人语。当年不肯嫁春风，无端却被
> 秋风误！
>
> ——《踏莎行·杨柳回塘》

　　"杨柳回塘，鸳鸯别浦，绿萍涨断莲舟路。""回塘"，经过一段曲折的小路才能到达的池塘；"别浦"，不同一般的水流入河口，都是指比较偏僻的地方。在这里，"回塘""别浦"实为异名而同地，都是指池塘。二句对偶整饬，意在突出池塘的偏僻寂静。通常情况下，环绕池塘的杨柳随风飘摇，自由自在，无人攀折损伤。池塘中的对对鸳鸯并肩浮游，相亲相爱，不受外界干扰，这是一个方面的特点。另一方面，杨柳回塘也是春游的好去处，"池塘生春草，园柳变鸣禽"（东晋·谢灵运《登池上楼》），正是春游好时节，回塘平时并不荒凉，而且十分热闹，"因思杜陵梦，凫雁满回塘"（温庭筠《商山早行》），"霏霏点点回塘雨，双双只只鸳鸯语。灼灼野花香，依依金柳黄"（五代·佚名《菩萨蛮·霏霏点点回塘雨》），一派繁荣景象。贺铸有意回避了以上生机勃勃的美好景象，只用一对简短的对偶句暗示出回塘、别浦的偏僻寂静，为第二句"绿萍涨断莲舟路"做铺垫。池塘里的浮萍年复一年地生长，越积越厚，无人清理，以致阻断了采莲小舟的航道，满池塘的莲花无人采摘，无人眷顾，无人欣赏。采摘成熟的莲蓬是古今女性的生产劳动，也是文人乘舟赏莲、饮酒赋诗的活动。

王昌龄写道："吴姬越艳楚王妃，争弄莲舟水湿衣。来时浦口花迎入，采罢江头月送归。""荷叶罗裙一色裁，芙蓉向脸两边开。乱入池中看不见，闻歌始觉有人来"（《采莲曲二首》）。采莲活动轻松愉快，洋溢着丰收的喜悦，而采莲女们腰肢婀娜，容光娇艳，歌声悠扬，与池中莲花相映成趣，人赏莲，莲赏人，人莲相赏，充满了勃勃生机。如今的莲花却困守在厚厚的浮萍之中，抛置在偏僻的池塘，处境冷落，寂寞无主，这是何等的凄凉呀！

"断无蜂蝶慕幽香，红衣脱尽芳心苦。"不仅采莲女不来采莲，连蜜蜂蝴蝶也不爱慕她幽幽的芳香，不再来访了。

当年是"月明船笛参差起，风定池莲自在香"（秦观《纳凉》），"蜻蜓立在荷花上，受用香风不肯飞"（南宋·崔复初《湖边》），如今渔舟不来，蜂蝶也不来，莲花完全被遗忘了，被抛弃了。为什么会如此？秋天到了，莲花老了，象征生命的鲜红花瓣一片一片地脱落了，只剩下带苦味的莲子。"莲叶未开时，苦心终日卷。春水徒荡漾，荷花未开展"（孟郊《戏赠陆大夫十二丈》），如今红衣脱尽，绿叶凋零，"莲子复莲子，苦心郎不尝"（元·郭翼《采莲曲》），莲蓬中的粒粒莲子苦得无人品尝。莲花从春至秋，始终没有摆脱悲苦命运，苦到底了。莲花这种色、香、用俱全的花中大丈夫，绝非中看不中用、徒有其表的富贵花所可匹配。然而就是这样一种性格坚强、品格高尚、供人们欣赏又实用的花之佼佼者，终其一生却枝叶干枯、形销骨立，只落得一颗苦心，怎能不令人发出"此花此叶常相映，翠减红衰愁杀人"

（李商隐《赠荷花》）的无限感慨！

"返照迎潮，行云带雨，依依似与骚人语。"莲花虽然红衣褪尽，枝叶干枯，但它的生存欲望仍很强烈。夕阳返照在池塘水面上，反射出粼粼波光，色调柔和朦胧，像是迎接轻轻涌动的波浪；天空浮云飘动，带着纤细的雨丝，洒落在池塘上、莲花上，发出飒飒的响声，唤醒了悲伤欲绝的莲花。在这里，莲花与夕阳、波光、浮云、雨丝形成生命的互生互动关系，给周围环境蒙上了一层柔和亲切的情调，使偏僻的池塘、孤寂的莲花焕发出潜在的生命力。"依依"有二义，一为柔弱，一为留恋，此处兼有二义。莲花虽然晚景凄凉，仍然摇摆着柔弱的花茎，像是依依不舍地向"骚人"诉说她的悲伤。"骚人"是谁？不是一般的骚人墨客，而是屈原的化身——贺铸。屈原"制芰荷以为衣兮，集芙蓉以为裳"（《离骚》），把自己打扮成莲花的样子，在精神上与品德高洁的莲花融为一体；贺铸则以怀才不遇的屈原自比，与莲花成为知己。在这里，屈原、贺铸、莲花三位一体，很难区分了。由此可知，以上关于莲花的种种艺术意象，都是贺铸的心灵投影和形象重叠，贺铸即是莲花，莲花即是贺铸。那么莲花想对贺铸这位"骚人"诉说什么呢？

"当年不肯嫁春风，无端却被秋风误！"这是莲花的告白，当然也是贺铸借莲花之口以自白。春天，东风送暖，百花盛开，万紫千红，争奇斗艳，莲花却拒绝嫁给春风，接受春风的爱抚，这是为什么呢？莲花自恃高洁，不愿趋炎附势，不愿追逐时尚，不愿与以艳丽媚人的桃李为伍，不愿像牡丹、海棠等富贵花那样取悦于权贵豪门。她坚持生存自主，无论东风多么和煦，多么温存，就是不肯嫁与春风。"自是荷花开较晚，孤负东风"（北宋·幼卿《浪淘沙·极目楚天空》），这是莲花性格倔强的一面。莲花不肯嫁春风，是有所期待的。她想等到秋光清明、金风送爽、众芳凋谢的时候，她一枝独秀，更显出她天真、纯净、高雅、清秀、集众美于一身的天生丽质，表现出花中君子的风神和花中大丈夫的气概，然后择偶出嫁。然而，出乎意料的是一场秋风吹过，百花萧瑟，就连自己也被折磨、摧残得形容枯槁，面目全非，青春不再，再也嫁不出去了，成了无人过问的"剩女"；全身上下，一无所有，最珍贵的红色嫁衣也不见了，只有一颗苦透了的心在苦苦煎熬。"无端却被秋风误"是一声强烈的埋怨，却又没有埋怨的对象，不知道自己为什么会无缘无故地落到这步田地。贺铸不会知道这种结局的社会和政治根源，但会觉得冥冥之中有一只大手掌控着自己的命运，而又不知所以，无可奈何。这是贺铸的迷茫和悲哀，同时从"无端却被秋风误"中透露出某种程度的悔恨情绪。"当年不肯嫁春风"固然是坚守生存原则、坚守道德底线的表现，而一次不嫁却付出了终身的悲惨后果。贺铸一生在嫁与不嫁之间、坚守原则与放弃原则之间犹豫徘徊，始终未能断然脱离官场，表现了深刻的思想矛盾。这也是一切正直文人普遍存在的思想矛盾，千百年来无法解除，谁也难逃"剩女"的不幸命运。

一番美梦一番愁

彩舟载得离愁动，无端更借樵风送。波渺夕阳迟，销魂不自持。　　良宵谁与共？赖有窗间梦。可奈梦回时，一番新别离！

——《菩萨蛮·彩舟载得离愁动》

"彩舟载得离愁动，无端更借樵风送。"古人写愁情的诗词比比皆是，写愁情高度和重量的诗词也不少，如杜甫的"忧端齐终南，澒洞不可掇"（《自京赴奉先县咏怀五百字》），李清照的"只恐双溪舴艋舟，载不动，许多愁"（《武陵春·风住尘香花已尽》），但写愁情动态的诗词却很少。"彩舟载得离愁动"则把离愁之重与彩舟之动紧缩为一句，使读者感觉到离愁像装满石头的小船无比沉重，小船的移动无比缓慢，进而联想到离人也像小船一样心情沉重，步履迟缓，不忍离去。"彩舟"，华丽的船，与"离愁"这个黯淡的情绪形成强烈的对比。贺铸写装载离愁的船不用扁舟、小舟、舴艋舟，而用色彩华丽的"彩舟"，显然暗藏着对往日美好生活的记忆。当年无论是荡舟比赛，还是采菱采莲，处处表现出人美、船美、歌美，一片欢乐气象。如今往日装载欢乐的彩舟却装载着沉重的离愁，这种情景反差，必然会引起情感的波动。如果装载着离愁的彩舟停泊不动，离人对离愁的沉重感是相对静止的，对离愁的沉重感觉不甚明显；同时离愁是男女双方共同分担的，精神会稍觉轻松；彩舟一动，离愁拉扯着离人的心灵，同时离愁将会由一人负担。这样，便会感觉离愁更加沉重，心情会更加痛苦。离人迫切希望彩舟停泊不动，以免触动离愁爆发，但彩舟还是不可阻挡地移动了。不仅如此，"无端更借樵风送"，离人埋怨说不知道为什么彩舟没有停泊缓行，反而被顺风吹得更快了！离别的时间提前了，离别的速度加快了，满船离愁纠缠着离人不知漂向何方。从埋怨顺风行舟可以反证离人的潜意识里希望狂风大作，彩舟无法启航，至少是逆风行舟，以延缓离别的速度。不料却是顺风行舟，离别速度更快了，不禁发出"无端"的抱怨。舟行是顺风还是逆风本是自然现象，无所谓有端无端，而离人却责怪逆风无端而来；实际是逆风自然有产生的气候条件，并非无端，离人对逆风的责怪才是失去理性的无端。由此可见离人的心情烦躁到了什么程度，他为摆脱离愁的重压进行了一番精神挣扎，却毫无作用，心情之郁闷、无可奈何于此可见。

"波渺夕阳迟，销魂不自持。"优秀文学作品的情感脉络都是有迹可循的。由于受小令篇幅短小的限制，贺铸省略了男女难舍难分的情状，以及彩舟起航后的航行过程，例如"执手相看泪眼，竟无语凝噎"（柳永《雨霖铃·寒蝉凄切》）等场景，而是直接进入旅途中最难过的境况。彩舟离岸启航，离人抱着沉重的离愁和依依不舍的心情向远方漂流而去。河面上波光粼粼，渺渺无际，一片汪洋，没有坐标参照，失去方向感，漂浮于天地之间，茫然不知身在何处，"飘飘何所似，天地一沙鸥"（杜甫《旅夜书怀》）。天边殷红色的夕阳映照在水面，像浩无际涯的红色海洋。面对这血色黄昏，令人因惊恐而身心震颤。当夕阳缓缓落下，暮色苍茫，离人的惊恐情绪会渐渐平复，但接着而来的又是天色昏暗，四望空旷，离人的心情也随之陷入黯淡和孤独之中。

沉重的离愁、恶劣的旅途把他压得伤心欲绝，连灵魂也几乎压碎了。"销魂不自持"说明他痛苦到了丧失自控能力，简直就要疯癫了。"波渺渺夕阳迟"的场景类似"念去去，千里烟波，暮霭沉沉楚天阔"（柳永《雨霖铃·寒蝉凄切》），画面鲜明，如在目前，文字清晰通俗，却蕴含丰富，发人联想。

"良宵谁与共？赖有窗间梦。"孤舟夜航，眼前漆黑一团，身边无人陪伴，心中苦恼又无法排遣。在孤苦凄凉中不知未来的生活是祸是福，不堪想象，只能从以往的美好生活中获得补偿。这里的"良宵"是曾经的良宵，绝非想象中的未来的良宵，不是柳永笔下的"此去经年，应是良辰好景虚设。便纵有千种风情，更与何人说"（《雨霖铃·寒蝉凄切》）中属于将来时的"良辰好景"。离人深感以后再不会有良宵了，除了回忆曾经的良宵，不会再有什么能够得到精神安慰了。"谁与共？"问得很痛切，我不能与你共度良宵了，你也没有人共度良宵了。"良宵谁与共？"以往那样美好的生活，你我都不会再有了，双方陷入了深沉的孤独之中。孤独的双重叠加，对相亲相爱的人来说，比单方面的孤独更深一层。男女双方相依相偎，共度良宵，是十分美好、无比珍贵的。"春宵一刻值千金，花有清香月有阴"（苏轼《春宵》），夜晚二人世界是最珍贵的。人性的无限温情、无限热爱、无限缠绵，都可以不受干扰、毫无顾忌地尽情享受。一个美妙的良宵，胜过一百个平淡的岁月。但是，这样的良宵在红日当头的白昼，波浪动荡的船上，船夫的吆喝声中，很难进行完整的回忆；必须在排除一切干扰的梦境中，才能出现往日良宵的完美印象。"赖有窗间梦"的"赖"字深刻有力，说明离人对良宵之梦有了依赖性。这种依赖性有两层含义，一是要想重温往日的柔情只能依靠做梦；二是一有烦恼便要通过做梦消解，离开良宵之梦就几乎无法生存了。为相思而做梦是一般人共有的正常现象，而对梦产生了依赖性，无梦则百无聊赖，坐立不安，失魂落魄，可见离人对往日的良宵多么怀念，当日的孤独有多么痛苦。

"可奈梦回时，一番新别离！"好梦都是短暂的，越是好梦越是短暂。当梦里缱绻进入佳境时，便会突然醒来，深感遗憾，很想重梦一回，这是人们做梦的普遍经历。做梦有几种不同情况，"春风一夜吹乡梦，又逐春风到洛城"（唐·武元衡《春兴》），做一场乘风回乡的好梦，如同乘春风遨游一般兴奋快乐；与此相反，"故欹单枕梦中寻，梦又不成灯又烬"（欧阳修《玉楼春·别后不知君远近》），通宵达旦，好梦不成，身心煎熬，难以承受；这种失落感、空虚感以及被欺骗、被嘲弄的感觉，融为复杂难解的综合性痛苦，是十分沉重深刻的。然而情况不仅如此，贺铸笔下的梦境较之上述几种梦境往前推进了一大步。他的体验是每梦一场，便有一番离别，良宵之梦的甜蜜，换来的是梦醒之后的痛苦。梦中相会的甜蜜是短暂的，转瞬即逝；梦醒之后的痛苦则是长久的，无法解除。贺铸的体验还要再推进一步，如前所说"良宵谁与共？赖有窗间梦"，他对以梦解愁已经产生了依赖性，明知有梦比无梦更加痛苦却欲罢不能。这样，便会频繁地做梦，频繁地离别，陷入了没完没了的恶性循环之中无法自拔。良宵的甜蜜没有品尝多少，而离别的痛苦却越积越重，像一座大山压得他喘不过气来，呼喊"可奈，可奈"，无可奈何，无可奈何呀！

力挽衰老的逆向思维

> 阴晴未定，薄日烘云影。临水朱门
> 花一径，尽日鸟啼人静。　　厌厌几许
> 春情，可怜老去兰成。看取镊残双鬓，
> 不随芳草重生。
>
> ——《清平乐·阴晴未定》

"阴晴未定，薄日烘云影。"这两句看似一般的写景，实则隐含着一种潜意识活动。天气时阴时晴，忽阴忽晴，会使不安定的心情更加不安。天气完全阴了，浓云密布，短时间晴不起来，人们会承认这个现实，也就安心了。天气完全晴了，阳光普照，短时间阴不起来，人们也会承认这个现实，不担心会忽然天阴下雨。这种对天气变化的敏锐反应，是老年人常有的心理状态。老年人普遍喜欢稳定，不喜欢动荡，希望平平静静地度过余生。青年、中年时期的动荡不安，在他们心灵上留下的阴影无法抹去，外界的风雨阴晴会引起他们的心理反应。老年人的生命系统已经相当脆弱了，经受不起外界的干扰。他们觉得，平平静静地活着，会延续生命；一旦打乱了平静，就难以掌握自己的命运了。"薄日烘云影"，淡薄的夕阳烘烤着薄薄的云层，夕阳光线微弱，它的光和热几乎已经耗尽了，却仍要挣扎着用它的余热去烘烤薄薄的云层，希望出现一个红霞满天的绚丽景色。贺铸赋予薄日以生命，使它主动地去烘烤云影，表现出老年人对生命的留恋，对生存的渴望。老年人普遍有一种心态，越老越珍惜生命，越渴望延续生命，尽管自己已经日薄西山，仍要努力活下去，甚至幻想从头再活一回，重现昔日的辉煌。"薄日烘云影"正是这种心态的艺术反映。这首词写贺铸的老年心态，他对"阴晴未定，薄日烘云影"有细致的观察和深刻的情感体验。"阴晴未定"指代心神不定，贺铸推进了一步，把老年人对延续生命的渴望，用"薄日烘云影"透露了出来。总之，"阴晴未定，薄日烘云影"绝非一般写景的等闲之笔。

"临水朱门花一径，尽日鸟啼人静。"镜头调过来描绘自己的居所。门前一条碧绿的小溪淙淙流过，溪边一条小径长满了各色花草，色彩对比鲜明，绚烂多姿，正是春日美景。"朱门"指富贵人家的红漆大门。贺铸是宋太祖皇后族，又娶宗室之女赵氏，虽然一生未得高官，却因久居官场，衣食无忧，完全可以拥有一所风景优美的居所，享受清闲自在的生活，优游于碧溪之旁和繁花之中，聆听溪水之淙淙，啼鸟之清音，"留连戏蝶时时舞，自在娇莺恰恰啼"（杜甫《江畔独步寻花》），一莺独鸣，多么清脆悦耳；"万啭千声随意移，山花红紫树高低"（欧阳修《画眉鸟》），百鸟争鸣，多么欢快热闹。然而，对于自称"缚虎手，悬河口"（《行路难·缚虎手》）这样豪情满怀、急于建功立业的贺铸来说，听鸟赏花、悠闲自得的生活只能是短暂的。日久天长，他对这种无所事事的生活会感到空虚无聊，"尽日鸟啼人静"透露出了一些厌烦不安的情绪。鸟啼固然悦耳，但从早到晚不停地在你耳边聒噪，谁能忍受？一人静坐，固然可以避免繁杂，修身养性，而年复一年、日复一日地一人静坐，则是难以忍受的孤独寂寞。"临水朱门花一径，尽日鸟啼人静"，看似平平道来，不动声色，而"尽日"一词已经暗藏着蓄势待发的烦躁不安。

"厌厌几许春情，可怜老去兰成。"下片不再隐忍，直接吐露真情。"厌厌"可解为微弱和虚弱。溪水淙淙，鸟语花香，春天如此美好，却激发不起他对美好春天的强烈感受。不过，溪水、花径、啼鸟摆在面前，毕竟引发出他的几许春情。然而这春情却很淡薄，以至于终日懒懒散散，虚弱无力，提不起精神来。为什么会如此？他自己说，可怜呀！我像庾信（字兰成）那样白活到老，一事无成。庾信一生仕途畅达，但在南北朝长期动乱之时，只是统治者利用的一枚棋子，政治上并无显著建树。国家不幸诗家幸，庾信前期诗风浮艳，被称为"徐（陵）庾体"；后期多乡关之思，诗风或萧瑟凄凉，或苍劲有力，成为南北朝文学的集大成者，杜甫赞扬他的作品"庾信文章老更成，凌云健笔意纵横"（《戏为六绝句·其一》）。贺铸与庾信的出身、相貌、才干有相似之处。庾信是南朝梁和北魏小朝廷的大官，贺铸是大宋王朝的小官，时代和职务所限，都不可能有大作为。庾信暮年叹息自己"信年始二毛，即逢丧乱，藐是流离，至于暮齿"（《哀江南赋序》），贺铸也叹息自己"金印锦衣耀闾里，少年此心今老矣"（《子规行》）。贺铸视庾信为同调，以庾信自比，是很自然的事。他们二人在政治上无大成就，而在文学上则成为一代名家，是他们未尝预料到的。古代文人都是以身居要津以达到修齐治平为生存价值，从不以文学成就为奋斗目标。因此，贺铸和庾信都没有从自己的杰出的文字成就中得到精神安慰。徒有文名，而无政绩，是古代文人的共同遗憾。

"看取镊残双鬓，不随芳草重生。"一个有趣的镜头出现了。贺铸说，请看我用镊子把双鬓白发都拔得没有几根了，它不再跟着每年春天的芳草重新生长了。古代老人有用镊子拔除白发的习惯，也有写感叹衰老的"镊发"诗，兹举数例："长吁望青云，镊白坐相看。秋

颜入晓镜，壮发凋危冠"（李白《秋日炼药院镊白发赠元六兄林宗》），
"白发生偏速，交人不奈何。今朝两鬓上，更较数茎多"（岑参《叹
白发》），"白发生一茎，朝来明镜里。勿言一茎少，满头从此始"
（白居易《初见白发》），"白发生头速，青云入手迟"（刘禹锡《闻
新蝉赠刘二十八》），古人以白发之多少为检验是否衰老的主要手段，
很重视白发生长的情况，劝人不可轻视。或见一根白发即知老之已至，
心生惊惧；或以白发与青云对举，感叹事功未成；或因新生白发而无
所作为，以"闲人"自我嘲笑。贺铸眼见头上白发日复一日地生长，
表示已经无力再封侯，并以"色身非我有""身外更悠悠"即"色即
是空"的"无我"观念，进行自我安慰。话虽如此，实际上贺铸绝不
服老，你看他双鬓全白了，还要不厌其烦地一根一根拔下来，改头换
面，除旧布新。"芳草"即野草，具有不怕风霜雨雪的顽强生命力，"离
离原上草，一岁一枯荣。野火烧不尽，春风吹又生"（白居易《赋得
古原草送别》）。芳草又会给人间带来明媚和煦的无限风光，贺铸希
望自己的满头黑发能像芳草一般茁壮生长，可见他追求青春焕发的欲
望多么热烈，多么顽强！在他的内心深处潜藏着一个永不消逝的春天。
贺铸的这种精神状态，再一次证明本词首二句"阴晴未定，薄日烘云
影"，确实蕴藏着既因年老而心神不定，又力求出现红霞满天的内心
欲望。再者，别人对白发日渐增多而无能为力，只能顺着衰老的方向
思考生存问题。贺铸虽然也知道黑发无法重生，对"不随芳草重生"
深感遗憾，但潜意识中仍然存在"芳草重生"的美好理想。由拔除白
发到"芳草重生"的思维过程，这是贺铸不服衰老已至、追求青春再
现的过程，虽不能至，心向往之，绝不放弃对美好青春的向往。这是
文学意象创造的逆向思维，是贺铸反抗不幸命运的精神体现。

周邦彦（八首）

回环曲折的离情描述

　　柳阴直，烟里丝丝弄碧。隋堤上、
曾见几番，拂水飘绵送行色。登临望故
国，谁识京华倦客？长亭路，年去岁来，
应折柔条过千尺。　　闲寻旧踪迹，又
酒趁哀弦，灯照离席。梨花榆火催寒食。
愁一箭风快，半篙波暖，回头迢递便数
驿，望人在天北。　　凄恻，恨堆积！
渐别浦萦回，津堠岑寂，斜阳冉冉春无
极。念月榭携手，露桥闻笛。沉思前事，
似梦里，泪暗滴。

　　　　　　　　　　——《兰陵王·柳》

　　叶嘉莹先生指出，周邦彦以前写的词以直接感发为主，而本词则
另辟蹊径，以思索安排取胜。即通过丰富的艺术想象和精心的章法安排，
更细致地表情达意。我同意叶先生的看法，但不认为周邦彦"思索安排"
的词作都很成功，也有玩弄辞藻，炫耀技巧，与真实生活距离较远的
弊病。我们要介绍的这首《兰陵王·柳》，是其中的佼佼者。

　　"柳阴直，烟里丝丝弄碧。隋堤上、曾见几番，拂水飘绵送行色。"
开封汴河原是大运河的起始一段，北宋时全长一百多公里，隋炀帝在
汴河两岸修筑长堤，平坦坚固，可走车马；河堤两侧栽种千里杨柳，

树阴蔽日，是汴河上一道优美壮观的风景线，古人题咏者甚多，如"雨霁晚虹收，河堤净如扫"（北宋·梅尧臣《汴河雨后同行马秘书》）。本词一开始只用"柳阴直"三字，画出一条直线，从纵向上拓展出深远的背景，至于柳阴之浓密，则由读者思而得之。"柳阴直"的"直"字是说柳树和它的阴影像一条线那样笔直整齐，并非有学者所说"时当中午，日悬中天，柳树的阴影下不偏不倚直铺在地上"（《唐宋词鉴赏辞典》）。古代诗词中的送别都是在早晨或傍晚，没见过中午送别的。汴河水汽笼罩着细细柳条，微风吹过，卖弄着碧绿的颜色。"丝丝"显示出初春柳条的纤细柔美，又给画面蒙上一层柔和的情调；而"弄"字，则赋予柳条以人的生命，似乎有意炫耀她娇柔的身姿。以上两句，一个远镜头，一个近镜头，突出了柳树的体貌和神情。这都需要读者的想象，才能得到具体的感受。周邦彦写这两句需要思索，读者读这两句也需要思索。接着点出这是隋堤上的柳树，立刻笔锋一转，"曾见几番，拂水飘绵送行色"。曾经见过送别场景的是柳树，但柳树不是以旁观者的身份见证送别，而是和送别人一样，满怀感情地去送别。它不会言语，不会哭泣，只会"拂水飘绵"，用枝条轻拂着水面，用飘扬的柳絮默默地表达依依惜别之情。此时无声胜有声，无言的送别比絮絮叨叨的送别更加深情。这样，柳树具有了人的情感，成为人的代言人。人柳合一，难分彼此。我们回头再看"曾见几番，拂水飘绵送行色"，送行的主体原来不是柳，而是人。以柳代人，不直接以人的身份出现，正如张先所写"隋堤远，波急路尘轻。今古柳桥多送别，见人分袂亦愁生"（《江南柳·隋堤远》），更能曲折深入地表现人的惜别之情。这是周邦彦惯用的"曲笔"。

"登临望故国，谁识京华倦客？长亭路，年去岁来，应折柔条过千尺。"前几句扣住柳树娓娓道来，至此，本词的抒情主人公登场亮相。一开始便感叹说，我登上高高的隋堤，眺望遥远的故乡。有谁理解我这个在京城滞留多年、一事无成、疲惫不堪的人呢？古代文人士子要想出人头地，只有走仕途一条路。千军万马过独木桥，能过去的人极少。他们聚集到京城，多年奔走，往往一官未得。欲留无望，欲去不忍，日子过得很辛苦，"朝扣富儿门，暮随肥马尘。残杯与冷炙，到处潜悲辛"（杜甫《奉赠韦左丞丈二十二韵》），便是这种艰辛生活的写照。后句则表现了欲罢不忍的矛盾，既然戴上乌纱帽并不愉快，那就挂冠而去，何必这样唉声叹气？周邦彦当然也有这种欲归不得、欲罢不忍的仕途矛盾和苦闷心情，所以一见隋堤上那么多用以赠别的柳枝，便会想起久别未归的故乡。京华的孤独寂寞，故乡的遥不可及，官场的险恶无聊，用一声诘问："登临望故国，谁识京华倦客？"一股脑儿地倾吐出来。

"谁识京华倦客"的诘问，语气愤愤不平。从"登临望故国"到"谁识京华倦客"是一个有力的转折，即"拗折"，痛苦无告的愤懑表现得更有力度。"识"字既是认识，更是理解。有苦无处诉说，无人理解，其孤独苦闷心情之沉重可以想见。"长亭路，年去岁来，应折柔条过千尺"，按一般写法，与上两句"登临望故国，谁识京华倦客"接得很突兀，实则与倦客的情感活动有内在联系。这里有一个很曲折的情感转化过程。倦客在痛苦无告的情况下，希望得到身边柳树的同情。他心目中的柳树"烟里丝丝弄碧""拂水飘绵送行色"，是有生命有感情的，这是一层；他与柳树共同见证过无数次送别场景，这是一层；他与柳树都同情远离家乡的人，这是一层；他把柳树视为知己，引为同调，这是一层；当他看到年年岁岁不断地有人折柳送别，损坏了肢体柔弱、富有同情心的柳条，会感到十分痛惜，这是一层。经过以上层层转折，他会把希望得到柳树同情的情感需求，转化为对柳树的同情。于是在五里一短亭、十里一长亭的漫漫长途上，年年岁岁南来北往的人都要折柳送别，那柳树该被折断了多少枝条呀！同情柳树实为同情背井离乡的人，也就是这位"京华倦客"的自我同情。"京华倦客"感叹自己无人理解，终于找到柳树这个同情者；因为柳树同情他，他也就同情柳树。二者互为同情，更增强了离别的痛苦。在这里，倦客对柳树的同情、柳树对倦客的同情、倦客与柳树对背井离乡之人的同情、倦客的自我同情融汇为一，使倦客的离情别意更加复杂、纠结，难以条分缕析。由此可见，仅在离情这一点上，心灵世界多么繁复难解。这就是周邦彦的"曲笔"，读者必须一思再思，然后得之。有学者认为以上内容都是倦客"在旁观者的地位"上的所见（《宋词赏析》），这种诠释没有看出倦客如此曲折婉转的内心活动，已经把自己的离情注入柳树上了，并非客观冷静的观察。

"闲寻旧踪迹，又酒趁哀弦，灯照离席。梨花榆火催寒食。"第二片仍在隋堤之上转换一个角度，继续抒发离情。倦客说他闲暇无事，来到隋堤上，寻找旧日送别的踪迹。这就点明了全词是对以往送别情景的回忆，绝不是学者们争论不休的是送别还是告别，或是"客中送客"。倦客已经交代清楚了，他是旧地重游，回顾当年的一次送别。当时的场景又一次浮现在眼前，灯光映照着送别的酒筵，迷离恍惚；哀伤的音乐，不断地劝酒，难以下咽。恍惚摇曳的灯光，哀婉低沉的乐曲，饮酒而不知味的离人，强颜欢笑的送别者，构成了一幅伤感黯淡的灰色画面，这一切偏偏发生在梨花盛开的寒食节。人们一提起春天，就会想到桃花、杏花，其实梨花更别具风采。梨花艳丽沉静，独标一格，不追逐时尚；桃花虽然红极一时，却被人们讥笑为过分妖冶。桃花象征春天，梨花同样会把春天装扮得既繁荣又清爽，雨后的梨花娇美水灵，清香宜人，给人间带来一个更清新美好的春天。寒食节有焚火、冷食的习俗，寒食节过后取榆柳之火点燃新火，表示新的一年开始。"催寒食"是点燃新火，催促寒食节快快过去，迎接第二天的清明节。寒食节、清明节前后衔接，是一个很热闹的节日。每年寒食和清明节，人们会上坟、郊游、斗鸡、打球、拔河、荡秋千，加之满山遍野梨花盛开，春天的热闹、欢乐景象达到高潮，"春游浩荡，是年年、寒食梨花时节"（南宋·丘处机《无俗念·梨花词》）！然而，就在这样春光明媚、春风荡漾、家家团聚游乐的美好季节里，这位"京华倦客"却又一次登上隋堤，重游故地，回顾当年的送别场景。明媚的春光与"灯照离席"、清爽的春风与"酒趁哀弦"、家家团聚游乐与孤身登高的倦客、以及奔波在长亭路上的离人，形成了悬殊的对比。这种对比在倦客心灵上激起的情感活动是非常悲哀的。在"酒趁哀弦，灯照离席"之后，紧接一句"梨花榆火催寒食"，意在用反衬手法增强离别的悲哀，而不只是表示"岁月匆匆，别期已至"（《唐宋词鉴赏辞典》）。

"愁一箭风快，半篙波暖，回头迢递便数驿，望人在天北。"上几句写旧地重游所见所思，这几句调转角度，为离人作设想之词。倦客怀着深切的同情想到离人是带着沉重的离情动身的。"愁"字领起全四句，贯穿了舟行的全过程：不忍分手却必须分手，愁；希望船行慢些，让他多看几眼送行的朋友，船却飞快地驶向远方，愁；闷闷不乐，低头沉思，愁；猛回头，不觉船行已过了好几站，愁；眺望远在天南地北的亲人，连个影子也看不见了，愁。离愁一步加深一步，船向远方行驶的过程就是离愁不断累积加重的过程。心情沉重，加之逆水行舟，便觉得速度慢得令人迅速衰老。"一箭风快"与此相反，顺水顺风，船行像射出去的箭一样飞快。离愁是凝滞的，而船与心灵之间的纽带由于船行飞快，纽带也突然拉紧，猛地拉动离愁，像触动了伤口一般，顿时感到剧痛；而且随着船行越来越快，纽带越来越紧，满怀离愁的心灵被拉扯得越来越痛，这就是"一箭风快"的情感效果。这四个句子，开头两个短促的四字句，紧接着一个七字长句，最后一个五字短句，一口气读下来，顿挫有力，节奏迅速，与船行之快相配合，既表现出船行如箭般飞快，又增强了离愁抒发的力度。结句"望人在天北"纯属景语，却饱含着可望而不可即的怅惘失落，似乎能看见离人期盼的目光和愁苦的神情。"日暮征帆何处泊，天涯一望断人肠"（孟浩然《送杜十四之江南》），是离愁的直接吐露，而"望人在天北"则把这种离愁的断肠之痛包含其中了。"半篙波暖"除了表示春天河水温度提高，也许有水暖而心凉的暗示，其主要作用是为了与"一箭风快"形成对偶，增添了文字的优美，并没有多少实际意义，"半篙春水滑，一段夕阳愁"（北宋·晁补之《临江仙·绿岸汀洲三月暮》），正是如此。"愁一箭风快"四句，省略了登舟启航前依依难舍的许多细节，直接跳跃到舟行如飞所造成的剧烈痛苦，用离人的感受反映送别者的痛苦，天北之人与送行之人遥相呼应，发生情感交流，彼此同苦同愁，离愁的重叠加重了离愁的分量。

"凄恻，恨堆积！渐别浦萦回，津堠岑寂，斜阳冉冉春无极。"行文至此，离愁也发展到高峰，情不自禁地发出一声长叹：伤心呀，离别的遗憾层层堆积，压得人抬不起头来！为离别而恨，为匆匆离别而恨，为离人远去而恨，也为人间常有离别而恨。这一句长叹把第一、第二片抒写的离愁加以总括，归结到"恨堆积"上，接着又紧扣"恨"字开辟出另一个抒发离愁的场景。夕阳缓缓西沉，船行渐渐放慢，在偏僻的港湾曲折前行，最后停泊在一个渡口。昏暗的斜阳铺展在地面，港湾、渡口都很寂静冷清，唯有一座古老的瞭望台孤独地矗立在那里。农人、渔夫都各自有家可归，而离人却独守孤舟，等待他的又是一个难熬的漫漫长夜，正如南朝江淹所写"是以行子肠断，百感凄恻。风萧萧而异响，云漫漫而奇色，舟凝滞于水滨，车逶迟于山侧"（《别赋》），旅途中的凄凉、孤独、漂泊之感在傍晚时候更加强烈。这里的"斜阳冉冉春无极"，斜阳之昏暗、春光之无极是两种截然不同的景象，如何能连结在一起？"斜阳冉冉"是停舟别浦的时间点，"春无极"是当时"梨花榆火催寒食"的春季景象。前者暗淡无光，后者春光明媚，境界寥廓舒畅。前者属于离人的个人心境，后者属于人间的自然存在。二者形成鲜明的对比，无限春光把离人的日暮孤舟反衬得更加凄凉、孤苦、无所依傍。再者，我们还可以想象河水的蓝色、落日的黄色、春光的红色，这三种基本色调合起来，给"斜阳冉冉"的画面蒙上一层斑斓迷茫的混合色，如同莫奈的绘画，也是耐人寻味的。

　　"念月榭携手，露桥闻笛。沉思前事，似梦里，泪暗滴。"交代了离人的去向和孤舟夜泊的感受，再回过头来写京华倦客自己的感受，以"念"字领起以下五句。倦客把离人送走以后，他和离人一样甚感孤独。两颗孤独的心遥相呼应，自然会回忆起当年共同度过的幸福生活，双方手拉手在亭榭里欣赏明媚的月亮，在露桥上倾听悠扬的笛声，那是多么轻松悠闲、美满甜蜜呀！"月榭携手，露桥闻笛"是男性对女性怀念的语气，可见倦客送别的离人是一位多情的女性。此前絮絮道来，一直不露身份，至此才亮出真相，"露桥"即湿润的桥面，不是露水打湿的桥。南方水乡多小桥，接近水面，故桥面经常保持湿润。笛声、月色能使人陶醉，也能使人清醒。笛声创造出的艺术境界，也是美妙绝伦。"沉思前事，似梦里"，倦客沉思以上这些往日的美好生活情景，像做梦一样恍惚迷茫，享受着虚幻的甜美爱情。统观全词内容，再细想"似梦里"，必然发生过梦前与梦中的对比，梦中与梦后的对比，这样反复的情感冲击，使这位京华倦客陷入沉重的失落与悲伤之中而"泪暗滴"，一个人悄悄地流泪。宦游多年的京华倦客深知世态炎凉，人情淡薄，没有人同情他，唯一的情人也离他远去，且自顾不暇，所有的痛苦只能独自承担了。全词至此，把离情、宦情、爱情糅合在一起，回环往复、委婉曲折地加以描述，但因受词体字数限制，不可能、也不必要继续叙写了，怎么办？用两句简短的话"似梦里，泪暗滴"加以结束，干脆利落，不拖泥带水。看似简单草率，实则总括了全词丰富的情感内容，此即所谓"浑厚有力"。

爱情在反复回忆中层层深入

章台路，还见褪粉梅梢，试花桃树。
惜惜坊陌人家，定巢燕子，归来旧处。

黯凝伫，因念个人痴小，乍窥门户。
侵晨浅约宫黄，障风映袖，盈盈笑语。

前度刘郎重到，访邻寻里，同时歌舞，
唯有旧家秋娘，声价如故。吟笺赋笔，
犹记燕台句。知谁伴、名园露饮，东城
闲步？事与孤鸿去。探春尽是，伤离意
绪。官柳低金缕。归骑晚，纤纤池塘飞雨。
断肠院落，一帘风絮。

——《瑞龙吟·章台路》

这首词写一位游人（周邦彦的影子）旧地重游，寻访旧日情人而
不得见的怅惘情绪，原型是唐人崔护的《题都城南庄》："去年今日
此门中，人面桃花相映红。人面不知何处去，桃花依旧笑春风。"近
似的题材有欧阳修的一首《生查子》："去年元夜时，花市灯如昼。
月上柳梢头，人约黄昏后。今年元夜时，月与灯依旧。不见去年人，
泪湿青衫袖。"上下片对比重叠，有一唱三叹的情趣，却缺乏情节变化，
这是小令篇幅所限制的。

"章台路，还见褪粉梅梢，试花桃树。惜惜坊陌人家，定巢燕子，

归来旧处。"首句"章台路"简短沉稳，笼盖全词，点明这是一条歌妓集中的街道，词中故事就发生在这里，不必对章台路边常见的杨柳楼台进行描绘，笔锋直指歌妓住宅旁的梅花和桃花。梅枝上粉红色的梅花凋谢了。桃树上的桃花正打着骨朵，试探着开放。梅花农历三月凋谢，桃花三月开放，点明旧地重游的季节。"褪粉梅梢，试花桃树"把"褪粉""试花"置于"梅梢""桃树"之前，突出了梅花纷纷褪色、桃花正努力开放的动态形象，使梅花、桃花具有生命的灵动性。梅花洁白，桃花艳丽，围绕着歌妓的住宅，暗暗衬托出歌妓的美丽。"梅褪"像一位美女褪尽铅华，显出苍老；"试花"表明后起的桃花正努力开放，"桃花深浅处，试匀深浅妆"（元稹《桃花》），"桃花嫣然出篱笑，似开未开最有情"（南宋·汪藻《春日》）。梅老桃生表示时序不断变迁，花草生生不已，暗示当年的歌舞生活仍在代代相续。然而，春意盎然，桃花含笑，哪一朵桃花是属于我的呢？当年那一朵与我亲近的桃花还健在吗？游人怀着又期盼又担心的心情，一路探寻到歌妓旧居，只见旧居内外静悄悄的渺无声息。原来歌舞喧闹的人家已经人去屋空，只有在这里早已定居的燕子按时归来。燕子不管旧居有人无人，它为自己的生存来来去去，生活状态安定自在。燕子无情而人有情，游人面对一座空房，甚感空虚失落。燕子尚且有安身之处，而我却无人接待，无处安身，孤独无依。

"黯凝伫，因念个人痴小，乍窥门户。侵晨浅约宫黄，障风映袖，盈盈笑语。"游人神情黯淡，心头像被一片乌云笼罩，呆呆地伫立在歌妓旧居门前，精神凝滞，一时处于麻木状态，不知身在何处，可见他的失落、伤心到了不能自我掌控的程度。当他清醒过来后，自然会回忆起当年初次与歌妓相逢的情景。"个人"即那个可爱的人，"因念旧日山城，个人如画，已作中州想"（南宋·陈亮《念奴娇·至金陵》）。"个人"一词，语含亲切。游人想起那个歌妓正是豆蔻年华，身材娇小玲珑，带点傻气的样子，像初春含苞待放的桃花一样可爱。上片"试花桃树"，已经给这个歌妓的美丽作了暗示，这里开始具体描绘。这个歌妓年龄还小，也就是"娉娉婷婷十三余，豆蔻梢头二月初"（杜牧《赠别》）的雏妓。因为刚刚出道，第一次开门招客还很胆怯、羞涩，所以从门缝里探出头来窥探门外的动静，犹抱琵琶半遮面，不像成年妓女那样从容镇定，"髻鬟峨峨高一尺，门前立地看春风"（元稹《李娃行》），精心装饰，大大方方地站在门前招客。这种情景，我幼时常见。大妓院大门昼夜敞开，夜间红灯高挂，妓女们成群结队出门招揽客人。小妓院和暗娼大门半开，一早一晚只有一两个妓女站在门前招客。词中这个年幼歌妓居住的"坊陌人家"，显然是小门小户。当这个雏妓看到门前并无危险，才放心地露出自己的全貌。"浅约宫黄"，雏妓一早起来，梳妆打扮，用古代流行的黄色脂粉往脸上淡淡地涂了一层，圆圆的脸庞如同黄昏时初升的月亮，明媚而朦胧。她天生丽质，青春洋溢，用不着浓妆艳抹，天然的美便是最动人的美，最纯真的美；浓妆艳抹如同戏曲演员的化妆，远看尚可，近观就失真了。"障风映袖"，有学者说"初春余寒尚存，晓风多厉，她不得不以袖遮风，因而晨妆后的鲜艳的容颜，就掩映在衣袖之间了"（《宋词赏析》），此解很符合这个歌妓当时当地的举动。可以补充的是，这个雏妓初次见到来客，难免有些羞涩慌张，借举袖障风以掩盖羞涩的面容和慌张情绪；而正是这个举动，使她的容颜掩在衣袖之间忽隐忽显，越发引人注目。"盈盈笑语"的"盈盈"，既指她声音的清亮悦耳，又指她体态的轻盈婀娜。雏妓在风月场中自幼耳濡目染，见惯了如何接待来客，短暂的羞怯紧张很快消失，便会很自然地又说又笑接待来客了。雏妓出场的全过程，她的一举一动、一语一笑，游人早已铭记在心，回忆起来如在目前。游人对歌妓的第一印象便如此深刻，念念不忘，他们往后的相亲相爱的情景就不必多说了。人们对妓女的一般看法是轻浮、浪荡、邪魅，这位游人心目中的歌妓却是如此天真烂漫，活泼可爱，可见他并不认为妓女是下贱的，而是与他情投意合的红颜知己。古代许多文化素养很高的文人常去歌馆酒楼消遣，主要是为了寻求精神慰藉，并不像一般粗俗的嫖客那样仅仅是为了发泄淫欲。我们对古代风月场中这两种人应当有所区别。

"前度刘郎重到，访邻寻里，同时歌舞，唯有旧家秋娘，声价如故。"游人从回忆中回过神来，继续寻访。他首先亮明身份，自称是"前度刘郎"重来此地。"刘郎"有两层含义，一是刘禹锡的《再游玄都观》诗："百亩庭中半是苔，桃花净尽菜花开。种桃道士归何处？前度刘郎今又来。"刘禹锡因参加"永贞革新"失败被贬，后重归长安，"前度刘郎今又来"语气颇为得意，游人自称刘郎，表明他曾在此地有春风得意的经历，且与上片"试花桃树"相呼应，暗指他在这里欣赏过桃花一般娇艳的美女；二是用了南朝宋人刘义庆《幽明录》的神话故事，东汉刘晨与阮肇入山采药迷路饿甚，食桃实充饥，又遇二仙女，相邀成婚。后刘、阮思归，仙女相送指路。刘、阮后又重访故地，仙女已不见踪影。游人用此典故，意在显示他在此地曾有类似的艳遇。游人对歌女的种种回忆消失之后，他面临的仍然是"恓恓坊陌人家"，心有不甘，继续一家一家地寻访邻里，寻访当年与歌女同时歌舞的伙伴，得到的回答却是那位歌女已不知去向，只有另一位艺名秋娘的著名歌女，在歌坛上的身价还和从前一样红火。这个寻访结果令游人不仅失望，而且倍感痛心。经过岁月的淘洗，旧家秋娘这位老歌女铅华恐已逐渐褪色仍声价如故；当年那个天真活泼、蓓蕾初放的小歌女，应当是风华正茂、独占歌坛的时候，却杳然不知何处去。未曾相爱过的旧家秋娘在歌坛上唱得红红火火，曾经深爱过的幼小歌女却悄无声息，也许是被豪家强夺走了。相形之下，怎能不使苦苦寻找她的游人倍感失望伤心！有学者认为旧家秋娘就是这位幼小歌女（《宋词赏析》），此说不合情理。上片写游人旧地寻访，只找到"惜惜坊陌人家"，空无一人；中片（双拽头）使他陷入深沉的回忆，歌女形象栩栩如生，如在目前；下片继续寻访邻里和歌舞同伴，如果那位歌女就是"旧家秋娘"，而且"声价如故"，为什么下文却停止了寻访，陷入怅惘失落之中？难道旧家秋娘翻脸不认游人了，或是游人不敢高攀旧家秋娘了？无论何种情况，词中都没有交代或暗示，也不符合全词的苦寻旧爱的基调。殊不知用"旧家秋娘，声价如故"衬托出年幼歌女的零落失散，这是周邦彦常用的反衬手法。

"吟笺赋笔，犹记燕台句。知谁伴、名园露饮，东城闲步？事与孤鸿去。"先说"燕台句"。李商隐曾在《柳枝》五首序中说，洛阳一女子名柳枝者听到有人吟诵他的爱情诗《燕台》四首，极为赞赏，约与相会成婚，不料被东方豪强娶去，竟未如愿。序中写柳枝"丫鬟毕妆，抱立扇下，风障一袖"，形象与这首词中歌女出场情景相似。柳枝是李商隐诗歌的知音，为爱李商隐才华，竟能以身相许。游人所爱的也不是普通歌女，而是擅长吟诗作赋的才女。游人把他与歌女的关系，比作李商隐与柳枝的关系，不仅有声色之娱，主要是志趣相投的伴侣。这样，游人遍寻歌女而不得见，再次进入往事的回忆中。这次回忆比第一次回忆歌女出场的精神境界更高，含苞待放、才华出众的歌女，在游人的回忆中更加可爱。爱之愈深，念之愈切。游人超脱了遍寻歌女而不得见的痛苦，转而十分关切歌女当时的生活处境，急切地问道，如今谁陪伴你在著名园林里脱帽露顶，开怀畅饮，在东城名胜区并肩携手，悠闲散步？"知谁伴"三字短句急迫有力，对歌女的关切之情溢于言表。如果知道歌女已经有了新的伴侣，虽有酸楚之感，倒也死心了、放心了；歌女一去不知下落何在，不知是祸是福，这就使深爱她的游人特别焦虑了。"知谁伴"这样一问，便把游人对歌女的情感深化到一个新的层次。这里的"名园""东城"都是泛指，不拘一地。"东城"与"名园"对举，构成一个精美工整的对仗句，显示游览空间之大、游览项目之多，当年游人与歌女的生活在"名园露饮，东城闲步"中进行着，他们的爱情也同时得到不断提纯，不断深化。人生拥有这样品格纯真、志趣高雅的伴侣，该是多么幸福呀！然而名花难久，好景不长，这一切美好的往事都像一只孤雁飞向远方，不知去向了。词的行文至此，情绪急转直下，"名园露饮，东城闲步"突然中断，立刻逆转为"事与孤鸿去"，令人心弦为之一震，深感事已如此、无法挽回的伤痛。"孤鸿"意象既指那位歌女如同失群的大雁，飘飘不知归何处；又指游人失去了最好伴侣，茕茕孑立，无所依归，双方的命运都是不幸的。

"探春尽是，伤离意绪。官柳低金缕。归骑晚，纤纤池塘飞雨。断肠院落，一帘风絮。"游人又一次从回忆中回过神来，对几次回忆作出清醒的判断：这次在"粉褪梅梢，试花桃树"春天的探访行动（也可理解为探访往日的青春岁月），没有一样是令人愉快的，得到的都是令人伤心的离情别绪。这个断语下得很沉重，很无奈。经过几次回忆和今昔对比，确认"事与孤鸿去"，美好岁月无法重现，现实状况无法改变，游人的情绪低落到极点。他在歌女旧居前低头徘徊，"官柳低金缕"，就连章台路边的柳树也枝条低垂，表示对他的同情。游人备受打击而精神不振，垂柳也似乎减弱了春天应有的勃勃生机。游人在各处寻访了一整天，傍晚时分才骑着一匹瘦马慢慢腾腾地踏上归途。一路走来，只见暮色茫茫，细雨茫茫，池塘之上薄雾茫茫，心情也很茫茫。当初"乍窥门户"的痴小歌女、后来"名园露饮，东城闲步"悠闲岁月，这些幻影在苍茫暮色中时隐时现；而当他走回住所，发现空荡荡的一座大院子只有他一人居住，又一次感受到孤独凄凉。全词至此，离愁不断叠加，一层深入一层，以至于肝肠寸断，痛不欲生。正是"碧云遮日尽，归路更萧森"（陆游《湖上晚归》），连回家的兴致也没有了。"萧条庭院，又斜风细雨，重门须闭"（李清照《念奴娇·春情》），独居生活毫无意趣，只好把自己关在房间里久坐不出。春天很快过去了，柳絮满天飞舞，飘落在门窗上，把帘子也一层一层糊住了。门窗内光线昏暗，游人的心灵也像被柳絮糊住一样昏暗。这首《瑞龙吟》写一位游人寻访旧日情人不遇的传统题材，但不像崔护《都城南庄》那样简略，也不像柳永《满朝欢》着重写寻访过程中所见景物，而是在反复不断地寻访、回忆中，随着故事情节的不断变化，层层深入地表现游人灵魂底层的情感活动。结构严谨，条理清晰，层层推进，意象构成系统完整，情景结合浑然一体，不露痕迹，正叙、倒叙、插叙运用自如，自然流畅。如此等等，这大概就是所谓"自然浑成"吧。

状物抒怀的"那辗"功夫

正单衣试酒，怅客里、光阴虚掷。
愿春暂留，春归如过翼。一去无迹。为
问花何在？夜来风雨，葬楚宫倾国。钗
钿堕处遗香泽。乱点桃蹊，轻翻柳陌。
多情为谁追惜？但蜂媒蝶使，时叩窗槅。

东园岑寂，渐蒙笼暗碧。静绕珍丛底，
成叹息。长条故惹行客，似牵衣待话，
别情无极。残英小、强簪巾帻；终不似、
一朵钗头颤袅，向人欹侧。漂流处、莫
趁潮汐。恐断红、尚有相思字，何由见得。

——《六丑·落花》

这首《六丑》词题为"落花"，另有一题为"蔷薇谢后作"，可知"落花"即指蔷薇凋谢。自从清人金圣叹在《第六才子〈西厢记〉》中提出"那（挪）辗"一词后，词论家多以长于"那辗"赞赏周邦彦长调词。什么是"那辗"呢？用通俗的话说，就是能从多角度、多侧面、细致深入地展示一个事物的丰富内容，达到状物抒情、曲尽其妙的艺术效果。我们看看周邦彦在这首《六丑》词中，对落花一事是怎样"那辗"的。

"正单衣试酒，怅客里、光阴虚掷。"开始不急于直奔主题"落花"，而是先从季节变化写起；季节的变化也不正面描写，而是用脱夹衣、换单衣、身体的冷暖感受加以表现。正是盛夏季节，季节变换的时候试尝新酿成的酒，既唤醒了生理感觉，又唤起了心理感觉，发现自己长期独居一室，不知不觉地把美好的春天白扔了。"怅客里、光阴虚掷"，客居异乡，无所事事，孤独索寞，无心赏春，是光阴虚掷的原因。由此引出一个"怅"字，突出怅惘若失的情绪，以之笼罩全词。失去了什么光阴么？失去了大好春光，失去了美丽蔷薇，但不明说，只为蔷薇凋谢作了时令上的准备，又为凭吊蔷薇作了感情上的铺垫。两句话分了这么多层次，包含了这么多内容，这就是所谓的"那辗"功夫。

"愿春暂留，春归如过翼。一去无迹。"笔锋向前探进一步，接触到了春天。因为客居他乡，心情不佳，春天糊里糊涂就过去了，但心有不甘。明知春去不可留，只是希望春天暂时留一下；不能久留也罢，暂时留几天也好，弥补一下虚掷光阴的缺憾，满足一下最低的精神需求。语气恳切，几近乞求，然而春天并不理会他，掉头而去，像飞鸟一般转瞬即逝。春天不愿暂留也罢，走得慢些，让我多看几眼也好，而春天却是"一去无迹"，一点影子也不见了。这样左一笔右一笔，层层加码、委曲婉转地把怅惘若失的情绪加重了，同时笔锋逐渐向蔷薇接近，因为蔷薇是春天的象征，百花是春天的灵魂。这几句转来转去，也是一番"那辗"功夫。

"为问花何在？夜来风雨，葬楚宫倾国。"惜春的惆怅抒发过后，接着抒发惜花的惆怅，由春及花，过渡很自然。经过以上层层铺垫，惜春惜花的怅惘之情交相融会，相互激荡，情不可遏地爆发出一声叹问："请问蔷薇花哪里去了？"明知时值盛夏，还要探问，而且问得十分急切，可见他对蔷薇的关怀多么强烈。得到的回答是昨夜一场狂风骤雨，把满园的蔷薇花打落，像楚国的宫女被埋葬了。这个回答出乎意料，令人震撼。蔷薇的这个结局十分悲惨，令人痛惜！历史常识告诉我们，春秋时，楚灵王的宫女个个具有倾国倾城之貌，他喜欢细腰舞女，强制舞女们节食减肥，以致酿成"宫中多饿死"的悲剧。周邦彦用这个历史典故表现了一夜风雨摧残蔷薇的凄惨景象，流露出对蔷薇的无限同情。这两点他都没有明示，而是通过典故把古与今、花与人连通起来，从而拓宽了抒情时空，增加了抒情厚度，读者思索之后会发出人花相怜、古今同悲的感慨！这也是一番"那辗"功夫。

"钗钿堕处遗香泽。乱点桃蹊，轻翻柳陌。"又换了一个状物角度，如果说"葬楚宫倾国"是一种比喻，把婀娜多姿的蔷薇与楚宫细腰舞女联系起来，"钗钿堕处遗香泽"就是拟人化了，把凋落的蔷薇花瓣直接幻化成杨贵妃死后遗落在马嵬坡前的华美首饰。贵妃之死是人为摧残的悲剧，蔷薇之死是风雨摧残的悲剧。两种悲剧的重叠，加重了蔷薇之死的悲惨程度。蔷薇不是一般的花朵，她和杨贵妃一样有生命、有感情、有强烈的生存欲望。"六军不发无奈何，宛转蛾眉马前死。花钿委地无人收，翠翘金雀玉搔头。君王掩面救不得，回看血泪相和流"（白居易《长恨歌》），贵妃不想死却不得不死，被迫含怨含恨宛转而死；蔷薇也是无力抵抗风雨侵袭，无可奈何而死。蔷薇和贵妃死得都很悲惨。

"乱点桃蹊，轻翻柳陌"，贵妃在马嵬坡遗落下零碎的首饰无人收拾，蔷薇在花园里遗落下零碎的花瓣也是无人收拾，任其飘落在桃花树下和杨柳掩映的路边。点点花瓣让人联想到殷红的血迹，花瓣轻轻翻动像垂死的蔷薇在作最后的挣扎。蔷薇凋谢表明春光已逝，接踵而来的将是秋风萧瑟，冰雪严寒，怎能不使人怨时序之无情，悲青春之零落！这种拟人化的写法和历史的联想，也是一番"那辗"。

"多情为谁追惜？但蜂媒蝶使，时叩窗槅。"目睹蔷薇零落的惨象，一股强烈的惋惜之情涌上心头，一声质问冲口而出：谁是多情的人？谁会追念蔷薇往日的繁华，惋惜今日的零落？语气愤慨，为蔷薇无人惋惜而抱不平。不正面说蔷薇无人关怀，而从反面加以质问，愤愤不平之气经过一番盘桓，喷吐得更加有力，表现出对蔷薇无人追惜的强烈不满。不平之余，巡视周围，只见蜜蜂蝴蝶纷纷飞来，时常叩打窗户，探询室中的蔷薇。蜜蜂蝴蝶把蔷薇当作养育自己的衣食父母，由于有蔷薇花蜜的供养，才造就了蝶飞蜂舞、鸟语莺啼的春天；蔷薇一旦凋谢，蜂蝶则无法生存。因此，蜂蝶能用它们单薄的肢体，拼命撞击蔷薇的窗户，关心她的健康和生命。在这里，蔷薇又幻化成一位闭门不出的美女，或卧床不起，或奄奄一息，或已香魂远逝，从而招来一群一群的蜂蝶急切的探询。然而蔷薇确实凋谢了，生命枯萎了，任凭蜂蝶千呼万唤，也不会重生了。蜂蝶有情有义，知道感恩，会为蔷薇之死悲伤哭泣。那么人呢？一般人寡情薄义，视蔷薇如草芥，对蔷薇的枯萎死亡视而不见，无动于衷，而多愁善感的人会为世态炎凉、人情浇薄而倍感哀伤。这种有情与无情、人与蜂蝶的对比的写法，也是一番"那辗"。

"东园岑寂，渐蒙笼暗碧。静绕珍丛底，成叹息。"上片像是隔着帘子凭调（吊）蔷薇，只闻其声，不见人影；下片才揭开门帘，主人出场。他说家园里特别寂静，满园树木随着夏季的延伸渐渐茂盛起来，形成阴暗的绿色浓荫。主人正在花园里游走，其实上片蔷薇凋谢的种种景象，就是他在花园里的所见所闻和所想，这里只是倒叙，转换镜头，把焦点从蔷薇转向主人，看他怎样行动。寂静、浓荫、略感凉爽的花园环境，使主人因蔷薇之死引发的激动不安的心情渐渐平静下来，默默地围着蔷薇花丛绕行，久久不忍离去。花朵已经飘零，花枝渐趋干枯，仍称之为"珍丛"，可见主人对蔷薇像对珍珠一样爱惜。然而绕行的结果一无所获，满怀的珍爱之情变成一声无可奈何的叹息。这声长长的叹息，总结了上片对蔷薇之死的哀婉之情，又开启了下片与蔷薇的深情对话。镜头、笔锋、情感状态不断转换，这又是一番"那辍"。

"长条故惹行客。似牵衣待话，别情无极。"正在蔷薇花丛前逡巡徘徊时，忽然一枝带刺的蔷薇长条挂住了我的衣袖，怎么也扯不开，像是拽住我的衣袖，等待我对她说几句话，眼巴巴泪汪汪的样子，洋溢着无限的离情别意。"故惹行客""牵衣待话"都是蔷薇有意识的主动行为，这就把蔷薇又一次写活了。上片"轻翻柳陌"是蔷薇死前的最后挣扎，这几句写蔷薇花朵凋尽，枝条干枯，而灵魂尚在，也可以说是蔷薇死而复生。蔷薇口不能言，还要挣扎着伸出手臂拉住主人，渴望主人能对她说几句宽心的话。她不想死，不想离开人间。她对往日的青春岁月无限留恋，对当前的离别人间无限悲伤。"牵衣待话"，仍然是如此多情，如此执着，如此哀婉。周邦彦似乎不经意间写出了蔷薇的灵魂活动，这是一个空前的艺术创造。本词下片角度大转换，表现主人在艺园中凭吊蔷薇并与之对话，以及对话时"离情无限"的情态，这又是一番更动人的"那辍"。

"残英小、强簪巾帻；终不似、一朵钗头颤袅，向人欹侧。"主人被蔷薇拉住不放，一时无法脱身，同时因为蔷薇"别情无极"而不忍脱身。猛抬头，看见枝头有一朵残余的蔷薇，形体弱小，尚未成熟便停止发育了。蔷薇拉住主人衣襟"牵衣待话"，可能是希望主人注意枝头的这朵残花。主人也能领会蔷薇的心愿，急忙把她摘下来插在头上。这是主人与蔷薇心心相印的默契，双方无言便心领神会。无言的对话，用"牵衣"这个动作表示心愿，正是最深入、最动情的心灵交流。主人怀着怜惜的心情把残花插在头上，会给蔷薇些许安慰。蔷薇最后的愿望得到满足，也就可以安然瞑目了。这就像临终前的老人，伸出干瘦的手臂拉住亲人的手交代后事一般，老人会感到欣慰，而生者则十分伤感。果然，主人感觉到瘦弱的残花插在头上没有动静，进而得知残花已经奄奄一息，无力再有什么动作了。与此同时，年轻时的蔷薇形象浮现在眼前，回忆对比之下，发出一声感叹：残英虽然瘦小，仍然值得怜惜，但终究不如她年轻时一朵盛开的蔷薇插在头上，颤颤袅袅，风姿绰约，充满了青春的活力，像美人款款行走、轻轻摇摆那样引人注目，招人喜爱。这种在今与昔、盛与衰的对比中突出蔷薇盛开时的动人形象，抒发花与人相依相恋之情，又是一番"那辗"功夫。

"漂流处、莫趁潮汐。恐断红、尚有相思字，何由见得。"最后又回到蔷薇花上。满园凋落的蔷薇不会久留，不是被风吹走，就是被水冲向江河湖海，她们的归宿不由自主，主人满怀关爱，殷切地劝告蔷薇：在你随水漂流的时候，千万要避开早晚的潮水，浪潮会把你卷入水底，永无相见之日了。你要跟着缓流浅水慢慢流淌，让我能多看你几眼。而且，你那红色的花瓣上可能还有"相思"二字，假如你随急流远去，我怎么能看得见呢？"流水落花春去也，天上人间"（李煜《浪淘沙令》），事实上蔷薇花瓣上不会有什么"相思"二字，而是主人从唐代"红叶题诗"的故事联想到断红也有"相思"字。在主人的想象中，蔷薇告别人世之前会给她心爱的人留下"相思"二字，表示她对爱情的忠贞；她心爱的人也会十分珍惜这份爱情，唯恐那"相思"二字随水远去。这是主人与蔷薇最后一次心灵对话和情感交流，其拳拳之心、切切之情，感人至深。全词收尾时，忽发奇想，随手拈来"红叶题诗"故事，把人与花的对话写得如此缠绵悱恻，难舍难分，把人与花的爱情融入泉水之中，长流不息，这更是一番"那辗"功夫。

　　恰当地化用前人的诗句、诗意和有关典故，可以从历史文化积淀中引发读者的联想，丰富作品的文化含量，增强语言的色彩，提高作品的感染力，形成"富艳精工"的艺术特色，使读者获得丰富的、美的享受。

一板一眼诉离愁

河桥送人处，凉夜何其？斜月远堕
余辉。铜盘烛泪已流尽，霏霏凉露沾衣。
相将散离会，探风前津鼓，树杪参旗。
华骢会意，纵扬鞭、亦自行迟。

迢递路回清野，人语渐无闻，空带
愁归。何意重经满地，遗钿不见，斜径
都迷。兔葵燕麦，向残阳、欲与人齐。
但徘徊班草，欷歔酹酒，极望天西。

——《夜飞鹊·河桥送人处》

"河桥送人处，凉夜何其？斜月远堕余辉。铜盘烛泪已流尽，霏
霏凉露沾衣。"河桥送别是古诗词中常见的题材，如"河桥望行旅，
长亭送故人"（汉·王褒《送别裴仪同》），"河桥不相送，江树远
含情"（宋之问《送杜审言》），周邦彦送别他的情人，一开始便用
感叹的语气说，河桥送别的地方，那个美好的夜晚是怎么度过的呀？
联系下文"霏霏凉露沾衣"，可知这是一个凉爽的秋夜。"可怜九月
初三夜，露似珍珠月似弓"（白居易《暮江吟》），正是和情人携手
望月的美好夜晚，而今却面临河桥送别。季节相同，而境遇迥异，季
节与境遇的反差，激起情感波澜，心情极为不安。这一层意思没有明说，
而是在"河桥送人处"这句看似平平的叙述之后，突然一句"凉夜何其"

的询问中透露出来的。"凉夜何其",暗用《诗·庭燎》"夜如何其?夜未央。……夜如何其?夜为艾。……夜如何其?夜乡晨",本意是大臣恐怕耽误早朝,一夜三次询问什么时候了。周邦彦借以表现他河桥送别时一夜未睡,唯恐时间过得太快,希望离别的时刻来得慢些再慢些,好让他和情人多缠绵一会儿,为下文"探风前津鼓,树杪参旗"作铺垫。"斜月远堕余辉",回答了"凉夜何其",周邦彦力图拉住时间,时间仍照常不紧不慢地流逝,但在周邦彦的主观感觉中时间过得很快,转眼就到了后半夜,一弯残月斜挂在遥远的天边,只剩下暗淡的余光。"堕"字表现出月落之快,就像一件物体自上而下坠落一般。"今宵酒醒何处?杨柳岸、晓风残月"(柳永《雨霖铃》),经"今宵酒醒何处"的提问,旅人对"杨柳岸、晓风残月"的处境是有心理准备的;"斜月远堕余辉"则来得很突然,给人一种猝不及防的心理刺激,产生时光流逝飞快的惊悸之感。当心情稍稍稳定之后,回头看看室内,只见安插蜡烛的铜盘里堆满了蜡灰,蜡烛熄灭了,那一点照耀心灵、有点暖意的微光也消失了,精神空间一片黯然。"烛泪"一词暗用李商隐诗"春蚕到死丝方尽,蜡炬成灰泪始干"(《无题》),杜牧诗"蜡烛有心还惜别,替人垂泪到天明"(《赠别》),显示蜡烛为他和情人垂泪,他和情人与蜡烛一同垂泪。一夜垂泪惜别,直到天将破晓,气温大幅下降,露水弥漫天地,打湿了衣服,浸透了全身,环境凄凉,身体凄凉,心灵更凄凉。这些生理和心理的反应都不明说,全是通过景物描写透露出来的。

"相将散离会,探风前津鼓,树杪参旗。华骢会意,纵扬鞭、亦自行迟。"不忍离别,而离别的时刻即将到了,离别的宴会即将散了。周邦彦仍然不愿相信离别的时刻来得如此之快,前面是一夜几次问"良

（凉）夜何其"？现在又竖起耳朵谛听从渡口上顺风传来的报时鼓声，催促行人准备启程；为了证实听到的是不是报时鼓，又抬头观看天上的参旗位置，"独倚青桐听鼓声，参旗历落上三更"（宋·杨忆《独怀》），"沉沉戍鼓楼头动，宛宛参旗天半横"（清·李绂《驿南铺不寐》），参旗星是三更以后天快亮时下落，可见就到了启程的时刻了。此时此刻离人会有什么情感反应？周邦彦仍不愿正面回答，而是用马的反应证实人的反应。五花马领会了离人的心意，纵然是扬鞭催马，它也是心情沉重，步履迟缓，慢慢腾腾地不愿加快脚步。"花骢"即玉花骢，唐代来自西域的名马，这里借指骏马。"昼洗须腾泾渭深，朝趋可刷幽并夜"（杜甫《骢马行》），这种骏马一天就能从泾水渭水之滨跑到幽州并州。苏轼写得更夸张，"佳人自鞚玉花骢，翩如惊燕蹋飞龙"（《虢国夫人夜游图》），"当时不独玉花骢，飞电流云绝潇洒"（蔡肇《题申王画马图》），驰骋速度之快如惊燕，如飞龙，如闪电，如流云。这种日行千里的骏马也心情沉重得走不动了，离人的心情如何可以想见。"紫骝认得旧游踪，嘶过画桥东畔路"（晏几道《木兰花》），那是旧地重游激起紫骝的高度兴奋，嘶叫着跑过画桥；"花骢会意，纵扬鞭、亦自行迟"则与此相反，脚步迟缓，用鞭子打也打不快。周邦彦小晏几道二十七岁，他当然知道晏几道的名句，此处反其意而用之，不露痕迹，切合词中的特定情景，是一种新的艺术创造。

"迢递路回清野，人语渐无闻，空带愁归。何意重经满地，遗钿不见，斜径都迷。兔葵燕麦，向残阳、欲与人齐。"下片省去离别时的情景，跳跃到离别后的感受。因为离别时的心情无非是难舍难分，上片已经写到了；只要把离别后感受写足了，离别时的心情即可推想而知，有详有略，不必把每一个环节都写到。周邦彦与情人在河桥执手告别的时刻，自然会有一番缠绵，离情别意填满了心灵。一旦把人送走，踏上归途，立刻觉得归途如此遥远，道路如此曲折，田野如此清旷。这些感觉集中起来心灵就会十分空虚孤独。他不禁叹息道，漫长的归途呀，曲折的道路呀，清旷的田野呀！何处是我的归宿，何处是我的依托？他和花骢一样"行迈靡靡，中心摇摇"（《诗经·黍离》），腿软得走不回去。眼看天快黑了，旅行的人、耕作的人、采桑的人、放牛的人，全都回家去了，田野静悄悄。他们各自都有收获，我却毫无所获，只带着满腹离愁。从这个叹息和叙述中，我们可以想见暮色苍茫中，一个骑在马上的人蹄蹄缓行的身影，心情像暮色一样黯淡，心灵像旷野一样空虚。周邦彦的失落感、空虚感、孤独感，至此已经接近极限了。就在此时，他的笔锋来了一个大转折，重开一个抒情空间，"何意重经满地"，怎么会想到重新经过以前离别的地方，也就是"河桥送人处"。这样，读者才知道此前的抒写都是回忆，从"重经满地"开始正面写眼前的情况。"遗钿不见，斜径都迷"，故地重游，仔细寻觅，不见情人的一点踪迹，哪怕是发饰上的一片螺壳也找不到了；当年走过的那条小路，也被荒草掩盖了。"何意重经满地"的"何意"是怎么会想到，这比事前就想到、有准备地重游故地给人的心灵震撼更突然更强烈。前事留给心灵的创伤只能掩盖、淡忘，绝不能触动、回味；一回味、咀嚼，就像撕裂旧伤口一般倍加痛苦。如果情人还留下一点痕迹，虽然会睹物伤情，同时也会得到一些安慰，而今却是一无所有，心境如同环境一样荒凉，心灵的创伤比未来故地前更加伤痛。环境和心境荒凉到什么程度呢？周邦彦举目四望，但见杂乱的各种荒草在斜阳映照下，拉长的影子竟然把人都掩盖了。"向残阳、欲与人齐"象征着时光的无情，荒草阴影会越来越重，天地之间会越来越黑，不允许他在旷野里继续徘徊。这是周邦彦的创造，即使擅长写影子、号称"张三影"的前辈张先，也没有内涵如此丰富的影子。

"但徘徊班草，欷歔酹酒，极望天西。"末了再次表示他往事已无法改变，情人已无法召回，只能在往日野餐的草地上久久徘徊，一边对酒怀念，一边仰天长叹，用尽眼力眺望情人远去的西方。徘徊、欷歔、酹酒、极望几个动作，写尽了对情人的无限怀念和无法排遣的离愁。全词旋律沉稳，节奏缓慢，一步一步地展示离情的各种状态和细微之处，没有大起大落，却在平稳的写景过程中透露了内心的痛苦。周邦彦就像一位戏曲舞台上的著名青衣，上得场来不慌不忙，不紧不慢、一板一眼地唱下去，使听众在不知不觉中渐入佳境，音乐和唱词的艺术魅力渐渐浸入心灵，演员演唱与听众吟咏相互呼应，具有绵长的韵味和感染力。

男女幽会的悲喜剧

> 夜色催更，清尘收露，小曲幽坊月暗。竹槛灯窗，识秋娘庭院。笑相遇，似觉琼枝玉树相倚，暖日明霞光烂。水昐兰情，总平生稀见。　　画图中、旧识春风面。谁知道、自到瑶台畔。眷恋雨润云温，苦惊风吹散。念荒寒、寄宿无人馆。重门闭、败壁秋虫叹。怎奈向、一缕相思，隔溪山不断。

——《拜星月慢·夜色催更》

这首《拜星月慢》是周邦彦回忆当年与情人幽会时的情景。清人周济说："全是追思，却纯用实写，但读前阕，几疑是赋也"（《宋四家词选》评）。全词写回忆，只在最后几句写到当前。这是周邦彦写词的惯用手法，在周济那个时代的人是颇觉新颖的。

"夜色催更，清尘收露，小曲幽坊月暗。竹槛灯窗，识秋娘庭院。"夜色越来越浓，催促着时间向前推移，过了一更又过二更，过了二更过三更。"催更"一词赋予夜色催促时间推移的主动权，我们似乎感觉到夜色像一个更夫敲锣报时。寂静的夜并不完全寂静，有更夫的锣声，也有周邦彦急于与情人幽会的心声。他希望时间再快些，夜色更暗些，以便安全地与情人相会。男女幽会多在夜晚，可以恣意相爱，不受外界干扰，此为古今常情。夜色昏暗，幽会的安全有了保障。后半夜天凉了，露水又打湿了路面的浮尘，空气凉爽，路面湿润，脚步更加轻快，二者为这次幽会提供了绝佳的条件，调动起情人赴会的兴奋情绪，预示着这次幽会将是很有情趣的。他加快脚步，来到一个面积不大、环境幽静、月色朦胧的小巷子里。镜头向前推移，栏杆边上有一片竹林，掩映着窗户里的一点灯光，噢，这就是情人居住的庭院了。夜深了，院门没有关闭，灯光没有熄灭，显然是在等待情人的到来。外景月光朦胧，内景窗灯如豆而明亮，对比之下窗灯更加诱人。窗灯不是无情物，而是情人的心灯，是情人的期盼，情人的召唤，情人的等待。"万点灯光，羞照舞钿歌箔"（宋·汪元量《传言玉女》），灯光再亮，也只是见物（舞钿歌箔）不见人；唯有"良夜灯光簇如豆，占好事、今宵有"（周邦彦《青玉案》），这就是"竹槛灯窗"之所以诱人的原因，只是没有明说而已。一盏灯光含有如此之多的情意，岂是一般写手所能为？

"笑相遇，似觉琼枝玉树相倚，暖日明霞光烂。水眄兰情，总平生稀见。"进得室内，双方笑脸相迎。这一笑，可见双方幽会早有约定，彼此都已了解，而且知道这次幽会将有什么作为。"似觉琼枝玉树相倚"可作两种诠释，一是唐人蒋防《霍小玉传》描绘霍小玉形象光彩照人，"但觉一室之中，若琼林玉树互相照耀，转盼精彩射人"。琼枝、玉树光芒晶莹洁白，相互映射出的光芒就更加令人目眩神迷了。一是柳永《尉迟怀》写的男女欢爱，"绸缪凤枕鸳被，深深处、琼枝玉树相倚"。二说均可通。我主张第一说，因为词中情节的发展还不到"绸缪凤枕鸳被"那一步。"似觉"，好像觉得，不敢肯定，正是目眩神迷的精神反应，恍恍惚惚，好像走进奇幻的神仙世界。"琼枝玉树"并不是冷若冰霜的冰雪美人，她是有感情有温度的。当初次见面的惊喜之后，逐渐与情人亲近，便觉得她像阳光、彩霞，光艳照人，温暖如春。在周邦彦的体验中，情人就像春天的太阳、早晨的霞光，再没有什么比此种景象更光辉灿烂，更柔美温馨了，尤其是那双水汪汪的大眼睛含情脉脉地向我一瞟，真是平生难得一见，屈原曾有如此美的经历，"满堂兮美人，忽独与余兮目成"（《楚辞·九歌》）。眼睛是心灵的窗户，眉目传情比甜言蜜语的内涵更丰富更动人。男女初次见面时不必多费口舌，一个眼神就表露了心灵深处的全部情意。女方含情的目光是对男方最真诚的赞许，最有力的鼓舞，最高级的奖赏。"兰情"，兰花一般的情意。兰花形象幽静，气质优雅，香味清和，被誉为"花中君子"。

"画图中、旧识春风面。谁知道、自到瑶台畔。眷恋雨润云温，苦惊风吹散。"下片掉转笔锋，说明这次见面之前就在画相中认识情人了，早就有美好的印象。此句作为铺垫，再一转回到当前，谁会想到冥冥之中我被引诱到神仙居住的地方，见到你这神仙般的美人，太神奇太难得了！周邦彦对与情人的相逢特别兴奋，这不是一般的人与人的相逢，而是人与神的相逢。"望瑶台之偃蹇兮，见有娀之佚女"（《离骚》），"若非群玉山头见，会向瑶台月下逢"（李白《清平调》），周邦彦把情人比作仙女，可谓推崇备至，无以复加了。"谁知道"，谁也难以预料的相逢如同途中拾金、彩票中奖一般，其欢乐兴奋之情非亲历其事者难以想象。"画图中、旧识春风面"化用杜甫诗句"画图省识春风面，环珮空归夜月魂"（《咏怀古迹》），含有见情人画像如沐春风之意。见画像就有这种舒畅温暖的感觉，见了真人又该如何呢？"眷恋雨润云温"，这是一句隐语。"云雨"一般指男女做爱，过来人都知道怎样才会有像雨一样湿润清爽，像云一样柔和温暖。灵与肉的完美结合是爱情的最高境界，周邦彦最眷恋的就是这个"雨润云温"。男女欢爱到了这个境界就尽善尽美了，周邦彦不便展开描绘，只用"眷恋雨润云温"加以概括，读者自可想象。这次与情人的幽会抵达高潮时，陡然一个转折，形势急转直下，"苦惊风吹散"。周邦彦与情人的幽会很短暂，双方正在缠绵欢爱的时候，忽然一阵令人惊吓的风把他们的鸳鸯会吹散了。"惊风"指意想不到的外部干扰。是什么人冲散了他们的幽会？只是冲散了他们的第一次幽会，还是把他们的恋情完全打断了？不得而知，也不必深究，总之"雨润云温"的幸福是最眷恋的，"惊风吹散"的不幸是最苦恼的，二者相比，一正一反，形成一个巨大的情感反差，而这正是幽会的悲剧性结局，男女双方自然会陷入深沉的痛苦之中。全词至此第一次出现了情感色彩较浓的"苦"字，更多的离散之苦就包含在"苦惊风吹散"之中。这是一个突转句，顿挫猛烈有力，如同物体从高空急速下坠，表现出忽遭不幸的惊惧感和失落感。"谁知道、自到瑶台畔"的意外相逢是很幸运的。"苦惊风吹散"的意外离散则是非常痛苦的。全词至此，幸福写到了极致，痛苦也写到了极点。

"念荒寒、寄宿无人馆。重门闭、败壁秋虫叹。怎奈向、一缕相思，隔溪山不断。"前面是对当年与情人幽会的回忆，从喜剧始，以悲剧终。现在回过头来，面对悲剧之后的个人处境。首句领字"念"，我认为是"念叨"的意思，不是一般的思念。周邦彦孤身一人就够孤单了，又寄居在无人旅馆里就更加孤单。环境荒凉寒冷，迫使他不由自主地口中念念有词：这是怎么回事？我为什么会落到这步田地？……他理解不了自己，理解不了无情的命运，处于茫然不知所以的恍惚之中。在经受过"惊风吹散"的飞来横祸之后，他畏惧人际险恶的社会，选择了闭门独居，与世无争，而且是闭锁住两道门，以防横祸重来。然而重门紧闭未必安全，那破墙缝里蟋蟀的吱吱声，就够聒噪而令人彻夜难眠了。寂静中的孤独是苦恼的，而当蟋蟀单调不停的叫声打破寂静，会使人明确意识到自身的孤独和苦恼会更深一层。美好的幽会被惊扰了，可爱的情人远去了，他与人世间也隔绝了，应该说他不再有什么欲望了。但是，与情人幽会那段情意虽然被人打断，仍然不绝如缕，越过千山万水飞向情人身边。"怎奈向"即无可奈何，对当前的孤独处境无法改变，对情人的长久思念无法中断。两重无可奈何，表明了即使与世隔绝，也割不断对情人的无穷思念，可见他对爱情的态度多么坚定执着。全词着重写幽会的温馨与欢乐，笔法细致，读之如临其境，如见其人，如闻其声；从"苦惊风吹散"以后五句写离散后的孤独处境和对情人的无穷思念，着墨不多，通过强烈的苦乐对比，完成了这场幽会的悲喜剧。

拉锯式的怨怀抒写

怨怀无托。嗟情人断绝，信音辽邈。
纵妙手、能解连环，似风散雨收，雾轻
云薄。燕子楼空，暗尘锁、一床弦索。
想移根换叶，尽是旧时，手种红药。

汀洲渐生杜若。料舟依岸曲，人在
天角。漫记得、当日音书，把闲语闲言，
待总烧却。水驿春回，望寄我、江南梅萼。
拼今生，对花对酒，为伊泪落。

——《解连环·怨怀无托》

"怨怀无托。嗟情人断绝，信音辽邈。"男子失恋后，怨恨情绪
日积月累，满腹怨恨，无处诉说，无法解除，而又无力长久隐忍，所
以词一开始便抱怨"怨怀无托"。首句笼盖全篇，以下便分层抒发"怨
怀无托"的种种苦恼。首先点明怨怀的由来：唉！自从情人和我断绝
关系之后，就像远隔天边，万里之遥，一点音信也不通了。"嗟"！
一声叹息，感慨无限，对往日恩爱的留恋、对分手之后的苦恼尽在其中。
爱之愈深，怨之愈切，这个"怨"是抱怨，恨的成分不多；这个"恨"
是遗憾，并非咬牙切齿之恨。情人弃他而去，音信全无，男方抱怨和
遗憾是人之常情，没有一点恨意，可见其对情人的爱多么深切了。这
个情人是烟花女子，水性杨花，无情地弃他而去，并且音信全无，但

他却没有谴责，也不说明抛弃他的原因，更加说明了他对情人的爱多么忠诚。男方被抛弃之后，如果有倾诉的对象，多少能减轻一些思念的痛苦；如果能用书信向情人倾诉，离别的痛苦更会减去大半；如果能收到情人的来信，亲睹手迹，亲闻墨香，那就太幸运了，旧情也许还有挽回的可能。然而这一切全属空想，满腹怨情无处寄托，只能空自叹息。

"纵妙手、能解连环，似风散雨收，雾轻云薄。"《战国策·齐策》有一个故事：秦昭王派使者给齐国王后送去一个玉连环，向齐后挑战说，齐国有许多能人，能把这个玉连环解开吗？齐后用一个槌子把玉连环敲破，对秦使说解开了。此处用这个典故说明男方对情人的思念像玉连环一样连接牢固，无法解开；退后一步说，纵然有齐后那样的妙手一槌把它敲破，也难以消除对情人的思念。这就是说有人劝他说对如此无情的女子何必自作多情，她说走就走，头也不回一下，信也不来一封，你这样一厢情愿地苦苦思念于事无补，反倒会伤害自己。男方也明白这个道理，清楚这个现实，咬紧牙关，痛下决心，砸断这个相思的链条，但还是藕断丝连，余情未尽，如同风散雨收之后的天空，仍然留着淡淡的云雾，心头的阴影久久散不开。有学者认为妙解连环是一个"有决断的女子"，"比喻对方（情人）主动想方设法，断然地拒绝了自己（男方）的爱情"，而其结果则是"过去的一切，也就像风雨云雾一扫而光，天空之中，一碧无际，更无所有了"（《宋词赏析》）。此说不通。周邦彦自己说得很清楚，"连环解、旧香顿歇。怨歌永、琼壶敲尽缺"（《浪淘沙慢》），爱情的玉连环一经敲破，便恩断义绝，只剩下无穷的抱怨了。这个情人既然是"有决断的女子"，为什么还要"想方设法"劳心费力去割断情链？一般烟花女子原本就朝云暮雨，薄情寡义，去旧就新易如反掌，怎么会与男方断绝关系之后，心中会有"一扫而光"的轻松愉悦？既然爱情的连环结已经解开了，男女双方心中一片云淡风轻，为什么还要在词中反反复复地抒写割不断的相思之情呢？无论从人之常情还是词的章法上讲，此说都前后矛盾。

　　"燕子楼空，暗尘锁、一床弦索。想移根换叶，尽是旧时，手种红药。"全词至此，"嗟情人断绝，信音辽邈"是一层，"纵妙手、能解连环，似风散雨收，雾轻云薄"又是一层，层层递进，相思与遗憾之情层层叠加又逐层深入。从这里开始，进入第三层。男方来到情人的旧居前徘徊观望，大有人去楼空的感慨。燕子楼是唐代贞元年间检校礼部尚书张建封爱妾关盼盼的居所。张建封死后，关盼盼深念旧情不嫁，独居于此十余年。这个典故说明女方曾是男方深爱的情人，女方对男方也曾有过山盟海誓的承诺。不料旧地重游，随着人去楼空，以往爱情的承诺也归于虚无。于是一种失落、空虚和被欺骗的感觉涌上心头。然而即使如此，仍不愿放弃对旧情的追寻，从楼外又登堂入室，寻找情人留下的痕迹。环顾四周，空无一物，唯有床上的一张琴静静地躺在那里；琴上落满了厚厚的黑色灰尘，像是把那张琴锁住一般寂静无声。岁月改变了一切，昔日两情缠绵、琴瑟和鸣的风情不复存在。房屋是空寂的，心灵也是空寂的；房屋是昏暗的，心灵也是昏暗的。这是第三层，相思与遗憾之情又深入了一步，情感状态暗淡沉重。"想移根换叶"三句又振作起来，从当前想到往日。当年两情和好时，男方兴致勃勃地从别处移栽过来的芍药花，亲手侍弄，精心培育，芍药花年年换新叶，年年开新花。这是一种日常生活行为，更是爱情生活的象征。"伊其相谑，赠之以芍药"（《诗经·溱洧》），男方向女方献花示爱，双方嬉笑打闹，日子过得轻松愉快，有滋有味。男方精心呵护爱情像精心呵护芍药一样，使爱情生活年年更新，丰富多彩。谁曾想到如今情人远去了，琴声沉寂了，房前的芍药花也枯萎了，环境十分荒漠，心境也同样荒漠。有学者认为"阶前的红芍药花，是她当日亲手所种，但其人离去已久，则旧时花草，也必都已更新"（《宋词赏析》）。此说不近情理。芍药花艳红似火，象征青春和爱情，向来以之比喻美女，"仙姿不负持杯赏，胜景还须著句搜。花下几人今日醉，日斜欲去更迟留"（明·王鏊《内阁赏芍药》），而移植芍药花者则是男性，如"似与风光殿后尘，亭亭红艳远看人。既能障下嫣然笑，移取雷塘十里春"（宋·洪刍《或遗扬州芍药者用元韵》），"芍药移来傍玉栏，浅深浓淡一般般。夜深促席来相就，要把春容子细看"（宋·吴芾《献芍药》），在我所见数十首咏芍药诗词中，从未有女性亲手种植、移栽芍药的。词中没有一句描写女子言行，突然跳出一句女子手植芍药，岂不突兀惊奇？那女子薄情寡义，走后音信渺然，当初怎么会不辞辛苦，培植象征火红爱情的芍药花呢？

"汀洲渐生杜若。料舟依岸曲，人在天角。"下片由芍药花转到自身，又进一步抒写相思遗憾之情。虽然情人远去，音信渺然；虽然人去楼空，不留痕迹；虽然弦索蒙尘，琴音沉寂；虽然手植芍药，叶败花残，仍然情缘不断，痴心不改。男方一门心思想念女方，你与我不通音信，我仍要赠花予你。火红的芍药花凋谢了，春光已逝，而洁白的杜若花盛开，正逢夏日。"悠扬闻杜若，仿佛邀蛾眉"（清·龚自珍《此游》），杜若花仿佛是当年的情人浮现在他的眼前；"采芳洲兮杜若，将以遗兮下女"（《楚辞·九歌》），很想采一枝杜若花送给情人，表示无穷的怀念。当他从神情专注的恍惚中清醒过来后，情人早已远在天边，乘船不知停泊在哪个港湾了。他手持一枝杜若花，呆呆地怔望着水际天边，又一次陷入了深深的失望之中。

"漫记得、当日音书，把闲语闲言，待总烧却。"又从当前回顾以往。情人既已远在天涯，杜若花无从赠送，无法与情人当面诉说相思，于是思绪又调转回去，想起当年与情人书信往来，有说不尽的爱慕，写不完的欢乐，心灵似乎暂时得到一点安慰。然而转眼间又发觉这不过是旧梦重温的空想而已，不禁暗暗嘲笑自己自作多情。时空变了，心情变了，感觉也变了，当年书信中的甜言蜜语变成毫无情趣的闲言碎语，意兴索然，味同嚼蜡。男方当年满腔热情、连篇累牍地给女方写信，换来的却是不辞而别，音信全无，深为自己上当受骗而心生恼怒。恼怒之下，就表示等我回去把那些书信通通收拾起来，一把火烧掉，"拉杂摧烧之。摧烧之，当风扬其灰"（汉乐府《有所思》）。从此以后，你心中没有我，我心中也没有你，一刀两断，不再相思！全词至此，开头的"怨怀"——相思遗憾之情发展到了顶点，对女方的决断态度十分坚定，已经情断言尽，没有什么可说的了，然而事情并没有到此为止。

"水驿春回，望寄我、江南梅萼。拼今生，对花对酒，为伊泪落。"烧掉全部情书，彻底断绝关系。只是一时恼怒的表现。男方根本舍不得烧毁书信，断绝关系，经过一番离情反复折腾，对女方的留恋和思念反倒更加迫切了。他一往情深地对女方呼喊，春天又回来了，梅花又开放了，你无论漂流到哪个港口上，即便到了遥远的江南，请务必给我寄来一枝梅花，以解离愁，以慰相思。你听这口气几乎就是在乞求了。远在天涯的女方当然听不见他的呼喊，而男方仍然假设收到了梅花，表示要豁出这一辈子，每天对花饮酒，为了思念情人而泪洒花前。这是男方对女方作出的郑重许诺，他会为爱情付出一辈子的漫长岁月和宝贵的生命代价。这里的"对花对酒，为伊泪落"与上片"情人断绝，信音辽邈"形成鲜明的对比和巨大的反差，而正是在这种对比反差中表现出男方的无限痴情和执着追求。全词到此结束，我们仿佛看见了男方对花醉酒、泪流满面的悲伤情态，仿佛听到了男方铮铮作响的痛苦心声。这首《解连环》写了一个"负心女子痴心汉"的故事，着重写痴心汉的情感活动。从始至终，当今与往日、失望与希望、相思与抱怨、决绝与不忍种种截然相反的情感状态，反复折腾，来回拉扯，像拉锯一般拉过来又拉过去，力图把远去的女方拉回自己身边，迂回曲折，再三咏叹，完成了"怨怀"的尽情抒发，达到了相反相成、相得益彰的艺术效果。

离情的懊悔与反思

桃溪不作从容住，秋藕绝来无续处。当时相候赤阑桥，今日独寻黄叶路。　烟中列岫青无数，雁背夕阳红欲暮。人如风后入江云，情似雨余粘地絮。

——《玉楼春·桃溪不作从容住》

周邦彦的词叙事性很强，多以铺陈情节、反复抒写取胜，而这首《玉楼春》则以较短的篇幅、精美的语言、工整的对偶，在写景中抒情，与多数周词大有不同。前一首《解连环》抱怨情人不辞而别，这一首《玉楼春》懊悔自己未能在情人身边久留。

"桃溪不作从容住，秋藕绝来无续处。""桃溪"是一个典故。南朝宋·刘义庆《幽明录》记载，东汉时刘晨、阮肇进天台山采药，在桃溪遇二仙女相爱成婚。半年后刘、阮思家心切，二女相送指路。后重访天台，二女已不知去向。首句用这个典故，懊悔自己当年没有在桃溪与心爱的人从从容容地享受爱情生活，不懂得珍惜爱情，留住不多时便匆匆离去了。"桃之夭夭，灼灼其华"（《诗·桃夭》），桃花盛开，春光明媚，正是享受爱情的大好时光，却被自己轻易地虚掷了。"桃溪不作从容住"这一声叹息中的懊悔是相当沉重的。另外，我觉得"桃溪"这个典故还有更进一层的含义。刘晨、阮肇出山归家后，发现子孙已历"七世"，一世三十年，二百一十年了，正是"山中方七日，世上已千年"。"桃溪不作从容住"给人一种印象：桃溪匆匆流去，不稍停留，意味着大好时光过得太快。这种感觉如同刘晨、阮肇重访天台山一般，时空大变，恍若隔世，仙女不见了，情人不见了，在桃溪岸边久久徘徊而一无所得，懊悔之情又加深了一层。次句"秋藕绝来无续处"是"桃溪不作从容住"的后果。一旦与情人的关系中断，就像秋天的莲藕掰断之后再接续不起来了。"无续处"没有地方能续，也就是没有什么人能续，神仙也续不起来。"捣麝成尘香不灭，拗莲作寸丝难绝"（温庭筠《达摩支曲》），虽然如此，所谓"藕断丝连"只是暂时现象，一经风吹，那"丝"也就无影无踪了。情缘中断，无法补救，懊悔之上又加了一层痛惜之情。这里的桃花、莲藕都暗指情人，像桃花一般鲜艳，像莲藕一般洁白。桃花开得早落得早，花期仅十天左右，"桃花春色暖先开，明媚谁人不看来。可惜狂风吹落后，殷红片片点莓苔"（唐·周朴《桃花》），未能趁桃花盛开的时候多多停留，仔细观赏，甚感懊悔。莲藕洁白像美人的玉臂，"素馨花一枝玉质，白莲藕样弯琼臂"（元·张鸣善《【王宫】脱布衫过小梁州》），如今却无端折断，深感痛惜。春天百花盛开的红色基调，秋天万物萧疏的白色基调，暖色与冷色形成对比，从而给人物情感状态涂上一层可见的色彩，提高了情感的亮度。

本词中的男女多次相候于赤阑桥，那种等候中的焦急，相见后的欢乐，欢爱时的甜蜜，至今记忆犹新。热恋中的男女如饮烈酒，感情很强烈，却对爱情的体味不深；经过一段离别，爱情沉淀发酵，重访故地，重温旧情，才会如饮醇酒，如嚼橄榄，回味无穷。"当时相候赤阑桥"真是对以往爱情经历的细细咀嚼，在咀嚼中加深了爱情的浓度，延长了爱情的隽永。但是，这样的回味时间不会很长，很快又回到了当下。现实状况是冷酷的，满目秋色，满耳秋风，满地黄叶；独自一人在黄叶路上走来走去，寻寻觅觅，不见昔日情人的踪影。赤阑桥失去了往日的风光，只剩一弯冷寂的曲线，听不见桥上温柔的女儿语；桥下的溪水不再欢腾，在萧瑟秋风吹拂下反射出粼粼寒光。词中的男子仿佛走进了一个陌生的世界，如此荒漠，如此冷清，令人不寒而栗。常言一叶知秋，何况黄叶满地，会使人感时光之流逝，哀处境之凄凉，如"谁念西风独自凉"。在黄叶路上踽踽独行，往事无处寻找，精神无处寄托，懊悔、凄凉、孤独之感压得人无力振作，生命如同满地黄叶憔悴凋零。在这首词的特定情景下，赤阑桥的红色代表永恒、光明、繁荣、温暖、希望，是一种积极乐观的色彩；黄叶路的黄色代表脆弱、衰败、憔悴、伤感、烦恼、胆怯、失败，是一种消极悲观的色彩。"当时相候赤阑桥"与"今日独寻黄叶路"两两相对，既有时空的对比，又有境遇的对比，更有情感的对比。在强烈的对比中，把懊悔、失望、孤独、凄凉等等渲染的情感状态刺激得更加动荡，更加浓重。

"烟中列岫青无数，雁背夕阳红欲暮。"下片掉转镜头，更换视角，从黄叶路上举目远眺，一脉山峰在烟雾缭绕中露出无尽的春色。"青无数"强调了山峰之多，青色之浓。青色属于冷色调，在正常情况下使人感觉耳目清爽；在孤独无依的时候则会使人感觉冷清凄凉。举目四望，一无所有，只有长长的一排山峰像高墙一般挡住视线，又会感觉孤独、闭塞和压抑。"雁背夕阳红欲暮"脱胎于温庭筠诗"蝶翎朝粉尽，鸦背夕阳多"（《春日野行》），他强调了雁背夕阳之"多"，即夕阳的红色鲜明度与"蝶翎朝粉尽"的"尽"字相对。夕阳是诗词中常见的景象，多以夕阳的红色鲜明和规模之大取胜，如"日落西南第几峰，断霞千里抹残红"（朱熹《晚霞》）"红霞散天外，掩映夕阳时"（元·陈宜甫《晚霞》）。周邦彦则把规模宏大的夕阳缩小到一只雁背上带着一点残红，倏忽从眼前飞过，愈飞愈远，最后被暮色吞没。这种景象给人的感觉是，时光像飞鸟一样转瞬即逝，残存的那一点爱情的鲜艳红色，如同炉中余火会很快熄灭，徘徊在黄叶路上的人如同没有归宿的大雁，不知会流到何处。"烟中列岫青无数，雁背夕阳红欲暮"没有一个带感情色彩的字词，却能从纯粹写景的画面上引发读者的多种想象、多种感受，这是周邦彦写词的"绝招"。之所以如此，是因为周邦彦对自然界的万事万物和社会中的人生百态具有细致深入的观察思考，认识到二者异形而同质的内在关系。因而能从人生百态中构建蕴含丰富的图画，又从多种图画中透视人生百态，人与画构成了密不可分的整体。

"人如风后入江云，情似雨余粘地絮。"最后两句收束全篇。在黄叶路上徘徊了一整天，得到了什么呢？什么也没有得到。苦苦思念、苦苦追寻的昔日情人，在刚开始寻找的时候好像一片飘渺的云雾在心头缭绕，而寻找的结果却像一阵风吹过，那片云雾沉落江心，随水远去，没有留下一点踪影。江面是空虚的，天空是暗淡的，心灵也同样是空虚暗淡的。昔日相候赤阑桥的旖旎风光既然无法重现，心爱的情人既然像云雾一样飘然消失，那就死了这条心，重新生活吧，但是旧情不仅难忘，而且像经过风吹雨打的柳絮一般，牢牢地粘在地上，死也不忘旧情。古代诗词中的柳絮常有自由、飘逸，甚至张狂的个性，如"池上无风有落晖，杨花晴后自飞飞"（韩愈《池上絮》）。苏轼首次把柳絮比作"抛家傍路"的绒球，被风雨吹打后，"细看来，不是杨花，点点是离人泪"（《水龙吟》）。周邦彦则一反前人，把人的相思之情比作风雨过后的"粘地絮",揭不起,扫不净,紧紧地粘贴在路边,任凭车碾马踏,虽奄奄一息,朝不保夕,也不忘追念旧情。这又是周邦彦一个全新的创造。全词末句出现了一个"情"字,总结全篇,点明题旨,其余全用对比性很强的画面传情达意,不言情而情自现。他把不可捉摸的离情别意化作可供反复观赏的画面,从而不断回味、思考,获得丰富、细致、深入的情感体验。句句对比是不同时空、不同情感状态的对比,因而不觉得单调板滞。反复则是螺旋式上升的反复,离情步步提升,因而只觉其深,不厌其烦。

无尽的思念与无限的遗憾

水浴清蟾，叶喧凉吹，巷陌马声初断。闲依露井，笑扑流萤，惹破画罗轻扇。人静夜久凭阑，愁不归眠，立残更箭。叹年华一瞬，人今千里，梦沈书远。　　空见说、鬓怯琼梳，容销金镜，渐懒趁时匀染。梅风地溽，虹雨苔滋，一架舞红都变。谁信无聊为伊，才减江淹，情伤荀倩。但明河影下，还看稀星数点。

——《过秦楼·水浴清蟾》

"水浴清蟾，叶喧凉吹，巷陌马声初断。"这是当事人的回忆。当年的一个秋夜，月亮在池水中洗浴，倩影清朗；凉风吹动了竹叶，飒飒作响，而街巷中的马蹄声也刚刚消失。这幅回忆中的画面月光清亮，波光粼粼，凉风习习，环境清幽，因为有树叶的飒飒声，并不显得冷清沉寂，为人物的出场作了自然条件方面的铺垫。

"闲依露井，笑扑流萤，惹破画罗轻扇。"人物出场了。一个年轻女郎先是悠闲地靠在井边的围栏上，体态婀娜，神情娴静。古代富贵人家的大院里多自掘水井，井上有设置汲水辘轳的木架可作围栏，以保安全。井旁有树木花草，可供游赏，接着离开井台，拿着扇子在

435

院子里扑打萤火虫。萤火虫上下翻飞，女孩子忙着追打，把手中的扇子也弄破了。萤火虫纷纷乱乱，像是夜晚的小小精灵，引逗得女郎追来追去，满院飘动着她的衣袖倩影，回响着她银铃般的笑声。杜牧曾写道："银烛秋光冷画屏，轻罗小扇扑流萤。天阶夜色凉如水，卧看牵牛织女星"（《秋夕》）。诗中只有扑流萤的动作，没有扑流萤的笑声，而"卧看牵牛织女星"则暗示扑流萤的少女有满腹心事，气氛比较沉闷。这首《过秦楼》中的扑流萤女郎则先依围栏，后扑流萤，有动有静，笑声朗朗，玩得十分尽兴，以至于把画扇都弄破了，可见其多么天真无邪，多么活泼可爱。诗中都是当事人回忆中的景象，景色之鲜明，人物之生动，如在目前，如临其境。事隔多年之后，记忆如此明晰，表明了当事人对当年那位扑流萤的女郎爱得特别深切。同时表明了当事人对当年那段美好的经历已经反复回忆了多次，记忆便更加清晰难忘了。

"人静夜久凭阑，愁不归眠，立残更箭。"当事人从温馨欢乐的回忆中又一次清醒过来之后，面对的是物是人非的凄凉景象。露井围栏仍在，"闲依露井"的人不见了；萤火虫仍在上下翻飞，追扑萤火虫的人不见了；月光还在水中轻轻荡漾，秋风还在竹林中飒飒作响，然而当年的美好情景却荡然无存。旧地重游没有给当事人丝毫慰藉，反而在今昔对比中使他深感凄凉孤独。沉重的离愁压得他抬不起头来，无力地靠在当年女郎靠过的围栏上陷入茫然的失落状态；缓过神后，又在旧日的庭院里徘徊，久久不忍离去，不愿回房入眠。他整夜在寻找那女郎的踪迹，如痴如呆，或行或立，以至于疲惫不堪，一动不动地站在那里，直到夜久更残。当事人这种失魂落魄的行动，表明了他对旧情的追寻多么执着，多么坚持不懈。

　　"叹年华一瞬，人今千里，梦沈书远。"当事人彻夜不眠的结果是满腹离愁无法压抑，逼出一声沉重的叹息：唉！青春年华一眨眼就过了，亲爱的人如今远在千里之外，旧梦已经沉埋于记忆的深处，而音信因路途遥远，关山阻隔，无处寄达。这几句把男女双方的时空距离拉得很大，既增强了当事人对情人的思念，又加重了双方无由相见的失落。青春已逝，年华不再，天人相隔，音信难通，这种折磨人的日子何时是了，出路何在？当事人愁苦焦虑，而又无可奈何。词写到这里似乎山穷水尽，当事人也该停止无望的追寻了。

　　"空见说、鬓怯琼梳，容销金镜，渐懒趁时匀染。"当事人并没有停止对旧情的追求，而是变换了一个角度，从写自己的离愁转换为写女方的离愁。上片说"叹年华一瞬，人今千里"，下片便从女方的容颜变化加以表现。岁月的磨砺，相思的煎熬，把女方折磨得苍老了，憔悴了。眼看满头乌云般秀发稀疏了，花白了，她不敢动用梳子，一梳头便会梳掉更多的头发；她不敢照镜子，每照一次便会看到如花似玉的容颜已经消失不见了。随着岁月的流逝，相思的无望，她渐渐停止了追赶时尚，匀施脂粉、精心打扮自己了。古代男女的价值观是"士为知己者死，女为悦己者容"，既然长期音信杳然，人各千里，花容月貌又有什么意义呢？这种"诗从对面来"的写法一举两得，既表现了女方的相思之苦，又表现了当事人对女方的关切，感同身受，超越时空阻隔，拉近了双方的情感距离。杜甫怀念妻子有"香雾云鬟湿，清辉玉臂寒"的句子（《月夜》），李商隐关怀情人有"晓镜但愁云鬓改，夜吟应觉月光寒"感受（《无题》），周邦彦化而用之，增强了女方的肢体动作——梳头、照镜，揭示了女方的心理活动——怯、消、渐、懒，使人物形象更加鲜明生动。"空见说"，白白地听说。由于天各一方，当事人对女方的困境无能为力，而深感焦虑、无奈与愧疚。

"梅风地溽，虹雨苔滋，一架舞红都变。"思绪从女方拉回到当年的庭院，一切都变得认不出来了。当年凉爽的秋天变成炎热的夏天，梅风吹来，梅雨连绵，气候闷热，地面潮湿，使人心情郁闷；夏天的雨乍来乍歇，令人心神不定；到处湿漉漉、黏糊糊的，没有和暖的阳光，没有晴朗的天空。当年满院子跑来跑去追扑流萤的女郎不见了，那一架舞动的红花也变色了，枯萎了。时空的巨大变化促成当事人的巨大变化：郁闷、不安、失落、空虚、阴沉、孤独、凄凉等等情绪纠缠交织，如同梅雨季节的阴霾覆盖心灵，压得人无法喘息，烦躁的心情无法缓解。这几句纯属写景，而它反射出来的情感状态则是复杂沉重的。上片"水浴清蟾，叶喧凉吹，巷陌马声初断。闲依露井，笑扑流萤，惹破画罗轻扇"与"梅风地溽，虹雨苔滋，一架舞红都变"对比特别强烈，生活境遇的巨大反差造成心灵痛苦的强度就可想而知了。

"谁信无聊为伊，才减江淹，情伤荀倩。但明河影下，还看稀星数点。"这里用了两个典故：南朝文学家江淹年轻时梦见文学家郭璞送给他一支五色彩笔，文学水平大为提高。后来又梦见郭璞收回这支彩笔，文学才能便大为削减。三国时荀粲的妻子很美，不料因患重病而亡。荀粲悲痛至极，不久身亡，年仅二十九岁。最后这两句又回到了自身。"无聊"，无可奈何。当事人的思绪一路盘桓曲折，到最后发出一声抱怨：谁会相信我苦苦相思却无可奈何的心情？言外之意是局外人不会相信，远隔千里的那位女郎因为信息不通，也不会相信。谁也不会相信，不会同情，百般痛苦只能自己一人承担。痛苦到什么程度呢？一个才情横溢的文人被离愁折磨得才思枯竭了，又一次演出了"江郎才尽"的悲剧；像荀奉倩那样被爱情折磨得形销骨立，眼看就英年早逝了。为爱情而生，爱情的那一点诗意消失了；为爱情而死，心有不甘，但死亡的威胁就在眼前。这种欲生不能、欲死不忍的痛苦，如果能被人理解，被人同情，多少会得到一些宽慰和纾解，然而无人理解、无人同情的冷酷现实，却把当事人逼到了一筹莫展、无可奈何的绝境。出路何在？"但明河影下，还看稀星数点"，只能长夜不寐，呆呆地望着银河边上几点稀疏的晨星。这是一种情感状态吗？李商隐"昨夜星辰昨夜风，画楼西畔桂堂东"（《无题》），是回忆昨夜遥望情人时的高度兴奋，昨天晚上的星星多么灿烂呀，昨天晚上的春风多么温暖呀！明人黄景仁转换一个角度，对此提出疑问，"似此星辰非昨夜，为谁风露立中宵"（《绮怀》）？南朝宋人沈约有一种回答，"河汉纵且横，北斗横复直。星汉空如此，宁知心有忆"（《夜夜曲》）。是的，这首《过秦楼》中的当事人，确实在反复怀念他的情人。然而怀念的结果却是"梦入蓝桥，几点疏星映朱户。泪湿沙边凝伫"（吴文英《荔枝香近》），仍然是无尽的思念、无限的遗憾。

李清照（八首）

敢向男性挑战的少女

蹴罢秋千，起来慵整纤纤手。露浓花瘦，薄汗轻衣透。　　见有人来，袜划金钗溜。和羞走，倚门回首，却把青梅嗅。

——《点绛唇·蹴罢秋千》

你想了解李清照少年时的样子吗？看过这首《点绛唇》就知道了。

"蹴罢秋千，起来慵整纤纤手。露浓花瘦，薄汗轻衣透。"古代富贵人家大院里多有秋千，是女孩子们玩耍的工具。这一天，少女李清照兴致很高，在院子里打了一阵秋千，累了，紧握秋千绳索的手有些疼痛，有些麻木，她揉搓着两只小巧柔美的手，稍事休息。"纤纤"多指女性的手洁白、柔软、灵巧、十指细长，用"纤纤"描绘她的双手，可见她是一个未经生活磨砺的青春少女，而"慵整纤纤手"又表明她打了一阵秋千之后娇柔无力懒洋洋的神态。词从"蹴罢秋千"开始，以"罢"收住，紧接"起来慵整纤纤手"，则暗示"蹴罢"之后还有一个"坐下来休息"的动作。我们可以从这个静止的动作中，很自然地联系到蹬秋千、下秋千、坐下休息、起来活动、揉搓双手这一系列动作过程。"薄汗轻衣透"则表明少女清照打秋千很努力，很勇敢，争强好胜，非要打到一定高度不可，以至于浑身出汗，湿透了衣衫。"露浓花瘦"点明打秋千的时间是早晨，花草上的露水还很多；同时表明打秋千的时间很长，日高三竿，晒干了花草上的露水，花草不像早上那样湿润精神了。"露浓"与"花瘦"之间有一个时间推移过程和花草形态变化过程，与"绿肥红瘦"不同。"绿肥"与"红瘦"有一定的因果关系，因为一夜风雨，绿叶吸收了足够的雨水显得很肥硕，而花朵经风吹雨打变得衰败了。按常理说，露水很浓，花草应该很肥美，这里却把二者并列起来，读者很容易误解为因为"露浓"所以"花瘦"。殊不知二者之间是一个时间推移过程，并没有因果关系。学者多不深究，略而不解。"露浓花瘦"既是对庭院中花草的描绘，更是少女清照打秋千后浑身汗水、气喘吁吁、娇柔无力的形态特征。四字短句，兼写花人，一举两得。

"见有人来，袜划金钗溜。和羞走，倚门回首，却把青梅嗅。"打完秋千正在休整喘息的时候，忽然发现有人来了，这人肯定是一个陌生的男性，吓得她满面羞容，赶快跑了。因为太匆忙、太用力，不只没有顾上穿鞋，连袜子也跑掉了，头上的金钗也滑落了。"袜划"一般解为"穿着袜子走路"，但在这首《点绛唇》中亦可作另解。"和羞走"，面带羞容快步奔跑，符合少女的年龄特征和心理。她涉世未深，一见陌生男子便是羞怯惊慌，这是少女情窦初开时的生理反应，日常多见，不足为奇。令人惊奇的是，少女见有人来，惊慌逃走，跑得袜子也掉了，金钗也溜了，中途猛然停下脚步，靠在门框上，回过头来定睛一看是什么人来了，丑八怪还是美男子？他为什么不打招呼，突然闯进我的生活圈子？这时的少女惊慌已经消失，心情已经安定，只剩下一点羞涩。为了掩饰羞涩，她顺手折下一枝青梅遮住脸庞，并且从梅枝的缝隙里继续观察男方，一定要看清楚看仔细不可。这是未成年少女对男性的大胆挑战，是宋代极少见的新型女性。唐人韩偓《偶见》：“秋千打困解罗裙，指点醍醐索一尊。见客入来和笑走，手搓梅子映中门。”这位少女看见人来了，吓得躲到二道门里，双手揉搓着梅子，半边脸忽隐忽现地偷看来人，表现出少女的惊慌和胆怯。相比之下，“和羞走，倚门回首，却把青梅嗅”的少女，不只有羞怯、惊慌，更有镇定和大胆。我们可以由此推想，少女李清照除了最初的慌乱之外，她的潜意识中有一个向男性挑战的情结——你打扰了我的生活，我倒要看看你是何等人物。她不像普通女子一躲了事，而是敢于面对，敢于审视，毫无畏惧。李清照出生在官宦人家和书香门第，“自少年便有诗名，才力华赡，逼近前辈”（宋·王灼《碧鸡漫志》），这种生存环境、文化教养和创作成就，决定了她在男性面前不会畏缩不前。

《点绛唇》最大的艺术特点是动作性很强。上片写少女的娇柔、慵倦，是在一系列可见和未见的人物动作——打秋千、下秋千、坐下休息、起来活动、揉搓双手完成的。再以“露浓花瘦，薄汗轻衣透”加以点染，节奏比较缓慢，与娇柔、慵倦的神态协调一致，而娇柔中又蕴藏着打秋千努力争取秋千高度的勇气。下片的人物动作——奔走、停步、倚门、折梅、嗅梅，是一个连贯紧凑、一气呵成的过程，其中突出了观察来人的神态。这几句中间间歇很短，如同快速拉动的电影镜头，节奏较快，是一个连贯有序的动作系统。诗词的常用手法是借景以抒情，表现人物性格的作品不多。这首《点绛唇》通过一系列的人物动作，表现人物形象和人物个性，则是李清照的一大创造。

青春期少女的欢乐与烦恼

> 常记溪亭日暮，沉醉不知归路。兴
> 尽晚回舟，误入藕花深处。争渡！争渡！
> 惊起一滩鸥鹭。
>
> ——《如梦令·常记溪亭日暮》

"常记溪亭日暮"，时常记得也就是时常回忆那一次傍晚时候在溪亭的一次郊游。为什么是"常记"呢？因为那一次郊游太快乐、太兴奋了，印象深刻，难以忘却。心理学告诉我们，回忆美好时光是积极健康的心理活动。它能消解压抑情绪，增强生活的幸福感，获得积极的自我评价和自我认知。人们在与大自然的亲密接触中，认识到大自然的无限美好，也会认识到自身的潜在力量。郊游往往是一种集体活动，通过郊游不仅认识了大自然，而且能改善与郊游伙伴的人际关系。李清照在溪亭之上与伙伴们赏美景、饮美酒、赌酒猜拳、言谈嬉笑，不知不觉暮色渐浓。她们沉醉在美景美酒之中，乐不知返，这是欢乐之极的表现。当她们欢乐之余忽然发现天色黑了，该回家了，却因醉酒恍惚，暮色苍茫，一时不辨东西南北，不知归路何在，引起一阵恐慌。她们发觉自己玩耍得过于兴奋了，太晚了，慌乱中急忙操起船桨胡乱滑动，又因迷失方向而误入莲花池的深处。不过，慌乱是短暂的。情绪镇定下来之后，认清了方向，齐心协力，努力划船，互相鼓励，加油，加油！满船喧呼声把栖息在湖边的大群鸥鹭惊动起来，飞上了天空。于是，这群年轻女子终于冲出了荷塘，仰望着惊慌飞起的鸥鹭大声欢呼起来。这不是一般的郊游，而是从郊游中享受了大自然的无限乐趣，从突破莲池围困中重新认识了自己的生命价值，提升了生存的意义，焕发出青春的力量和美丽。寥寥几笔就把一群年轻女子热爱郊游、活泼好动、由饮酒沉醉、乐而忘返到惊慌失措，再到认清方向、加速划船等全过程中的情感变化，有次序、有层次、有起伏地描绘出来。词的前四句"常记溪亭日暮，沉醉不知归路。兴尽晚回舟，误入藕花深处"，潇洒欢乐中隐含迷失与慌乱，后三句"争渡！争渡！惊起一滩鸥鹭"，慌乱焦灼中又有更大的欢乐。回忆美好时光是一种精神享受，也是一种精神创造。每次回忆都会把原有美好的图景加以重新建构，使其更加完美。词中的溪亭、绿水、红莲、白鹭、银鸥、蓝天、晚霞相互映照；赌酒猜拳的嬉笑声、齐心划船的喧呼声、鸥鹭惊飞的猎猎声、冲出莲池的欢呼声交相呼应，构成一幅气氛欢快、斑斓多姿、声色俱佳的画面，而且作者常忆常新，读者常读常新。

> 昨夜雨疏风骤，浓睡不消残酒。试
> 问卷帘人，却道海棠依旧。知否？知否？
> 应是绿肥红瘦。

——《如梦令·昨夜雨疏风骤》

上首《如梦令》写了少女的欢乐，这首《如梦令》写少女的烦恼。青春期的少女因为生理上的变化会引发情绪的较大波动，其主要表现是抑郁、烦躁、焦虑、时常没有来由地发脾气。其实质是迫切希望自己发育得越来越美丽，即所谓"女大十八变，越变越好看"，又担心希望落空，丧失生命的价值。这种少女特有的生存焦虑，在一段时间内会随着年龄的增长而愈发强烈。这首《如梦令》不是一般的惜春、伤春，而是青春期少女生存焦虑的深层揭示。

　　"昨夜雨疏风骤"与"常记溪亭日暮"一样从回忆开始，而"常记"是长时间的反复回忆，心理节奏比较和缓；"昨夜"则是隔夜回忆，心理节奏比"常记"要突然猛烈。昨天晚上雨很大、风很猛，摧残了园中百花，也触动了少女的警觉——又一个春天过去了，属于我的青春不会很久了。"雨疏"的"疏"字该作何解？学者们多避而不谈。如作"稀疏"解，稀稀拉拉的几点雨，又有劲风猛吹，怎么会有后文"绿肥"即绿叶水分充足的效果呢？有学者释为"疏放疏狂"（见《唐宋词鉴赏辞典》）。少女前半夜听风听雨，深感风雨的威力不可阻挡，年华易逝不可挽回。心情由起初的警觉变为焦虑，再因自己无能为力而凝结为深愁。于是借酒浇愁，用以麻醉自己，以至因无人劝阻，饮酒过量而沉沉睡去。顺便说明女性饮酒是当时的普遍现象，"秋千打困解罗裙，指点醍醐索一尊"（唐·韩偓《偶见》），醍醐即酒。一尊240毫升，不会只饮一尊。宋代的酒度数很低，一般不超过10度，如同现代的啤酒。沉睡了一夜，次晨醒来，"浓睡不消残酒"，宿醉尚未消除，可见昨夜饮酒之多，愁情之深；虽然神志还有些恍惚，出于对海棠花的高度关注，睡醒之后的第一件事便是"试问卷帘人"，院子里的海棠花怎么样了？"试问"，试探性地问，不是直截了当地问，表明她心情忐忑不安，非常担心海棠花被风雨摧残；而当卷帘的侍女回答说"海棠依旧"时，她又很不满意这个回答，用责备的口气反驳说"知否？知否？应是绿肥红瘦"，你知道吗？你知道吗？不是"海棠依旧"，而是"绿肥红瘦"，雨水把海棠叶子浇得肥大了，大风把海棠花朵吹得凋残了。少女的心情非常矛盾，她明知经过一夜风雨，海棠花肯定不是以前的海棠花了，希望从侍女肯定性的回答中得到证实，希望侍女同她一起关怀海棠花的遭遇；但侍女的回答却是否定性的"海棠依旧"，这种无视现实、漫不经心的回答，从反面激起了她对海棠花命运的更大关怀，情感顿起波澜，对侍女的指责，把对风雨的埋怨发泄到侍女身上。风雨已过，独居闺房，她只能把侍女当作埋怨的对象。这种迁怒于人的举动，正是青春期少女常见的情感表达方式。在这里，主仆二人的对话十分生动。一个是心事重重，一个是漫不经心；一个是问者有意，一个是答者无情。不同性格、不同教养、不同神情在一问一答、再一责备的冲突中，声口毕肖、活灵活现地跃然纸上。相比之下，"昨夜三更雨，今朝一阵寒。海棠花在否？侧卧卷帘看。"（唐·韩偓《懒起》），人物的情感活动、口吻举止远不如《如梦令》生动活泼。至于"绿肥红瘦"，论者多多，无须赘述。需要指出的是，李清照用最简约的四个字表现出了海棠花叶花朵的大小、薄厚、色彩、光泽，鲜明如画，成为千古名句。李清照为什么在百花之中选择了海棠花？海棠花温柔妩媚，绮丽多姿，四季常开，能供人常年观赏，被誉为"花之神仙""花之贵妃"，歌咏海棠花者不计其数。海棠花具有女性的各种美的特征，是美女的化身，文人用以比美女，女性也用于自比。这就难怪苏轼会深夜举烛，欣赏海棠了，"东风袅袅泛崇光，香雾空濛月转廊。只恐夜深花睡去，故烧高烛照红妆"（《海棠》）。

新婚少妇对自身美的充分自信

> 卖花担上，买得一枝春欲放。泪染
> 轻匀，犹带彤霞晓露痕。　　怕郎猜道，
> 奴面不如花面好。云鬓斜簪，徒要教郎
> 比并看。
>
> ——《减字木兰花·卖花担上》

　　古代男女婚姻完全听命于"父母之命，媒妁之言"，由相爱而成婚者极少。洞房花烛夜，新郎揭开新娘的盖头，始得初见芳容。女子更没有选择的余地。在男权社会中，女性的命运不由自主，丈夫是她们生存的唯一依靠。这就决定了她们在丈夫面前卑躬屈膝，承颜顺旨，以求婚姻永固。李清照的婚姻与此不同。他的父亲李格非是礼部员外郎，公公赵挺之是吏部侍郎，丈夫赵明诚是太学生，门当户对，郎才女貌，婚姻是十分美满的。然而由于男尊女卑观念的长期而普遍的影响，她的意识深处仍然会或多或少地担心失爱于丈夫。不过，李清照毕竟不同于一般女子，无论对前夫赵明诚，还是对后夫张汝舟，从不奴颜婢膝，而是始终保持着自己的独立人格。且看新婚的李清照在丈夫赵明诚面前的表现：

　　"卖花担上，买得一枝春欲放。泪染轻匀，犹带彤霞晓露痕。"宋代有销售鲜花的职业，一早便挑着担子沿街出卖鲜花，而最受欢迎的则是杏花，"小楼一夜听春雨，深巷明朝卖杏花"（陆游《临安春

雨初霁》）是当时的一道风景。"卖杏花嘞！"一声吆喝，叫醒了美丽的春天，也叫醒了新婚少妇的春情。清照连忙命侍女出去从卖花担上买回一枝含苞待放的杏花。杏花的骨朵里饱含着无限的春意，一旦开放便会出现一个绚丽的春天，令人期待，使人向往。这春天既是大自然的春天，也是李清照心中的春天。杏花是春天的象征，也是新婚李清照青春燃烧的象征。"泪染轻匀"该作何解？有学者说"这花儿被人折下，似乎在为自己命运不幸而哭泣，直到此时还泪痕点点，愁容满面"（《唐宋词鉴赏辞典》），此解不伦不类，大煞风景。这枝杏花是一个少女的拟人化，一个被剥夺了生存权利、泪流满面的少女，怎么能和春意荡漾的新婚少妇相匹配呢？我认为这个眼泪是少女（杏花）离家时既伤感又激动的眼泪。她为离开父母的怀抱而伤感，为走向新生活而激动。这种伤感与激动交织的心情，在即将出嫁和出嫁不久的女子中普遍存在，是日常生活中常见的现象，它与新婚少妇会发生情感共振。"泪染轻匀"，淡淡的泪水濡染了少女轻涂了一层脂粉的脸庞，湿润而素雅。"泪染"作谓语，"轻匀"作宾语。这表明少女的眼泪是稀少的，并非愁容满面、痛彻心扉的涕泗横流，不仅无损于她的芳容，而且显示了她的淡雅恬静的风韵。杏花白里透红，如同红色的朝霞。新鲜的杏花沾满露水，晶莹可爱，如冰如玉。杏花明媚、娇嫩，热情似火，深受人们疼爱，历代多有吟咏，也是李清照独立意识的自我写照。

"怕郎猜道，奴面不如花面好。"这正是新婚少妇的隐忧，虽刚强独立如李清照者也在所难免。少妇手持杏花想到自己，又从自己想到丈夫，她自信自己比杏花美丽，却又担心丈夫经过一番审视捉摸之后，说出她最不爱听的话"奴面不如花面好"。在威胁可能发生之前，她毫不犹豫地主动出击，"云鬓斜簪，徒要教郎比并看"，把杏花斜插在浓密蓬松的头上，不为别的，只是为了让丈夫对比着看。鬓边的杏花颤颤袅袅，活泼俏皮；本来就很美丽的少妇被杏花映衬得更加美丽。少妇偎依着丈夫，一定要教他回答是杏花美丽还是她自己美丽？丈夫望着温柔妩媚、含情脉脉、充满期待的人面杏花，自然会说你比杏花更美丽！这就是少妇的要求，她对自身的美不仅有充分自信，而且要得到丈夫的认可。主观自信与客观认可相结合，才会彻底消除失爱于丈夫的隐忧。唐人朱庆馀有一首《闺意》："洞房昨夜停红烛，待晓堂前拜舅姑。妆罢低声问夫婿，画眉深浅入时无？"这位新婚少妇胆子很小，对自己的美缺乏充分自信。她是"低声问夫婿"，而李清照笔下新婚少妇则是"云鬓斜簪，徒要教郎比并看"，其心态、举动具有自我炫耀的挑战性。从这位少妇身上折射出的是李清照的独特性格。在男权社会中，她对男子不畏惧、不依附、不乞求、不以男子为中心。她用自身的美丽和才华去征服男子，在得到男子佩服、赞赏的基础上相亲相爱，始终保持独立判断的认知和独立自主的地位，绝不贬损自己的生存价值。一旦遭到男子的欺骗、轻蔑和污辱，她会断然把他从自己身边赶走。

离愁伤心人憔悴

薄雾浓云愁永昼，瑞脑销金兽。佳
节又重阳，玉枕纱厨，半夜凉初透。

东篱把酒黄昏后，有暗香盈袖。莫道
不销魂，帘卷西风，人比黄花瘦！

——《醉花阴·薄雾浓云愁永昼》

李清照性格刚强，人格独立，但并非铁石心肠，她也有柔情似水
的一面。这首《醉花阴》就是写她思念丈夫赵明诚的悠悠愁情。

"薄雾浓云愁永昼，瑞脑销金兽。"院中薄雾笼罩，天上浓云密布，
离愁像这阴沉沉的天气一样从早到晚凝聚不散。这是室外景色。室内
只有孤身独处，陪伴她的只有一座兽形香炉燃烧着龙脑香料。愁思像
缕缕香烟，袅袅不绝；自己的生命也像香烟一样慢慢地燃烧着，消磨着；
也许天黑以后，眼不见心不烦，情绪会好些？可是这个阴沉的白天怎
么也熬不到天黑，愁思随着时间的缓慢移动越积越重，压得人抬不起
头，喘不过气。"薄雾浓云愁永昼"是外景，"瑞脑销金兽"是内景。
内景与外景的统一，内心世界与外部景象的协调，展示出愁思的沉重、
压抑和绵长。有学者说，"薄雾浓云"是"美好的环境"，"是比喻
香炉出来的香烟"（《宋词鉴赏辞典》），此说不妥。"薄雾浓云"
有什么"美好"可言？香烟缭绕有可能形成一层薄雾，绝不可能形成
浓云。一间屋子里塞满了厚厚的浓云，人还能呼吸吗？

"佳节又重阳，玉枕纱厨，半夜凉初透。"九九重阳，"九"是个极数，又是个吉祥数。九月九日，二九重叠，更是九九归真，一年肇始的盛大节日。重阳节祭天、祭祖，庆祝丰收，登高游宴。它是登高的节日，感恩的节日，团聚的节日，欢乐的节日，迎接新生活的节日，"一年最好，偏是重阳"（吴文英《惜黄花慢》）。重阳节从天子到平民普天同庆，饮酒赏菊是一大乐事，然而李清照的重阳节过得孤独寂寞，重阳节过了一个又一个，仍不见丈夫归来。"又"字加重了离愁的重量，拉长了离愁的长度。双重压抑使她倍感孤独凄凉。孤独凄凉是一个抽象的概念，其具体感受则是"玉枕纱厨，半夜凉初透"。玉枕是精美凉爽的枕头（古代有木枕、石枕、瓷枕，玉枕最名贵精美），纱厨是纱帐覆盖的床架，玉枕、纱厨都是冷色调。重阳节正是"秋老虎"到来的时候，枕玉枕卧纱厨特别凉爽舒适。重阳佳节本来是夫妻团聚的美好季节，"玉枕纱厨"本来是夫妻共享的精美卧具，如今却是一人独守，已经觉得很孤独凄凉了；睡到半夜，气温下降，身边又无人陪伴，卧具由凉爽变为冰凉，就更加觉得孤独凄凉了。"初透"，卧具刚刚凉透就被她感觉到了，既表现出她辗转难眠，又表现出她十分敏感，卧具凉透了，她的心也凉透了。"玉枕纱厨，半夜凉初透"，是冷彻心扉的委婉表达，深刻而又雅致，不失有高度文化素养的淑女身份。

"东篱把酒黄昏后，有暗香盈袖。"上片写室内活动，下片写室外活动。独守空闺，烦闷之极，来到篱笆旁边，一人把酒赏菊。菊花是重阳节盛开的花，是深秋季节独自开放的花。它不畏寒霜，性格坚强，赵明诚给李清照画题词曰"佳丽其词，端庄其品"，菊花的佳丽、端庄正是李清照形象和品格的象征。李清照黄昏时把酒赏菊，是为了不受干扰，静静地与菊花进行心灵交流。人与花相互默契，相互欣赏，相互安慰，菊花似乎有意把自己的清香散发到李清照全身，灌满了她的两只长袖，而李清照也因此得到精神慰藉。

"莫道不销魂，帘卷西风，人比黄花瘦！"东篱把酒的收获虽然"馨香满怀袖"，却是"路远莫致之"（《古诗十九首》），只能孤芳自赏，不能与丈夫共赏菊花之美，共闻菊花之香，这是何等痛苦呀！这首词从"薄雾浓云"到"有暗香盈袖"全是写景，不见一个"愁"字，而离愁却蕴藏在景物之中，并且随着时间的延伸渐渐累积。她一直忍耐着，忍耐着，直到实在无法忍耐的临界点，便突然爆发了，喊出了"莫道不销魂"，不要说我不伤心，言外之意是我伤到了魂飞魄散的程度，你们并不清楚呀！她用这种语气道出"莫道不销魂"，说明在整个重阳节的日日夜夜，表面上看很平静，实则是撕心裂肺的痛苦，别人不容易察觉，不容易理解。李清照毕竟是多愁善感的女性，忍耐是有限的，到了忍无可忍的时候，自然会爆发出这种震撼人心的呼喊。压抑的时间越长，爆发的程度越强烈，"莫道不销魂"的呼喊声发自一位温文尔雅、端庄娴静的女性之口，可见她多么痛不胜痛了。"莫道不销魂"喊过之后，接着说"帘卷西风，人比黄花瘦"，用以表现"销魂"造成的后果——一阵西风吹来，吹起了帘子，吹到人身上，刺骨的寒风令人瑟瑟发抖，浑身紧缩，精神沮丧，一下子苍老了许多，人花相比，人比霜打了的菊花还要瘦弱憔悴。"人比黄花瘦"五个字就把人被离愁折磨得面色暗淡、肢体消瘦、身心受到致命打击的情状，刻画得无比形象，无比深刻。

《醉花阴》塑造了李清照这样一个多愁善感的女性形象。多愁与善感是一个因果关系，感情丰富的人对外界事物才会有敏锐的感受能力。这首词为其提供了感受离愁的充分条件：沉闷的室外天气，寂寞的室内氛围，寒气袭人的秋夜空闺，光线暗淡黄昏东篱，猛烈的西风，憔悴的黄花，——都触动着她那敏感的神经，拨动起她那纤细心弦，使她对离愁具有刻骨铭心的感受。一句"人比黄花瘦"说尽了她经受了精神折磨和身体摧残的双重巨大痛苦。

深入细致的闲情表达

萧条庭院，又斜风细雨，重门须闭。宠柳娇花寒食近，种种恼人天气。险韵诗成，扶头酒醒，别是闲滋味。征鸿过尽，万千心事难寄。　　楼上几日春寒，帘垂四面，玉阑干慵倚。被冷香消新梦觉，不许愁人不起。清露晨流，新桐初引，多少游春意。日高烟敛，更看今日晴未？

——《念奴娇·春情》

古代诗词中的"春情"，指无所事事、烦躁不安的情绪。这种看不见、摸不着、缺乏实质内容的情绪状态很难描绘，而李清照却能把它很细致地描绘了出来。

"萧条庭院，又斜风细雨，重门须闭。宠柳娇花寒食近，种种恼人天气。"每年二三月，青黄不接的时候，庭院中的树木尚未返青，花卉尚未开放，仍像冬季一样满院萧条。冬春之交风雨多多，气候仍很寒冷，风是冷风，雨是冷雨，室内室外一片凄凉。一人独守一座大院，满目萧条，又遇冷风不断，冷雨连绵，庭院中景象如此，庭院外景象自然也是如此。身处这种环境就像掉进冰窖中一般无法解脱，视觉、听觉、触觉和内心感受只有孤独凄凉，时间慢慢地向前挪移，终于熬到了即将到来的寒食节，柳树开始泛青，令人疼爱，花儿吐出苞蕾娇嫩艳丽，然而天气仍不放晴，风雨仍不停止；室内既没有温暖，又不能冒雨出门，无处可以消遣解闷，只好索性把头道门、二道门都关起来，把自己禁闭在大院里，如同囚徒失去了行动自由。以上种种景象，怎能不令人十分烦恼呢？这四句全是写天气，到第四句"种种恼人天气"，点出心理感受，无景不恼，无处不恼，烦恼到了极致。人们都有被风雨所困的烦恼，但无所事事、无所依托的古代单身女性对被风雨困扰的感觉就特别敏锐，特别痛苦。这里的"宠柳娇花"，以宠爱、疼爱形容柳枝，以娇柔、艳丽形容花蕾，表现了她对自然美的热爱，也是对自身美的肯定。在风雨中的花柳，正是她身处困境的象征。

"险韵诗成，扶头酒醒，别是闲滋味。征鸿过尽，万千心事难寄。"为了从烦恼中解脱出来，李清照无事找事，故意为难自己，用生僻字作韵脚写诗，如"独自怎生得黑"的"黑"，"怎一个愁字了得"的"得"字等，借以忘却烦恼，消磨时光。险韵诗作久了，烦恼还是无法解脱，便又喝烈性酒麻醉自己。有学者说"扶头酒不是名酒"（《宋词鉴赏辞典》），那就是说"扶头酒"只是一种烈性的劣质酒。我想以李清照的家庭经济条件，还不至于喝劣质酒。"一榼扶头酒，泓澄泻玉壶"（白居易《早饮湖州酒寄崔使君》），"扶头酒好无辞醉，缩项鱼多且放嚵"（宋·王禹偁《回襄阳周奉礼同年因题纸尾》），可见"扶头酒"并非劣质酒。美酒容易多饮，烈性酒又容易喝醉。醉酒中会有轻松、愉快、飘飘然的幻觉，而当酒醒之后回到现实，便会觉得沮丧、失落，比酒醒之前增添了说不清、道不明的另一种滋味的烦恼。"闲滋味"即所谓"闲情"，看是无缘无故，不知所以，实则是有缘有故，所来有目的。"征鸿过尽，万千心事难寄"，原来闲情的核心是对远方丈夫的思念。写诗无济于事，醉酒更加痛苦，那就写信吧。无奈心烦意乱，理不出个头绪，千言万语不知从何说起；即使写了一堆信也无法寄达，从头上飞过的大雁扬长而去，对她不理不睬，不会替她把信笺送到远方丈夫的身边。写诗、饮酒、修书都失败了，生活内容更加空虚，烦恼情绪更加沉重。

"楼上几日春寒，帘垂四面，玉阑干慵倚。被冷香消新梦觉，不许愁人不起。"一切努力都无法解除由离愁导致的烦恼，那就只好再回到现实中来。"楼上几日春寒"说明上片的"恼人天气"是由于连续数日的"倒春寒"天气，种种烦恼是在一人独居的楼上度过的。春寒料峭，风雨凄凄，倒春寒的天气特征是冷空气频频袭来，比冬天的寒风还要寒冷刺骨，寒气逼人，无处可藏，先是重门紧闭，无法抵挡寒风侵袭，只好把居室四周的帘幕放下。手脚冰凉，懒得出去靠在栏干上眺望外面的景象。枯坐在屋子非常无聊，那就钻到被窝里睡觉吧，也许被窝里会有一些温暖，会做个好梦。可是睡下不多久，被子便冷了；蒙住头睡也睡不久，熏过的香气也消散了，蒙住头会喘不过气来。在短暂的睡眠中做了一个梦，说是"新梦"，可见她已经梦过许多次了，梦中所见当然是她的丈夫。这种好梦应当持续不断，"梦好莫催醒，由他好处行"（清·纳兰性德《菩萨蛮》），可惜好梦不长，很快就冻醒了。梦醒之后甚感失落，继续躺在被窝里又经不起后半夜更难耐的寒冷，只好带着更加沉重的愁情勉强起床。睡觉是勉强的，起床也是勉强的，"不许愁人不起"说尽了这种无可奈何、百无聊赖的情绪状态。

"清露晨流，新桐初引，多少游春意。日高烟敛，更看今日晴未？"被处处凄冷的春寒和无所事事的苦恼折腾了几天之后，情况有了转机。早晨起来，推开窗向外一看，庭院里的花草上清亮如珠的露水一滴接一滴地往下流，高大苍翠的桐树长出了嫩绿的枝条。春寒过去了，新春来到了，心中涌起了满满的春意，激发起外出游春的强烈欲望。你看，日高三竿，天气暖和了；烟雾收敛，天色晴朗了，应该融入灿烂的春景中开始新生活了。然而经过连日春寒的侵袭，无聊闲情的压抑，她仍然心有余悸，不敢轻信。春天是不是真的来了，天气是不是真的晴了，她还要仔细观察一番，才放下心来，准备外出游春了。天气转暖了，心情也转暖了；天气晴朗了，心情也晴朗了。整首词的情感基调是阴沉凄凉的，至此透露出一丝暖意，一点亮光，通过这种对比，全词基调更加阴沉凄凉；同时这一点亮光、一丝暖意，使词的环境、氛围和人物心情不断变化，便不显得单调沉闷。春寒不会永远存在，烦恼必将逐渐消逝，无论遇到什么困难，经过一番挣扎，终究会从困厄中走出来，面向新的生活。这就是李清照的生活态度，她心中永远保存着对新生活的期望。《念奴娇》从头到尾扣紧春寒风雨表现人物的生理反应，再透过人物的生理反应表现人物的孤独、凄凉、烦恼、苦闷、无聊等情感状态。气候、环境与人物的生理、心理发生共振效应，从而把上述种种难以描述的"闲情"表现得可视、可听、可感。读者通过人物对春寒的感觉和动作，可以感受到人物情感的起伏动荡，甚至"看"见了人物可见与不可见的种种活动。一百个字的一首小词就能如此深入细致地表现出人物情感活动的复杂多变，这相比外国小说、诗歌中冗长而抽象的心理描写，其艺术功力之高低是不可同日而语的。

老年寡妇的无限愁苦

> 寻寻觅觅,冷冷清清,凄凄惨惨戚戚。乍暖还寒时候,最难将息。三杯两盏淡酒,怎敌他、晚来风急。雁过也,正伤心,却是旧时相识。　满地黄花堆积,憔悴损,如今有谁堪摘?守着窗儿,独自怎生得黑?梧桐更兼细雨,到黄昏、点点滴滴。这次第,怎一个愁字了得?
>
> ——《声声慢·寻寻觅觅》

"寻寻觅觅,冷冷清清,凄凄惨惨戚戚。乍暖还寒时候,最难将息。"早上起来,这个房间看看,那个房间转转,好像丢失了什么,又不知丢失了什么;好像寻找什么,又不知道寻找什么。心情茫然,双目也茫然。这是失落感经过长期积累沉淀之后的一种下意识动作。靖康二年(1127)金国占领汴京,宋王朝南迁,李清照丈夫此前已经去世,她只好孤身一人跟着朝廷四处逃亡。国破家亡,丈夫早逝,无子无女,颠沛流离,珍爱的金石文物遗失殆尽,这些沉重的打击使她的身心遭到严重摧残,以致有时精神恍惚,不由自主地在房间里走来走去,寻寻觅觅。我曾见过一位七十多岁的老人,家境贫寒,壮年丧夫,孤身养大了三个子女,数十年含辛茹苦一言难尽。子女们各自成家后,无暇时常照料她的饮食起居。多年的独居生活使她的失落感发展为轻度痴呆症，时常见她这里找找，那里摸摸。你问她找什么，她先一愣，然后嘻嘻一笑说不找什么，自觉相当无趣。当寻寻觅觅而无所得之后，神智完全清醒，便会感到四周冷冷清清，无人陪伴，没有温情，没有暖意，于是一股凄凉的寒气由外而内涌上心头，全身不禁一阵瑟缩。"凄凄"主要是由冷清的外部环境造成的身体感觉，是初步的心理反应，"惨惨"则进入了内心世界。"惨"有二义，一为忧愁，此处的"惨惨"可解为忧愁昏暗，"惨惨"又可以引申为阴森萧瑟貌，如"惨惨疑鬼寰，幽幽无人声"（宋·范成大《白狗峡》），与昏暗是同一种感觉。这种感觉比"凄凄"的感觉有了明显的自觉性，因而内心忧愁，眼前昏暗，而昏暗是一种失望与恐惧造成的错觉。外感与内感交织，精神痛苦进一步加剧。"戚戚"是忧愁恐惧的样子，"君子坦荡荡，小人长戚戚"（《论语·述而》），这就比"惨惨"更深入一步，由忧愁昏暗进入完全恐惧状态，为自身的处境和前景而深感忧虑，意识活动更明晰了。寻寻、觅觅（仔细寻找），冷冷清清、凄凄、惨惨、戚戚，人物的行动和感觉层次清晰，步步深入明确，把一个老年寡妇的手足无措、孤苦、凄凉、愁闷、恐惧、忧虑等复杂情感表露无遗了。这十四个叠字节奏鲜明，起伏动荡，完全符合人物忐忑不安的心情。以上是在室内的感受，环境的冷清、心情的凄凉是相对稳定的。一走出闺房，室外的气温则是忽热忽冷，冷暖温差大，变化大，把原本就很不安稳的心情刺激得更加不安稳了。这对于一个心情郁闷的弱女子来说是很难忍受，很难静心休养的。有学者认为因为是秋天，这里的"乍暖还寒"本应作"乍寒还暖"，只是"秋日清晨，朝阳初出，故言'乍暖'；但晓寒犹重，秋风砭骨，故言'还寒'"（《唐宋词鉴赏辞典》）。此说胶柱鼓瑟，不知变通。"乍暖还寒"是一个成语，与"乍寒还暖"并无本质区别。

秋天的气候冷热无常，从早到晚忽冷忽热，即所谓"二八月乱穿衣"。至于"朝阳初出"之暖与"晓寒犹重"之寒同时并存，此种气候特征殊不可解。

"三杯两盏淡酒，怎敌他、晚来风急。雁过也，正伤心，却是旧时相识。"室内室外的种种刺激、种种烦恼把人折磨得"最难将息"，简直活不下去了。如何是好？只有借酒浇愁。然而几杯淡酒怎么能抵挡过傍晚时更加急骤的秋风呢？"怎敌他"的诘问语气表明了对秋风的无可奈何和抱怨情绪。"险韵诗成，扶头酒醒"（《念奴娇》），李清照饮用的烈性扶头酒，所谓"三杯两盏淡酒"的酒味儿并不淡，只是因为风太冷，心太寒，愁苦太重，喝得再多也无法解除，什么酒都觉得淡而无味。正当举杯消愁愁不解、满腹伤心无处诉的时候，一群大雁飞来。仔细看看，不是当年从南方北归的大雁，而是从北方家乡飞来的大雁。"却"字的转折语气，反映了意外的感觉和悲喜交加的情感。人不识雁，雁不识人，说"旧时相识"是向大雁投射的主观感受，背井离乡的人对从家乡来的一切都甚感亲切。李清照与大雁异地重逢，颇有"同是天涯沦落人"的感慨，这是可喜之处。然而这种喜悦转眼又会变为悲哀，因为当年她总是盼着南来的大雁能带回丈夫的信息，"云中谁寄锦书来？燕子归时，月满西楼"（《一剪梅》），而今却什么盼头都没有了。这些旧时相识的大雁不仅不理解她的心情，反而勾引起她对往日生活的回忆。在旧时与今时的对比中涌起的亡国之哀、丧夫之悲，便尽在不言中了。"却是旧时相识"一语戛然而止，言有尽而意无穷。

"满地黄花堆积，憔悴损，如今有谁堪摘？守着窗儿，独自怎生得黑？"饮酒无济于事，来到庭院散步解闷，仰看大雁飞过，俯视黄花满地。秋风无情，把深秋时节唯一开放的菊花摧残得纷纷凋落，满地堆积。它失去了往日的光泽鲜艳，损伤了往日丰满容姿，如此惨败憔悴，还有谁肯去摘取它呢？这是睹物伤情，借花写人，自怜自叹。"如今有谁堪摘"的语气沉痛，花谢了，人老了，当初"东篱把酒黄昏后，有暗香盈袖"（《醉花阴》），尚且可以自我欣赏，如今成了满地委弃的残花败叶，还有什么值得欣赏的呢！生命价值的失落是人生的悲哀，古代女性红颜失色也是人生的悲哀，双重悲哀压在一个弱女子身上是无法承受的。本想与菊花进行心灵交流，获得一丝安慰，而眼前却满地堆积，一片狼藉，不仅得不到安慰，反而因花落人老而倍加伤感，只好怏怏地回到室内，坐在窗前消磨时光。她想熬过白昼，进入黑夜，在黑暗中与世隔绝，眼不见心不烦，一刻也不想睁眼观看这处处惹人烦恼的世界，可是时间是这样漫长，怎么熬也熬不到天黑。秋天白昼并不长，但她却觉得很长，因为她实在经不起白昼所见所闻的精神刺激了。这种时间停滞的主观感觉，是生活苦闷、生命枯萎的心理反应。"独自怎生得黑"，越是独自一人，越觉得白昼难熬；越觉得白昼难熬，越发感到寂寞孤独，消极情感的恶性循环是非常折磨人的。这里的"满地黄花堆积，憔悴损，如今有谁堪摘"与"帘卷西风，人比黄花瘦"（《醉花阴》）"天教憔悴度芳姿，纵爱惜，不知从此，留得几多时"（《多丽》），三个比喻各有不同，但都是以花喻人、充满生命意识的比喻。有学者说"这里'满地黄花堆积'是指菊花盛开。'憔悴损'是指自己因忧伤而憔悴瘦损，也不是指菊花枯萎凋谢。正由于自己无心看花，虽值菊堆满地，却不想去摘它赏它，这才是'如今有谁堪摘'的确解"（《唐宋词鉴赏辞典》），话说得很肯定，却不合情理。词文"满地黄花堆积"，不是"满枝黄花堆积"，因而菊花是枝头盛开，不是在地面盛开，堆积在地面上的只能是凋谢的菊花。"堆积"一词固然可指花开繁盛，但更多的是指花谢委地，这是其一。其二，既然"自己无心看花"，那她从室内走到花圃旁边，意欲何为？无目标的游走这种闲笔，在诗词中是一种多余的败笔。其三，"满地黄花堆积，憔悴损，如今有谁堪摘"三句语法结构自然顺畅，构成一个完整的菊花形象，不可割裂。如说首句指菊花，紧接着次句指自己，转折过分突兀，便扞格不通了；况且"如今有谁堪摘"的"谁"显然是泛指他人，也包括李清照自己，意为谁也不会去摘取那些残花败叶了。这样诠释通顺自然，符合李清照词的语言风格，何必别出心裁，把三句话分为三个互不连贯的意思，徒增读者的理解困难呢？

"梧桐更兼细雨，到黄昏、点点滴滴。这次第，怎一个愁字了得？"独自守着窗儿等待天黑，好不容易熬到黄昏日暮天色暗了下来，避免了视觉上的烦恼，却又来了听觉上的烦恼，好像天公故意与她作对，使她陷于烦恼的深渊，而无处逃遁。你听，晚风吹来，梧桐树叶飒飒作响，一片萧瑟凄凉的秋声传入耳鼓，破坏了夜间的安宁；不仅如此，又有细雨连绵，豆子一般的雨滴落在梧桐树叶上，滴答滴答地整夜不停。"点点滴滴"叠字句式表现了雨声的长久、单调和人物的彻夜不眠。此句出自温庭筠《更漏子》："梧桐树，三更雨，不道离情正苦。一叶叶，一声声，空阶滴到明。"李清照加以改造，句意凝练含蓄，突出了"点点滴滴"的声响效果。声响学证实，单调声音的不断重复，会使人感到乏味、烦恼、头痛、易怒、失眠，心情不好的人甚至会产生厌世情绪。李清照词大都明晰而又含蓄，她没有具体描绘人物对夜雨梧桐的心理反应，但李清照也同样心绪烦乱，"旧时情绪此时心"不知从何说起。这样就水到渠成地出现了"这次第，怎一个愁字了得？"

结尾简洁有力，毫不拖泥带水。"得"字也是险韵，通俗亲切，雅俗共赏。全词结束到"愁"，却不限于愁。"剪不断，理还乱，是离愁？别是一番滋味在心头"（李煜《相见欢》），自问自答，说明了情感状态是"别是一番滋味"。李清照问而不答，结到"愁"字便立刻刹住，言有尽而意无穷。愁字无法概括她丰富复杂的情感，别的词语也无法概括，只好不去概括。由读者吟咏全词，细加捉摸。清人刘熙载在《艺概》中说："山之精神写不出，以烟霞写之；春之精神写不出，以草木写之"，"盖意不可尽，以不尽尽之。正面不写写反面，本面不写写对面、旁面，须如睹影知竿乃妙。"

《声声慢》在艺术创作上的几个突出特点：

一、以时间为线索，串联客观景物、人物动作，以表现情感发展过程。一切事物都存在于一定的时间和空间之中，人的情感活动也是如此。李清照善于运用时间艺术规律，把人的情感作为一种流动、发展的过程加以表现，《声声慢》就是一个经过战乱流亡的老年寡妇在一天之内种种愁苦情感的活动过程。由于人物的情感是随着时间空间的变化而变化的，人物形象便鲜明生动，如在目前，人的情感不只是内省式的，与外界绝缘的，它往往是受到外物的触动才会产生，情感又需要借助外物才能得到更好的表现。李清照善于处理情与物的关系，借助移情作用，在情与物交互影响的矛盾运动中表现情感活动；同时又把情感的发生发展过程与外物的发展变化，在时间链条上紧密联系起来，达到物我合一、情景融合的效果。这样就把无影无形的情感活动变得可见可听，"满地黄花堆积，憔悴损，如今有谁堪摘"既写花又写人，花的憔悴便是人的憔悴，人的叹息便是花的叹息。人的情感活动与人的形体动作，也是紧密相关的。喜怒必形于色，必形于动。情感是形体动作内在动因，而形体动作则是情感的外在表现。"寻寻觅觅""守着窗儿"这些形体动作，正是内心苦闷的表现，形象生动鲜明，富有情感内涵，而且具有老年寡妇的个性特色。

二、充分发挥叠字表情达意的艺术功能。开篇的十四个叠字的运用有以下几个特点：一是由不自觉到自觉，"寻寻觅觅"是不自觉的下意识举动；"冷冷清清"则是自觉到自己存在于一个十分冷清的环境之中；二是由外界到内心，"冷冷清清"是对外部环境的感觉，"凄凄惨惨戚戚"则是对内心情感的步步深入；三是由朦胧到明晰，"冷冷清清"是生理感觉，是感觉的第一阶段；"凄凄"可以组成"凄冷""凄凉""凄清"等词语，与环境相连，又可以组成"凄惨""悲惨""惨淡"等词语，这样就和"惨惨"连接起来，成为完全的心理活动，是感觉的第二阶段；"戚戚"，忧虑貌、心动貌，是心理的深层次活动，"戚戚"成为具有明确意识认知的心理概念。十四个叠字是生理和心理活动逐步明晰的过程。以上三个特点，表现出李清照情感体验的细致深入，需要仔细阅读思考才能领会。

三、充分发挥音韵的音响效果。李清照的词的音韵要求特别严格，她在《词论》中批评晏殊、欧阳修、苏轼的词作"不协音律"，指出"歌词分五音，又分五声，又分六律，又分清浊轻重。这些古代音乐专业名词需要专家诠释，我们只从发音上可以窥见一二，如双声字凄、惨、戚、将息、伤心、黄花、憔悴、更兼、黄昏、点滴；叠韵字冷清、暖还寒、盏淡、得黑。与此同时，用舌声的 15 个字，有淡、敌他、地、堆、独、得桐、到、点点滴滴、第、得；用齿声的 42 个字有寻寻、清清、凄凄、惨惨、戚戚、乍、时、最、将、息、三、盏、酒、怎、正、伤、心、是、时、相识、积、憔悴、损、谁、守、窗、自、怎生、细、这次、怎、愁、字（参看夏承焘《李清照词的艺术特色》）。双声与叠、舌声与齿声错综交织，声调抑扬顿挫，旋律变化多端，最能体现歌词的音乐美。尤其是"寻寻觅觅，冷冷清清，凄凄惨惨戚戚"全用齿声，重重叠叠，发音轻微细碎，声调短促，完全是女性如泣如诉的口吻。

四、语言通俗明快，朴素自然。此时古代诉诸听觉的流行歌曲，应当让听众一听就懂，最忌讳晦涩古奥。真情流露和个性化表现必然要求语言朴素自然，过分华丽的语言显得矫情做作，便会失去人物和情感的自然本色，损害文学艺术的真实性。《声声慢》语言通俗明快、朴素自然，最突出的特点是以市井语入词。李清照以前的柳永词虽有不少市井语，而全篇都用市井语则只有李清照。《声声慢》除了"满地黄花堆积""梧桐更兼细雨"比较雅致以外，全是当时的生活口语。读者多吟咏几遍，就会听到一位宋代的女子在向人倾诉，拉近了与李清照的时代距离，倍感真实亲切，试图与她当面对话。宋人口语在宋元话本和文人笔记中有所保存，宋代女性口语在词中保存最多的则是李清照，这是一份十分宝贵的历史文化遗产。

饱经忧患的迷茫不安与孤独寂寞

> 落日熔金，暮云合璧，人在何处？
> 染柳烟浓，吹梅笛怨，春意知几许！元
> 宵佳节，融和天气，次第岂无风雨。来
> 相召、香车宝马，谢他酒朋诗侣。中州
> 盛日，闺门多暇，记得偏重三五。铺翠
> 冠儿，捻金雪柳，簇带争济楚。如今憔
> 悴，风鬟霜鬓，怕见夜间出去。不如向、
> 帘儿底下，听人笑语。
>
> ——《永遇乐·落日熔金》

《永遇乐》是李清照晚年流寓杭州时所作。李清照晚年的生活景况和心理状态，在这首词中得到集中深刻的表现。

"落日熔金，暮云合璧，人在何处？"傍晚，落日像熔化的金子一样灿烂绚丽，暮云像慢慢合拢的碧玉一般苍翠碧绿。面对如此光彩夺目的美好景象，她却发出了"我在什么地方呀"的疑问。这种突如其来的疑问，表明了她蜗居一室，久不外出，心灵蒙上了一层阴影，一旦发现美好景象，揭开心灵阴影，生活环境发生突变，便觉得十分惊奇，一时不知身在何处；尤其深刻的是，国破夫丧之后，她四处颠沛流离，居无定所，被命运抛来抛去，失去了生存的自主，遗失了生活的坐标，心情郁闷，精神恍惚，更会有"人在何处"的迷茫失落。

一个饱经忧患、流落他乡、孤身独处、心情极端愁苦寂寞的人，往往有这种反常的心理状态。"落日熔金"，傍晚天色晴朗，阳光照红了半边天，映照出艳红的晚霞，这正是俗话说的"火烧云"，"晚霞行千里，朝霞不出门"，预示着当晚和次日将是一个大晴天。从"落日熔金"到"暮云合璧"有一个时间推移过程。天色渐渐暗淡下来，云层合拢起来，像大块的碧玉覆盖天空，常识告诉我们，当阳光强度变弱的时候，云层便会变得像碧玉一般苍翠。"落日熔金，暮云合璧"对偶严整，"熔金""合璧"突出落日与暮云的色彩，而不是形状，所谓"圆月""浑圆的碧玉"，纯属主观臆造。

"染柳烟浓，吹梅笛怨"是两个倒装句，即"烟染浓柳，笛吹梅怨"，意为傍晚时升起的轻烟笼罩着浓郁的杨柳树，远处的长笛吹奏着幽怨的《梅花落》，春天的景象可知道增添了多少呀？"春意知几许"的疑问，既表明了她对春意渐浓的赞叹之情，又表明了她长期独居，不出门，不游赏，闭目塞听，对时间推移和节序变化的感觉渐趋迟钝。她只是懵懵懂懂地感觉到春天来了，却感觉不到现在是春天的什么时候，春天的景象发展到了什么程度。在她的心灵世界中，生命近乎枯竭，感觉近乎麻木，时间近乎停滞，心情淡漠，了无意趣。

"元宵佳节，融和天气，次第岂无风雨？"当她目睹了落日、暮云、杨柳，耳听了笛声之后，从精神恍惚中逐渐清醒过来，便会像常人一样感觉到春意渐浓，佳节将至。噢，今天是元宵佳节，不冷不热，温暖舒适，真是一个好天气呀！这种美好的感觉为时不长，忽然又说这样的良辰美景难道不会有风雨来袭吗？正常人看到"落日熔金，暮云合璧，染柳烟浓"，听到"吹梅笛怨"，感觉到"融和天气"，一定会喜迎当晚热闹的灯会，而她却担心发生不测的风雨。为什么会有这种极其反常的心理状态呢？李清照出身书香门第，嫁与官宦人家，少年随父亲李格非、婚后与丈夫赵明诚在汴京享受着生活富足、情趣优雅、和谐美满的岁月。然而，天有不测风雨，人有旦夕祸福。崇宁元年（1102）李格非陷入元祐党争，被罢免提点京东路刑狱之职。李清照上诗时任尚书右仆射的公公赵挺之求救，诗中虽有"何况人间父子情"动人句，赵挺之仍不予援救。崇宁三年（1104）被迫离京回原籍，与赵明诚两地分居。崇宁四年（1105）赵挺之被免职，赵家祸福难料，惶惶不安。崇宁五年（1106）赵挺之官复原职，李格非也待命任职，李清照又返回汴京与赵明诚团聚。大观元年（1107），赵挺之又被罢官，李清照再次被迫回原籍。建炎元年（1127）金人进逼，宋室南渡，李清照载文物典籍十五车逃奔至建康。建炎三年（1129）赵明诚病死，金人南下，逃亡途中，文物金石散失大半。建炎四年（1130）流落浙东一带至衢州。绍兴元年（1131）在绍兴文物被盗。绍兴二年（1132）李清照因生活所迫，再嫁张汝舟。张汝舟企图霸占她的文物，却发现所剩无几，便对李清照谩骂凌辱，大打出手。李清照忍无可忍，告发张汝舟营私舞弊骗取官职，要求离婚。宋代法律规定妻告夫无论有理无理，均需受刑三年，李清照入狱九天，幸有友人营救获释。李清照从十八岁开始，经历了官场的大起大落，国家的大灾大难，起伏不定的家庭生活，变幻莫测的国家命运，颠沛流离的逃亡岁月，珍贵文物的遗弃丧失，如此等等的不幸遭遇，在她的心灵上留下深刻的创伤。日久天长，形成忐忑不安的心理状态，如同钟楼上的麻雀经不起一点惊吓，甚至在平安日子里也往往不由自主地心动神悸，对外界的刺激产生反常的表现。"次第岂无风雨？"表明她心中缺乏安全感，唯恐风和日丽的春天被风雨侵袭，反映出她对美好岁月常被时代风雨打破的恐惧心理。

"来相召、香车宝马，谢他酒朋诗侣。"平日尚且能和朋友们饮酒赋诗，打发时间，当朋友们驾香车乘宝马，前来召唤她一同游赏元宵灯节的时候，她却谢绝了她们的邀请。这也是反常表现。李清照与那些拥有香车宝马的贵妇人不同，她饱经忧患，孑然一身，心情寞落，对繁华热闹已经失去兴趣；况且与富贵荣华的酒朋诗侣相比，她的生活处境更显得贫困、孤独、寂寞，所以自愧弗如，不愿做贵妇们的陪衬。再者，宋室南迁之后，偏安一隅，不思恢复，沉湎于文恬武嬉之中不能自救，"山外青山楼外楼，西湖歌舞几时休。暖风熏得游人醉，直把杭州作汴州"（宋·林升《题临安邸》）成为社会普遍风气。这在写过"生当作人杰，死亦为鬼雄。至今思项羽，不肯过江东"（《夏日绝句》）、心存亡国伤痛的李清照完全不能赞同，无法适应，谢绝酒朋诗侣的邀请便是很自然的了。上片中三次疑问"人在何处""春意知几许""次第岂无风雨"，一次谢绝，"谢他酒朋诗侣"，都是反常时代的反常表现，是动荡不安的时代形成了悸动不安的心理特征。

"中州盛日，闺门多暇，记得偏重三五。铺翠冠儿，捻金雪柳，簇带争济楚。"眼前的元宵节引发了对往日元宵节的回忆，思绪由杭州回到了汴京。据元人周密《武林旧事》记载当时杭州的"元夕节物，妇女皆戴珠翠、闹蛾、玉梅、雪柳"。"铺翠冠儿"即镶嵌着珍珠翡翠的帽子，"捻金雪柳"即用黄白两色丝线或纸张搓成的柳枝。李清照对"中州盛日"自然十分熟悉，当她回忆起往日汴京的元宵佳节时，情绪兴奋，语调亲切，叙说当年天下太平，生活安定，妇女们闲暇无事，一年四季最重视欢度正月十五元宵节。这一天，她们把自己打扮得花枝招展，争相比美，看谁穿戴得更整齐，打扮得更漂亮。妇女们兴致勃勃地精心打扮，是为了迎接美好的节日，也是为了展示自己美好的容颜、美好的身段、美好的青春。李清照对往日的美好景象印象深刻，一经触动便会很清晰地浮现在眼前。

　　"如今憔悴，风鬟霜鬓，怕见夜间出去。不如向、帘儿底下，听人笑语。"往事的回忆很短暂，转眼又回到了眼前严酷的现实。当年活泼开朗的年轻女子曾在荷花池里驾舟游赏，"争渡，争渡，惊起一滩鸥鹭"，而今变成了面容憔悴、蓬头乱发、双鬓斑白的老妇。今昔对比，恍如隔世，判若两人，白天尚且不常外出，夜间就更懒得出去了。元宵之夜不同于日常的夜晚，李清照的身份不同于一般的妇女，玩赏游乐只会触景生情，倍加伤感。李清照出自山东名门，不幸流落江南，始终不忘国仇家恨，誓以鲜血收复故土，这样的忠臣烈女，岂能与凡女俗妇一同去游赏元宵灯节吗？她不同流俗而自甘寂寞，选择了一种适合自己处境和心情的排遣方式："不如向、帘儿底下，听人笑语。"这样既能躲开别人注意、议论甚至讥笑自己的潦倒处境，又能不加掩饰地自怜自惜，还能从旁观者的角度冷静地观察思考如此歌舞升平、实则苟延残喘的场景，还能延续到几时。全词通过情景对比、今昔对比以及人与己的对比，把一个老年寡妇因为饱经忧患而忐忑不安、孤独寂寞的心情，曲折委婉地表现了出来。通篇无一字提到国破家亡，而国之破家之痛却隐含其中。

巾帼丈夫的豪迈情怀

天接云涛连晓雾，星河欲转千帆舞。

仿佛梦魂归帝所。闻天语，殷勤问我归

何处？　　我报路长嗟日暮，学诗谩有

惊人句。九万里风鹏正举。风休住，蓬

舟吹取三山去！

———《渔家傲·天接云涛连晓雾》

　　人们把李清照视为杰出的女词人，这是远远不够的。纵观她的一生，她是一位胸怀天下大事、不满闺房生活、敢于向男性主导的社会发起挑战的巾帼丈夫。少年时期写的《点绛唇》就表现出在陌生男子面前毫不畏缩的胆量，青年时期写的《如梦令》表现出与伙伴们飞舟争渡的勇气。作为新娘子，她竟敢边调笑边逼迫丈夫赵明诚承认她比鲜花更美丽。在丈夫面前她绝不低眉俯首，而是以完全平等的姿态与之斗茶猜书，并肩携手在城头赏雪，指点江山，去市场购书，鉴赏文物。古代妇女从来不敢以"居士"自称，她却自号"易安居士"，并命其室为"归来堂"。父亲李格非被诬陷罢官，她上书公公赵挺之求救，而不顾赵挺之与李格非是政敌，不畏时任吏部侍郎赵挺之的威严，不怕别人对妇女参政的指责。战乱时期，丈夫病死，她一人带着十五车文物典籍四处颠沛流离。她敢于违反"饿死事小，失节事大"的道德教条后嫁张汝舟。而当张汝舟对她施加暴力，她又宁愿服刑三年也要告发张汝舟，坚决要求离婚。靖康之难，公卿大夫纷纷南逃，她写了"生当作人杰，死亦为鬼雄。至今思项羽，不肯过江东"（《夏日绝句》），讽刺屈服于金人的败将懦夫。当朝廷大员韩肖胄、胡松年出使金国时，她写诗劝勉，歌颂历史上的忠臣良将，抨击朝廷一味求和的投降政策，表达自己"欲将血汗寄山河，去洒东山一抔土"（《上枢密韩肖胄胡松年诗》）的壮志豪情。在文学创作上，她写了著名的《词论》，纵论词的创作历史，对许多名家作品加以点评，以居高临下的姿态面对这些名家大师。凡此种种，都表明李清照是一位古代罕见有思想、有见解、敢作为的奇女子。她终其一生，都在奋力冲破以男性为主宰的社会樊篱，坚持女性的独立人格，抵制专制政治对女性的排斥，赋诗写词，参政议政，向往一个美好的生存世界。然而在当时的历史条件下，李清照向往的美好世界仍处于模糊不明的状态，她的生活理想无法实现，只能寄托于神奇的梦幻世界，《渔家傲》正是这种梦幻世界的生动表现。

"天接云涛连晓雾，星河欲转千帆舞。"天上云层像大海波涛汹涌，连接着弥漫地面的薄雾，天快大亮了，太阳就快出来了。词一开头便气势非凡，境界壮阔。这是一种心灵的印象。它表明李清照心中有一个与现实社会不同的新世界，经过漫漫长夜终于迎来了这个新世界的曙光。这个新世界究竟是什么样子，她并不清楚，只觉得心潮动荡，像天上云涛翻腾，眼前薄雾弥漫，似明似暗。她的心灵世界与天地间的云雾相互映照，融为一体，进入天人难分的境界。她仰望苍穹，银河中群星闪烁，像千万只舟船扬帆启程，自由航行。一个"舞"字，表现出舟船快速行驶的飞动气势。天空中浩瀚的银河在转动，无数的星星像千帆飞舞，宇宙在动，银河在动，群星在动，心灵也动。这正是李清照不满现状、不甘寂寞，力图超脱死气沉沉、停滞不前的社会生活状态的心理反映。

"仿佛梦魂归帝所。闻天语，殷勤问我归何处？"点明这是梦境，而不是有学者所说"她曾在海上航行，历经风涛之险。词中写到大海、乘船，人物有天帝及词人自己，都与这段真实的生活所得到的感受有关"（《唐宋词鉴赏辞典》）。此说牵强，李清照从未写过海上航行的诗词，《渔家傲》写天上，并非海上；李贺没上过天，却能写出神奇的《梦天》，我们不应该轻视诗人的艺术想象能力。李清照仰望"星河欲转千帆舞"，不禁心驰神往，灵魂展翅飞翔，仿佛飞到天帝的居所。灵魂的飞腾正是精神的飞腾，她并不甘心蜗居陆地一隅，而要腾空一跃，飞到九霄云外，太空深处，去寻求无限广阔的生活领域。飞翔中的梦魂听见天帝与她对话："清照呀，你去哪里呀？"天帝的声音无比洪亮，在茫茫天空中震荡回响，震撼人心；天帝又对李清照的去向特别关怀，像对待亲人那样热情周到，十分温馨。在李清照的深层意识中，她把自己当作天帝的女儿，把天宫当作自己的娘家。出嫁的姑娘回家探亲是很自然很轻松的事，因而与天帝的对话便显得很亲切自然，与天帝的关系如同父女。"殷勤问我归何处"的"归"字即"归宁"，回娘家之意。李白有一首《焦山望寥山》："安得五彩虹，驾天作长桥。仙人如爱我，举手来相招。"李白想上天而不可得，对天上仙人能否爱护他心存疑虑。李清照则不然，她能在太空中自由飞翔，与天帝亲切对话，胸怀博大，神情安闲。如此人神共处、与天地同在的精神力量，古代女性中仅李清照一人而已。

"我报路长嗟日暮，学诗谩有惊人句。"天帝问她归何处，她回答说我向前跋涉的道路还很长很长，可是属于我的日子已经不多了。

我写诗虽然有不少惊人之句，但却是"谩有"——空有、白费。这是一种很伤心的回答，是对不平世态的控诉。在男女不平等的封建社会，以诗赋取士是男性的专利，是男性出人头地的主要途径，而女性则与此无缘。女性的诗赋写得再多再好，也改变不了被压制的命运。李清照的诗词在当时就很有名气，获得许多人的赞誉，但评论者总是说"以妇人之身"如何如何，认为女性与男性不能相提并论，女性的文学成就再大也不能与男性处于同等地位。这虽然是赞扬李清照的文学成就，却是对她人格地位的贬低。李清照当然很反感，可惜没有留下文字记载。李清照对自己的文学成就很自信，"学诗"是一个谦词，"谩有"是自信和无用的双重表达。从"学诗谩有惊人句"和她敢于参政议政的行动来看，她的终极目标并不是文学创作，她追求的是不受压制和歧视的生活前景。她明知征途漫漫、前景渺渺而人生苦短，仍不畏艰险，不懈追求，这与"路漫漫其修远兮，吾将上下而求索"（《离骚》）的屈原精神可以同日而语。

"九万里风鹏正举。风休住，蓬舟吹取三山去！"她高声呼喊，为自己加油：你看！那只大风中的大鹏，正在向九万里的高空飞翔。大风呀，你不要停止，把我乘坐的这只小船吹到大海里的神仙世界去吧！"三山"指神话传说中的东海上蓬莱、方丈、瀛洲，那里没有阶级压迫，没有性别歧视，个个都是神仙，自由自在，无拘无束。这就是李清照呼喊着、追求着的精神归宿。这里的大鹏形象出自《庄子·逍遥游》："北冥有鱼，其名为鲲。鲲之大，不知其几千里也。化而为鸟，其名为鹏。鹏之背，不知其几千里也。怒而飞，其翼若垂天之云。……鹏之徙于南冥也，水击三千里，抟扶摇而上九万里。"鲲鹏形体之大、力量之强、飞翔之高无与伦比，而这是李清照志向远大崇高、精神力量充沛强大的形象写照。试问中国古代文学史上有哪位女性发出过这样高昂的呼声，表达过这样崇高的追求？李清照的呼声是如此高昂，追求目标如此坚定，态度如此自信，果真是巾帼不让须眉！清人黄了翁说这首词"似不经意之作，却浑成大雅，无一毫钗粉气"（《蓼园词选》），而不经意雕琢正是真情实感个性气质的自然表现。令人惊奇的是，李清照的呼声延续了近几千年之后，响起了更加强大的历史回声。

张元幹（一首）

一首骂皇帝的词

梦绕神州路。怅秋风、连营画角，
故宫离黍。底事昆仑倾砥柱，九地黄流
乱注，聚万落、千村狐兔？天意从来高
难问，况人情、老易悲难诉。更南浦，
送君去！　　凉生岸柳催残暑。耿斜河、
疏星淡月，断云微度。万里江山知何处？
回首对床夜语。雁不到、书成谁与？目
尽青天怀今古，肯儿曹、恩怨相尔汝？
举大白，听《金缕》！
　　　　——《贺新郎·送胡邦衡待制赴新州》

这首《贺新郎》词调下有小题"送胡邦衡待制赴新州"，胡邦衡
即胡铨（字邦衡）。此事需从头说起。

宋高宗（赵构）绍兴七年（1137），徽宗死于金国的消息传于南
宋都城临安（今杭州），高宗派王伦去迎还徽宗灵柩。王伦回报称，
金人许还灵柩和高宗生母韦氏，又许还河南地区。次年（1138）又派
王伦前往询问何时能落实，未得结果，王伦却与金国的"诏谕江南使"
萧哲、张通古来南宋谈判和议条件。高宗在右仆射、同门下平章事（宰
相）秦桧的怂恿下，打算向金人屈膝投降，行臣子之礼。参知政事孙
近也随声附和。当时任枢密院编修官的胡铨上书高宗，慷慨陈词，极

力反对，请求斩秦桧、王伦、孙近三人之头，并羁留金使，兴师问罪。

　　绍兴十一年（1141），爱国将领韩世忠、岳飞等被解除兵权，和议成立。次年（1142）秦桧等旧事重提，诬告胡铨上书是"妄言弗效"，予以除名，遣送新州（今广东新兴县）编管，路经福州（今福建福州市），张元幹当时已七十六岁，不顾个人安危，作此词为胡铨送行。此事激怒秦桧，张元幹被开除官职。

　　"梦绕神州路。怅秋风、连营画角，故宫离黍。"我的梦魂在神州大地道路上萦绕徘徊，令人惆怅若失的是秋风萧瑟中，敌人的军营一座连着一座，时时响起震耳的军号声，昔日的宫殿荡然无存，种上了一行一行的禾苗。这样就从触觉、视觉、听觉综合描绘出国破家亡的凄凉残破景象，流露出沉重的伤感情绪。"梦绕神州路"的"绕"字极佳，表现出梦魂飘忽、徘徊的情景，符合梦境的特点。"故宫离黍"出自《诗·离黍》："彼黍离离，彼稷之苗。行迈靡靡，中心摇摇。知我者，谓我心忧；不知我者，谓我何求？"一方面表现北宋灭亡已久，巍峨的宫殿变成一片田野，长满了黍子和谷子；另一方面暗喻自己像西周时亡国者重游故国，历史与现实一脉贯通，不断重复，从而增强了亡国的悲哀。"怅"字深刻，内涵丰富。词一开始就说"梦绕神州路"，可见其对神州大地思念之深。从靖康二年（1127）到绍兴十二年（1142）十五年间，宋代人民日夜盼望恢复中原，范成大路过开封时写道："州桥南北是天街，父老年年等驾回。忍泪失声询使者，几时真有六军来"（《州桥》），然而南宋王朝偏安一隅，不思恢复，直到嘉定三年（1210）长达八十三年，恢复日益无望，陆游临死前仍然呼喊着，"死去元知万事空，但悲不见九州同。王师北定中原日，家祭无忘告乃翁"（《示儿》）。恢复中原的梦想不是张元幹一人所有，而是全体宋代人民的共同梦想。因此，"怅秋风"的怅惘若失的心态是由历史的痛苦积淀而成，分量是很沉重的。

"底事昆仑倾砥柱，九地黄流乱注，聚万落千村狐兔？"由于南宋王朝长期向金人屈膝妥协，积压在心中的怅惘之情一跃而为极端愤慨。一连发出为什么昆仑山塌了，中流砥柱倒了？为什么黄河决口，洪水泛滥？为什么万落千村狐兔横行，一片荒芜？三声质问，一气直下，不可遏制，如同重锤敲打在南宋王朝身上，有力地表达了对侵略者的痛恨，对投降派的叱责，攻击矛头直指统治者宋高宗。山河破碎，洪水泛滥，野兽横行，是国破家亡的艺术写照，也是梦境中的心理幻觉。凡是梦境必须有幻觉形象，写得太真实、具体，便不成其为梦境了。

"天意从来高难问，况人情、老易悲难诉。更南浦，送君去！"情绪由极度愤慨转为无奈悲伤。中原沦丧，人民涂炭，是谁的罪责、谁该负责呢？当然是最高决策者宋高宗。但是，高宗皇帝高高在上，龙颜难见，他老人家心里想什么，不得而知，连询问一下都不可能。他对民众有生杀予夺的绝对权力，民众只能诚恐诚惶，盲目服从，没有质询批评的权利。宋高宗在想什么，他自己很清楚，无非是为了保住龙位而不惜向金人称臣纳贡。他不敢道出真情，却装出一副高深莫测、神圣不可侵犯的样子，蒙骗吓唬百姓。这样在黑幕中的民众常常被弄得莫名其妙，不知所以。其实，张元幹对宋高宗妥协投降、苟且偷安的意图是很清楚的，只是不便明说，而托以"高难问"，外似糊涂而内含悲愤。最高统治者既然如此，残害忠良，重用奸佞，就没有什么可说的了。难问也罢，问也无用。这是无奈悲伤之一。一般情况下，人越老越容易悲伤，因为他一生经历的悲伤事件太多了，精神上难以承受；七十六岁高龄的张元幹经历了长达十五年的亡国之痛，就更加难以承受了。二句出自杜甫的"天意高难问，人情老易悲"（《暮春江陵送马大卿公，恩命追赴阙下》），上句加"从来"二字，概括的历史内容更丰富，历代昏庸无能的统治者都是这种德行，装作高深莫测，无比威严，谁也不准妄议他的长短是非；胆敢妄议，立刻像胡铨那样被一贬再贬，三贬四贬，一直贬到海南瘴疠之地看管起来，欲生不得，求死不能。下句加以"况"字和"难诉"二字，进一步表明在高压统治下，处境极为险恶，连诉说的权利都没有了，满腹心思只好闷在肚里。这是悲伤无奈之二。"更南浦，送君去！"最后一个挚友，最硬的一位诤臣，也被贬谪到南方偏远之地了，连一个私下里诉说的对象也没有了。"送君南浦，伤如之何"（南朝·江淹《别赋》）！送别容易伤感，何况是老年送别，何况是送别一位遭受政治迫害的老友。怜友、怜己、怜国家的心情，从南浦送君的场面中得到综合表现。这是悲伤无奈之三。三句三问，起伏跌宕，越问越激愤。三问的目的是追寻丧权辱国的原因，却不能明说直诉，于是由前三句的悲伤无奈，转为充满内在力量的"郁怒"之情。

"凉生岸柳催残暑。耿斜河、疏星淡月，断云微度。"上片结到南浦送君，下片接着写送别的季节、气候和送别的时间、景色。残暑将尽，气候凉爽，银河明亮，星月光微，天色将曙。身处此境，心情从"郁怒"中解脱出来，似乎可以长吁一口气了，但结果却是吸进一腔悲凉之气。这就像辛弃疾的《丑奴儿》所写的一样："而今识尽愁滋味，欲说还休。欲说还休，却道天凉好个秋！"凉爽的天气反倒增添了心情的凄凉。这里的环境描写与上片梦魂绕神州的描写前后呼应，场面不同，一为梦境，一为黎明，而情景都是悲凉的。

"万里江山知何处？回首对床夜语。雁不到、书成谁与？"这里从以上送别场面中脱出，发出一声悲凉的叹息：高山大河纵横万里，疆域辽阔，可知道你会贬谪到哪里呀？对胡铨的前途深表关切。这次去新州已是千里之遥，而能否在新州安定下来则令人担忧。张元幹对秦桧的凶残本质看得很清楚，果然不久胡铨又被贬到更偏远的吉阳军（今海南崖县）去了。万里江山没有爱国良臣的安身之处，这是何等悲哀呀！这是一可悲。前景险恶，难以预料，便越发觉得友情的珍贵，自然会回想起往日床对床作长夜之谈，推心置腹，志同道合。"对床夜语"向来是友情的最好描绘，"对床夜语"之近与"万里江山"之遥相对比，胡铨的前途险恶和友情难以持续同时表现出来。这是二可悲。古人认为大雁飞不过衡阳（今湖南衡阳市）回雁峰，胡铨去的新州连大雁也飞不到，即使写一封表达思念的信，又有谁能送达呢？这是三可悲。至此，路途之遥远，地理之险恶，音讯之难通，都到了无以复加的程度，送别的悲凉之情也达到了高潮。有学者认为"万里江山知何处"意为"祖国山河破碎，中原仍被金兵占领，何处去寻求呢"（《宋词鉴赏辞典》），此说文理不通。本词上片已经写过中原山河破碎了，下片紧接上片南浦送君，集中写送别胡铨，怎么会忽然又想到中原的万里江山，接着又忽然想到对床夜语？思路飘忽不定，文理前后断裂，殊难理解。

"目尽青天怀今古，肯儿曹、恩怨相尔汝？举大白，听《金缕》。"送别遭受政治迫害的胡铨，要说同情的话、悲伤的话，更要说劝慰的话。张元幹劝慰胡铨：让我们目尽天涯海角，纵观古今历史，胸怀天下，心系国运，为驱逐金人、恢复中原竭尽全力，如同历史上的许多志士仁人深受屈辱也在所不惜，我的个人得失的荣辱又算得了什么？这样，怎么能像小儿小女为了个人恩怨，或卿卿我我，或相互抱怨？一切厄运随它去吧，举起酒杯来一边痛饮，一边听我给你唱一支《金缕曲》！这几句劝慰词豪气十足，情怀激越，看似突然，实则自然，因为前面抒发的离别的伤感情绪是以忧国忧民、志同道合为思想基础的。这里由悲凉抑郁转为慷慨激昂，意气风发，是由一个思想高度跃向另一个思想高度，而不是凭空拔高。如果说前面的爱国情感笼罩着一层悲凉之雾，这里则是烟消云散，坦露出一腔豁达的爱国情怀，送别的思想基础更明朗了。张元幹以古往今来的爱国志士劝勉胡铨，他自己也从中受到鼓舞，从昂扬奋发的高歌痛饮中，显示出爱国的骄傲与自豪和对以宋高宗为代表的投降派的鄙弃与蔑视。《四库全书总目提要·词曲类》对这首词评价很高："慷慨悲凉，数百年后，尚想其抑塞磊落之气。"

在投降派恃权逞凶、文字狱盛行、爱国将领韩世忠被贬、岳飞被杀的1142年，胡铨敢于上书责骂宋高宗不如三尺童子，是一篇骂皇帝的文章；张元幹与他呼应，作词揭穿宋高宗"天意从来高难问"的假面具，不失为一篇骂皇帝的词作。如果没有强烈的爱国热情和置生死于度外的大无畏精神，是不可想象的。

辛弃疾（一首）

英雄无用武之地的悲愤

楚天千里清秋，水随天去秋无际。遥岑远目，献愁供恨，玉簪螺髻。落日楼头，断鸿声里，江南游子。把吴钩看了，栏杆拍遍，无人会、登临意。　　休说鲈鱼堪脍，尽西风、季鹰归未。求田问舍，怕应羞见，刘郎才气。可惜流年，忧愁风雨，树犹如此！倩何人、唤取红巾翠袖，揾英雄泪！

——《水龙吟·登建康赏心亭》

辛弃疾是一位英雄词人，因为他本人就是一位具有文韬武略的英雄人物。他自幼随祖父学文习武，"登高望远，指画山河"，胸怀恢复中华的大志。绍兴三十一年（1161）二十一岁，即聚集两千余人加入山东耿京抗金义军，担任掌书记，参与机密。其间，随辛弃疾投奔耿京的和尚义端叛降金军，辛弃疾率少量人马截杀义端，名声大振。次年（1162）二十二岁，奉命南下与南宋朝廷联络。归途中听到耿京被叛徒张安国所杀，急率五十余人直奔敌营，擒获张安国，送至建康（南京）处决。1163年他二十三岁，即被任命为江阴通判。这样一位年轻有为的抗金名将，在主和派占主导地位的时代，一直得不到重用，不让他掌握军权，并且屡次变迁，唯恐他在地方坐大。宋孝宗时期，辛弃疾上《九议》《应问》《美芹十论》，纵论抗金形势，提供收复策略，仍不被采用。南归后的四十余年，主战派占上风时即被起用；主和派占上风时即被罢斥，大部分时间在乡间闲居。终其一生六十八年，恢复中原的宏图大略未能实现。这首《水龙吟》题为"登建康赏心亭"，一般认为是作于宋孝宗乾道四年至六年（1168—1170）任建康通判时，邓广铭先生认为作于淳熙元年（1174）任建康江东安抚使参议官时（《稼轩词编年笺注》），此说较妥。辛弃疾南归至今已十三年之久，仍无所施展，故有如此激愤悲壮之情。

"楚天千里清秋，水随天去秋无际。"清秋季节，站在建康城头赏心亭上仰望楚天，千里苍穹，秋色无限。城下长江滚滚东流，水天一色，无边无际。境界开阔，气象爽朗，为下文抒发深广的忧愤作映衬。"水随天去"，把江水的流动与天空的伸展结合起来，表现出纵目远望、视线不断向远方延伸的情景。联系下文看，虽然境界开阔，气象爽朗，内心却是郁闷的；内心越郁闷，对清秋的感觉便越敏锐。一个六字句，一个七字句，吟咏起来声调高亢漫长，似乎可以听见发自胸腔的一声长长的呼吸。这种心情类似"而今识尽愁滋味，欲说还休。欲说还休，却道天凉好个秋"（《丑奴儿》），借着赞美秋景，倾吐心中烦愁。"秋无际"，秋景无际，也是秋情无际。秋景、秋色往往与牢骚有关，"悲哉，秋之为气也"（宋玉《九辩》）。楚天在上，江水在下，视线一上一下，勾勒出一个俯仰天地、胸怀家国的抒情人物形象。

"遥岑远目，献愁供恨，玉簪螺髻。"纵目远眺北方山峦，一座一座像头上插着玉石簪子、头发梳成螺形高髻的美人，向我诉说她们的怨恨。这是移情及物的写法：由"遥岑远目"视觉活动引起了对北方山河、人民横遭蹂躏的想象活动，由想象活动引起了"献愁供恨"

情感活动，由自己的感情活动联系到北方人民的感情活动，双方产生了情感共鸣。辛弃疾与以美女为象征的北方民众进行着情感交流，他把对北方民众的关爱之情投射到"玉簪螺髻"上去；"玉簪螺髻"又把长期受金人压制的仇恨投射过来，出现了"玉簪螺髻"向他"献愁供恨"的动人场景。古代女性发式多种多样，有盘螺髻、秋蝉髻、倭堕髻、拂云髻、飞凤髻等等，用"玉簪螺髻"形容北方山峦，融形体美、色彩美、情感美为一体，充分表现了对中原山河的赞美和对中原沦陷区民众的思念与关爱。

"落日楼头，断鸿声里，江南游子。"在建康城头上徘徊良久，眼看夕阳西下，暮色渐浓，一只失群的大雁呀——呀——地叫着，慌忙地飞过头顶，消失在苍茫暮色中。"落日"比喻国势危殆，日暮途穷；"断鸿"比喻自己身世飘零，无所依归。从"楚天千里清秋"到"落日楼头，断鸿声里"，经过了一段时间，辛弃疾的思想感情也经过了一个曲折变化过程，眼看国势危殆而无能为力，身如失群大雁而不知归宿何在，这样就逼出了一声"我这个江南游子呀！"的呼喊，声调凄亮，处境孤独。那只失群的大雁如同"飘飘何所似，天地一沙鸥"（杜甫《旅夜书怀》），都是国无可救、家无可归的情感外化。这三个并列的四字短句没有谓语和连接词加以联系，但正是通过这种形断而实续的特殊组合方式，渲染出一种凄凉暗淡的环境氛围和孤苦无告的人物处境。

"把吴钩看了，栏杆拍遍，无人会、登临意。"吴钩即宝剑，它是克敌制胜的武器，实现人生价值的工具，然而现实却是把手中的吴钩看了又看，看了个够；把栏杆拍了又拍，拍了个遍，仍然无人能理解他登临赏心亭心意何在。此时的情感状态，便由前面的怨恨、悲凉发展为强烈的悲愤了。志士仁人的心是相通的，南朝诗人鲍照有"对案不能食，拔剑击柱长太息"（《拟行路难》），李白有"停杯投箸不能食，拔剑四顾心茫然"（《行路难》），把由于南宋王朝奉行妥协投降政策，致使爱国将士壮志难酬的处境说清楚了。"报国欲死无战场"，这是何等的悲哀呀！"把吴钩看了，栏杆拍遍，无人会、登临意"，强烈的动作，强烈的呼喊，强烈而快速的语言节奏，把英雄无用武之地的悲愤推向了高潮。

　　"休说鲈鱼堪脍，尽西风、季鹰归未？"这里用了西晋文学家张翰的故事。辛弃疾经过一番仇恨、悲凉、悲愤的情感动荡之后，心情逐渐平静，借用张翰的经历向人们吐露自己的底层思想，宣示自己的人生理念。他说你们不要说江南的鲈鱼长肥了，能切成细丝下酒了，满眼都是西风劲吹，天气渐凉，季鹰回来了没有？言外之意是季鹰生逢乱世，只图个人生活舒适安逸，置国家安危于不顾，我不学季鹰。国难当头，正需要以舍生忘死的精神去拼杀，去战斗，怎么能像季鹰那样蜗居一隅、苟且偷生呢？有学者说这几句"既写了有家难归的乡思，又抒发了对异族入侵的仇恨"（《宋词鉴赏辞典》），完全是脱离文意的臆想之词。这里并未表明对于异族入侵的仇恨，更没有有家难归的乡思，而是有家也不归，骨子里蕴藏着"匈奴未灭，何以家为"（《汉书·卫将军骠骑列传》）的满腔豪气。

　　"求田问舍，怕应羞见，刘郎才气。"这里用了三国时豪士陈登的故事。《三国志·陈登传》记载，许汜去见陈登，陈登睡大床，叫许汜睡小床。许汜见刘备谈及此事，刘备说你胸无大志，只知道谋算着买地建房，经营自己的安乐窝，陈登当然不把你放在眼里。你若来见我，我会睡在百尺高楼，叫你睡在地上。辛弃疾借此表明，我如果是像许氾那样只图小家不顾国家的小人，会甚感耻辱，连刘备的面也羞得不敢见了。刘备有恢复汉室的才情气魄，只想着自家一亩三分地的许氾怎么有脸去见刘备呢。"休说鲈鱼堪脍，尽西风、季鹰归未"从正面宣示人生理想，"求田问舍，怕应羞见，刘郎才气"从反面批判许氾之类的卑微小人，说明辛弃疾的爱国情怀和英雄气概是有坚实思想基础的，他的怀才不遇、报国无门的悲愤之情是非常深刻的。

"可惜流年，忧愁风雨，树犹如此！"这里用了东晋大将桓温的故事。东晋时期北方有五胡十六国，各自为政，天下大乱。桓温曾举行三次北伐，意欲统一北方，收复中原。永和十二年（356）第二次北伐攻占洛阳，后又多次建议由建康迁都洛阳，但因东晋王朝不思恢复，贵族阶层安于现状，反对迁都。这种形势与南宋王朝苟且偷安颇为相似。桓温北伐路经金城（今江苏句容市），见年轻时栽种的柳树已大十围了，感慨地说："树犹如此，人何以堪！"表达中原尚未恢复而自己已经衰老的感伤。由南朝入北朝的庾信《枯树赋》有句"昔年种柳，依依汉南；今看摇落，凄怆江潭。树犹如此，人何以堪！"辛弃疾用"树犹如此"表达老而无成的悲哀，同时暗中以桓温自比。桓温三次北伐，两次失败，但毕竟有一次收复洛阳，而自己却一次北伐的机会也没有，岂不比桓温更加悲哀。这几句承接上文，说明我不图生活安逸，不求个人财富，只求收复"玉簪螺髻"般的大好山河。在辛弃疾看来，生活安逸不可惜，个人财富不可惜，可惜的是年华已逝，而恢复无望，不知不觉岁月流逝，一去不返，年年岁岁生活在风雨飘摇之中，眼看国势危殆，奄奄一息，焦急忧虑却无能为力。这种精神折磨和心灵痛苦实在难以承受，因而发出"可惜流年，忧愁风雨，树犹如此"悲哀无奈的叹息。"树犹如此"的下句"人何以堪"，限于格律，只得略去，而其效果则像是说了半句话便噎回去了，似乎听到了强忍悲痛的哽咽之声。这种欲言又止、欲哭无声的情态，表明了他的悲痛无以复加的程度。

"倩何人、唤取红巾翠袖，揾英雄泪！"登临赏心亭远望中原，渴望恢复，急得又看吴钩，又拍栏杆，反复申明人生理念，却得不到人们的理解；经过愁恨、悲凉、悲愤、忧虑等情感折磨，进入哽咽压抑状态；然而哽咽压抑不能持久，终于不可控制地泪流满面了。"男儿有泪不轻弹，只因未到伤心处"（明·李开先《宝剑记》），辛弃疾作为曾与敌军刀兵相见、出生入死的英雄人物，因壮志未酬而声泪俱下，可见他伤心到了何等地步！他渴望得到理解和安慰，呼喊道该请谁替我召唤来衣装华丽的美女，给我擦拭眼泪呢？这是一种情感宣泄，也是一种很低微的精神需求。美女与英雄相互映衬，固然可以增添画面的美感，但更深层次的意义是辛弃疾得不到须眉男子的理解，只能求助于"红巾翠袖"了。"红巾翠袖"多半是"商女不知亡国恨，隔江犹唱后庭花"（杜牧《泊秦淮》），除了替他擦拭眼泪，能不能真正理解他，亦未可知。"遥想公瑾当年，小乔初嫁了，雄姿英发。羽扇纶巾，谈笑间、樯橹灰飞烟灭"（苏轼《念奴娇》），周瑜与小乔相依相偎、谈笑从容、战胜强敌的壮丽场景，不会在辛弃疾身上重演了。这是辛弃疾的个人悲剧，也是南宋王朝的历史悲剧。

《细绎唐宋词》编后记

《细绎唐宋词》是阎凤梧老师的遗作，作为他的学生，我有幸成为其责任编辑与老师神交，一次次阅读稿件，都好像当时坐在教室里聆听老师的讲课，他的慈颜就呈现于眼前，抑扬顿挫的声音就回荡在耳畔。倍感振奋的同时对老师的思念之情也撕扯着我的心，让我为之扼腕，为之泪目……

回忆与老师相识和交往的过程，我更是心怀感激，二十多年前的我带着对中国传统文化的热爱，参加了山西大学古典文学在职研究生班的学习，阎老师代我们的唐宋词，他是姚奠中老的弟子之一，曾是山西大学古典文学所所长，他古典文学功底深厚，讲课时引经据典，美文佳句信手拈来，有时他还给我们朗诵他写的一些诗词作品，并讲述其写作背景，当时的情景，至今历历在目。他以自身的博学和才华带我们遨游在唐宋词的海洋之中。由于我从小就喜欢古典诗词，阎老师就让我进入他带的全日制研究生班听课，使我在唐宋词学习的路上获得了非常有益的助力，从而在诗词创作的路上更有信心，为我人生积淀了丰厚的基础。每每想起此事，我总是心怀感恩。

《细绎唐宋词》收录了唐宋三十三位词家的一百〇五篇佳作，他这里的"细绎"不是点评，也不是鉴赏，指的是对事情进行深入思考，细致地推敲，以求得到更准确、更全面的结论。阎老师在研究每一首作品时，首先对作者的生平和创作背景进行分析研究，然后才将作品放入相关背景下推敲、琢磨，最后以精美的文字予以呈现出来。表现了他作为一代学人严谨治学的品质和追求真与美的雅士风采。

阎老师在遴选作品时，肯定是费了一番心思的，首先是从作者方面，既有权倾天下的帝王，也有不见经传的无名氏。从作品方面，既有写大起大落、山河破碎的国家兴亡之作，也有书写普通人离合悲欢的个人恩怨和壮志难酬的激愤之情的作品，而且是后者占很大比例，反映出老师对民生疾苦的关心。书中还有许多作品是描写女性的，许多还是下层社会的女性，流露出老师对女性社会地位的关切。

我深知这本书倾注了阎老师无数心血和汗水，在当今网络时代，八十多岁的他克服了自己身体的疾患，以笔为耕，写出了这部四十万字的作品。就在他去世前两三个月，我们一直在就这本书沟通，直到他重病住院……

作为一本遗作，这本书没有将唐宋词的精华之作全部呈现出来，这是我们的遗憾，也是阎老师的遗憾，但愿这个有遗憾的作品能拥有更多的读者，成为永恒的经典。

本书责任编辑